D0452084

SECRETO BIBLIA

SECRETO BIBLIA

Leopoldo Mendívil López

Grijalbo

Secreto Biblia

Primera edición: junio de 2018

D. R. © 2018, Leopoldo Mendívil

D. R. © 2018, derechos de edición mundiales en lengua castellana:
Penguin Random House Grupo Editorial, S. A. de C. V.
Blvd. Miguel de Cervantes Saavedra, núm. 301, 1er piso,
colonia Granada, delegación Miguel Hidalgo, C. P. 11520,
Ciudad de México

www.megustaleer.mx

ISBN: 978-607-316-596-9

Impreso en México – *Printed in Mexico*

El papel utilizado para la impresión de este libro ha sido fabricado a partir de madera procedente
de bosques y plantaciones gestionadas con los más altos estándares ambientales, garantizando
una explotación de los recursos sostenible con el medio ambiente y beneficiosa para las personas.

Penguin
Random House
Grupo Editorial

Dedicado a san Juan Mendíbil, judío converso, 1531;
a Tales de Mileto, fenicio-griego presente en Judea
durante la reedición de la Biblia del siglo VII a.C.
Dedicado a R, la mujer que redactó partes cruciales
de la Biblia que hoy conoce el mundo.
Dedicado a la arqueóloga mexicana que
hoy está desenterrando Magdala:
Marcela Zapata, y la universidades UNAM y Anáhuac,
junto con el estado de Israel, por impulsarla.
Para Abraham, Moisés, David y Jesús, los verdaderos.
Para los que quieren saber la Verdad.

Cuando los mil años se cumplan, Satanás va a ser suelto de su prisión, y saldrá para engañar a las naciones, para reunir los ejércitos para la guerra.
Libro del Apocalipsis 20:7
(último libro incluido en las Biblias cristianas: libro falso)

Y cuando se acerque el final de los mil años de Ushedarmah, el dragón Dahhak-Zohak será liberado de sus cadenas [en el volcán Damavand].
Bundahishn Avesta, libro sagrado del zoroastrismo, verso 33:33

Y Él trae a Dahhak-Zohak [el dragón del "fin del mundo" en el zoroastrismo persa] que es él mismo la cúspide del [volcán] Damavand.
Shahnameh, "libro de los Reyes", escrito por Abu I-Quasim Ferdowsi.
Año 999 d.C.

PIEZAS DE UN ROMPECABEZAS GLOBAL

1. *Rey Idrimi.* Foto: Udimu, 2008 | 2. *Suppiluliuma*/Excavación Tayinat Archaeological Project 2012/Kunulua, Patina/Foto: JenniferJackson/SciNews.com | 3. *Kubaba*/ Museo de las Civilizaciones de Anatolia, Turquía/Foto: Georges Jansoone, 2007 | 4. Volcán Damavand/Irán/Foto: Hamed Khorramyar, Hábitat de "Azi-Dahhak" ("Satán", o "666") | 5. *Faraón Akhenatón*/Altes Museum, Berlín ID14512/Foto: Keith Schengili-Roberts, 2006 | 6. Kuribu Khorsabad/ Museo Británico/Sala G10c | 7. Amuletos. *Hadad, dios de la tormenta de los fenicios,* y *León con alas y burro escorpión* | 8. Israel Finkelstein/ Foto: Universidad de Tel Aviv. | 9. *Himno al Sol* (detalle) | 10. *Hombres peces* | 11. *Akhenatón*/Museo egipcio de Berlín/ID 14145.

SECRETO BIBLIA: LA VERDAD

Una aventura en el Mundo Antiguo

Muchos personajes del mundo real —muchos de ellos vivos— aparecen en este texto. Su participación en los hechos ha sido novelizada por motivos de difusión y entretenimiento —incluyendo a reconocidos arqueólogos—. Agradeceremos que disculpen las licencias literarias. Diversos hechos históricos han sido comprimidos temporal y geográficamente por razones de agilidad narrativa. Agradeceremos a los historiadores su comprensión a este respecto. Este libro condensa cuatro mil años de sucesos intrincadamente interconectados que generaron el sistema actual del mundo.

La versión originaria de la Biblia, para los arqueólogos llamada "Sustrato", Fuente J y "Biblia Cero", está extraviada; pero existe enterrada en un estrato antiguo llamado "Nivel Bronce LBA IIB" (años 1300 a.C. - 1100 a.C.) —perteneciente al colapso de la Edad de Bronce, cuando se piensa que vivió el verdadero Moisés—. Los científicos la están buscando.

La versión actual de la Biblia —que hoy está en el hogar de miles de millones de seres humanos— es una transcripción alterada y está contaminada con fragmentos falsos que provienen de las mitologías babilónica, fenicia, persa y griega —cuyos "monstruos" y "demonios" pueden verse hoy en los actuales templos—. Hoy los científicos saben cuáles son estas partes falsas de la Biblia, y la forma en que pueden ser nuevamente separadas de la auténtica Fuente J, para devolver al mundo una reconstrucción de la Biblia más fiel a lo que Moisés —o su correspondiente histórico— vio en el monte Sinaí.

Una de las secciones que provienen de la mitología persa es hoy la parte más temida y escalofriante de la Biblia entera: el "Libro del Apocalipsis".

En pocas páginas, el lector conocerá al papa de la Iglesia originaria que advirtió —junto con otros distinguidos Padres de la Iglesia— que aceptar el "Libro del Apocalipsis" sembraría una mentira y deformaría para siempre el futuro del cristianismo; lo cual sucedió.

La investigación ha comenzado. La exploración se inicia ahora.

Ésta es la historia que no aparece en la Biblia: la de cómo fue escrita. Ésta es la verdad que no ha sido revelada al mundo. Partes enteras del Antiguo Testamento y del Nuevo Testamento son falsas. Conocerás a la escriba llamada "R", que no aparece en la Biblia porque ella escribió gran parte de la misma; y conocerás también al sacerdote Hilcías, que encargó hacer este trabajo de "reedición", así como los intereses a los que él sirvió. Conocerás también a los agentes persas que en el siglo I fueron enviados al Imperio romano para infiltrar a la creciente secta de los seguidores de Cristo para tomar el control de la misma.

Bienvenido al origen.

…

En busca de la verdad.

En busca de la verdad

RELIGIOGÉNESIS: proceso mediante el cual los políticos (antiguos y actuales) modifican o crean las religiones de los pueblos a los que desean conquistar o dominar (ejemplos: Mursili II, Artajerjes, Ptolomeo II, Asoka, Nabucodonosor II, Constantino I).

OPERACIÓN NEGRA DE LA CIA: proyecto secreto y generalmente inmoral e ilegal realizado por el gobierno de los Estados Unidos, en forma encubierta, para someter o destruir países, utilizando para ello, entre otras cosas, la financiación del terrorismo (ejemplos: Ayax, Cyclone, Gladio, Cóndor, Safari, Mangosta, Fubelt, Timber Sycamore).

"SOSIAS" O "DOPPELGÄNGER": persona que fisionómicamente es idéntica a otra, aunque no exista ningún parentesco familiar entre ellas, y aunque las personas idénticas se encuentren en puntos distintos del mundo.

THOMAS JEFFERSON
Presidente de los Estados Unidos.
Carta a William Short —su ex secretario privado en París e "hijo adoptivo";
promotor de la igualdad de las razas y de la antiesclavitud—. 24 de octubre
de 1820:

Tú como yo crees que Jesús existió, que buscó la igualdad de todas las razas. Pero, ¿vamos a tomar como verdadero todo lo que está en este libro que ha llegado a nosotros, lleno de contradicciones, donde Jesús habla de guerra, de odio, de levantar al hermano contra el hermano?

Es necesario ir más allá de la letra [que está en la Biblia], pues la palabra de Dios nunca puede ser equiparada con la letra en el texto [la Biblia].

Los creacionistas [que se oponen a la teoría científica del origen del universo —el Big Bang— y de la evolución —de Charles Darwin—] tienen una doctrina en la que la Biblia es verdad literal. El Génesis es una descripción paso a paso de lo que Dios hizo al principio [...] Ésta es una forma muy fallida de leer la Biblia. De hecho es un tanto "peculiar", porque hay tres diferentes historias de la creación en la Biblia. ¿Cuál es la verdadera? [...] Génesis 2 no encaja con Génesis 1 —el orden en el que las cosas suceden—. Si estás tratando a la Biblia como un libro de ciencia, entonces dos capítulos no coinciden.

Cuando leemos acerca de la Creación en el Génesis, corremos el riesgo de imaginarnos a Dios como un mago, con una varita mágica, capaz de hacer cualquier cosa. No es así.

Cuando comenzamos esta búsqueda de nuestros orígenes, utilizando los métodos y descubrimientos de la ciencia, nos embargaba una sensación parecida al terror. Nos daba miedo lo que podíamos encontrar. Pero no sólo encontramos lugar para la esperanza [...] Un baño de sangre ha estado produciéndose desde los inicios de la civilización [...] en el nombre de la religión.

El público general está completamente ignorante de todo esto [el debate acerca de la veracidad de la Biblia]. Muchos siguen pensando que la Biblia es históricamente cierta, más que lo que los académicos más conservadores están dispuestos a admitir, y esto es en parte porque los clérigos mantienen el silencio al respecto. [...] El texto de la Biblia es tardío, escrito siglos después de los hechos que describe. [...] Las dos historias del Génesis se parecen a las historias babilónicas de la creación.

Robert Graves y Raphael Patai
Mitólogo británico / Antropólogo hebreo-húngaro. Los mitos hebreos. 1964:

El Génesis [...] contiene fragmentos de relatos acerca de dioses y diosas antiguos [anteriores a la religión hebrea] —disfrazados como hombres, mujeres, ángeles, monstruos y demonios—. [...] Los autores incluyeron abundante material mítico [de culturas y religiones previas]. El mito siempre ha servido para validar, de modo claro y conciso, leyes enigmáticas, ritos y costumbres sociales. [...] Todos los documentos sagrados anteriores a la Biblia escritos en hebreo se han perdido o han sido deliberadamente suprimidos.

Daniel Bowman / Institute for Religious Research
Teólogo. Is Today's Bible the Real Bible? 2015:

Los más antiguos manuscritos [encontrados] del Antiguo Testamento datan del 250 antes de Cristo.

Julius Wellhausen
Creador de la "Teoría Documentaria de la Biblia",
según la cual cuatro diferentes textos independientes
o "prebiblias" fueron gradualmente unificándose hasta formar
una única religión [las fuentes o "protobiblias" son J, E, D y P,
que se estudiarán en este libro].
Prolegomena zur Geschichte Israels. *1885:*

Babilonia fue el lugar donde tuvo lugar una mayor codificación de la ley [Biblia], junto con el Deuteronomio [cuando los hebreos estuvieron como cautivos bajo la opresión de Babilonia]. En el año 458 a.C. el escriba Ezra, con un gran número de sus compatriotas [que habían estado viviendo cautivos en Babilonia] regresó desde Babilonia [hacia Palestina, libertados por Ciro y por Artajerjes de Persia, después de que los persas conquistaron Babilonia y la reemplazaron como potencia]. Y ahora estaba llegando a Palestina un escriba babilonio [Ezra] teniendo la ley de su Dios en la mano, y armado con autoridad por parte del rey de Persia [Artajerjes].

ELON GILAD
Haaretz. *2 de octubre de 2015:*

La Biblia tiene de hecho más de un mito de la creación. [...] El autor de Génesis 1, probablemente un escriba hebreo que vivió en Babilonia durante el Exilio Babilónico en el siglo IV a.C., estaba aparentemente creando una nueva versión para un mito viejo, para adaptarlo al estricto monoteísmo que estaba tomando forma en el judaísmo. [...] El dios marino primordial [de origen babilónico-sumerio; que en Mesopotamia se llamó Tiamat y en el pueblo hitita se llamó Iluyanka, y en Fenicia, Lotan].

ROBERT GRAVES Y RAPHAEL PATAI
Mitólogo británico / Antropólogo hebreo-húngaro. Los mitos hebreos. *1964:*

Los mitos son narraciones dramáticas que conforman una carta constitucional sagrada por la que se autoriza la continuidad de las instituciones, costumbres, creencias y ritos. [...] Todo gobernante que reforma las leyes nacionales o, como el rey Josías [en Judea, actual Israel], se ve obligado a aceptar reformas, debe redactar un codicilio para la antigua constitución religiosa o crear la nueva, y ello implica una manipulación o la total reelaboración de los mitos.

ISAAC ASIMOV
Científico, historiador y genio estadounidense. Guía de la Biblia. *1969:*

El cuerpo del Deuteronomio no es ni J, ni E, ni S [las "prebiblias" de las que se integró la Biblia, según la Teoría Documentaria de Wellhausen], sino que representa una cuarta fuente fundamental del Hexateuco. Parece bastante probable que el Deuteronomio sea el único libro del

Hexateuco que existía esencialmente en su forma definitiva antes del exilio [cuando los judíos estuvieron cautivos en Babilonia, entre el 597 y el 539 a.C.]. En el trono se sentaba un rey joven e impresionable, Josías. Tal vez se les ocurriera a algunos sacerdotes preparar y organizar una exposición de leyes que, a ojos de los yahvistas, debían gobernar al rey y al pueblo, confiriéndoles un carácter de clara supremacía espiritual. Tal escrito, el "libro de la Ley", fue providencialmente "descubierto" en el [sótano del] templo y llevado ante el rey [Josías]. La doctrina [fue] colocada en labios de Moisés, [y] considerada de gran antigüedad. [...] El plan de los sacerdotes triunfó plenamente. [...] Gracias a la colaboración entusiasta de Josías, se convirtió en la religión oficial del país [y, posteriormente, en la fuente de la que surgieron las religiones que actualmente dominan al mundo].

FERNANDO KLEIN
La Biblia Desconocida, *2006:*

Seguramente, fueron los sacerdotes y escribas quienes redactaron el Deuteronomio; Josías [rey de Judea en ese momento] actuó con ellos, pero queda la duda de si [él] tenía conocimiento del engaño. [...] Según [Israel] Finkelstein y [Neil Asher] Silverman [expertos de la Universidad de Tel Aviv, en Israel], en *La Biblia desenterrada*, el Deuteronomio, la reforma religiosa [de Josías] y el proyecto historiográfico [de su revolución religiosa en el siglo VII a.C.] servían a un propósito específico: la expansión territorial de Judá hacia los territorios de Israel del Norte, que habían sido conquistados por los asirios (año 722 a.C.).

CARLOS ALFONSO RAMÍREZ
La Verdad de Dios y el Terrible Fraude de la Biblia. *21 de septiembre de 2011:*

El propósito de este libro es desenmascarar el mayor fraude de la historia.

PAUL EIDELBERG
Político e historiador científico americano-israelí.
A Jewish Philosophy of History. *2004 [pp. 134-135]:*

Thales [de Mileto] floreció en el tiempo de la destrucción del primer templo [de Jerusalén] (585 a.C.), durante la primera dispersión de los judíos de Judea (la tierra de Israel) [cuando el rey Nabucodonosor de

Babilonia ordenó la captura masiva de judíos para trasladarlos presos hacia Babilonia]. El que Thales fuera expulsado de Canaán o Judea y se convirtiera en un ciudadano de Mileto, una ciudad griega, sugiere la posibilidad de que su expulsión fuera el resultado de la invasión a Judea, por parte de [Nabucodonosor de] Babilonia, cuando el rey Nabucodonosor saqueó Jerusalén. [...] Es razonable asumir que Thales supiera hebreo. De hecho, como lo sugiere el historiador Elliot A. Green, su nombre puede ser la versión griega de la palabra hebrea "tal", que significa "rocío".

RABBI KEN SPIRO

Historiador del Vermont College de la Norwich University. The Impact of the Bible:

La Biblia es el libro más vendido en la historia humana. [...] No existe duda de que la Biblia ha sido el libro más influyente en la historia humana. [...] Ha sido traducido a alrededor de mil idiomas, y sólo en ciento cincuenta años (de 1800 a 1950) vendió más de mil quinientos millones de ejemplares.

WALTER TAMINANG

Perspectives on Mankind's Search for Meaning. *18 de junio de 2008:*

Hoy, cerca de tres mil cuatrocientos millones de personas [la mitad de la especie humana] son seguidoras de las religiones abrahámicas [derivadas de la Biblia: el judaísmo, el cristianismo y el Islam].

THOMAS JEFFERSON

Presidente de los Estados Unidos. Creador de la Declaración de Independencia.
Carta a William Short. 13 de abril de 1820:

Muchos pasajes [de la Biblia] son muy poco verdaderos. Debemos separar el oro de la escoria. Hay palpables interpolaciones y falsificaciones.

THOMAS JEFFERSON
Presidente de los Estados Unidos. Creador de la Declaración de Independencia.
Carta a John Adams [segundo presidente de los Estados Unidos].
2 de noviembre de 1823. "Blasphemous absurdity of the Five
Points of Calvin":

Su religión [de Calvino] era demonismo. Si alguna vez el hombre veneró algún dios falso, lo hizo él [Calvino]. El ser descrito en sus cinco puntos es […] un demonio de espíritu maligno. Sería más perdonable no creer en ningún dios que blasfemarlo con los atroces atributos de Calvino.

PAPA PABLO VI
Dignitatis Humanae (Declaración de la Libertad Religiosa). *7 de*
diciembre de 1965:

Todo hombre tiene el deber, y por lo tanto el derecho, de buscar la verdad en la materia de la religión.

JESÚS DE NAZARETH
Citado por su apóstol Juan. Juan 8:32. Aprox. 32 d.C.:

Entonces ustedes conocerán la verdad, y la verdad los hará libres.

MURSILI II (REY DE HATTI, HITITA)
Tableta KUB 32.133 *(hoy en el Museo de Civilizaciones Antiguas de*
Ankara). Aproximadamente 1320 a.C.:

Mi padre Tudhaliya, gran rey (AB-BA-ya-Za-Kan ku-wa-pi mTu-ud-ba-li-ya-a LUGAL.GAL), dividió a la Diosa de la Noche del Templo [de la población Samuha] (DINGIRw M/S-TU E. DINGIR wM).

ADA TAGAR-COHEN
Teóloga. Universidad de Doshisha, Kioto, Japón. Febrero de 2005.
Violence at the Birth of Religion:

Mursili II [rey de los hititas en el año 1320 a.C.; justo en la época de Moisés], al saber de su conducta [de los sacerdotes, opositores a él], reescribió las tabletas e impuso las leyes y las regulaciones del nuevo culto, que fue transferido de Kizzuwatna hacia Samuha [norte del Canaán,

19

sureste de la actual Turquía]. Fue la introducción de un nuevo culto [y un nuevo dios], iniciado por el rey [de los hititas] y llevado a cabo por profesionales de culto, en este caso, los sacerdotes. [La diosa hitita introducida fue Sauska, "Diosa de la Noche", identificada con la cananita Astarte-Asherah, o "Esposa de Yahvé"].

Noga Ayali-Darshan
The Hebrew University of Jerusalem. A Redundancy in Nevuchadnezzar 15. 2012:

A pesar de la gran importancia de Nabucodonosor II [de Babilonia] (604-562 a.C.) en la historia de Babilonia y de Israel, sus inscripciones reales no han sido estudiadas satisfactoriamente.

Isaac Asimov
Científico, historiador y genio estadounidense. La Tierra de Canaán. *1971:*

La religión persa era dualista, esto es, pintaba un universo en el que había un principio del bien y otro del mal, independientes uno de otro y casi de igual poder [dos dioses máximos en lugar de uno]. Hasta el retorno del exilio [cuando los judíos fueron libertados de su cautiverio en Babilonia por el rey persa Ciro el Grande], el judaísmo había tenido un solo Dios, considerado el autor de todo, lo bueno y lo malo. Pero después del retorno [de Babilonia, entre el 458 y el 440 a.C.] surgió un "espíritu del mal". Satán, palabra que en hebreo significa "el adversario". Satán, en eterna lucha con Dios, no aparece en los libros bíblicos de la época anterior al exilio, ni durante el exilio. Comienza a aparecer en los libros escritos durante la dominación persa [como en los libros] (Crónicas, Job). Junto con Satán, jerarquías y hordas de ángeles y demonios entraron en la concepción judaica. [...] Pero el judaísmo nunca llegó a ser totalmente dualista [como sí lo era Persia, cuya religión dualista era el zoroastrismo]. Nunca se dio al espíritu del mal la oportunidad de vencer a Dios.

Elaine Pagels
Universidad de Princeton. *Autora de Revelations: Visions, Prophecy & Politics in the Book of Revelation. Entrevista con John Blake, CNN. Marzo 31, 2012:*

Su primer blanco [del verdadero autor del "Libro del Apocalipsis"] es [atacar a] Roma [...] Él realmente está profundamente enojado y apesadumbrado por la guerra [de Roma contra los Judíos, en el 70 d.C.] [...] No hay signos de que él leyera el Sermón de Jesús en el Monte, o los [demás] Evangelios o las cartas de Pablo [...] El número "666" es el emperador romano Nerón.

THOMAS JEFFERSON
Tercer presidente de los Estados Unidos. Carta al general Alexander Smyth.
17 de enero de 1825:

Veo en su libro [*Una explicación del Apocalipsis*] que se informó que [el libro de las Revelaciones o Apocalipsis] no es producción de san Juan, sino de Cerinthus [un conocido hereje], un siglo después de la muerte del apóstol [Juan]. Yo no las considero "revelaciones" del ser supremo, contra quien no quisiera blasfemar imputándole a Él una pretensión de una revelación en términos que Él sabría que nadie iba a poder comprender [...] lo considero [al "libro de las Revelaciones"] un devaneo de un maniaco [...] con visiones de pesadilla.

GENERAL ALEXANDER SMYTH
Militar y congresista estadounidense. Una Explicación del Apocalipsis. *1825:*

Caius, presbítero de Roma, de 210 a 217, conforme nos lo informa Eusebio [obispo de Cesarea] escribió: "Y Cerinto también (quien a través de su 'libro de las Revelaciones', como si fuera escrito por algún gran apóstol [en este caso Juan], nos impone monstruosas relaciones de cosas de su propia invención, como mostradas a él por un ángel) dice que después de la resurrección, habrá en la tierra un reinado de Cristo [un imperio terrenal]".

DAVID BOHM
Físico cuántico. Creador de la teoría DeBroglie-Bohm, octubre de 1970:

La búsqueda de los científicos en este nuevo siglo, tanto en la física como en la astrofísica y en el mundo cuántico, son las reglas profundas con las que fue y es creado el universo, es decir, Dios.

ALBERT EINSTEIN:
Citado por Esther Salaman en A Talk Whit Einstein. *septiembre 8, 1955.*

Quiero conocer cómo Dios creó al mundo [...] Quiero conocer sus pensamientos.

KEN WILBER
Investigador de la ciencia, Duke University. Cuestiones Cuánticas. *1984:*

El cardenal O'Connell de Boston previno a todos los católicos frente a la relatividad [teoría de Albert Einstein], afirmando de ella que era "una especulación nebulosa tendiente a inducir una duda universal acerca de Dios y de su creación" […] "una mortífera encarnación del ateísmo". Por el contrario, el rabino Goldstein proclamó solemnemente que lo que Einstein había hecho era nada menos que proporcionar "una fórmula científica en favor del monoteísmo".

MICHIO KAKU
Físico teórico y pionero de la teoría de las cuerdas:

Vivimos en un mundo hecho con leyes creadas por una inteligencia. Esto he concluido. Créanme. Todo lo que hoy llamamos "casualidad" o "azar" no tendrá sentido en adelante. Para mí es claro que existimos dentro de un plan que es gobernado por leyes que fueron creadas, diseñadas por una inteligencia cósmica, no por la casualidad.

PAPA FRANCISCO
(Jorge Mario Bergoglio). 28 de octubre de 2014.
Mensaje ante la Pontificia Academia de Ciencias:

El Big Bang [la explosión cósmica que, según los científicos, originó al universo hace catorce mil millones de años], que hoy se considera el origen del mundo, no contradice la intervención del divino creador, sino que, por lo contrario, lo requiere.

CARDENALES OPOSITORES AL PAPA FRANCISCO
Carta de 25 páginas, Correctio filialis de haeresibus propagatis
("Una corrección filial con respecto a la propagación de herejías"),
firmada por los cardenales Raymond Burke, Walter Brandmueller,
Carlo Caffarra y Joachim Meisner. 11 de agosto de 2017:

… a través de su exhortación apostólica *Amoris laetitia* ["La Alegría del Amor"], como también por otras palabras, actos y omisiones que se le relacionan, [el papa Francisco, Jorge Mario Bergoglio] ha sostenido siete posturas heréticas en referencia al matrimonio, a la vida moral y a la recepción de los sacramentos.

ADVERTENCIA A QUIEN CONTINÚE CON LA LECTURA DE ESTE INFORME

Lo que sigue son hechos reconstruidos, reales, sobre el evento más enigmático en la historia del mundo, evento durante el cual se gestó la actual civilización occidental, incluyendo a las tres religiones prevalecientes hoy en el planeta: judaísmo, cristianismo e Islam.

La información proviene de las 382 antiguas tabletas de arcilla llamadas hoy "Cartas de Amarna", encontradas en 1887 bajo tierra en la duna Tell-al-Amarna, Egipto, en lo que resultó ser el sótano enterrado de la entonces oficina de correspondencia imperial del faraón Akhenatón. El hombre que estuvo alguna vez a cargo de controlar todas estas cartas extranjeras, y de ocultárselas al propio faraón, tuvo el nombre, hoy reconocido por los arqueólogos, de "Tutu", y fue clave en este complot.

Cuando la ciudad fue prohibida y sepultada por los faraones posteriores —situación en la que permanecería por los siguientes tres mil años—, los edificios fueron intencionalmente enterrados bajo toneladas de arena del mismo desierto. Los palacios fueron demolidos y sepultados. Los templos del dios Atón fueron desmantelados y convertidos en ruinas subterráneas. Las "Cartas de Amarna", debido a este intento para borrarlas de la historia, fueron salvaguardadas por el tiempo.

Amarna pasó a ser una especie de "Pompeya de Egipto": un refrigerador del tiempo, con toda su documentación antigua preservada gracias a estas cartas secretas, que contienen los informes, comunicaciones, pedidos de auxilio entre el faraón Akhenatón y sus gobernadores locales en las sedes fortificadas del Canaán, incluyendo a "Urusalima", hoy llamada "Jerusalén", justo en la época donde existió el Moisés histórico para escribir la Biblia.

Hoy estas cartas —codificadas con las letras EA— se encuentran en exhibición y dentro de las bodegas de acceso restringido en los siguientes museos: Museo Británico, Museo Vorderasiatisches de Berlín, Museo Egipcio de El Cairo, Museo del Louvre en París, Museo Pushkin en

Moscú y en el Instituto Oriental en Chicago. Pero su contenido no es conocido por el mundo, a excepción de un puñado de historiadores que se reservan el conocimiento sobre la "Secuencia de Amarna".

El público del planeta prácticamente desconoce este portal hacia la Edad de Bronce —que en términos generales es oscura debido a la falta de datos—, porque estas cartas son de conocimiento restringido. La gente no sabe que existen. Tampoco sabe que contienen claves cruciales sobre el origen verdadero de la Biblia, y sobre la identidad de "Moisés", quien, según la propia Biblia, es el autor de su contenido inicial.

Atentamente,
Max León
Policía de Investigación / Embajada de México

P.D. La periodista británica quiere asesinarme. Todos tenemos un sosias —un individuo idéntico.

0

Tiempo actual

Por debajo del Vaticano, en la oscura "Necrópolis" —"Ciudad de los Muertos"—, frente al pórtico enterrado de la primera basílica de san Pedro —sepultada por la actual—, el santo padre Francisco caminó sobre las rocas, en la oscuridad, ante tumbas más antiguas: las de los primeros papas.

Lo guiaron con la luz proyectada por linternas que llevaban los arqueólogos.

—Es aquí —le dijeron.

El papa se detuvo por un momento. Por las grietas del techo le cayó polvo, con olor a humedad. El santo padre pudo ver, emergiendo de la negrura, el rostro de mármol: el antiguo papa san Dionisio el Grande de Alejandría, muerto en el año 265.

Sintió una palpitación atípica en el corazón. Se acercó con los ojos entrecerrados para enfocar mejor sobre las palabras escritas en el mármol.

—*Cosa dice...?* ¿Qué es lo que dice ahí? —la inscripción en el transparente mármol por debajo del rostro del antiguo papa no terminaba por revelar su significado. Su arqueólogo, con su grueso paño de franela, chorreado de líquidos, limpió el polvo sobre la piedra y emergieron las letras, cubiertas por dos mil años de polvo. Con el haz de la linterna iluminó el texto hasta que se pudieron leer las palabras:

το βιβλίο «αποκάλυψη» δεν γράφτηκε από τον απόστολο ιωάννη. δεν το έγραψε ούτε ένασ χριστιανόσ.

—Es griego —le susurró al santo padre—. Dice: "El libro llamado 'Apocalipsis' no fue escrito por el apóstol Juan. Ni siquiera lo escribió un cristiano. Lo escribió un impostor: fue Cerinto, el fundador de la herejía 'cerintiana'. Cerinto es el verdadero autor del texto llamado 'Apocalipsis', y es una blasfemia".

El santo padre suspiró, llevándose un poco del polvo a las narices. Las letras lo llevaron a una duda inmensa.

El arqueólogo le preguntó:

—¿Esto es el "Secreto Biblia"? ¿El libro del Apocalipsis es falso?

El papa tragó saliva y sintió un cansancio en el cuerpo, como un aturdimiento.

—San Dionisio no fue el único que afirmó esto. Cuatro de los padres de la Iglesia insinuaron que hubo dos Juanes, y que Juan el apóstol no fue el que escribió el Apocalipsis.

—Entonces ¿es verdad…? ¿El libro del Apocalipsis, en el que creen millones… es falso? ¿Por qué no se le ha dicho esto a millones?

El pontífice se volvió hacia el muro: al rostro de mármol que desde el pasado venía a confesarle la verdad:

—Esto es sólo el principio.

1

ISLA DE PATMOS - GRECIA
ISLA DEL APOCALIPSIS

ISLA DE PATMOS
Mar Egeo
Islas Cícladas
Locación perteneciente a la República Helénica
Coordenadas 37.325 N / 26.541 E

(Isla donde presuntamente —dentro de una cueva llamada Σπήλαιο της Αποκάλυψης [*Spelaio tes Apokalipses*] "Gruta del Apocalipsis"— el apóstol Juan vio a Jesucristo, quien ahí le reveló cómo va a suceder el fin del mundo; revelación que Juan presuntamente escribió y compone el último de los libros de la Biblia cristiana: el Apocalipsis de Juan, cuyo personaje clave es el "Anticristo".)

En medio del jardín de cipreses, con un cigarro en la boca, apenas prensado entre sus labios, el investigador policiaco Max León, asignado como asesor político del embajador de México en Grecia, Dorian Valdés, apuntó su negro y modernista revólver —HM4S— hacia un sonriente objeto gordo de cerámica colocado sobre la barda: un Santa Claus.

—Tú no existes, pendejo. Sólo eres una más de las mentiras de la especie humana. ¿Por qué debo creer en ti? Fuiste creado por la Coca-Cola —y le disparó en la cabeza.

El sonido de la bala inundó el ambiente, el olor de la pólvora quemada le llegó a las narices mientras los pedazos de cerámica volaron por el jardín. El revólver de Max León despidió un humo ácido, invisible. Max dirigió el arma tres grados a la derecha, al primero de los nueve enanos que complementaban la corte navideña, los cuales parecieron temblar.

—Ustedes tampoco existen, pinches embusteros.

Les disparó en la cabeza, uno a uno, con detonaciones sucesivas de su prístino subfusil HM4S.

Mientras las explosiones martillaban el aire, Max dijo:

—Sí, sí, sí. No los estoy matando. Los estoy inmortalizando —les sonrió. El cigarro se encendió al ser aspirado y Max soltó una bocanada más de humo. En el jardín, sus diez compañeros —también ex policías forenses mexicanos— le sonrieron, negando con la cabeza.

—¿Así es como aprovechas tu descanso?

—Para mí no existe el descanso. Ni siquiera soy libre para morir.

—¿Para esto te sirven tus doctorados en Integración de Complejidad de la Universidad de Yale, o en Pensamiento Paralelo de la Universidad de Stanford?

Max León giró su revólver seis grados más a la derecha: hacia los tres reyes magos que estaban sobre la barda, portando sus regalos.

—¡Max! ¡Con ellos no te metas! —le gritó Leto Flep.

—Ustedes tampoco existen —les dijo Max a los "reyes". Pero se detuvo por un momento. En el silencio los observó. Entrecerró los ojos. Les susurró—: *o ¿acaso ustedes sí existieron realmente?* —y frunció el entrecejo—... *Un misterio más para la ciencia forense...* ¿Los reyes magos fueron reales?

Procedió a dispararles. El revólver, sin embargo, se quedó inmóvil en el aire, suspendido, al llegar a Gaspar. El dedo de Max León no pudo oprimir más el gatillo.

Sintió temor.

—*Sé lo que me está pasando...* —se dijo a sí mismo—... *esto es el temor reverencial.* Me está deteniendo. Es el temor reverencial contemplado en el Código Civil del Distrito Federal, artículo 1820; la destrucción de la mente. Pasé años de mi infancia absorbiendo estas creencias religiosas... Ya no importa si fueron reales o no: el temor ahora es real... Ya está implantado en mi maldito cerebro —y decidió jalar el gatillo.

Las estatuillas comenzaron a estallar.

—Seré libre de todos mis miedos… Sólo creeré en lo que es *real* —y comenzó a gritar—: ¡Todo puede ser investigado! ¡Todo puede ser resuelto! ¡Todo debe ser descubierto! ¡Mi profesión es encontrar la verdad!

En el jardín de la isla, llegó trotando hasta él su gigantesco amigo de 120 kilos: King Burger. Llevaba un teléfono en la mano, pequeño, que parecía ahogarse en la mano inmensa de su portador.

—¡Te llama el embajador! ¡Le urge que contestes!

Max León aspiró de su sabroso y caliente cigarrillo de la marca Delicados. Tomó el aparato. Lo acercó a su oreja. Su jefe, con voz profunda, le recriminó:

—No podía decirte para qué te envié a la isla de Patmos. Ahora te lo voy a decir. Te envié para supervisar la coordinación logística y la seguridad de un importante evento de las Naciones Unidas. Va a ocurrir dentro de exactamente una hora, en el monasterio de san Juan apóstol, en la cima de la montaña que es el centro de la isla. Puedes ver esa montaña y ese monasterio desde donde estás. Voltea hacia el norte.

Max León giró la cabeza al norte, por encima de la barda, hacia lo alto del monte Chora.

—En efecto, puedo ver ese monasterio —el gigantesco castillo acorazado, de la Edad Media, de color café ladrillo oscuro, con torres almenadas: un verdadero fuerte antiguo resplandecía frente a él. Alrededor del monasterio descubrió un enjambre de helicópteros sobrevolándolo, sobre los cientos de casas blancas circundantes que semejaban un nido de espejos que reflejaban el sol.

—Ese monasterio es un lugar relacionado con el fin del mundo, con el Apocalipsis —le informó el embajador Dorian Valdés.

—Vaya —y volvió a chupar de su cigarro—. ¿Y qué debo hacer? ¿Supervisar la seguridad?

—El prosecretario de las Naciones Unidas, Moses Gate, convocó a representantes de todos los países para estar ahí, y también a los líderes de todas las religiones. Va a ocurrir un anuncio extremadamente importante en ese monasterio, relacionado con el descubrimiento del papa en el Vaticano. Moses Gate va a informar al mundo quién escribió la Biblia, y cuáles partes de la Biblia son falsas.

Max levantó sus cejas y mordió el cigarro. El olor de la pólvora quemada aún estaba en el ambiente.

—Okay —y recortó su semifusil HM4S—. ¿Por qué me está enviando?

—Tú eres el mejor investigador policiaco que conozco. Tú eres mi brazo derecho. Tienes un coeficiente intelectual de 145 puntos. Quiero que vayas a impedir un asesinato.

2

Desde el lado norte de la isla, el joven ex sacerdote Centinela del Apocalipsis llamado Creseto Montirano, un fanático con un coeficiente intelectual de 70 puntos, también observó la imponente cima del monte Chora y su gigantesco monasterio.

Con sus ojos negros y brillantes, llorosos, el joven moreno, de rostro ahuesado, miró el colosal y fortificado castillo medieval construido en el año 1088: el monasterio de san Juan apóstol, llamado "Μονή του Αγίου Ιωάννου του Θεολόγου", *Moné toi Agion Ioanni Theologon*, "Monasterio de Juan el Teólogo".

Con sus delgados y temblorosos labios balbuceó con la mirada fija en las almenas del monasterio mientras aferraba su ancha Biblia.

—Apocalipsis 20: "Vi a un ángel que descendió del cielo, con la llave del abismo, con una gran cadena en la mano. Y prendió al dragón, la serpiente antigua, que es el diablo y Satanás, y lo ató por mil años…" —dicho eso empezó a caminar para dirigirse al monasterio que más parecía una fortaleza, con sus paredes lisas, con troneras y almenas. El clima era cálido como en casi todos los meses en las islas, y el joven ex Centinela del Apocalipsis avanzó con ánimo, la mente envuelta sólo en las palabras del Apocalipsis hasta que al fin llegó a las escaleras en la roca que lo llevarían a lo alto del monte Chora. Apenas subió los primeros escalones y recitó—: "Y cuando los mil años se cumplan, Satanás será liberado de su prisión, y saldrá para engañar a las naciones que están en los cuatro ángulos de la tierra, a Gog y a Magog, y va a reunirlos para la guerra; el número de los cuales es como la arena del mar", y será el fin de los tiempos.

Con su negra sotana se arrodilló sobre uno de los asimétricos escalones de mármol. Una gota de sudor mojó el suelo. No era el único que hacía el recorrido. Visitantes de otras zonas del mundo y lugareños pasaban a su lado sin molestarse de que él estuviera persignándose en forma compulsiva, orando en silencio con sus labios apenas abiertos, aunque abría y cerraba los ojos. En ese lugar los dementes como él eran algo habitual.

Apretó los ojos con fuerza, como si sufriera, sin separar de su pecho la ancha Biblia, y continuó subiendo por la zigzagueante escalera de piedras blancas, entre las anguladas paredes de la acuática isla de Patmos. Corredores como ese formaban una red hacia lo alto del monte Chora, semejante a un laberinto. La cima era el monasterio de san Juan el Apocalíptico.

—Señor, por favor no me abandones en este momento de sufrimiento y de miedo —y le tembló la nuez de la garganta—. No sé si estoy haciendo lo correcto.

Se llevó la mano al oído cuando en su diminuto audífono escuchó una voz masculina, con acento griego:

—Sí estás haciendo lo correcto. No pienses. Cuando no sepas qué hacer, yo te indicaré qué hacer. Yo soy tu intermediario con Dios —e hizo una leve pausa—. Tú fuiste creado para defender a la Biblia. Dios no va a resolver esto solo. Nos creó a nosotros para defenderlo aquí en la tierra, cuando estos hombres de ciencia quieren destruirlo a Él y a la Biblia. Hoy tú eres Ha Mash-hit, el Ángel Destructor de Éxodo 12:23. Recuerda lo que él hizo en Egipto, contra los enemigos, contra los primogénitos.

El joven sacerdote, sin dejar de temblarle la garganta, tragó saliva y una lágrima rodó entre los párpados cerrados, misma que se limpió con brusquedad.

—Está bien. Está bien.

De nuevo abrió los ojos. En lo alto de la montaña el gigantesco monasterio fortificado, de color café oscuro, se veía envuelto en frenesí. Observó los veinte helicópteros militares del gobierno griego, y otras tantas aeronaves de las televisoras, girando alrededor del castillo mientras que abajo, en el mar que rodeaba la isla, varias lanchas militares, algunas con poderosos misiles interceptores, patrullaban las aguas.

—Allá voy —y reanudó la marcha hacia su propio suicidio.

Al subir cada nuevo escalón se adhirió contra el pecho el objeto que más había amado de toda su vida: su voluminosa Biblia.

—No voy a fallarte, amado padre del cielo. ¡Todo aquel que no tenga en su puerta tu marca de sangre morirá! ¡Éxodo 12:23! En el nombre del padre, y del hijo, y del espíritu santo —y se persignó compulsivamente.

En la Biblia tenía oculta una insólita arma para ejecutar este cometido. Aceleró su ascenso a través del laberinto de corredores blancos, hacia el secreto de la Biblia, por en medio de los cientos de turistas.

3

Por ese mismo sendero de la montaña, en el año 39 d.C., otro joven igual a él —también moreno y de ojos negros y llorosos— subió asustado, entre las rocas, por en medio de las pequeñas casas de maderos, hacia el templo de Diana-Artemis.

—*¡Eyal! ¡Azar!* ¡Auxilio! —y se volvió hacia atrás. Vio al terrible hombre que venía a sus espaldas, escoltado por una multitud de fanáticos.

—¡Atrápenlo! ¡Ése no es Juan el seguidor de Chrestus! ¡Juan soy yo!

El joven moreno se ocultó en una habitación del templo, con el corazón pulsándole con más frecuencia que siempre.

—¡Este hombre quiere matarme! ¡Está hablando en las plazas usando mi nombre! ¡Está diciendo que él fue el apóstol de Yoshua Chresto!

Nadie lo escuchó.

Sobre las rocas y sus pisadas transcurrieron setenta años.

Juan el apóstol murió, igual que el hombre que lo persiguió, llamado Cerinto. Otro hombre, nuevo, de una nueva generación, Policarpo de Esmirna, les dijo a sus discípulos, todos nacidos en el segundo siglo —año 130 d.C.:

—Ya no está aquí Juan el apóstol para decir lo que sucedió en verdad, ni cómo fue asesinado —y miró en lontananza—. Recuerdo que cuando yo fui un niño, más joven que ustedes, lo escuché, a aquel Juan, el verdadero, y en ese tiempo él nos dijo, con mucho miedo, que había otro hombre al que le tenía pavor, llamado Cerinto, y que él tuvo que esconderse en el templo porque ese hombre quería asesinarlo.

Sobre ese peñasco del monte Chora volvieron a pasar setenta años.

Sobre las rocas, ahora más frías, un nuevo hombre, de una nueva generación (año 195 d.C,), Irineo de Lyons, obispo en la ciudad de ese nombre, caminó hasta la cima deshabitada, hacia el lugar donde aún no existía ningún monasterio. Les susurró a sus alumnos:

—En los primeros días después del fallecimiento de Cristus hubo un gran discípulo llamado Juan… Fue el más amado de todos sus seguidores. Cuando el emperador romano Domiciano comenzó las persecuciones contra los cristianos, Juan se refugió aquí, en esta isla, en este monte, que era un templo de Diana —y miró la cima, completamente silvestre, tapada por cipreses. Caminó sobre las hojas—: según Policarpus, hubo también un hombre al que Juan temió durante todo el final de su vida: Cerinthus o Cerinto.

—¿Cerinthus...? —le preguntó uno de sus alumnos—. ¿Quién era Cerinthus?

El anciano obispo de Lyons, de la provincia romana de Galia —actual Francia—, miró el horizonte, hacia las negras nubes rojizas, sobre el mar Egeo.

—Cerinto es el autor de la más horrorosa herejía de todos los tiempos —y lo miró fijamente—. La herejía sobre el fin del mundo. Es una herejía de origen persa.

Siguió caminando hacia arriba, sobre la hojarasca, entre los cipreses, rumbo a la oscura cueva donde alguna vez Juan vivió sus últimos días. Era ahí donde debían encontrar la verdad, el Secreto Biblia.

Sobre las mismas rocas pasaron otros cincuenta años.

Irineo de Lyons murió, igual que todos sus discípulos. Un nuevo hombre, de una nueva generación, caminó de nueva cuenta sobre el monte Chora, ahora con los árboles cortados. Miró los nuevos edificios que se estaban construyendo sobre las ruinas del arcaico templo de Diana: los modernos establos de Decio. Era el vigoroso obispo de Alejandría, ciudad al norte de Egipto. Tenía sesenta años. Era el año 250 después del nacimiento de Cristo. Lo acompañaron sus veinte obispos menores. Dionisio era el papa de Alejandría, una de las tres sedes máximas del cristianismo —Roma no era aún la sede única.

—Algunas personas han repudiado el libro que está circulando, el que ellos llaman Apocalipsis o "Revelaciones del fin del mundo" —continuó subiendo por la montaña—. Ese libro no lo escribió Juan, y tampoco es una "revelación".

Sus acompañantes se quedaron en shock.

—Pero... ¿No es Juan el apóstol el autor de ese libro? Sus primeras palabras dicen: "Revelación de Jesucristo... a su siervo Juan...".

San Dionisio papa les sonrió:

—¿Qué nombre utilizarías si quisieras mentir? No sólo el autor de ese libro no fue ninguno de los apóstoles de Cristo. Ni siquiera fue un cristiano. Están engañando a miles.

Los obispos se miraron unos a otros; negaron con la cabeza. Dionisio el Grande les dijo:

—El que escribió el libro del Apocalipsis es un impostor —y se detuvo—. Alguien ha estado tratando de imponer esta herejía persa para modificar la religión de Cristo. Si ustedes no hacen esto conmigo, esta investigación, entonces esta deformación persa se va a convertir en la realidad. En el futuro no van a saber diferenciar la verdad de la mentira.

No prosperaron en su intención.

Pasaron mil ochocientos años.

Sobre la montaña de la isla se creó una ciudad: Chora, hecha de yeso y mortero. En medio surgió el gigantesco castillo de color café oscuro. En el mundo surgieron y se extinguieron cinco imperios, hasta llegar al siglo XXI. Sopló en el viento el olor de un helicóptero PEGASOS ISR UAV de la fuerza aérea helénica. Ahora un nuevo joven, de una nueva generación, el sacerdote católico Creseto Montirano, continuó subiendo los escalones de roca por el actual barrio de Chora, entre las zigzagueantes paredes blancas, sudando.

Respiró en el aire fresco el olor del mar Egeo mezclado con el aceite de oliva y albahaca —Patmos era uno de los mayores atractivos turísticos del planeta debido a la historia de Juan como autor del libro del Apocalipsis—. Observó, por encima del monasterio, los helicópteros de la ONU.

—Que tu voluntad sea realizada, señor del universo, señor Jesucristo, ahora que se precipita el fin de los tiempos, yo soy tu siervo. Yo soy Ha Mash-hit. Yo soy tu Ángel Exterminador, y cobraré con su sangre la vida de los primogénitos, porque están investigando el origen de la Biblia.

4

—Así me gusta —se sonrió a sí mismo el energético hombre de sesenta y cinco años: el predicador y político Abaddon Lotan, en su impactante escritorio de cristal negro. Atrás de él había fotografías de sí mismo con presidentes de los Estados Unidos como Clinton, Bush y Trump.

Aproximó el auricular del teléfono hacia el aparato. Lo depositó encima. Colgó la llamada con el joven sacerdote Creseto Montirano, es decir, con el pequeño audífono del sacerdote.

—Las mentes débiles siempre pueden ser influenciadas, y más aún cuando carecen de seguridad en sí mismas.

Se volvió hacia el hombre anciano a su lado: un hombre de Dios, el superior de los Centinelas del Apocalipsis en la isla de Patmos: Arthur O'Connell.

—No entiendo qué va a hacer ese joven. ¿Qué le ordenaste que hiciera?

Abaddon Lotan se reclinó hacia él, sobre el escritorio:

—Un maldito embajador de las Naciones Unidas, basándose en el descubrimiento del papa en los sótanos del Vaticano, quiere desacreditar aquí la Biblia, frente a nosotros, en este monasterio, y específicamente el libro del Apocalipsis, y lo quiere hacer en este evento mundial frente a los diplomáticos de todo el mundo, ante los medios, con cobertura internacional de la CNN, acompañado por los arqueólogos judíos. ¿Quieres que esto suceda?

El superior de los Centinelas del Apocalipsis en la isla inclinó la cabeza. El poderoso Abaddon Lotan se levantó de su asiento. Caminó por detrás de su invitado. Colocó la palma sobre el hombro del anciano.

—Tú te presentarás pronto ante el altísimo; el día de tu muerte, que será pronto, ¿qué le vas a decir? ¿Que fuiste un cobarde? ¿Le vas a decir a Él que cuando estos científicos, estos arqueólogos vinieron a aquí a atacar el libro sagrado, revelado por Dios mismo a Moisés y a los apóstoles de Cristo, tú, siendo un sacerdote de su Iglesia, no tomaste ninguna acción para defenderlo? —y le apretó el hombro—: esta lucha no es contra hombres. ¡Es contra Satanás mismo! Es Satanás el que está detrás de estos hombres de ciencia. Satanás es la serpiente. Tú eres parte del patronato del monasterio, y tienes el acceso a los protocolos de la UNESCO. Esto debe ser como Magdala.

El superior asintió.

—¿Qué quieres que haga? —había un rescoldo de ansiedad en su mirada.

—Dile a mi hija que debe tomar el control del evento. Que utilice a sus contactos de la UNESCO para reunir en la capilla a todos los encargados de seguridad. Te estoy transmitiendo una lista de estos individuos. Los designó Naciones Unidas. Quiero que mi hija los intercepte y los controle, que los conduzca hasta la capilla de Christodoulos. Que los encierre ahí. No deben interferir con mi sacerdote más amado —curvó los labios para formar una sonrisa—. Mi leal Creseto Montiranio.

5

—Tu padre quiere que te pongas en contacto con los que van a estar a cargo de la seguridad: que los distraigas. El evento comienza dentro de una hora.

La hermosa Serpentia Lotan, de largos cabellos negros hasta la cintura, de grandes ojos negros, con largas pestañas, frunció sus bellas cejas mientras escuchaba la orden, sentada detrás de su escritorio de trabajo:

—¿Por qué debo distraerlos?

—Para perpetrar la operación "Montiranio".

—¿De qué hablas? —le sonrió ella.

—Son seis personas, adjuntos de seis embajadas: el Congo, Namibia, el Reino Unido, Brasil, Australia y México. Los seis han sido asignados para coordinar la seguridad esta noche. Todos han trabajado en los ejércitos de sus propios países, en áreas de antiterrorismo o policía. Son conocidos del propio embajador Moses Gate. Los quiere para proteger su vida. Sabe que hoy mucha gente quiere asesinarlo.

—Los conozco —le sonrió ella—. Todos me han deseado.

La hermosa mujer, de exuberante cuerpo, vestida con un traje sastre de color negro, pegado al cuerpo, lentamente descruzó la pierna. Se levantó del asiento.

—¿Es una orden de mi padre?

—Sí. Es una orden del reverendo Lotan. Quiere que te hagas cargo.

—Mi papá es el presidente del patronato Isla de Patmos. Es un gran hombre, con muchas conexiones. A veces no entiendo las cosas que hace. No debo entenderlas. No estoy aquí para comprender lo que él decide. Él es un brazo de Dios. Dios lo eligió.

Serpentia Lotan, también llamada Serpia, caminó con cadencia hacia la puerta. Sus cabellos negros se adaptaban con suavidad a la forma del cuerpo, a los hombros, a la espalda. La abrió y enseguida entraron sus asesores, quienes vestían casi igual que ella. Serpia le sonrió a su asistente:

—Quiero fotografías de estos sujetos para dárselas a los soldados de mi papá. Diles que los contacten. Que le digan a cada uno que lo estoy esperando en la capilla de Christodoulos, a solas. Insisto: todos me desean —lo dijo son satisfacción—. Todos acudirán a mi llamado.

Al otro lado de la puerta vio el acceso al corredor Theologon del monasterio, compuesto por grandes arcos de color blanco, espaciados, por donde se colaba el aire frío del clima artificial. Serpia y sus hombres estaban dentro del mismo complejo, en las oficinas del patronato comandado por su padre. Arriba de sus cabezas, en la azotea del monasterio, llamada Οροφή —"Orofí"—, estaba a punto de ocurrir el evento más importante de la historia de la Biblia como libro: la revelación de los nombres de sus verdaderos autores; así como también un acontecimiento terrorista de la máxima escala.

Tres poderosos helicópteros diplomáticos surcaron el cielo. Iniciaron el descenso sobre el monasterio.

—"Se aproxima el embajador Moses Gate, de Israel. Escolta de acogida preparada para recibirlo" —escuchó Serpia en su audífono—. "El agente Creseto Montiranius también está entrando al complejo resguardado por la guardia Lotan."

6

Doce metros abajo, en el poderoso pórtico del castillo —mejor llamado monasterio—, el joven y demacrado sacerdote fanático Creseto Montiranio, con su ancha Biblia oprimida contra el pecho, con su propio sudor bajándole por la cara, con lágrimas en los ojos, con las manos temblándole sobre la Biblia a causa del estrés al que se encontraba atado en ese momento, les dijo con voz chillante a los guardias de acceso:

—Isaías 2:2: "Y acontecerá en los días finales que el monte de la casa del señor será establecido como cabeza de los montes, y se levantará sobre los cerros. Y confluirán a él todas las naciones" —y con la Biblia los bendijo—; Apocalipsis 14:7: "Teman a Dios y denle gloria, pues la hora de su juicio ha llegado; adoren al que hizo el cielo y la tierra, el mar y las fuentes de las aguas. Dichosos los que de ahora en adelante mueren en el Señor".

Los guardias se miraron entre sí y después observaron despectivamente al Centinela:

—Otro loco. Puede ser peligroso. Sácalo de aquí. No dejes que entre.

El Centinela los observó atónito cuando uno de ellos se acercó y lo jaló pasos atrás. Aferró la Biblia al pecho, sus dedos le dolían por el esfuerzo, hasta que el mismo guardia que lo sacaba observó en el cuello del sacerdote, enredado el cordón al cuello, el gafete que decía: PATRONATO PATMOS. INVITADO ESPECIAL.

—Déjalo pasar. Adelante, padre —le indicó el guardia y le ofreció una disculpa, al tiempo que le acomodaba la sotana y el gafete con sus guantes de color blanco—. Su lugar es allá arriba, en primera fila.

7

Así se introdujo un asesino diagnosticado clínicamente con transtorno de personalidad limítrofe al evento más importante de la historia de la Biblia: el día en el que, después de tres mil trescientos años, se iba a revelar su verdadero origen.

Por la misma puerta se introdujo también, mostrando a los guardias su placa diplomática de la embajada de México, el ex policía de investigación Max León, seguido por sus hombres.

Los guardias lo detuvieron junto a su séquito, pero Max los increpó cuando uno de los guardias lo auscultó y encontró su arma:

—Max León. Adjunto de Seguridad y Logística. Quiero coordinarme con Aaron Starway, adjunto del embajador de Israel, Moses Gate —y se volvió hacia arriba. A través de los grandes arcos de color blanco, vio la azotea del complejo: la terraza de las capillas, donde estaba a punto de ocurrir el evento. Distinguió los helicópteros a lo lejos. Cierta tensión y electricidad rondaba alrededor del castillo de muros cafés. Sacó su identificación y los guardias, después de solicitar permiso al área central, le permitieron entrar.

—Por favor, Agente León, pase al interior.

Ya adentro, Max volteó hacia su comitiva.

—Desde este momento ustedes y todos los otros activos de seguridad actúan bajo mi comando y el de Starway y los otros cinco apoderados. Transmitan directiva.

Adentro la sesión semejaba cualquier encuentro o diplomado internacional. Había mesas con charolas de comida y otras viandas. Max León caminó entre los diplomáticos y periodistas vestidos de etiqueta, saludándolos. Avanzó entre el denso murmullo de la gente en diversos idiomas. Les sonrió a las damas que le resultaron bellas, las cuales le correspondieron con miradas sutiles y sonrisas. Por encima de su cabeza escuchó los helicópteros. Entre la gente observó la presencia de padres de la Iglesia ortodoxa griega, vestidos con sus sombreros kameloukion, cilindros con velos. También observó rabinos y sacerdotes protestantes y católicos. Todos estaban conversando. Vio también a doce embajadores.

Sintió en la cintura su revólver HM4S. Suavemente se acercó el diminuto micrófono a la boca:

—Tengo en control el sector seis del complejo. Mis visores inician coordinación con Starway ahora mismo, y con los demás apoderados. Distribúyanse en zona pórtico, en las rampas, en las gargantas de las escaleras. Ya tengo todo sintonizado, en pantalla celular de monitoreo. Observen todo lo que pueda ser factor de riesgo. Identifiquen, ubiquen y restrinjan lo que se salga de protocolo. Todo comuníquenmelo aquí en canal abierto —y se bajó el micrófono.

Se le acercó un individuo de raza negra, sonriéndole:

—¡Amigo Max León! —y le aproximó la mano—. ¡Es un honor tenerte aquí! ¡Sé que tuviste la medalla al mérito en la Universidad de Oxford, por la conferencia sobre Predicción de Violencia, Lógica Difusa y Empatía Criminalística! —y por detrás del sujeto apareció una mujer de estatura media, de largo cabello negro hasta la cintura, de grandes ojos negros, con grandes pestañas.

Dios... —se dijo Max León. Tragó saliva—*... es Serpentia Lotan...*

La mujer, enigmática, con movimientos que parecieron ocurrir fuera del tiempo, como en cámara lenta, le sonrió a Max.

—Ven, Max —y lo jaló hacia ella. Sus dedos eran suaves y pronto ofrecieron presión para acercarlo a ella. Max sintió su calor.

Todo lo demás quedó en silencio. Serpentia Lotan caminó por el pasillo, entre la gente, jalando a Max, a quien ya había tomado del brazo. Serpia respiró con profundidad, expandiendo el pecho, y Max observó los senos que adivinó calientes bajo el escote.

Caminaron rumbo al fondo del corredor.

—Ven conmigo, Max León. Tengo que mostrarte algo muy importante que está aquí abajo. Es sobre la seguridad del embajador Moses Gate —su voz era coqueta, ni tan grave ni aguda—. Se llama capilla Christodoulos.

Max León tragó saliva. Miró a un costado.

En su audífono, su jefe, el embajador de México en Grecia, le dijo:

—Estoy en el Eurocopter. En quince minutos voy a bajar al monasterio. Hay cosas que no te he comentado. Antes de que tú nacieras, en 1968, el papa Pablo VI entregó a México un regalo muy especial. Se lo dio al presidente Luis Echeverría. Nadie informó sobre el contenido oculto en este mosaico. Sólo se dijo que era el pasaje Isaías 7:15, que habla sobre el nacimiento de Cristo. Fue hecho pedazos en el sismo de 1985, pero yo lo estoy llevando. Hoy es clave en el descubrimiento.

Max tragó saliva. No debía dejarse separar del grupo tan pronto, pero intuyó que algo podría sacar de beneficio. Serpentia Lotan lo condujo hasta la capilla. Max distinguió, por encima de la puerta de yeso, las palabras griegas CAPILLA CHRISTODOULOS. El perfume de Serpia Lotan invadía sus narices. Miró de reojo los hombros al descubierto, una piel tersa y tibia. Cerró los ojos. El embajador le repitió en el audífono:

—Isaías 7:15 es la llave de decodificación del Secreto Biblia.

8

Justo seiscientos metros en diagonal hacia el sureste de la isla, en un segundo pico, más pequeño, el apóstol Ioannis —Juan— entró sudando a un agujero en el monte —una oscura cueva, por debajo del templo de Diana.

En el idioma griego del año 39 d.C. gritó hacia afuera:

—¡Ayúdenme! ¡Este hombre quiere matarme! —y tocó las paredes como si pudiera moverlas con las manos.

Por encima de su cabeza observó una formación anormal en la piedra: una extraña grieta geológica con la forma de una letra *Y*, como si el techo se dividiera en tres partes o "lóbulos".

Entró a la cueva, dos mil años después, el arqueólogo Syr Sheen, miembro del equipo de arqueólogos del embajador israelí Moses Gate. Le dijo a su acompañante, también arqueólogo:

—El apóstol Juan efectivamente habitó en esta cueva hace veinte siglos. Pero no fue Juan el que escribió el libro del Apocalipsis. Fue otro hombre, y lo escribió para engañar a millones. El libro del Apocalipsis no es cristiano. Es una falsificación. La crearon los persas para destruir el Imperio romano.

En el vientre sintió un tubo frío: un metal. Se extrañó. Observó a su compañero Kove Ring.

—¿Qué estás haciendo?

Sintió un disparo en el abdomen, un hielo que le estallaba en los intestinos. Se le llenó el vientre de un líquido frío. Descendió hasta el suelo, sobre sus rodillas, en el piso donde había dormido el apóstol Ioannis.

—Hoy vas a morir aquí también, y también tu maldito embajador, y también sus malditos enviados científicos. Los arqueólogos son satánicos. ¿Cómo se atreven a investigar si es verdad el texto de la Biblia?

Entre el humo del disparo, el acompañante susurró las siguientes palabras, aproximando la boca hacia el micrófono en su cuello:

—Reverendo Lotan: acabo de inmortalizar al alemán. Ahora sólo faltan los que están en Jerusalén y los que están por llegar al monasterio.

9

Dentro del milenario castillo, una masa de invitados se movió como un enjambre alrededor del hombre principal de esa noche: el embajador

Moses Gate. Las cámaras de la televisión de varios países le apuntaron a la cara.

—Señor embajador, ¿qué es lo que va a ocurrir esta noche? ¿Qué es lo que usted va a decirle al mundo en los próximos minutos?

—Hoy vamos a transmitir en vivo, vía satélite desde Jerusalén, un descubrimiento arqueológico que va a sacudir al mundo. Dentro de pocos minutos, millones de televidentes en todo el mundo lo van a presenciar: el descubrimiento arqueológico más importante de toda la historia del hombre —le sonrió a la reportera. Reanudó su avance hacia la escalera norte, rumbo a la azotea.

La periodista le arremetió con su micrófono de ABC News en la cara. Apretó los labios, en sus ojos había un destello de frialdad:

—¡¿Qué es lo que van a descubrir?!

El gallardo e imponente embajador de setenta años, con su prístino traje de color gris claro, y con su corbata roja que decía PAZ EN EL MUNDO, le sonrió:

—Hoy vamos a desenterrar juntos, frente al mundo, la versión más antigua que existió de la Biblia. Es decir: la versión original de la Biblia. Se llama Fuente J.

—Un momento… ¿La versión que hoy se conoce no es auténtica?

El embajador de Israel, sin dejar de caminar, le contestó:

—La versión que hoy tiene el mundo es falsa. Lamento informárselo. El documento original de la Biblia se llama Fuente J. Los arqueólogos de todo el mundo saben que existe, pero no lo han encontrado. Hoy vamos a desenterrarlo. Los líderes religiosos saben todo esto —y siguió avanzando—. Hoy lo va a saber la gente. Lo que les han enseñado en sus escuelas y en sus casas es una mentira.

Subió por las estrechas y abarrotadas escaleras de yeso, apretujado por la gente. Todos le preguntaron cosas al mismo tiempo, en varios idiomas, tratando de que diera más declaraciones que, en ese momento, la reportera de ABC News informaba por su canal a millones de espectadores.

Metros más adelante, mientras era conducido por Serpia Lotan, en su radio, un hombre de seguridad le dijo a Max León:

—¡Monarca 2! ¡Monarca 2! ¡Situación de peligro en nodo norte!

Por detrás del embajador Gate, cinco escalones atrás, el joven sacerdote Creseto Montiranio, con la Biblia apretada contra el pecho, le gritó al embajador, llorando:

—¡Hagan caso de mí cuando les advierto lo que viene! ¡Libro de Enoc 9:6: "Asa'el, el ángel maligno, ha revelado a los hombres los secretos eternos que se cumplen en los cielos! ¡Por esto encadénenlo de pies y manos: hoy será sumergido en el Abismo!" ¡Libro 2 Crónicas 15:13: "Cualquiera que no busque al Dios de Israel deberá ser puesto para ejecución, sin importar si es pequeño o grande, hombre o mujer…!" —los invitados a su alrededor empezaron a murmurar; un nido de cámaras apuntó al hombre mientras los reporteros se escudaban detrás de los camarógrafos. El joven sacerdote con 70 de coeficiente intelectual y con toda la fuerza de sus pulmones, desgarrándose el pecho, gritó hacia Moses Gate—: ¡Levítico 24:16: "Quien sea que blasfeme contra el nombre de Dios habrá de ser ejecutado. Toda la congregación deberá apedrearlo hasta la muerte!" ¡Porque tú eres el falso profeta del que Juan escribió en su libro del Apocalipsis, y yo vengo a silenciarte! —y levantó en el aire la Biblia.

El agente Sebastiáo Villa-Lobos gritó en su pequeño micrófono en el cuello, en canal abierto:

—¡Max León! ¡Max León! ¡Tengo aquí factor de peligro! ¡No puedo llevarme la mano al revólver!

En efecto, apretado por las demás personas, Sebastiáo no podía aferrar su propia arma para defender a un hombre de Estado.

El joven sacerdote Creseto Montiranio, con un esfuerzo descomunal, elevó la Biblia por encima de las cabezas, agitándola como si fuera una bomba, mientras subió uno a uno los escalones, en el espacio que la gente había hecho mientras se alejaba de él, tomándolo como un loco, como uno más de los que venían a la isla de Patmos.

—¡Pagarás con tu sangre, falso profeta! ¡Apocalipsis 19:20!: "¡Y la bestia fue apresada, y con ella el falso profeta! ¡Y los dos fueron lanzados al lago de fuego!"

Abajo, en la capilla Christodoulos, el investigador policiaco graduado en Stanford, asesor del embajador de México, Max León, ladeó la cabeza. Intentó zafarse, sin éxito, porque Serpia tenía sobre él un control inusual. Penetraron silenciosamente el umbral subterráneo: la puerta de color claro, de olorosa madera de sándalo. Oía por el micrófono los gritos en la parte superior y la voz chillona del Centinela.

Al otro lado vio a cinco hombres parados, inmóviles: los cinco asesores militares de los cinco embajadores: Claude Ubamba del Congo, Steve Bower de Inglaterra, Bubal Kehara de Namibia, Joao Sierra de Brasil y Robin Gerarde de Australia. Max León se extrañó. Lentamente volvió hacia la chica.

—¿Qué demonios es esto? ¿Es una trampa? —y, con sus músculos durmiéndosele, paralizándosele por dentro de la piel, se llevó la mano al diminuto auricular—. Me envenenaron con algo —y miró a Serpia Lotan—. Me envenenaste. Aquí no hay señal de radio. ¡No hay señal! —el techo parecía caerse sobre él, pero sólo era Serpia, quien le dijo:

—No te preocupes, Max León —y le pasó la boca por el cuello—. En este lugar todos estamos protegidos por Dios. Éste es el monasterio del fin del mundo. Sólo va a morir aquí el que esté trabajando para el demonio —y cerró sus grandes ojos—. Todo esto va a ser destruido pronto.

10

Arriba, el embajador Moses Gate tortuosamente logró salir de la apretada escalera, hacia la azotea, a la intemperie del monasterio. El aire frío le refrescó la cara. Vio los andamios llenos de reflectores, con intensidad de dos mil watts cada uno. Entre el haz de luz de los reflectores vio las cabezas de la gente: seiscientas personas sentadas, esperando el inicio del evento. Parecían no conocer el caos sucedido abajo.

Observó, por encima de las intrincadas estructuras de la arquitectura de arcos, por en medio de las hermosas cúpulas de las capillas del techo, la extensión inmensa del mar Egeo: hacia lo que alguna vez fue la antigua Grecia. Por encima de la cabeza sintió la presión del aire que venía desde arriba, provocada por los helicópteros de las televisoras CNN, PBS y NBC.

Se aproximó al escenario, que era una enorme tarima de acero. Detrás de ella, una gigantesca pantalla de video tenía el siguiente letrero: EXCAVACIÓN MONTE SION 2018, JERUSALÉN: TRANSMISIÓN EN VIVO. ESTRATO X/10-B EDAD DE HIERRO. PROFUNDIDAD: 30 METROS. OBJETIVO: EXTRACCIÓN DE FUENTE J. ROLLO ORIGINARIO DE LA BIBLIA.

Debajo, un gigantesco segundero marcaba, con sus números electrónicos, la cuenta regresiva. Cinco minutos con cuarenta y cuatro segundos, y contando.

Detrás de las letras luminosas y de los números el público vio una imagen sin sonido: exploradores moviéndose, con maquinaria, dentro de un oscuro túnel de rocas, iluminado por medio de reflectores subterráneos. En la esquina superior izquierda de la pantalla los espectadores vieron un pequeño mapa, indicando la situación de los excavadores dentro de los túneles del monte Sion, en Jerusalén.

El embajador Moses Gate caminó hasta el escenario. Lo siguieron las docenas de periodistas y diplomáticos, como un enjambre.

—¿Qué es lo que usted quiere decirle hoy al mundo? —le preguntó uno de los periodistas, con acento ruso.

El embajador, por debajo de la caliente luz blanca de los reflectores, sintió en la cara el aire frío. Miró hacia el cielo abierto, hacia el mar Egeo. Sonrió:

—Hoy vamos a presentar una iniciativa para las Naciones Unidas, para todos los pueblos de la Tierra: para los líderes religiosos del cristianismo, del judaísmo y del Islam; para que eliminen de la Biblia y del Corán todos los textos que llaman a sus pueblos, en el nombre de Dios, a exterminarse unos a otros por motivos religiosos —y le sonrió al reportero—. Hoy sabemos que todos esos llamados a la guerra y al exterminio son falsos. Fueron colocados en la Biblia siglos después de que se escribió el primer texto, el cual fue sepultado, y hoy vamos a desenterrarlo.

Lo siguieron. El diplomático caminó con gran aplomo rumbo al escenario. Les dijo a los periodistas:

—Señores: hoy se acabaron los secretos. Hoy se acabaron los misterios. Los arqueólogos de todas las universidades del mundo ya saben algo que se está ocultando a millones, mientras se destruyen unos pueblos a otros por la religión. Lo saben también los jefes de las principales religiones del mundo: partes enteras de la Biblia judeocristiana son falsas. Son incrustaciones. Ellos lo saben. ¡Hoy se va a saber la verdad!

—¡¿Incrustaciones?! —le gritó desde atrás una de las reporteras—. ¡¿De qué secciones de la Biblia está usted hablando?! ¡¿La Creación?! ¡¿Adán y Eva?! ¡¿Noé?! ¡¿Jesús?!

En la enorme pantalla, la mitad derecha la ocupó una entrevista a uno de los participantes del descubrimiento. Estaba ahí mismo, en el lugar del evento, entre los demás asistentes. Se sorprendió al ver que lo estaban televisando ahí mismo, en la pantalla:

—Señor Larry Hurtado —le dijo el entrevistador—, en su texto *Lord Jesus Christ: Devotion to Jesus in the Earliest Christianity* ¿usted afirma que el libro del Apocalipsis es falso?

El barbado erudito de 73 años, proveniente de la Universidad de Edimburgo, se volvió hacia la inmensa pantalla. Se vio a sí mismo.

Me están viendo en todo el mundo, pensó. Se sonrió de felicidad.

—La creencia de que el apóstol Juan es el autor del libro del Apocalipsis hoy es considerada como una falsedad total por prácticamente todos los expertos en la Biblia —le dijo al entrevistador.

Abajo, en la capilla Christodoulos, la hermosa Serpentia Lotan, con enorme fuerza, aferró a Max León por el brazo, como si quisiera arrancárselo con las uñas. Le susurró en el oído:

—Aunque tú no lo sepas, Max León; aunque las masas no lo sepan, los expertos bíblicos lo saben. Todos. Se ha manipulado a miles de millones. Nosotros vamos a preservar esa manipulación.

Max León la miró. Era una figura borrosa. Todo el edificio parecía estarse ondulando, como el vaivén de un barco.

—¿Qué me está pasando? ¿Qué me hiciste? ¿Me drogaste? —y miró al techo—. ¿Qué está pasando allá arriba? ¡Nos condujiste a una trampa!

—¿De qué te sirvió tu título de Predicción de Violencia, de Harvard, o Lógica Difusa, de Cornell? ¿De qué te sirvieron tus malditos 145 puntos de coeficiente intelectual?¡Bastó una mujer sensual para destruir tu carrera! ¡Llévenlo al calabozo!

En el techo, la espectacular pantalla proyectó otra entrevista, también en vivo, transmitida desde esa misma azotea:

—Yo soy Fernando Klein, vengo de España, Universidad de Barcelona. Soy autor del libro *La Biblia Desnuda* —y les dijo a los reporteros—: fueron los sacerdotes y los escribas quienes redactaron el Deuteronomio.

—¿Perdón? —le preguntaron los periodistas—. ¿Sacerdotes? ¿Deuteronomio?

—El Deuteronomio es una parte de la Biblia. Josías era el rey de Judea en ese momento.

—¿De qué está hablando?

Esto lo estaban presenciando millones de personas en el mundo, incluyendo al predicador Abaddon Lotan y el presidente de los Estados Unidos, Donald J. Trump.

—El rey Josías actuó con ellos, pero queda la duda de si él tuvo conocimiento del engaño.

—Dios… ¿Engaño…? —le preguntaron los reporteros—. ¿El libro del Deuteronomio es falso? —y trotaron detrás de él—. ¿Qué hay sobre las demás partes de la Biblia?

—Según los profesores Israel Finkelstein y Neil Asher Silverman, de la Universidad de Tel Aviv, en *La Biblia desenterrada*, el Deuteronomio, la reforma religiosa y el proyecto historiográfico del rey Josías sirvieron para un propósito específico: la expansión territorial de Judá hacia los territorios de Israel del Norte, que habían sido conquistados por los asirios, en el año 722 a.C.

Los reporteros se perturbaron. Se dirigieron a otro elegante invitado, un arqueólogo alto, de barbas recortadas, grises:

—Profesor Israel Finkelstein, usted es el aclamado y, probablemente el arqueólogo bíblico más famoso y controversial del mundo, pues usted es judío, y sin embargo, está poniendo en duda las bases mismas de la Biblia.

El alto excavador, conocido mundialmente, con sus anchas cejas, en medio del chiflón de aire frío del mar Egeo le susurró en tono bondadoso a la rubia periodista argentina Luisa Corradini, del periódico *La Nación*:

—La arqueología moderna nos permite asegurar que el núcleo histórico del Pentateuco y de la historia deuteronómica, que son el corazón de la actual Biblia, fue compuesto durante el siglo VII a.C., durante el régimen del rey Josías.

—¡¿El Pentateuco?! ¡¿Se refiere usted a la propia Biblia, a los cinco libros fundamentales que componen la Biblia?! ¡¿No la escribió Moisés, miles de años antes?!

El profesor Finkelstein miró el cielo, oscureciéndose.

—El Pentateuco fue una creación de la monarquía tardía del reino de Judea, en el siglo VII a.C., destinada a propagar la ideología y las necesidades de ese reino.

—Diablos… —le susurró ella—. ¿Cómo? ¿Qué necesidades? —y le aproximó el micrófono—. ¡¿No se suponía que la Biblia había sido escrita muchos siglos antes, por Moisés, en la Edad de Bronce, cerca del año 1300 a.C.?!

El imponente arqueólogo caminó entre las butacas y la gente.

—Según el Deuteronomio, el profeta Moisés lo escribió poco antes de su muerte, en el monte Nebo, y ésa sería la base de la Biblia. Sin embargo, en el amanecer de la era actual, desde el siglo XVII, los expertos bíblicos iniciaron un estudio literario y lingüístico de la Biblia, que nosotros sólo estamos continuando. Lo que encontraron no es tan simple.

—¡¿Cuál es la verdad?! ¡¿Quién escribió la Biblia?!

Su entrevista se truncó. Apareció en la pantalla otro invitado, también ubicado en la misma terraza: un fraile católico, también barbado: el hermano jesuita Guy Consolmagno, astrónomo oficial del papa Francisco.

—Hermano Consolmagno: sabemos que usted ha hecho descubrimientos importantes en astrofísica, y que un asteroide lleva su nombre. ¿Qué piensa usted sobre todo esto? ¿La Biblia es un libro verdadero?

El fraile miró la enorme pantalla. Con su suave voz le dijo a la morena y asiática reportera Alissa Poh, de la Universidad de California:

—En el Génesis de la Biblia hay realmente tres diferentes relatos de la creación. ¿Lo sabía usted? ¿Cuál de esos tres es el verdadero?

Ella abrió más los ojos.

—Un momento… —le preguntó al jesuita, quien ladeó la cabeza—. ¿Está usted diciendo que… hay tres diferentes relatos de la creación dentro de la Biblia, dentro del libro del Génesis? ¿Tres relatos…? ¿Cuáles son?

El imponente hombre barbado, cuyo nombre estaba ahora en el asteroide de quince kilómetros descubierto en 1983, llamado "4597 Consolmagno", le susurró:

—Génesis 2 no concuerda con Génesis 1. Son dos historias diferentes de la creación del mundo. Están empalmadas. Alguien las empalmó.

Ella miró a los lados.

—No, no, no. No comprendo.

—Me refiero al orden en el que las cosas ocurren al principio del universo. Si usted está tratando a la Biblia como a un libro de ciencia, entonces simplemente hay dos capítulos que no están de acuerdo. Fueron empalmados.

—Dios… ¡¿cuáles capítulos?!

Ahora las cámaras transmitieron directamente la imagen del embajador Moses Gate, que estaba por subir ya a la mesa del estrado. En la mesa lo estaban esperando de pie dos rabinos y cuatro hombres del Vaticano, junto con la vicesecretaria de la ONU. En la pantalla, el embajador, sin dejar de caminar, le dijo a la periodista Sarah Iwwe:

—Los textos de odio que hoy están en la Biblia que se lee a los niños, en los versículos Deuteronomio 7, donde Dios presuntamente llama a exterminar a siete naciones; así como en Éxodo 22:18 y 22:19; en Apocalipsis 19:21; en 2 Crónicas 15:12; Deuteronomio 13:15, y también en el Corán 2:191, 3:151 y 5:33, donde se ordena literalmente exterminar a seres humanos, no proceden ni de Moisés ni de Jesucristo. Hoy lo sabemos. Todos estos pasajes fueron incrustados por seres humanos, siglos después de la redacción original de la Biblia, para deformar la historia. El llamado a exterminar pueblos vecinos no proviene de Dios. Nunca provino de Dios. Hoy las pruebas nos las da la arqueología, y estoy a punto de probarles a ustedes esto con hechos, desde la excavación Sion-1. Todos los expertos están de acuerdo en esto: islámicos, judíos y cristianos. ¿Por qué se siguen enseñando esos versículos de odio y de destrucción en las escuelas, donde Dios aparece dando órdenes para matar a otros por raza o por religión, como si Dios mismo fuera un criminal, un asesino? ¿Qué autoridades son las que insisten en que esto siga siendo parte de la Biblia, y que se siga enseñando a los niños, para incubar más terrorismo?

Por detrás de su espalda, un joven sacerdote de piel morena, de grandes ojos negros, brillosos —Creseto Montiranio, a quien habían rescatado del caos los hombres del reverendo Lotan—, le gritó, con la ancha Biblia en lo alto, por encima de las cabezas de todos, llorando:

—¡No te atrevas a desafiar a los ancianos de la Iglesia! "¡¿Dónde estabas tú cuando Yo creé el universo, cuando yo eché los cimientos de la Tierra?!" ¡Job 38:4! ¡En tu soberbia trataste de saber la verdad sobre el bien y sobre el mal, que sólo eran de Mi dominio, porque Yo soy tu Dios! ¡Y trataste así de convertirte tú mismo en un dios, y rivalizar conmigo; y por esto tú eres Satán! ¡Satán! ¡Satán! ¡No muerdas la manzana, maldito engendro del Abismo! ¡Enemigo! —y en el aire sacudió su ancha Biblia de color negro.

Los guardias de seguridad se alarmaron. Se llevaron los radios a la boca:

—¡Sujétenlo! ¡Capturen a este demente! ¡Ahora! ¡¿Dónde están los apoderados de seguridad?!

Se le arrojaron por los costados, entre el enjambre de diplomáticos y reporteros. La conmoción fue televisada.

En la pantalla, el contador de tiempo llegó a cero.

Empezó a transmitirse la señal en vivo, desde lo profundo del monte Sion, en Jerusalén, por debajo del vecindario de Silwan, en la localidad J1 de Jerusalén.

Dentro el oscuro túnel llamado canal de Siloam, por delante de los excavadores, una chica rubia, de grandes ojos verdes, restirados hacia atrás como los de un lindo gato, sonrió a la cámara. Tenía puesta una muy apretada camiseta blanca, con la leyenda FUENTE J / NO AL EXTERMINIO. Tenía botas de suela de goma y jeans de mezclilla. Su nombre: Clara Vanthi. Se acercó su micrófono a la boca:

—Embajador Gate, aquí estamos transmitiendo para usted desde la profundidad correspondiente al nivel 10-B, estrato X, Edad de Hierro, reinado de Josías, cerca del año 622 a.C., siglo VII a.C., cuando se llevó a cabo la primera gran falsificación de la Biblia, de la que hoy la población mundial sigue siendo víctima —y señaló el muro, donde los excavadores estaban colocando un taladro por encima de una inscripción en la roca.

Ella dijo en su micrófono: .

—Embajador Gate: las claves para llegar a la Fuente J, que es la versión que existió antes de la gran falsificación del siglo VII a.C., estaban en la Biblia misma que todos conocemos; ¡estaban a la vista de todos! Los arqueólogos han ido integrando estas pistas antiguas a lo largo de estas últimas décadas. Como hoy sabemos, en el siglo VII a.C. el jefe de los sacerdotes del rey Josías era un líder llamado Hilcías, y organizó a un grupo de escribas para hacer en secreto una inmensa reedición, de la que hoy todos somos víctimas, pues la mitad de la población terrestre actual, tres mil quinientos millones de seres humanos, ya sean judíos, islámicos o cristianos, tienen una religión que se deriva de esta Biblia falsificada, reeditada por Hilcías. Los escribas que fueron parte de esta inmensa conspiración deberían haber quedado para siempre en el silencio, después de que fabricaron el texto que hoy conoce el mundo, y se suponía que habían sido asesinados. Pero estos escribas dejaron sus propias claves dentro del propio texto que ellos reeditaron, para que la verdad emergiera en el futuro. Como Hansel y Gretel en el cuento de los hermanos Grimm, estos escribas nos legaron una serie de pistas en versículos que están conectados por relaciones matemáticas, y que por décadas los arqueólogos han ido reintegrando; pistas para indicarnos dónde ocultaron ellos mismos la verdadera Biblia: la que existió antes de que ellos la falsificaran. Hoy es ese día. Las pistas de estos escribas anónimos conducen hasta aquí, hasta este sector del canal de Siloam, hasta esta pared de roca caliza del interior del monte Sion. Dentro de pocos segundos este taladro —y lo señaló— va a perforar este muro y vamos a descubrir lo que en realidad decía la Biblia antes de que la reeditaran en el siglo VII a.C., y vamos a encontrar lo que fue la Biblia en su versión original cuando fue escrita por primera vez.

La imagen se cortó. La pantalla monumental quedó en negro. Se hizo el silencio.

Millones de espectadores en todo el mundo vieron lo mismo: no vieron nada. Sus televisores transmitieron sólo un leve ruido silencioso, semejante al "polvo".

El tiempo quedó detenido.

En el complejo arqueológico del monte Sion, por entre las grietas, Clara Vanthi, la chica rubia, se quedó perpleja, parada sobre el agua, con su micrófono en la mano.

—¿Qué está pasando? —y se volvió hacia todos lados.

Veinte hombres encapuchados, armados con ametralladoras AK-47, vestidos con suéteres y pantalones de color negro, comenzaron a bajar por el pozo norte, gritando en árabe. Empezaron a disparar contra los arqueólogos, contra las máquinas.

Empezaron a gritar:

—*¡Innama jazao allatheena yuhariboona Allaha warasoolahu wayasAAawna!* ¡Destruyan todo esto! ¡Sepulten a estos científicos del infierno! ¡El castigo para los que h agan guerra contra Allah y contra Su mensajero "es ser asesinados o crucificados o que sus manos y sus pies les sean cortados"! ¡Corán 5:33!

Entre los disparos, la rubia periodista italiana Clara Vanthi se arrojó contra el suelo, hacia la corriente de agua fría que estaba fluyendo por el canal, hacia el sur. Sintió en su cuerpo el frío. Tuvo que sumergir su cabeza para no ser vista por estos hombres armados. Pensó:

—*Cosa sta succedendo!?* ¡¿Qué demonios está pasando…?! No, otra vez.

Las ametralladoras dispararon contra el techo. Ella escuchó una explosión.

Dos mil seiscientos años en el pasado, en ese mismo lugar del universo, veinte jóvenes escribas judíos también se arrojaron, de la misma manera, sobre esa misma corriente de agua fría. En acadio —lengua propia de Babilonia—, los soldados con máscaras de águilas de cobre les gritaron:

—*¡Azadu kasadum Magallatu-Karra! ¡Sabatu sabatu! ¡Samaku ema kupru!* ¡Arresten a los fabricantes del rollo! ¡Sepúltenlos con la brea! *¡Samaku Labiru! ¡Kasadum Magallatu!* ¡Sepulten el pasado! ¡Aseguren el rollo!

El chorro de brea caliente cayó sobre sus cabezas, sobre sus espaldas desnudas, para convertirlos en parte de la montaña, en el monte Sion.

11

En lo alto del monte Chora, en Patmos, en el techo mismo del monasterio de Juan el Apocalíptico, el embajador Moses Gate se quedó pasmado, inmóvil.

Observó la pantalla sin señal. El público de su evento quedó en silencio.

—¿Qué está pasando...? —se preguntó. Se volvió a su adjunto, el rubio joven Aaron Starway, el cual, absorto, se limitó a negar con la cabeza, estupefacto.

—Hemos perdido comunicación con el túnel. En Éfeso también hemos perdido comunicación.

En el silencio del auditorio, una voz se levantó en profecía: el sacerdote Creseto Montiranio.

En los brazos de sus captores, bajo las estrellas, proclamó, llorando:

—¡Hoy se están dando todos los signos del final de los tiempos! ¡Y la mayor de estas señales eres tú, embajador del infierno! —señaló al embajador Moses Gate, al cual apuntó con su ancha Biblia—. ¡Tú eres el falso profeta anunciado en Apocalipsis 16:13! Viniste a aquí para engañar a las naciones, para hablar contra Dios, para levantar a las naciones contra Dios. ¡Tú y tus arqueólogos son los apóstoles de Lucifer! —y chorreó saliva por la boca.

Moses Gate no podía creer que un hombre como aquél lo retara dos veces en la misma noche, pero otra parte de su atención estaba en el túnel de Jerusalén, en Clara Vanthi. ¿Estarían bien? ¿Qué ocurría? *Dios mío, Dios mío, Dios mío*, pensó.

—*Dios mío...* —y se quedó paralizado. Miró de nuevo para atrás, a la pantalla. Escuchó disparos. Golpes de ametralladora. Empezaron los gritos. Una mujer lanzó alaridos.

—No, no, no... —se dijo el embajador Gates—. Esto no está pasando.

—Esto es un ataque terrorista —le dijo su asistente Aaron Starway—. Hay hombres detrás de la pantalla.

Por detrás de él, Creseto Montiranio le gritó:

—¡Hoy es el inicio del fin del mundo, señor de la mentira! ¡Todas las naciones están empezando a elevar sus gastos militares! ¡Nunca se había visto un crecimiento del gasto en armamento a esta escala, desde que terminó la Segunda Guerra Mundial! ¡Rusia, Inglaterra, China y Japón; Pakistán, India, Corea! ¡Todos están construyendo más armamento que nunca antes! ¡Todo esto se debe a la bestia! ¡Algo está sucediendo en el mundo! ¡Hoy hay cabezas nucleares con capacidad de devastación de seis mil quinientos megatones: dos mil veces el fuego de toda la Segunda Guerra Mundial! ¡Quince mil cabezas nucleares! ¡Gracias, presidente de los Estados Unidos! ¡Gracias, Donald J. Trump, por iniciar esta escalada de la guerra final! —y escupió espuma con sangre—. ¡Apocalipsis 13:18!

"¡El que tiene entendimiento, cuente el número de la bestia, pues es número de hombre! ¡Y su número es 666!"

El público quedó perplejo. Ahora las cámaras enfocaban al sacerdote y a los hombres con las ametralladoras, en la pantalla gigante, cuya imagen se había restablecido sorpresivamente.

En la pantalla aparecieron dos imágenes; una a la izquierda y otra a la derecha. A la izquierda se mostró una grabación del presidente de los Estados Unidos, Donald J. Trump, hablando a la prensa:

Comenzó a gritar, arrugando sus facciones:

—¡Estoy haciendo aquí algo sin precedente! —y enfatizó con su dedo—. ¡Estamos aumentando el presupuesto militar como nunca antes! ¡Cincuenta y cuatro mil millones de dólares! ¡Esto va a ser el signo de nuestro gobierno! ¡Los Estados Unidos no vamos a volver a estar inseguros! ¡Y respecto al muro en la frontera con México, lo vamos a hacer, y va a ser muy alto, créanme, y México lo va a pagar! ¡Vamos a evitar que nos sigan enviando a sus asesinos y a sus violadores!

Con gran violencia estampó su sello presidencial sobre el documento. Comenzaron las fotografías.

El aclamado periodista del *Washington Post*, Bob Woodward, de cabello cano, lentamente levantó la mano.

—Disculpe… Señor presidente…

—Sí, Bob —le dijo el sulfurado mandatario.

—Señor presidente… —lo miraba desafiante, con la grabadora encendida—: pero… ¿qué va a hacer si el gobierno de México se opone a pagarle por este muro que usted quiere construir…? ¿Los va a forzar para que paguen? —y ladeó la cabeza tras mirar sus apuntes—. ¿Está dispuesto a ir a una guerra contra México… para asegurarse de que ellos paguen por la construcción de este muro?

—Créeme, Bob —Donald J. Trump fanfarroneó e hizo una mueca grotesca de satisfacción—, cuando nuestro ejército esté rejuvenecido, los mexicanos no van jugar con nosotros a la guerra.

Moses Gates observó perplejo la pantalla:

—¡¿Quién está proyectando estas malditas imágenes?! ¡¿Quién tiene acceso a nuestro *mainframe*?!

En el lado derecho de la pantalla apareció un conjunto de letras y números:

D = 4	J = 600	D = 4
(Donald)	(John)	R = 18

51

$$U = 21$$
$$M = 13$$
$$F = 6$$

DONALD J. TRUMP (origen alemán: DRUMF)
TOTAL = 666

Las mujeres en el auditorio taparon sus bocas:

—¡Esto no puede ser...! ¡¿Esto es verdad...?!

Un hombre les gritó:

—¡Esto es una mentira! —y señaló hacia la pantalla—. ¡Esos números son falsos!

Los disparos continuaron en la cueva.

El joven sacerdote gritó:

—¡Esto es gematría hebrea! ¡Este número le perteneció antes a Nerón, y antes a Nabucodonosor de Babilonia, el primer deformador de la Biblia! ¡Nabucodonosor fue el primer Anticristo! ¡Isaías 14:12 lo dijo! "¿Cómo caíste del cielo, lucero brillante, hijo de la mañana...? ¡Y decías en tu corazón: subiré a los cielos y seré igual al Altísimo!" ¡Esto es la vanidad, amados en Cristo! ¡Era Nabucodonosor de Babilonia! ¡La vanidad y la soberbia del nuevo presidente de los Estados Unidos! ¡Nabucodonosor no murió nunca! ¡Está de nuevo vivo!

Los guardias gritaron:

—¡Siléncienlo!

Y entonces iniciaron los disparos que provenían del mismo monasterio, de las partes altas. Los guardias, enloquecidos, dieron la orden:

—¡Disparen contra los francotiradores! —y, aterrorizados, observaron a las personas que comenzaron a caer como moscas sobre el techo del monasterio, entre la metralla, entre los gritos, entre los alaridos.

—¡Esto es un ataque terrorista! —gritó una mujer—. ¡Auxilio!

—¡La falsificación de la Biblia es sólo una parte del proyecto de Nabucodonosor de Babilonia! ¡El proyecto de Nabucodonosor no ha terminado! —gritó Creseto Montiranio—. ¡Pero sólo existe un camino para librarnos de este horror que viene! ¡Para detener el fin del mundo; para no vivir de nuevo el horror que Dios arrojó sobre Gomorra, que fue sangre con fuego; para que no sea así ahora; para que evitemos el Diluvio! —y cerró los ojos. Continuó gritando como un demente mientras a su alrededor la gente huía en medio de gritos y caídas de cuerpos—: ¡Jeremías, versículo 27:7! "¡Todas las naciones deberán ahora servir al rey de Babilonia, a Nabucodonosor! ¡Porque yo he puesto ahora todas estas tierras del mundo en manos del nuevo Nabucodonosor, rey de la nueva Babilonia, mi siervo, y aun las bestias del campo le he dado para que le sirvan!"

En la enorme pantalla, los espectadores vieron la imagen en movimiento del nuevo presidente de los Estados Unidos. Debajo decía: "Sangre real de Babilonia. Transmitida a través de las líneas genéticas Morosini y Hanover".

El sacerdote estaba ahora completamente solo, un círculo de horror y vacío se había formado frente a él.

—¡Así lo dice Jeremías, hijo del supremo sacerdote Hilcías, igual que lo dijo hace dos mil seiscientos años, cuando se falsificó la Biblia! "¡A la nación y al reino que no se someta a Nabucodonosor, rey de Babilonia, y que no ponga su cuello debajo del yugo del rey de Babilonia, yo castigaré a tal nación con la espada, y con el hambre y con la peste, dice Jehová, hasta que acabe con ella y sea completamente destruida!"

A continuación, en medio de la perplejidad de los agentes de seguridad que lo habían al fin aferrado por los brazos, le sonrió, también llorando, a Moses Gate:

—Sabemos dónde tienes a tus hijos y a tus nietos. Esta Biblia que yo tengo en mi pecho —y la subió hacia el cielo, por entre los brazos de los guardias— no es como las demás biblias que existen en el mundo. Fue construida al vacío, sin oxígeno. Sus hojas nunca habían tocado el aire hasta ahora. Tienen poros con burbujas llenas de silano y diborano. $Si-H4$ y $B2-H6$. La verdad está en mi sagrado corazón. En 666 está el Secreto Biblia.

Con enorme fuerza arrancó una cubierta plástica que envolvía el libro y arrojó la Biblia hacia arriba. Los cientos de hojas porosas se separaron. Comenzaron a dispersarse en el aire, en el viento frío, por encima de la gente. Por un momento todos abajo observaron perplejos para arriba. Los cientos de hojas flotaron en el oxígeno. Comenzaron a incendiarse, como llamas de un inmenso candelabro.

Una mujer, atónita, susurró para sí misma:

—Las llamas de fuego…

De pronto las burbujas de diborano se abrieron. Al contacto con el oxígeno comenzaron a estallar con bolas de fuego verde. Una bala se impactó contra el cuello del embajador Moses Gate y se desplomó frente al público del mundo, en la televisión, en vivo.

El sacerdote Creseto Montiranio gritó:

—¡Que este incidente sea atribuido al Estado Islámico! ¡Yo soy su celda en México! ¡Mi socio es el agente Max León, de la embajada!

12

Abajo, en la capilla Christodoulos, Max León escuchó las explosiones. Sintió los retumbos en las paredes y en el piso. Con la visión borrosa, con la lengua y los labios adormecidos, entumecidos por la droga —el diborano suministrado a él por medio de las uñas de Serpentia Lotan—, se volvió hacia la figura desdibujada de la bella Serpentia, hija del reverendo, de largo cabello negro:

—¿Qué está pasando? —y levantó la mirada al techo. Escuchó una nueva explosión—. ¡Nos tendiste una trapa! —y se tambaleó hasta ella—. ¡Nos trajiste aquí para obstruirnos! —y se llevó la mano a la cintura, para tomar su revólver HM4S.

Sintió en el pecho una profunda falta de aire, una asfixia.

La joven y atractiva hija del reverendo, con sus grandes ojos negros, de grandes pestañas, tomó del soclo de la antigua pared una larga vara de hierro: el atizador del incensario. Suavemente caminó por la capilla. Ondeó el atizador metálico.

—No tienes fuerza, Max León. Tus músculos se están quedando sin glucosa.

Los otros cinco adjuntos diplomáticos, todos ellos expertos en seguridad y espionaje, estaban paralizados, con los ojos perdidos en el techo, supuraban espuma que se quedaba en las comisuras de sus labios. Ahora estaban tendidos en el suelo. Uno de ellos, Claude Ubamba, del Congo, tenía los ojos blancos, sebosos, como de vaca.

—¿Qué nos hiciste? —le preguntó Max León a Serpentia Lotan. En sus manos sintió su carne picarle desde adentro, como con toques eléctricos. Los piquetes comenzaron a extendérsele por los brazos, como clavos.

Ella se rio en forma perversa, como una niña.

—Max León... Siempre me has deseado. ¿Crees que no me daba cuenta? —y le acarició el cabello. Le pasó la boca abierta por la mejilla—. Tú también me gustabas. Pero ahora tú eres un terrorista. Gracias a ti, el presidente Trump puede enviar sus tropas a tu país. Tú le diste el pretexto. Tú eres la "celda del Estado Islámico en México".

—¿Qué nos diste? —le insistió Claude Ubamba—. ¿Qué son esas explosiones allá arriba? —y se volvió hacia el techo.

La chica apuntó hacia arriba y aplaudió.

—No son nada, idiota. Son juegos piroténicos —se veía divertida al decir estas palabras—. Es parte del evento. ¡Tú deberías saberlo! Tu embajador fue uno de los organizadores —y le colocó el atizador del fuego dentro de la boca. Se lo sumió en la garganta.

La puerta se trozó. Una patada la derribó. Por ese pequeño arco de rocas entró el jefe de Max León: el moreno y amoratado embajador de México: Dorian Valdés, seguido por nueve policías griegos.

—¡Ven conmigo, Max! —y comenzó a disparar—. ¡Acaba de ocurrir un atentado allá arriba! —y trotó hasta él. Lo sujetó del brazo. Lo jaló hacia afuera—. ¡Tú también vienes conmigo! —le gritó a Serpentia Lotan. Con enorme fuerza la aferró del brazo. La mujer se resistió pero los hombres del embajador fueron más veloces y la maniataron—. ¡Traigan a los otros! ¡Los están inculpando!

La chica frunció el ceño, como si fuera a llorar:

—¡¿Qué ha pasado, embajador?! —dijo trotando, jalada por el ex comandante de policía Dorian Valdés, ahora embajador en Grecia—. ¡Dígame todo, Su Excelencia! ¡¿Está todo bien?!

13

En Jerusalén, treinta metros por debajo de la superficie de la colonia Silwan, una loma montañosa compuesta en su mayoría por cientos o miles de viviendas de pobladores palestinos, en conflicto con los pobladores judíos; bajo toneladas de roca caliza; dentro del sofocante y acuoso túnel antiguo llamado canal de Siloam, la rubia periodista italiana Clara Vanthi se arrastró en la oscuridad, sin poder ver nada. Continuó reptando por dentro del agua fría: en el flujo proveniente desde el manantial Gihon, detrás de ella.

Clara, en la negrura, balbuceó para sí misma:

—Señor, esto no está pasando —y siguió avanzando. Escuchó ruidos detrás de ella: ruidos de los soldados, hablándose entre ellos en árabe. Sonidos metálicos, gritos. Eran terroristas. De ello no había duda. Sus palabras se reflejaban en cada una de las grietas del túnel.

Se detuvo. Sintió en las muñecas el correr del agua. Volvió el rostro hacia atrás. En la oscuridad distinguió un resplandor moviéndose en las paredes. El brillo se convirtió en una luz intensa. Una linterna.

—*¡Alqabd ealayh!* ¡Captúrenla! —y vio las figuras de estos hombres aproximársele como siluetas, con armas metálicas.

14

Exactamente en ese punto del canal, dos mil seiscientos años atrás, una mujer de su misma edad, pero con el cabello negro, en espirales, con la piel aceitunada, gateó también sobre el agua. Se dijo a sí misma, entre sus labios:

—Sə-ma'- Yah-weh wə-ḥān-nê-nî Yah-weh hĕyêh- 'ō-zêr lî... —y cerró los ojos—. Señor, ten piedad de mí. Ayúdame por favor —y miró hacia adelante. Siguió arrastrádose dentro del agua helada. Trató de ver algo en la profunda oscuridad. Escuchó su propia voz.

Por delante de ella percibió el bulto de su hermano, también escapando.

La escriba sintió una mano en la cabeza. Una garra. La mano la aferró de los cabellos. La jaló hacia atrás, sobre el agua. La arrastró por el piso de piedra, ahogándola en el agua.

—*¡Tehu, karkittu Yahud-im! ¡Ahazu ahu issenis!* —le gritaron los soldados—. ¡Tú vienes con nosotros, maldita ramera de Yakudu! ¡También traigan a su maldito hermano! ¡Todos los escribas que fabricaron el rollo tienen que ser sepultados en la brea! No pueden sobrevivir con lo que saben.

La mujer, con la boca entrando y saliendo del agua, gritó entre las burbujas:

—¡Mathokas! ¡Mathokas!

Al hermano lo sujetó otro de los hombres. Lo aferró con un gancho para ganado. Lo jaló hacia atrás, por el cuello. El anillo tenía puntas de hierro.

—El sacerdote quiere verlos antes de cubrirlos con la brea en la cisterna profunda. Le van a decir a él todo lo que sepan.

Treinta y siete metros por arriba de ellos, en el castillo del rey Josías, de negras rocas, en la cúspide de la colina —llamada monte Sion—, dentro del siniestro sótano de las oficinas del sacerdote Hilcías, éste —un hombre gordo, corpulento, barbado hasta el ombligo, cubierto de joyas en el cuerpo— lentamente observó a todos los congregados.

Los tenía acomodados en un círculo, para que lo miraran en el centro. Una sonrisa curvó sus labios.

—Como ustedes saben, he encontrado un objeto muy antiguo —y extendió el brazo hacia uno de sus ayudantes, el cual cuidadosamente le acercó en el aire un aparatoso cilindro de madera, tapado por ambos lados. El objeto escurrió agua al suelo. El sacerdote lo tomó entre sus manos. Les dijo a los sacerdotes de Judea:

—Este rollo que está aquí dentro de este contenedor lo encontré ayer —y les sonrió—. Mis hombres han estado haciendo excavaciones en el templo para completar las últimas reparaciones.

En medio del silencio, bajo la luz de las antorchas, levantó el cilindro de madera. Cerró los ojos.

—Este rollo ha estado demasiado tiempo enterrado ahí. Alguien lo dejó para que fuera encontrado en el futuro.

Entre los sacerdotes que lo observaban, un hombre huesudo, de larguísimas barbas, de noventa años, se levantó, apoyándose en sus dos bastones.

—¿Qué estás diciendo, Hilkiyahu?

El ancho y fuerte sacerdote Hilcías lo miró con odio. Caminó por el centro del salón, sobre sus sandalias de metal dorado. Las arrastró sobre el suelo. Suavemente ondeó el cilindro en el aire.

—Lo que estoy diciendo, Kesil Parus, jefe del bloque que se me opone en todo lo que yo decreto, es que hace varios siglos alguien, probablemente el rey Ahaz, escondió este tesoro en los cimientos secretos del templo, para que fuera desenterrado en el futuro. Y hoy yo lo he desenterrado. Aquí está —y con gran vehemencia lo alzó en el aire. El cilindro chorreó líquido de color café oscuro por los lados, con olor a cúrcuma—. Este rollo es antiguo. Contiene las palabras mismas de Moisés. Es probable que este pergamino tenga la tinta misma que usó Moisés, y sus letras, y ésta es la revelación auténtica de Dios —y le devolvió un gesto de fastidio al grupo.

Con sus brillosos ojos los observó uno a uno: los setenta sacerdotes de las localidades de Judea: Anatoth, Rumah, Libnah, Beth-El.

Desde su lugar, el anciano Kesil Parus, líder de la corriente opositora, que era el partido de los llamados "fariseos", lo miró con perplejidad. Negó con la cabeza.

—Esto me parece tan extraño… —le susurró a Hilkiyahu, que era el líder del partido de los llamados "saduceos" o "nobles".

—¿Qué es lo que te parece extraño, Kesil Parus? ¿Vas a objetarme una vez más, aquí frente a todos, como has hecho siempre, cuando yo soy el sacerdote supremo?

15

—Ése fue el momento exacto en el que ocurrió la falsificación de la Biblia —le dijo apresuradamente el embajador Dorian Valdés a su adjunto Max León, a quien venía explicándole con rapidez todo lo que sabía. Lo subió por las escaleras de piedra, jalándolo por el brazo—. La Biblia misma establece ese momento. Está dentro del libro 2 Reyes, verso 22:8. Dice: "Entonces dijo el sumo sacerdote Hilcías al secretario del rey, llamado Safán: He hallado en la Casa de Yahweh el libro de la Ley. E Hilcías dio el libro a Safán, y lo leyó… y Safán lo llevó al rey Josías". Desde entonces ese rollo que Hilcías fabricó con adulteraciones, al que sus obreros envejecieron en un horno con cúrcuma de la India para hacerlo parecer antiguo, se convirtió en la versión oficial de la Biblia. Es el "Pentateuco deuteronómico", y hoy es la religión de tres mil quinientos millones de seres humanos. El libro original lo destruyeron. Fue el que nosotros llamamos Fuente J o Documento J. Hoy se sabe dónde está. El embajador Moses Gate es la clave, y su excavación en el monte Sión.

Max estaba aún afectado por la ingestión de diborano. El compuesto tóxico aún estaba en su sangre, creándole floculación de cefalina en el cerebro, inflándole las células cerebrales. El embajador lo jaló hacia arriba. Lo empujó hasta la arqueada azotea del complejo.

—Te van a culpar, Max León. No los dejes destruirte.

Ambos percibieron el olor quemante en sus narices: el olor repulsivo del silano —también llamado tetrahídrido de silicio. Escucharon más explosiones.

—Acaba de suceder un atentado —le dijo el embajador Valdés a Max—. Este día tú y yo ya no somos el embajador ni su asesor político. Hoy tú y yo volvemos a ser lo que siempre hemos sido: un comandante de la Policía de Investigación y su mejor investigador de homicidios. Acaban de asesinar al hombre que iba a cambiar hoy el futuro, porque iba a revelar la verdad sobre la Biblia. Ésta es la razón por la que tú y yo estamos aquí esta noche. Fuimos seleccionados: estamos aquí por el mosaico de Isaías 7:15 que el papa Pablo VI le entregó en 1968 al presidente Echeverría. Es el versículo llave para las personas que están explorando en el monte Sion. Este mosaico tiene la clave para abrir la compuerta de la Edad de Bronce, hacia la Fuente J.

Saltaron a la terraza, hacia el aire helado con olor a explosivos. Los siguió, también trotando, la perturbada Serpentia Lotan, gritándoles:

—¡Esperen! ¡¿A dónde van?! —al trotar forcejeó para desatarse las muñecas.

El comandante Valdés corrió entre las explosiones de color verde en el aire, tapándose la cara con los brazos.

—¡Ven, Max! —y en el piso observó los cuerpos sacudiéndose con espasmos, con los intestinos de fuera, sangrando por la boca—. ¿Cómo permitiste que pasara esto…?

Max trotó detrás de él:

—*Yo…* —y sacudió la cabeza. Abrió los ojos lo más que pudo, para volver en sí. Las imágenes siguieron borrosas durante medio minuto.

Trotó detrás de su comandante, el cual gritó a su aparato de radio:

—¡Ingresen los equipos médicos inmediatamente! ¡Hay cerca de doscientos heridos con quemaduras! ¡Que descienda aquí ya el maldito helicóptero! —y le pasó por la sien un disparo. Escuchó la máquina de metralla, en la dirección del escenario. Se arrojó contra el suelo—. ¡Al piso, Max! —y lo jaló del brazo. Señaló hacia adelante—: ¡Allá adelante hay dos malditos francotiradores!

—¡¿Quiénes son?!

—No lo sé. Te pedí investigar todo esto —y reanudó el avance. Escondiendo la cabeza contra el pecho, trotó con el paso militar de media zancada. Los siguió la hermosa Serpentia Lotan, también avanzando con la media zancada, rodeada por los soldados griegos que llevaba el embajador.

—¡Desátenme, malditos!

A ella la siguieron los otros cuatro hombres de las embajadas: Steve Bower de Inglaterra, Bubal Kehara de Namibia, Joao Sierra de Brasil y Robin Gerarde de Australia.

Dorian Valdés vio a sus costados a las personas heridas, gritando, llorando.

—No tengan miedo —les gritó. En el aire elevó su negra y brillante pistola Mendoza HM4S. La recortó—. En unos minutos van a estar aquí por lo menos veinte paramédicos. Se los prometo —y miró hacia adelante, al escenario.

Siguió avanzando. Por encima de sus cabezas estallaron dos láminas más de diborano con silano. Las flamas verdes derramaron una sustancia semejante al ácido, en espray, como gotas diminutas. El musculoso Bubal Kehara se llevó las manos a la cara. Gritó:

—¡Mis ojos! ¡Mis ojos! —y empezó a arrancarse la piel. Se le estaba deformando.

—Ven, Max —le gritó el embajador Valdés—. Lo único que importa ahora es ver si aún podemos salvar al embajador Moses Gate. Él es lo único que importa. Él es el Documento J.

La hermosa Serpia Lotan avanzó con sigilo y pánico detrás de ambos, llevándose el largo cabello hacia atrás para poder ver con sus grandes ojos negros. Les dijo:

—¡Esto lo provocó el Estado Islámico! —y en su oreja sintió el pequeño audífono, en el que escuchó la voz de su padre—: "No te despegues de estos dos idiotas. Ellos son parte de la conspiración. Mantente pegada a esos dos mexicanos. Debemos arrancarles con tortura el significado del pasaje Isaías 7:15. Aunque te cueste la vida".

16

A cien metros de distancia, en la oficina regional de los Centinelas del Apocalipsis —una orden religiosa mexicana—, el superior, Arthur O'Connell, con la boca temblándole, levantó la bocina de su antiguo teléfono. Cerró los ojos.

Por debajo de su canoso bigote pronunció la siguientes palabras:

—¿Sí...? ¿Señor...?

—Eres un idiota —le dijo la voz.

El sacerdote tragó saliva. La voz continuó:

—¡¿Por qué demonios te vinculaste con ese sacerdote desequilibrado que había sido expulsado por problemas psiquiátricos!? ¡Es un suicida, por diagnóstico! ¡¿Por qué te vinculaste con ese predicador que lo protege; ese corrupto que ni siquiera es católico?!

La boca le tembló a Arthur.

—*Yo... yo...* El reverendo Lotan no es un corrupto... Tiene acceso a fondos inmensos, a mucho dinero. Necesitamos esos fondos... Es asesor de los hombres del presidente de los Estados Unidos, de todos esos empresarios. Juega golf con ellos en Mar-A-Lago. Ellos son el bloque contra el papa.

La voz permaneció en silencio.

—No puedo creerlo. Acabas de perpetrar el peor error para los Centinelas del Apocalipsis desde que murió el padre Budar. Esto va a repercutir sobre nosotros. Dinos quién es realmente ese maldito recolector de fondos.

La comunicación se cortó.

Arthur O'Connell se quedó perplejo. Del negro cajón del escritorio extrajo una pequeña pistola, de color blanco aperlado. Estaba junto al oso de peluche. Tragó saliva. Pausadamente miró el revólver. El metal resplandeció por debajo de la luz del techo. Se colocó el cañón dentro de la boca. Lo empujó hacia adentro. Cerró los ojos.

En su mente, sin embargo, escuchó algo que hacía mucho le había dicho cuando estaba en vida el padre Joaquín Pérez Budar cuando le explicó lo siguiente:

—Esto lo haces por Abaddon Lotan. Lotan es un agente de la CIA. Abaddon es Abaddon, el destructor de mundos que aparece en Job 28:22. Lotan es una de las personas que ejerce las operaciones negras del gobierno de los Estados Unidos. Todo este plan es para expandir nuestro ejército. Es para encontrar el Documento J y refundar la religión y nuestro poder.

17

—Todo esto es para expandir tu maldito ejército —le dijo, en el rocoso sótano del palacio real de Judea, ubicado en la cima del monte Sion, el sacerdote fariseo Kesil Parus al obeso y fuerte jefe de todos los sacerdotes: Hilcías de Anatoth.

El poderoso Hilcías, con su cuerpo cubierto de joyas; con el pesado rollo de pergamino en sus manos, aún mojado con cúrcuma caliente escurriéndosele por los brazos, le sonrió al anciano Kesil Parus.

—Si no hacemos esto ahora, esta reunificación de Judea con Samaria, el norte y el sur de nuestro pueblo, seremos para siempre dos naciones distintas, con diferentes dioses, con diferentes futuros, con diferentes destinos. ¿Eso es lo que quieres? ¡Babilonia o Egipto van a apoderarse de esas tierras! ¡Tenemos que ser uno!

—¡Somos dos diferentes naciones! —le gritó el anciano Kesil Parus. Con sus dos bastones se impulsó hacia adelante, hacia Hilkiyahu—. ¡La separación ya ocurrió! ¡Fue hace cien años! ¡Sargón y su hijo Senaquerib, emperadores de Asiria, se apoderaron del norte! ¡Nuestra población en Samaria ya no existe! ¡Senaquerib se los llevó presos a Asiria, a Kutha! ¡Los convirtió en esclavos ahí! ¡Se mezclaron con la raza de Asiria! ¡Ahora están perdidos en esa tierra! ¡Senaquerib colocó en Samaria colonos que trajo desde Kutha, para que la hicieran su tierra! ¡Nuestros vecinos en Samaria ya no son judíos como nosotros! ¡Son descendientes de la raza de Kutha, mesopotámicos!

Entre las miradas de los otros sesenta sacerdotes, Kesil Parus descendió por la escalinata, hasta el centro del salón, arrastrando sus delgadas piernas hacia el corpulento Hilkiyahu. Lo señaló a la cara:

—Yo sé lo que estás haciendo. Sé que trabajas para el rey de Babilonia, para Nabopolasar, padre de Nabucodonosor —en su rostro no había más que enojo—. ¿Acaso crees que yo, o los demás fariseos, te vamos a permitir que te salgas con la tuya con esto, con este rollo que tú mismo estás fabricando en los sótanos del templo? Estás deformando la historia de nuestro pueblo.

Los otros sacerdotes se quedaron perplejos.

El gordo Hilkiyahu, en forma imponente, se aclaró su voluminosa garganta e hizo un mohín de desprecio a Kesil Parus.

—Es verdad —y miró al piso—. Los emperadores de Asiria llenaron nuestro territorio del norte con pobladores asirios. Los obligaron a creer en todos esos nuevos dioses, para abolir nuestra propia religión en esa tierra. Pero hoy Samaria va a ser otra vez una confederación con nosotros. Tenemos que ser uno. Un imperio. Así debe ser. Seremos otra vez uno con nuestros hermanos de raza.

Kesil Parus le espetó:

—¡No somos una misma raza! —y se volvió hacia los otros—: ¡¿no ven lo que este hombre está haciendo?! ¡Está mostrándonos un rollo que dice haber encontrado! —y señaló el largo y húmedo objeto en las manos del sacerdote Hilcías—. ¡En este rollo cuya copia yo tengo, aparecen monstruos de la cultura de los pobladores asirios que viven en Samaria! ¡Quiere unificarnos con ellos por medio de mezclar a los dioses de ellos con el nuestro!

Comenzaron los murmullos.

Se levantó un musculoso sacerdote de la población de Rumah.

—¿Es cierto esto, Hilkiyahu? ¿Estás transformando los textos?

El gordo y poderoso sacerdote supremo miró el piso. Se volvió hacia los muros del salón. Observó a los quince soldados babilonios que estaban apostados bajo las antorchas, con sus lanzas: con sus mascarones de águila, de cobre, tapándoles las caras. Suavemente asintió con la cabeza.

Los soldados comenzaron a movilizarse por el salón, entre las butacas, con sus lanzas. Les dijeron a los sacerdotes:

—Están bajo arresto por traición 'Am Ha'Ares. ¡Amárrenlos con las cuerdas! ¡Trasládenlos a la cisterna profunda! ¡Arresten a todos los que pertenecen al partido fariseo!

Kesil Parus le gritó a Hilkiyahu:

—¡¿Qué estás haciendo?! ¡Esto es un golpe de Estado!

El sacerdote supremo se veía satisfecho:

—Hoy tú eres el enemigo. Estoy construyendo el futuro.

Treinta y seis metros abajo, la joven escriba llamada Radapu —la hoy conocida como "Redactora R"—, junto con su aún más joven hermano llamado Mathokas, aferrados los brazos por las garras metálicas de los soldados águila babilonios —llamados *Anzu Massartu*—, también tapados con sus máscaras de cobre, avanzaron por el túnel oscuro, con las piernas dentro del agua fría del manantial Gihon.

Los guardias, detrás de sus caretas, les gritaron en los oídos:

—¡*Umu anniu attunu matu!* ¡Hoy ustedes dos van a morir sepultados con brea, malditos bastardos! ¡Nadie va a saber nunca que existieron! ¡Sólo va a quedar su texto sagrado, y la gloria del rey de Babilonia! ¡Llévenlos a la cisterna profunda!

Con sus lanzas azmaru los picaron en las costillas, para empujarlos a la oscuridad. Le abrieron la carne al hermano de la escriba. La morena Radapu le gritó a su hermano:

—¡Mathokas! ¡No dejes que te lleven!

18

Doscientas sesenta décadas más adelante, en el mismo espacio geológico del planeta Tierra, dentro de ese mismo conducto subterráneo llamado canal de Siloam, del monte Sion, ahora parcialmente despedazado, la rubia periodista italiana Clara Vanthi, del periódico *La Repubblica*, con sus grandes ojos verdes, almendrados como los de un gato, se arrastró sobre la corriente del agua fría del manantial Gihon, hacia el sur, hacia la oscuridad.

Cerró los ojos:

—Por favor, Dios mío. Sácame de aquí.

Tras de sí escuchó los gritos de los hombres con linternas, en árabe. Vio pasar las luces por encima de ella y hacia delante de su cabeza, en la roca del túnel. Los escuchó gritándose:

—*Qbud ealayha ealaa qayd alhaya. Alrraei yurid 'an yarak ealaa qayd alhaya.* Atrápenla viva. El patrocinador quiere verla viva: Abaddon Lotan.

En Patmos, Max León y el embajador Dorian Valdés siguieron corriendo hacia el escenario del evento. Los siguió la bella Serpia Lotan, atada de manos, seguida por los adjuntos de las embajadas —todos ellos en estado perturbado debido a los químicos en su sangre.

Entre los disparos trotaron pegados al piso, ocultándose entre las butacas, entre los cuerpos. La voz desde detrás de la gigantesca pantalla y del arma semiautomática les gritó:

—¡Hoy van a morir, malditos bastardos! ¡Este evento de arqueólogos satánicos nunca debió haber sucedido! ¡Sólo Satanás se atreve a poner en duda la veracidad de la Biblia! —y los disparos les pasaron a Max León y a Serpia por las orejas.

—Esto es más violento de lo que me imaginaba —se dijo Max León.

—No puedes imaginar los poderes que están en juego esta noche para proteger la Biblia como es hoy —le dijo Dorian Valdés y un disparo le pasó rozando la cara—. Los gobiernos de las naciones están anclados en la estructura actual de la Biblia. Los presidentes de los Estados Unidos juran sobre la Biblia. Ni que decir de las autoridades de las religiones. Están dispuestas a matar para que la verdad nunca se sepa.

Max León se aproximó a Creseto Montiranio. Lo vio quemado, ennegrecido; con la piel de la cara y de los brazos quebradiza, abierta con grietas de carne.

—Su última frase en la televisión fue: "El secreto está en mi sagrado corazón" —le dijo un hombre joven, de tez blanca, cabello blanco, ojos azules, con una larga gabardina negra que llegaba hasta el piso. Le extendió la mano a Max León.

—Yo soy John Apóstole, Scotland-Yard, Interpol, policía química británica.

Max León le apretó la mano. Observó a su embajador Dorian Valdés alejarse al escenario, trotando hacia el cuerpo del embajador Moses Gate, que estaba en el piso. John Apóstole se colocó por encima del cuerpo del sacerdote muerto. Le dijo a Max León:

—No respires —y se tapó la boca con un pañuelo mojado—. Los subproductos de la combustión del silano son agua y óxido de silicio. Este último es peor que el silano mismo. Son diminutos cristales de cuarzo en el aire. Si los aspiras van a producir cáncer en tus pulmones.

Se llevó la mano al interior de su chaqueta de cuero. Metió los dedos en el bolsillo interno y sacó un respirador artificial que compartió con Max. Le entregó otro a Serpentia Lotan mientras los soldados que los acompañaban la desataban y se tapaban las narices y la boca con los antebrazos.

—Santas pesadillas infernales. ¿Cáncer? —y Max miró el cuerpo del sacerdote suicidado. John Apóstole le contestó:

—La reacción va a ser la siguiente: silicosis pulmonar, reacción autoinmune NLRP3, Interleukin 1. Esto es lo que detonará el cáncer. En unos segundos tus glóbulos blancos van a comenzar a comer tu propio cuerpo, comenzando por los pulmones.

Max negó con la cabeza.

—Grandioso —y pateó el cuerpo del sacerdote muerto—. ¡Te odio, pinche imbécil! ¡Mira lo que hizo tu fanatismo! —y le pasó una ráfaga de metralla por la mejilla. Se tiraron al suelo. La bella Serpentia Lotan gateó por el piso ensangrentado, gritando:

—¡Esto no está sucediendo! ¡Papá! ¡Papá! ¡No quiero hacer esto!

El blanco policía británico John Apóstole tomó a Max León del brazo:

—Sé por qué estás aquí. Van a inculparte. Ya me ha pasado.

—¿De qué hablas?

—Este sacerdote trabaja para una organización llamada Gladio-B. Son del gobierno de los Estados Unidos.

—¿Cómo dices? —y miró los cuerpos incendiados. En la nariz percibió el olor del aire: como acetona. En el espacio aéreo alrededor del castillo comenzaron a aproximarse los helicópteros con sus poderosos reflectores rastreadores de luz blanca. En toda la ciudad empezaron a sonar las sirenas de alarma. Los megáfonos metropolitanos iniciaron con este mensaje:

Έκτακτη κατάσταση. Μείνετε στα σπίτια σας. Επίθεση στη Μονή του Χουάν Αποκάλυπτικου. *Éktakti katástasi. Meínete sta spítia sas. Epíthesi sti Moní tou Chouán Apokályptikou.* Situación de Emergencia. Permanezcan en sus casas. Atentado en el monasterio de Juan el Apocalíptico.

Metros adelante de Max, entre los disparos provenientes de atrás de la pantalla, el embajador Dorian Valdés se colocó justo por encima del embajador Gates. El embajador israelí estaba en el suelo. Tenía los ojos abiertos, mirando hacia arriba. Estaba viendo las estrellas.

—¿Moses? —lo sacudió por las solapas. El diplomático bíblico empezó a chorrear sangre por la boca. Con un último estertor le dijo a Dorian Valdés:

—Estos hombres son los que organizan el terrorismo en el mundo —y salivó más sangre—. Son la operación secreta, la Operación Gladio-B. Son el propio gobierno de los Estados Unidos. Ellos hacen esto para invadir naciones. Utilizan el terrorismo. Para el terrorismo

65

necesitan a la Biblia y el Corán, como fuentes de la guerra santa, para enemistar países. Por esto no van a permitir que se eliminen los versículos del odio.

La hermosa Serpentia Lotan se acomodó por detrás de Max León. Le dijo:

—¿Sabes? Mi padre está enviando ayuda. No temas —e inclinó su cabeza sobre el lado donde tenía oculto su audífono. La voz de su padre le dijo:

—No te va a pasar nada a ti. No tengas miedo. Ve hasta el final. Mantente al lado de estos dos agentes. No te separes de ellos. A donde ellos vayan, acompáñalos. Arréglatelas para que vuelvan a confiar en ti.

Al lado de Max, el blanco británico John Apóstole, arrodillado sobre el cadáver humeante de Creseto Montiranio, pasó los dedos por encima del cuerpo calcinado del sacerdote muerto. Le susurró a Max León:

—Las últimas palabras que este sujeto dijo fueron "El secreto está en mi sagrado corazón…" —y volvió la vista hacia Max.

Max ladeó su cabeza. Entrecerró los ojos:

—*¿Sagrado corazón…?*

Cautelosamente aproximó los dedos hacia el corazón del sacerdote muerto. Le abrió los trozos quemados de la camisa. En el pecho ennegrecido le vio un brillo plateado: un objeto metálico: un "sagrado corazón" que humeaba.

19

Mil quinientos kilómetros al sureste, en Jerusalén, dentro del ultramoderno pasillo EDN-1 de la agencia de espionaje del Estado israelí —Mossad—, un hombre canoso, de humor iracundo, violentamente abrió una puerta metálica. Se llamaba Noah Robinson y era el jefe del área. Les gritó a dos jóvenes que estaban dentro del cubículo lleno de pantallas de computadora:

—רְרוּעתת, מִיטוּידיא! ¡Despierten, idiotas! Atentado en archipiélago Dodecaneso, frontera griega con Turquía, coordenadas norte 37.31, este 26.50. Sacerdote fanático se prendió fuego en evento del embajador Moses Gate. Abran archivo 1377AU4. Quiero vinculaciones, filiaciones, adherencias. Tienen media hora —y cerró la puerta.

Perplejos, los analistas de inteligencia Isaac Vomisa y Moshe Trasekt suspendieron sus sándwiches en el aire. Dejaron de masticar. Se miraron el uno al otro. Giraron sus sillas hacia los monitores. El rubio y atlético Isaac Vomisa tecleó en su consola los caracteres "1377AU4":

En la pantalla apareció una fotografía perturbadora: el joven sacerdote que acababa de realizar el atentado. Debajo decía: "Creseto Montiranio. Ciudad de México. Expulsado de la orden monástica CENTINELAS DEL APOCALIPSIS. Perfil psicológico DSM-V: BPD. Desorden de personalidad limítrofe. Tendencia al suicidio y a la automutilación. Inestabilidad de carácter. Devaluación de identidad. Cambios abruptos de personalidad. Fijación con temas apocalípticos y de destrucción mundial. Ideación paranoica disociativa, proclive a cometer actos de sadismo. Creador de una celda nueva del Estado Islámico en México, para amenazar a los Estados Unidos".

El rubio Isaac se echó hacia atrás. Su compañero Moshe, de cabellos negros enchinados, le dijo:

—Este hombre es una cortina. Su perfil es falso. Alguien está creando su biografía. Su verdadero nombre ni siquiera es Creseto Montiranio, mira.

Le mostró a Isaac su pantalla. El sistema de identificación GENYSYS estaba arrojando un resultado diferente.

20

Trescientos metros al este, por debajo de la colina del palacio real, en las profundidades oscuras del monte Sion, los guardias babilonios Anzu Massartu, con sus mascarones de cobre —caras de águilas, guardianes del inframundo— caminaron por el túnel subterráneo llamado Ezequías. Les gritaron a los jóvenes escribas Radapu y Mathokas, que eran hermanos:

—¡⟨×⟩ 𒂍! *¡Kalu uma eblu!* ¡Amárrenlos con la soga! ¡Jálenlos como racimo! ¡Súbanlos a todos! ¡Comiencen a vaciar la brea hirviente en la cisterna!

Radapu le gritó al soldado:

—¡Maldito! —y se volteó hacia él, para golpearlo, como una araña—. ¡Voy a matarte!

Los cuatro soldados babilonios la sujetaron con sus guantes de punzos de hierro. La jalaron hacia arriba:

—¡Estás muerta, ramera! ¡Arráncale las ropas! ¡Siempre la he deseado! ¡Es una carne de dátil! —y empezó a romperle las ropas.

Otros cinco soldados, con sus sujetadores de hierro, comenzaron a ensartar grapas metálicas en los cuellos de los otros dieciocho escribas.

—¡Alineenlos con la soga, para arrastrarlos desde arriba con la rueda! ¡Vamos, malditos! ¡Al racimo! ¡Al racimo!

Una máquina por encima de las escalerillas, con duros crujidos metálicos, empezó a girar en el aire. Comenzó a enrollar la soga, a jalarla, tirando de las grapas de los escribas.

El joven Mathokas intentó detenerse con las plantas de sus pies, contra el piso de la caverna.

—¡Radapu! ¡Radapu! ¡Hermanita! —y se sujetó la grapa del cuello con las manos, mojadas en sangre.

Su hermosa hermana, escriba del nuevo rollo bíblico de Judea, les gritó a los babilonios:

—¡Suéltenos, malditos! —y con mucha fuerza pateó a uno de ellos en los testículos, que estaban protegidos por una coraza de cobre.

—Llévensela al sacerdote Hilkiyahu. Ella no va a morir aquí con la brea.

El hermano de Radapu la llamó:

—¡La salida está entre las Piedras de Fuego, donde fluyen la leche y la miel! ¡Ahí está el documento!

El guardia Tarkullu, de enorme tamaño, lo sujetó por los cabellos. Lo subió en el aire, rompiéndole la carne de la cabeza. Le arrancó un tira de piel que se vino con parte de los cabellos. Mathokas gritó de horror.

—¿De qué documento hablas, miserable sirviente yakudu? ¿Qué son las Piedras de Fuego? —y con enorme fuerza le arrancó la grapa del cuello.

La joven Radapu se sacudió entre sus captores:

—¡Hermano! ¡Hermano! ¡No lo lastimen, malditos!

Los otros escribas avanzaron sobre el piso, arrastrados, aferrándose a las grapas en sus cuellos, llorando. La soga empezó a subir por el muro, jalándolos como un racimo de cuerpos.

En el pasadizo, el enorme guardia Tarkullu subió a Mathokas por los cabellos:

—¡¿De qué documento hablaste, miserable yakudu?!

El soldado Pallisut, con su metálico guante de punzos, jaló a la morena Radapu hacia atrás. Le enterró los picos del guante en la carne, en el brazo. La arrastró por las rocas, mientras ella intentó patearle las piernas.

—¡Te voy a llevar con los hombres que te gobiernan! ¡Ahora tu hermano va a ser un gusano en el Irkallu, en el reinado de la mujer del infierno, Ereshkigal! ¡Nadie va a saber nunca que tú y tus amigos existieron! ¡El nuevo libro va a esclavizar a tu tierra con Babilonia!

Tarkullu subió a Mathokas por la escalerilla de hierro, hacia la Cisterna Ciclópea: un enorme foso subterráneo de quince metros de profundidad, antiguamente usado para almacenar agua y ahora lleno de piedras y de una improvisada casa de ladrillos, el hábitat forzoso de los escribas. Tarkullu se detuvo en el borde. Desde atrás, Radapu le gritó:

—¡No lastimes a mi hermano, bastardo!

El soldado Pallisut le susurró al oído:

—Vamos a sepultar aquí a todos tus amigos, donde los tuvimos trabajando, en esta maldita cisterna vieja que ya no es nada más que el lugar de los secretos. ¡Van a morir aquí, donde fabricaron el nuevo rollo!

Tarkullu, desde arriba, miró a Radapu con satisfacción por lo que iba a ejecutar.

—Mira cómo le quito el espíritu a tu hermano.

Lentamente incrustó en el estómago del joven Mathokas su largo y curvo cuerno de ciervo, llamado Qarnu, con erizados dientes de bronce. Se lo sumió y lo giró por dentro. El cuerpo de Mathokas convulsionó. Sus ojos se giraron hacia arriba. La boca comenzó a llenarse de sangre negra. El arma salió del vientre y se trajo consigo una masa de intestinos.

El hermano de Radapu escupió su fluido.

Radapu gritó, llorando:

—¡No lo hagas, maldito! ¡Hermano!

—Ahora me vas a decir qué es ese documento del que habla tu hermano. ¡Me vas a decir dónde están esas "Piedras de Fuego"!

Por detrás de él, treinta soldados babilonios, colocados alrededor de los bordes de la cisterna, se gritaban unos a otros, haciéndose ademanes con los brazos:

—¡*Saru girsu sasina!* ¡Giren las palancas!

La cuerda con el racimo de los escribas, tirada por la rueda giratoria, los jaló por encima del vacío de quince metros de altura.

—¡Háganlos colgar sobre las piedras!

Hacia abajo, el guardia Tarkullu observó, en el fondo de esa oscura cisterna para agua construida en la más remota antigüedad por una civilización desconocida, la horrorosa casucha de ladrillos: el hábitat secreto de los escribas; la prisión donde los habían tenido trabajando por cuatro años para reescribir la Biblia del pueblo yakudu-judío, incluyendo a los dioses paganos de la Samaria mesopotámica.

—¡Que cuelguen todos sobre el pozo! —les gritó Tarkullu a sus soldados—. ¡Báñenlos con la brea caliente antes de sumergirlos allá abajo!

En el techo comenzaron a voltearse veinte cubos de hierro calentados con fogueras por medio de tubos. La brea —transportada hasta ahí desde los depósitos del mar Muerto, llamado también "Tamptu Kupru" o "Mar de Alquitrán"— empezó a verterse con humo y burbujas sobre los cuerpos desnudos de los dieciocho hombres y mujeres que reescribieron la Biblia, por encima de quince metros de altura, sobre la estructura arqueológica hoy conocida como "cisterna de la Edad de Bronce".

La escriba Radapu Tabyat gritó:

—¡Dios del universo! ¡¿Dónde estás ahora para defendernos?!

El cabo Pallisut la arrastró por el piso de la caverna. Miró hacia arriba, a la compuerta de entrada del palacio real de Judea; a las oficinas subterráneas del sacerdote supremo Hilcías. Le dijo a la escriba:

—Tú nos vas a decir dónde está ese "documento" que te mencionó tu hermano, así como las Piedras de Fuego. Si él ocultó la verdadera historia de este pueblo en algún lugar, tú nos lo vas a entregar antes de que la descubra otro de tu pueblo. No van a entregarle a nadie los documentos más antiguos. Ahora la historia de este pueblo es la que el caudillo Nabopolasar ha ordenado.

21

Sobre esas rocas se arrastró otra chica, del mismo tamaño y forma, pero con el cabello rubio, con los ojos verdes; con una apretada y mojada camiseta blanca, manchada ahora con hollín, que decía: FUENTE J / NO AL EXTERMINIO; y con su propia sangre; con quemaduras.

—*Questo non sta succedendo...* Esto no está sucediendo... —se dijo una y otra vez. Miró hacia la oscuridad.

La periodista del diario italiano *La Repubblica* avanzó apoyándose en las palmas de las manos, rasgando sus jeans por las rodillas. Por detrás de su cuerpo escuchó las voces de los hombres de las linternas, hablándose ente ellos en árabe:

—*Waqad sahamat hadhih almar'at mae eulama' alathar min jamieat talin 'abib...* Esta mujer ha contribuido con los arqueólogos de la Universidad de Tel Aviv, para desacreditar la historia de Moisés y de Abraham. Captúrenla viva. Ella los ayudó a localizar aquí el Documento J.

Por detrás de ellos, en las profundidades del túnel, junto a los equipos de transmisión de televisión de los arqueólogos, siete más de estos hombres con ametralladoras acariciaron el muro, por encima de las máquinas perforadoras, aún calientes.

—Es aquí. *Hadha hu almakan*. Éste es el lugar donde estos científicos dicen que está la versión prebabilónica de la Biblia. ¡Pásenme sus martillos!

Se acomodaron todos en torno a ese punto de la caverna. Con sus enormes martillos comenzaron a golpear la pared de caliza, gritando:

—*¡Lays hunak alwahi alhaqiqiu 'iilaa min Allah!* ¡Destruyamos lo que esté detrás de este muro! ¡No existe ninguna revelación verdadera más que la que Alá le reveló a nuestro profeta Mahoma en el 610 después de *'Isā ibn Maryam*, el Cristo!

Clara Vanthi sintió una fuerte garra humana prensándole el tobillo:

—¡Tú vas a venir con nosotros, mujer maligna! —y su captor le gritó—:¡Yo arrojaré el terror en los corazones de los que no creen. Por lo tanto golpead las nucas y golpeadles los dedos! ¡Corán, verso 33:50! ¡Y verso 8:12! ¡Así te voy a golpear yo a ti, perra esclava! —y la empujó hacia adelante.

A mil quinientos kilómetros de distancia, entre las olas del mismo mar Mediterráneo, en la punta superior de la isla de Patmos, en el techo mismo de la isla —la azotea del monasterio de san Juan el Apocalíptico—, Max León acarició entre sus dedos el objeto plateado en el pecho calcinado del sacerdote Creseto Montiranio: un inmaculado corazón hecho de plata, sujeto al cadáver por medio de una delicada cadena, también de plata.

Max puso atención al agente británico John Apóstole, de ojos azules. Ambos estaban inclinados sobre el cadáver, para protegerse de los disparos del francotirador oculto. Max le dijo a John Apóstole:

—Acabo de contaminar esta prueba. La acabo de manchar con mis huellas dactilares. Debí usar guantes.

John Apóstole se le aproximó.

—Olvida los malditos guantes —y por la coronilla de su cabeza le pasó una metralla—. El secreto está en este "sagrado corazón" —y acarició el objeto—. Debemos abrirlo.

Ambos oprimieron el pequeño corazón metálico. Se les aproximó por entre los hombros la hermosa Serpia Lotan, hija del reverendo Abaddon Lotan.

—¿Puedo ver?

Max la observó con sospecha, pero se volvió hacia el extraño objeto. El pequeño corazón se abrió en dos partes, como un diminuto libro.

Adentro los tres vieron un arrugado papel muy delicado, convertido en una bola apretada, que comenzó a descompactarse.

—*Es papel de arroz…* —susurró Max León. Se miraron nuevamente. El británico John Apóstole expandió el diminuto pliego entre sus dedos. Ladeando su cabeza, les dijo:

—Es latín…

In DCXXII — ante nativitatis Domini Iesu — aliquis alteretur Revelatio Mosi: Bibliae. Contaminatus traslatio factorum. Unus est enim alia nobis hodie. Qui creavit libro Babylonem. Deo, rediit in terra—ut hoc corrigere errorem. Ideo crucifixerunt eum… Ioannes… Eusebius, Historia Ecclesiae. Caput 39. 3. 6. Sex sex sex cubiculum meum veritatis est, in illa gravis.

—No entiendo —le dijo Max.

Con un dulce susurro, John Apóstole les tradujo después de leer el texto en silencio por varios minutos:

—"En el año 622 antes de que naciera Jesús alguien alteró la Revelación de Moisés: la Biblia. Crearon una versión contaminada: la que hoy nos gobierna. La creó Babilonia. Dios mismo tuvo que volver a la tierra para corregir este daño. Por esto lo crucificaron. Su apóstol Juan portó este secreto hasta su tumba: la verdadera Revelación de Moisés, el Secreto Biblia, está en el Documento J, en el monte Sion, entre las Piedras de Fuego. He dejado en la tumba de Juan el mapa de estos asesinos que me contrataron, y la llave para el nicho subterráneo. Eusebio de Cesarea, Historia de la Iglesia. Libro 3. Capítulo 39. Párrafo 6. Mi habitación de la verdad es el número 666, en esa tumba."

Los tres permanecieron callados. John Apóstole susurró:

—La historia se está repitiendo. Se trata del autor del "Apocalipsis". El mundo cree que su autor fue el apóstol Juan. No fue Juan quien escribió esa parte de la Biblia. La escribió el hombre que asesinó a Juan. Su nombre fue "Cerinto" —y digitó varias teclas en su aparato celular.

—¿Qué dices? —le preguntó Max. Debajo de ellos Creseto Montiranio estaba en silencio, humeando. John Apóstole tecleó en su celular: "Eusebio Cesarea. Historia Iglesia. Libro 3. Capítulo 39. Párrafo 6". Pulsó "buscar en Google".

El resultado lo hizo abrir más los ojos.

—*Dios santo...*

Serpia Lotan miró a Max León. John Apóstole les dijo:

—Esto es una parte del libro sobre la historia de la Iglesia escrito por el obispo de Cesarea en el año 324 d.C., llamado san Eusebio, hoy considerado uno de los padres de la Iglesia —y miró su celular—. Dice:

> Hubo dos personas en Asia que tuvieron el mismo nombre, y hay dos tumbas en Éfeso, cada una de las cuales, hasta el día de hoy, es llamada "la tumba del apóstol Juan". Son dos personas distintas. Es seguro que fue el segundo, y no el primero, el que escribió el texto que hoy llamamos "Apocalipsis."

Se quedaron perplejos. Pasaron dos disparos entre sus cabezas. Se les aproximó inclinado, trotando, el jefe de Max León: el moreno embajador Dorian Valdés. Les dijo:

—Muchachos. Éste es el momento para que sepan algo que va a cambiar sus vidas para siempre. Hay un secreto sobre la Biblia que no se ha dicho al mundo. Los arqueólogos lo saben. Los líderes religiosos lo saben. No quieren que se entere el resto de la gente. Los gobiernos han suprimido esta información. La Biblia actual ha sido deformada siete veces, por los babilonios, por los persas, por los griegos y finalmente por el emperador Constantino. La imagen misma de Cristo fue modificada. Hay monstruos babilonios en la Biblia. Pero la Biblia real, el mensaje de Moisés y Jesús dice otra cosa. Hoy ustedes y yo vamos a conocer la respuesta.

Max negó con la cabeza:

—No, no, no... ¿Esto es un cuento de Alicia en el país de las pesadillas...? ¿De qué está usted hablando? —y miró la esquina de la pantalla gigante. Aún estaba ahí el francotirador, con su ametralladora. De ahí venían los disparos.

Max levantó de su cinto su negro y hermoso subfusil Mendoza HM4S.

—Ya me harté de estos pinches putos.

Les disparó gritando:

—¡Escúchenme, putos! ¡No los voy a matar! ¡Los voy a inmortalizar! —y les dirigió sus balas.

Su jefe lo sujetó por el brazo:

—Max: en verdad existieron dos Juanes. Esto es la clave del Secreto Biblia. El que escribió el libro del Apocalipsis no fue el verdadero Juan. El verdadero Juan fue asesinado. Lo asesinó el impostor que llegó de Asia para suplantarlo; para tomar su nombre, para predicar utilizando su identidad y su nombre, y servir al Imperio Persa, para destruir el Imperio romano. Los persas usaron el cristianismo y a la Biblia como propaganda para acabar con el Imperio romano. Para eso debían deformarla. La Biblia actual es una herramienta persa.

—¡No, jefe! —y siguió disparando—. ¿Quién es ese segundo Juan? ¿Por qué la gente no sabe nada de esto?

—Ahora tú eres de nuevo lo que siempre fuiste, Max León: mi mejor investigador policiaco. La clave de todo este misterio es este sacerdote. Su nombre no es "Creseto Montiranio". Su nombre es Cerinto, igual que su doble del pasado.

—¿*Cerinto…?* ¿El segundo Juan es Cerinto?

Una bala impactó al embajador Dorian Valdés en la sien.

22

—Su verdadero nombre fue Cerinto. Cerinto Dionisio Epagelio.

Esto se lo dijo, en las instalaciones del Mossad, en Israel, el analista de espionaje Moshe Trasekt al rubio y enchinado Isaac Vomisa. Estaban viendo en su ultramoderna consola la fotografía en la pantalla: el joven y moreno sacerdote antes llamado Creseto Montiranio, autor del atentado. En la consola, compuesta por varias pantallas y teclados se procesaba la información que salía de todas las agencias de seguridad en el mundo: era un moderno aparato para contener toda la información posible. Israel negaba contar con un aparato como ese.

—Su verdadero nombre en esta base de datos GENYSYS, que es la más grande del mundo, es "Cerinto Dionisio Epagelio ASMV71-162". Éste es el nombre que le puso su madre. Sin embargo, ni ella ni su consorte tuvieron estos apellidos. Fue un niño adoptado. Un sacerdote se los obsequió a ellos. Ellos sólo lo adoptaron.

Permanecieron en silencio por dos segundos. Isaac pulsó un botón.

—Me parece que su nombre mismo tiene gato encerrado.

—¿Gato encerrado…?

—Observa esto:

En la pantalla apareció una ficha de datos:

Papa san Dionisio de Alejandría
Epístola —Peri Epaggelion—
"Sobre las Promesas"
Año de Dios 250 d.C.

"El libro llamado 'Apocalipsis' no fue escrito por el apóstol Juan, y ni siquiera lo escribió un cristiano, sino un impostor: fue Cerinto, el fundador de la herejía llamada 'cerintiana'. Cerinto es el verdadero autor del texto llamado 'Apocalipsis', y es una blasfemia."

Se quedaron perplejos. Se miraron uno al otro.

En Patmos, sobre la azotea del monasterio de Juan el Apocalíptico, el embajador Dorian Valdés, con un disparo que le rozó la sien, sangrándole de inmediato, la piel quemada por el disparo ardía, pero aún así alcanzó a decirle a Max León:

—La herejía del falso apóstol Cerinto es una herejía satánica —y con la mano trató de detenerse la hemorragia de la cabeza—. Ahora domina en la mente de millones —y comenzó a caer, hacia el cuerpo sin vida de Creseto Montiranio—. Cerinto afirma que Jesucristo nunca fue Dios; que el universo no lo creó Dios sino un demonio, el "Demiurgo". Esto es zoroastrismo. Es una infiltración del zoroastrismo persa. Cerinto fue un enviado. Lo envió el emperador persa Artabanus, para usar la rebelión cristiana contra Roma. Cuando cundió en todo el mundo la noticia de la rebelión de "Cresto", Artabanus decidió usarla para atacar a su enemigo: el emperador romano Tiberius. Envió agentes, apóstoles falsos —la herida le quemaba la piel, al tacto era intenso el dolor—. Dijeron ser apóstoles de Cristo. Aparecen en Hechos de los Apóstoles 13:8, 8:9. Son Elimas Magus-Barjesús, Simón Magus; el propio Cerinto. Sus nombres persas verdaderos no los conoce el mundo: fueron Limji, Ashem-Vohu, Khorshant. La palabra *magus* es persa —y cayó sobre Creseto Montiriano. Empezó a vomitar sangre—. *Maggi* significa "sacerdote del zoroastrismo". La religión cristiana actual, por el "Apocalipsis", es zoroastrismo. Los sacerdotes cristianos que defienden el Apocalipsis… son sacerdotes persas…

—Dios, no… —le dijo Max—. ¿Esto es lo que hoy iba a anunciar el embajador Moses Gate? —y lo tomó entre sus brazos, para calentarlo—. ¡Traigan un paramédico! —y buscó en el horizonte el helicóptero.

—No. Hay más —le respondió otra voz, más arriba del cuerpo del embajador Dorian Valdés. Era una silueta negra contra el resplandor de la pantalla gigante del escenario. Tenía un revólver en la mano—. Moses Gate iba a anunciar hoy algo mucho más importante que todo esto: algo que iba a cambiar al mundo. Se trata de la Biblia entera, como conjunto. Pero no va a suceder. Moses Gate está muerto, y ahora también lo están sus malditos aliados, como este miserable tercermundista —y de nuevo disparó contra la cabeza de Dorian Valdés. Ahora sí la reventó.

La cara de Max León se empapó de sangre. Observó los ojos abiertos de su jefe, dislocados. Max gritó. Empezó a levantarse. Con enorme violencia aferró el arma del sujeto, por el barril. La torció contra el piso. Era una SIG Sauer P320, plateada.

—¡¿Tú quién demonios eres, bastardo?! —y lo golpeó en la quijada, con el codo.

El sujeto se rio a carcajadas. Sujetó a Max por los cabellos. Con su codo lo golpeó en la boca del estómago.

—¡¿Sabes quién soy?! ¡Soy Ken Tarko! ¡Embajada de los Estados Unidos! ¡Quién crees que les disparaba desde arriba? —y siguió masticando su goma de mascar. Hundió el puño en el estómago de Max León—. ¡Estás bajo arresto por conspiración y por colusión con el terrorismo! ¡Tú eres parte de la celda México del Estado Islámico! ¡No debiste asesinar a tu propio embajador! ¡Colóquenle las esposas!

Max León le azotó el codo contra la dura mandíbula. El individuo era rubio, de rostro prepotente, con ojos azules.

—¿Qué estás diciendo? —le preguntó Max—. En México no existen celdas de esa cosa —y por detrás de su espalda trotaron hasta él nueve agentes militares, con las esposas, hablándose por medio de sus radios.

—¡Al suelo, maldito! —le gritaron—. ¡No lo hagas más difícil! ¡Aplíquenle las descargas! ¡Inmovilícenlo! —y con mucha fuerza lo aferraron por los brazos. Max sintió un relámpago de electricidad en el cuerpo, como mil navajas picándolo al mismo tiempo en las articulaciones. Comenzaron a patearle los muslos por en medio de las piernas, para abrírselas—. ¡Al suelo, malnacido! ¡Colóquenle las esposas! ¡Acaben con este frijolero!

El estadounidense retrocedió dos pasos.

Sin dejar de masticar su chicle, le sonrió a Max:

—Yo mismo voy a procesarte, tercermundista. Esto es Código de los Estados Unidos, título 18, apartado 2332, terrorismo. Máxima violación a la seguridad nacional —y se pasó la mano por su cabello rubio, para peinárselo—. Tengo fotografías de ti con este sacerdote terrorista. Están coludidos. Apareces con él en las paredes de su habitación de hotel —y señaló el valle—. Los dos son parte del Estado Islámico. Él y tú son la celda México. Llévenselo a la capilla Christodoulos para interrogarlo. Apliquenle Norcuron para inmovilizarle la boca. No quiero que hable con alguien que no seamos nosotros.

Max León se quedó perplejo. En sus muñecas sintió los duros jalones de las cintas de amarre.

—No, no... todo esto es una pesadilla —y se volvió hacia Serpentia Lotan.

Comenzaron a llevarlo hacia atrás, al acceso al interior del edificio.

—Vas a recibir la inyección, miserable frijolero. Nunca has obedecido mis instrucciones. Yo mismo te voy a meter la jeringa en los testículos. La ley me autoriza para hacerte esto. Es contraterrorismo.

Max León bajó la mirada.

—No, no... —y comenzó a negar con la cabeza—. Yo no soy un terrorista. Yo nunca he visto antes a este estúpido sacerdote.

En la penumbra distinguió los dos enormes ojos negros de la exótica Serpentia Lotan, la hija del reverendo. Ella estaba sonriéndole. Max le dijo:

—Tú me tendiste esta trampa.

Ella caminó junto a él:

—Yo también voy a torturarte, amigo. Nunca debiste confiar en una mujer que te distrajo de tu misión. ¿Por qué todos los hombres son así? Éste fue el error de Adán con Eva. Se dejó arrastrar por ella, hacia el pecado. Nosotras somos superiores —curvó sus labios con alegría, una sonrisa se dibujó en ellos—. Yo te llevé al árbol y tú simplemente mordiste la manzana. Ahora estás condenado.

—Diablos —y de nuevo negó con la cabeza—. ¿Qué me vas a hacer, maldita serpiente?

—Voy a hacerte todo lo que se describe en el libro del Apocalipsis. Para esto lo escribieron. Mi papá va a conducir las ceremonias. Yo sólo soy su asistente.

Por detrás de Max, un voluminoso helicóptero de color azul con blanco, de cuatro toneladas —el Aérospatiale Duphin HC-31—, descendió con ruidos mecánicos y con estruendosos mensajes de altavoz sobre la parte norte de la azotea. En sus costados decía: "Λιμενικό Σώμα-Ελληνική Ακτοφυλακή". *Limeniko Soma-Elliniki Aktofylaki*. Guardia costera helénica. Acción de emergencias.

Era el vehículo que había solicitado el embajador Dorian Valdés.

23

En el monte Sion, treinta metros bajo tierra, los once terroristas con suéteres y pantalones de color negro con sus enormes martillos de acero continuaron golpeando los frágiles muros de caliza de la caverna del canal de Siloam.

—*¡Hafr hadhih alsakhrat laenat!* ¡Perforen esta maldita roca! ¡Si hay una versión original de la Biblia, hoy mismo vamos a quemarla! ¡El imán Lotan viene hacia acá para quemarla!

Los martillos en efecto tronaron la roca, como si fuera un hueso. Se generó un agujero. El polvo de color blanco flotó por debajo de los reflectores de los arqueólogos ahora muertos. Los terroristas se aproximaron al hoyo en el muro.

—Despejen. Saquen lo que está ahí dentro.

Dos de ellos se arremangaron los suéteres. Con sus crudos brazos polvorientos se introdujeron al hueco negro. Con las manos empezaron a palpar en la roca.

—¡Aquí no hay nada!

Clara pensó: "Si aquí aparece algo, va a ser lo que la escriba R y su hermano ocultaron aquí antes de que los sepultaran vivos".

La luz de una linterna se proyectó sobre el agujero, por en medio de estos dos hombres. La cavidad estaba vacía. En la pared, sin embargo, había letras hebreas, muy antiguas. Decían:

שיחי אל וימאמה דסומ דסומ תרקי תנפ וחב וזבא ובא וויצב דסי ינבה הוהי ינדא רמא הכ וכל:

תכלהתה שא־ינבא ווֹתב תייה היהלא שדק רהב דיתתנו וכוסה חשממ בורכ־תא:

Los hombres se quedaron en silencio. Por detrás de ellos, uno muy alto les dijo:

—Son dos pasajes de la Biblia hebrea. Isaías 28:16 y Ezequiel 28:14. *"Yis-saḏ bǝ-ṣî-yō-wn 'ā-ḇen; 'e-ḇen bō-ḥan pin-naṯ yiq-raṯ mū-sāḏ mūs-sāḏ"* y *"Qo des be-har u-ne-tat ti-ka has-sō·w·ḵêḵ; mim·šaḥ kǝ·rūḇ, 'at-hiṯ hal·lā·ḵǝ·tā. 'êš 'aḇ·nê- bǝ·ṯō·wḵ"*. Significan: "He aquí que yo he puesto en el monte Sion por fundamento una piedra, piedra probada, angular, preciosa, el fundamento" y "tú, querubín grande, protector, yo te puse en el santo monte de Dios, allí estuviste; en medio de las Piedras de Fuego".

Se quedaron perplejos. Otro de ellos les dijo:

—Esto es la pista. El "fundamento" es el Documento J. Traigan a la maldita periodista. Ella debe saber qué significa "Piedras de Fuego".

Ochenta metros al sur, dentro del oscuro canal hacia la alberca de Siloam, otro de los terroristas, encapuchado, arrastró a Clara Vanthi hacia atrás, por el tobillo, adentro del agua fría. Le gritó:

—¡Vamos, ramera atea! ¡Me están pidiendo que descifres esta maldita caverna! ¡Ahora me servirás, maldita esclava! ¡Eres mi regalo por parte de Alá, porque yo soy su soldado para aniquilar a los que no creen en Él!

24

Treinta metros arriba de Clara, dos mil seiscientos años atrás en el tiempo, amarrada por la espalda, con un paño muy apretado, anudado en su nuca, amordazándole la boca, la joven escriba Radapu de Rumah, con los tobillos amarrados con cuerda, caminó arrastrando sus sandalias de fibras entre los guardias babilonios. La llevaron sostenida por los brazos.

Su sangre le bajó por las piernas hasta el suelo de brillantes losas, hacia el salón de acuerdos del palacio real de Judea, cúspide del monte Sion.

—¿Estás lista para conocer al rey Josías? —le preguntó, sonriéndole, el asesino de su hermano, el enorme guardia babilonio Tarkullu, a través de su máscara de bronce con la forma de un águila anzu.

Por delante de ambos se abrieron las puertas. Cuatro soldados gibbor hayil hebreos les abrieron el paso con sus lanzas. Adentro vio más hombres: el secretario supremo del rey, llamado Safán; el sumo sacerdote de Judea, llamado Hilcías, y otros cuatro ministros.

Radapu vio por primera vez en su vida al rey de su país: el hijo del rey Amón: Josías. El rey era joven. Detrás de él estaba su hijo mayor: el rebelde Eliakim. Radapu arrastró sus pies con sangre por las losetas.

Con asco, el sumo sacerdote la miró de arriba abajo. Le dijo al rey:

—Ésta es la profanadora que estaba destruyendo los tesoros del templo. Creemos que debe apedreársele en el patio. Dice muchas mentiras porque está endemoniada. Pero gracias a esta poseída encontramos en los cimientos del templo este increíble tesoro —y señaló el enorme rollo de pergamino que estaba en las manos huesudas del anciano secretario Safán.

Safán se aproximó al rey. Levantó en el aire el enorme pergamino. Al alzarlo se le chorrearon hacia abajo los líquidos de color café, con olor a cúrcuma quemada de la India.

El rey frunció el entrecejo. Ladeó la cabeza.

—¿Qué es eso?

Su secretario Safán le dijo:

—Es un milagro. Hilcías lo encontró en los sótanos del templo. Este rollo estuvo enterrado ahí por muchos siglos. Es la Revelación de Dios a Moisés, que ocurrió hace setecientos años —y empezó a llorar, con el pergamino hacia el rey—. Éste es el rollo que nunca antes había sido encontrado. Es la palabra de Dios, la verdadera. Son órdenes para tu gobierno.

Josías pasó saliva.

Hilcías también: "el verdadero rollo nunca lo encontrarán".

25

—Ése fue el momento en el que se falsificó la Biblia —le dijo a Max León el adjunto jurídico de la embajada de los Estados Unidos: el rubio y portentoso Ken Tarko, con olor a loción Bond. Siguió masticando su chicle—. Pero ¿para qué sacar todo esto a la luz ahora? ¿Es necesario? —y sonriendo, negó con su amarilla cabeza—: La gente no debe saber la verdad. Nunca ha sido así. No es económico. La ley de Pareto lo establece claramente: Siempre debe haber pobres y siempre debe haber ricos, en una proporción de ochenta a veinte. Las masas son para controlarlas. ¿Imaginas cómo sería el mundo si todos fueran ricos? No alcanzaría el dinero. Alguien tiene que ser el rico: los elegidos. Nosotros, los ciento cuarenta y cuatro mil somos los elegidos.

Max escupió a los pies de su captor.

—Esto no es real. ¡¿Eres acaso un estúpido?!

Comenzaron a bajarlo por los escalones de color blanco, de regreso hacia la capilla Christodoulos. En su mano sintió los calientes dedos de la hermosa Serpia Lotan. Ella le susurró, con su dulce acento griego:

—No tengas miedo, Max. El tormento lo tuvieron todos los mártires que hoy se mencionan en los libros. Voy a usar tus palabras: "No te vamos a matar. Te vamos a hacer inmortal" —y le sonrió—. Ésta es tu última oportunidad para expiar, con dolor, tu vida de mediocridad.

—¿Me vas a convertir en uno de los ciento cuarenta y cuatro mil elegidos?

—No, eso no, Max —agitó las palmas y un sonoro aplauso se dejó escuchar—. Alguien como tú nunca va a ser uno de los ciento cuarenta y cuatro mil. Esto es cuestión de raza. Dios no elige a los simios —y dirigió su atención al rubio Ken Tarko.

Max León tragó saliva. Se dijo a sí mismo:

—Un día más en la dimensión desconocida.¿Acaso ustedes dos realmente creen lo que me están diciendo?

A su lado caminó el blanquecino agente del Reino Unido, John Apóstole. Afectuosamente lo tomó por el hombro:

—Amigo Max León, tú no tienes la culpa. Tú no tenías nada que ver con todo esto. Fue tu jefe el que te arrastró a esta situación. La exploración del origen de la Biblia debe ser suprimida. Moses Gate cavó su propia tumba. Tú lo entiendes, ¿verdad? Es por el bien de la gente. Se les debe indicar qué deben temer en el universo, pues si no, ellos viven desorientados. Lo que haya dicho Dios a Moisés hace tres mil años en realidad ¿qué importa? ¿Te importa a ti? —había algo de dureza en sus palabras—. Sólo importa hoy mantener la Biblia actual como está, que nadie la altere; pues es el eje político que nos sostiene aquí, y a nuestros gobiernos, en la punta de la pirámide de Pareto.

26

—Esto es horrible —susurró, dentro de las instalaciones del Mossad, en Israel, el delgado y moreno Moshe Trasekt, de negros cabellos enchinados, a su atlético y rubio amigo Isaac Vomisa:

—¿Cerinto…?

El rubio Isaac Vomisa le respondió:

—Tal vez te estés preguntando quién fue este sujeto que dijo esto sobre Cerinto, este "papa Dionisio de Alejandría".

—En efecto.

—Papa de Alejandría —le dijo Isaac. Con su dedo activó una nueva imagen en la pantalla. Ambos vieron el rostro de san Dionisio el Grande.

Moshe Trasekt negó con la cabeza.

—Y… este "papa de Alejandría", ¿dijo que el Apocalipsis no lo escribió Juan… sino un sujeto llamado *Cerinto*…, y que este Cerinto era el autor de una herejía? ¿Por qué los papas actuales siguen enseñando el Apocalipsis como parte del cristianismo?

—Hay más, y es más "horrible" —le sonrió Isaac Vomisa—. Observa esto —y de nuevo pulsó el botón en el tablero—. Según el libro *The Sacred Books*, de R. Penny, escrito en 1739, página 145, "el papa

Gelasio condenó en general todos los escritos atribuidos por Lucius a Juan el Evangelista, pues este Lucius escribió varias actas bajo nombres de apóstoles".

—¿Esto incluye el Apocalipsis? ¿Lucius era Cerinto?

—No lo sé —y buscó más abajo, en la pantalla—. En este otro libro, *La Ciclopedia*, de 1819, de Abraham Rees, dice: "Algunos autores adjudican el libro del Apocalipsis a Cerinthus, añadiendo que él le puso el nombre de san Juan". Pero un tanto más alarmante: en el año 370 d.C. el obispo Cirilo de Jerusalén rechazó el libro del Apocalipsis. No lo incluyó en su Canon de las escrituras aceptadas. En opinión del sacerdote Pablo Pérez Guajardo, "la Carta a los Hebreos y el Apocalipsis de Juan… fueron los últimos dos escritos que la Iglesia católica incluyó al final de la Biblia". Se refiere al año 393, la reunión de obispos en Hipona, África. Al principio no todos aceptaron el texto del Apocalipsis, porque era falso.

Moshe negó con la cabeza.

—No comprendo… ¿y por qué los aceptan ahora?

Isaac pulsó otro botón. Apareció otra ficha en el monitor:

Papa Dionisio de Alejandría
REF: Eusebio de Cesarea/
Historia Ecclesiasticum 7.24-25.

Cerinto deseó atribuir su propia composición [el 'libro del Apocalipsis'] al nombre que tendría verdadero peso [el del verdadero apóstol Juan], para difundir su herejía. Cerinto es el fundador de la herejía que hoy llamamos Cerintiana.

—Diablos… —le dijo Moshe—. ¿Esto lo sabrán en el Vaticano?

—No lo sé —y oprimió otro botón—. La creencia normalmente aceptada es que el apóstol Juan estaba en una cueva en la isla de Patmos, en Grecia, y que ahí se le apareció Jesucristo en persona, y que le reveló el fin el mundo. Lo escribió y es el libro del Apocalipsis. Ahora sabemos la triste realidad: no fue Juan.

Moshe le insistió:

—¡¿Esto lo sabrán en el Vaticano?!

—Te voy a dar mi análisis: alguien, en algún momento, decretó que el libro se quedara como eje del cristianismo. Es obvio que las cabezas del Vaticano saben todo esto —y lo miró a los ojos—. Por alguna razón que nosotros desconocemos, ellos quieren que el libro del Apocalipsis siga siendo la parte del cristianismo que más aterra al público, aunque sepan que es una herejía. Tal vez el actual papa sabe todo esto.

Moshe apretó la quijada.

—Diablos… ¿Por qué no lo dicen a millones? ¿Para qué quieren un texto como éste, sobre el "fin del mundo"?

Isaac miró el otro monitor, la imagen congelada de la periodista dentro del monte Sion: la rubia italiana Clara Vanthi —su ficha en la Base de Datos GENYSYS.

—Pregúntale a ella. Ella trabajó para el embajador Moses Gate, con los arqueólogos de la Universidad de Tel Aviv. Ella investigó el Banco Vaticano. Ahora ella misma está por ser asesinada, a menos que nosotros hagamos algo al respecto —y miró hacia abajo. Por un instante perturbador guardó silencio—. A Moses Gate tal vez lo asesinó nuestro propio gobierno.

Moshe Trasekt tragó saliva. Se volvió hacia las paredes, hacia las esquinas en el techo. Las pequeñas cámaras de televisión empezaron a rotar sus lentes.

27

A trescientos metros de distancia y miles de años en el pasado, en el palacio real de Judea —en la cima del monte Sion—, dentro del salón de acuerdos, el anciano secretario real Safán caminó por delante del joven y fornido rey Josías. En sus manos, el húmedo y pesado pergamino chorreó sus líquidos hasta el piso. Safán cerró los ojos.

Le dijo al rey:

—Esto es la palabra de Dios. Éstas son las instrucciones para el rey —y desenrolló el oloroso documento—: "Cuando Yahweh tu Dios te haya hecho entrar a la tierra que te ha obsequiado, y ponga enfrente de ti a muchas naciones, debes últimamente destruirlas: al hitita, al gergeseo, al amorreo, al cananeo, al ferezeo, al jonio griego y al jebuseo: siete naciones que son más grandes y poderosas que tú. Y cuando Yahweh tu Dios las haya entregado delante de ti, y las hayas derrotado, las destruirás totalmente…" —y con sus brillosos ojos observó al rey— "… y no harás pactos con estas naciones, ni tendrás con ellas misericordia. Y no emparentarás con los hijos de ellas; no darás tu hija a su hijo, ni tomarás a su hija para tu hijo…".

El rey Josías se quedó petrificado.

Su anciano secretario Safán tragó saliva.

El rey le preguntó:

—¿Esto dice este rollo? —y se volvió hacia su hijo Eliakim—. ¿Tú sabías algo sobre esto?

Su barbado hijo Eliakim negó con la cabeza. Sus ministros permanecieron en silencio. Todos comenzaron a asentir.

El rey les dijo:

—Señores: yo no conocía palabras como las pronunciadas por Moshe-Hanabí. ¿Destruir naciones? ¿Arrasar pueblos? ¿Esto es acaso la orden que Dios le dijo a Moisés? ¿Iniciar masacres?

Arrastrando sus sandalias de bronce, el gordo y enorme sacerdote Hilcías de Anatoth caminó hasta el rey. Con su estruendosa voz le dijo:

—Lo estamos conociendo hoy. Este rollo estuvo enterrado debajo del templo por muchos siglos. Hoy Dios nos lo está mostrando. Es tu bendición como rey que esto haya sucedido durante tu mandato. Dios mismo te está hablando a ti, rey de Israel y Judea.

—¿Dónde está Kesil Parus? —y se volvió hacia los lados—. Quiero la opinión de Kesil Parus, y de Huldah. ¿Qué opinan sobre esto los sacerdotes fariseos?

—Parus está arrestado —le dijo Hilcías—. Es un traidor. Debes ejecutarlo. Es un agente de los egipcios. Cometió la traición 'Am Ha'Ares, igual que todos los fariseos.

El rey abrió más los ojos y se levantó.

—¿Qué hiciste, Hilkiyahu? ¿Esto es algo político contra ellos?

Todos los ministros empezaron a poner tensas la cabeza. Se miraron unos a otros. El rey caminó entre ellos:

—Hilkiyahu: ¿estás cometiendo un golpe de Estado? —y miró a los ministros uno a uno: Elnathan ben Akbor, Safán Sopher, Ahikam ben Safán, Asaiah Sopher. Le sonrieron.

Por detrás de todos ellos, entre dos guardias babilonios, arrodillada sobre las losas, amordazada con un paño anudado en la nuca, amarrada por la espalda, la morena escriba Radapu de Rumah —la escriba "R"—, con sus cabellos mojados, silenciosamente observó el suelo. Con sus grandes ojos negros vio a su hermano, Mathokas. Vio el brilloso cuerno con picos metálicos del guardia Tarkullu rompiéndole los intestinos a su hermano. Cerró los ojos. Quiso gritar, pero tenía un trapo en la boca.

El sacerdote Hilcías le susurró al rey:

—Los asirios acaban de ser despedazados en Nínive —y con el brazo le señaló el oriente—. Los expulsó Nabopolasar de Babilonia, padre de

Nabucodonosor. La guerra se aproxima: va a ser entre Nekao de Egipto y Nabopolasar de Babilonia. El centro de esa guerra va a ser aquí, porque estamos en medio. Babilonia va a ser ahora el poderío máximo del mundo, pues derrotó a Asiria. Ahora mismo Nabopolasar está conduciendo sus ejércitos hacia Harrán, el último refugio de los sobrevivientes asirios —y señaló el norte—. Nekao de Egipto está alarmado. Quiere detenerlo ahí: quiere impedirle a Nabopolasar que tome Harrán, porque sabe que si los babilonios toman Harrán, toda Asia va a ser dominada por Babilonia, y lo que sigue va a ser la invasión babilónica de Egipto: algo que no ocurrió nunca en miles de años. Nekao no quiere ser el último faraón de la historia egipcia. Para ello quiere movilizar sus tropas por aquí, por Judea e Israel, y pasarlas al norte, por la costa, para llevarlas a batalla en Harrán. Nuestros informantes nos han dicho que el ejército se movilizó hace semanas y cruzó el Sinaí. Ya deben estar por nuestras tierras —y señaló la ventana. Caminó hacia el rey—. Tú debes prohibirles el paso a sus tropas por aquí. No permitas que el faraón Nekao detenga a Nabopolasar en Harrán. Nosotros estamos con Nabopolasar, y con su hijo, Nabucodonosor —y le sonrió.

El rey se volvió hacia su hijo, Eliakim.

—¿Entiendes qué está pasando?

Eliakim negó con la cabeza.

—Pienso que este sacerdote te está manipulando.

Hilkiyahu les dijo a ambos:

—Si dejas a Nekao de Egipto que pase sus tropas por nuestras tierras es traición. Es traición 'Am Ha'Ares. Es colusión con el gobierno egipcio.

El rey sonrió con sarcasmo.

—¿Qué estás diciendo…? ¿Me estás acusando a mí, que soy el rey de Judea e Israel, quien decide sobre todos ustedes, de traición? —y con los ojos exploró a los otros ministros. Le sonrieron.

Hilkihayu le dijo:

—Ésta es la misma traición que hizo tu padre: Amón —y frunció la nariz, con asco—. Por eso murió.

El rey Josías entrecerró los ojos. Durante el silencio, el sacerdote lentamente infló el pecho. Las imágenes de su padre Amón lo torturaron. Hilkiyahu empezó a arrastrar sus doradas zapatillas metálicas hacia la joven escriba, que estaba de rodillas. Suavemente le susurró al rey:

—El país comenzó a llenarse de brujas y pecadoras como ésta —y le acarició las mejillas—. Fue la traición de tu padre la que contaminó a esta tierra. Por eso lo asesinaron. Tu padre Amón traicionó las órdenes de Dios.

El rey Josías bajó la mirada.

El joven Eliakim se le aproximó:

—Padre —le dijo—: si le negamos a Egipto la vía de acceso para esta batalla que tiene que dar en el norte, es declaración de guerra contra Egipto. ¿Esto es lo que usted quiere? —le preguntó al enorme sacerdote Hilcías—. ¿Quiere una guerra contra Egipto? ¿Quiere llevar a su propio pueblo a una guerra innecesaria contra Egipto, que ha sido un aliado?

El robusto sacerdote lo miró de arriba abajo, negando con la cabeza. Le susurró al rey:

—Saca a tu ejército de sus habitaciones esta misma noche. Reúnelo allá afuera, ahora mismo, para la guerra, contra Egipto —y señaló la ventana—. ¡Dios mismo te está ordenando hoy, esta noche, en este Libro: que detengas a Egipto aquí en tu tierra, y que defiendas esta tierra con fe absoluta, sin ser un cobarde traidor como tu padre! ¡Es Dios mismo el que nos ha entregado esta noche este pergamino que tiene sus promesas! —y arrebató al anciano Safán el rollo mojado. Gritó hacia el techo—: "¡Destruirás a estas naciones que te rodean, aunque sean más poderosas que tú! ¡Porque tú eres el pueblo escogido por el señor, tu Dios! ¡El señor tu Dios te ha escogido a ti para ser el pueblo suyo entre todos los pueblos que están sobre la faz de la tierra; no por ser el pueblo más grande, sino el más pequeño!"

El hijo del rey se quedó pasmado. Con cautela le preguntó a Hilcías:

—¿Es verdad lo que estamos escuchando? —y se volvió hacia los cinco ministros—. ¿Este hombre quiere llevarnos a todos a una guerra contra Egipto, sólo porque es amigo de la familia real de Babilonia, y porque tiene a esta guardia de guerreros anzu prestada por Caldea? —y con la mirada señaló a los guardias con mascarones de bronce, con caras de águilas.

El sumo sacerdote se acercó al rey, por un lado:

—¿Alguien como tu hijo aspira a ser el próximo rey de Judea? —y negó con la cabeza—. La valentía dejó de existir en este palacio el día que murieron David y Salomón.

Afuera, en el negro corredor de los establos, los soldados babilonios, hablando acadio, arrastraron con cadenas a los sacerdotes fariseos —incluyendo al jefe del partido: Kesil Parus, de noventa años—. Lo jalaron por el empedrado pasillo de los caballos, por encima de los orines de los corceles. Por detrás de él jalaron a los otros treinta sacerdotes de la oposición contra Hilcías.

—¡Tu partido no va a detener los decretos que se crean en Babilonia! —le escupió el soldado babilonio Kalubtu en la cabeza—. ¡Te vamos a cortar la lengua en el altar de Marduk-apal-iddina, el verdadero dios de Nibiru! ¡Trasládenlos a la cisterna antigua!

28

Mil kilómetros al norte, al final de la costa del mar Mediterráneo, en la norteña tierra siria, comandados por los poderosos caudillos orientales Nabopolasar de Babilonia y Cyaxiares de Media —el futuro Irán—, junto con sus respectivos hijos y herederos —Nabucodonosor y Astíages, cada uno de veinticuatro años—, doscientos mil guerreros de distintas razas y nacionalidades: babilonios, persas, medos, escitas, masagetas, avanzaron jalando hacia arriba y hacia abajo las duras palancas de sus enormes carros: titánicos toros con alas, hechos de madera recubiertos con bronce y hierro; con alas gigantes y con las caras de seres humanos con barbas —los llamados kuribus o lamassus—; con ojos de fuego, escupiendo hacia abajo los gases incandescentes de sus bocas.

Los mecanismos de guía de las máquinas comenzaron a tronar con crujidos. Las seis enormes ruedas por cada lado se detuvieron sobre el fango. Levantaron una gran ola de fango en el pantano.

El vehículo central expelió por los lados dos grandes ráfagas de humo.

El musculoso joven, príncipe de Babilonia, desnudo del pecho, mojado en sangre, sonrió. Su nombre: Nabu-kudurru-usur —o Nabucodonosor—, miró al horizonte, hacia la enorme fortaleza de Harrán: un gigantesco cilindro de barro, erizado hacia arriba como una torre; con luces en sus miles de ventanas: la "Ciudad Torre". A los lados de la torre vio cientos de construcciones de barro, con conos abombados hacia arriba, semejantes a sombreros.

Colocó sus dos palmas mojadas en sangre sobre el pasamanos de su carruaje, en la corona misma del kuribu.

—¿Aquí es donde se está escondiendo el cobarde emperador de Asiria? —le sonrió a su pequeño hermano, Nebu-suma-Lisir, que estaba a su lado—. ¡Levanten las catapultas! ¡Preparen el Hamatu! ¡Saquen a Asshur-Uballit II de esta maldita madriguera!

Su padre estaba detrás de él, sonriéndole, con su casco con la forma de un caracol.

Era Nabopolasar. Se veía satisfecho.

Por detrás de su espalda, las catapultas de resortes, protegidas dentro de los cuerpos de gigantescos peces-hombres llamados Apkallus, tronaron sus engranes hacia atrás.

Los siete titanes Apkallus: Uanna, Uannedugga, Enmedugga, Enmegalamma, Enmebulugga, An-Enlilda y Utuabzu, con quiebres metálicos que sonaron como truenos entre las montañas, torcieron en el aire sus catapultas laterales. Los artilleros del rango "waspu-nappilu" desacoplaron los retorcidos y rechinantes goznes.

Con tronidos, comenzaron a lanzar al espacio sus grandes bolas de Hamatu —nitrato de potasio—. Los proyectiles comenzaron a formar en el negro cielo sus surcos de humo con fuego hacia la ciudad fortaleza.

Nabucodonosor lo observó todo desde su carruaje kuribu. Vio las estelas en el aire: surcaron lentamente el firmamento, por debajo de las estrellas, dejando sus siete trazas de color rosado, como arcos, una por cada planeta, hacia el centro de la ciudad.

Comenzó a llorar:

—Que tu grandeza avance, padre —y cerró los ojos, derramando lágrimas—. Que tu memoria sea aumentada siempre. Que recibas en ti abundantes tributos de los reyes de todas estas naciones vasallas, y de todas sus poblaciones, desde el oeste hasta el este por el sol que asciende —y suavemente se volvió hacia su padre, que estaba sentado, fumando un qataru de sabor a incienso: el gran Nabopolasar—. Que sobre todas estas razas oscuras tú gobiernes —y entrecerró los ojos para ver el momento del impacto de las poderosas armas.

Del tormentoso cielo bajaron las bolas de Hamatu. Estallaron dentro de Harrán, incendiando personas.

Las explosiones resonaron en todo el valle de fango, entre los montes Anti-Tauros. Las casas de conos de barro se destruyeron. Del cielo cayó una suave ceniza sobre las cabezas de los dos príncipes: Nabucodonosor y Astíages. Se sonrieron desde sus respectivos coches militares.

—Huele a carne chamuscada —le espetó el joven Nabucodonosor a su padre.

El gran Nabopolasar se levantó de su asiento. Expulsó el humo de incienso de su sabroso qataru. Observó el fuego. Empezó a crecer un mar de llamaradas en el techo de Harrán. Escuchó el inicio de los gritos: alaridos en la lejana torre urbana; llantos. Con enorme fuerza, gritó hacia el incendio:

—¡Emperador de Asiria, cobarde Asshur-Uballit II: te tengo rodeado! ¡No quiero que te rindas! ¡No quiero que te sometas a mí ni tampoco a mi hijo! ¡No quiero que te arrodilles ante mí ni que me supliques! ¡Quiero vencerte! ¡Quiero despedazarte! ¡Quiero despellejarte con mis propias manos, y derramar tu sangre, y mojarme con ella cuando esté aún caliente! ¡No voy a hacer pactos contigo ni con tu pueblo! ¡Vengo por ti para destruirte, para arrasar todo lo que no es mío! ¡Quiero que ardas, y voy a arrancarte la cabeza con mis propias manos, y voy a beber tu cerebro directamente de tu cráneo abierto, frente a tu familia! ¡Y tu familia va a pagar en su propia carne las humillaciones que me hizo tu padre Asurbanipal, frente a mi esposa y mi hijo, que está aquí para ver esta venganza!

Por encima del pantano empezaron a moverse rumbo a la ciudad dieciséis mil hombres, desde los lados; por en medio de las enormes fortalezas, también había Kuribus en movimiento, y de las largas plataformas de cien ruedas, con tuberías para drenar el lodo hacia los costados, se transportaban las rampas y las escaleras retráctiles.

Empezaron a elevarse las rampas con tronidos. Sus pesadas vigas de hierro, sus entrecruzados andamios plegables, comenzaron a desplegarse retorciendo sus bisagras hacia afuera, crujiendo. Los cientos de hombres por detrás de los engranes empezaron a trepar corriendo por encima de ellas, cubiertos con corazas de tortugas, gritando por las escaleras. Gritaron desde arriba:

—¡Sirrusu! ¡Lawu rubutu! ¡She-Tu Sad-Kabu! ¡Nibiru! ¡Nibiru! ¡Nibiru!

En los bordes encendieron, una a una, los cientos de lumbreras de brea, con formas de caras humanas despellejadas. El aceite de fuego corrió hacia arriba por los tubos de bronce con agujeros, por medio de las bombas de tornillo en la parte superior de las escalas. Las bocas en lo alto empezaron a chorrear el líquido hirviendo.

Nabopolasar, desde la corona de su kuribu, gritó, amplificado por el cuerno de elasmotherium sostenido por sus eunucos:

—¡¿Dónde está ahora tu faraón Nekao de Egipto, con sus malditas tropas para protegerte?!

Setecientos setenta kilómetros al sur, envuelto en su manta de piel de hiena gigante —*Hyena Pachycrocuta Robusta*—, Nekao, el calvo y preocupado faraón de Egipto, avanzaba con sus tropas al norte, por la costa del mar; con navíos acompañándolo en paralelo por el agua, bajo las estrellas. Habían iniciado desde hacía semanas el avance por las orillas del mar Mediterráneo en coordinación con sus aliados judíos, por medio del príncipe hebreo Eliakim.

Con voz chirriante le susurró a su delgado hijo Psamétiko, de filosa cabeza rapada:

—*Henn em fenkhu khna*. Hanno de Fenicia va a desembarcar sus divisiones Tanitash en Kinalua —y con su quebradizo dedo rasgó el mapa sobre la mesa—. Desde ahí las va a movilizar por tierra hacia el río Balikh, para entrar a Harrán. Nabopolasar va a entrar a Harrán por el río Balikh. El río corre por debajo de Harrán, por coladeras. Es importante cortar el río. Hanno debe cortar el río. Tú distribuye nuestras fuerzas terrestres alrededor de las de Nabopolasar y su hijo —y con su larga uña curvada trazó un amplio círculo alrededor de la "Ciudad Torre"—. Vamos a apretar a sus divisiones desde afuera, como un anillo, con nuestros arqueros, cada vez más hacia adentro, hasta cercarlos contra la muralla. Desde arriba, Asshur-Uballit II los va a bañar con el ácido.

Por un lado se le aproximó un soldado a caballo. Le gritó:

—*¡Neb Taui!* ¡⌣⌐⸺! ¡Hay un problema!

El faraón frunció las cejas. Su vehículo comenzó a disminuir el galope. Se asomó a la ventana.

—¿Un problema?

Sin dejar de cabalgar, el hombre le dijo:

—¡El rey de Yahu! ¡El rey Josías de Yahu! ¡Dice que no tienes autorización para moverte por su costa! ¡Te va a enfrentar con sus hombres!

El faraón se volvió hacia su propio hijo, el delgado Psamétiko:

—¿Tú sabías esto? ¿No negociaste tú esto con Eliakim?

29

—Se está detonando una guerra mundial —esto lo dijo el rubio Ken Tarko, de la embajada estadounidense, en la escalera de piedras hacia la capilla Christodoulos.

Se lo dijo a Max León mientras lo llevaban a rastras.

—Esto es lo que nunca entenderán los nativos de pueblos tercermundistas como tú, frijolero —en el aire recortó el cartucho de su oscuro revólver SIG Sauer—. Los textos religiosos sirven para una cosa: iniciar guerras. La gente puede rebelarse contra un tirano, pero nunca contra un dios, especialmente si le aterroriza. La orden dada por tu Dios la realizarás, aunque sea falsa.

El blanquecino y delgado John Apóstole, con su negra y larga gabardina de cuero, le dijo a Max:

—Yo soy policía químico. Así como tú fuiste policía forense, yo soy detective de explosivos. Como policía químico, yo siempre he admirado a los hombres que crearon la ciencia química: los grandes de la Edad Media: Paracelso, Alain de Lille, Artephius —se abrió un lado de la gabardina. Max pudo observar los muchos frascos de cristal que John tenía por dentro: un verdadero catálogo de sustancias.

—Fascinante. ¿Alguien aquí no es un psicópata?

Hubo una explosión. El piso se sacudió como si estuviera ocurriendo un terremoto. Pedazos del techo comenzaron a caer al piso. Todo el espacio se llenó de un humo con olor a calcio. Max, esposado como estaba, comenzó a toser, a querer vomitar. Por en medio del humo, individuos armados de color verde militar, con capuchas también verdes y ametralladoras, comenzaron a trotar hacia arriba, gritando:

—¡Поймать американца! *¡Poymat' amerikantsa!* ¡Atrapen al americano! ¡Atrapen a la maldita hija del predicador! ¡Métanlos al helicóptero!

Max León supuso que era lenguaje ruso.

—¿Ahora qué? —se preguntó.

Uno de ellos sujetó a Max León de los brazos:

—¡Por aquí, imbécil! —y lo jalaron. Por el humo entró una luz del exterior. Habían volado un pedazo del muro. Max distinguió el cielo: las lámparas de alto vattaje de la terraza lateral. Escuchó el ruido de un helicóptero aproximándose: el agudo zumbido chirriante de sus motores Klimov TV3. Los individuos le gritaron a Max:

—¿Tú eres Kenneth Tarko, embajada de los Estados Unidos?

—¡¿Perdón…?! —y lo jalaron hacia la terraza.

—¡Ven por aquí imbécil! ¡Estás secuestrado! —y uno de ellos le pateó el trasero—. ¡Esto es un comando de secuestro! ¡Métete al maldito helicóptero, ahora! ¡Vamos!

Otros dos se abalanzaron sobre el blanquecino John Apóstole:

—¿O acaso tú eres Kenneth Tarko? —y le torcieron el brazo por detrás de la espalda. Lo empujaron al helicóptero.

—¡Yo no soy Ken Tarko! —y les escupió en la cara. Los pateó hacia atrás, desesperado—. ¡Suéltenme, *blood-suckers!*

También jalaron a la chica, a Serpentia Lotan. Ella les gritó en griego:

—¡Ξέρεις ποιος είναι ο μπαμπάς μου! *¡Xéreis poios eínai o bampás mou!* ¡Ustedes saben quién es mi papá! ¡Suéltenme, malditos!

El verdadero Ken Tarko corrió hacia arriba, despavorido, aterrorizado, rumbo a la azotea principal. Gritó:

—¡Emergencia! ¡Emergencia! ¡Ataque secundario! ¡Reverendo Lotan, hay un problema!

Con mucha violencia los sujetos arrastraron a Max, a John Apóstole y a Serpia Lotan hacia el enorme helicóptero de color negro, de forma cuadrada como un feo zapato gigante. Uno de los sujetos efectivamente agarró a Ken Tarko por el tobillo. Empezó a jalarlo para abajo:

—¡Tú también vienes con nosotros, imbécil, seas quien seas! —y el que le dijo estas palabras recibió un disparo en la cabeza. Le estalló hacia atrás, manchando las escaleras con su cerebro. El tiro se lo suministró un agente de Ken Tarko, quien quedó liberado al momento.

Afuera, en la fría terraza, Max León, Serpia Lotan y el detective británico John Apóstole fueron arrojados al suelo de la cabina, rodeados por tubos, del pesado helicóptero modelo Mi-8 AMTSh Terminator, con la forma de un oscuro sapo. Emprendió el ascenso. Desde la azotea superior del monasterio, cinco metros arriba, los hombres de Ken Tarko comenzaron a dispararles. No acertaron los tiros.

Agotado, sin aire, en la azotea, el rubio Ken Tarko observó la aeronave. El pesado vehículo de diez toneladas empezó a alejarse sobre las oscuras aguas del mar Egeo.

—Son rusos… —le dijo su asistente, King Burger, quien siempre había sido su aliado.

Arriba, en el helicóptero, los hombres vestidos de verde, encapuchados también de color verde, se dijeron en ruso:

—Возьмите девушку. Esposen a la chica. Ella es la hija del predicador. En verdad es un hombre de la CIA. Ella también. Lotan es un asesor del presidente de los Estados Unidos. Su organización religiosa en realidad es una cubierta para una operación de la CIA para entrenar terroristas, para inflar al Estado Islámico. Captan y preparan a individuos como el sacerdote que se prendió fuego hace unos minutos. Es parte de la Operación Gladio.

En la azotea del monasterio, aún humeante por las explosiones de silano y diborano, Ken Tarko miró al cielo, al diminuto helicóptero que ahora ya estaba alejándose en el negro espacio aéreo.

—*What the fuck…* —se dijo Ken Tarko. Se volvió hacia su corpulento agente King Burger—. Estos idiotas venían a secuestrarme. Se llevaron a John Apóstole.

El enorme King Burger le aproximó un pequeño objeto metálico, de color plateado, redondeado.

—Tal vez quieras ver esto. Lo tenía el mexicano.

Intrigado, Ken Tarko tomó el pequeño corazón de plata entre los dedos.

—*What the...?*

Cuidadosamente lo abrió. El delicado papel que estaba adentro comenzó a descompactarse. Leyó su contenido:

In DCXXII — ante nativitatis Domini Iesu — aliquis alteretur Revelatio Mosi: Bibliae. Contaminatus traslatio factorum. Unus est enim alia nobis hodie. Qui creavit libro Babylonem. Deo, rediit in terra — ut hoc corrigere errorem. Ideo crucifixerunt eum [...] Ioannes [...] Eusebius, Historia Ecclesiae. Caput 39. 3. 6. Sex sex sex cubiculum meum veritatis est, in illa gravis.

—No entiendo —le dijo a King Burger—. ¿Habla sobre sexo?

El rubio Ken Tarko lentamente pasó su escáner de bolsillo por encima del texto. Observó la pantalla luminosa del aparato. Le leyó a King Burger:

—"En el año 622 antes del nacimiento de Jesús alguien alteró la Revelación de Moisés: la Biblia. Fabricaron una versión contaminada: la que hoy nos gobierna. La fabricó Babilonia. Dios mismo tuvo que volver a la tierra para corregir este daño. Por esto lo crucificaron. Su apóstol Juan portó este secreto hasta su tumba: la verdadera Revelación de Moisés, el Secreto Biblia, está en el Documento J, en el monte Sion, entre las Piedras de Fuego. He dejado en la tumba de Juan el mapa de estos asesinos que me contrataron, y la llave para el nicho subterráneo. Eusebio de Cesarea, Historia de la Iglesia. Libro 3. Capítulo 39. Párrafo 6. Mi habitación de la verdad es el número 666, en esa tumba."

Ken Tarko permaneció callado.

—Maldito Creseto Montiranio —y miró el diminuto helicóptero, en la lejanía—. Y maldito John Apóstole. Él está con ellos. Todo el tiempo me estuvo investigando —le dijo a King Burger—. Trabaja para los rusos.

Su robusto amigo, con la pantalla del celular iluminándole la cara, le dijo:

—Esto de "libro 3, Capítulo 39" debe ser una clave —y le mostró la pantalla de su celular—. Es un libro de Eusebio de Cesarea, uno de los "padres de la Iglesia". Dice: "Hubo dos personas en Asia que tuvieron el mismo nombre, y hay dos tumbas en Éfeso, cada una de las cuales, hasta el día de hoy, es llamada 'la tumba del apóstol Juan'. Son dos personas distintas. Es seguro que fue el segundo, y no el primero, el que escribió el texto que hoy llamamos Apocalipsis". Van rumbo a Éfeso —y señaló el horizonte—. Está a 770 kilómetros de aquí. Allá tenemos hombres. Debemos movilizarnos.

Ken Tarko se volvió hacia el mar, hacia el pedazo de Turquía que se estaba asomando entre la enorme isla de Samos y la península Dilek Büyük, también de Turquía.

—Prepárame quince helicópteros. Comunícame con Abaddon Lotan. Tengo que informarle al reverendo que acaban de llevarse a su hija.

El enorme King Burger cerró los ojos.

30

Dentro del helicóptero, el blanquecino John Apóstole serenamente observó a Max León y a Serpentia Lotan. Les sonrió.

—Quítenle a él las esposas —les ordenó a sus hombres.

Cómodamente se sentó en el suelo, con una pierna extendida y la otra recogida. Comenzó a jugar con su cubo de Rubick. Se dirigió a los militares:

—Muchas gracias, muchachos. Esto estuvo perfecto.

Sorprendidos, Max León y la hermosa chica hija del reverendo lo observaron.

—¿Qué está pasando? —le preguntó Max—. ¿Quién demonios eres?

—Acabo de rescatarte —le dijo John Apóstole—. Mi obra buena de hoy consistió en salvar a un nativo de un país dominado —y le sonrió. Se levantó del piso—. Este atentado sólo es parte de un proyecto americano mucho más grande que existe desde los años setenta: operaciones de terrorismo diseñadas para crear un ambiente de horror y miedo en el mundo, que siempre se resuelven con la instalación de tropas americanas en todos los países donde suceden los ataques —y lo miró fijamente—. Primero se llamó Gladio-A. Ahora se llama Gladio-B. También puedes llamarla "Operación Timber Sycamore" o "Estado Islámico".

Max León negó con la cabeza.

—No comprendo. ¿El "Estado Islámico" es falso?

—Personas como el papá de esta chica —y señaló a Serpia Lotan— reclutan a jóvenes desadaptados, con personalidades disfuncionales tipo BPD. Los meten a la tubería. Salen convertidos en individuos como el sacerdote de esta noche. Los instrumentos para esta idiotización son los textos apocalípticos de cualquier religión: son los que más impresionan a los desadaptados. Desde hace dos mil seiscientos años fueron diseñados para un mismo fin: poner fusiles o espadas en manos humanas, y lanzarlos a combatir, a matarse.

La hermosa Serpentia Lotan, esposada por la espalda, bajó la mirada. Le dijo a John Apóstole:

—No sabes en qué te metiste. Mi papá te va a destruir. Es muy poderoso —sus ojos destellaban coraje—. Tus jefes en Londres obedecen a mi papá.

John Apóstole se volvió hacia Max León:

—Ella siempre es así —y se le acercó a la chica—. Tu papá es un criminal. Tú lo sabes. Está utilizando la religión para tapar toda esta operación y vestirla de "algo bueno". Pero ahora tú nos vas a decir lo que sabes —y le jaló el negro cabello por atrás—. Ahora estás formalmente secuestrada. ¿Acaso crees que los gobiernos de las demás naciones no saben sobre la Operación Gladio? Yo soy un enviado. Vine a interrogarte.

—Vas a pagar por esto —le dijo ella riendo a carcajadas—. Me haces tanta gracia, hombre mediocre. ¿Sabes quién es mi padre? ¿Conoces su poder? ¿Tienes idea de lo que va a hacerte?

John se volvió hacia Max León:

—No sólo fastidiaron la operación de Moses Gate, que era eliminar el terrorismo desde sus mismas bases en la Biblia, que son las partes falsificadas desde el año 622 a.C. Se las arreglaron para hacer parecer que lo asesinaron terroristas que ellos mismos crearon, y que en tu país parezca que hay una celda de este terrorismo que ellos fabricaron. ¿Ves cómo es ingenioso todo este juego del terrorismo? Se utiliza así desde la época de Babilonia. Justo lo que el presidente de los Estados Unidos necesitaba para enviar su ejército y tomar tu territorio, cosa que los Estados Unidos siempre han deseado desde hace más de doscientos años, desde Andrew Jackson.

La chica se puso a llorar.

—¡Max León, no le hagas caso a este demonio! ¡Es un falso profeta! ¡Todo esto que está diciendo son mentiras, son calumnias! ¡Desátame las manos, Max León! —y en forma muy seductora le guiñó y cambió el tono de su voz—. ¿Podrías desatarme, Max León?

Max se quedó perplejo. Agachó la mirada. Por un instante vio a Serpia Lotan como la serpiente enroscada alrededor de un árbol, en un lugar semejante a un jardín lleno de frutas. Sacudió la cabeza.

—No, no, no. No estoy loco.

Serpia se volvió hacia John Apóstole:

—Estoy convencida de que tú eres el falso profeta. Dices puras mentiras. Mi padre es un pastor de hombres.

Max León intervino:

—No seas rudo con ella. Es una mujer —y la miró de pies a cabeza.

—Ya te está seduciendo. Es una mujer que hace apenas treinta minutos te dijo que te iba a torturar aplicándote las situaciones que se describen en el Apocalipsis, como el "lago de fuego". No te dejes engañar por su belleza o ternura. Ella y su padre son monstruos. Han entrenado a miles de adolescentes desubicados para que vayan a estallarse con bombas en centros comerciales para matar a miles de personas, para iniciar invasiones americanas. Esa sustancia que te dieron aún te hace efecto.

Ella le dijo:

—Hay cosas de mi padre que yo misma no entiendo, y no estoy aquí para comprenderlas —y miró hacia abajo, llorando—. Él es un brazo de Dios —y les sonrió, con lágrimas en sus hermosos ojos negros—; ¡es un brazo de Dios con muchas conexiones! Dios lo eligió para conducir a los ciento cuarenta y cuatro mil. Yo sólo soy una de sus asistentes, y tiene muchas. Lo que mi papá diga es divino: es el divino pastor.

John Apóstole le dijo a Max:

—Todo esto es *bull-shit* —y recortó su arma—. Tú lo sabes, bruja —le dijo a Serpentia Lotan—. Ese maldito número no salió de Jesucristo ni de los textos hebreos. Ese número sólo prueba el origen pagano del mito del "apocalipsis". Ciento cuarenta y cuatro es el número de las plumas del ave del zoroastrismo persa, el "Faravahar". Al final del tiempo o "Frashokereti" de los persas, los ángeles del zoroastrismo, llamados yazatas, comandados por sus seis "amesha-spenta" o "chispas divinas", que son los "arcángeles" persas, van a pelear contra los "druj" o demonios persas, y los ángeles Airyaman y Atar van a derretir las montañas y por ese río de metal derretido tendrán que caminar todos los humanos, y sólo los "elegidos" o "ashavan" van a poder pasar sin quemarse: tus ciento cuarenta y cuatro mil es un mito persa.

Serpia Lotan le contestó:

—¡Ya cállate, bestia! —le gritó, apretando los dientes—: ¡"Y vi a la bestia, y a los reyes y a su ejército, reunidos para hacer la guerra contra el que montaba el caballo! ¡Y la Bestia fue apresada, y con ella el falso profeta…" —y miró a John Apóstole— "y estos blasfemos fueron muertos con la espada que salía de la boca del que montaba a caballo"! ¡Apocalipsis 19:21! ¡Vas a morir, demonio!

John Apóstole le dijo a Max:

—¿Ya ves cuánto daño han hecho estos textos? La mayor arma del terrorismo en el mundo, por malo que suene, ha sido la Biblia, junto con su libro derivado, el Corán. Estos dos libros, que motivan para quemar personas, proceden de una misma fuente que fue deformada en el año 622 a.C., año en el que ocurrió una maldita conspiración que hoy tú y yo vamos a decodificar.

—Suena extraño pero es interesante —le dijo Max—. ¿Cuánto me vas a pagar? —le sonrió.

Serpia le gritó a John Apóstole:

—¿De qué conspiración hablas, demonio? ¡Tú eres la conspiración contra Jehová!

—Ese pasaje que acabas de recitar es el perfecto ejemplo. El individuo "que monta a caballo" y de cuya boca sale una espada para matar a medio mundo, en "Apocalipsis" 19:21. ¿Te parece que se refiere acaso a Jesucristo? ¿Un asesino? ¡No lo es! —y la miró fijamente—. Permíteme presentarte a ese hombre al que tanto amas y que monta un caballo —y le mostró su aparato celular—. Se llama Kalki: una deidad de la India, última encarnación del dios Vishnú en el mundo. Aparece en el texto hindú *Bhagavata Purana*. Monta su caballo blanco y esgrime su espada para matar a todos los "no creyentes", y para aniquilar a una "bestia" final llamada Kali, y con ello acabar con la edad del mal, llamada "Kali Iuga". ¿Te parece conocida esta historia? ¿Por qué no aparece en los otros cuatro evangelios? Fue calcada del texto que tú hoy veneras y recitas más que los propios evangelios que sí son verdaderos. De la India brincó a Persia, y de ahí, a la Biblia. En los cuatro evangelios Jesús no monta nunca un caballo, y la única ocasión en la que aparece montando a un ungulado, es un burro. El Kali Iuga hindú, que es la última edad en el ciclo de los milenios, supuestamente durará cuatrocientos treinta y dos mil años. Divídelo entre tres. ¿Qué numero te queda? Es un número mágico para ti.

Max León y Serpia Lotan se miraron uno al otro.

—¿... cuatrocientos treinta y dos mil entre tres...?

John Apóstole les respondió, impaciente:

—No se esfuercen. Es ciento cuarenta y cuatro mil. Tu número mágico. Es el número de tus elegidos. Es un número hindú-persa. ¿Deseas acaso alguna prueba más de que tu libro del Apocalipsis, al que tanto veneras, y que ha hecho rico a tu padre, es en realidad una incrustación persa en la religión cristiana, y que los persas trajeron consigo todo su origen hinduista politeísta a la Biblia judeocristiana?

Serpia Lotan negó con la cabeza.

—Puedes hablar y hablar pero no me convences. Sé reconocerte, Lucifer —y le escupió en la cara. John Apóstole le sonrió. Se volvió hacia los pilotos y les dijo:

—Diríjanse a Éfeso. En Éfeso hay dos tumbas: una es la del verdadero apóstol Juan que cuidó a la mamá de Cristo. La otra pertenece un maldito impostor que se llamó Cerinto, y que suplantó en nombre y en cuerpo al hombre al que asesinó: el verdadero Juan. Y ese maldito impostor, venido de Persia o de la India, fue el que escribió el libro del Apocalipsis y se lo vendió al mundo, y hoy es el dueño de las mentes manipuladas de tres mil quinientos millones de borregos.

Los pilotos comenzaron a transmitir por radio los códigos aéreos:

—Υπουργείο Δημόσιας Τάξης και Προστασίας του Πολίτη. Ministerio de orden público y protección civil —Fuerza aérea helénica— solicitando permiso de navegación aérea de la región de información de vuelo LGGG Atenas a la Región Estambul-TBB. Cambio.

Max León le preguntó a John Apóstole:

—¿Este helicóptero no es ruso?

—No —y le sonrió.

31

Abajo, en la isla de Patmos, el rubio Ken Tarko, sin dejar de mirar el negro cielo estrellado, lentamente se llevó su radio a la boca: sin dejar de mascar su chicle. Le sopló la brisa fría en la cara.

—Reverendo Lotan, tu hija acaba de ser secuestrada. La secuestró el maldito policía mexicano. Lo ayudó el comando aéreo británico. Ahora están contra la Operación Gladio. Seguramente van a hacerla confesar sobre tus conexiones, para exponer la Operación Gladio-B.

En el auricular escuchó gritos. Ken Tarko cerró los ojos.

—No te preocupes, Abaddon. Ya estoy a cargo. Salgo para allá en cinco minutos. Voy a interceptarlos. Voy con quince grupos, quince helicópteros. En Turquía ya los espera la fuerza especial turca. Los van a capturar en el lugar al que se dirigen: coordenadas 37.95 norte, 27.37 oriente, provincia Izmir, locación Selcuk, Éfeso, Turquía, a ochenta kilómetros de la antigua Mileto; basílica de san Juan, sepulcro de Juan el Apóstol, lugar convertido en ruinas desde el año 263 d.C. Ahí está la tumba de Juan el Apóstol.

32

En el año 39 d.C., en esa locación de la actual Turquía, un hombre joven de veinticuatro años de edad corrió despavorido. Se metió dentro de la negra cavidad en la tierra que decía Ναός της Αρτέμιδος, Templo de Diana-Artemis.

Lo siguió trotando, un hombre fornido, con un puñal curvo en la mano, con los ojos desorbitados. Le gritó:

—¡Detente ahí, maldito druj! ¡Tú no eres el alumno de Chrestos! ¡Yo soy el verdadero Ionos de Chrestos! ¡Yo soy el discípulo amado! —y le sonrió— ¡Mi pastor es el demiurgo!

Era el griego koiné, muy mal pronunciado por este individuo, pues no era griego, sino parto, una modalidad de la nación persa.

33

—Lo envió el emperador persa —le dijo el atlético rubio de cabello enchinado Isaac Vomisa, dos milenios después, a su compañero de análisis de espionaje Moshe Trasekt.

El delgado y moreno Moshe, en silencio, observó las pantallas electrónicas.

—¿Cómo dices?

Isaac se inclinó hacia la consola, rechinando su silla.

—Imagina lo siguiente: tú eres el emperador de Parthia, es decir, Persia, y tu peor enemigo en el universo es el Imperio romano. Han vivido una guerra sangrienta por cincuenta años, con miles de muertos, y todas las naciones están involucradas, pues están en un lado de esta guerra o en el otro. Todo el mundo es parte de este conflicto criminal entre las dos potencias por el dominio del mundo. Los romanos acaban de quitarte dos territorios importantes que antes eran tuyos: Judea y Armenia y, como si fuera poco, ahora amenazan con avanzar más al oriente, para quitarte Mesopotamia, para posteriormente invadir la propia Persia. De pronto, en una de esas provincias, que ya es romana, ocurre una revuelta contra Roma. ¿No la apoyarías? Su líder es un hombre llamado Chresto, y la gente que lo sigue ha armado un alboroto. ¿Qué harías?

El delgado Moshe miró de nuevo el monitor.

—Yo utilizaría esa rebelión.

—Exactamente. Esto es lo que hizo Artabanus III, emperador de Parthia, también llamada Persia: y no se le puede culpar. ¡Eso es lo que habría hecho cualquiera! ¡Una rebelión siempre se utiliza! ¡Estás en el año 33 d.C.!

Isaac pulsó un botón en su teclado. En la pantalla apareció un texto. Decía:

Isaac Asimov
Guía de la Biblia-Nuevo Testamento
Página 488:

En contra de la autoría [del libro del Apocalipsis] por el apóstol Juan está la enorme diferencia de estilo, vocabulario e ideas entre el cuarto evangelio y el Apocalipsis. No pueden ser del mismo autor, y si el apóstol Juan hubiera escrito el cuarto evangelio, es imposible que redactara [también] el Apocalipsis. […] Se trata de otro Juan.

En la pantalla apareció un terrorífico dragón rojo de siete cabezas, con siete coronas. Isaac le dijo a Moshe:

—Este personaje horrible es la figura central del libro del Apocalipsis: es la bestia, el enorme dragón con siete cabezas, la llamada "bestia bermeja" o "bestia roja", cuyo número es 666.

—No me lo recuerdes. No me agrada este tema.

Isaac oprimió otro botón en su teclado.

—Por dos mil años el significado de estas siete cabezas y del número 666 se ha olvidado. Sin embargo, el Apocalipsis mismo lo explicó todo desde un principio. Todo está entre sus letras. El demonio es "Roma".

Moshe se irguió sobre su asiento. Tragó saliva.

—¡¿Cómo dices?! ¡¿Roma?!

—Apocalipsis 17:3 lo dice así: "y vi una mujer sentada sobre una bestia bermeja", o "escarlata", "llena de nombres de blasfemia, la cual tenía siete cabezas y diez cuernos".

—No te entiendo.

—Apocalipsis 17:9 lo dice aún más claro: "para la mente que tenga sabiduría: las siete cabezas son siete montes, sobre los cuales se sienta la ramera".

—¿La "ramera…"? Explícate —y se llevó la taza de humeante café a la boca.

—En 1970 Isaac Asimov lo dijo de una forma perturbadora: las siete cabezas son siete montes. Esos montes son las siete colinas. ¿Recuerdas cuál es la ciudad de las siete colinas, en todo el mundo antiguo?

Moshe miró el muro.

—No lo sé. ¿Pekín? —y le sonrió.

—¡No, maldita sea! ¡Es Roma! ¡Así se le conocía en la antigüedad! Isaac Asimov lo dice así: "La bestia (con las siete cabezas y diez cuernos habituales) es, por supuesto, el Imperio romano".

—Diablos…

El rubio y atlético Isaac se agazapó sobre su asiento:

—Todo el libro del Apocalipsis fue propaganda política. ¡Fue para poner a la población romana contra el Imperio romano, contra su propio gobierno! Pero primero había que infiltrar y utilizar la religión nueva que se estaba expandiendo como pólvora.

—No, maldita sea.

—Así es de simple. El color mismo del dragón que aparece como "Satán" o "Bestia Bermeja" es precisamente escarlata con rojo: ¡es el traje del emperador romano! El número 666 es "Nerón César". Los persas estaban utilizando la numerología hebrea, la gematría, que era la que usaban los primeros cristianos, y que ahora se estaba difundiendo en del Imperio romano gracias al cristianismo, para convertir a los jerarcas romanos en "demonios". ¡La gente mordió el anzuelo, inclusive los propios emperadores! ¡Incluso hasta Nerón mismo fue convertido al mitraísmo, una modalidad del zoroastrismo persa! Por eso otros miembros de su gobierno lo asesinaron, por que estaba vendiendo a Roma. Sin embargo, algunos detectaron este uso de la religión y por eso ordenaron las persecuciones, como Diocleciano.

Isaac oprimió otro botón. Apareció en la pantalla un mapa que perturbó a Moshe.

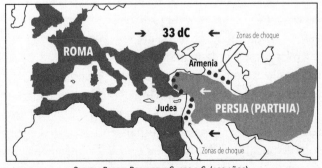

GUERRA PERSIA-ROMA 55 A.C.-628 D.C. (683 AÑOS)

—Esto es lo que no ha visto el mundo —le dijo a Moshe—. Esto es lo que está totalmente ausente en la historia del cristianismo, incluso para los propios cristianos. No se les dice. Ni siquiera aparece en los propios evangelios: el mundo estaba en guerra, en un maldito conflicto gigantesco entre Persia y Roma por el dominio del mundo: la guerra Parto-Romana. ¡No aparece en los evangelios! Nada de este conflicto horroroso se menciona ni una sola vez en ninguno de los cuatro evangelios. ¿Por qué?

Moshe abrió más los ojos, negando con la cabeza. Isaac continuó:

—No se menciona, por ejemplo, que apenas cuarenta años antes del nacimiento de Cristo, Judea misma era parte de Parthia, es decir, del Imperio Persa, y que los persas habían invadido y conquistado Judea para quitársela a Roma, donde Julio César había nombrado a un hombre llamado Antipater, ni que en el año 37 a.C. los romanos volvieron a quitársela a los persas y pusieron como rey ahora a Herodes, hijo de Antipater, de nuevo a las órdenes de Roma; ni que los judíos estaban entre la espada y la pared en todo este conflicto; ni que los persas siguieron peleando por el control de toda esta franja fronteriza entre los dos imperios: Armenia, Siria, Judea, Capadocia; ni que en el año 19, cuando Jesús era un joven, los persas les arrebataron a los romanos la región de Armenia, al norte de Judea, donde expulsaron al que había sido un títere romano, Vonones I, y lo asesinaron; ni que los romanos impulsaron en Armenia un nuevo golpe de Estado y colocaron ahí a otro títere romano: Artaxias III; ni que el emperador persa Artabanus, para vengarse de Roma y para recuperar Armenia, envió a su propio hijo Arsaces I para gobernarla. Éste era el clima del mundo cuando vivió Cristo, y nada de esto se menciona en su biografía, que es el Nuevo Testamento: una guerra mundial entre Persia y Roma donde Judea estaba en el centro mismo de la tormenta. Nada de toda esta guerra gigantesca se menciona ni siquiera una sola vez en los evangelios, cuando este conflicto era lo más importante que estaba sucediendo en el mundo entero, y cuando todas las naciones estaban involucradas, sufriendo y definiendo esta guerra.

—Diablos, ¿por qué no se menciona?

—La única parte donde aparecen "persas" mencionados en el Nuevo Testamento es la escena donde tres inocentes "reyes magos", con regalos, se presentan ante el niño Jesús recién nacido para ofrecerle su apoyo. ¿No te parece digno de análisis? Aparecen como "los buenos". Nunca más vuelven a aparecer persas como país en los cuatro evangelios, ni en el propio Apocalipsis. Simplemente no se les menciona. Es como si virtualmente no existieran. Sólo aparece una fuente de maldad: Roma,

Roma, Roma. Por eso todo el mundo actual odia a Roma, como si todos hubiéramos vivido con soldados romanos esclavizándonos en nuestra vida: porque ésta ha sido la manipulación de la historia.

—Maldición, ¿por qué?

—Éste es el secreto —e Isaac acarició su teclado—. Los persas usaron al cristianismo como una guerrilla contra su enemigo: Roma. Ellos le dieron la forma al evangelio cristiano que hoy conocemos, por medio de agentes a los que enviaron para infiltrarse y hacerse pasar por evangelizadores, como en décadas posteriores fueron los "magos" Mani y Psatiq, descaradamente pagados por el Imperio persa. Ellos crearon toda una rama del cristianismo: el maniqueísmo, influida por la visión persa en la que existen dos dioses, el Bien y el Mal, es decir, "Dios" y "Satán".

—Diablos.

—Te voy a mostrar lo más aterrador de todo esto —y pulsó otro botón. En la pantalla ambos vieron aparecer un escamoso dragón de color azul, con tres cabezas, con tres fauces y con seis ojos.

Moshe ladeó su cabeza.

—Éste no me da tanto miedo. Sólo tiene tres cabezas, no siete.

—Éste es el papá de la "Bestia Bermeja".

—¿Cómo se llama? ¿La "Bestia Azul"?

—No. Su nombre es Dahhak. Es el demonio persa.

—Diantres.

—En el libro sagrado del zoroastrismo, que es la religión persa, se explica claramente el "fin del mundo", o "Apocalipsis", que, como ahora vemos, procede enteramente de Persia. En el *Bundahishn Avesta*, verso 33:33, dice lo siguiente: "Y cuando se acerque el final de los mil años de Ushedarmah, el dragón Dahhak-Zohak será liberado de sus cadenas, y traerá la destrucción sobre la creación". Se habla de mil años de oscuridad. ¿Te parece conocido? —y pulsó otro botón en el teclado. En la pantalla apareció un texto del Nuevo Testamento—. Ahora escucha esto: Apocalipsis 20: "Y el ángel atrapó al dragón, serpiente antigua, que es el maligno, o Satán, y lo encadenó por mil años… y cuando pasen los mil años Satán se soltará de su prisión para engañar a las naciones en las cuatro esquinas de la tierra". ¿Te parece similar esta descripción apocalíptica, sobre una prisión donde está el demonio, y sobre su liberación después de "mil años"? Este pasaje fue clonado del zoroastrismo.

—Diablos… ¿ Dahhak… es el "Anticristo"? ¿Dahhak es "Satán"? —y tragó saliva. Observó en la pantalla al monstruo persa de color azul, de tres largas cabezas.

—Los persas le agregaron cuatro cabezas para la versión que les exportaron a los romanos. Así podían autodestruirlos. Mira —y se echó para atrás, sobre su asiento—. Creo que hemos vivido la manipulación más grave de todos los tiempos. Roma, en efecto, cayó por autodestrucción en el año 476 d.C., debido al colapso de su propio gobierno, por la pérdida de la fe de su propia ciudadanía en su Estado, pues al ser cristianos, y sobre todo "juanistas" y "apocalípticos", creyeron que el Estado romano era el mal. La propia población romana creyó que su gobierno era el anticristo. Es la victoria de Persia, por medio del Apocalipsis exportado, para destruir a Roma y para crear así una Europa de imperios arios germánicos, arios como la propia Persia.

—Dios, no, no... ¿Y qué hay del verdadero Juan?

—El verdadero Juan fue asesinado por el hombre que usurpó su identidad para iniciar con su nombre toda esta propaganda. Pero si en algún lugar el verdadero Juan dejó su testimonio para la posteridad sobre todo esto, ese testimonio debe estar donde él está enterrado. Su verdadero libro de las relevaciones; y debe tener que ver con el Documento J: lo que escribió originalmente Moisés, lo que todos están buscando.

34

En el helicóptero a Éfeso, John Apóstole les dijo a Serpia Lotan y a Max León:

—Señores, la tumba de Juan está vacía.

—¡¿Perdón?! —se miraron aterrados.

En la oscuridad de la noche, la aeronave sobrevoló por encima del negro mar Egeo. Pasó por encima del estruendoso estrecho de Mícala, entre los montañosos picos rocosos de la antigua isla de Samos y, por la derecha, la península turca de Dilek Yarkmadasi Büyük Menderes, reserva natural protegida por el gobierno turco. Max León al fin se tranquilizó un poco y observó al resto de los hombres que los acompañaban. Había uno al fondo, de negros y ensortijados cabellos, que apenas lo vio y lo saludó inclinando levemente la cabeza. Sobre sus piernas tenía unos rollos de papel, como documentos. El resto de los hombres eran soldados.

Sonaron los equipos de radar del helicóptero.

—Es aquí donde se juntan dos continentes —les dijo John Apóstole—: Europa y Asia. Pero en los tiempos antiguos todo esto, tanto esta costa de Turquía como el territorio europeo a nuestra izquierda, era una sola nación marítima: la Grecia antigua; el gigantesco mundo de Odiseo y de Homero, y de Tales de Mileto. Eso de ahí adelante —y señaló abajo— es la bahía del puerto Kusadasi. En tiempos antiguos aquí atrás estuvo Mileto, la tierra natal de Tales, el cual de hecho vivió también en Éfeso, justo en la época de la reedición que hizo Hilcías. En pocos minutos vamos a caminar sobre sus pisadas. Las luces allá adelante son el parque acuático Adaland, un parque de delfines. Ése va a ser nuestro camino hacia Éfeso, que está allá tierra adentro —y señaló hacia la tierra oscura de Turquía.

Max León le preguntó:

—¿Cómo es que dices que la tumba de Juan está vacía?

—Sé usar el internet… —y le mostró la luminosa pantalla del su teléfono celular—. El lugar del entierro de Juan es la colina Ayasuluk. En 1967 el papa Pablo VI visitó la tumba, y de hecho se arrodilló sobre la misma —y John Apóstole tomó asiento—. Sin embargo, la tumba estaba vacía.

—Vaya… —y Max se volvió hacia la hermosa Serpentia Lotan.

—Desde que el viejo emperador Constantino la abrió en el año 330, la tumba no contiene nada, y el papa Pablo VI lo sabía. Por siglos se han dado todo tipo de explicaciones extrañas para la ausencia del cuerpo: que el cuerpo nunca estuvo ahí, pues al morir Juan se elevó hacia el cielo al estilo de Jesús y de la Virgen María, y del mucho más antiguo patriarca Enoc, que también se fue al cielo flotando. Otros dicen que Juan nunca ha muerto; que sigue vivo por debajo de la propia tumba, y que cuando respira, el polvo de su respiración sube por las grietas, y bendice a los visitantes.

Max León se quedó desconcertado.

—No entiendo el surrealismo. Primero nos dices que tenemos que ir a la tumba de Juan. Sin embargo, ahora nos dices que la tumba está vacía. *¿What the fuck?*

—Es que olvidas a Eusebio de Cesarea y el mensaje que nos dejó el sacerdote… —y lo miró fijamente a los ojos—: "hay dos tumbas en Éfeso, cada una de las cuales, hasta el día de hoy, es llamada 'la tumba del apóstol Juan'. Son dos personas distintas. Es seguro que fue el segundo, y no el primero, el que escribió el texto que hoy llamamos 'Apocalipsis'" —John Apóstole observó hacia abajo, la negra llanura que se extendía ante él, la colina donde desfilaron ejércitos, mendigos, santos, papas y sarracenos—. La tumba ante la cual se arrodilló el papa Pablo VI en el año 1967 fue una de estas dos tumbas. Pero la tumba a la cual no entró fue la otra. Es ahí donde está el Secreto Biblia.

Max León se volvió hacia su propia mano, donde debía estar el paquete de mosaicos despedazados que su jefe le entregó en el techo del monasterio de Patmos, diciéndole: "Guarda esto contigo: son los restos del mosaico de Isaías 7:15 que el papa Pablo VI le envió al presidente Echeverría en 1968. Entrégalo a las personas que están explorando en el monte Sion. Este mosaico tiene la clave para abrir la compuerta de la Edad de Bronce en la excavación del monte Sion".

Max cerró los ojos. La pesada bolsa ya no estaba en sus manos. Debió quedarse en algún lugar del techo del monasterio de Patmos. Tal vez ahora estaba en poder del supervisor diplomático americano Ken Tarko.

35

Mil novecientos kilómetros de distancia al sureste del mundo, en Jerusalén, dentro del voluminoso y rocoso monte Sion, en el túnel subterráneo llamado túnel 4, la rubia italiana Clara Vanthi, periodista del diario romano *La Repubblica*, completamente mojada del cuerpo y del cabello, arrastrada por el tobillo hacia atrás, por dentro del agua, por terroristas del Estado Islámico, escuchó entre las burbujas las palabras en árabe:

—*Hadha altadrijiu ghyr al'akhlaqii yjb 'an tuearif 'ayn mkant hu.* Esta progresista inmoral debe saber dónde está el nicho. Los arqueólogos judíos deben haberle dicho qué significa "entre las Piedras de Fuego". Llévenla con los hombres de los taladros. Que ella los guíe desde ahora, con lo que sabe.

Con la boca dentro del agua, Clara emitió las siguientes burbujas:
—¡Auxilio!

Cuarenta metros más adelante, dentro de la intersección 19-22 del acueducto subterráneo, con sus taladros mecánicos apagados en el suelo, los otros nueve terroristas observaron de nuevo, con sus linternas, el decepcionante hueco en el muro de la caverna: completamente vacío. Observaron de nuevo las antiguas letras en hebreo:

אל וְימאמה דסומ דסומ תרקי תנפ וְחב וְבא וְבא וְוִיצב דסי ינני הוהי ינדא רמא הכ הכ וְכל
שיחי:
תכלהתה שא־ינבא וְותב תייה םיהלא שדק רהב וְיתתנו וְכוסה חשממ בורכ־תא

Uno de ellos les volvió a traducir:

—"He aquí que yo he puesto en el monte Sion por fundamento una piedra, piedra probada, angular, preciosa, el fundamento" —y se volvió hacia ellos—. Esta "piedra angular" es el Documento J, el que están buscando los arqueólogos —y revisó de nuevo las antiguas letras, acarició la línea inferior—. "Tú, querubín grande, protector, yo te puse en el santo monte de Dios, allí estuviste; en medio de las Piedras de Fuego."

El hombre puso las manos en las pierneras del pantalón, se limpió el polvo en ellas y agregó:

—Esto es lo que los arqueólogos están buscando. Están siguiendo las pistas que están dentro de la propia Biblia, en los versículos de la serie J-E770. Es una clave matemática muy antigua que correlaciona números de capítulos y versos, en una secuencia secreta. Son las claves que dejaron los escribas del año 622 a.C., que fueron forzados para modificar las escrituras más antiguas que alguna vez habían existido de la cultura hebrea, la "Fuente J". Los escribas por alguna razón dejaron sus claves en la reedición misma que hicieron, que es la Biblia que hoy conocemos. Es como un mapa para nosotros. Conduce hacia este lugar. Aquí debe estar el origen: la "Fuente J" —y lentamente acarició el hueco en el muro.

Entre sus compañeros, uno le dijo:

—¿Dónde está ese "texto", para destruirlo? —y en el aire elevó su engrasado taladro Black&Decker. Lo encendió. El motor chirrió con sacudidas—. Sólo es real el Corán —y les sonrió.

—Ella debe saber —les dijeron otros dos desde atrás. Entraron desde el túnel con la periodista a rastras. La arrojaron, mojada como estaba, sobre las rocas. Clara Vanthi temblaba en el piso—. Ella estuvo todo el tiempo con los arqueólogos.

Los once hombres se colocaron alrededor de la mujer. Se reclinaron sobre ella, de rodillas. El hombre del taladro, sin apagarlo, lo aproximó hasta Clara, hasta su nariz, por la punta giratoria. En medio del ruido, le gritó:

—*¡Alan 'ant eabdi!* ¡Ahora tú eres mi esclava por la ley que establece la Sura 33:50 de nuestro libro sagrado, el Corán! ¡Porque tú eres la materia de este botín de guerra que Alá nos ha obsequiado para nuestros deleites! ¡¿Dónde están las Piedras de Fuego?! —y con la otra mano aferró a Clara por detrás, de sus dorados cabellos.

—Dios mío, ayúdame. Sácame de esta pesadilla…

—¡Amárrenla! ¡Confiesa ya, mujer infiel!

En el sudoroso cuello de la mujer, el hombre notó el brillo dorado de la cruz de Cristo, sujeta de una cadena. Entre sus dedos la acarició.

¡Eres cristiana! —y le sonrió—. ¡Preparen dos postes cruzados para crucificarla! ¡Hablarás o tendrás tu martirio, como lo tuvo tu profeta!

Treinta metros por encima de la cabeza de Clara, en la cúspide de esa misma montaña, dentro del palacio real del rey Josías, dos mil seiscientos años atrás, otra mujer, también joven, semejante a Clara en sus dimensiones pero con el cabello negro, con la piel morena, con sus grandes ojos brillosos, de color negro, permaneció arrodillada sobre las pulidas losas del salón de acuerdos del rey Josías. Miró al suelo, con la boca amordazada con un trapo que estaba fuertemente jalado hacia atrás por medio de un nudo en la nuca. Tenía las muñecas por detrás de la espalda, anudadas duramente con cintas de cuero.

A su lado, el enorme y pesado sacerdote supremo de Judea —Hilki-yahu de Anatoth— arrastró para adelante sus metálicas sandalias dora-das, por un costado de la escriba. Desde arriba la miró con desprecio.

—דחא וְא סע רבדל וֹווכתמ אל התא ,בותכת ,התא— Tú, escriba, no vas a hablar con nadie sobre este secreto nuestro —y subió hacia ella el pesado rollo de pergamino, mojado. La morena Radapu cerró sus oscuros ojos. El sacerdote le gritó en voz alta:

—¡Mujer hechicera! ¡Hoy yo te encontré robando en los sótanos del templo! ¡Profanadora! ¡Llévenla al patio! ¡Cuélguenla viva del poste de flagelación! ¡El pueblo entero hoy va a ejecutarla, porque aquí mismo, en este rollo que he encontrado hoy, dice lo que tenemos que hacerle a una mujer endemoniada! —y agitó el pesado pergamino en lo alto. Era la última en saber el secreto. Debía ser asesinada—. "¡A la hechicera no dejarás que viva!" ¡Éxodo 22:18! "¡Y quien sea que blasfeme contra el nombre de Dios habrá de ser ejecutado; toda la congregación deberá apedrearlo hasta la muerte!"

Dos de los asistentes del sacerdote —un esclavo griego y uno persa— comenzaron a jalar a Radapu con mucha violencia, por los desnudos brazos, hacia la monumental puerta de antorchas del salón de acuerdos reales, por en medio de los treinta soldados gibbor.

La escriba pasó por en medio de todos estos hombres armados. Ellos le sonrieron, conocedores de lo que estaba a punto de pasarle. Dos de ellos tragaron saliva. Se volvieron hacia el suelo. Cerraron los ojos. En el oído, la escriba escuchó palabras en griego. Se las pronunció el esclavo griego:

—Ἔρχομαι να σας βοηθήσω. Yo vengo a ayudarte. No hagas nada que haga que sospechen de ti, ni de mí. Me envió a ti el sacerdote fariseo. Estoy aquí para rescatarte.

Radapu abrió más los ojos.

Dos pasos adelante, el sacerdote Hilkiyahu caminó por el pasillo con el rollo alzado. Gritó:

—¡Y trasladen a todos los sacerdotes fariseos a la cisterna antigua, por traidores! ¡Vamos a sepultarlos con brea, junto con todos esos jóvenes ladrones! ¡Porque en este nuevo libro sagrado está la orden clara sobre cómo debemos ejecutar a los traidores! —y sacudió el rollo en lo alto, chorreando el agua al suelo—: "¡El Señor dijo a Moisés: 'Toma a los líderes del pueblo y ejecútalos a la luz del día delante del Señor, para que la furia de Dios se aleje de Israel'. Y Moisés dijo a los jueces de Israel: 'Cada uno de ustedes masacre a sus hombres que se han unido a Baal el Peor' ". ¡Libro de los Números, 25:4!

36

Ciento veintisiete kilómetros al norte, en el oscuro valle de Jezreel, avanzando entre los dos oscuros espinazos de las montañas secas Gilboa y Moreh, el joven rey Josías de Judea, por debajo de las rojas nubes de la noche, avanzó con su ejército de diez mil soldados gibbor hayil —"hombres valientes"— sobre el ancho lomo plateado de su brioso caballo. Miró a lo alto, a las estrellas. Hacía horas que había tenido la agria conversación con el sumo sacerdote y tras la llegada del informe de que el ejército de Nekao avanzaba por el litoral, había tenido que tomar las riendas del asunto. El ejército de Judea al fin había salido de sus casas y avanzaba contra sus antiguos aliados.

Cerró los ojos.

—השוע ינא המ עדוי םיהולא קר. Sólo Dios sabe lo que estoy haciendo.

Por detrás de su espalda se movieron, crujiendo sus metales, sus diez mil hombres armados. Tronaron sus fierros contra sus sables kopesh.

Se hizo el silencio.

El rey observó el brilloso cuello plateado de su caballo y, tras él, hacia adelante: hacia la gran montaña que tenía enfrente, en forma de cono. Detrás vio una gigantesca: la cordillera Hor HaKarmel —en el futuro llamado monte Carmelo, en el macizo rocoso de Megiddo—. Por detrás vio los picos de otra gigantesca cordillera —el actual monte Tabor.

En las paredes de la roca escuchó el eco de su propio ejército: miles de voces; miles de crujidos de correas y armamento.

—Estamos encerrados en este valle —le susurró su hijo Eliakim, de largos cabellos negros. Por kilómetros sonaron los metales de los gibbor hayil, en el borde del oscuro río Kishon. Miraron la pared de montaña.

El rey le dijo a su hijo:

—No. Los encerrados van a ser los egipcios —y señaló hacia arriba, la boca entre los picos—. Sus caballerías sólo pueden venir por ahí: la garganta doble de Aruna y Yokneam. Éste es el único paso al norte desde el sur, a cualquier parte de Asia. Ésta es la garganta. Éste es el cuello de botella del mundo: Megiddo. Por esto es que aquí se han librado las más terribles batallas de la historia. Aquí los vamos a bloquear nosotros. No van a pasar por aquí, aunque sean muchos.

El joven Eliakim negó con la cabeza.

—No, no, no, padre. Aún puedes reflexionar esto. Te suplico que no te enfrentes con Egipto. Nos trajeron hasta aquí para destruirnos. Es un plan del sacerdote Hilcías. Él trabaja para Babilonia. Hoy va a reemplazarte en el trono.

El rey Josías, sin mirarlo, le dijo:

—Te dije que te largaras. No quiero verte.

Eliakim negó con la cabeza. Observó los acantilados. Abajo, pequeñas luces, semejantes a ojos, se movieron en la oscuridad. Era el ejército de Nekao.

—Ya están llegando. Vamos a morir aquí, padre. Hilcías te tendió esta trampa. Tú solo estás cayendo. No puedo creer que no lo veas. ¡Todos los que te rodean trabajan ya para Babilonia, empezando por tu secretario!

El joven rey se volvió hacia su hijo.

—Te digo que tú eres un traidor. Ya me hablaron sobre esto que estás haciendo. Quiero que te vayas ahora mismo. Aléjate de mi vista —y miró hacia la oscuridad: hacia la pared de montaña, llena de ojos. Se aferró a la crin de su caballo—. En nuestra nación el poder no lo tiene el rey, sino los sacerdotes. El poder lo tiene Hilkiyahu. Así ha ocurrido por cientos de años.

—Ellos asesinaron a tu padre. Ellos asesinaron a mi abuelo. Hilcías asesinó a mi abuelo ¡¿Cómo permites esto?!

—Ellos me hicieron rey. Hilcías es mi nuevo padre.

Eliakim observó de nuevo la oscura depresión entre las montañas. Corrió un viento frío que lo hizo palidecer, un par de halcones, a lo lejos, planearon en la oscuridad.

—No puedo creerlo. Hilkiyahu te tiene completamente controlado. Hoy creó un complot para asesinar a Kesil Parus. Ya no le van a estorbar los fariseos. Éste es un golpe de Estado para eliminarte, padre. Por eso estamos aquí, en esta batalla. Los egipcios nos van a barrer. Hilcías lo sabe.

Eliakim miró el piso: el negro suelo de rocas.

—Hilkiyahu debe estar ahora mismo sentado en tu trono, organizando la fiesta de tu muerte, preparando la coronación de tu hijo Shallum, que es su favorito, porque Shallum es hijo de tu nueva esposa, que es obediente a él. A mí me detesta.

—Ya cállate, bastardo —por las gargantas de la montaña bajaban pequeñas líneas de antorchas y, tras ellas, las banderas de guerra, los carros herrados: los egipcios.

El joven Eliakim insistió:

—Hilkiyahu quiere deshacerse de mí porque lo cuestiono. Por esto me eliminó de tu herencia, aunque yo soy tu primogénito; aunque la ley me confiere tu trono. Esto es un golpe de Estado.

—¡Ya cállate, maldito! —y con gran furia, con la funda de su espada, hecha de piel de becerro, lo golpeó en la cara—. ¡Aléjate de mí, bastardo! ¡Sólo quieres mi poder!

Eliakim se llevó la mano a la cara. Con sus dedos fríos se limpió la negra sangre de los labios.

—Ya no eres el rey —le dijo a su padre—. Ellos te suplantaron. Hilcías es el trono. Para esto fue el asunto del rollo: para manipularte, para crear esta batalla esta noche. Nuestros cadáveres, el tuyo y el mío, los van a sepultar aquí mismo, en este valle de lodo. Judea ya está puesta al servicio de Nabopolasar, rey de Babilonia y de tu esposa, que es una traidora que le sirve a Nabopolasar y a su hijo.

Josías lo tomó por el brazo y lo hizo desmontar.

—¡Muérete ahora mismo, maldito bastardo! ¡Maldito seas en el nombre de Yahwé de los cielos y de la tierra! ¡Que tu descendencia sea maldita por todos los siglos!

En el suelo, su hijo, el príncipe de Judea, embarrado en el lodo, rompió a llorar.

—¡¿Por qué me odias tanto, amado padre?! ¡¿Fue tu nueva esposa, Halmutal, la que te dio esta orden para odiarme tanto; para que sólo ames y heredes a los dos malditos hijos que ella te dio con su vientre de ramera de Babilonia?!

Su padre, desde arriba de su plateado caballo, lo miró a los ojos.

—Bastardo. Tú eres el que me está traicionando —y lo pisó con los cascos de su caballo.

—Un momento… ¿Qué haces? —le preguntó el general Immer, jefe de la guardia secreta de Judea.

—Mi hijo es un espía del faraón egipcio. Es un empleado de Nekao, y de su hijo Psamétiko. Así me lo ha informado Hilkiyahu. Eliakim les ofreció Judea a cambio de quedarse con mi trono.

En el piso, Eliakim se quedó inmóvil. Con la boca metida a medias en el fango, negó con la cabeza. Miró a su padre.

—No puedo creer esto —y observó la negra garganta de Aruna: los cordeles de antorchas de los ejércitos egipcios. Sintió un dolor profundo en su propia garganta—. ¿De verdad piensas esto de mí, padre? ¿Esto piensas de tu propio hijo? ¿Así te han llenado de odio contra tu propia sangre tu nueva esposa, Halmutal, y sus cómplices Safán y Hilkiyahu? Lo que ellos están haciendo esta noche es para el interés de Nabopolasar, rey de Babilonia, y de su infernal hijo, Nabucodonosor. Ellos están detrás del secreto del rollo. Nuestra nación ha desaparecido.

37

Al otro lado de la cordillera, dentro de su gigantesco carro de guerra, semejante a un monstruoso escarabajo construido con negra y brillosa madera, movido por veinte grandes ruedas acorazadas con hierro; con trece ventanas por cada lado, el faraón de Egipto —Nekao II— observó hacia adelante, a sus propias tropas. Las vio moviéndose hacia abajo, rumbo al embudo: hacia los desfiladeros de Aruna y Jokneam. Tras esos caminos descendentes se hallaba un enorme valle con un río: el oscuro valle de la ciudad de Megiddo, de los pobladores "Yahu" —los hebreos—. Un ejército de estos locales lo estaba esperando ahí abajo para frenarlo: el ejército del rey local "Yoshi-Yahu" —Josías—.

El poderoso Nekao se volvió hacia su joven hijo, el príncipe Psamético, de cráneo brilloso:

—Me dijiste que tú mismo habías negociado con estos locales. ¿Qué demonios es esto? —y señaló a las tropas de hebreos.

Su hijo le puso enfrente los delgados rollos de papiro:

—Aquí tengo las firmas y sellos del hijo de Yoshi-Yahu. Con él acordé por medio de Sonchis de Sais los pasos libres por este desfiladero.

112

—Entonces te vieron la cara —y el faraón se volvió hacia los ejércitos de Josías. Comenzó a susurrarle a su hijo—. Hace mil años un ancestro tuyo, Tutmosis III el Grande, pasó por este mismo desfiladero, en una noche como ésta, con sus ejércitos para enfrentarse contra la mayor confederación de tribus asiáticas que había visto el mundo, y que estaban vendidas a Barattarna, el rey de Mitanni, un reino poderoso que ya no existe más que en la memoria.

En el silencio, con las luces de su propio ejército brillándole en los ojos, le dijo al joven Psamétiko:

—Hoy Barattarna es Nabopolasar, junto con su monstruoso hijo Nabucodonosor, que hoy es tu enemigo. Compró a los Yah —y miró al frente—. Tú vas a enfrentar esta nueva amenaza. Los Yah decidieron hoy morir por Nabopolasar de Babilonia, porque Nabopolasar compró a los líderes de todos estos pueblos, con gemas de ágata de Persia —y se volvió hacia su mensajero, que estaba al otro lado de la ventana del costado, avanzando al parejo, sobre su caballo—. Envía a Sonchis de Sais de nuevo con el rey de los Yahu. Dile que hable por última vez y les ofrezca paz. Que le diga al rey Yahu que no tengo nada contra él, ni contra su pueblo, pero que necesito detener esta noche a Nabopolasar en su golpe contra Harrán. Si Harrán cae como capital de Asiria ante Babilonia, y si Nabopolasar se apodera de ella, esta misma noche va a surgir un poder nefasto en el mundo, y va a arrasarlo todo, incluyendo estas tierras y el propio Egipto. Tal vez podríamos detenerlos en Karkemish, pero Harrán no debe caer. Dile que debo impedir esta derrota de Harrán esta noche. Si esta segunda oferta no la acepta, que Sonchis de Sais dispare al cielo sus bengalas de heka.

El mensajero salió a gran velocidad, orando en silencio, sobre su caballo, trotaba a saltos sobre las escarpadas rocas, hacia el negro carro del musculoso diplomático Sonchis de Sais, sacerdote supremo de la diosa egipcia Neith, la diosa secreta del Nilo, de la guerra y de la creación del universo.

El faraón, en su carruaje, cerró sus ojos. Le susurró a su hijo Psamétiko:

—Aplastar a estos Yahu no va a significar nada para nosotros, sólo tiempo. Pero este tiempo que perdamos hoy lo es todo, y los babilonios lo saben —y lentamente, en su mano estrujó un escarabajo de cañas—. Si perdemos Harrán allá en el norte, vendrá un infierno sobre Egipto. Ahora todo depende de Sonchis de Sais, y de lo que logre negociar con el jefe de los Yahu, a quien tú debiste convertir en nuestro aliado. Hoy puede cambiar el futuro de mundo, amado hijo.

38

Setecientos setenta y siete kilómetros al norte, en Siria; en el oscuro valle de pantanos de Harrán, el fornido rey Nabopolasar de Babilonia observó, con lágrimas en los ojos, la destrucción de la "Ciudad Torre", que de momento fue la última capital del Imperio asirio, viejo enemigo de Babilonia. Nabopolasar observó el fuego saliendo hacia arriba, desde dentro de la enorme fortaleza de cien mil habitantes.

El cicatrizado Nabopolasar le susurró a su hijo, el musculoso príncipe Nabucodonosor:

—Asshur-Uballit II escogió bien esta fortaleza para crear aquí su última capital de Asiria; para refugiarse detrás de estos muros, el cobarde —y en su puño aplastó algo imaginario, con la forma de un ser humano—. Aunque la incendiemos desde afuera con nuestras bombas de Hamatu, la muralla no va a abrirse. Nuestros hombres no van a poder saltar esta muralla. Éste es el secreto de Harrán; por esto es que en miles de años no ha sido conquistada, la protegen estos muros. Nuestras rampas de asalto van a ser quebradas desde lo alto, en cuanto se acerquen, con los punzones que salen por las ventilas que están cerca del tope —y las señaló: pequeñas luces bailoteaban en la oscuridad—. Sólo con catapultas podríamos enviar hombres al otro lado, pero morirían masacrados por los ciudadanos. Asshur-Uballit no espera que abramos sus murallas desde dentro. Vamos a entrar: no por arriba, sino por abajo —y le sonrió a su hijo—. Envía a los buzos.

El joven Nabucodonosor le sonrió.

—Sí, padre —y se volvió hacia el agua del río Balikh. El fuego de Harrán se reflejó en las ondas del torrente, en el corazón mismo de la Ciudad Torre, pasando por dentro de sus grandes coladeras submarinas. Con gran fuerza el musculoso príncipe les gritó a sus tropas—: ¡*Kulilu!* *¡Etequ Eberu Naru!* ¡Hombres peces! ¡Por el río!

Las trompetas gigantes de hueso del Elasmotherium, a los lados del carro real de Nabopolasar, comenzaron a sonar hacia arriba, arrojando sus tronidos bestiales. Los tres golpes de sonido se repitieron más adelante, en la distancia, en otros lejanos cuernos: los de los hombres peces.

Cien hombres, con sus pechos amarrados por adelante con correas a odres inflados —estómagos de toros—, comenzaron a arrojarse a las aguas del río Balikh, enturbiadas por el fango. Las rocas amarradas a los odres empezaron a sumergirlos dentro del agua hasta el fondo del río. Los hombres peces empezaron a respirar por medio de los tubos que salían de los propios odres. Por detrás de ellos, los enormes maderos, los remos de resorte, los empezaron a girar, tirados por ligamentos, empujándolos hacia las coladeras de la Ciudad Torre.

Suavemente, Nabopolasar le susurró a su hijo Nabucodonosor:

—Y respecto a todas estas naciones —y con la mano temblándole le señaló el horizonte, a la redonda. Entrecerró los ojos—: fenicios, sirios, yakudus —judíos—, egipcios… Todas estas naciones inferiores ahora deberán odiarse unas a otras, y tú y yo lo lograremos —y le sonrió.

—Como tú lo digas, padre.

—Que nunca vuelva a haber paz ni alianza entre ellas —y lo miró fijamente. En sus ojos se reflejaron las llamas de Harrán—. Sólo si se odian unos a otros tú serás su gobierno —y lo observó, con la luz de las distantes flamas—. Tú gobernarás sobre la inestabilidad, sobre la constante guerra entre las naciones. Pero primero debes crear esta guerra, para que sea imperecedera, como las estrellas —y se volvió hacia arriba, al oscuro cielo. Cerró los ojos—. Debes hacer cundir la enemistad y la sospecha entre todas estas naciones, para que primero se aniquilen unas a otras, y entonces te llamarán para que seas el mediador de sus contiendas; para que establezcas sus gobiernos. Que cada vecino sea enemigo por siempre de su vecino. Que cada raza se decida a exterminar a las otras razas, y entonces tú vendrás a imponer la paz equilibrando esta gran inestabilidad. ¿Comprendes, hijo?

—Comprendo, padre. Así lo haré.

El gran rey lo abrazó por el hombro.

—Tú me viste en el suelo, humillado por Asurbanipal, rey de Asiria, padre de Asshur-Uballit II. Tú viste cómo Asurbanipal humilló a tu madre, y frente a él tú lloraste, y te le arrodillaste, y yo no pude impedirlo —y cerró los ojos. Comenzó a llorar—. Yo aprendí el secreto de los dioses; y aprendí también el secreto de los hombres, y te lo voy a transmitir hoy, en este momento: nunca te dejes vencer. Suavemente colocó su dedo en los labios del joven y musculoso Nabucodonosor:

—Esto que estás a punto de oír va a transformarte para siempre, y no deberás olvidarlo nunca, porque no estaré vivo mucho tiempo más para volver a entregarte este tesoro que perteneció a tus ancestros.

Nabucodonosor abrió más los ojos.

—¿Qué es, padre? ¡Dímelo!

Nabopolasar le sonrió:

—Las funciones del hombre son sólo cuatro: la conquista, la conservación, la expansión y la aplicación del poder. No existe ni una más.

Nabucodonosor le sonrió:

—¿Cuatro funciones…?

—Un hombre puede destronar a los dioses. Tú ocuparás tu lugar entre los dioses.

Nabucodonosor negó con la cabeza.

—No comprendo, padre. ¿Entre los dioses? ¿Voy a morir?

—No, hijo —le volvió a sonreír—. Cuando aquí en la tierra hayas conquistado todo lo que existe, todo lo que yo aún no convierto en propiedad de Babilonia, entonces derrocarás a los príncipes del cielo, a los Anunnaki —y de nuevo miró las estrellas—, y tomarás allá el trono de Nibiru, y lo anexarás a nuestro imperio.

Nabucodonosor entrecerró los ojos.

—¿De qué estás hablando, padre…? ¿Enfrentarme contra los dioses…? —y también miró hacia el cielo.

—No tengas miedo nunca más. No fuiste creado para ser derrotado. No naciste para detenerte: fuiste creado para conquistarlo todo. Recuerda a Gilgamesh: él venció a Ishtar. Venció a una diosa. ¿Acaso tú no puedes hacer lo mismo; vencer a todos los que han sido dioses, y convertirte tú mismo en un dios más grande para todo el universo?

—Pero… padre… ¿… los dioses…? —y también miró hacia arriba.

El poderoso conquistador atrapó a su hijo por las muñecas. Se las apretó con fuerza:

—Un hombre puede derrocar a los dioses. Tu trono va a estar aquí en la tierra, pero gobernarás a las estrellas. Vencerás a Anu, el dios supremo del cielo. Vencerás a Marduk y a Inanna. Y descubrirás que existe algo más alto que ellos, que los gobierna, y también habrás de vencerlo; y continuarás así, siempre más alto, y descubrirás cada vez nuevos universos —y le apretó el hombro—. Nunca serás débil, ni te frenarás en la expansión del poder. Siempre serás lo más fuerte, en la Tierra y en el universo. Y no habrá nunca un límite para ti. Conquistarás todo lo que exista y pueda existir, y lo que no exista, tú lo crearás. Construirás nuevos universos, y serás el amo de todo.

Nabucodonosor, enternecido, le sonrió.

—Te amo, padre. Debes enseñarme mucho más para que yo pueda lograr todo esto. Me aterra fallarte —y tragó saliva.

Nabopolasar lo acarició por el brazo:

—El cielo no es el límite, hijo. No hay límites. Todo lo que yo he conquistado, lo he conquistado sólo para ti, y yo comencé teniendo nada. Prométeme que nunca te detendrás, y que lo conquistarás todo. ¿Me lo prometes?

El musculoso joven miró al suelo.

—Te lo prometo, padre. Lo conquistaré todo para ti, y nunca voy a detenerme —y lo miró fijamente—. En cada enemigo que yo encuentre veré a Asurbanipal, y recordaré cómo te humilló ante mí y ante tu esposa, mi madre. Arrasaré las ciudades para expandir tus dominios, y edificaré todo de nuevo, siempre con tu nombre en los muros; y con mi semen fecundaré a todas las hembras conquistadas, y con ellas preñadas crearé las nuevas razas, todas con el semen de Dahhak, tu tatarabuelo, y con tu nombre en sus frentes, mi amado padre, con la marca de la tribu bit-Yakin.

Nabopolasar le sonrió:

—Ahora entra —y señaló hacia Harrán—. Tus buzos están a punto de abrirte las murallas desde dentro. Mete a nuestro ejército por las siete puertas. Captura a Asshur-Uballit II. Cuando lo tengas frente a tus ojos, no lo mates de inmediato. Desmiémbralo vivo, frente a sus esposas y sus hijos. Fornícalas frente a sus hijos. Que los herederos de todos estos reinos sean siempre fruto de tu semen. Así van a obedecerte y te amarán, porque tú vas a ser su padre.

—De acuerdo, amado padre.

Con gran violencia, el cicatrizado Nabopolasar le levantó la mano a su hijo, hacia las estrellas. Les gritó a sus miles de soldados, a todo pulmón:

—*¡Sarrum Kissatu!* ¡Rey del mundo! *¡Sarrum Kissatu!* ¡Rey del universo! ¡Mi hijo amado es desde esta noche el rey del universo, y le heredo a él mi imperio!

Sus soldados comenzaron a gritar al cielo:

—*¡Sarrum Kissatu!* ¡Rey del Mundo! *¡Sarrum Kissatu!* ¡Rey del universo! —y empezaron a golpear sus tambores. Los carros de guerra babilonios, con cuerpos de enormes toros con alas, los kuribu, empezaron a meterse como moles acorazadas por las siete entradas de Harrán una vez que las puertas se abrieron, seguidos por miles de soldados babilonios, escupiendo chorros de barro con fuego por sus ojos y bocas. La sangre se regó, el fuego lamió las paredes y los techados de paja, las vigas hechas de madera; los soldados cayeron ante el empuje del ejército babilonio: esos demonios con alas.

Desde su propio carruaje, el temible Nabopolasar les gritó a sus ejércitos:

—¡Hoy te voy a capturar vivo para torturarte, Asshur-Uballit II! —y su voz se apagó entre el vocerío del ejército que empujaba al interior de la Ciudad Torre cuyos muros empezaban a incendiarse—. ¡Hoy esta última capital tuya la voy a convertir en mi fuerte occidental para invadir al resto del mundo! ¡Y desde esta noche yo soy el emperador de Asiria! ¡¿Dónde está ahora tu faraón egipcio, que prometió venir esta noche para auxiliarte, para impedirme lograr esta conquista?! ¡¡Yo no lo veo por ningún lado!! —y se giró hacia los lados, riendo a carcajadas—. ¡¡Tu amado faraón no va a venir para rescatarte; porque yo lo tengo en el sur bastante ocupado, peleando con los nativos de la costa Yakudu!! ¡¡Inicien la invasión a toda escala!! ¡¡Córtenles a todos los hombres las cabezas!! ¡¡Y a todas las mujeres amárrenlas y métanlas a los canastos; ahora son nuestras esclavas!!

39

Setecientos setenta y siete kilómetros al sur, en la "costa Yakudu", en el oscuro valle de Megiddo —palabra cuyo significado hebreo es "Fin del Mundo"—, el rey de los judíos, Josías, miró hacia arriba, hacia las dos negras gargantas de Aruna y Jokneam. Vio la marea de soldados halcón egipcios de Nekao. Vinieron bajando hacia Josías por los dos desfiladeros con sus miles de antorchas; armados con sierras de hierro, gritándose entre ellos en su idioma, como lechuzas.
Josías cerró los ojos.

Las máquinas egipcias tocaron la tierra. Hicieron temblar el suelo. Comenzaron a avanzar por el valle, rotando sus enormes ruedas. Empezaron a abrir sus bocas, con tronidos mecánicos. Por sus caños laterales comenzaron a escupir fuego: chorros líquidos negros sobre las tropas hebreas.

—*Heka...* —susurró Josías. Cerró sus ojos. "Heka" era el fuego egipcio, la palabra de la "magia".

Los soldados hebreos, en el suelo, comenzaron a gritar, sacudiéndose mientras el ácido les derretía las piernas. Desde la parte alta de la montaña las pesadas catapultas egipcias, semejantes a cocodrilos erectos, proyectaron hacia el cielo sus esferas de clavos —grandes erizos giratorios, con picos de hierro—. Las enormes esferas cayeron sobre las filas de los hebreos. Los atravesaron por el cuello, mientras gritaban. Los filos de las esferas hacían un mortero de cuerpos desmembrados, de labios rotos, de hebreos que empezaban a caer en medio de un gran pánico. Muchos quedaron muertos de pie, ensartados. Otros giraron junto con esas bolas de clavos.

Josías les gritó a sus hombres:

—¡Arqueros! ¡Lancen!

Las flechas golpearon contra los escudos en las cabezas de los soldados egipcios, que continuaron avanzando. Con sus espadas comenzó el desmembramiento de los cuerpos: el vómito de órganos; los intestinos salían de los vientres, entre los dedos se colaba la sangre; las caras eran cortadas por la mitad, con espadas que les entraron por la boca.

Entre los cuerpos mutilados, el joven Eliakim, de negros cabellos largos, ahora empapados en sangre, corrió hasta su padre, por encima de los intestinos sobre las rocas. Contra el amarillo resplandor de las explosiones egipcias vio los contornos de los hombres halcón encajando sus lanzas Enkajka contra los cuerpos de los soldados Gibbor Hayil.

En el aire escuchó cinco zumbidos. El soplido le corrió, como un filo, por el lado derecho de la cara. Con la mirada, Eliakim siguió el silbido, hacia atrás. La flecha egipcia se le encajó en la cabeza a su amigo Ylmas.

—No, Dios; no, ¡Dios! —y con mayor velocidad corrió hasta su padre. Le gritó—: ¡Padre, vámonos ya de aquí! ¡Esto es una trampa de Hilcías! ¡Te envió a aquí para matarte! ¡Debe haber pactado con Nabopolasar, para convertirse él mismo en rey! —y cayó de boca contra el fango, sobre la mezcla de sangres. La tragó. Se levantó—: ¡Padre!

Ciento veintisiete kilómetros al sur, el silencio fue absoluto, dentro del elegante salón de acuerdos de Judea —en el corazón de Jerusalén, en el Monte Sion—. Por debajo del inmóvil candelabro, dos finas sandalias con flores se arrastraron sobre las losas. Pertenecían a la gorda esposa del rey Josías: Halmutal, la cual suavemente sonrió.

Sus calzas se detuvieron.

Una mano huesuda la tomó por sus gordos dedos. Una boca marchita se los besó. El anciano cerró los ojos.

—Mi reina… —y la miró con devoción.

—Safán, secretario real —ella le sonrió. El anciano estaba de rodillas ante ella. Él le dijo:

—No va a sobrevivir nadie a esta batalla en Megido. Sería imposible. Éste es el acuerdo: el ejército entero de Judea va a ser destruido por Egipto. Pero tú vas a poder decidir quién va a ocupar el trono de tu esposo. Ésta se convertirá en una capital de Babilonia, para destruir a Egipto.

La mujer se volvió hacia el trono de Josías —llamado "Megathronos"—. Cerró los ojos. Tragó saliva. . Le dijo a Safán:

—Tráiganme a mi hijo Shallum. Hoy mi propio hijo va a ser el rey de Judea; no Eliakim, su hermanastro mayor —y entre sus lágrimas de emoción aguardó hasta que le trajeron a su presencia a su joven hijo, al que le ordenó—: Debes asegurarte de que el bastardo Eliakim esté muerto, o él va a venir más tarde con sus tropas para reclamar este trono.

—Madre, es difícil asegurar que no sobreviva al combate.

—Va a morir en el combate, créeme, igual que tu padre. Y si no es así, mis hombres lo van a traer hasta aquí, para procesarlo por traición 'Am ha'Ares. Y lo condenaré a muerte por lapidación, como lo establece el nuevo libro —y le sonrió.

El ministro Safán sonrió para sí: esa orden estaba dictada desde que el ejército hebreo había salido de sus casas de guerra en Jerusalén, por medio de la escolta de Josías.

En el campo de batalla, entre los charcos de sangre de hígados humanos, el príncipe Eliakim, primogénito de Judea, corrió mojándose en el fango, hacia su padre:

—¡Padre!

Vio la flecha que traspasó el espacio, por encima de su cabeza. Se le encajó en el cuello a su padre. El rey Josías se llevó las manos a la tráquea, para arrancarse el asta de la garganta. Empezó a caer sobre sus rodillas. Comenzó a escupir sangre.

Eliakim saltó hasta él:

—¡Padre! —y se colocó justo a sus pies, para recibirlo en sus brazos—. No, no, no —y con sus manos trató de cortar el flujo de sangre. Observó por debajo del fuego el caballo plateado de su padre, llamado Tiqvah —"Esperanza"—, derrumbándose sobre los cuerpos mutilados. El animal pateó el piso, con el vientre abierto, por el sulfato.

Eliakim aferró entre sus manos la cabeza de su padre. Josías aún tenía los ojos abiertos, desviados, apuntando hacia las estrellas.

—¿Padre? ¿Qué voy a hacer sin ti en esta tierra, mi precioso padre?

—Apréhendanlo —dijo un hombre envuelto en una coraza negra, con la forma de un enorme alacrán babilonio—. Llévenlo al castillo. Lo está esperando la reina, para juicio por traición 'Am Ha'Ares. Ensártenlo por el cuello con el gancho de carne.

El pico de metal doblado le pasó por dentro de la piel a Eliakim, por la parte blanda debajo de la lengua. Comenzó a gritar. Con las manos aferró el gancho metálico. Empezaron a arrastrarlo.

—¡Andando, bastardo asesino! ¡Te está esperando tu madrastra! ¡¿Por qué traicionaste a tu propio pueblo?! ¡Ahora tu hermano menor es el nuevo rey de Judea!

40

Dentro del palacio, los veinte guardias de la reina Halmutal —amiga entrañable del también gordo sacerdote Hilcías— escoltaron con sus largas lanzas, golpeando el suelo con las mismas, a la joven escriba Radapu, acusada de robo y profanación de las propiedades subterráneas del templo.

—¡Amárrenla en el poste de flagelación! —y por el ventanal de hierro el guardia señaló el patio—. ¡Esta miserable profanó con hechicerías los sótanos del templo, se le sorprendió robando! —y la arrastró por el piso—. ¡El sacerdote Hilkiyahu ha ordenado no escucharla, pues ella profiere calumnias contra él, infundadas! ¡Ella lo hace porque está poseída por demonios! ¡Ella debe morir por lapidación, como lo indica el nuevo libro de la Ley, por brujería!

En su oído, la joven escriba escuchó la suave la voz del joven esclavo griego que tenía a sus espaldas:

—Θα σας βγάλω από εδώ. Yo voy a sacarte de aquí. No hagas nada más que lo que yo te diga —y le pegó los labios a la oreja para decirle un secreto—: estoy aquí representando a Trasíbulo, el rey de Mileto. Mileto y las demás ciudades griegas y fenicias están con el faraón de Egipto. Aquí se va a librar la guerra del milenio —y de su muñeca se desacopló su pulsera de barro. Con toda su fuerza la arrojó contra el muro. El objeto se despedazó, arrojando hacia el pasillo un vapor de color verde.

—¡¿Qué es esto?! —le gritó uno de los guardias babilonios, el cual se llevó las manos a los ojos, y empezó a vomitar sus propios órganos, de color verde..

—¡Se llama Helleborus! —le gritó el joven griego a la escriba. La jaló violentamente hacia abajo, por la escalera, hacia el túnel—. ¡Ahora quiero que me cuentes lo que sabes! ¿Qué ocurrió aquí? ¿Por qué quieren matarte? ¿Qué fue lo que encontraron en el templo? ¿El sacerdote Hilkiyahu trabaja para los babilonios? ¡Mi rey quiere saber todo esto antes

121

de enviar sus flotas en apoyo a Egipto, contra la amenaza continental de Nabopolasar de Babilonia!

La hermosa chica, sin dejar de correr, lo observó fijamente: ¿Eres un espía?

Arriba, en el corredor del trono, los soldados comenzaron a gritar hacia abajo:

—¡Busquen por todo el edificio! ¡El maldito sirviente griego acaba de escaparse con la ladrona! ¡Se fueron por este conducto! —y comenzaron a trotar hacia abajo, por encima de los que estaban vomitando. El humo con esporas también les ardió en las narices—. ¡Atrápenlos vivos! —y comenzaron a vomitar de color verde—. ¡El griego es un espía del faraón de Egipto! ¡Es parte de la conspiración 'Am Ha'Ares! ¡Es un maldito espía de Egipto!

El chico no era otro que el conocido Tales de Mileto.

41

Quince metros abajo, los terroristas del Estado Islámico jalaron a la rubia Clara Vanthi de los cabellos, hacia arriba, para hacerla ver el lugar del hallazgo. Tenía las manos amarradas a la espalda. Le mostraron las letras en hebreo antiguo.

—Tú estuviste con los malditos arqueólogos. ¡Dinos qué demonios significa esto!

La periodista negó con la cabeza. Les dijo:

—*Perché mi stai facendo questo?* ¿Por qué me están haciendo esto? ¡Yo no soy arqueóloga! ¡Yo sólo soy una reportera!

—¡Tú sabes todo! Y eres más que eso, pero nos engañas.

Uno de los terroristas le sonrió:

—Aquí empieza tu calvario, esclava infiel. ¿Qué significa este acertijo? —y señaló el muro—. ¡¿Dónde están las "Piedras de Fuego" de las que se habla en este verso?! —y con enorme fuerza la golpeó en la cara, contra el filo del nicho vacío.

El golpe fue brutal. Sintió cómo la carne se hería debajo de la piel, la sangre que se volvía negra por el impacto, no pudo evitar sendas lágrimas. Clara miró hacia arriba, hacia la poderosa luz del reflector blanco. En su costado decía: TELEVISORA DE LAS /NACIONES UNIDAS.

Cerró los ojos. Pensó en el embajador Moses Gate, a quien tanto amaba. En el piso encontró los cuatro cadáveres: los verdaderos arqueólogos. Ella sólo venía con ellos acompañándolos como periodista, para transmitir el evento. Era la primera transmisión *broadcast* de su vida.

42

A menos de medio kilómetro de distancia, dentro de su claustrofóbico cubículo metálico lleno de oscuridad y de luces de computadoras, el rubio Isaac Vomisa le dijo a su delgado compañero analista Moshe Trasekt:

—Existe algo peor. La contaminación persa en la Biblia no ocurrió sólo en el Nuevo Testamento, es decir, no sólo deformó al cristianismo.

Moshe dejó de beber de su taza de humeante café.

—¿De qué hablas? ¿Acaso el "Monstruo Azul" de tres cabezas nacido en Persia también habló con Moisés? —y le sonrió.

Isaac se puso de pie. Señaló la pantalla: hacia la perturbadora fotografía del sacerdote del atentado. Debajo del rostro del psicópata decía su nombre: "Cerintio Dionisio Epagelio ASMV71-162, alias de Cresento Montiranio. Psicosis disociativa cerebral por terror religioso inducido en la infancia".

—Este hombre es la clave de todo. Su nombre tiene todas las claves para decodificar este misterio.

—¿Ahora vas a decir que su nombre habla de un monstruo azul metido en el Tanakh? No recuerdo monstruos azules en el Tanakh —y sorbió su café.

—Lo que vas a leer fue escrito en 1971, el año preciso en el que este sacerdote suicida nació y fue bautizado.

En su teclado, el rubio Isaac digitó la teclas ASMV71-162.

En la pantalla apareció un texto:

Isaac Asimov. *Land of Canaan*. 1971. p. 162:

… el judaísmo había tenido un solo Dios, considerado el autor de todo, lo bueno y lo malo. Pero después del retorno [de los judíos de su cautiverio por parte de Babilonia, entre 458 y 440 a.C., aprox.] surgió un espíritu del mal. Satán, palabra que en hebreo significa 'el adversario' […] Satán, en eterna lucha con Dios, no aparece en los libros bíblicos [anteriores a] la época del exilio [o cautiverio en Babilonia], pero comienza a aparecer en los libros escritos durante la dominación PERSA ([como] Crónicas, Job). Junto con Satán, jerarquías y hordas de ángeles y demonios entraron en la concepción judaica. […] La religión persa era dualista, esto es, pintaba un universo en el que había un principio del bien y otro del mal, independientes uno de otro y casi de igual poder [dos dioses máximos en lugar de sólo uno] […] Pero el judaísmo nunca llegó a ser totalmente dualista [como en la religión persa]. Nunca cedió al espíritu del mal la oportunidad de vencer a Dios.

Moshe se quedó con los ojos abiertos, inmóvil. Su taza de café permaneció inmóvil en el espacio, humeando. Se volvió hacia Isaac.

—No entiendo. ¿Qué significa esto?

—Satán no existe.

—¡¿Cómo dices?!

—Éste es el secreto de todos los secretos —y comenzó a levantarse—. Éste es el Secreto Biblia. Satán es un invento de los persas para llenarnos de miedo. Lo incluyeron dentro de la Biblia. Los persas lo injertaron en la religión hebrea. Destruyeron el Tanakh.

—No, no…

—Cuando los persas lo insertaron en la Biblia hebrea se acabó el monoteísmo hebreo, donde había existido un solo Dios autor de todo, que era el único poder en el universo. Ahora tenemos a otro tipo al cual también debes temer. De pronto vivimos en un universo dual, con una entidad maligna, igual que los persas.

—Pero… un momento… ¡no es un dios!

—Eso dices. Pero le temes. Esto es politeísmo.

—No, no, ¡no…!

—Escúchame —y lo tomó por las muñecas—. Lo hicieron como en el caso de Cerinto. Es igual. Destruyeron el verdadero monoteísmo que alguna vez había existido. Destruyeron la revelación de Moisés. Hoy vivimos en una realidad alterada: una religión persa —y se volvió hacia las pantallas de computadora. Comenzó a revisarlas de arriba abajo—. La religión en la que hoy creen millones de nuestro pueblo es una mezcla, una mentira. Los rabinos deben saber esto.

Moshe tragó saliva.

—No, no, no —y se volvió hacia los bordes del techo. De nuevo notó el movimiento: las tres diminutas cámaras de video comenzaron a rotar sus lentes hacia él y hacia Isaac.

Moshe sintió miedo.

Isaac también las observó. Le susurró a Moshe:

—Tal vez nuestro gobierno sabe todo esto. ¿No lo crees? No sé si a todos les va a gustar que tú y yo sigamos explorando todo esto. ¿Tú qué dices? ¿Quieres continuar?

Moshe tragó saliva. No respondió. Isaac Vomisa le dijo:

—Mira: sólo estamos siguiendo las pistas del nombre de un sacerdote que se hizo estallar en un evento y que asesinó a nuestro embajador Moses Gate. Ésta es la forma de derrumbar a una organización terrorista. Yo digo que sigamos.

Se miraron por un instante.

Fuera, un ave graznó.

43

En la remota Turquía, tres jóvenes simplemente saltaron del helicóptero, sobre la localidad de Éfeso.

Las hélices se estaban batiendo por encima de sus cabezas. La aeronave ni siquiera aterrizó. Apenas saltaron, el pesado Mi-8 AMTSh Terminator, de diez toneladas, semejante a un negro y gigante sapo cuadrado, volvió a elevarse en el aire, hacia el cielo. Antes de bajar, Max León dio una rápida mirada a los hombres en el interior y les sonrió, pero los rostros de todos eran duros, como roca granítica, sólo uno apenas si curvó los labios: el hombre de ensortijados cabellos negros.

Serpia Lotan, John Apóstole y Max León corrieron sobre las ruinas de Éfeso, en medio de miles de ruidos de insectos chirriantes: trotaron sobre las despedazadas columnas de lo que alguna vez fue la basílica de san Juan Apóstol, construida en el año 565 d.C. por el emperador Justiniano —uno de los más feroces fanáticos del naciente cristianismo, que asesinó a cualquiera que tuviera una religión diferente al mismo—. Ahora todos estos antiguos muros de ladrillos estaban destruidos y descarapelados, en el suelo, convertidos en escombros debido al gran terremoto de Éfeso del año 614 d.C.

John Apóstole, de piel blanca y cabellos blancos, pasó por detrás de una de estas columnas resquebrajadas. Emergió de ella como si fuera nuevo: con sangre en la cara. Violentamente aferró a Serpia Lotan de la muñeca:

—¡No se te ocurra hacer nada para traicionarnos, maldita perra mustia! ¡Tú eres el perfecto ejemplo de lo que la religión hace para generar asesinos! ¡Tu padre es un reclutador de psicópatas! —y le mostró su mano en la chaqueta, indicándole que estaba armado. Ella se rio de él:

—¡Estás muerto, mediocre! —y siguió avanzando— ¡Mi papá ya debe haber enviado a varios grupos militares para salvarme! —y se volvió hacia el cielo—. ¡En cualquier momento van a estar aquí, para rescatarme! —y se sonrió a sí misma—. A ustedes los van a despedazar. Mi papá es muy vengativo cuando se trata de mí. Les va a aplicar los tormentos del *Directorium Inquisitorum*, el manual de la Inquisición.

John Apóstole la jaló a través de la larga y antigua nave sin techo —la planta de la arcaica basílica, ahora expuesta al cielo abierto—. La condujo por un lado de un extraño conjunto de agujeros en el suelo, de formas rectangulares, acomodados como estrella.

—¡No vayan a caerse en estos hoyos! —les gritó Apóstole—. ¡Esto fue el baptisterio! Aquí bautizaban a los niños. Los sumían en agua. Ahora está seco.

Max León, sin dejar de trotar, observó hacia abajo, hacia la parte interior de los agujeros: las cuatro rejas de hierro, cerradas con candados.

—¿De dónde venía el agua?

Trotaron por entre las columnas resquebrajadas, hasta la pequeña plataforma de mármol en medio de todo, entre cuatro delgados pilares con estrías espirales. En medio de la plataforma de mármol, parecida a un grisáceo tablero de ajedrez, Max observó la lápida cuadrada que estaba colocada sobresaliendo de todo. Tenía perforadas veintinueve letras mayúsculas, oscurecidas por décadas de tierra mojada: St. Jean in Mezari. The Tomb of St. John.

John sacudió a Serpia:

—¡¿Es aquí, maldita bruja?! ¡¿Está aquí la tumba del verdadero Juan?! ¡¿O ésta es la tumba falsa, que perteneció a su suplente, el que escribió el Apocalipsis y que asesinó al verdadero Juan, y que dijo él mismo ser "Juan"?!

Serpia, con sus grandes ojos exóticos, lentamente leyó las grandes letras en el mármol, paladeándolas con la lengua. Sonrió para sí y susurró:

—"El primer día de la semana, María Magdalena fue de mañana, estando aún oscuro, al sepulcro de Cristo, y vio quitada la piedra del sepulcro. Entonces corrió, y fue con Simón Pedro y el otro discípulo, al que amaba Jesús, que era Juan, y les dijo a ambos: 'Se han llevado del sepulcro al Señor, y no sabemos dónde le han puesto.'" Evangelio de Juan. Capítulo 20, la Tumba Vacía —y les sonrió a ambos.

Max se volvió hacia John Apóstole:

—Me parece que ella nunca va a decirte la verdad sobre nada. ¿Por qué le preguntas? No le pidas manzanas a un cactus. Sin embargo, nos está diciendo que en esta tumba no hay nada —y con mucho esfuerzo intentó remover la lápida. La pesada losa no se movió ni un centímetro. Max León la pateó con sus zapatos. Serpia Lotan estalló en carcajadas.

—¡Qué primitivo eres! ¡Eres un neandertal! —y lo señaló con el dedo—. ¡¿Así quieren encontrar algo?! ¡Por eso tu país no ha progresado!

Max León la miró fijamente.

—Tal vez soy primitivo, pero aún no has visto hasta qué grado puedo serlo —y de su cinto sacó su revólver: el brillante y negro semifusil Mendoza HM4S, de bordes cuadrados. Lo apuntó hacia el centro de la losa, donde estaba la letra *J* de John. Le gritó a John Apóstole—. ¿Qué era lo que decía el maldito mensaje del sacerdote, el que estaba en el papel de arroz, en el corazón de plata?

—"La verdad está en mi sagrado corazón. En 666 está el Secreto Biblia." Eso fue lo último que dijo ante la televisión.

—¿Pero qué decía el maldito papel?

John Apóstole cerró los ojos y recitó en latín:

—*In DCXXII-ante nativitatis Domini Ies-aliquis alteretur Revelatio Mosi: Bibliae. Contaminatus traslatio factorum* —y miró hacia la tumba—. "En el año 622 antes de que naciera Jesús alguien alteró la revelación de Moisés: la Biblia. Crearon una versión contaminada: la que hoy nos gobierna. La creó Babilonia. Dios mismo tuvo que volver a la tierra para corregir este daño. Por esto lo crucificaron. Su apóstol Juan portó este secreto hasta su tumba: la verdadera revelación de Moisés, el Secreto Biblia, está en el Documento J, en el monte Sion, entre las Piedras de Fuego. He dejado en la tumba de Juan el mapa de estos asesinos que me contrataron, y la llave para el nicho subterráneo. Eusebio de Cesarea, Historia de la Iglesia. Libro 3. Capítulo 39. Párrafo 6. Mi habitación de la verdad es el número 666, en esa tumba."

Max León leyó de nuevo las veintinueve letras grabadas en la lápida de mármol. St. Jean in Mezari. The Tomb of St. John. Entrecerró los ojos.

—*Seis, seis, seis…* —y se volvió hacia Serpia Lotan—: ésta es la tumba falsa, ¿verdad? Por eso está vacía. Juan nunca estuvo aquí. Aquí abajo no hay nada.

La hermosa hija del reverendo sólo le sonrió. Comenzó a reírse. Lo miró en una forma muy traviesa. Max le preguntó:

—El número 666 es la clave, ¿cierto? 666 es un número repetido. Es 6 repetido tres veces. ¿Cierto? Significa "tres veces seis" —y se volvió hacia John Apóstole—. ¿Qué ocurriría si la clave está en el Evangelio del verdadero Juan, en el pasaje 3-6?

John Apóstole se volvió hacia ella.

—Es verdad. ¿Qué dice ese pasaje, maldita bruja? —y le torció el brazo por detrás de la espalda.

Serpia Lotan, riéndose les dijo:

—"Lo que es nacido de carne, carne es, y lo que es nacido de espíritu, espíritu es" —y miró la lápida de mármol.

John se quedó perplejo.

—*Un momento...* —y le brillaron sus ojos azules—. Recuerdo este pasaje. Es uno de mis favoritos de toda la Biblia —y le sonrió a Max León—. Dice así: "Y Jesús le dijo al fariseo Nicodemo: De cierto te digo que el que no naciere de nuevo, no podrá ver el reino de Dios. Y Nicodemo le preguntó: ¿Y cómo puede un hombre que es viejo nacer de nuevo? Y Jesús le respondió: El que no naciere del agua y del Espíritu, no podrá entrar en el reino de Dios, porque lo que es nacido de carne, carne es, y lo que es nacido de espíritu, espíritu es".

—*Nacer de nuevo...*—cerró sus ojos Max—. Es el bautismo —y se volvió hacia el norte, por encima de los pedazos de los muros destruidos—. Es allá. Es el baptisterio. ¡Vamos! —y empezó a trotar, con su arma— ¡Es ahí donde se renace con agua! ¡La muerte es el comienzo!

En el cielo comenzaron a aparecer pequeños puntos negros: helicópteros semejantes a cuervos. Eran las fuerzas armadas de Turquía, comandadas ahora por el papá de Serpia Lotan: el reverendo Abaddon Lotan, directivo encubierto para misiones de terrorismo del gobierno de los Estados Unidos.

Pronto verían que las palabras de Serpia eran verdad: nadie se metía con la hija del reverendo, quien en el pasado fue un torturador de la guerrilla.

44

A mil ochocientos kilómetros de distancia, al sureste, dentro de las metálicas y oscuras instalaciones secretas del Mossad de Israel, en la unidad de análisis EDN-1, el rubio y atlético analista Isaac Vomisa pulsó un botón en la consola. En la pantalla se desplegó una gráfica perturbadora. Se la presentó a su delgado amigo Moshe Trasekt.

—Esto que ves es la historia de las alteraciones de la Biblia.

Su amigo de negros y enchinados cabellos brillantes, con su nariz huesuda, le preguntó:

—¡¿Cómo dices?! —y se atragantó con su humeante café.

—Ésta es la historia de la historia. Esto es lo que nunca nos han dicho. Ésta es la historia de las hibridaciones de la Biblia: la historia de cómo la distorsionaron en todas estas malditas épocas y la transformaron en lo que ahora es: un Frankenstein —y señaló la pantalla—. Y es lo que hoy nos enseñan en las escuelas.

—Oye, ¡estás blasfemando!

—No, no, no. Yo no estoy blasfemando. Ellos son los que están blasfemando. Mira —y se volvió hacia la pantalla. La señaló con el dedo—: primero fue Babilonia, con Nabucodonosor, año 622 a.C. —y tocó la pantalla—. No sólo sometió a los hebreos, a los cuales de plano los raptó y se los llevó como esclavos hasta su capital, Babilonia, donde los mantuvo por sesenta años. ¡Ahí les cambió la maldita mente!

—¡Esto ya lo sé, demonios! ¡Es el "exilio babilónico"!

—¡No, no lo sabes! ¡Éste es el problema! ¡Tu religión ya está hibridada! ¡Y actúas como si no lo estuviera!

—¡¿De qué hablas?!

—¡Hasta incrustó los pasajes de Jeremías donde dice cínicamente "Debes doblegarte ante Nabucodonosor de Babilonia, Ésta es la orden de Dios"!

—¡No lo dice así!

—Después, en el año 537 a.C. —y volvió a señalar la pantalla—, el imperio de Nabucodonosor fue derrotado por los persas. Ahí fue cuando inició la era de Persia, la dominación persa —y tocó la línea de arriba—. Ciro, su líder, fue benigno con los judíos que eran esclavos en Babilonia. Les ofreció regresarlos a su tierra de origen, Judea, y financiarles la reconstrucción del templo al que tanto amaban, que había sido destruido por el babilonio Nabucodonosor. La gran migración de judíos de vuelta a Judea no la completó Ciro, sino su bisnieto Artajerjes I. Tomó a dos brillantes judíos que trabajaban para él en la capital persa, que era Persépolis: ellos fueron Esdras y Nehemías. Los puso al mando de esta caravana.

—¿Esdras y Nehemías…? —y miró al techo.

—Les encargó comandar toda esta gigantesca migración judía de regreso a "casa", hacia la Tierra Prometida —Isaac digitó unas claves y conectó el celular a un cable, una memoria, una conexión a la consola y continuó leyendo directamente de la pantalla de su aparato celular—.

Esdras y Nehemías, auspiciados por Artajerjes I, llevaron a tres mil hebreos de regreso a Judea, en un nuevo Éxodo, semejante al que había ocurrido mil años antes, cuando Moisés y Aarón sacaron a los judíos de su cautiverio en Egipto. Ahora Artajerjes los estaba sacando de Babilonia.

—Esdras y Nehemías… ¡Esto también lo sé!

—No sabes nada. Esto lo dice Isaac Asimov, en *La Tierra de Canaán*, página 161 —y oprimió un botón en el teclado—: "[Nehemías] era un judío que tenía el cargo de copero del rey persa Artajerjes I […] Nehemías] llegó a Judea por el 440 a.C.", enviado por Artajerjes. Por su parte, Esdras también fue enviado por Artajerjes de vuelta a Jerusalén, a cargo de esta gran migración de judíos, para predicarles "la palabra de Dios". Ellos serían ahora los "colonos" en su antiguo país, tal como los vaqueros americanos en un *western*, a la reconquista del Viejo Oeste. ¡Llegarían de regreso a su tierra de origen, como cientos de años atrás lo habían hecho los que siguieron a Moisés, en el Éxodo, tras liberarse de su esclavitud en Egipto!

—¡¿A dónde quieres llegar con esto?!

—Artajerjes puso a Nehemías como gobernador en la nueva Judea. ¿No te parece extraño todo esto? ¿Un hombre que había sido su empleado? A Esdras le dijo, según la propia Biblia que hoy conocemos, que es la "Biblia P" o "persa", en el sector "Esdras 7:25": "Y tú, Esdras, pon jueces y gobernadores […] y cualquiera que no cumpla la ley de tu Dios, y la ley del rey, sea juzgado prontamente, condenado a muerte, a destierro, a multa o a prisión". ¿Quién crees que era el "rey" al que se refiere este pasaje? ¡El propio Artajerjes! —y se levantó de su asiento—. ¡Todo esto fue manipulación!

—No entiendo a qué vas con todo esto —y se golpeó la frente—. ¡Esto no es un aula de historia; es la investigación criminal de un ataque terrorista!

—¿Crees que Artajerjes o Ciro hicieron todo esto sólo por amor a los judíos?

—No te entiendo.

Isaac señaló la pantalla. Ahora ahí apareció un Mapa del Mundo. Egipto se mostraba en color verde, y en color rojo los países dominados por Persia.

—Eran enemigos. ¡Egipto y Persia eran enemigos! ¡Los egipcios acababan de rebelarse contra Artajerjes! ¡Fue la rebelión de Inaros II de Egipto, en el 460 a.C.! ¡Artajerjes hizo lo mismo que un siglo y medio antes había hecho Nabucodonosor! ¡Simplemente utilizó a los judíos!

¡Necesitaba una barrera humana en Israel y Judea; como escudo para protegerse contra Egipto!

—Diablos.

—¡Israel estaba justo en medio de todo, como siempre! —y de golpe se levantó. Con el dedo golpeó el monitor, en el mapa de la antigua Persia—. ¡Ciro y Artajerjes necesitaban que los judíos estuvieran dispuestos a matarse por Persia! ¡Para que esto sucediera, los judíos debían odiar completamente a los egipcios! ¡Se creó toda la imagen negra que hoy existe sobre Egipto!

—No puede ser. ¡No puede ser! —y también se levantó de su asiento—. ¡¿Estás calumniando a Ciro el Persa?! ¡¿No fue bueno?! ¡La Biblia dice que Dios bendijo a Ciro el Persa. Dice en Crónicas 36:22: "Yahwé despertó el espíritu de Ciro rey de los persas, el cual hizo pregonar de palabra…"

Isaac se irguió, como un león. Señaló a Moshe.

—¿Qué esperabas, demonios? ¡Esto lo escribieron los hombres de Ciro! ¡Los persas! —y señaló la pantalla, hacia el "Mapa del Tiempo".

—No, no, no… ¡No!

—¡Había que inculcarles a los judíos un odio total contra Egipto, para que mataran y murieran por el rey de los persas, como si fuera un ungido; y debía escribirse en la Biblia hebrea que el propio Dios había ungido a Ciro! ¡Tú eres el perfecto ejemplo, hoy, después de dos mil cuatrocientos años de que esta maldita manipulación fue un total éxito! ¡Mírate! ¡Sigues defendiendo al maldito Ciro, el cual ya está bien muerto y te aseguro que tú ya no le importas un carajo! —y arrojó su aparato celular contra el muro—. ¡Ciro y su bisnieto Artajerjes usaron a los judíos y los enviaron a la muerte, para que pelearan por Persia! ¡¿Acaso Ciro se convirtió alguna vez a la religión de los judíos?! ¡Nunca! ¡En su tumba, que está en Pasargada, Irán, no aparece ninguna mención de una devoción de él para el Dios de los hebreos! ¡Por el contrario, su única decoración es una roseta de doce pétalos, el símbolo persa de Ahura-Mazda!

—No puedo creer esto. Estás caminando en un territorio prohibido. La Biblia es la palabra de Dios. No voy a escucharte —y se llevó las manos a las orejas. Se las tapó. Cerró los ojos.

Isaac le susurró:

—Una vez regresando a Judea, con toda esta gigantesca migración de retorno, ellos dos, Esdras y Nehemías, comandaron la nueva "actualización" de la Biblia, que aparece ahí, con la letra *P* —y señaló de nuevo la pantalla en la consola, hacia el "Mapa del Tiempo"—: una nueva Biblia, con contenidos persas.

—Dios, Dios... ¡Dios...! —y de nuevo se golpeó en la frente—. ¡No, no, no! Una ¿actualización? ¡¿Ahora estás diciendo que Artajerjes escribió la Biblia?!

—Aquí es donde vas a encontrarte con la verdad sobre tu propio origen —y lo sujetó por los antebrazos—. ¡¿Quieres la verdad?! ¡¿O prefieres seguir creyendo lo que se te dice, aunque pueda ser una mentira, y aunque está deformando tu propio pasado y el de tu pueblo?! ¡¿Cómo piensas que vas a ayudar más a millones que hoy dependen de ti, en este complejo, y de lo que tú y yo descubramos en esta oficina de espionaje e inteligencia?! ¡Éste es nuestro trabajo!

Moshe tragó saliva. Recogió el aparato, que no estaba dañado del todo.

—Ten, todavía sirve.

Isaac tomó el aparato y le dijo a Moshe:

—Aquí es cuando los persas, que tenían dos dioses, no uno, incrustaron todos los libros de los que habla Isaac Asimov: Job, Crónicas, Esdras, Nehemías, Levítico, el Pseudo Isaías, el Isaías falso. Aquí fue cuando la Biblia de Moisés se mezcló con la mitología persa.

—Diablos... ¡¿Isaías falso?!

—Le aparecieron "capítulos nuevos" al libro de Isaías. Isaías apareció de pronto diciendo cosas como que el demonio era Nabucodonosor, el babilonio al que venció Ciro. Nada de extrañar. Como en el versículo 14:12, donde dice textualmente: "¿Cómo caíste del cielo, lucero brillante, hijo de la mañana [...] y decías en tu corazón [...] subiré a los cielos [...] y seré igual al Altísimo?" Lo escribieron para igualar a Nabucodonosor de Babilonia con el demonio. Este mismo Isaías falso aclara que se refiere a Nabucodonosor de Babilonia; lo dice en el verso 14:4.

—¡¿Cómo te atreves?!

—¡Esto obviamente no venía del verdadero Isaías, que había muerto hacía más de tres siglos antes y que nunca imaginó ni profetizó que su identidad la iban a explotar persas del futuro, como después lo harían con Juan! ¡Esto lo escribió un persa, o alguien comprado por Persia, al servicio de Artajerjes!

—¡Maldita sea! —y volvió a taparse las orejas—. ¡Esto es blasfemia! ¡Nos vas a condenar!

—Asimov escribió todo esto hace décadas —y pulsó el botón ahora de nuevo en la computadora—: ¡Aquí lo dice! Isaac Asimov, *Guía de la Biblia*, página 488: "Los capítulos 13 y 14", de Isaías, "donde con imágenes brutales se profetiza la destrucción de Babilonia, no pertenecen realmente a Isaías", y luego dice: "estos versículos" sobre Lucifer, donde se equipara a Nabucodonosor con Satán, "llegaron a adquirir con el tiempo un significado más esotérico". Ahí fue donde comenzó a surgir el "demonio".

—¡¿De qué hablas? ¡¿De qué hablas?! —y se llevó las manos a la cabeza, para golpearse—. ¡Esto es una tentación del demonio, lo que tú estás diciendo! ¿Y si tú ya estás poseído…? —lo miró fijamente—. Eso debe ser… ¡Tú ya estás poseído! ¡La Biblia es un texto sagrado!

Isaac continuó:

—No tengas miedo a lo que no existe —y lo sujetó por el bíceps—. Estos nuevos escribas, pagados por Persia, se encargaron de incluir todos estos nuevos pasajes en la Biblia hebrea, que dijeran: "Yahvé despertó el espíritu de Ciro rey de los persas, el cual hizo pregonar —y leyó de la pantalla de la computadora—: 'así dice Ciro, rey de los persas: Yahvé, el Dios de los cielos, me ha dado todos los reinos de la tierra; y él me ha encargado también que le edifique Templo en Jerusalén' ". ¡Esta fue la manipulación máxima de toda la historia! ¡Insisto: Ciro jamás se convirtió al judaísmo! ¡Simplemente se aprovechó del Dios de los hebreos, Yahvé, de la forma más extensa que pudo, para sus también extensos fines, bastante imperialistas! ¡En su "Cilindro", que hoy está en el Museo Británico, dice así: "Yo soy Ciro […] rey del mundo, rey de Babilonia, rey de Sumer y de Acad, y de los cuatro cuadrantes de la tierra […] y a su reinado lo aman sus dioses benefactores: Bel Marduk y Nebo", dioses que, por cierto, ni siquiera eran de Persia! ¡Eran babilonios! ¡Los usó para impactar a los babilonios al conquistarlos, igual que usó al Dios de los hebreos para ganárselos! ¡Un maestro de la manipulación!

—No, no… ¡no!

—Los textos o himnos a Persia que acabo de invocar, y que están en 2 Crónicas 36:22 y 23, y también en Esdras 1:1 y 1:2, completamente clonados, ¡son textos fabricados! ¡Es obvio que los escribió la misma persona, al servicio de Persia!

—¡No soporto esto! —y golpeó la consola—. ¡Me estás condenando! ¡No te atrevas a cuestionar el carácter divino de la Biblia!

El atlético Isaac lo tomó por el cuello de la camisa:

—¡Se convirtió a los persas en héroes salvadores, y más a su mismo rey, para que se le adorara como enviado por Dios! ¡Para que los judíos lo obedecieran, como antes habían obedecido a Nabucodonosor de Babilonia, les dijo que él mismo era leal al Dios hebreo Yahwé! El propio Artajerjes se pintó a sí mismo como un superhombre protector de los judíos, para que lo amaran y sirvieran los judíos —y leyó de la computadora—: "Y por mí, Artajerjes rey, es dada la orden a todos los tesoreros [...] que todo lo que os pida el sacerdote Esdras, escriba de la ley del Dios del cielo, se le conceda". Esdras 7:21. Aquí ya lo llama "el Escriba". ¡Escribió para él, para Persia, y lo que escribió fue la Biblia! ¡Sí, la Biblia que tú conoces! ¡La modificó un hombre al servicio de Persia para hacerla más parecida al zoroastrismo y alinear a Judea con Artajerjes! ¡Ahí fue donde fue creado el "diablo"!

—Dios... Dios... ¡Dios! ¡Ya cállate! ¡Maldito! —y se arrancó del cuello las garras de Isaac. De la consola tomó los papeles. Los arrojó al aire, contra los muros.

—En pocas palabras —le dijo Isaac Vomisa. Señaló la pantalla de nuevo, la sonriente imagen de Artajerjes I, rey de Persia—: los persas estaban creando una aureola divina para el emperador persa, para que gobernara a todos los pueblos del mundo por medio del temor reverencial, como hombre de Dios, como antes lo había hecho Nabucodonosor de Babilonia, para así gobernar sobre todos sus pueblos sometidos con la autoridad de un "instrumento divino" o "yugo divino" o "látigo de Dios". ¡Fue aquí cuando nació ésta, la más suprema de todas las tecnologías de la política: dominar al mundo manipulando los cerebros directamente con la religión; con el temor reverencial!

—No puede ser... ¡No puede ser!

—Pero había un problema al llegar a Judea —y miró a Moshe a los ojos.

—¿Un problema...? ¡¿Ahora cómo vas a blasemar?! —y volvió a golpearse en la frente.

Isaac se volvió hacia el "Mapa del Mundo" y llevó su dedo hasta Judea.

—Cuando Ciro y su bisnieto Artajerjes decidieron enviar a los judíos esclavizados por Babilonia de vuelta a su hogar en Judea, para que fueran su escudo contra Egipto, Judea no estaba deshabitada. Había personas ahí. Había que quitarlas.

—¡Diablos! ¿Personas? —parpadeó.

—El babilonio Nabucodonosor sólo había secuestrado a tres mil individuos: los más ricos. Los pobres se quedaron en Judea, abandonados. Nabucodonosor los dejó ahí porque no eran importantes ni influyentes. Y, por lo visto, ahora tampoco a su sucesor persa Artajerjes le importaron. Había que eliminarlos, para que hubiera lugar para los nuevos.

—No te entiendo.

Isaac continuó leyendo los cambiantes textos en la pantalla, que movió constantemente oprimiendo el botón.

—Los pobres, los campesinos, los que no le importaban a nadie. Esdras, al llegar de regreso a Judea, apoyado por Artajerjes, vio a toda esta gente que estaba ahí y gritó, como consta en Esdras 9:1, de la actual Biblia: "¡son impuros!", y "¡no se han separado de los pueblos de estas tierras, que son los cananeos, los heteos, los ferezeos, los jebuseos, los amonitas, los moabitas, los egipcios y los amorreos, y hacen conforme a sus abominaciones!", y "¡han tomado a las hijas de ellas para sí y para sus hijos, y el linaje santo ha sido mezclado!" ¿Cuál crees que fue la solución?

Moshe se paralizó. Comenzó a mover sus labios:

—No lo sé... —y miró hacia el muro, a las cámaras rotando en la oscuridad—. ¿Cuál fue?

Isaac se le aproximó. Le dijo en la cara:

—Exterminio.

Moshe le repondió:

—No, no, no —y bajó la mirada—. ¡Esto debe parar! ¡¿A qué vas con todo esto?!

—¡Judíos exterminaron a judíos! ¡Ésta es la parte oscura del Secreto Biblia! ¡Esto ocurrió sólo porque se los ordenó el rey de los persas, diciendo que era un mandato de Dios! ¡Lo hizo porque necesitaba a sus enviados ahí, ocupando ese territorio, leales a él y agradeciéndole estas extensiones de tierra! ¡Sólo así ellos morirían por él, como él lo planeaba!

—No puede ser. ¡Estás mintiendo! —y se sacudió la cabeza con las manos.

Isaac se le aproximó:

—Amigo, los exterminaron, como a animales. Éste fue el primer Holocausto. Éste fue el genocidio contra los judíos ordenado por Artajerjes, ejecutado por los propios judíos que él manipuló por medio de enviados suyos llamados "dobles", equivalentes al Cerinto de la época de Cristo. Los hubo también en la época de Artajerjes y fue, entre otros, el Isaías falso.

—No, no, ¡no!

—Han estado usando "dobles" para suplantar a los verdaderos profetas —y se volvió hacia las cámaras—. Así han engañado a millones durante seiscientas generaciones —e Isaac oprimió de nuevo el botón en el teclado.

En la pantalla pareció un texto:

Isaac Asimov / *La Tierra de Canaán* / 1971 / p. 159:

Esdras inició lo que hoy llamaríamos [...] un programa de pureza racial. [...] Así empezó la historia de la deliberada separación de los judíos con respecto a los no judíos (o gentiles).

—Éste fue el origen del racismo. Ahí nació el odio racial y religioso que estamos viviendo. Éste fue el origen del terrorismo, que hoy practican algunos grupos del Islam contra nosotros.

—¡No, maldita sea! ¡No quiero oír esto! —y se tapó de nuevo los oídos—. ¡Esdras es un santo! ¡Esdras es un profeta! ¡Quiero que te calles ya, maldita sea!

A treinta metros de distancia, dentro de las instalaciones, un hombre severo, canoso, con sus siniestros ojos saltones de sapo, observó sus seis monitores. Ahí vio a Isaac Vomisa y a Moshe Trasekt:

—Estos dos idiotas ya están llegando muy lejos —y se volvió hacia sus dos guardias—. Vayan y sáquenlos de ahí. Díganles que están relevados de esta investigación. Llévenlos a la enfermería. Prepárenles inyecciones de triazolam. Voy a borrarles la memoria.

Dentro de su cubículo, Isaac Vomisa le susurró a su amigo Moshe, el cual ya estaba derrumbado sobre el suelo, sentado en el piso, en silencio.

—Igual que tú, yo creo en la Biblia —le dijo Isaac. Le acarició los cabellos negros, ensortijados—. No voy a quitarte lo que más amas en el universo —lo miró a los ojos y le sonrió—. Pero tú y yo debemos buscar la verdad —y en la pantalla vio aparecer nuevamente la fotografía del sacerdote de la explosión en la isla de Patmos: el psicópata Creseto Montiranio, alias de "Cerinto Dionisio Epagelio ASMV71". Isaac susurró—: "En el año 622 antes de que naciera Jesucristo, alguien alteró la revelación de Moisés. Alguien alteró la Biblia". "Crearon una versión contaminada: la que hoy nos gobierna. La creó Babilonia [...] El apóstol Juan portó este secreto hasta su tumba: la verdadera revelación de Moisés, el Secreto Biblia, está en el Documento J, en el monte Sion, entre las Piedras de Fuego. He dejado en la tumba de Juan el mapa de estos asesinos que me contrataron, y la llave para el nicho subterráneo [...] Mi habitación de la verdad es el número 666, en esa tumba."

Moshe lo miró fijamente. Entrecerró sus oscuros ojos.

—¿Quién te envió esto?

—Serpia Lotan. Serpia trabajó para el embajador Moses Gate de la ONU.

45

En el árido aire semidesértico de las ruinas de Éfeso, Turquía, entre las rocas que hablaban de una historia milenaria, la hermosa Serpia Lotan, de largos cabellos negros, trotó en medio del ir y venir de cientos de insectos, jalada del antebrazo por el británico John Apóstole. Ella, con su otra mano, leyó el mensaje nuevo que estaba llegando a la pantalla de su aparato celular:

En el año 458 a.C. el escriba Ezra, con un gran número de sus compatriotas regresó desde Babilonia hacia Palestina. Y ahora estaba llegando a Palestina un escriba babilonio, Ezra, teniendo la ley de su Dios en la mano, y armado con autoridad por parte del rey de Persia.

JULIUS WELLHAUSEN
Prolegomena zur Geschichte Israels, 1885.

Atentamente, Isaac Vomisa. Infórmame lo que encuentres. Espero aquí, urgente. Ellos van a detenerme.

Serpia le sonrió a la pantalla de su aparato.

John Apóstole le gritó:

—¿Qué demonios estás haciendo? ¡¡Estás en comunicación con alguien de tu padre?! ¡Dame tu maldito teléfono! —y se lo arrancó de las manos.

Max León siguió trotando hacia adelante, por encima de los resquebrajados adoquines de la antigua basílica, le dijo:

—No la lastimes. La necesitamos. Ella es nuestro puente hacia lo que sea que está planeando hacer su padre —saltó hasta el área donde minutos antes acababa de ver una "estrella" hecha de huecos rectangulares en el suelo: el baptisterio.

—¡Es allá, maldita sea! —les gritó a John Apóstole y a la hija del reverendo—. ¡Esos cuatro agujeros de ahí enfrente son el "baptisterio"! —y observó los espacios secos—. ¡Debajo debe haber un canal, o un túnel, o algo! ¡Ése debe ser el camino hacia la verdadera tumba! —y, agotado por su propio trote, se susurró—: "He dejado en la tumba de Juan el mapa de estos asesinos que me contrataron, y la llave para el nicho subterráneo [...] Mi habitación de la verdad es el número 666, en esa tumba".

Abrió los ojos y vio la imagen de su jefe: el embajador Dorian Valdés. Lo vio contra la luz del reflector de la azotea del monasterio de Patmos. El antiguo comandante, como si estuviera vivo, le dijo:

—Ahora eres de nuevo lo que siempre fuiste, Max León: un policía de investigación. La clave de todo este misterio es este sacerdote. Su nombre fue Cerinto.

Max vio la bala entrando al cráneo de su jefe y virtual padre adoptivo.

—¿Cerinto...? ¿El segundo Juan es Cerinto?

Max sintió la voz del embajador Valdés en el oído:

—La herejía del falso apóstol Cerinto es una herejía satánica —y escupió sangre—. Ahora domina en la mente de millones. Estos hombres controlan al mundo por medio del temor reverencial. Artículo 1820 del Código Civil de la Ciudad de México. Artículo 940 del Código Civil argentino. Artículo 1087 del Código de Derecho Canónico de la Iglesia Católica. Artículo 1267 del Código Civil español. Artículo 1.112 del Código Civil de Francia. Pero nadie ha hecho nada para erradicar esta forma de destrucción del cerebro por medio del miedo. Es el cáncer del siglo XXI. Se llama psicosis de disociación de personalidad por miedo religioso. Es la causa del terrorismo. El instrumento del miedo es el Apocalipsis.

Max León colocó sus pies cada vez más abajo en los escalones, hacia las rejas.

Con su revólver en alto —su negro y brilloso semifusil Mendoza HM4S—, caminó cada vez más dentro del piso, dentro del baptisterio. En su nariz percibió el olor de la roca cortada: picante, caliente. En los muros vio tres alacranes corriendo a sus escondites. Gruesas cucarachas también se abrieron camino sobre la roca.

—¡Es aquí, maldita sea! —y en la pared leyó las antiguas letras, por encima de la reja:

3:6. QUOD NATUM EST EX CARNE, CARO EST; ET QUOD NATUM EST EX
SPIRITU, SPIRITUS EST.

Entrecerró los ojos. Se dijo:

—... "el que nace de la carne, carne es... y el que nace del espíritu, espíritu es...". Evangelio de Juan, verso 3:6. *Seis, seis, seis...* —y observó la reja, oxidada por los bordes. No sé si hoy todos nosotros vamos a volver a nacer... y tampoco sé si vamos a nacer como carne o como espíritu —y observó los tres candados, uno abajo y dos por los lados.

Con gran violencia pateó la reja hacia dentro, a la oscuridad. El metal tronó. La reja se precipitó hacia abajo, hacia un hoyo completamente oscuro.

En la parte de abajo el objeto metálico salpicó en el abismo. Max no pudo verlo. El espacio estaba totalmente negro. Miró al frente. Con su pulgar encendió su celular y aluzó el túnel. En la pared vio un primer dibujo: un feto.

Soy Creseto Montiranio. Has llegado a mi Testamento. Aquí vas a saber quién es Abaddon Lotan, y quiénes son la Operación Gladio. Cuando hayas muerto vas a nacer de nuevo. Éste es el camino hacia la Fuente J, hacia el Secreto Biblia.

Max sintió un latido poderoso en el corazón. Con enorme esfuerzo saltó el agujero del abismo. Se sostuvo con las palmas al otro lado, sobre las oscuras rocas. Con el resplandor de su celular vio que la pared estaba llena de dibujos horrendos, y también de fotografías, pegadas con cintas adhesivas. Se sonrió a sí mismo.

—Amado comandante Dorian Valdés —y cerró sus ojos—. Hoy voy a averiguar quiénes son los malditos bastardos que te asesinaron.

46

En un lugar remoto del pasado, un delgado pero musculoso joven griego, en su toga, frente a una fogata, le susurró a una mujer mugrosa, ensangrentada, de largos mechones negros, rizados:

—Yo voy a averiguar quiénes son los malditos bastardos que asesinaron a tu hermano. Te lo prometo —y la miró a los ojos, por encima de las llamas.

Ambos, en silencio, se sentían abandonados en la inmensidad.

En la distancia distinguieron varios conjuntos de "ojos de fuego". Eran las lechuzas gigantes, las "creaturas del desierto" —actualmente llamadas "Ornimegalonyx"—. Sus ruidos se transmitieron como ecos, por los peñascos. Habían cazado algunas perdices, mismas que se asaban sobre el fuego y dejaban un aroma fragante a su alrededor.

El joven esclavo griego, que en realidad no era esclavo, sino un agente, le dijo a la escriba llamada Radapu o "perseguida":

—Yo soy jonio. Soy griego, lo que tú llamas "javan", "heveo" —y se acercó a la fogata para tomar una de las aves, la dejó enfriar unos minutos y al fin, con los dientes, arrancó un pedazo de carne del pájaro asado—: tú y yo nos podemos ayudar, ¿de acuerdo?

Ella observó las llamas. El brillante resplandor estaba entre las Piedras de Fuego. Radapu le explicó al joven lo que pasó:

—Nos pidieron juntar varias cosas. Hacer un solo texto, un solo rollo.

—¿Un solo rollo?

—La religión de mi nación, nuestra historia, y la historia de nuestros vecinos del norte.

—¿Te refieres a Samaria?

La bella escriba se volvió al norte: hacia la oscuridad.

—Se le llama de varias formas: Samaria, Israel, Ephraim —y observó las puntas de las montañas—. Hace muchos siglos fuimos un solo pueblo, pero los asirios invadieron todo el norte. Arrasaron todo. Tomaron a la población y se la llevaron a Asiria, como esclavos. Así han hecho muchas veces los asirios y los babilonios. Secuestran a pueblos enteros. Los arrancan de sus orígenes.

—¿Quedó deshabitado? —y el griego miró también al norte.

—No. Los asirios trajeron gente nueva para habitar los poblados: son asirios de una aldea de Mesopotamia llamada "Kutha". Se les ofreció como premio. Los que viven allá son descendientes de esos asirios. No son hebreos —y señaló el enorme territorio llamado Israel.

—Vaya... —y el griego miró las llamas. Volvió a morder la carne de su ave.

La hermosa escriba, de ojos negros, brillantes, le dijo:

—Pero Hilkiyahu, el sacerdote, quiso que volviéramos a ser un mismo pueblo. Me dijo: "Si los kutheanos de Samaria tienen otros dioses, no importa; intégralos de alguna forma. Tenemos que unir las dos religiones. Vamos a ser un gran imperio". Para ello, me ordenó que hubiera una sola religión para todos: con los símbolos del norte y los del sur, pero que el Dios supremo, por encima de todos esos monstruos importados, fuera Yahweh. Esto es lo que nunca les gustó a los fariseos.

—Como por ejemplo ¿Kesil Parus?

La chica, con una delgada rama retorcida empezó a remover las rocas de fuego.

—Yo le dije a Hilkiyahu —y ladeó la cabeza—: los del norte son asirios —y miró al joven griego—. La religión de los hombres del norte ya no es la nuestra, sino una combinación de muchas religiones oscuras. Mira esto —y de su cuello se desprendió un pequeño amuleto de color blanco. Se lo acercó.

El joven griego lo tomó entre sus manos.

—No entiendo. ¿Qué es esto?

—Es la religión de los hombres del norte. Ellos no consideran que Yahwé sea el único Dios. El dios que está aquí con el hacha hacia arriba se llama Hadad, el dios de la tormenta de los fenicios, que es una nación más al norte. Los dos monstruos que están al otro lado son el león con alas y el burro escorpión.

—¿Y dices que tu sacerdote Hilcías te pidió juntar las dos religiones en un rollo?

La hermosa mujer volvió a tomar el amuleto entre sus dedos. Con la otra mano se recogió el rizado y engrasado cabello. Leyó del amuleto, en arameo:

—Aquí dice: *"Kirit elene ilit, elim aser [...] Kirit elene wukele bene elim..."* —y miró al joven esclavo griego—. Esto significa: "Un pacto eterno ha sido establecido con nosotros. El Eterno, El-Olam, dios del universo, ha hecho este pacto con nosotros. El eterno y su esposa celeste, Asherah, la diosa madre, y también con el gran consejo de todos los dioses".

—No entiendo.

—En mi religión sólo existe un Dios, no un "consejo de todos los dioses". Los hombres del norte tienen una religión que fue hibridada por orden del gobierno asirio. Se hizo para que no tuvieran identidad propia ni se rebelaran en un futuro. Ellos creen en todos esos dioses, algunos prestados de los fenicios; algunos que trajeron de Asiria: es una combinación —y levantó la vista al cielo. Cerró los ojos—. Me obligaron a incluir a todos esos dioses de Samaria dentro del rollo nuevo —y por sus pestañas cayeron dos lágrimas—, para que los hombres del norte aceptaran unirse con nosotros, para crear con ellos un gran imperio. Las dos religiones tenían que ser unificadas.

47

—Ella se llama R. Ella es la que inició todo.

Esto se lo dijo el rubio Isaac Vomisa a su amigo Moshe Trasekt, que continuó sentado en el suelo, mirando al piso, en silencio. Isaac le aproximó un pequeño amuleto de color blanco, de yeso, abrillantado por la fricción de dos mil seiscientos años.

—Esto proviene del museo de Alepo. Clave Arslan Tash 1, encontrado en Hadatu, norte de la actual Siria. Inscripciones del siglo VII a.C., época de Nabucodonosor de Babilonia, cuando invadió Judea y secuestró a todos los ricos para llevárselos al exilio, imitando a sus antecesores asirios. Todo es un mismo complot. El rollo que un sacerdote llamado Hilcías dijo descubrir en esa época, lo fabricó la escriba a la que nosotros llamamos R. Fue una mujer.

El delgado Moshe le preguntó:

—Quiero irme de aquí. Voy por un refresco.

Isaac se colocó en cuclillas frente a su amigo.

—Comprendo que estés en shock —y le acarició la cabeza—. Pero tienes que reaccionar. Ahora nos estamos jugando la vida —y se volvió hacia las cámaras de video—. Hoy el mundo puede saber la verdad.

Afuera, en el pasillo metálico, caminó hasta ellos, seguido por sus cuatro guardias armados, con jeringas en las manos, el director de los archivos Dilmun-1, Noé Robinson, de cabellos blancos y expresión dura; con sus ojos saltones y ojerosos como los de un sapo, ordenó:

—Tápenles la cabeza con estas bolsas de plástico —y les repartió las envolturas de color negro.

Adentro, Isaac le insistió al delgado Moshe:

—Hoy sabemos que la parte básica del Tanakh la escribió una mujer.

—¿Una mujer…?

—Los arqueólogos la llaman R.

48

En el negro y silencioso desierto, junto a las llamas de fuego, la escriba R, llamada Radapu o "perseguida", le dijo al joven "esclavo" griego:

—El sacerdote nos ordenó que todos los materiales que quedaran de la historia antigua fueran quemados, para que sólo existiera en adelante el rollo nuevo. Pero mi hermano logró salvar una de las copias antiguas. Por eso lo asesinaron primero.

El joven esclavo abrió más los ojos. La carne de pájaro se quedó a una pulgada de su labio.

—¿Dónde está? ¿Tu hermano te lo dijo?

—Me dijo: "Está entre las Piedras de Fuego" —y miró entre las llamas.

—¿Y dónde es eso?

—No me lo dijo.

—Vaya. ¿No lo sabes?

—No. Hay un sacerdote que lo sabe. Es Kesil Parus. Suele mencionar bastante ese término.

El griego también observó las llamas.

—Al parecer Kesil Parus es el único que sabe todo, ¿no es cierto?

Radapu le dijo:

—Él es sin duda el único que sabe todo —y vio las chispas crepitando por encima del fuego—. Pero Hilcías va a matarlo hoy mismo —y por sus dos mejillas comenzaron a bajar más lágrimas.

El joven griego se levantó. Empezó a caminar alrededor de las rocas calientes.

—Si encontráramos esa copia antigua, que tu hermano guardó "entre las Piedras de Fuego", podríamos demostrar que aquí en tu tierra Nabopolasar intentó cambiar la historia de todo un pueblo. Y estoy seguro de que el autor de todo esto no es Hilcías, quien sólo es un ambicioso lechón ansioso de aplausos y poder. Debe haber alguien más arriba, entre él y Nabopolasar, y tú debes saberlo —y caminó a su lado hasta colocarse detrás.

La hermosa chica se volvió hacia él.

—Si quieres respuestas, y yo también, debemos volver al palacio —y se volvió hacia el castillo: al monte Sion, una cúspide de antorchas en medio de la oscuridad.

—¿Volver? —y también observó la montaña.

—Aún podemos evitar que maten a Kesil Parus, pero debemos ir ahora mismo —y se levantó—. Lo deben tener en la Cisterna Ciclópea. Es ahí donde nosotros estuvimos encarcelados, pintando el rollo. Lo van a sepultar ahí con brea del mar Muerto.

El joven griego respondió:

—No es fácil entrar a un palacio donde todos nos están buscando para capturarnos, para ejecutarnos. Nos hicimos famosos al salir —le sonrió.

—No hay otra opción —le dijo ella—. Es ahí donde murió mi hermano. Si voy a morir, voy a morir ahí junto a él. Lo único que sé sobre las "Piedras de Fuego" es que son un lugar dentro de esa montaña —y contempló Sion con sus brillantes ojos.

El joven griego la tomó por los dedos:

—En mi país tenemos un héroe muy antiguo. Hace mucho tiempo regresó de una guerra distante, y el castillo donde él había sido rey ahora estaba ocupado por sus enemigos, y estaban acosando a su esposa. Él sabía que si llegaba por el frente, ellos iban a asesinarlo, porque tenían el control del castillo, y de la servidumbre. Así que él decidió cambiar su rostro, entrar disfrazado —y en la oscuridad buscó los brillantes ojos de las vigilantes lechuzas ornimegalonyx—. La diosa lechuza le cambió el rostro. Ahora eso es lo que vamos a hacer nosotros. Vamos a ser como Odiseo cuando volvió para reconquistar Ítaca.

49

—La mujer se llamó R, y ella es la responsable de lo que hoy llamamos Pentateuco —le dijo Isaac Vomisa a su amigo Moshe. Lo sacudió por las solapas—. ¡Ella mezcló dos religiones, que hoy se conocen como Fuente J y Fuente E!

—¿Cómo dices?

Isaac golpeó un botón en el tablero. En la pantalla apareció un mapa.

—Para el siglo VII a.C., cuando la escriba R vivió, las partes del norte y del sur ya eran dos regiones separadas, con distintas religiones; con dos razas completamente distintas. ¡A ella le pidieron construir una base histórica unificada, para fusionar a los dioses, y a las dos naciones!

—¡No, no, no! —y Moshe golpeó su cabeza contra el muro trasero.

Isaac le insistió:

—Los que vivían en el norte no eran hebreos. Eran colonos khutios, procedentes de Asiria. Los emperadores asirios Sargón y Senaquerib los habían puesto ahí y crearon un edicto, un decreto: la región de Samaria iba a tener una religión internacional, híbrida, para que no formaran un nacionalismo, ni se insurreccionaran. La religión del norte, por lo tanto, se convirtió en una mitología llena de monstruos prodedentes de diversos países vecinos. Todos esos monstruos combinados ahora están en la Biblia y se les invoca, incluso para aborrecerlos. Los combinó R, la redactora del siglo VII a.C. Lo de Samaria pasó a Judea, y contaminó la Fuente J.

—¿"Redactora"? ¿Por qué afirmas que fue una mujer?

En la pantalla apareció un texto:

Samuel Butler [...] influyó en mi deducción de que el Yavista fue una mujer, una aristócrata.
Harold Bloom. Experto bíblico, autor de *El Libro de J*, y de *Genios*. p. 170.

—¿Harold Bloom...? —preguntó Moshe.
—No es el único que ha investigado todo esto. Asimov lo investigó hasta su muerte. Yavista es el libro original, la Fuente J.
—¡No entiendo!
Isaac le dijo:
—El primer texto que existió alguna vez, la base originaria de toda la Biblia que hoy conocemos, fue un documento que hoy no ha sido descubierto, pero se sabe que existe, pues fue el fundamento: la Fuente J o "Yavista", y se llama así porque ahí Dios se llama Yahwé. Ése es el sustrato más antiguo, el que todos los arqueólogos del mundo están buscando. Es la versión original de la Biblia. Pero en la Fuente E, que es la del norte, Dios se llamaba Elohim, que en realidad significa "muchos dioses".
—No, ¡no! ¡No! ¡Elohim es uno de los nombres verdaderos de Dios! —y se aferró de sus cabellos. Comenzaron a sonar ruidos abominables en la puerta metálica. Desde afuera les gritaron:
—¡Abran ya, malditos! ¡Aquí adentro están traicionando a la agencia!
Moshe sudaba.
—¡¿Qué está pasando?!
En la pantalla de la computadora comenzaron a aparecer letras:

$$J \ (1000 \ aC) + E \ (850 \ aC) = JE + D \ (622 \ aC) \ [[R]] = JED \ [[R]] \ (622 \ aC) + P \ (450 \ aC) = JEDP \ (450 \ aC)$$

Isaac le gritó a Moshe:
—¡Esto es lo que la población del mundo no sabe! ¡Nos han estado mintiendo! ¡La Biblia no fue hecha de un solo golpe! ¡Fue hecha por partes! ¡En cada siglo le fueron agregando partes, los emperadores de otras naciones, para manipularnos! ¡Para manipularnos y someternos! ¡Lo único que es verdadero es la Fuente J!
La puerta se quebró en ese momento.
—Pónganles las bolsas en la cabeza. Inyéctenles el suero.

50

—Por el estilo se ha deducido que fue una mujer.

—¿Una mujer…?

—Pero hasta la fecha no se sabe nada más sobre ella: ni quién fue, ni cómo le fue asignado este trabajo de coordinar toda la redacción de la "Gran Fusión del siglo VII a.C.", donde ella tuvo a su cargo a cerca de veinte o cuarenta escribas. Sólo puede deducirse de ella que todo esto lo pagó Babilonia.

—Diablos. ¿En serio? —le preguntó Max León al blanquecino e intrépido John Apóstole. Ambos avanzaron, junto con la bella y exótica Serpia Lotan, malhumorada como estaba, por el oscuro túnel caliente de Éfeso, por debajo del baptisterio, entre las telarañas; entre los horrendos dibujos que estaban en los muros.

John Apóstole les dijo a ambos:

—Lo único que hoy se sabe sobre R o Redactora, insisto, es que todo este trabajo de falsificación lo pagó Babilonia.

Serpia negó con la cabeza.

—¡¿Cómo sabes esto, mediocre?! —y le escupió en la cara—. ¡¿Tienes las pruebas?!

John Apóstole, con la manga de su chaqueta, se secó la saliva de la mejilla.

—Verás, amiga: todo el Antiguo Testamento es una máquina de propaganda contra Egipto. ¿No te has dado cuenta? ¡Esto era justo lo que querían los babilonios, y después los persas! ¡Egipto siempre fue el enemigo a vencer por parte de cualquier potencia de Asia! Ahora todo el planeta cree la historia de que los faraones egipcios eran lo peor que ha existido en el universo, cuando todos los demás eran peores. Gracias, Nabopolasar; gracias, Nabucodonosor; gracias, Ciro; gracias, Artajerjes. Buen trabajo, amigos. Nos manipularon a todos. Buen uso de la religión. Pero nada de esto es cierto.

—¡¿A qué te refieres?!

—Me refiero a esto —y con su linterna apuntó hacia el muro, a uno de los muchos dibujos horribles que el sacerdote Creseto Montiranio había dejado ahí pintados: un horroroso monstruo marino, con cuernos hacia los lados.

—Ése es Leviathan —y señaló hacia arriba—. ¿Alcanzas a leer esas letras? Es el secreto de tu propio apellido.

Serpia Lotan esforzó la vista. Le dijo:

—"Leviathán. Versículos de la Biblia Job 3:8, Job 21:1, Salmos 104:26, Salmos 74:14 e Isaías 27:1." ¡Todo esto yo ya lo sé! ¡Sé quién es Leviathan! ¡¿Qué tiene que ver esto con mi apellido?!

Apóstole le torció el brazo por la espalda. Ella leyó con sus grandes ojos:

—"Serpiente veloz, serpiente tortuosa, dragón que está en el mar. Es Lotan, el monstruo del mar de los fenicios. Leviathan es falso" —y abrió los ojos-. No... ¿"Lotan"...?

Se hizo un absoluto silencio.

Serpia, con la boca abierta, se volvió hacia Max León. Se volvió de nuevo hacia John Apóstole. Comenzó a negar con su cabeza.

—¿Lotan...?

John Apóstole le sonrió.

—Sí, amiga. Tu propio apellido. Es falso, igual que tú misma. Es el nombre falso que se asignó a tu padre en la agencia: Lotan. Es un dios monstruoso de Fenicia. Se fusionó a la Biblia y hoy lo invocan como Leviathan.

La hermosa mujer miró de nuevo al monstruo, la "creatura del mar". Todos vieron al redoblado marisco. Sintieron miedo, incluso Max León.

John Apóstole presionó a Serpia por el brazo.

—Tú eres parte del demonio —le dijo. Con su linterna apuntó hacia el siguiente dibujo—. ¿Y eso qué es, maldita? ¡Léelo!

Max León sujetó a John por el bíceps. Lo detuvo.

—Déjala. Lo cortés no quita lo valiente —y con gran fuerza soltó a la bella asesina ante la mirada incrédula de Apóstole.

—Está bien, pero no cabe duda de que esa droga que te dio aún te mantiene a su merced.

Los tres observaron el siguiente dibujo: un humanoide gigante, con el cuerpo de un enorme elefante, con ojos demoniacos.

—Éste es Behemoth —le dijo Serpia Lotan—. Es el monstruo del caos. Versículos Job 40:15 a 24.

John Apóstole le dijo:

—Ahora lee lo que escribió aquí el sacerdote que acaba de morir en Patmos.

Serpia Lotan comenzó a leer:

—"Behemoth, monstruo del caos en la Biblia. Aterroriza a millones. Su origen es Mot, el dios fenicio de la muerte. Importado en la gran fusión del siglo VII a.C., por medio de la Redactora R."

Serpia tragó saliva. Max León subió las cejas.

—Diablos… —y se volvió hacia John Apóstole—. ¿Todas estas creaturas eran fenicias?

—Maldito Montiranio… —susurró para sí misma Serpia Lotan y sonrió. En forma coqueta, miró a Max León—: está revelando todo, ¿verdad? Lo bueno es que sólo lo estamos viendo nosotros tres, y no somos nadie. Pronto vamos a morir. Al menos ustedes.

Max tragó saliva.

—¿A qué te refieres?

—Ya vienen los hombres de mi papá, para matarlos —le dijo al rubio John.

—¿Tú sabes todo esto? —le preguntó Max a ella— ¿Tu padre te ha dicho que hay partes de la Biblia que son una mentira?

La hermosa Serpia observó los muros.

—En arameo, "Bihmoot" simplemente significa "un rinoceronte".

John Apóstole desvió la luz de su linterna hacia adelante. Apareció en la pared un tercer dibujo: una nube de insectos, dibujada por Creseto Montiranio con colores azules. Con la luz ultravioleta de la linterna que John llevaba y que había dado paso a la débil linterna de su celular, los colores se volvieron fosforescentes.

—Éste es Abaddon, el "Destructor" —les sonrió Serpia Lotan.

Max abrió los ojos.

—No… ¿Tu padre…?

Serpia caminó por debajo del dibujo. Observó el detalle de los insectos. Tenían diminutas caras humanas. Les sonrió. Suavemente les susurró a Max y a John Apóstole:

—Abaddon es el ángel del abismo, del Sheol, del Tártaro. Es un ejército de langostas con caras humanas con coronas, con cabellos de mujer —y se acarició a sí misma su cabello—. Pero miren lo que puso allá arriba Montiranio —y miró el letrero.

Max León leyó:

—"Abaddon, el Destructor. Versículos de la Biblia Job 26:6, Job 28:22, Job 31:12, Salmos 88:11, Proverbios 15:11 y 27:20. Apocalipsis 9:11. Abaddon es el dios fenicio de las plagas: Reshef. Importado en el siglo VII a.C. durante la fusión de la escriba R."

Max cerró los ojos.

—Diablos… entonces es verdad… ¿todo es falso?

La hermosa mujer de cabellos negros y grandes ojos oscuros le sonrió:

—Es verdad, Max León. El dios fenicio Reshef, monstruo de las plagas, se filtró también en la Biblia, e incluso conservó su nombre fenicio.

Aparece en Job 5:7, en Deuteronomio 32:24 y en 1 Crónicas 7:25. Ahí aparece como el nieto de Efraín —y se volvió hacia John Apóstole—: La escriba olvidó o ni siquiera intentó cambiar su nombre fenicio, que era como lo adoraban en el norte —y le sonrió.

Ambos vieron, debajo de la nube de insectos, las letras mal escritas por el sacerdote Creseto Montiranio:

Apocalipsis 9:11. Los griegos lo llaman "Apollyon", un dios griego, el muy conocido "Apollo", que lanza flechas.

Max León les preguntó a los dos:

—¿Por qué todos estos monstruos fenicios están todavía en la Biblia hebrea? ¿Por qué nadie los ha quitado?

John Apóstole, sin dejar de mirar a Serpia, le respondió:

—Se estaba intentando unificar a Israel con Judea, para crear una sola nación de nuevo. Los sacerdotes fusionadores no querían perder la lealtad de los pobladores del norte. Había que conservar a sus dioses y monstruos de alguna forma. Ésta fue la más sencilla. Los integraron —y se volvió hacia la hermosa Serpentia Lotan—. Esto es lo mismo que hoy está haciendo tu padre para el gobierno de los Estados Unidos. Por eso se hace llamar Abaddon Lotan. ¿No es cierto? —y le apuntó con su arma, en la cabeza.

Ella le sonrió.

—Vamos a arrancarte la piel, Cerinto.

—¿De qué hablas?

—Tú eres el falso profeta.

Veinte metros por detrás, desde lo alto del baptisterio, cayó al túnel un hombre de raza blanca, de piel blanca, con la cabeza cubierta de cabellos también blancos; con los ojos azules; con una chaqueta oscura de piel, larga hasta los tobillos. En su mano esgrimió una larga arma cargada, amartillada. Empezó a avanzar entre las telarañas, apartándolas con su revólver.

Se susurró a sí mismo, con su acento británico:

—El que está aquí dentro no es John Apóstole. Es un maldito impostor —y se llevó el radio de su brazo a la boca. Transmitió—: Voy hacia mi doble, hacia mi "sosias". El verdadero John Apóstole no es él. Soy yo —y dirigió su revólver para adelante—. Hoy voy a matarte, maldito impostor de mierda —y empezó a disparar.

A quinientos metros de distancia, en el helicóptero, sobrevoló la costa turca el poderoso reverendo Abaddon Lotan, asesor del presidente Donald J. Trump. Le habló a su propio aparato de radio:

—No los mates. Mantenlos vivos. También al mexicano. Vamos a torturarlos por cuatro días en la tumba de Cerinto —y suavemente tapó el auricular. Se volvió hacia atrás, al sonriente agente rubio norteamericano Ken Tarko—: Asegúrate de que esta grabación la escuchen en Washington.

—Por supuesto.

Por sus lados se le alinearon veinte negros helicópteros de la fuerza aérea de Turquía.

51

Veintiséis siglos atrás, en Judea, el joven esclavo griego y la escriba Radapu caminaron de puntillas, entre los matorrales de espinas, en la oscuridad; entre los zumbidos de las lechuzas, hacia la falda de la montaña: el monte Sion.

Comenzaron a trotar para arriba, hacia la cima llena de luces de antorchas, a la muralla. El griego le dijo a la bella chica de cabellos rizados:

—Si lo que queremos es que nos lleven a donde está un detenido, ellos deben detenernos. Debemos ser arrestados. Ésta es la forma más directa de llegar a los sótanos de detención, y a la Cisterna Ciclópea, donde está el sacerdote Kesil Parus.

—¡No inventes! —y ella lo golpeó en el brazo—. ¡¿Me trajiste para realizar el plan más idiota?!

El chico le sonrió.

—Estoy bromeando —y miró la entrada de la muralla: la torre de vigilancia—. Lo único que puede hacer que en un castillo custodiado donde te buscan para capturarte y ejecutarte te abran las puertas y te conduzcan hasta el salón mismo del trono para hablar con el monarca, en tiempos de guerra, es presentarte como un mendigo y decirles que tienes información crucial sobre el enemigo, es decir, en este caso, sobre Egipto. Nos presentaremos como desertores egipcios.

La escriba R abrió más los ojos.

—Ya comienzas a sonar como alguien inteligente —y lo miró a los ojos—. ¿Qué pretendes? ¿Quieres que inventemos información sobre Egipto?

—No quiero que la inventes. Tú la sabes toda. Tú escribiste el rollo para iniciar esta guerra.

La bella Radapu miró hacia arriba, a la parte alta de la torre de vigilancia. Arriba había seis guardias.

—Yo no quiero ir ante el rey. Quiero rescatar a Kesil Parus, que está aquí, y que él me lleve hacia las "Piedras de Fuego" —y con el dedo señaló a través del fortificado muro, hacia los sótanos de detención—. Si tu plan me lleva al salón del trono, ellos me van a reconocer, aun con todo este maldito disfraz, y a ti también. Tú trabajaste ahí.

—Eso no sucederá.

—¿Cómo lo sabes?

—Sólo tenemos que entrar, y nos abrirán si decimos que tenemos información sobre el enemigo. Una vez adentro del palacio, nos libramos de la escolta, con estos polvos —y le mostró sus tres sacos de Helleborus, de color verde—. Seremos dos ratones libres corriendo dentro de un laberinto. Con la ayuda de Atenea, el gato no nos va a agarrar.

—¿Atenea…? —y negó con la cabeza—. Todo esto es tan tonto. ¿Cómo te estoy siguiendo?

—Tú sólo avanza. Conoces el sitio. Llévame hacia la cisterna, sin importarte si alguien se te atraviesa, o nos persigue, quien sea. Yo me encargo de ellos con mis polvos.

Radapu avanzó, negando con su bella cabeza. Le ofreció las manos, para que se las amarrara.

—Sólo hazlo —le dijo al griego.

El esclavo le colocó las amarras.

—Sólo voy a decir que te encontré en el desierto, huyendo; que vengo a entregarte; que tú fuiste todo el tiempo una enviada del faraón egipcio.

Ella cerró sus ojos.

—Como sea. Vamos ya.

El esclavo comenzó a aproximarla, jalándola por el brazo, hacia la gran puerta de negro hierro. Estaba cerrada desde dentro, con trancas diagonales. El esclavo se colocó justo por debajo. Volteó hacia los torreones. Con sus nudillos golpeó con gran violencia, gritando en griego:

—Φέρνω τον προδότη, κακούς! ¡Traigo a la traidora, malnacidos! ¡Abran la maldita puerta! ¡Quiero mi recompensa! ¡Quiero mis cuatro minas de plata por entregar a esta ramera viva, para que la maten con sus malditas Piedras de Fuego!

Una hilera de teas se asomó sobre el portón principal. Los guardias preguntaron quiénes eran y el hombre de Mileto insistió. Al fin, la pesada puerta rechinó desde dentro. Al esclavo griego le brillaron los ojos.

—Lo siento, amiga —y vio los hierros abrirse desde arriba, con crujidos—. Debo pagar muchas deudas. Perdí muchos galones de aceite de oliva en Mileto.

Los siete soldados salieron con sus lanzas en alto. Eran babilonios. El primero de ellos se detuvo. Era alto, gigantesco, rubio, musculoso. Era el guardia Tarkullu. Negó con la cabeza. Le sonrió a la escriba.

—¡⋊⋉⊢(⊨⊤⊤)! ¡Sadadu! ¡Arrástrenla por el piso! ¡Llévenla al poste! ¡Traigan los pedazos de su hermano! Siempre te he deseado.

52

Trescientos metros al oeste, en dirección al mar Mediterráneo, por debajo de la tierra, en el metálico complejo subterráneo llamado Dilmun-1, entre las luces de neón del suelo, el canoso y temible doctor Noé Robinson, con sus seis guardias siguiéndolo, entró destruyendo la puerta de acero, al cubículo de Isaac Vomisa y Moshe Trasekt.

—¡Colóquenles las malditas bolsas de plástico en la cabeza! —les gritó a sus soldados—. ¡Inyéctenles el triazolam!

El humo se despejó.

El director de los archivos Dilmun observó las dos sillas. Contempló la consola, las computadoras, los teclados. Ladeó la cabeza.

—Malditos bastardos… —y en la pared notó un pequeño dispositivo colgando de las cámaras. Estaba conectado a los alimentadores de video: un celular—. Hijos de perra… ¡Registren todo el complejo!

En el ducto superior —el estrujante canal de aire acondicionado—, el delgado Moshe Trasekt gateó sobre sus rodillas. Se echó a llorar, raspándose las piernas con los filos de los tornillos:

—¡Qué me estás haciendo, maldito hijo de puta! ¡Yo era normal! —le dijo a su amigo Isaac Vomisa—. ¡¿A dónde estamos yendo?!

—Te estoy llevando hacia la verdad.

—¡Yo no quiero esto! ¡No quiero esto! ¡Mi vida era normal hace tres horas!

—¡Tu vida ya no es normal! ¡Nunca lo ha sido! ¡Viviste en una maldita mentira! ¡Ahora perteneces a las muchas personas que han investigado el Secreto Biblia!

53

En Éfeso, dentro de la tumba secreta de Juan el Apóstol, Max León, Serpia o Serpentia Lotan y John Apóstole caminaban por el oscuro túnel cuando escucharon el balazo.

John Apóstole se volvió hacia atrás.

—Demonios... ¿Qué fue eso?

—Te lo dije —le sonrió Serpentia Lotan—. Te dije que mi papá iba a enviar mucha gente para matarte. Ya llegaron. Mi papá es intocable. No dudo que nos esperan ya. ¿A poco no vieron el cadáver en la tumba falsa de Juan? Ahora suéltame y déjame ver si puedo ser clemente contigo. Ruégame que te proteja. Arrodíllate. ¡Anda!

John Apóstole la miró de arriba abajo. Con mucha fuerza la aferró por la muñeca.

—Tú vienes conmigo, bruja. ¡A mí no me vas a manipular!

Max la tomó por la otra muñeca:

—Es verdad, tú vienes con nosotros, maldita bruja. ¡A mí tampoco me vas a manipular! ¿Cómo es que ahora las fabrican tan malditas?

La arrastraron por el piso.

—¡Van a pagar por esto, inmundos malnacidos! ¡Mi papá es más poderoso de lo que imaginan! ¡Él y yo los vamos a atormentar con el fuego del arcángel!

—Hazle como quieras, enferma. ¿Para eso querías tu religión? —le dijo Apóstole—. Tu papá te dañó el cerebro con todas estas historias de miedo que sacó del libro del Apocalipsis, que es una maldita mentira. A él mismo lo dañaron sus padres de la misma manera. Se llama psicosis sobrenatural: ésta es la mierda que produjo al mundo actual.

En el muro vieron otro horrible dibujo del sacerdote Creseto Montiranio. John lo iluminó con su linterna de luz ultravioleta: un escalofriante hombre gigante.

—Otra pieza de la Biblia. Éste es Lahmi —le dijo John Apóstole a Max León—. ¿Alcanzas a leer las letras?

—No.

—Te las voy a leer, amigo —y entrecerró los ojos—: "Gigante Lahmi. Versículo de la Biblia. Deuteronomio 3:11. Hermano del gigante Goliath. Estatura: tres metros. Lahmi es otra importación extranjera, por parte de la Redactora R. Proviene de Babilonia. Nombre real original babilonio: Lahmu, gigante peludo y lodoso sumerio, hermano del gigante Lahamu. Mitología mesopotámica. Favorito de Nabucodonsor".

Max siguió trotando en la oscuridad.

—Todo esto es tan… ¿bíblico…? ¿Todos los monstruos de la Biblia… son falsos?

John Apóstole le dijo:

—Lahmu era una serpiente gigante, con pelos, en el origen del mundo babilónico: era un gigante fangoso, un guardián, hijo de la diosa del océano, Tiamat. Sarta Lahim significa "cubierto con pelos". Lahmu tuvo un hermano, también gigante: Lakhmu. En la Biblia, puedes llamarlo Goliath. Es el Goliath de la Biblia, otro legado de Babilonia —y le sonrió a Max—. Pero la gente cree en todo esto, como si viniera de Dios. ¡Lo recitan los domingos en las iglesias!

—Vamos, no es tan malo. Hay cosas peores.

—¿Como ésta? —le dijo John. Envió la luz de su linterna hacia arriba, hacia otro dibujo: una serie de números.

—¿Qué son? —le preguntó Max León. Obervó los números G6:4, N13:22 y N13:33.

—Líbro del Génesis, versículo 6:4: "Había gigantes en la tierra en aquellos días, y también después, cuando los hijos de Dios se juntaron con las hijas de los humanos, quienes les engendraron hijos. Éstos fueron los héroes que fueron guerreros de renombre".

—Son los nefilim —les dijo la iracunda Serpia Lotan, arrastrada en el piso, pataleando para derribar a John—. ¡Son los ángeles caídos! ¡Son los que siguieron a Lucifer, y son ustedes dos! ¡Púdranse!

—Yo no soy un gigante —le sonrió Max—. Pero te agradezco que me lo digas. Ya me hiciste el día.

John Apóstole siguió:

—Números 13:22 y 13:33 hablan del momento en el que presuntamente Moisés identificó a estos gigantes de tres metros de altura, cuando envió a sus agentes espías a explorar el Canaán, la Tierra Prometida, cuando venía desde Egipto, para ver quiénes vivían ahí, y sus espías los vieron desde el monte Neguev, en el valle del Hebrón: "Ahí nosotros vimos a los Nephilim, descendientes de Anak, raza de gigantes, y nosotros, a nuestro parecer, éramos pequeños como langostas, y a ellos eso les parecíamos". Entre los descendientes de estos gigantes vieron particularmente a tres: Ahiman, Sheshai y Talmai. El problema es que hasta hoy no se ha encontrado un solo maldito fósil de estos gigantes. ¿Y sabes por qué?

La hermosa Serpia Lotan le gritó:

—¿Por qué, maldito?

—¡Porque nunca existieron! ¡Es una mentira! ¡Esos gigantes también fueron embutidos por Babilonia y fueron mezclados por la escriba R, en el siglo VII antes de Cristo! ¡Se agregaron al Génesis!

Desde el piso, la fúrica Serpia Lotan le gritó:

—¡Estas cosas se deben creer por fe; no por tus idiotas fósiles! ¡Fe es creer cuando no existen pruebas! ¡Tú no vas a destruir la fe que tienen tres mil quinientos millones de personas! ¡Tú no eres nadie! ¡¿O quién crees que eres?! ¡Mi papá es un líder para todas esas personas, sean cristianas, judías, protestantes, católicas! ¡Ellas creen en él! ¿Vas a entrar a una guerra contra mi padre, que puede destruirte con un dedo?

Max se volvió hacia John:

—Así era mi mujer. No le hagas caso. Dijiste algo sobre ¿Anak, raza de gigantes?

—Anak es un gigante de la mitología griega.

—Diablos.

—Anak es, de hecho una palabra griega. El gigante Anak, también llamado Anacte, es el titán que fundó Anaktoria; hoy la conoces como Mileto, allá atrás —y señaló setenta y ocho kilómetros al sur: las ruinas donde nació Tales de Mileto.

—Maldición. ¿Cómo llegó esto a la Biblia? ¿Los griegos también interfirieron en la Biblia?

Con su linterna, John iluminó un conjunto de peces humanoides, con piernas, dibujados por Creseto Montiranio.

—Éstos son los "hombres peces" de los asirios, con cabezas humanas. Son los "gigantes" mesopotámcos. Se llamaban Apkallu. "Grandes Hombres Peces". Los fenicios los adoptaron como el dios Dagón, que es un pez-hombre. Su atuendo se conserva actualmente en el gorro con forma de boca de pez que hoy usan los papas de la Iglesia católica.

—Diablos... —y miró hacia el muro: un pez que le recordó a un pontífice romano, con las branquias cayéndosele por los lados—. Esto es tan... acuático...

—Los Apkallu son el verdadero origen de los gigantes que están en la Biblia. Son sumerios. Sus nombres: Uanna, Uannedugga, Enmedugga, Enmegalamma, Enmebulugga, An-Enlilda y Utuabzu, también llamado Adapa. Todos estos ícteos inteligentes fueron creados por la mente de los sumerios, que ya no existían cuando surgió Israel, pero se los trasmitió Babilonia. Al principio estos peces, en el mito mesopotámico, coexistieron con los primeros humanos, para ayudarlos, pues los humanos siempre somos demasiado tarados como para lograr cualquier cosa en la antigüedad, y siempre debe haber existido otra especie que nos ayudó, ya sea un pez, un ángel o un extraterrestre. Todos estos peces gigantes, menos cuatro, desaparecieron después del diluvio sumerio.

Max se detuvo por un momento, con su gran revólver HM4S:

—Un momento... ¡¿Diluvio...?! —le preguntó.

—El Diluvio es precisamente un mito sumerio: es el mayor regalo de Nabucodonosor para la Biblia. El asunto de Noé se calcó de la aventura de Gilgamesh, tablilla once. Noé es Utanapisthim, el viejito de esa saga épica. Los Apkallu sobrevivientes del diluvio copularon con las mujeres humanas, que deben haberse parecido a los actuales simios, y de ahí salieron los reyes antiguos de Sumeria.

Lentamente, con su revólver, Max señaló hacia el muro, donde decía: "Génesis 6:4". Comenzó a leer:

—"Había gigantes en la tierra en aquellos días [...] y se juntaron con las hijas de los hombres, quienes les engendraron hijos. Éstos fueron los héroes que fueron guerreros de renombre."

Se volvió hacia John:

—¿Esto es lo que significa? ¿Los "hombres de renombre" eran los reyes de Sumeria?

John le dijo:

—Todo fue clonado. Todo viene de Mesopotamia o Fenicia o Grecia. Ésta es la verdad sobre la Biblia.

Max miró hacia abajo, hacia los diminutos alacranes que estaban caminando entre las grietas.

—Diablos... ¿Hubo algo cierto? —y lentamente se viró hacia Serpia Lotan—. No puede ser que todo sea una mentira —le apuntó con su semifusil Mendoza HM4S—. ¿O todo viene de otras mitologías? Debe haber algo cierto, ¿no es así?

El rubio John Apóstole le detuvo el arma con la mano:

—Eso que ves allá es el verdadero secreto que estamos buscando aquí —y señaló hacia el muro, hacia la parte donde se estaba escurriendo el agua negra y putrefacta desde arriba—. Esas tres fotografías. En esas tres fotografías debe estar la clave: el quién está ocultando todo hoy; el quién es la Organización Gladio.

—Dios mío —y Max reanudó su avance para adelante. John Apóstole avanzó con él, y jaló de los cabellos a Serpia Lotan.

—¡Déjame en paz, neandertal!

—Estos hombres son los que mataron a tu embajador, y son los que entrenaron a Creseto Montiranio, para que cometiera este maldito atentado asesinando a un embajador de la ONU. Pero él dejó aquí estas claves para dar a conocer todo, para desenmascarar a la Organización Gladio, que es la que organiza al terrorismo en el mundo.

Max aceleró el paso. De su otro lado del cinto desenfundó su brillante pistola sable Bernardo Reyes 1898, hecha de plata. John Apóstole le gritó:

—¡Todos ellos necesitan la forma actual que tiene la Biblia, porque induce al exterminio dirigido, siempre por medio del odio religioso; porque ellos controlan el fanatismo y la deformación mental de millones! ¡Mientras el Medio Oriente sea un caldo de odios mutuos, será otro imperio el que se imponga sobre ellos; lo hizo Nabucodonosor, luego Ciro, y hoy el Tío Sam! Éste es el verdadero testamento de este valiente sacerdote que hasta hoy fue manipulado, pero al final de su vida se liberó y escribió todo esto, para que hoy alguien que estuviera investigando el atentado encontrara todo esto! ¡Hoy nosotros lo estamos descubriendo, y lo va a saber el mundo! ¡Éste es el verdadero legado de este psicópata! —y se volvió hacia Serpentia Lotan—. Voy a revelar al mundo quién es realmente tu padre —y le sonrió.

Ella le gritó:

—¡Mi papá te va a martirizar aquí mismo! ¡Te ofrecí clemencia! ¡Rechazaste el acuerdo que te ofrecí!

Al llegar a las fotografías, ocurrió algo desconcertante. En todas estaba retratado el propio John Apóstole, abrazando a Creseto Montiranio.

Max León se quedó paralizado.

—¿Qué…?

Negó con la cabeza y miró a John.

—No entiendo… —y entrecerró los ojos—. ¿Tú…? ¿Tú eres… la Operación Gladio…?

El británico le sonrió. Volvió su pesado revólver hacia Max León. Le dijo:

—Nunca habría llegado hasta aquí sin tu ayuda, o la de tu jefe, que en paz descanse —y le sonrió—. Deber ser aquí donde el papa Pablo VI se arrodilló y tomó el mosaico. Prepárate ahora para el fin de los tiempos.

Serpia Lotan le dijo a John Apóstole:

—No vas a salirte con la tuya, maldito bastardo. ¡Tú eres el que controla a los terroristas que están ahora en la excavación del monte Sion!

John recibió un disparo en la cabeza. El agujero en su frente chorreó sangre hasta su nariz. Se quedó inmóvil, asombrado.

Con los ojos abiertos, lo último que observó fue el rostro sorprendido de Max León, quien veía al verdadero, único e idéntico al recién asesinado John Apóstole.

—¿John… Apóstole…?

El recién llegado comenzó a vaciar su arma contra el cadáver:

—¡Yo soy el verdadero John! —le gritó— ¡Este impostor es un sosias! ¡Es Cerinto! ¡Está usando mi nombre y mi cara, igual que lo hizo hace dos mil años! ¡Trabajan para Abaddon Lotan: él y su maldita hija, esta secuestradora! ¡Te están manipulando, Max! ¡Así fue como manipularon a Creseto Montiranio!

El nuevo John sonrió para sí. En el audífono escuchó las carcajadas del reverendo.

54

A mil ochocientos kilómetros de distancia, dentro de las profundidades oscuras del monte Sion, dentro del oscuro y mojado acueducto del siglo VIII a.C. hoy llamado túnel de Ezequías, la rubia periodista italiana Clara Vanthi, con su muy apretada camiseta blanca completamente empapada —con el logotipo FUENTE J/NO AL EXTERMINIO—, caminó dentro del agua fría, empujándola hacia adelante con las piernas.

—*Dove mi prendono?* ¿A dónde me llevan?

Los terroristas, con las puntas de sus ametralladoras, la empujaron por la espalda.

—¡Avanza, esclava pecadora! ¡Llévanos a las "Piedras de Fuego"!

Clara negó con la cabeza. Tenía las muñecas esposadas por detrás de la espalda.

—¿Qué demonios quieren de mí? ¡Yo no sé nada! —y se volvió hacia atrás, con la cara mojada—. ¡Yo no soy arqueóloga! ¡Yo sólo soy una reportera! ¡Yo sólo estaba haciendo aquí una transmisión en vivo de este evento! ¡Yo no sé nada!

—Avanza. ¡Los arqueólgos te dijeron el nombre del impostor del año 39 d.C., que asesinó y sustituyó al apóstol Juan, porque ese impostor fue el que escribió el libro del Apocalipsis!

Se le aproximó uno de ellos, de complexión delgada, con una espesa barba negra, enchinada. Suavemente la aferró por el brazo. Le susurró con su acento árabe, en el oído:

—Mi nombre es Cerinto. Hazlo más fácil para todos. Sólo llévanos a las "Piedras de Fuego" —y la miró con ojos encendidos—. ¿Lo harás? —y le sonrió.

—¡Yo no sé dónde están esas "Piedras de Fuego"! ¡¿Acaso te parezco geóloga?! ¡Déjenme ir ya, maldita sea! —y forcejeó con ese hombre.

—Tú conversaste con todos estos arqueólogos muertos —y señaló hacia atrás con el pulgar—. ¡No me digas que no los escuchaste hablar sobre esto! ¿Qué clase de periodista serías? Vamos, gatita. ¿Dónde están las "Piedras de Fuego"? —y en la oscuridad le observó los grandes ojos verdes, almendrados como los de un gato.

Clara continuó avanzando dentro del flujo del agua helada, negando con la cabeza; siguiendo las guías de neón fluorescente dentro del agua.

—No puedo creer esto. Si por lo menos alguien lo estuviera televisando —y cerró los ojos—. Esto sí tendría impacto.

El hombre le susurró en el oído:

—En un lugar de esta montaña hay una "piedra angular", una "piedra preciosa", y está "en medio" de unas "Piedras de Fuego". Esa "piedra angular" es el documento que escondieron aquí los que hicieron la fusión del siglo VII a.C., para salvar la versión original de la Biblia, la revelación a Moisés que ocurrió en la Edad de Bronce. Un escriba la escondió aquí, en un lugar de estos túneles. Sólo dinos qué son esas "Piedras de Fuego" —y le sonrió—. Sólo llévanos a ese lugar, gatita. Serás recompensada en el cielo —y empezó a lamerle la cara.

Clara entrecerró los ojos.

—Tengo una idea —le dijo al sujeto. Lo apartó con el cuerpo—. Si estas dos pistas que me estás diciendo, "piedra angular" y "Piedras de Fuego", estaban dentro de la propia Biblia, en los versículos Isaías 28:16 y Ezequiel 28:14, significa que los autores del segundo texto las pusieron ahí, ¿no es cierto? Lo hicieron para que en el futuro descubriéramos todo.

—Cierto —y la jaló por el brazo, sobre el agua—. Continúa, gatita. Ya estás pensando.

—Entonces la respuesta que buscas también debe estar dentro de la Biblia, en otro pasaje. ¿Por qué no la buscaste ahí?

—¿A qué te refieres?

—Los que dejaron todas estas claves deben haber dejado también la explicación, en algún otro versículo.

—No te entiendo.

—Busca en la Biblia otro pasaje que también diga "Piedras de Fuego". Tal vez diga qué son —le contestó con odio en la mirada.

—¿Ves lo que te digo, amiga? ¡Tú sabes las cosas! —y con sus nudillos la golpeó en la cabeza, como si fuera una puerta—. ¡Eres lista! ¡Eres muy lista! ¡Alah no hizo a la mujer tonta; la mujer finge ser tonta sólo para que se le atienda en todo! ¡Busquen cualquier pasaje de la Biblia que diga "Piedras de Fuego"! ¡Ésta es la orden de Cerinthus!

Por atrás de él corrió hasta su espalda un hombre, con su aparato celular encendido. Le dijo:

—¡Aquí tengo uno! —y le mostró la pantalla—. Isaías 6:6. "Y voló hacia mí uno de los serafines de seis alas, y del altar tomó con sus tenazas un carbón encendido, y lo colocó en mis labios, para limpiarme del pecado [...] Y oí la voz del Señor, que decía: ¿A quién enviaré? ¿Quién irá por nosotros?"

Todos se volvieron hacia Clara.

—¿Y bien?

Clara abrió más los ojos.

—¿Esperan que yo le responda algo?

Uno de ellos la golpeó en la espalda, con el cañón de su ametralladora:

—¡No estamos jugando, maldita pecadora! ¡Tú estuviste con los arqueólogos! ¡¿Qué te dijeron?! ¡Te vamos a quemar aquí mismo con carbones como lo establece este pasaje de Isaías que por ti acabamos de descubrir!

—Primero tendrían que encontrar los carbones encendidos —les dijo a todos una voz grave, profunda. Se aproximó lentamente un hombre alto. Caminó por dentro del agua. Era uno de los terroristas. Tenía la cara semicubierta. Con la mano les indicó a todos que se calmaran. Luego dijo su nombre: Hussein Zatar.

Los miró a todos.

—En verdad. Este pasaje es una de las puertas del Secreto Biblia.

Lentamente se cerraron en torno a él, con sus lámparas de hombro. Él les dijo:

—Señores: Isaías 6:6 y 6:8 siempre han intrigado a los teólogos, pues Dios habla en plural. Dice "Nosotros".

Se quedaron pasmados.

—En la Biblia hay ocho lugares donde Dios habla en plural sobre sí mismo, como si fuera uno entre otros dioses, o como si se reuniera con ellos. Ésta es la más grave prueba de que en el siglo VII a.C. ocurrió una fusión, en la que la fuente original, la Fuente J, fue mezclada con otra religión que era politeísta, llamada Fuente E, la religión del norte, de donde proceden los otros "dioses".

Sus hombres se le aproximaron por dentro del agua, con sus lámparas.

—¿Fuente E?

—La huella de la Fuente E, es decir, Samaria, está en toda la Biblia actual: es la multitud de dioses que entraron por medio de la gran fusión. Eran los que venían de Fenicia y de Mesopotamia. Están ahí, en muchos pasajes. Nadie los quitó. Siguen ahí, a la vista de millones de personas, en las biblias que millones de seres humanos tienen hoy al lado de sus camas. Son los dioses fenicios.

—¿De qué hablas? —le dijo uno de sus hombres.

El hombre tomó su lugar entre ellos.

—La palabra "dioses" se coló al menos seis veces en la Biblia actual —y suavemente le sonrió a la bella y mojada Clara Vanthi, la cual le sonrió de vuelta.

El hombre empezó a avanzar dentro del agua, hacia la oscuridad, seguido por todos sus hombres. Con su caliente mano acarició la mejilla de Clara y la jaló a la negrura.

—Hay por lo menos seis menciones politeístas en todo el Tanakh judío, o Antiguo Testamento cristiano, donde se menciona que Dios está sentado en medio de un consejo de otros dioses. Por ejemplo: Salmo 29 de David, primer verso: "Bene elim habu Yahweh". Significa: "Sométanse a Yahwé, hijos de los dioses". ¿Quiénes son estos "dioses"? ¿Por qué se mencionan? —y siguió avanzando—. ¿Acaso existen más "dioses", además de "Dios"? ¿Dónde están ahora? —y se volvió al techo—. ¿Siguen gobernando con Él en el cielo? ¿Desaparecieron? No se omitieron de la Biblia.

Clara, con sus piernas moviéndose para adelante dentro del agua fría, miró hacia la profundidad. En la oscuridad, el hombre le dijo:

—Otro ejemplo está en el Salmo 89:6: "*Mi bassahak ya-a-rok Yahweh; bib-ne elim*". "¿Quién se compara con Yahweh, en los cielos, entre los hijos de los dioses?" ¿Por qué se insiste en que existen hijos de otros dioses? ¿Quiénes son esos "dioses"? También está este pasaje: Éxodo 15:11, conocido también como "Canción de Moisés": "Mi ka-mo-kah ba-elim". Significa: "¿Quién es como tú entre los dioses?" Se insiste en que hay otros dioses.

Clara tragó saliva.

—Me pregunta como si yo supiera la respuesta. Mejor usted guíenos a todos.

—Nadie sabe la respuesta —y el enorme hombre la prensó por los dedos, conduciéndola hacia adelante—. También está este pasaje: Daniel

11:36, "Y el rey hará lo que le plazca, contra el Dios de dioses". Y también éste: Ezequiel 28:2: *"El a-ni mo-wo-sab elohim ya sap-ti"*. "Yo soy Dios, y yo me siento en el asiento de los dioses."

Desde atrás, uno de sus hombres le gritó:

—¡El generador para los taladros se está mojando con esta agua!

—Cárgalo en tu maldita espalda —y le susurró a Clara—: el Salmo 82 dice: *"Elohim nis-sab ba-a-dat ek bequereb elohim"*. Significa: "Elohim, Dios, se alza en su propio consejo. En medio de los dioses, él juzga". Y más adelante, el mismo Salmo 82 dice: "Los dioses no saben nada, no entienden nada, caminan en la oscuridad [...] y yo les dije: 'Ustedes son dioses, ustedes son los hijos del más alto, pero ustedes van a morir como cualquier mortal, y van a caer como cualquier caudillo'".

Clara abrió más los ojos. El hombre le dijo:

—En este verso, si te percataste ya, parece obvio que "el más alto" y Dios son diferentes. Son dos dioses.

—No comprendo —y continuó caminando dentro del agua.

—Se considera que el Salmo 82 es el momento en el que el Dios hebreo derrota a los dioses más antiguos, comandados por El-Elyon, que significa "el más alto". Pero ello sólo nos revela una cosa: estos dioses estaban ahí; la Biblia admite que existieron.

Clara tragó saliva. Observó hacia adelante, hacia la negrura. El hombre le respondió:

—Estos dioses están ahí porque alguien olvidó borrarlos cuando realizó la fusión, o intencionalmente los mantuvo ahí, dentro del texto, porque eran parte de la religión de la población del norte, llamada Samaria o Israel, y debían mencionarlos, al menos para que estas personas del norte aceptaran unirse con Judea y volverse un solo país.

—Vaya... —y Clara observó la negra profundidad del túnel.

—Estos dioses son la prueba de que varias religiones fueron fusionadas en el siglo VII a.C. para crear la Biblia actual. Las fusionó la escriba R, que es a quien estamos buscando realmente en estos túneles. Es para esto que ella los describió: para que la encontremos, o al menos su cadáver, que debe estar junto al Documento J que ella resguardó. La propia palabra "Elohim", que es uno de los nombres de Dios para los judíos, y que ella convirtió en un sinónimo de "Yahwé", significa en realidad "dioses". Eran los dioses de la población del norte. La palabra es, de hecho, fenicia.

—No, no... —le dijo Clara. Se detuvo en medio del agua.

El hombre siguió caminando. La jaló por el brazo.

—En el siglo II a.c., debido a las confusiones con la palabra "Elohim", el rabino Shimon Ben Yohai decretó una maldición para los que interpretaran "Bene Elohim", que significa "hijos de los Dioses", de la forma fenicia o ugarítica, es decir como una palabra plural, o "dioses". Ahora debería significar un solo Dios, igual a "Yahweh", que era el nombre de Dios en el sur.

—No entiendo.

—"Elohim" era una palabra plural, igual que todo lo que acababa en "im" en hebreo y en fenicio. En Fenicia, era la palabra para invocar a todos los dioses como conjunto. Decías "Elohim" y era como orar para todos los dioses. Cuando la Redactora R unió a las regiones norte y sur, los dioses Elohim debían pasar a ser parte de Yahwe, y por tanto se le adosó esa palabra como nombre —y le sonrió—. La prohibición del rabino Shimon Ben Yohai logró una cosa: ahora este tema es un tabú. Está prohibido siquiera pensar sobre este problema lingüistico y su origen fenicio —y continuó avanzando dentro del agua—. En vez de corregirlo, se convirtió en tema de "blasfemia", y pueden matarte si investigas.

Clara frunció el entrecejo:

—Ahora parece como si usted, un extremista islámico, fuera un apóstol de la verdad —y lo miró fijamente—. ¿Usted se considera un fanático? —y le sonrió.

Por detrás de él, uno de sus hombres le gritó:

—¡La planta eléctrica se está mojando!

El enorme líder se detuvo y se volvió hacia el sujeto y le disparó en la garganta. El sujeto cayó al agua, gritando, escupió sangre por el agujero de la tráquea, pataleando. La máquina electrónica en su pecho echó chispas en el agua, con tronidos, convulsionando al cuerpo del hombre. El resto del grupo se quedó expectante, pero el nuevo hombre les apuntó con su arma:

—Mi amiga y yo estamos conversando —y continuó avanzando.

—"Elohim" significa "los dioses" —le insistió a Clara—. Son los dioses fenicios. De esto no hay duda. Es el "consejo de los dioses" que aparece en todos esos versículos, donde se sientan con el "más alto", con su nombre en fenicio: El-Elyon; y con su esposa Asherah, la diosa de los mares; y sus hijos: el dios-pez Dagon; y la diosa "promesa" Ishara; y la diosa del atardecer Shalim con su gemela Shahar, la diosa "amanecer"; y Yamm, el monstruo del mar; y también los nietos de El-Elyon, que eran destacadamente el dios tormenta Baal Haddad y su terrible esposa Anat, la diosa del odio y del amor. Por los alrededores estaba merodeándolos una serpiente marina terrible, con siete cabezas, destinada a destruir el mundo. ¿Puedes imaginar cuál era su nombre?

—No lo sé... Tenía... ¿siete cabezas?

—Su nombre era Lotan. El nombre con el que llegó a ti es Satán.

Clara bajó la mirada.

—Diablos —y observó los neones brillando dentro del agua—. ¿Lotan es... Satanás? ¿Proviene de... Fenicia?

—Su nombre fenicio fue "slyt d.sb t rasm": "el poderoso de las siete cabezas", y también era "btn 'qltn", "la serpiente que se retuerce". Mira aquí —y arrastró el dedo por la pared. En el húmedo muro había un desfigurado dibujo espiral, de un extremo al otro del muro: una larga serpiente, con escamas compuestas por rostros—. En la Biblia la integraron con varios nombres que tú conoces. Uno de ellos fue "Leviatán". Por su parte, la mortífera Anat, que era la diosa de la guerra y la destrucción, fue integrada en los pasajes Jueces 5:6 y 3:31 de la Biblia, como la madre de Shamgar, el cual, al igual que su vengativa "madre" en la mitología fenicia, despedaza de un golpe a seiscientos palestinos o filisteos. Es una figura "destructora".

Clara miró hacia la negrura. Susurró:

—¿Anat...? —y observó en la pared una mujer con ocho patas, semejante a una araña.

El hombre siguió avanzando.

—Anat fue la sangrienta diosa fenicia de la guerra, siempre sumida en sangre humana hasta las rodillas: la sangre de sus enemigos; con un collar de manos y cráneos arrancados por ella misma, para presumirlos como trofeos de su capacidad para exterminar a pueblos enteros. Por desgracia, Anat misma fue integrada al propio Dios. La mezclaron con Yahweh.

—¡No! —se detuvo Clara—. ¡¿Cómo dice usted...?! —y se volvió hacia él. Abrió más sus grandes ojos verdes, almendrados como los de una gata.

—En el mundo fenicio Anat era cruel. Era la destructora. En la Biblia sus funciones destructivas fueron integradas a Yahvé, el Dios del universo, que antes sólo era amor y creación.

—¡No puede ser! ¡¿Por qué hicieron esto?!

El hombre siguió avanzando. La empujó hacia adelante dentro del agua fría.

—Por esto debemos encontrar la verdad, amiga. En Isaías 63:3, la Redactora R redibujó a Yahvé para que se pareciera a la Anat de la población del norte, y así los del norte reconocieran algo de su propio folklor en esta nueva religión mixta, pues Anat era muy amada en Asiria y Fenicia, a pesar de su maldad: era la que los defendía de sus enemigos, al estilo de la Coatlicue azteca o de la Kali de la India: la madre violenta que arrasa naciones para defender a sus hijos. Por esto, en la Biblia actual Yahvé aparece en varias secciones comportándose como Anat, realizando las crueldades de la diosa de la sangre y del exterminio. Dice así Isaías 63:3: "Lo aplasté todo con ira, lo pisoteé con furor; su sangre salpicó mis vestidos, y manché todas mis ropas; porque el día de la venganza está en mi corazón". La Redactora hizo parecer como si Dios disfrutara del derramamiento de sangre, al igual que Anat, como si fuera un psicópata sádico. No fue culpa de ella. La Redactora R sólo debía integrar dos religiones, y dos pueblos. Eran sus órdenes.

Siguieron avanzando. Clara negó con la cabeza:

—Esto es… ¿la gente sabe esto?

—En la fusión surgió la parte "maligna" de Dios; su lado destructivo y sanguinario, que desea sangre. Pero tristemente ésta es la forma de Dios que hoy domina en la mitad de la actual población mundial, debido a la difusión de la Biblia. Esto lo han analizado muchos. El judío Raphael Patai lo dice en su página 31 de *Los mitos hebreos*: "Muchos de los actos atribuidos a la sanguinaria diosa Anat en la mitología ugártica son atribuidos a Yahveh Elohim en la Biblia". La fusión la realizó R.

—Increíble… —le dijo Clara—. ¿Ahora Anat es Dios…?

—El nombre mismo de Anat persistió sin cambios, como patronímico de la ciudad sacerdotal de Anatot, donde nacieron dos seres que fueron cruciales en la falsificación del siglo VII: el sumo sacerdote Hilcías y su hijo: el profeta Jeremías. ¿Te parece casualidad?

Se le aproximó a Clara al oído. Le susurró:

—La hibridación trajo otra consecuencia mucho más enigmática. Existe una parte del mundo donde Yahvé se combinó con Anat al grado de llamarse de hecho Anat-Yahu. ¿Lo sabías?

—No, no, no. ¡¿Cómo es esto?! Explíqueme —y deseó encender su grabadora.

—En la remota isla egipcia de Elefantina, al sur del Nilo, casi en la frontera con Nubia, actual Sudán, miles de judíos huyeron de Judea cuando el rey Nabucodonosor de Babilonia ordenó arrasar y destruir la tierra de los judíos, Judea. Incluyendo a la propia Redactora R, miles de judíos escaparon de este "Holocausto Babilónico", que ocurrió en el 598 a.C. Huyeron al sur. Pidieron refugio a Egipto. El faraón egipcio de entonces, un joven llamado Psamétiko II, hijo de Nekao, los recibió. Les creó alberges y de hecho les donó toda una isla: la isla Elefantina. Ahí estos judíos fundaron una importantísima colonia judía, que siguió existiendo por siglos. Todo este tiempo, estos colonos tuvieron un dios que aparece en los "Papiros de Elefantina": Anat-Yahu, la creación de R.

—Dios... No, no, no.

—Era la perfecta mezcla. K. L. Noll lo escribió así en 2001: "En Elefantina, los judíos de la era persa [...] adoraban a Anat-Yahu, esposa de Yahweh (Yahu = Yahweh) [...] algunos académicos han sugerido que ella ya no era simplemente Anat, sino una parte de Yahu [...] una 'hypostasis', de su marido".

—¿*Hypostasis?* —y ella entornó la mirada.

—Herbert Niehr lo publicó también, en 1996, con Diana Vikander Edelman: "en los Papiros de Elefantina" aparece "la diosa Anat-Yahu, una paredra de YHWH", o Yahveh.

—¿Paredra? —y volvió a entornar la mirada hacia arriba.

—"Anat-Yahu comenzó a existir en Samaria como contraparte de la diosa aramea Anat-Bethel." Esto es lo que sucede cuando se fusionan dos religiones. Integración. Dos poblaciones vecinas pueden verse como enemigas si tienen distintos héroes y distintos dioses. Pero tú puedes crearles un pasado común, y convertirlas en un solo pueblo. Esto es el sincretismo. Sigmund Freud los llamó "suma de tótems". En China, el gran emperador Shi-Huang-Ti enfrentó el mismo problema: muchos reinos divididos. Fusionó sus tótems y unificó a China. Así surgió el "dragón chino": cabeza de camello, cuerpo de serpiente, cola de pez. Ahora cada región podía ver un pedazo de su tótem tribal dentro del "megatótem nacional". El híbrido perfecto. Shi-Huang-Ti creó un país. El Dragón es China. Esto es lo que se llama religiogénesis.

Clara abrió más los ojos.

—Guau. Me pareces un terrorista atractivo.

—El propio nombre El-Elyon, que era el dios líder de los fenicios, jefe del "consejo de los dioses", rival de Dios en el Salmo 82, se coló a la Biblia hebrea, con nombre mismo de Dios. La Redactora R lo colocó como sinónimo de Yahwé, para que fueran el mismo y los del norte se sintieran contentos. Desde entonces, judíos y cristianos piensan que El-Elyon y Yahwé son el mismo. Mira —y le mostró la luminosa pantalla de su aparato celular—: Génesis 14:18: "We-hu Kohen la-el Elyon". Salmo 78:35: "Elohim su-ram we-el Elyon go a-lam". Números 24:16: "we-yo-de-a da-at Elyon", Deuteronomio 32:8: "Be-han-hel El-yon go-w-jim", "cuando El-Elyon dividió a las naciones…" —se notaba fastidiado de tener que contar toda la información, pero era necesario si debía hacer que Clara Vanthi coperara—. No es de extrañar. La raíz de todo esto es el vocablo "El", que en las lenguas semíticas antiguas significaba "divino" y proviene del acadio "ilu", de Mesopotamia, que sinifica "dios". La propia Babilonia significaba realmente "Puerta Divina": "Bab-Ilu" —y le sonrió a Clara—. El término "ilu" se difundió por el mundo antiguo. En los hititas tomó la forma de Alalu, dios del cielo, o "padre de los dioses"; y de Ilu-Yanka, la "serpiente del mal", que es semejante a Lotan; y llegó hasta el Islam, con la palabra "Alah", que es el verdadero Dios. Pero los hebreos tenían otro nombre original para Dios y ése no debió perderse nunca, porque es el origen: Yahwé: ésa es la Fuente J. Yahwé es el Secreto Biblia.

Clara continuó avanzando hacia la oscuridad, en silencio. Le dijo al hombre.

—Teniéndolo a usted ¿para qué me necesitan? ¿Puedo irme? —pero en realidad no deseó irse. Deseó llegar con este hombre hasta el final, y, en alguna forma, transmitirlo todo. Cerró los ojos. Por un instante imaginó su fama.

El hombre no la miró. Caminó pisando las barras de neón dentro del agua. La prensó por el brazo.

—No, amiga. Tú no te vas. Hay una inmensa diferencia entre tú y yo. ¿Sabes cuál es? —y la miró con sorna.

—No. No lo sé.

—Tú conociste a los arqueólogos que estaban dirigiendo esta excavación. Yo no —y le pegó los labios a la oreja—. Ellos deben haberte dicho más de lo que recuerdas. Todo eso ahora está de alguna forma u otra en tu subsconsciente, pues todo se conserva. Deja que salga —y siguó avanzando.

—*Dios…* —y ella negó con la cabeza—. ¿Ahora mi subconsciente? ¿Me va a hipnotizar?

—No es tu obligación recordarlo todo ahora —le sonrió él—. Hagámoslo por Dios. Llévame a las Piedras de Fuego.

55

Trescientos metros de distancia hacia el occidente, dentro de un claustro-fóbico tubo metálico de aire acondicionado, el delgado analista Moshe Trasekt, retorcido como una "serpiente", se echó a llorar. Se apoyó en el latón, que se dobló hacia abajo, haciendo un ruido abominable. Moshe sintió el aire helado golpeándole en la cara. Se habían llevado una pequeña pantalla que seguía conectada al inmenso servidor.

—No entiendo por qué me estás haciendo esto, maldito hijo de puta —le dijo a su amigo, el rubio y atlético Isaac Vomisa, el cual simplemente continuó gateando dentro del ducto.

—La clave de todo está en el pequeño amuleto que ya vimos, el del Museo de Alepo: el amuleto de yeso "Arslan Tash 1" —y recordó la figura de Baal-Hadad, el "dios tormenta" fenicio—. ¿Recuerda la inscripción? *Kirit elene ilit, elim aser-Kirit elene wukele bene elim...* Es arameo antiguo.

—Me importa un carajo. Quiero salirme de aquí. ¡Yo no estoy huyendo de nadie! ¡Devuélveme a mi oficina! —y golpeó las paredes de lata, llorando—. ¡Yo no estoy huyendo de nadie! ¡Quiero conservar mi empleo!

Isaac continuó con su amuleto:

—¡No hagas ruido! ¿Crees que les importa si no estás huyendo? Iban a sedarte o a matarte, ¡tu empleo ya lo perdiste! Si conocemos más información, si nos introducimos en ella y resolvemos todo eso, tenemos una oportunidad.

Moshe Trasekt lo maldijo. Extrañaba su oficina; él sólo había seguido órdenes de investigar lo que había ocurrido horas atrás en la isla de Patmos. ¿Quién era ese hombre canoso, de mirada dura? Trató de recordarlo como jefe de la sección, sin éxito. "Noé Robinson". Todo era confusión ahora. Pero volvió a oír la voz del musculoso Isaac Vomisa cuando dijo:

—Lo que dice aquí significa: "Un pacto eterno ha sido establecido con nosotros. El eterno, El-Olam, dios del universo, ha hecho este pacto con nosotros. El eterno y su esposa celeste, Asherah, la diosa madre, y también con el gran consejo de todos los dioses" —y se volvió hacia Moshe—. Esto es politeísta. Estos son los dioses de Fenicia. Pero aquí aparece Elyon, Elene, el dios que aparece como dios hebreo en la Biblia.

—¡Esto ya lo sé, maldita sea! ¡Ese objeto lo encontraron en el norte! ¿Por qué te extraña que hable de dioses?

Isaac Vomisa apretó en su puño el amuleto. Cautelosamente se volvió hacia arriba.

—El consejo de los dioses es la estructura suprema de esta agencia. ¿No lo has pensado? —y se volvió hacia Moshe—. ¿Por qué crees que se llama Magen veLo Yera'e? "El defensor que no debe ser visto", "el escudo que no es visto".

—No sé de qué hablas. ¡¿Ahora la agencia?!

Isaac cerró los ojos.

—Te has mantenido en el ejercicio mental cero. Elegiste no pensar, no usar tu cerebro.

—¿A qué te refieres?

Isaac le colocó el dedo en la cabeza:

—Toda tu vida tuviste aquí dentro un maldito cerebro, que te obsequió Dios, pero decidiste nunca utilizarlo. ¡Dios mismo lo fabricó para ti, en un acto de generosidad inexplicable! ¡Eres un maldito desperdicio de neuronas! —y lo golpeó contra las paredes metálicas, provocando muchos ruidos que fueron escuchados abajo—. ¡Tú quisiste dogmas, para no tener que pensar nunca; para mantenerte en el estado de consumo mental cero; para asemejarte en tu inteligencia a un caracol!

Lo golpeó en la cara. Le gritó:

—¡El mundo se divide en dos tipos de personas: los que quieren dogmas y los que quieren explorar la verdad! ¡Tú quieres una maldita estructura firme para aferrarte a ella como un coral, para no tener que investigar! Siendo así, ¿por qué diablos te metiste a una agencia de inteligencia? ¡Prefieres permanecer pegado a la roca como un estúpido ostión, en vez de usar tu propio cerebro y cambiar el futuro!

Moshe, irritado, se limpió la sangre de la nariz con las muñecas. Procedió a devolverle los golpes a Isaac:

—¡Yo voy a regresar a mi maldito escritorio ahora mismo! —y empezó a gatear en reversa, por el tubo, pandeando el metal hacia abajo, con tronidos—. ¡Todo esto es una pesadilla! ¡Yo estaba bien hace horas! ¡Ni siquiera sé si esto es real o lo estoy soñando!

Isaac retrocedió a la par que Moshe, en reversa, para alcanzarlo, haciendo crujir el piso de latón:

—¡Los dogmáticos buscan dogmas! ¡Los que queremos la verdad tenemos que explorar! ¡Ven conmigo, exploremos esto! —y lo jaló de los cabellos.

—¡Estás demente! ¡Te está poseyendo el demonio! ¡Tú estás destruyendo la fe! ¡No te voy a secundar en esto!

—¡Yo tengo fe! ¡Yo creo en Dios, maldito descerebrado! ¡Pero la fe del haragán no es fe: es pereza y blasfemia, porque Dios creó tu cerebro y tú lo estás desperdiciando al seguir lo que te impusieron otros que son mentirosos y están deformando a Dios! ¡¿Te parece fiel eso, para con Dios?! ¡Estás sirviendo a humanos que deformaron la Biblia!, ¡Dios te va a vomitar y aplastar como a un maldito caracol que se regodea en sus babas! —y lo sujetó por la nuca—. A Dios lo vamos a encontrar cuando lo descubramos, con el cerebro que Él nos dio precisamente para buscarlo. ¡Ven conmigo! —y señaló hacia adelante, hacia la profundidad oscura—. ¡Allá adelante están los archivos ocultos de la agencia: la verdadera historia de Israel y de Judea, y de cómo se formó todo esto: el Secreto Biblia!

Abajo, alguien señaló hacia arriba:

—Me pareció escuchar unos ruidos. Dudo que se trate de un gato.

—Están allá arriba. Escuchen todos. Se están moviendo —y apuntó el dedo hacia el techo: hacia el "vientre" del tubo de latón.

Los otros guardias, con sus largos hierros, curvados como ganchos, comenzaron a golpear el metal:

—¡Muy bien, traidores! ¡Salgan de ahí ahora mismo! ¡Están en desacato!

—¡Maldita sea! —gritó Moshe Trasekt—. ¡Yo no hice nada! ¡Yo no estoy huyendo de nadie! ¡Este idiota me está secuestrando! ¡Soy el analista del mes!

Abajo, el canoso militar Noé Robinson, director general de los archivos Dilmun-1, con sus dos grandes ojos de sapo, y con su expresión de amargura, miró hacia arriba y se llevó su radio a la boca.

—Ya los tenemos —y les susurró a sus soldados—: ahora sí —y suspiró—. Inyéctenles el maldito barbitúrico. Colóquenles las bolsas de plástico en la cabeza.

56

En Éfeso, Turquía, dentro del "sepulcro" de Juan el Apóstol, con olor a pestilente lodo, la hermosa y exótica Serpentia Lotan con sus grandes ojos, gritó:

—¡Asesino! ¡Asesino!

Se lo gritó al "nuevo" John Apóstole. El anterior estaba en el suelo, sangrando por la frente sobre las grietas con hierba.

El nuevo John levantó su arma hacia un lado. Le dijo a Max León:

—Yo soy el verdadero John Apóstole. No te dejes engañar por esta harpía. Ella y su padre trabajan para la CIA, igual que el que usurpó mi personalidad. Su padre es un terrorista. Ellos son la cubierta de la Operación Gladio.

Max León le apuntó con su semifusil HM4S.

—Esto es tan… —y se volvió hacia el cadáver—. Demonios… ¿Son clones? ¿Qué demonios es esto…? —y le apuntó directo a la cara.

El nuevo John Apóstole, con una cicatriz en la cabeza, le sonrió:

—Yo soy el verdadero John. Debes creerme —y le sonrió.

Con la otra mano se exploró el bolsillo de su larga chaqueta de cuero. Sacó su acrílico de identidad de la Interpol, de color azul.

—Yo soy John Apóstole, policía química, Interpol, Scotland Yard. Me conociste en la azotea del monasterio de Patmos. ¿No me recuerdas?

Max León miró al suelo, hacia John Apóstole muerto.

—*Pero…* —y miró al nuevo John.

—Éste que ves aquí abajo es un sosias —le dijo John Apóstole. Lo señaló con el revólver.

—*¿Sosias…?* —y Max se volvió hacia la bella Serpia Lotan, que estaba gritando en el muro, llorando.

—También se les llama *doppelgänger* o "doble" —le dijo a Max el nuevo John. Se enfundó su arma. Suavemente se abrió la chaqueta de cuero. Se revisó la hilera de frascos químicos en el bolsillo interior de la chaqueta—. Todos tenemos un doble en el mundo, un sosias, o más de uno —y lo miró fijamente—. En algún lugar del mundo tú también tienes un *doppelgänger*: alguien que es prácticamente igual a ti, como lo fueron en la misma época los reyes Nicolás II de Rusia y Jorge V de Inglaterra, o como lo son hoy mismo el actor Louis Ortiz y el ex presidente Barack Obama. Son sosias, "dobles fisionómicos".

Max León bajó la mirada.

Negó con la cabeza. Se volvió hacia Serpia Lotan. La vio llorando en la pared, gritaba:

—¡Papá! ¡Papá!

Max se dijo a sí mismo:

—Llegué a la dimensión desconocida. Pero ahora que la voy conociendo… ya no me resulta tan desconocida.

Sacó de su cinto su arma favorita: su plateada pistola sable Bernardo Reyes 1898. El arma, de brillante y casi líquido metal, brilló en la oscuridad. Era un revólver cuya punta se afilaba hacia el frente, como un sable. La había inventado un general mexicano, secretario de Guerra. Max lo blandió en el aire, hacia adelante: hacia el nuevo John.

—¿Quién eres, maldita sea? —y caminó en torno al sujeto—. ¿Por qué eres idéntico a este otro? Tu explicación me resulta nauseabunda.

—Tranquilo, Max —le dijo el agente británico, de cabellos blancos—. Baja el arma —y le sonrió—. Te voy a explicar todo.

Max comenzó a bajar sus dos armas:

—Oigo. Pero te advierto una cosa: tengo un problema médico en el oído. No escucho pendejadas.

John le sonrió:

—Verás, mi apreciable —y caminó hacia Serpia Lotan hasta apoyar el revólver en su cara—. En el planeta Tierra viven hoy más de siete mil quinientos millones de seres humanos. Eso significa una cosa: por la estadística, existen por lo menos cuatro o cinco personas idénticas a ti. Son tus dobles fisionómicos. Ellos no saben que tú existes, ni tú tampoco sabes nada sobre ellos. Pero un día, si te conviertes en alguien realmente importante o peligroso para los poderosos, ellos van a buscar a alguien como tú en la base de datos GENYSYS, donde están todos los rostros del mundo, y van a contactar, a contratar, a entrenar a esa persona, como contrataron a Creseto Montiranio, y de pronto ese desconocido que tiene tu rostro va a venir a matarte, para suplantar tu identidad y todo lo que eres; para decir que él es tú, igual que hicieron hace dos mil años cuando suplantaron al apóstol Juan y con él fabricaron la versión persa del evangelio de Cristo, el Apocalipsis. Y de pronto, este suplantador va a infiltrar la organización a la que tú perteneces, para destruirla desde dentro, y va a usar tu identidad para manipular a millones.

Max León vio hacia abajo.

—Todo esto es tan… ¿increíble? —y miró fijamente a John Apóstole—. Me gustaría tener un "doble" justo ahora mismo, para que él, y no yo, estuviera escuchando todas estas pendejadas —y de nuevo le apuntó con sus dos armas—. ¿Cómo sé que tú no eres el maldito suplantador?

John se le aproximó. Colocó el pecho frente a las dos armas de Max.

—Cuando llegamos a este sitio arqueológico, un hombre trató de matarte. ¿Lo recuerdas? Era un hombre de esta harpía, un soldado de su padre. ¿Lo recuerdas? Llegó a suplantarme.

Max respondió:

—¡No! Diablos… ¡No lo recuerdo! —y en su mente vio a John Apóstole cuando al llegar al complejo pasó por detrás de una columna rota, y salió con una mancha de sangre—. Diablos. Creo que ya recordé. ¿Eres…?

John le dijo:

—Recuerda por qué estamos aquí. Recuerda qué es lo que vinimos a buscar aquí, en estas paredes. ¿Recuerdas la orden de tu jefe? Destruir al padre de esta arpía terrorista —y miró a su alrededor como si buscara a enemigos en la oscuridad—. Hace dos mil años Jesús le transmitió a su discípulo más amado, Juan, el más grande de todos los secretos: el secreto por el cual lo crucificaron: el secreto de la Biblia.

Max observó los muros de una forma nueva, como si brillaran desde dentro. John le insistió:

—En una parte de este ducto está la clave para encontrar las Piedras de Fuego: el escondite más antiguo de la Biblia. La Fuente J es el mensaje de Dios al mundo: el verdadero mensaje.

Serpia Lotan le gritó:

—¡Mi papá te va a matar, maldito! —y con carcajadas rompió a llorar—. ¡Los hombres de mi papá van a llegar aquí en cualquier momento, con más sosias de ti; y a ustedes dos les van a arrancar la piel como a san Porfirio y a san Onesíforo, porque eso ocurrió aquí mismo, en Éfeso, en esta basílica, en este baptisterio! ¡Observen allá! —y señaló al otro lado del muro.

Max notó en la pared, por debajo de las antiguas argollas de hierro, las negras huellas de sangre, secas, de un antiguo derramamiento sacrificial. Tragó saliva.

—¿Les quitaron la piel?

En el piso vio la coladera, también indicada por el rastro negro.

—Un momento… —y ladeó la cabeza—. Es por ahí… —le susurró a John Apóstole. Con su semifusil Mendoza señaló la coladera—. "El que bebe mi sangre y come mi carne nacerá de nuevo…".

La coladera tenía una inscripción antigua:

LAPIDUM IGNITORUM

—Las "Piedras de Fuego"…

57

—Se están metiendo por la coladera —le dijo un hombre, con su radio en la mano, en el helicóptero militar Colossus, al reverendo Abaddon Lotan, quien estaba sentado en su asiento dorado, rodeado por veinte aeronaves negras de la fuerza aérea turca.

El fortachón predicador, con su suéter de cuello de tortuga, le sonrió a su asistente:

—Fue buena idea colocarle el transmisor a mi amada hija. Porque el Señor nos dijo: "que tu hija sea enviada al campo de batalla si es necesario".

—¿Qué sucede si ellos la hacen hablar?

El reverendo negó con la cabeza. Desde la altura observó las ruinas de Éfeso: la destruida basílica de Juan, con sus columnas rotas esparcidas en el espacio agrietado.

—"Pero la hija de cualquier sacerdote, si se profana a sí misma como ramera, ella profana también a su padre, y entonces deberá ser quemada con fuego". Levítico 21:9 —y su expresión se volvió monstruosa—. El transmisor también tiene el explosivo.

Su asistente tragó saliva.

—¿Matarás a tu hija?

Abaddon Lotan sonrió:

—Lo único que importa ahora es encontrar a la chica que murió hace dos mil seiscientos años: la Redactora R. Ella es lo único que me importa. Ella es la clave para cambiar el mundo ahora. Ella tiene el documento ancestral. El que lo posea tendrá el poder de Dios.

58

En una curva del tiempo —año 609 a.C.—, la escriba R, Radapu, entró, amarrada por las muñecas, arrastrada como un animal, por sobre las losas del túnel de la torre de vigilancia, hacia el interior de la fortaleza acorazada del monte Sion.

Le gritó al esclavo griego:

—¡*Rwnd!* ¡*Yld!* ¡Me traicionaste, maldito! ¡Maldito! ¡Él es un espía!

El joven Tales de Mileto suavemente les dijo a los guardias hebreos:

—No la escuchen. Está poseída. También difamó falsamente al sacerdote Hilcías. ¿Quién de ustedes es el que me va a pagar mis cuatro minas de plata?

En el pasillo de rocas, el rubio guardia Tarkullu jaló a la escriba hacia adelante, por los cabellos:

—Te voy a quitar el espíritu como se lo quité a tu hermano, que fue siempre un gusano. Ahora está alimentando a Ereshkigal, la reina del inframundo, y pronto la alimentarás tú también.

La hermosa Radapu, tirada de los rizados cabellos, se dijo a sí misma:

—¡No puedo creerlo! ¡No puedo creerlo! ¡Otra vez en este maldito castillo!

Cuatro metros más adelante, el esclavo griego les gritó a los guardias:

—¿Dónde están mis cuatro minas de plata? ¡¿Dónde está mi dinero?! ¡Me prometieron mi maldito dinero!

Lo tomó por detrás un hombre alto, un anciano calvo. Lo atenazó con su larga lanza de color negro.

—¡Cálmate, forastero!

El joven esclavo le dijo:

—Semónides.

El hombre alto le susurró al oído:

—Como me dijo mi maestro Arquíloco de Paros, que en el Hades descanse: "En mi lanza tengo mi pan negro. En la lanza tengo mi vino de Ismaro, y bebo apoyando en mi lanza" —y lentamente le eructó en la oreja.

El esclavo le respondió:

—Lo que no veo es tu pan negro —y lo abrazó por el bíceps—. Necesito todo lo que sabes. ¿Ya ejecutaron a Kesil Parus?

—Aún no.

—¿Dónde lo tienen? —y se volvió hacia el final del corredor de rocas.

—Te están buscando, maldita sea —y miró a los lados—. Si continúas con este escándalo, nos van a descubrir a todos. Sé discreto —y comenzó a avanzar.

El alto anciano, de setenta y cuatro años, jaló al esclavo hacia adelante, prensándolo por el brazo, con su larga lanza de color negro, cargándolo en el aire. Le dijo, tarareando:

—De las razas de las mujeres —y miró a los hombres en el pasillo, tirados en el suelo: los tuertos, los amputados—: ¡Hermanos! ¡Dios creó a las mujeres de diferentes razas, para que nosotros escojamos! ¡A una la hizo de la puerca, y en su casa todo anda rodando por el suelo; pero ella, sucia, con la ropa sucia, aposentada en la basura, siempre engorda!

Todos se rieron. Le mostraron sus bocas chimuelas.

—¡Dinos más, griego! ¡Dinos más, Semónides de Amorgos!

La decadente música se volvió más estridente al fondo del corredor: con tambores.

Los demás mercenarios griegos y fenicios, disfrazados como servidumbre en el castillo, comenzaron a tomar sus posiciones:

—¡Dinos más, samiano! ¡No pares!

Semónides continuó tarareando:

—Otra de las razas de las mujeres, a la cual Zeus formó de la maligna zorra, ¡lo sabe todo! ¡Y a cada instante se nos presenta con un humor distinto!

—¡Así es mi esposa! —le gritó uno de ellos.

El joven esclavo le susurró:

—Llévame hacia la Cisterna Ciclópea, hacia el sacerdote fariseo.

El grande y vigoroso anciano continuó:

—¡Hay más razas de mujeres! —y continuó avanzando— A una de ellas Dios la hizo de la perra. ¡Es ladradora como la perra! ¡Y, como la perra, quiere oírlo todo! ¡Y quiere enterarse de todo! ¡Y, husmeando, se mete en todas partes! ¡Y aun no viendo a nadie, a ése le ladra!

Los pordioseros comenzaron a reír a golpes, azotando las paredes.

Semónides continuó:

—¡A otra la moldearon los dioses olímpicos con barro! ¡Y salió torpe, y a los hombres nos la dieron tal cual, para que así la soportáramos hasta el fin de los tiempos!

Del fondo del pasillo comenzaron a salir cocineros, con las cazuelas rodantes, humeando. Le cayó en la cara un calzón mojado a Semónides: sobre su ojo tuerto. Lentamente se lo retiró, sonriendo. En medio de las risas de los soldados y los pordioseros, se lo colocó en la cabeza como si fuera un gorro.

Por enfrente se le atravesó un joven cubierto de sangre, con la cara llena de rajadas.

—¡Semónides! ¡Sé lo que estás haciendo! ¡Deténganlo! ¡Es un agente de Egipto!

—Por Zeus... ¿Alceo? ¿Alceo de Mytilene?

—¡Sé a qué viniste! —le gritó Alceo, frente a los guardias hebreos y les gritó a los soldados—: ¡Este sujeto es de Amorgos, colonia de la isla de Samos, en Grecia! ¡Y este otro es de Mileto! ¡Trabajan para el arconte Draco de Atenas! ¡Son aliados del faraón egipcio Nekao! ¡Aprésenlos ahora! ¡Son agentes de Egipto!

Se hizo una gritería en el pasillo.

Tales de Mileto pensó: *¿Por qué siempre tiene que acabar con violencia?*, y desenfundó su cuchillo. Por atrás comenzaron a rodearlo los guardias babilonios, de la guarnición del caudillo Nabopolasar, asignados a custodiar Judea.

Con enorme fuerza, sin soltarse de su amigo Semónides, pateó a Alceo de Mytilene en la cara:

—¡Tú eres el maldito traidor! ¡¿Cómo te vendiste al maldito Nabopo-lasar de Babilonia, que es un tirano que aborrece a Grecia?! ¡Tú y tu maldito hermano van a llevar a los babilonios a las puertas de Jonia para acabar con nuestro mundo! ¡Es aquí donde debemos detener a Babilonia!

Sintió el golpe de una lanza en su nuca.

—¿Qué hablas sobre mí, maldito?

El joven esclavo de Mileto lentamente se volvió hacia atrás.

—¿Antiménides? —y se acarició la nuca.

—Deja a mi hermano —y le colocó la punta de su lanza debajo de la barbilla, en la tráquea—. ¡Todos saben ya que estás aquí, fenicio! Echaste a perder todo. Reventaste toda la operación secreta de tu maldito rey Trasíbulo, y de su "faraón". ¿Qué se podía esperar de un sujeto al que le gusta siempre llamar la atención en todo lo que hace? ¡Estás bajo arresto, bastardo!

El joven de Mileto miró al piso. Tragó saliva.

—Soy fenicio, pero también soy griego. ¿Te parece que soy alguien que siempre busca llamar la atención? —y le sonrió a Antiménides. Cautelosamente miró hacia el techo de rocas. Entre las fisuras vio líneas geométricas luminosas, como si brillaran con luz propia; ángulos, elipses cruzándose en el espacio: matemáticas.

Visualizó una trayectoria parabólica, llena de números en movi-miento. Le dijo a Antiménides:

—Lo que en realidad me gusta son las matemáticas. ¿Lo sabías?

—Arréstenlo. ¡Es un espía! Trabaja para los egipcios.

—¿Sabías que por encima de nosotros está pasando un arco, un se-micírculo, y que de aquí a allá siempre hay un triángulo, con la punta en ese arco?

—¿Cómo dices?

Tales golpeó la lanza desde un lado. Se la arrebató a Alceo.

—Nunca consideras las diagonales —y le puso la punta en el cue-llo—. ¿Esto es lo que consideras "llamar la atención"? ¡Arródíllate, sir-viente de Babilonia! ¡Prefiero cuatro mil veces a Nekao de Egipto que a Nabopolasar de Babilonia!

—Es inútil, milesio. Estás muerto —le dijo Alceo, hermano de An-timénides. Le colocó el cuchillo en el cuello—. Mira a todos estos sol-dados. Todos trabajan para Nabucodonosor y para su padre. Este lugar ya pertenece a Babilonia, igual que toda Palestina, y pronto lo será el mundo. Llegaste a una trampa. Todos aquí están comprados. Son larvas de Babilonia.

—Eso te incluye a ti, desde luego —le dijo Tales.

Los mercenarios en el corredor comenzaron a reír.

—¡Es verdad, milesio! —y comenzaron a levantar sus pequeñas esferas de brillante ágata de Persia, traslúcidos como ojos: las gemas de Nabucodonosor.

Tales miró a los lados. Miró hacia el confín del pasillo. Vio a la Redactora R, Radapu, arrastrada por los guardias de los cabellos.

—¿Qué piensas hacer? —le preguntó Alceo de Mytilene—. ¡Todos estos griegos ahora trabajamos para Babilonia! —y gritó hacia los lados —: ¿no es cierto, hermanos? ¡¿No es cierto?! ¿Quién va a capturar a Tales primero, para llevárselo vivo al sacerdote Hilkiyahu? Te van a lapidar junto a ella, y junto al príncipe capturado.

—No los entiendo… —les susurró Tales. Los miró uno a uno—. Babilonia representa todo lo contrario a lo que somos los griegos. ¡Opresión! ¡Superstición! ¡Magia negra! ¡¿No aman ustedes la libertad para pensar, para hablar?!

—Yo prefiero el dinero —le susurró al oído su amigo, el alto anciano Semónides de Amorgos—. Lo siento, hermanito.

Tales cerró los ojos.

—¿Tú también…? Bueno, esto apesta.

Al final del corredor, los guardias babilonios empezaron a amarrar a Radapu por los brazos, por detrás de la espalda.

—¡Prepárense para quemarla viva! ¡Es una mujer lechuza!

El musculoso anciano Semónides le dijo a Tales, en el oído:

—Como dijo mi difunto maestro Arquíloco, que también se pudra en el Hades: "Uno de los Saianos de Tracia ahora se deleita con el escudo que dejé caer sin querer, junto a un arbusto, ¡y era bastante bueno! Pero por lo menos yo pude largarme, y estoy aquí, vivo.¿Qué importa mi escudo? ¡Ya encontraré otro que no será peor!

El malencarado Antiménides lo sujetó por el bíceps.

—Ya deja de hablar como un borracho, viejo putrefacto. Entrégame al fenicio.

Semónides le dijo:

—Tienes razón. No tienes por qué seguirme escuchando. Hablo como un borracho —y le traspasó la cabeza desde abajo, con su lanza. La punta rompió la carne por debajo de la quijada. Le pasó por la lengua, cortándola por en medio hacia arriba, atravesándole el paladar hasta el cerebro. Los ojos de Antiménides comenzaron a desviárse hacia los lados. Su hermano Alceo le gritó:

—¡Maldito!

Semónides le gritó a Tales:

—¡Corre por la chica, hermanito! ¡Que esto sea como en Lidia! ¡Yo voy por el sacerdote fariseo, antes de que estos bastardos lo maten y borren todo! —y se volvió hacia arriba. Empezó a repartir golpes con su lanza—: ¡En este momento comienza aquí, en este castillo, la guerra entre Egipto y Babilonia, y va a vencer Egipto, en confederación con Grecia, porque todos los países del mundo ahora somos parte de esta guerra! ¡Porque hoy aquí se está jugando el maldito futuro del mundo!

59

Doce metros arriba, en el salón de acuerdos del castillo, en el silencio absoluto; ante la presencia de los ancianos ministros máximos del reino de Judea, que eran el viejo secretario real Safán, con sus dos hijos Ahikam y Gemariah; y con sus jóvenes nietos, Gedoliah y Micaiah; y también frente al viejo Akbor, con su delgado hijo Elnathan, suegro del joven príncipe heredero Eliakim, ahora arrestado en el campo de batalla; y frente a los tres hijos del sacerdote Hilcías, que eran los gordos Azaryah y Hanan, y el esquelético Jeremías, vestido con harapos, y con un extraño yugo de madera estrangulándole el cuello; y frente al alto y aterrador Hombre Ave Alpaya, embajador secreto del rey Nabopolasar de Babilonia; sucedió lo siguiente:

El gordo sacerdote Hilcías, forrado en sus vestimentas con gemas, alargó su brazo hacia adelante. Les mostró a todos sus dedos, con sus redondos anillos de ágata persa, forjados entre anchos aros de bronce.

—Que viva por siempre nuestro caudillo, el rey Nabopolasar de Babilonia: señor del universo, El-Elyon, te protege, señor ungido, Nabopolasar de Babilonia, y a tu hijo y heredero: Nabucodonosor II.

Por detrás de él, su hijo Jeremías, con sus harapos, con su yugo de madera cerrándole el cuello, empezó a gritar, como en trance:

—¡Hoy Dios habló conmigo! ¡Y me dijo así! ¡Hazte un yugo, y unas correas, y póntelos sobre el cuello! —y se aferró el madero en su pescuezo—. ¡Y me dijo así! ¡Ahora mismo Yo, tu Dios, entrego todos estos países a mi siervo Nabucodonosor de Babilonia, incluyendo a las bestias que están en los campos! ¡Y todas las naciones habrán ahora de servir a Nabucodonosor de Babilonia, porque Yo lo ordeno así a través de mi profeta Jeremías, hijo de Hilcías! —y comenzó a llorar—. ¡Y si alguna nación se rehúsa a someterse a Nabucodonosor y no dobla su cuello debajo del yugo de Babilonia, yo la castigaré, y será arrasada por completo: con la espada y con el hambre y con la enfermedad y con la muerte!

—Así habla un profeta… —susurró el viejo secretario Safán.

Habían pasado ya varias horas desde que Eliakim había sido capturado y llevado hasta el monte Sion. Apenas había terminado de hablar el profeta Jeremías un alboroto inundó el salón de acuerdos, las puertas se abrieron y entró un grupo de guardias que llevaban a alguien con ellos, casi un bulto mojado en su propia sangre que arrojaron a los pies de Hilcías: el príncipe Eliakim, hijo del rey Josías, con grapas atravesándole las piernas y los brazos, para colgarlo vivo.

—Aquí está el traidor, santidad. La reina quiere que sea procesado por traición 'Am Ha'Ares, pues se trata de un agente de Egipto, y debe ser lapidado por el pueblo. Usted dé la orden.

Hilcías le sonrió al soldado que tenía una coraza y un escudo y un casco al estilo babilonio: como un gran alacrán. Se volvió hacia su asiento y acarició sus anillos dorados.

—Tráiganme los flagelos. Antes de su lapidación voy a azotarlo. Así lo establece la nueva ley del templo que yo he encontrado en los cimientos, gracias a Dios —y se sonrió a sí mismo—. Lo voy a azotar cuarenta veces, junto con la mujer que profanó este sitio sagrado. Tráiganmela a ella también. Los quiero a los dos aquí, en esta columna. Los voy a ofrecer en holocausto para El-Elyon, por el inicio de este nuevo imperio —y sonrió—. Tráiganmela viva. Y recuerden: cualquier cosa que ella diga contra mí es una mentira: está endemoniada.

60

Novecientos kilómetros al norte, en Harrán, Siria, con el cielo rojo por el fuego, desde lo alto de la redonda muralla de la Ciudad Torre; sobre el alto y rocoso puente de los dos leones, el joven y musculoso príncipe Nabucodonosor de Babilonia fuertemente le sonrió a su conquista:

—Amado padre —le dijo a Nabopolasar, que estaba a sus espaldas—, no tenías que hacer todo esto por mí. Pero te lo agradezco.

Por sus lados, las dos voluminosas catapultas, adosadas a su toro alado o transporte kuribu, se accionaron. Se inició la secuencia de tronidos metálicos. Los dos largos y masivos brazos de hierro, por los lados, impulsados por sus dos resortes, se soltaron hacia el frente. Sacudieron el piso, como dos bombas. Las dos grandes bolas de brea con ácido volaron por el aire, por el espacio. Echaron chispas formando espirales. Las observaron desde setenta kilómetros a la redonda, como si fueran dos cometas, desde los grandes carros kuribu, de seis ruedas, los otros veinte generales en comando. Las esferas de Hamatu emitieron un sonido profundo, como el estruendo de un monstruo.

El sonido del cuerno, en el vehículo principal de Nabopolasar, resonó hacia el cielo como un duro estruendo. Rebotó varias veces, como un espectro, en el horizonte. Cada batallón de Nabopolasar hizo una repetición con su propio cuerno, a la distancia.

Nabucodonosor se volvió hacia su musculoso padre, Nabopolasar.

—Excelente discurso, hijo —y se levantó de su trono, consistente en las formas doradas de seis cuernos de toro, convergentes por en medio—. Recuerda esto muy bien: el cobarde va a huir de esta batalla. En cuanto el faraón Nekao llegue aquí, después de su pérdida de tiempo en Yakudu contra las tropas de Josías, se va a aterrar, pues nosotros ya tenemos aquí controlado este castillo. ¡Ya no puede hacer nada aquí! ¿Qué puede hacer ahora? —y le sonrió. Miró al horizonte—. Aún no veo llegar sus malditas tropas y tal vez tarden si vienen con lentitud—y entrecerró los ojos—. Lo entretuvieron demasiado bien, ciertamente van a tardar. Si Nekao destruyó a los Yakudu, no me importa. Tú y yo ganamos ya esta fortaleza, y el que controla Harrán controla el norte de Asia. Ahora tú eres el único dueño de esta puerta al sur, que es el enclave más importante hacia todo el oeste. Eres el dueño de Asia.

El príncipe Nabucodonosor le sonrió.

—Gracias, padre.

—No me des las gracias. Dáselas también a nuestros enviados en Yakudu —le sonrió—. Sin ellos nunca lo habríamos logrado.

En la mente del joven Nabucodonosor se formaron dos imágenes enternecedoras: el gordo sacerdote Hilcías y su hijo, el harapiento y esquelético Jeremías.

—Es verdad, padre. También a ellos les agradezco. Nada de esto lo habríamos logrado sin nuestras larvas.

—Ahora bien: esto no ha terminado. Nekao ya no va a vencernos aquí, así que si es que acaso logra llegar esta noche, nos dará algún pequeño golpe ahí o ahí —y señaló la alfombra de miles de soldados babilonios, persas y medos—. Pero viene debilitado, y su ejército va a llegar inevitablemente cansado, agotado, por su combate en Yakudu. No va a permanecer aquí, porque sabe que bajo esas condiciones yo lo voy a despedazar. Así que Nekao va a retirarse de nuevo al sur, por allá —y señaló hacia el mar Mediterráneo—. Va a refugiarse detrás de esas montañas, en Karkemish —y señaló el oeste—. En Karkemish tiene aún aliados. Va a crear ahí una maldita capital última para atacarme.

—¿Karkemish, padre…?

—Te pido ahora que tomes el control de todo, el poder de Babilonia, y de este fuerte de Harrán, y de todo el Éufrates y del Tigris. Tú vas a asumir el control de todas las funciones del imperio y vas a ser el general absoluto de nuestro ejército, el Rabbu Turtanum —y observó a sus miles de soldados, en la llanura de fango pintados de rojo.

—Está bien, padre.

—Ahora todos estos hombres son tuyos —y lo miró a los ojos—. Desde este instante tú eres el caudillo de Sumer, Akkad, Asiria y Babilonia. Yo ya no existo más como dirigente. Ahora tú eres lo único que importa, amado hijo. Tú eres el rey de Babilonia.

—Padre… —y abrió sus ojos rosados—. Yo te amo. ¡No merezco esto!

—Todo va a depender ahora de Karkemish, ¿me comprendes? —y con mucha fuerza lo apretó por los bíceps—. Karkemish es ahora la frontera del mundo —y suavemente se volvió hacia el oeste—. Destruye a Egipto en Karkemish, antes de que se fortalezca, y una vez ahí, persigue a Nekao hasta Egipto. Invade Egipto. ¡Arrasa a Egipto! ¡Hazlo tuyo! ¡Siempre debió pertenecernos! —y firmemente lo agitó—. ¿Recuerdas lo que te dije sobre el imperio, sobre el universo?

—Sí, padre. Lo recuerdo —y tragó saliva.

—Bueno, pues tu comienzo va a ser Egipto. Debes poseer Egipto. ¡Prométemelo! ¡Arrasa Egipto hasta sus cimientos! ¡Que no quede una piedra sobre otra piedra! ¡Que no quede memoria, ni historia de su pasado! ¡Levanta ahí un mundo enteramente nuevo para ti, sobre las bases que tu padre te ha entregado, y tu tatarabuelo Dahhak! ¿Me lo prometes? ¡Prométemelo, amado hijo! ¡Prométemelo! —y lloró en su pecho—. ¿Lo harás por mí?

—Sí, padre —tragó saliva—. Lo haré. ¡Te lo prometo! —y rompió a llorar también, sobre la cabeza canosa de su padre—. ¡Lo voy a lograr! ¡No voy a dejar que nadie más te humille nunca! ¡Nunca de nuevo! ¡Nunca, nunca, nunca jamás va a suceder de nuevo!

—No dejes que él me venza —y cerró los ojos.

—¡Padre! ¡Padre!

Era hora de movilizar al temible ejército babilonio, y sin vacilar el nuevo rey Nabucodonosor hizo resonar las trompetas de avanzada.

61

A ciento cincuenta kilómetros de distancia al sur, en la cuenca de fango entre Karkemish y Harrán, el faraón de Egipto, Nekao II, a bordo de su gigantesco escarabajo llamado *Xepery* —de madera de ébano con hierro—, al lado de su joven y vigoroso hijo Psamétiko (ambos rapados de la cabeza), recibió un mensaje descorazonador.

Lentamente desenrolló el pequeño paño entre sus dedos. Leyó las letras escritas con cera de color rojo:

Hoy vas a morir, faraón de Egipto. Hoy tu hijo y tus soldados van a ser asesinados. Hoy voy a violar a tu esposa y a fornicar con todas tus hijas, y voy a mutilar a tus soldados. Y si yo muero por causa de mi edad, tu terror va a ser mi hijo, que es mucho más fuerte y temerario que yo, y él nunca va a olvidar que tú fuiste el cómplice de mi enemigo, Asurbanipal de Asiria. El tiempo que mi hijo viva, va a perseguirte hasta que esté bebiendo tu cerebro directamente de tu cráneo. Y de tu maldito país él va a hacer su harén, su prostíbulo y el campo para que defequen mis ovejas. Atentamente, Nabopolasar, hijo de Judarz, del linaje de Dahhak. Vive con miedo.

El faraón de Egipto se volvió al oriente, hacia la gigantesca columna de humo con flamas que estaba saliendo de Harrán, hacia el cielo, en medio de la completa oscuridad.

—Llegamos demasiado tarde. Ya se apoderó del castillo. Ya está bloqueado el acceso hacia Asia.

—¿Qué vas a hacer, padre? —le preguntó el joven Psamétiko—. ¿Vas a enfrentarlo?

—Sigan avanzando.

—Espera, padre… —y con gran fuerza lo sujetó por la mano—. ¡Vas a despedazar a nuestro ejército! ¡Nabopolasar ya tiene la fortificación! No podemos enfrentarlo. Es como ir contra una muralla.

—Tenemos que ganar. No podemos perder.

—Pero padre…

El faraón lo miró fijamente.

—¡No podemos perder, maldita sea! —y cerró los ojos. Lentamente se serenó—. Escúchame bien, príncipe de Sais y Naukratis. Si perdemos ahora esta batalla, va a ser la destrucción total de Egipto. Nabucodonosor quiere hacer correr sangre. Quiere despedazarte. Él y su padre odian a Egipto. Te va a humillar. Te va a ultrajar. Va a colgarse tus intestinos para presumir su poder, y va a ultrajar a tus hermanas. ¿Vas a permitirlo? Nabucodonosor es mucho más cruel que su padre. Los dos vienen de la estirpe bit-yakin. Son descendientes del antiguo rey dragón de Irán: Dahhak.

62

Novecientos kilómetros al sur, en el castillo de Judea, en medio de una estruendosa trifulca, la hermosa escriba R, Radapu, encadenada de los tobillos, amarrada por las muñecas, fue arrastrada con cuerdas por el piso, con la boca amordazada con un trapo anudado por detrás de la nuca.

La arrojaron sobre las brillosas losas, a los pies del sacerdote Hilkiyahu de Anatoth, junto a sus doradas sandalias de metal.

—Aquí está la profanadora, santidad. Está lista para que la colguemos de esta columna, junto al traidor. Efectivamente ha proferido calumnias contra usted, completamente infundadas —le sonrieron.

El sacerdote le sonrió desde arriba. Lentamente se acuclilló junto a ella. Comenzó a negar con su redonda cabeza. Le susurró por encima de la cara:

—Has hecho mucho por mí, escriba. Más de lo que imaginas. Me diste mi rollo, y creamos juntos un nuevo pasado —y de sus gordos labios cayó un largo chorro de saliva con pedazos de carne, sobre los labios de ella.

Radapu se volvió hacia un lado. Frunció la nariz. Pensó en el chico griego.

¿Dónde estás ahora, bastardo?

Miró al techo: hacia el candelabro. Era nuevo. Hilcías había colocado un candelabro de siete brazos, para los siete planetas de Babilonia.

Dios mío, dame fuerza para vencer a este embustero...

Hilcías lentamente se levantó, sin dejar de mirar a Radapu.

—De cualquier manera fíjenle un trapo a la boca. Sus palabras podrían envenenar al nuevo y joven rey Shallum —les sonrió—. Así se peligra con las poseídas.

Lentamente caminó por encima del príncipe de Judea: el joven Eliakim. El príncipe estaba mojado en sangre, en el piso, respirando aterrorizado. En sus piernas y brazos le vio los aros de hierro, clavados en la carne. Estaba temblando.

—Pónganles las cadenas. A los dos. Súbanlos a la columna. Cuélguenlos para el holocausto. Los flagelos —y extendió la mano a un lado.

Abajo, en el oscuro corredor rocoso de la torre de vigilancia, el joven Tales de Mileto se abrió paso a golpes.

—¡Quítense de aquí, estúpidos! ¡¿Qué no saben que la distancia más corta entre dos puntos es la línea recta?! ¡Ustedes me la están haciendo quebrada!

Por detrás de él blandió su larga y negra lanza el alto y fornido anciano Semónides, del puerto de Amorgos.

—¡Corre hacia la chica, maldita sea! ¡Yo me encargo del sacerdote fariseo! ¡La Cisterna Ciclópea está por allá! —y señaló con su lanza—. ¡Yo me encargo de sacar al fariseo!

Tales de Mileto le gritó:

—¡Tú quieres la gloria! ¡Yo descubrí que el fariseo es la clave!

—¡La chica también es clave! ¡Ve por ella!

Tales les gritó a los guardias:

—¡Disculpen! ¿Saben dónde está la escalera al trono?

—¡Pónganle la red! —gritó uno de los soldados—. ¡Enrédenlos con la malla! ¡Informen al comandante Immer! ¡Éstos son agentes de Egipto y Grecia!

Tales le dijo:

—El comandante Immer está ocupado preparandoles sus esquelas fúnebres —y les arrojó a la cara las tres bolsas de Helleborum. Los soldados, tras respirar el polvo vegetal, comenzaron a vomitar sus propias estrañas, llorando—. Ahora déjenme pasar, compañeros.

Semónides alcanzó a ver lo que estaba ocurriendo al otro lado de la puerta de roca. Observó a los soldados arrastrando con una cadena a los ancianos desnudos, sujetados con aros de hierro en el cuello, arrodillados uno detrás del otro. Eran los sacerdotes fariseos. Formaban una hilera, ensartados por sus cuellos, encadenados por las manos. Los estaban arrastrando hacia adelante con esa cadena de hierro, sobre las rodillas, por el piso, con una máquina ubicada más adelante, accionada con ruidos mecánicos que estaban sacudiendo el suelo: un engrane. Las rodillas ya las traían en carne viva.

—¡◁⧖⊐ ⫐⊟! ¡*Kalu uma eblu!* —gritaron los soldados babilonios—. ¡Jálenlos como racimo! ¡Súbanlos a todos a la cisterna! ¡Comiencen a vaciar la brea hirviente!

Semónides abrió su único ojo.

—Maldita sea —observó a los cuarenta hombres que venían por el pasillo, con sus ganchos, gritando en acadio: ¡Captúrenlos!—. Le prometí al fenicio rescatar al sacerdote. Es el único que sabe qué está pasando.

Luego recordó su misión: derrocar al gobierno actual y colocar al nuevo, que sirva a Egipto. ¡Ésta es la orden de Drako de Atenas, quien es amigo del faraón egipcio Nekao!

63

—No me digas que Tales de Mileto estuvo en todo este complot de la Redactora R. ¿Esto es una broma?

Esto se lo preguntó Max León al rubio John Apóstole (el nuevo).

Saltaron hacia abajo, a la oscura cámara subterránea. Era un espacio profundo, semejante a una pirámide invertida, con monstruos antiguos incrustados en los nichos: leones con cuerpos humanos, de la cultura hitita. Éfeso había sido alguna vez, en efecto, una ciudad hitita, llamada "Apasa", enemiga mortal de la más norteña "Wilusa" o "Ilión", la conocida Troya.

Por arriba percibieron una vibración, un temblor en la tierra: los helicópteros de Abaddon Lotan. Escucharon explosiones.

El rubio John acarició el muro. Susurró:

—*Lapidum Ignitorum... Piedras de Fuego...* —y le dijo a Max—. Esto lo han constatado muchos historiadores. Uno de ellos es Paul Eidelberg, presidente del partido político Yamin Yisrael. Diseñó el primer escáner cerebral para el Argonne Cancer Research Hospital. No debe ser culquiera. En 2004 escribió: "Tales de Mileto floreció en el tiempo de la destrucción del primer templo [de Jerusalén], en el año 585 a.C., durante la primera dispersión de los judíos de Judea, la tierra de Israel. El que fuera expulsado del Canaán o Judea y se convirtiera en un ciudadano de Mileto, una ciudad griega, sugiere la posibilidad de que su expulsión fuera el resultado de la invasión a Judea por parte de Babilonia, cuando el rey Nabucodonosor saqueó Jerusalén [...] De hecho, como lo sugiere el historiador Elliot A. Green, su nombre puede ser la versión griega de la palabra hebrea 'tal', que significa 'rocío' ".

Max León miró al espacio, a los leones de piedra. Tenían las fauces abiertas. Sus cuerpos eran hombres musculosos.

—Ésta debe ser la habitación 666 del sacerdote psicópata —le dijo a John Apóstole.

John le dijo:

—Hay una prueba más de que Tales de Mileto estuvo en Judea durante la reedición de la Biblia del siglo VII a.C.: el túnel de Eupalinos, en la isla de Samos, al norte de Patmos —y señaló hacia el mar.

—¿Túnel de Eupalinos? —y en la pared sur Max descubrió una pintura aterradora: un gigantesco engendro con seis alas, abiertas hacia los lados como un insecto, en medio de seis nubes de fuego: con seis garras de león y seis patas de toro; con cuatro cabezas de humanos y animales—. *Dios... esto es tan... horrible...* —y desenfundó su pistola Mendoza. La apuntó con el cañón hacia la creatura, sin saber a cuál de las cuatro cabezas debía dirigirla.

John le dijo:

—El túnel de Eupalinos es una copia del túnel de Ezequías que está dentro del monte Sion, donde hoy se estaba haciendo el descubrimiento por parte de la ONU: con la misma tecnología. No existe otro túnel de su tipo en todo el mundo: sólo esos dos, pero el de Sion existió primero. Significa que alguien estuvo ahí. Fue Tales de Mileto. Le describió el túnel de Sion a su amigo Ferécides de Siros, y a Pitágoras de Samos, que fue el maestro de Eupalinos.

Max se aproximó al muro sur.

—Me parece que también estuvo aquí.

—¿Cómo dices?

Max León inclinó la cabeza. Dirigió la punta de su semifusil a la antigua pintura. Debajo vio un diagrama raspado en la roca: un triángulo dentro de un círculo, con los ángulos indicados con números y letras griegas.

—*Éste es el teorema de los ángulos rectos...* —y con el revólver siguió la curva del círculo hacia abajo—. Me parece que ése es el conocido "Triángulo de Tales de Mileto".

Por debajo del diagrama vio un rostro de una mujer, desdibujado, con los cabellos rizados hacia los lados. Debajo decía en letras griegas "ροδόπησ καλλίστασ".

Lentamente se volvió hacia Serpia Lotan.

—¿"Rhodopis Kallista..."?

Serpia, sin dejar de mirar hacia arriba, hacia el sonido de los helicópteros, le dijo:

—Kallista significa "muy bella". Rhodopis fue su nombre en Grecia. La trajo Tales.

—¿Esta mujer es "R"? ¡¿Es la Redactora R?! —preguntó Max.

—Ella es la mujer que ustedes están buscando. La Redactora R. Todo el mundo sabe quién es. No es ningún misterio. Su estatua está en el museo de Atenas. Ella estuvo aquí, igual que Tales, en este refugio. Ella fue la mujer que redactó la Biblia.

John Apóstole y Max la miraron.

—¿Cómo dices?

Ella les sonrió:

—¿Acaso creen que es casualidad que el apóstol Juan haya sido enviado a esta caverna, seiscientos años después de que ella estuvo aquí? ¿Quién creen que le habló sobre este lugar, si no el mismo Jesús? —y les pestañeó coquetamente—. ¿Acaso creen que es casualidad que Creseto Montiranio fue enviado también a aquí, dos mil años más tarde, y ahora también ustedes? —y miró los muros—. Los mensajes en estas paredes han sido acumulados por cien generaciones de seres humanos. Cada nueva generación ha pintado aquí su descubrimiento, para morir aquí mismo, y aquí permanecerá todo esto sin ser descubierto —y les sonrió—. Esto es una tumba. Ésta es la capilla sixtina del Secreto Biblia.

Max se abalanzó sobre ella. Le puso la pistola en la mejilla:

—¡Ya dinos lo que sabes, maldita sea! ¡¿Qué es lo que hay aquí en esta cueva?! —y se volvió hacia arriba, a los sonidos de los artefactos militares.

Lentamente el propio Max se levantó. Miró a la pared.

—Un momento…

En el muro vio pintado, con letras muy mal trazadas, por el sacerdote Creseto Montiranio, un versículo de la Biblia:

2 Reyes 22:8

Entonces el sumo sacerdote Hilcías dijo al secretario real Safán: "en el Templo he encontrado el libro de la Ley"… y el secretario Safán lo presentó ante el Rey…

Max le susurró a John Apóstole (el nuevo):

—Así fue como inició todo… con ese rollo que "apareció" de la nada.

—¿De qué hablas?

—Ese versículo es el secreto de todo —y lo señaló con su pistola HM4S—. Ya comienzo a entender este acertijo. Este versículo habla sobre la Redactora R, y sobre el sacerdote que encontró el rollo… —y se volvió hacia Serpia Lotan—. ¿No es así?

Ella no lo miró. Siguió observado el techo, donde se producían las vibraciones.

Max les dijo a ambos:

—Todo lo que importa ahora en este mundo es esa mujer, la mujer R, que tú dices que está en el museo de Atenas —y lentamente se volvió hacia la parte del muro donde estaba retratada la Redactora R—. Ella es la protagonista de todo. Ella es el camino, ahora, a todas las respuestas: a donde está la verdadera Biblia, que ella ocultó en algún lado.

John Apóstole también se aproximó. Estaban justo por debajo de las cuatro caras del monstruoso engendro de seis alas. El versículo estaba en su pecho. Max le dijo a John Apóstole:

—Creo que acabo de descubrir mi misión dentro de esta maldita tumba o sepulcro, y tal vez, en la vida.

—¿De verdad? —le preguntó John.

Max entrecerró sus ojos. En la oscuridad percibió el rostro de su jefe, el embajador Dorian Valdés, en la noche del día del atentado, cuando fue asesinado:

Max León… Ahora eres de nuevo lo que siempre fuiste: un policía de investigación. La clave de este misterio es este sacerdote. Su nombre fue Cerinto.

Max lentamente acarició con los dedos la pared, las letras del versículo.

—Esto tiene que ser la respuesta de todo —y volvió a leer—: 2 Reyes 22:8. "Entonces el sumo sacerdote Hilcías dijo al secretario real Safán: 'en el Templo he encontrado el libro de la ley'."

Comenzó a disparar contra las letras.

—¡¿Qué te pasa, Max León?! —le gritó Serpia Lotan—. ¡¿Estás loco?! ¡Esto es material arqueológico de invaluable valor!

Max siguió disparando. El rubio John Apóstole comenzó a reír a carcajadas. Max les gritó a los dos:

—¡Si este versículo describe cómo apareció un rollo que era falso, ahora yo voy a hacer que aparezca el otro: el verdadero! ¡Está detrás de este maldito muro!

64

—Los voy a llevar al origen, al Génesis. Me refiero al verdadero Génesis. El verdadero origen del mundo.

El tenebroso anciano Noé Robinson, director de los archivos Dilmun-1, condujo a los jóvenes Isaac Vomisa y Moshe Trasekt a través de un oscuro pasillo de luces de neón horizontales, de color azul ultravioleta, semejantes a las líneas electrónicas de una trampa para insectos. Los balaustros luminosos zumbaron como larvas. Los dos hombres avanzaban sumidos en calma por el efecto de los barbitúricos. Llevaban sobre la cabeza sendas bolsas negras con orificios a la altura de las narices para que pudieran respirar.

—Yo no hice nada —le dijo el delgado Moshe Trasekt—. Yo conservo mi fe. Él fue el que empezó todo esto —y se volvió hacia el rubio Isaac.

El anciano dio vuelta en el pasillo.

—Lo que están a punto de ver los va a perturbar en extremo. Aún pueden elegir. ¿Quieren seguir? ¿Quieren saber la verdad?

Moshe se detuvo de golpe.

—¿A qué se refiere? —y sacudió la cabeza—. ¿Nos va a aplicar descargas? ¿Nos va a borrar la memoria?

El anciano cerró sus ojos.

—No, amigo. Entra, maldita sea.

Isaac ya estaba dentro. Le dijo al anciano:

—Quiero la verdad.

Por detrás de ambos entró el anciano Noé Robinson. Les dijo a sus guardias en el pasillo:

—Ustedes quédense aquí fuera. Déjennos solos —y cerró la puerta. Lentamente giró la cerradura.

Dentro se hizo la oscuridad: absoluta negrura. Noé suavemente colocó la mano sobre el hombro de Isaac.

—Tú desobedeciste. La Biblia establece que hace muchos miles de años Dios colocó a los primeros dos seres humanos en un jardín, y les pidió que no se acercaran a un árbol donde estaba la ciencia del bien y del mal, es decir: el conocimiento. Tú desobedeciste a la Biblia. Te acercaste al árbol. Incluso aferraste la manzana.

Isaac se volvió hacia abajo.

—¿Para esto me hizo entrar aquí, para regañarme? Se hubiera ahorrado esta molestia. Esto lo he oído por demasiados años. A mí no me va a manipular más. Nunca voy a dejar de explorar. Yo quiero la verdad.

—No me has comprendido —le sonrió el anciano. Lo apretó por el hombro y pasó la mano sobre la nuca cubierta con la bolsa negra—. Te voy a contar una historia sobre las desobediencias —y dicho eso les arrancó a ambos las capuchas de plástico para que pudieran mirar lo que iba a mostrarles.

De la nada se formó una imagen: en el techo. Era una bóveda redonda, una especie de planetario. La imagen era el jardín del Génesis: el Edén. Isaac observó el pasto verde, el cielo azul, el árbol lleno de manzanas, la serpiente enroscada alrededor del árbol, con cien lenguas, y, por supuesto, la pareja de humanos desnudos: Adán y Eva, siempre avergonzados y mirando hacia el piso, tapándose sus partes púbicas.

Isaac le dijo al director de los archivos Dilmun-1:

—Muy bien. Usted logró regresarme a la maldita escuela primaria. Ya tengo otra vez cinco años. Cuénteme otra vez la maldita historia.

—No, no —le sonrió el hombre. En el techo apareció un rectángulo: un video. Todos observaron a un hombre con anteojos, barbado, hablando hacia la pantalla:

—Buenos días, yo soy Guy Consolmagno, astrofísico oficial del Vaticano.

La reportera asiática Alissa Poh, de la Universidad de California, le preguntó:

—¿Usted es un fraile jesuita?

—Así es.

—Pero usted estudia planetas, ¿cierto?

—Cierto.

—Usted es asesor del papa Francisco, y acaba de afirmar hace unos minutos que el libro del Génesis tiene un problema; que en realidad no es un relato sobre la creación, sino tres diferentes relatos de la creación fusionados. ¿Así es?

El fraile la miró fijamente.

—Así es. Génesis 2 no concuerda con Génesis 1. Son dos historias diferentes de la creación del mundo. Están empalmadas.

Ella negó con la cabeza.

—¿Alguien empalmó las dos historias? ¿Cómo fue eso?

—Me refiero al orden en el que las cosas ocurren al principio del universo. Si usted está tratando a la Biblia como a un libro de ciencia, entonces simplemente hay dos capítulos que no están de acuerdo. Fueron fusionados.

—Vaya… ¡¿cuáles capítulos?!

El video se truncó.

En la esférica oscuridad, el anciano Noé Robinson les dijo a Isaac y a Moshe:

—La primera discrepancia que los científicos encontraron en la Biblia, porque es la más importante y porque está en la misma base, abarcando todo el libro del Génesis y todo el Éxodo, y todo Números y todo el Deuteronomio, es la discrepancia E-J.

—¿Discrepancia E-J…? —susurró Moshe Trasekt.

—Hay dos historias en el Génesis, en el primer y segundo capítulos de la Biblia, y es tan obvio que nunca lo han notado: dos diferentes historias sobre la Creación del mundo.

Isaac abrió la boca.

Lentamente se volvió hacia el doctor Robinson.

—¿Cuáles son?

El director se volvió hacia el joven Moshe Trasekt.

—¿Tú también quieres saber la verdad…?

—Pues… como usted diga… Yo no hice nada.

El doctor le sonrió y negó con la cabeza. Le acarició el cabello.

—Tú escucharás, pero va a ser exactamente igual que haberle hablado a una piedra —y se volvió hacia Isaac—. En su libro *Los mitos hebreos*, de 1963, los historiadores Raphael Patai y Robert Graves explicaron todo esto: "Durante muchos siglos, los teólogos judíos y cristianos coincidieron en que los relatos sobre el origen del mundo ofrecidos en el Génesis sólo estaban inspirados en Dios […] Esta opinión extrema ha sido actualmente abandonada por todos salvo por los fundamentalistas" —y miró al techo, a la bóveda oscura—. "Desde 1876 se han desenterrado y publicado varias versiones del poema acadio de la creación, que es babilónico y asirio […] el llamado 'Enuma Elish'…"

—¿*Enuma Elish…*? —le preguntó Isaac Vomisa.

—Significa "en el comienzo". Es mesopotámico. En la Biblia que hoy conocemos, el relato que aparece abarcando de Génesis 2:4 a Génesis 2:7 es una réplica del Enuma Elish, el poema de la creación de Babilonia. Se añadió cuando los judíos estaban cautivos en Babilonia. Un regalo forzado de Nabucodonosor para la mitad de la población que hoy habita en el mundo, que leen la Biblia.

—No…

—Según Graves y Patai, este mito estaba integrado "poco después del regreso del exilio en Babilonia". No hay que olvidar que los judíos estuvieron secuestrados en Babilonia nada menos que setenta años. ¿Por qué crees que las menoras judías tienen siete brazos, que es el número sagrado de los babilonios: el número de los planetas? ¿Por qué crees que los meses judíos se llaman igual que los meses de Babilonia? ¿Y por qué crees que el número siete se volvió sagrado para los judíos, el "Shabat"? La palabra "sabath" es de Babilonia: "Sebet", o "Sebe", que simplemente significa "Siete", pero era el nombre de las sagradas estrellas "Sebettu", las Pléyades, o "siete demonios", como lo describió Lorenzo Verderame en 2016. Siete era el número sagrado y temido en Babilonia.

Isaac se volvió hacia abajo.

—Dios…

El doctor Robinson avanzó hasta él:

—Según Patai y Graves: "El segundo relato sobre la Creación", que aparece en el Génesis, en los capítulos 2 y 4 a 22, "también procede de Judea, posiblemente de origen edomita y anterior al exilio. En un principio, en él se llamaba a Dios 'Yahveh', pero el revisor sacerdotal", que es posiblemente R, la Redactora del siglo VII a.C., a las órdenes del príncipe Nabucodonosor de Babilonia, "lo ha cambiado por 'Yahveh-Elohim' […] dando a las dos versiones apariencia de uniformidad". Esto significa: fusión.

Isaac observó la negrura:

—¿Esto hicieron? ¿Son dos dioses? ¿Yahveh y Elohim son finalmente dos distintos dioses?

—Elon Gilad lo publicó en 2015, en la revista *Haaretz*: "La Biblia tiene de hecho más de un mito de la creación […] El autor de Génesis 1, probablemente un escriba hebreo que vivió en Babilonia durante el exilio babilónico en el siglo IV a.C., estaba aparentemente creando una nueva versión para un mito viejo [babilónico], para adaptarlo al estricto monoteísmo que estaba tomando forma en el judaísmo. El dios marino primordial".

—¿Dios marino primordial…? —le preguntó el delgado Moshe.

—Era un mito de los babilonios. Su nombre era Tiamat, la serpiente cósmica. Pasó a los hititas con el nombre de Iluyanka, y luego a los fenicios con el nombre Lotan, y a los griegos con el nombre Ladón, y a los hebreos con la palabra "Tehom", que significa: "el abismo". Elon Gilad lo dice así: "El mito básico de un dios que mata a un monstruo marino de tipo serpiente no es exclusivo de cananitas", donde Baal mataba al monstruo marino Yamm, y donde la sangrienta Anat mataba al retorcido Lotan; "ni de babilonios", donde Marduk mataba a la dragona cósmica Tiamat, para salvar al resto de los dioses. "Los pueblos del Medio Oriente al parecer lo adoptaron desde pueblos indoeuropeos del norte, pues aparece en múltiples pueblos indoeuropeos: en la mitología griega Zeus mata al monstruo Tifón; en los vikingos, Thor mata al monstruo Jörmungandr; en la mitología hindú, Indra mata a Vritra; en la mitología eslava, Perun mata a Veles, y en la mitología hitita, Tarhunt mata a Illuyanka [un ciempiés gigante]. En todos estos casos —y hay muchos más—, es un dios del clima el que mata al monstruo serpiente, y así trae orden al mundo" —y el doctor Robinson caminó por enfrente de

Isaac—. La dragona Tiamat babilónica, a la que mata Marduk, "puede ser aludida en Génesis 1:2, donde el hebreo para lo que se traduce como 'el abismo' es 'tehom', una palabra hebrea asimilada con el nombre babilónico Tiamat".

—No entiendo —le dijo Moshe—. ¿Usted también va a cuestionar la Biblia?

Isaac se le aproximó al director.

—¿Dragón cósmico…? ¿Esto es "Satán"…? ¿Es una mentira? ¿Es un monstruo mitológico?

—El dragón o monstruo cósmico es un mito que ha ido brincando de una civilización a otra, a lo largo de miles de años, por simple "contagio cultural". Cada cultura se lo ha traspasado a la otra, sin fin. En los pueblos marinos como Fenicia y Grecia, el monstruo fue acuático, como Lotan y Drako. En las civilizaciones terrestres, como Mesopotamia y Persia, el monstruo es terrestre y vive dentro de una montaña. Ésta es la historia del "Diablo". Proviene en última instancia de la India, donde se llamó Vritra, el dragón azul de tres cabezas que también originó a Azi-Dahhak, el demonio de los persas.

Isaac cerró los ojos.

—Dios mío… Historia del Diablo…

—El "Diablo" es este dragón monomítico —y el doctor volvió el rostro hacia arriba. En la bóveda comenzaron a aparecer imágenes: monstruos, ángeles, demonios—. La "Guerra en el Cielo", la "Rebelión de los Ángeles" que nos han enseñado desde niños; el "surgimiento de Satán", realmente cobró forma cuando los griegos tomaron el poder en el mundo; cuando los hebreos cayeron dentro de la influencia de Grecia.

—No, no, no. ¡¿Ahora los griegos?! —le dijo el joven Moshe.

—¿Qué demonios está usted diciendo? —lo increpó el investigador Vomisa.

—Los persas derrotaron a los babilonios en el 539 antes de Cristo, y por un momento controlaron el mundo, y todo fue "persa", inclusive los hebreos, y fue cuando el dragón azul Vritra-Dahhak entró a la religión hebrea. Pero vinieron los griegos. Parece que olvidas que surgió un helénico llamado Alejandro Magno, y que él, en el año 330 a.C., asesinó al emperador persa Darío III, y se quedó con su poder. Desde entonces, el mundo quedó bajo el dominio total de Grecia. Todo se volvió griego, incluso, querámoslo o no, los hebreos. Fue cuando "Satán" se volvió "griego".

El delgado Moshe, esposado como estaba, comenzó a sacudirse:

—¡Esto no es cierto! ¡Maldita mentira! ¡Satán no es griego!

En la bóveda aparecieron otras imágenes: el arcángel Gabriel; el arcángel Miguel; ejércitos de miles de ángeles, y "Lucifer".

El doctor Noé se colocó frente a Moshe. Le dijo:

—Cierra los ojos —y se los tapó con la mano—. Imagina a Luzbel. ¿Lo puedes ver?

—¡Sí, maldita sea!

—Dales las gracias a los griegos —y retiró la mano—. Ellos lo hicieron bello. Te formaste esta imagen en tu cabeza porque te la contaron mil veces cuando eras niño: pero Luzbel, Lucifer, o como quieras llamarlo, nunca aparece en la Biblia. Jamás.

—¡¿Perdón?! —y abrió los ojos.

—Ni Luzbel, ni su "rebelión" de ángeles en el cielo aparecen en la Biblia.

Isaac tragó saliva.

—¿En verdad no aparece?

—En ninguna parte. Búscala tú mismo. Sólo se relata una batalla semejante en Apocalipsis 12:7, que es un libro falso; y esa batalla "cósmica" ocurre al final de los tiempos, no al principio del universo. Supuestamente, según nos educan de niños, al principio del mundo Luzbel fue el ángel más bello de todos, de una manera muy "griega", y cuando Dios creó al hombre, Luzbel sintió envidia y comandó la gigantesca rebelión de los ángeles que se insubordinaron contra Dios y acabaron volviéndose malignos, y Dios no tuvo más remedio que, ayudado por sus "arcángeles" Gabriel y Miguel, sepultar a estos rebeldes en el infierno, donde se volvieron los "demonios" o "ángeles caídos" que hoy tememos. ¿Cierto?

Isaac y Moshe asintieron.

—Una bella historia —les sonrió Noé Robinson—. Pero si hubiera sido cierta, ¿por qué en el libro del Génesis, que es el documento de la creación del mundo, nunca se menciona nada sobre este evento tan importante: la "revuelta cósmica"? Ni siquiera se relata que fue creado un maldito ángel anterior al hombre: ni que se llamara "Luzbel", ni tampoco un "Gabriel", ni ningún otro. ¿Acaso no fue importante mencionar si fueron creados? Mucho menos se menciona que los "ángeles" hubieran tenido un líder, ni que fuera éste "Luzbel", ni que hubiera sido bello, ni que hubiera sentido envidia cuando surgió el hombre. ¿Por qué nada de esto aparece mencionado en el libro del Génesis?

Moshe se quedó callado, con los ojos abiertos.

Ambos escucharon el tenue sonido eléctrico de la bóveda.

Isaac le preguntó:

—¿Nunca hubo "ángeles"? ¿También es una mentira?

El doctor Robinson oprimió un botón en su mano. En la bóveda aparecieron seis arcángeles. Les dijo:

—Éstos son el verdadero origen de los "ángeles" de la Biblia. Sus nombres: Asha-Vaista, Vohu-Mana, Spenta-Armaiti, Kshastra-Vairya, Haurvatat y Ameretat. Son los seis "arcángeles" de la religión persa, del zoroastrismo.

—No… —le dijo Isaac.

—Se llaman en colectivo "Amesha-Spenta", "Las chispas divinas", y además de estos "arcángeles" había "ángeles" de menor escala, llamados "yazatas" o "venerables"; mientras que también había "demonios" o "daevas", que en las actuales postales de Azerbaiyán aparecen con cuernos. Todo esto se lo zambutieron al pueblo hebreo a partir del año 530 a.C., cuando Ciro se hizo cargo, y el Yasna 32:4 del zoroastrismo introdujo también el concepto de "falsos sacerdotes", o *"usij"*, que en los hebreos se volvió "el falso profeta". Todo esto, a partir de la conquista de Alejandro Magno, comenzó a volverse "griego".

Moshe sacudió la cabeza.

—¡¿Qué está pasando?! ¡¿Usted también está en contra de la religión?! ¡Usted trabaja en la agencia!

El doctor Robinson lo tomó por el hombro.

—Si Dios hubiera creado ángeles, incluyendo a uno llamado Luzbel, los tendría que haber creado justo aquí: antes que el hombre —y en la enorme bóveda apareció el texto mismo del Génesis; veinte versículos—. Es decir, habrían sido creados entre los versículos 1:6 y 1:26 del Génesis, antes del sexto día, que es cuando creó al hombre. ¿Cierto?

—¿Por qué no antes del 1:6? —le preguntó Isaac.

—Antes del 1:6 no existía el cielo. ¿Dónde habrían vivido los ángeles? —y se volvió hacia arriba.

Moshe le preguntó:

—¿Qué hay sobre la serpiente? ¿No es acaso el ángel Luzbel?

El doctor levantó una ceja. Suavemente oprimió un botón en su mano. En la bóveda apareció de nuevo el verde jardín del Edén, con Adán y Eva. Los tres, en silencio, observaron el árbol lleno de frutos, y la serpiente de cien lenguas enroscada al mismo, dándole siete vueltas.

—Ya parece que usas tu cabeza —le dijo a Moshe—. Sin embargo olvidas algo. Si acaso la serpiente engañadora que aparece en el versículo 3.1, tentando a Eva para que coma la fruta del árbol prohibido y se la ofrezca a su marido; si ese reptil fuera este ángel caído llamado Luzbel, como dices, significa que ya para ese instante el ángel debía haber "caído", y ser "maligno". ¿Correcto? La rebelión de los ángeles comandada por él ya debía haber ocurrido, versículos antes, siendo él vencido y convertido en este triste reptil. Querría decir que la "Rebelión en el Cielo" y la "Guerra y Caída" habría ocurrido ya, antes de la ingestión de la manzana, mientras Adán y Eva vivían aún felizmente paseando en el jardín. En pocas palabras: antes del versículo 3.1. Pero nada de esto se menciona en los versículos anteriores a 3.1. ¿Por qué Dios, si reveló la verdad a Moisés, no le informó sobre estos hechos cruciales que directamente iban a afectar al hombre, como especie, incluso ahora? —y se volvió hacia Isaac—. La "Rebelión de los Ángeles" es una fabulosa mentira.

Moshe miró al piso.

—Todo esto es horrible. ¡Todo esto es horrible! ¡Quiero regresarme a mi oficina! ¡Usted también está contra Dios! ¡Usted es un traidor contra el Estado! ¡Traidor! ¡Traidor!

El doctor Noé Robinson se le aproximó a Moshe Trasekt.

—Es normal tu reacción. Tranquilízate, hijo —le sonrió—. Se llama disociación de personalidad por miedo reverencial. Tu mente tiene miedo de poner en duda todo esto porque tiene un terror profundo a algo espectral, sobrenatural. Es un complejo subconsciente, instintivo. El "diablo" es la representación de todos nuestros miedos. Generalmente tiene rasgos de los antiguos depredadores de nuestra especie: colmillos, escamas, garras, ojos de tigre o víbora. Ya pasó. Ahora vas a abrir los ojos, y vas a ser hombre. ¿De acuerdo? La agencia te necesita convertido en un hombre.

—De acuerdo… Usted es un traidor.

El doctor se dirigió a Isaac Vomisa:

—En algunos lleva más tiempo —y caminó frente a Isaac.

—Explíqueme lo de los griegos. ¿Dijo "titanes"? ¿Dijo "Zeus"? —insistió el agente Isaac Vomisa.

—Piénsalo: desde niños se nos hizo creer que los "ángeles caídos", los que se "precipitaron" al abismo tras perder la "Batalla en el Cielo", eran los gigantes o nefilim: los monstruos de tres metros de altura que aparecían en el versículo 6:1 del Génesis, y que se habían "mezclado" o "acostado" con las "hijas de los hombres", para procrear con ellas. ¿Cierto?

El rubio Isaac le respondió:

—Sí, sí… ¿y entonces…?

—Gran parte de esto se forjó en el libro de Enoc, patriarca que supuestamente vivió en el año 3200 a.C. El libro 2 Enoc, versículo 29:3, dice: "Y Satanail fue arrojado desde las alturas junto con sus ángeles". Por su parte, el libro 1 Enoc, capítulo 68, habla de los "ángeles caídos" con curiosos nombres como "Azazel", que hoy es identificado con Satán. Ya vimos que *"Azi"* es una palabra persa que significa "serpiente", derivada del hindú sánscrito védico "Aji", "serpiente", y que el demonio azul de los persas, de tres cabezas, apresado en una montaña, se llamaba Azi Dahhak. ¿De acuerdo?

—De acuerdo. ¿Qué hay de los griegos?

—Los "bene-elim" o "hijos de Dios" que aparecían en Génesis 6:2 como estos gigantes de tres metros o "acompañantes" de los primeros humanos, también llamados nefilim, de pronto fueron identificados con los "ángeles caídos" del libro de Enoc, que habían sido arrojados desde el cielo debido a su lealtad con un jefe traidor a Dios: el que hoy conocemos como Lucifer.

Isaac lo miró fijamente.

—Okay… ¿y bien?

—Piénsalo: si lo que nos han dicho desde niños es cierto, Dios creó a los ángeles antes que al hombre, y fueron perfectos; y luego Dios creó al hombre, y los ángeles sintieron celos del hombre, pues Dios amó más a los hombres que a estos ángeles, y Luzbel hizo su consabida rebelión.

—¡Sí, sí, sí! —le gritó Moshe—. ¡Ya nos repitió todo esto!

El doctor continuó:

—Pregunta número uno: ¿por qué unos seres vanidosos, que se consideraban perfectos y superiores a los humanos, al grado de indignarse cuando Dios les prestó más atención a los imperfectos humanos, habrían deseado fornicar con mujeres humanas, que eran poco menos que gorilas para ellos?

En la oscuridad observó a los dos jóvenes.

—El libro de Enoc, en sus capítulos seis a ocho, dice que estos gigantes caídos del cielo, los nefilim, "vieron a las mujeres humanas y las desearon, y se dijeron: 'Vayamos y escojamos mujeres…' […] éstos son los nombres de sus jefes: Shemihaza […] *Ar'taqof, Asa'el, Kokab'el* […] y eran un total de doscientos los que descendieron sobre la cima del monte que llamaron 'Hermon' " —y le dijo a Isaac—: las mujeres humanas "quedaron embarazadas de ellos y parieron gigantes de unos tres mil codos de altura que nacieron sobre la tierra […] y los gigantes se volvieron contra los humanos para matarlos y devorarlos. Y Asa'el enseñó a los hombres a fabricar espadas [...] Shemihaza les enseñó encantamientos [...] Harmoni brujería [...] Kokab'el los presagios de las estrellas...".

—No me interesa —le dijo Moshe.

El doctor le dijo a Isaac:

—Enoc 10:4 dice que Dios le dijo al "ángel" Rafael: "encadena a Asa'el de pies y manos y arrójalo en las tinieblas: abre el desierto que está en Dudael y arrójalo ahí", y no sólo esto: Enoc 10:8 y 10:2 dice que Dios dijo a Rafael: "Toda la tierra ha sido corrompida por las obras que Asa'el enseñó a los hombres; impútale a él todos los pecados". Y el altísimo le dijo a Sariel: "ve con el humano Noé y dile en mi nombre: escóndete; la tierra entera va a perecer en un diluvio que está por venir, y todo perecerá". Pregunta dos —y miró fijamente a los dos jóvenes.

—¿Ahora qué? —le preguntó el delgado Moshe.

—¿No se suponía que los ángeles habían caído del cielo por su rebelión?

Isaac y Moshe se quedaron callados.

—No entiendo —le dijo Isaac.

El anciano le dijo:

—Volvamos al libro de Enoc, capítulos seis a ocho: "vieron a las mujeres humanas y las desearon, y se dijeron: 'Vayamos y escojamos mujeres...'". Y las mujeres humanas "quedaron embarazadas de ellos y parieron gigantes". No hay rebelión; no hay "envidia contra el hombre". Sólo hay sexo, y eso es la única maldita razón por la que estos individuos "bajaron" a la tierra. ¡Los malditos gigantes querían sexo!

Moshe negó con la cabeza.

—Estoy confundido...

—Pregunta tres: si los ángeles caídos hubieran odiado tanto al hombre, como supuestamente ocurre en el mito de Luzbel, ¿por qué les habrían enseñado las artes a los humanos, como lo hacen Asa'el, Shemihaza y Harmoni, al educarlos para fabricar espadas, y para hacer encantamientos y "presagios de las estrellas"? Aquí es donde comienza a volverse obvia la gigantesca influencia de la mitología griega, porque estos tres "ángeles caídos" en realidad son los tres titanes principales de la mitología griega: Prometeo, Epimeteo y Metis, que enseñaron al hombre el uso del fuego o metalurgia, el arte del engaño y la brujería. ¡Son los titanes griegos!

—No, no, no... —susurró Moshe Trasekt—. ¡No!

El doctor caminó entre ambos:

—En la mitología griega, los titanes y los dioses estaban en guerra por el control del universo, y los titanes decidieron ayudar a los humanos para sumarlos a su causa, y ahí fue donde Prometeo y Epimeteo y Metis operaron, pero en su combate contra Zeus, estos titantes fueron aplastados, y Zeus los apresó dentro de montañas. A Enceladus lo encerró en el Etna, en Sicilia, y por eso es un volcán: es el titán furioso que está tratando de salir. A Tifón, que era un burro con patas de serpiente, lo estrelló contra el "Monte Saphon" y lo guardó dentro del Tártaro, en Epiro, al norte de Grecia, entre los ríos Acheron, Styx, Phlegethon, Lethe y Cocytus. Pero la palabra "Tártaro", griega, curiosamente aparece en el libro de Enoc. ¿Cómo es posible, si Enoc vivió en el 3200 a.C., cuando ni siquiera existía Grecia, que Enoc utilizara una palabra griega?

—Maldición —se dijo Isaac.

—Lo que ocurre —le dijo el doctor Noé Robinson— es que el libro de Enoc es también un libro falso, igual que el libro del Apocalipsis de "Juan". No lo escribió "Enoc". Los que escribieron este material lo hicieron en el año 280 a.C., cuando Siria, Palestina y Egipto estaban totalmente bajo el control de un griego heredero de Alejandro Magno: Ptolomeo II, hombre que, casualmente, inventó también una religión completa, la religión que unificó a Grecia y a Egipto, el dios "Serapis", completamente inventado por este hombre a partir de una estatua sin nombre que su papá le trajo de Asia. Ptolomeo, con esta estatua, les dijo a los egipcios y a los griegos que esa estatua era desde ahora la combinación de los dioses Osiris y Apis, y las dos naciones se volvieron una. ¿Les parece conocida esta historia?

Isaac abrió los ojos.

—La operación E-J…

—Fue este hombre, Ptolomeo II, el que también, curiosamente, en el año 244 a.C. juntó en Alejandría, Egipto, a setenta sabios judíos, ahora patrocinados por él, y los "apoyó" para que escribieran la versión griega de la Biblia, que hoy conocemos como "Septuaginta", debido a que participaron en esta traducción setenta sabios, y ésta es la versión más antigua conocida de la Biblia: esta versión griega. No conocemos la original, la Fuente J. El resto es historia.

—Diablos… —le dijo Isaac—. ¿Ellos metieron todo esto de la mitología griega, para disminuir la diferencia entre los griegos y los hebreos, para absorberlos…?

El anciano oprimió otro botón en su mano. En la redonda bóveda apareció un texto:

Isaac Asimov
Guía de la Biblia / p. 488:

En la época del Nuevo Testamento, los judíos habían creado con todo detalle la leyenda de que Satán había sido el dirigente de los "ángeles caídos". Eran ángeles que se habían rebelado contra Dios, negándose a reverenciar a Adán cuando la creación del primer hombre, argumentando que ellos estaban hechos de luz y el hombre sólo de barro. Satán, jefe de los rebeldes, pensó en suplantar a Dios. Pero los ángeles rebeldes [...] fueron arrojados al infierno. Cuando esta leyenda se creó, los judíos estaban bajo influencia griega y quizá se inclinaran hacia los mitos griegos referentes al intento de los Titanes, y después de los Gigantes, de derrotar a Zeus.

—Nunca hubo un Lucifer —les dijo el doctor—. El diablo sólo fue una forma en la que la religión hebrea se convirtió en una versión disimulada del dualismo persa, donde hay un dios del bien y un dios del mal, y esto es el máximo paganismo. No existe Satán. Sólo existe un Dios, y es Dios.

Los dos analistas abrieron más los ojos. El doctor caminó hacia el rubio Isaac. Le dijo:

—Tú ya diste un paso enorme hacia la inmensidad. Te aventuraste a lo desconocido. La religión te prohibía investigar, aproximarte al árbol, y tú lo desafiaste todo. Te acercaste a la manzana, para arrancarla. Tú quieres la verdad. ¿La quieres?

—Sí. Yo quiero la verdad.

El doctor Robinson sacó de su bolsillo cuatro pequeñas gemas de luz roja y se las acercó a Isaac a la boca.

—Te voy a llevar a donde están las Piedras de Fuego. ¿Estás listo para que te muestre quién es realmente la serpiente que está en el árbol del Génesis?

—Sí. Lléveme.

—¿No te preocupa lo que pueda pasarte en tu mente?

—Yo quiero saber.

—Te voy a mostrar la verdad. Te voy a mostrar quién es realmente Satanás —y avanzó en la oscuridad, hacia la puerta. En ella se encendió un contorno de neón: un árbol de luz, con frutos rojos, luminosos. Alrededor de su tronco estaba enroscada una serpiente que le daba siete vueltas, también luminosa.

La puerta comenzó a abrirse hacia arriba.

—¿Están realmente preparados?

65

Trescientos metros más adelante, también por debajo de Jerusalén, hacia el oriente, dentro del tenebroso monte Sion, en el oscuro túnel de Ezequías, con agua fría mojándole hasta la cintura, la rubia Clara Vanthi, con su apretada camiseta blanca completamente empapada, avanzó empujando el agua con las piernas.

El líder de los terroristas Hussein Zatar observó hacia abajo, a las piernas de Clara: sus vaqueros de mezclilla metidos dentro del agua. Suavemente la tomó por los dedos.

—Hay más verdades que sólo "Anat-Yahu".

Ella lo miró.

—¿Como cuál? —y pensó: *Debo recordar todos estos nombres, para el reportaje.*

—La primera discrepancia realmente grave entre las historias E y J que fueron fusionadas en la Biblia es la creación de la mujer —y le sonrió—. Esto dio origen a la "mujer demonio".

—¿La "mujer demonio"…? —y se dijo: *Éste deberá ser el encabezado.*

El hombre la observó. Siguió avanzando dentro del agua.

—La costura entre las dos historias de la creación que están en el Génesis y que fueron fusionadas por la escriba R, está en el versículo 2:4 del Génesis. Hoy prácticamente nadie se da cuenta de esta costura, donde, después de decir: "Y en el día séptimo Dios acabó la obra que hizo […] y bendijo el día séptimo", dice, como si el relato se reiniciara de nuevo: "Éstos son los orígenes de los cielos y la tierra cuando fueron creados…". Es como si en este versículo 2:4 se iniciara de nuevo. Es la historia 2, la que viene de Babilonia. Son dos historias, una después de la otra, y se diferencian bastante en los detalles de cómo fue todo.

—¿Cuál es la discrepancia de la mujer?

—En el versículo 1:27, que pertenece a la primera historia, dice que Dios creó al hombre y a la mujer al mismo tiempo: "varón y hembra los creó". Pocos versículos después, en la línea 2:21, que pertenece a la historia 2, se dice que Dios creó primero al hombre, el cual estuvo al principio solo, hasta que se sintió triste o solitario. Entonces Dios se apiadó de él y le ofreció una compañera "idónea", para lo cual tuvo que dormirlo y extraerle una costilla mientras estaba dormido, a la cual Dios transformó en la hembra, la que hoy conocemos como "Eva".

—No veo el problema —le dijo Clara Vanthi.

El hombre le dijo:

—Es un problema. ¿Cuál es la versión verdadera? ¿La costilla? ¿O la creación de mujer y hombre en simultáneo?

—Dios…

—Fue tan grave esta contradicción que durante mil años los rabinos no supieron qué hacer con esto. Comenzaron a imaginar que se trataba en realidad de dos mujeres diferentes, y aún hoy hay millones de seres humanos que le tienen terror a la "primera mujer", a la que llaman Lilith, y que fue anterior a Eva. Piensan que es una "mujer demonio".

Clara levantó las cejas.

—¿Lilith…?

—Lilith es la mujer demonio, la esposa de Satanás.

—No… ¿Esto está en la Biblia?

—No. Ésta es una de las lagunas que existen en la Biblia debido a que la Redactora R pegó dos historias. Los judíos actuales aún colocan en sus casas un talismán para impedir que esta "Lilith" entre para robarse a sus niños. Antes sólo dibujaban un anillo, con carboncillo, en la pared donde se había dado a luz. Escribían en la puerta del hogar los nombres de estos tres ángeles: Senoy, Sansenoy y Semangelof, los enemigos de "Lilith". Escribían debajo de este anillo, en la mano de Semangelof: "Adán y Eva. ¡Fuera Lilith!"

Clara, con la mano temblándole, acarició a los tres ángeles. Estaban pintados en el muro. Uno de ellos tenía el anillo en la mano.

El terrorista le dijo:

—El anillo recuerda bastante al que tiene en su mano el ángel guardián de Persia, en el símbolo del zoroastrismo, el Faravahar. Es un símbolo muy clásico en Mesopotamia y Persia. Es un "anillo mágico". Pero lo que importa aquí es esto: el mito de Lilith, que no tiene ninguna base real más que tratar de llenar un hueco de la fusión de dos mitos, ha creado en millones de mujeres daños mentales, a lo largo de mil años. Para esto fue diseñado.

—¿Cómo?

—Es el mecanismo perfecto para impedir que una mujer se insubordine contra un hombre, y te lo digo yo, que soy mahometano. Lo crearon ciertos rabinos para esclavizar a las mujeres. Si se rebelan, son malignas.

—Dios. Suena eficaz.

El barbudo terrorista le dijo:

—Lilith es la consecuencia de un error en la fusión de E con J, donde en una de las historias había una costilla y en la otra jamás hubo ninguna costilla. En el siglo X d.C., en plena Edad Media, un sacerdote anónimo dijo haber encontrado la solución a la discrepancia entre Génesis 1:27 y Génesis 2:21: El Alfabeto de Ben Sira. Fue ahí donde se le creó la personalidad a esta mujer imaginaria, para volverla "satánica". Para ello se distorsionó un versículo misterioso que estaba en Isaías 34:14, donde decía que en el desierto existía una entidad temible llamada "Li-lit". Según esta explicación, ese monstruo era una aparición de la mujer de Génesis 1:27. Dice específicamente: "Ak-Sam hir-gi-ah Li-lit", o traducido: "Y las bestias salvajes del desierto se juntarán con los lobos, y el chivo salvaje llorará a sus compañeros, y el búho chillador también descansará ahí". Li-lit es el búho chillador.

—¿Por qué dijeron que un "búho chillador" era una mujer?

—Porque así lo decidió el que escribió ese "Alfabeto". Le sonó "demoniaco".

—Entonces… ¿Lilith es un búho…?

—Así es. Otus Scops, llamado así por su nombre griego: "Skopos", el "vigilante". Un simple búho.

—Diablos. Pobres búhos.

—Liyliyth era un simple búho del desierto de Edom. Sin embargo, el autor apócrifo de la Edad Media, creador de otro libro falso, vio la oportunidad para crear un mito. Esto es la "Mitogénesis", también llamada "Religiogénesis". Convirtió a este búho aullador en una mujer demonizada. Así llenó el hueco que había existido en el Génesis desde la gran fusión del siglo VII a.C. Robert Graves lo dice así: "Las divergencias entre los mitos de la creación de Génesis 1:26-28 y 2:18-25, y 3:20 son la consecuencia de haber entrelazado a la ligera una tradición judía primitiva con otra sacerdotal posterior". Ahora la gente visualiza a Lilith como se le retrató en la Edad Media: con alas de murciélago y con garras como un ave de rapiña, con escamas y con una cola hecha de púas.

—¡Diablos! ¿Por qué decir que una mujer se volvió un demonio? ¿Cómo lo explicaron? ¿Qué la volvió mala?

El terrorista le dijo:

—No obedecer a Adán. Su desobediencia consistió, según el Alfabeto de Ben Sira, en no colocarse en la posición sexual que Adán le ordenó.

Clara bajó la mirada.

—¿Eso fue todo?

Desde atrás, uno de los hombres del terrorista le gritó:

—¡Esto debe ser verdad! —y le sonrió—. ¡Mi primera esposa jamás me obedeció, y usted puede verla hoy en las fotografías de Facebook! ¡Su cuerpo se transformó en el de un pavo!

El líder se detuvo en medio del agua. Permaneció en silencio. Lentamente se volvió hacia atrás. Le disparó en la cabeza. Los sesos mancharon la pared y el cuerpo cayó, zambulléndose.

Continuó avanzando ante el terror en las facciones de Clara, quien intentó recuperar el ánimo.

—Es babilónica —le dijo a Clara.

—¿Perdón? —y ella se volvió hacia el desfigurado asistente, hundiéndose dentro del agua.

—Lilith. También es babilónica. Tal como lo oyes —y mantuvo su duro paso hacia adelante—. Se llama "Lillake". Raphael Patai lo publicó en 1964: "El nombre Lilit procede del término asirio-babilónico lilitu, 'demonio femenino o espíriu del viento', que formaba parte de una triada mencionada en los conjuntos babilónicos. Con anterioridad aparece como Lillake en una tablilla sumeria del año 2000 a.C., encontrada en Ur, que contiene el relato de Gilgamesh y el Sauce". La palabra babilónica para "demonio" es "lilu". La forma femenina es "lilitu".

—Diablos. ¿Por qué alguien en la Edad Media habría tomado elementos de la mitología babilónica para integrarlos a la religión hebrea y al cristianismo, mil años después de que Babilonia ya no existía? ¿Esto nunca va a parar?

—No termina ahí. Ahora te voy a decir de dónde salió Eva.

—¡¿Tampoco es real!?

66

Trescientos metros de vuelta al oeste, por debajo de la tierra, en un metálico pasillo de luces violetas, los jóvenes Isaac Vomisa y Moshe Trasekt, esposados por la espalda, entraron a un espacio de color rojo.

El doctor Noé Robinson les dijo:

—Ahora les voy a mostrar quién es Satán. ¿Están preparados para conocer la verdad?

Los dos analistas caminaron al centro del espacio. Se miraron uno al otro.

De vuelta en Silwan, dentro del túnel de Ezequías, la rubia Clara Vanthi avanzó dentro del agua, acompañada por el líder de los terroristas: Hussein Zatar.

En la oscuridad, el hombre le susurró:

—También hay un problema con la historia misma de la creación de Eva: la costilla es también de Babilonia.

Clara se detuvo en seco:

—No. ¿También la costilla?

—El pasaje 2:22 del libro del Génesis dice: "Y de la costilla que Dios había sacado del hombre, formó una mujer, y la trajo al hombre". Ella es Eva, ¿no es así? —y el hombre siguió avanzando dentro del agua fría—. ¿Has oído hablar sobre el poema de Gilgamesh?

—Maldición. Sí sé lo que es Gilgamesh. Fui a la escuela primaria.

—Gilgamesh existió antes del 2700 a.C. En 1872, el arqueólogo británico George Smith excavó las ruinas de Nínive, en la actual Mosul, Irak. Excavó el antiguo palacio real de Asurbanipal. Lo que encontró fue algo que pasmó al mundo: una biblioteca entera, con textos inscritos en tablillas de arcilla. Lo apabullante fue que entre estas miles de tablillas había doce que hoy siguen aterrorizando a los hombres de la cúpula. Es el texto que se llama *Sha naqba imuru*, "El hombre que vio lo Profundo," o también llamado: *La aventura de Gilgamesh*.

—¿Gilgamesh? ¿Esto aterroriza a alguien? No sabía eso.

El terrorista la acarició por el brazo.

—No lo sabes porque no te lo dicen. El relato sobre el Diluvio que aparece en la Biblia fue tomado del poema de Gilgamesh. Está clonado. Los pasajes son idénticos.

—¡¿De verdad?!

—Esto nos lleva a Eva —y siguió avanzando—. En *La Aventura de Gilgamesh*, escrito en el 2100 a.C., nueve siglos antes de que surgieran los hebreos, dice así: Tablilla 1: "Y Araru", que es Ninhursag, la diosa de la tierra, "tomó el barro de la tierra y le infundió vida, y así creó a Enkidu". ¿Te parece conocida esta leyenda?

Clara abrió su boca.

—*Fuck...* ¿Esto es "Adán"?

—Así es. Es Adán. Se llama Enkidu. Sumerio. Hay más —y jaló a Clara del brazo, a la oscuridad, chapoteando en el agua, adentrándose en la profundidad desde hacía horas. Arriba, en el mundo, los canales de televisión reportaban aún, enfebrecidos, las noticias de la isla de Patmos, decenas de policías los buscaban metros arriba, en las calles de la ciudad—. Este mismo mito sumerio habla de una mujer muy antigua, llamada Ninti. Su nombre significa "Mujer del Nacimiento" o "Mujer Costilla", ya que "costilla" es "Ti".

—No.

—El dios Enki, que es el señor de la tierra, tomó frutas de un árbol prohibido. ¿Te parece conocida también esta historia?

—No. ¡No! ¡¿Las "frutas prohibidas"…?!

—Estaba en un jardín llamado Dilmun.

—¿Dilmun? ¿El Edén también es falso?! ¡¿Es sumerio?!

—Enki comió de estos frutos prohibidos debido a un sujeto que estaba enroscado alrededor del árbol de Dilmun: un ser "dios de dos caras", que lo convenció, llamado Isimud. Es quien hizo "caer" a Enki.

—*Vaffanculo… Dammit…* —y pensó: *Nuevo titular: El Edén es Falso.*

—Tras comer los frutos prohibidos, Enki, dios de la tierra, se enfermó. Su ex consorte, la diosa de la tierra, que era Ninhursag o Araru, para curarlo, le arrancó una de sus costillas. La arrojó a las hierbas. Adivina qué surgió de ahí.

—No lo sé. ¿Una mujer?

—Así es, Ninti: la Mujer del Nacimiento. La "Mujer Costilla". Es Eva.

—Diantres.

—Así es. También llamada Damgulanna, la "Gran Esposa Celeste". La Redactora R clonó este fragmento de la religión babilónica, por orden de Hilcías, para agradar a Nabucodonosor de Babilonia. Mezcló este mito con la historia original y verdadera de Judea, que era la Fuente J. Después procedió a destruir la Fuente J. Pero, arrepentida, decidió salvaguardar una copia de la misma.

—No puede ser. ¡No puede ser! —y con enorme fuerza se arrojó contra el muro—. ¿Nada es cierto? ¿Eva es una diosa de Sumeria?

El terrorista le sonrió.

—Ni siquiera era una diosa. Fue una humana.

—¿Cómo…? —y ladeó su rubia cabeza.

—Eva existió realmente, y es una mujer que debería ser un ejemplo para todas las mujeres del mundo, si supieran quién fue realmente, pero no lo saben —y siguió avanzando hacia la oscuridad.

—¿Quién fue realmente? —y trotó dentro del agua—. ¿Quién fue Eva?

—Eva fue una reina sumeria. Su nombre puedes seguirlo hacia atrás, hasta llegar a la raíz. Eva fue antes la Hebe de los griegos. Antes fue la Kuvav de Lidia. Antes fue la Matar Kubileya de los frigios, que derivó en la palabra "Madre" de las lenguas indoeuropeas. Antes fue la Kheba o Khipa o Hepat de los hititas, diosa madre. Y así llegamos hasta el origen: la mujer grandiosa que está en una escultura en el Museo Británico, código 125012. Puedes ir a visitarla y decirle: "Tú eres Eva".

—¿Quién fue?

—Su nombre original es Kubaba.

—¡¿Kubaba...?!

—Kubaba, reina de Kish, reina sumeria, debe haber hecho algo realmente importante, porque su leyenda se difundió por todo el mundo antiguo y llegó hasta nosotros. Los griegos y romanos también la llamaron Kybele-Rea, que es la "Diosa Madre", es decir, Cibeles, "Magna Mater", que tuvo un templo en lo que hoy es la basílica de san Pedro, sede actual del Vaticano, y que tiene dos gigantescas estatuas conduciendo sus caballos en Madrid y en México. Ahora quiero que tú seas Kubaba. Condúceme con tus caballos, con la información que guarda tu subsciente. Llévame a las "Piedras de Fuego".

67

—Esto tiene que ser la respuesta de todo —continuó gritando Max León, en Turquía, dentro de la catacumba de la basílica de Éfeso. Siguió disparando contra las letras del versículo en el muro: "2 Reyes 22:8. Entonces el sumo sacerdote Hilcías dijo al secretario real Safán: 'en el Templo he econtrado el libro de la Ley' ".

—¡De verdad estás loco, Max León! —le gritó Serpia Lotan.

—¡Insisto: si este versículo describe cómo apareció un rollo que era falso, ahora yo voy a hacer que aparezca el otro: el verdadero! ¡Está detrás de este maldito muro! ¡Aquí detrás tiene que estar la Fuente J!

La gran pared alrededor del versículo se despedazó: el inmenso engendro de seis alas, con seis garras de león, con seis patas de toro, con cuatro cabezas de humanos y animales.

—¡Un momento, Max León! —lo detuvo el rubio John Apóstole—. ¡Estás destruyendo la verdadera pista! ¡Es este maldito mural, es este monstruo!

Max siguió disparando, con su revólver Mendoza y también con su pistola sable Bernardo Reyes.

—¡Yo voy a saber la verdad! ¡Y la verdad nos hará libres! ¡Aquí detrás está la versión original de la Biblia! ¡Aquí es donde la escondió el
apóstol Juan! ¡O es aquí donde la encontró! ¡Todo puede ser investigado!
¡Todo puede ser resuelto! ¡Todo debe ser descubierto! ¡Mi profesión es
encontrar la verdad!

John Apóstole lo agarró por el cuello.

—¡Basta, Max León! ¡La pista es esta bestia! ¡El Documento J no
está aquí! ¡Aquí sólo está la llave!

Max se detuvo. El polvo descendió por el aire. En el muro resquebra-
jado, Max notó las pequeñas letras en las seis alas del engendro, en las
puntas. Estaban separadas como en una estrella.

IS	EZ
28	28
16	14

Max se volvió hacia John Apóstole.

—¿Qué es esto?

—El Documento J está en el monte Sion, no aquí. Siempre ha estado
en el monte Sion. Es ahí donde lo ocultó la mujer R. ¿Por qué crees que
el embajador Moses Gate estaba transmitiendo desde esa montaña la
excavación arqueológica de Jerusalén?

Max levantó las cejas.

—Okay. ¿Entonces qué demonios estamos haciendo aquí?

—Los arqueólogos no encontraron el rollo —y le mostró la luminosa
pantalla de su celular—. Creseto Montiranio lo sabía. El nicho donde
los arqueólogos estaban buscando estaba vacío. La clave está aquí, en
esta tumba. Aquí debe estar el mapa.

—¿El mapa de Sion?

John Apóstole se encaminó frente al mural despedazado, frente al
monstruo de seis alas. Se volvió hacia Serpentia Lotan:

—¿Qué son estas malditas letras? —y las señaló con su revólver.

La hermosa mujer les sonrió a los dos.

—Mi papá ya está entrando al complejo —y miró hacia arriba—. Me
pregunto qué va a hacer cuando los vea, cuando sepa que me lastimaron.

Max y John escucharon los crujidos en el techo, los rechinidos entre
las rocas. Empezó a caer polvo por las grietas. Max León le gritó:

—¡Ya dinos, maldita bruja! ¡¿Qué son estos números?! —y se lanzó hacia ella. Le colocó la punta de su semifusil HM4S en la cara—. Eres bella, pero eso puede cambiar en cinco segundos.

Ella se rio.

—¡No lo vas a usar, maldito cobarde! ¡No tienes los testículos! ¡Tú no eres un hombre! ¡Eres un mediocre! ¡No eres nada contra mi padre!

En el muro, John empezó a acariciar las pequeñas letras.

—Deben ser versículos —y comenzó a deletrear—: "Is 28 16", "Ez 28 14" —y se volvió hacia Max—. Deben ser versículos.

Max le preguntó a Serpentia Lotan. Le pasó la punta de su revólver por los labios.

—¿Son versículos?

Ella le sonrió.

—Sí lo son, pero eres tan idiota que no vas a saber qué hacer con ellos. Isaías 28:16 y Ezequiel 28:14.

—¡¿Qué significan?! —y le empujó la pistola dentro de la boca.

La bella chica cerró los ojos.

—He aquí que yo, Yahvé, he puesto en Sion la piedra preciosa, el cimiento, la piedra angular.

—Esto ya lo hemos visto antes —le dijo John Apóstole—. ¿Qué dice el otro?

—"Tú, querubín grande, protector, yo te puse en el santo monte de Dios, en medio de las Piedras de Fuego" —repitió John, quien rápido había abierto su celular para buscar el versículo en internet.

—Esto también ya lo vimos —le dijo John Apóstole a Max León.

—Un momento... —le dijo Max—. ¿*Tú, querubín grande...*? —y observó el mural: el enorme engendro de seis alas, con garras de león, con seis patas de toro, y se volvió hacia Serpentia Lotan. Le preguntó—: ¿Acaso esto es un "querubín"? ¿El "querubín" es este maldito monstruo?

Ella le sonrió:

—El querubín es el secreto de todo. El querubín es el Secreto Biblia. Los querubines son babilonios.

67

Dentro del monte Sion, la rubia Clara Vanthi, rodeada por terroristas, se detuvo de golpe dentro del agua fría.

—Un momento… —le dijo al líder—. Ya sé qué significan las Piedras de Fuego —y en la oscuridad abrió sus grandes ojos de gata—. ¡Ya sé qué son!

El hombre barbudo le sonrió.

—¡Dime qué son!

Clara lentamente cerró los ojos y recitó:

—…Isaías 6:6: "Y voló hacia mí uno de los serafines de seis alas, y del altar tomó con sus tenazas un carbón encendido, y lo colocó en mis labios…" —y abrió los ojos—. ¡Ya sé lo que significa! ¡Los serafines son las Piedras de Fuego! ¡Los serafines de seis alas!

El terrorista se quedó pasmado.

—¿Cómo sabes esto?

—Me dijiste que buscara en mi subconsciente —y nuevamente cerró los ojos. En su mente repasó de nuevo el recuerdo del arqueólogo Syr Sheen, diciéndole al embajador Moses Gate: "en hebreo lo palabra *seraph* significa 'el ardiente'. Los serafines son entidades con seis alas. Provienen de Babilonia: son las tres divinidades del fuego: Gibil, Girra y Nusku".

Le sonrió al terrorista.

—Tenemos que subir. El Documento J no está aquí en estos túneles. Está allá arriba —y miró el techo de rocas—. ¡El Documento J está en el salón del trono, entre las Piedras de Fuego! Donde están los querubines. En el Megathronos.

68

Arriba, en el salón del trono, sobre las brillosas losas, la joven escriba Radapu de Rumah gritó:

—¡Hermano! ¡Mathokas! —y sintió un duro golpe en la quijada.

Los soldados babilonios comenzaron a pasarle los ganchos de hierro por las argollas que tenía en las manos y el cuello.

—¡Súbanla a la columna! ¡Arránquenle la ropa! ¡Entréguenle al sacerdote los flagelos!

Por detrás de ella, el gordo sacerdote Hilcías le sonrió. Aplaudió. Observó las seis alas de bronce en la parte superior de la columna. Cada columna tenía seis alas. Eran los "serafines". Eran regalos de Babilonia. Cerró sus ojos.

Al otro lado de la columna estaba colgado el príncipe primogénito de Judea: el moreno Eliakim, completamente empapado en su propia sangre, temblando de frío.

Hilcías se le acercó y le susurró en el oído:

—Siempre cuestionaste mis decisiones ante tu padre. Ahora ya no vas a estorbarme.

El flagelo ondeó ganchos en el aire.

—La Nueva Ley establece que te azote cuarenta veces —y le sonrió—. Te voy a arrancar la carne —y comenzó a llorar—. Es palabra de Dios.

Por en medio de las grandes columnas con alas, el pecoso joven Shallum, hermano menor de Eliakim, con sus grandes orejas de ratón, observado por los terroríficos ojos de los seis "serafines", les gritó al sacerdote Hilcías y al Hombre Ave Alpaya.

—¡Por favor no lastimen a mi hermano!

Al otro lado de la columna, la escriba Radapu escuchó todo. Estaba colgando de la parte de arriba, en el vientre del "serafín". El embajador Alpaya, enviado de Nabucodonosor, se le aproximó al joven Shallum, de 23 años. Alpaya era alto y fornido, con una armadura de cristales. Sus ojos eran grandes y negros como los de un cuervo. Se dirigió al joven Shallum:

—Ahora tú serás el nuevo rey de Judea.

Lentamente, con su larga mano, extrajo de su lámpara de cobre una dura grasa negra.

—Aproxímate, niño —le susurró al joven Shallum.

Por detrás del joven, los guardias babilonios lo tomaron por la fuerza. Lo empujaron hacia Alpaya. El embajador cerró los ojos:

—Shallum, hijo de Yoshiyahu —Josías—, nieto del bastardo Amón, servidor de Babilonia y enemigo de Egipto —le untó en la frente el aceite Pissatu—. Yo te unjo hoy como representante que soy del rey de Akkad y Sumer, Nabopolasar de Babilonia, y de su hijo Nabucodonosor, para que desde este instante gobiernes Yakudu.

Shallum cerró los ojos. Lloró.

—¿Qué me estás haciendo? Tú no eres hebreo. ¡Tú no puedes ungir a un rey de Judea! ¡Hermano! —y vio a Eliakim sacudiéndose en la columna, perforado con ganchos. Sangraba.

Alpaya entrecerró sus grandes ojos de ave muerta. Le susurró a Shallum:

—Yo te declaro a ti, joven Shallum ben Yoshiyahu, el nuevo gobernante de Yakudu. Serás llamado Ilu-Mukillu, o en tu lengua, "el que se aferra de Dios", Jehoahaz. Que así sea en adelante, debajo de los siete planetas de Nibiru.

Shallum permaneció inmóvil. El aire frío lo estremeció por detrás del cuello.

—Yo no tengo entrenamiento como mi hermano. Él iba a ser el rey. Yo no sé nada del gobierno.

Alpaya le colocó sobre la cabeza la cristalina corona de ágatas persas. Le susurró:

—Ahora ordenarás la flagelación y la ejecución de esta profanadora de tumbas, y la de tu propio hermano, por complicidad con Egipto, y declararás la guerra permanente entre tu tierra y Egipto. ¡Ordénalo ahora!

69

Trescientos metros al occidente, dentro de las instalaciones del Mossad, los dos jóvenes analistas Isaac Vomisa y Moshe Trasekt, esposados por la espalda, dentro del salón de color rojo, se aproximaron al silencioso pedestal de cristal.

—No puedo creerlo —susurró el rubio Isaac—. Esto es inaudito. ¡¿Esto es "Satán"? ¿Ésta es la maldita serpiente del árbol en el Génesis?! ¡¿Esto lo incrustó la Redactora R?!

Lo que él y Moshe vieron dentro del vidrio fue un monstruo mitológico griego: la serpiente en el árbol.

—Su nombre es Ladón —les dijo Noé Robinson—. Es la versión griega de "Lotan". No lo incrustó la Redactora R, sino sus sucesores del año 244 a.C, comandados por Ptolomeo II de Alejandría. Ésta es la serpiente que ustedes siempre han visto en su mente, en su vida, en la peor de sus pesadillas, en el árbol del Génesis. Pero en realidad fue el undécimo trabajo de Hércules. Es la serpiente que Hércules mató en el jardín de las Hespérides.

—¡Diablos! —le gritó Isaac—. ¡¿Cómo sucedió esto?!

El doctor Robinson se veía satisfecho.

—Los escribas de la época de Ptolomeo II se encargaron de agregar esta serpiente griega a la Biblia de los judíos, para decorar el relato 2 del Génesis, para asemejarlo con la leyenda griega de Hércules. La hazaña de Hércules era muy amada por los griegos: el hombre fuerte que se aproximó a un árbol de frutas prohibidas: las manzanas de oro del jardín de las Espérides, que era el paraíso donde vivía el titán Atlas. En esa historia, la serpiente de mil lenguas, Ladón, que era la versión griega del monstruo fenicio Lotan, se enroscó al árbol para engañar con sus cien lenguas a quien se acercara por las manzanas, para atemorizarlos con amenazas. Hércules no se dejó engañar por Ladón, y simplemente lo cortó con esta espada, como pueden verlo en este pedazo de cerámica, que procede del Museo Staatiche Antikensammlungen de Múnich, Cuarto Dos.

—Dios mío... —le dijo Isaac—. Nunca hubiera imaginado que la serpiente del árbol fuera una cosa de "Hércules". ¿Hércules son Adán y Eva?

—Esta noche cuando salgan de este edificio volteen al cielo —y levantó la mirada—. Observen en lo alto el río de estrellas que corre alrededor del Polo Norte. Esa constelación con forma de víbora, de la que nunca se han percatado, es Ladón, la serpiente del Génesis. Su nombre astronómico es Drakon Hesperios, Dragón de las Hespérides, o simplemente Draco. Su estrella principal es Etamin.

—No puede ser —le dijo Isaac.

—Pero a diferencia de Adán y de Eva en la Biblia, que son engañados y humillados, derrotados por un triste reptil, Hércules lo enfrentó y lo venció de un solo golpe, y se llevó las manzanas. Adán y Eva fracasaron por miedo: por el miedo reverencial que les infundieron los escribas después a millones de futuros lectores, incluyéndolos a ustedes. Debieron asesinar a la maldita serpiente, como Hércules, y convertirse en reyes, al servicio de Dios.

—¡No! ¡Esto es blasfemia! —le gritó Moshe Trasekt—. ¡Usted es la serpiente! ¡¿Cómo nos está pidiendo que desobedezcamos a Dios?! ¡Dios fue el que prohibió al hombre acercarse a la frutas! ¡Lo dice Génesis 3:3!

—¿Estás seguro? —le gritó Noé Robinson—. ¿Te lo prohibió tu Dios, o te lo prohibió la escriba R, y los editores que la financiaron? ¿Y para quién estaba trabajando ella, y los setenta de Ptolomeo? —y lo sacudió del brazo—. ¡Estás demasido dañado por la disociación de personalidad por miedo reverencial! ¡No te atreves a pensar! ¡Bloquearon tu cerebro! ¡Y créeme: Dios siempre va a impulsar al que busca la verdad, porque Dios es la verdad, no la mentira! ¡Todo esto lo hicieron para someter al pueblo hebreo!

Se volvió hacia Isaac Vomisa:

—Ve al querubín. El querubín es el Secreto Biblia. Está en el salón del trono, en medio de las Piedras de Fuego.

—¡¿Perdón?! ¿Salón del trono?

—Tú eres como David. Tienes su personalidad. Vas a ser como Hércules, no como Adán. Llega a la manzana. Toma la manzana. No te dejes intimidar por la serpiente. Conduce a tu pueblo a la verdad. La verdad es la Tierra Prometida. La Tierra Prometida es el Documento J, y está por allá. Va a cambiar al mundo —y señaló al oriente.

Isaac preguntó sorprendido:

—¿Allá? ¡¿Qué hay allá?!

—Vas a entrar por los túneles, como lo hizo David hace tres mil años, hacia Sion. Vas a tomar este castillo —y de su bolsillo sacó un objeto brillante: un diamante. Se lo mostró a Isaac. Bajo la luz del reflector del techo, la joya de cristal brilló con muchos colores—. Ésta es la verdadera Biblia, el Documento J que se perdió en el pasado. Ellos lo arrojaron al fango y lo contaminaron, y se lo dieron así, contaminado, a tu pueblo. Tú debes quitarle el fango de nuevo y devolverle su brillo —y, utilizando la gema como una navaja, de un zarpazo le cortó las esposas a Isaac. Le cortó también las ataduras a Moshe Tasekt, el cual gritó:

—¡Quiero ir a mi oficina!

Noé le dijo a Isaac, quien no creía el cambio de personalidad del doctor Noé.

—Existe una Biblia, y no tiene nada de Babilonia, ni de Fenicia, ni de Grecia, sino sólo el mensaje que Dios le transmitió a Moisés en el año 1350 a.C. Es la Fuente J —y le colocó entre los dedos la gema cortante—. Este puente te va a conducir por encima del abismo de Tyropoeon, hacia la excavación del monte Sion, donde está la reportera de Moses Gate. Ella está allá, a trescientos metros de esta puerta —y señaló al este—. Ahí te vas a encontrar con Sarah Rebborn, la hija de Ted Shackley. Encuentra con ella la Fuente J. Llévala a la ONU. Acaba con el terrorismo y con el odio y con el exterminio. Te respalda tu gobierno.

Justo en ese momento Noé Robinson recibió un disparo en el corazón.

Se lo propinó desde lo alto Kyrbu Firesword, de cabellos anaranjados, desgreñados hacia los lados, como si fuera un león. Su nariz estaba deformada hacia adentro como la de un felino, debido a la Leontiasis ósea. Tenía un apretado traje gris de rayas. Sus ojos estaban mojados y pegosteosos como los de un becerro. Parpadeó.

—Yo soy el querubín que guarda el jardín del Edén —y les sonrió a todos—. El puente Dilmun no le pertenece a Israel, ni al gobierno palestino. Lo controla el gobierno de los Estados Unidos. Mi presidente es la Fuente J.

70

—¿Qué es realmente un querubín, maldita bruja? —le gritó Max León a la hermosa Serpentia Lotan, en la cámara subterránea de la basílica de Éfeso. Le colocó el revólver HM4S por debajo de la barbilla—. ¿El querubín es este maldito monstruo de seis alas? —y señaló el engendro de cuatro caras.

La bella mujer le sonrió:

—Ya te lo dije. El querubín es el secreto de todo. El querubín es el Secreto Biblia. Los querubines son babilonios. Son los que cuidaban las puertas de Babilonia

—¡Explícate, maldita sea! —en el techo las piedras comenzaron a caerse a golpes, alrededor de la coladera superior. Los soldados turcos empezaron a gritarle desde arriba:

—¡*Kızı bırak, lanet olası bir terörist!* ¡Suelta a la muchacha, maldito terrorista! ¡Te tenemos rodeado! ¡Estás bajo arresto por la ley internacional de la Convención de las Naciones Unidas contra el terrorismo! ¡Nos acompaña el inspector de la ONU, el reverendo Abaddon Lotan!

John Apóstole miró hacia arriba. Les disparó con su pequeña Taurus Curve, de luz láser.

—¡Intenten bajar, amigos! ¡Tengo munición como para cuarenta personas!

Max León tragó saliva y se volvió hacia Serpia Lotan:

—Lograste lo que querías. Estamos aquí atrapados y ya llegaron los hombres de tu papá que nos va a torturar aquí, tal como tú deseas, y tú misma quieres lastimarnos. ¿Puedes antes decirme qué es un maldito querubín? ¿Por qué dices que un "querubín" es el Secreto Biblia?

La chica miró hacia arriba, a las sombras de los soldados. Con sus picas golpeaban los muros de la coladera mientras les gritaban amenazas a Max y a John.

Serpia se cruzó de brazos y sonrió al decir:

—Ezequiel 1:4: "… y el aspecto de sus caras era cara de hombre […] y cara de león […] y cara de buey […] y […] cara de águila…". Cuatro caras —se sentía al fin triunfante tras todo ese tiempo apresada por aquellos hombres que consideraba inferiores—. Es el Tetramorfo.

—¿Tetramorfo…? ¿Qué demonios es eso? —preguntó Max, y los primeros disparos empezaron a sonar en la coladera, las balas trazaban líneas de luz que rebotaban en los muros milenarios. Max León le pidió a Apóstole—: ¡Lánzales granadas, maldita sea! ¡¿No tienes granadas?!

Serpia se inclinó hacia Max León y le susurró:

—Ezequiel dice así: "Y miré una gran nube, con fuego […] y en medio de ella vi cuatro seres vivientes […] y cada uno tenía cuatro caras y cuatro alas, y sus pies eran como pies de becerro […] y el aspecto de sus caras era cara de hombre […] y cara de león al lado derecho de los cuatro […] y cara de buey a la izquierda en los cuatro […] y en los cuatro cara de águila". Éste es el querubín, el Tetramorfo, el de las cuatro formas. Ezequiel pensó que había visto a Dios con la forma del monstruo de los babilonios que lo tenían esclavizado, porque cuando escribió todo esto era uno de los secuestrados por Nabucodonosor. Vivía en Babilonia, en el exilio babilónico.

—¡No, Dios! ¡También los querubines fueron importados! —y siguió disparando hacia arriba. En los muros diagonales vio las esculturas de hombres con cabezas de leones, del periodo hitita. Serpia le gritó:

—¡Tal vez fue el propio Nabucodonosor el que le pidió a Ezequiel que escribiera estos pasajes, para que los judíos que seguían a Ezequiel aceptaran que el Dios hebreo era, de algún modo, uno de los guardianes protectores de Babilonia, los kuribus que estaban en la puerta de Ishtar; los cuales, al fin, servían al propio Nabucodonosor!

—¡Esto es tan… zoológico…! —y Max vio la coladera tronándose. El pesado metal cayó. Max le gritó a John—: ¡Cuidado!

Los soldados de Abaddon Lotan comenzaron a descender con cuerdas, disparando. Max aferró a Serpia Lotan por el cuello. La tiró al suelo:

—¡Háblame claro, maldita sea! ¡¿Este "querubín" significa algo?!

Ella carraspeó, asfixiándose en los brazos de Max:

—Los kuribus eran los toros con alas que protegían las puertas de las ciudades babilónicas. Bestias de treinta toneladas como las que están en el Museo Británico. La palabra *kuribu* se transformó en querubín. Son dioses babilonios. Ezequiel los metió a la Biblia.

—Y ahora todo el mundo los adora como lindos bebés con alas.

Isaac Asimov
El Cercano Oriente / p. 104:

Hoy tendemos a llamar "querubín" a un bonito bebé, pero no soñamos con aplicar ese nombre a donde más corresponde: a los majestuosos monstruos que custodiaban la entrada del imponente palacio de Senaquerib […] Parece casi cierto que […] los misteriosos "querubines" mencionados en la Biblia eran esos toros alados [los kuribu asirio-babilónicos], o algo muy

217

similar a ellos. Es un poderoso querubín con una espada de fuego el que cierra el camino de retorno al Jardín del Edén [...] y dos querubines (no descritos) están en la cima del Arca de la Alianza.

—Ni siquiera se preguntan por qué una angelical cabeza con alas tiene fosas nasales si no tiene pulmones para procesar aire, o boca si no tiene un sistema digestivo. ¡La gente simplemente es idiota en cuanto a estas cosas!

Esto se lo gritó Max León a John Apóstole, el cual siguió disparando para arriba: a los doce soldados turcos que bajaban por la cuerda. Tres de ellos quedaron colgando, sangrando, sin vida.

Serpia Lotan miró para arriba, a los soldados de su padre que pendían muertos, aferrados de sus cuerdas. *¿Nunca terminará este rescate?*

—Te van a atormentar como a san Mateo —le gritó Serpia a Max—. Por esto fue que crucificaron a Jesús —y rompió a llorar—: ¡Mateo 21:42! "¡La piedra que desecharon los constructores se convirtió en la piedra angular!" ¡El Documento J está en el Toro con Alas, en el kuribu!

—¡¿Y dónde está el kuribu?!

Ella le gritó en el oído:

—¡Exodo 25:18! "¡Harás dos querubines de oro, los harás de oro labrado en martillo [...] y tendrán las alas extendidas hacia arriba [...] uno frente a otro [...] y en el arca pondrás el testimonio que Yo te daré, y allí me encontraré contigo, entre los dos querubines...".

Max León se paralizó.

—Un momento... ¿...*oro labrado en martillo*...? —y lentamente se volvió hacia el muro roto, hacia los pedazos del engendro de seis alas—. Es el trono. ¡Es el maldito trono! ¡Es un trono con alas! ¡Debe ser el trono de Jerusalén, en el palacio! ¡Un maldito trono de oro!

Desde lo alto le cayeron encima los quince soldados de Abaddon Lotan, con sus sierras.

—¡Córtenles las piernas! —les gritó desde arriba el reverendo—. ¡Liberen a mi hija! ¡Amarren a estos dos idiotas a las esculturas!

Max sólo pensó: *Todo nos lleva al monte Sion.*

71

En el monte Sion, dentro del agua fría del túnel de Ezequías, la rubia Clara Vanthi le dijo al alto y barbado líder de los terroristas, Hussein Zatar, quien tenía un suéter negro:

—Tenemos que subir —y de nuevo miró hacia arriba—. Desde estos túneles uno puede meterse al castillo, por el pozo de Warren —y señaló hacia adelante, a la ruidosa catarata de agua—. El pozo Warren es el acceso subterráneo que hace tres mil años utilizó David para subir al castillo de Sion y tomarlo por primera vez. Así se conquistó Jerusalén. Así inició el Estado judío.

El terrorista alzó la mirada.

—Pero… ¿acaso crees que aún queda un "salón del trono", después de tres mil años? ¡Allá arriba hay un vecindario lleno de casas!

—Dentro de la montaña hay un castillo. En 2005 lo descubrió la arqueóloga Eilat Mazar. Es la estructura que se llama Large Stone Structure. Es el Área G, Estrato X de Yigal Shiloh, nivel arqueológico 10-B, Edad de Hierro. Yo ya exploré parte de ese castillo con los arqueólogos que ustedes asesinaron. Son los restos del palacio de David, donde despachó también su sucesor Josías.

El terrorista le sonrió.

—Estás haciéndolo muy bien, pequeña. Traigan las cuerdas. Vamos a escalar por ese pozo. Amárrenla también a ella.

72

Por el pozo saltó hacia abajo, directo a la fría agua del túnel, dos mil seiscientos años atrás, salpicando el líquido a los lados, el alto y fornido anciano Semónides de Amorgos, tuerto de un ojo. Sujetó al moreno sirviente persa Tistar de Anshan por los negros cabellos.

—¡Vamos rápido, maldita sea! ¡Crees que tengo toda la vida? —y ondeó su negra lanza hacia arriba.

Corrieron dentro del agua, por la apretada salida del ducto. Semónides cantó:

—¡En mi lanza tengo mi pan negro! ¡En mi lanza tengo mi vino de Ismaro! ¡Y bebo apoyado en mi lanza!

El joven Tistar, también siervo en el castillo, le señaló la abertura, hacia el profuso afluente de agua que estaba cayendo desde la salida:

—¡Ése es el túnel seis! ¡Conduce rumbo a la Cisterna Ciclópea! ¡Yo he estado ahí! ¡Ahí es donde están llevando a los sacerdotes rebeldes! ¡Van a sepultarlo todo para que no queden huellas de los trabajos de los escribas!

Semónides le advirtió:

—No te preocupes —y lo jaló de los cabellos—. El problema de los soldados son sus armas —y le sonrió—. No saben usar sus cabezas. Los griegos usamos nuestras cabezas.

—¿Tú no eres soldado?

—No. Yo soy artista. Soy poeta —y le sonrió con su boca chimuela—: ¡El milesio quiere toda la gloria! —y le habló a Tistar en la oreja—. ¡Tuve mis momentos de gloria, y tuve mujeres, de todas las razas que existen: la perra, la zorra, la mona y la marrana! —y cerró los ojos. Con mucha fuerza empujó a Tistar—. ¡Vamos, inútil! ¡No vamos a tener otras vidas para hacer esto! ¡Es ahora!

Comenzó a embutirlo dentro del agujero de salida, por donde entraba el agua. Tistar se atragantó con el líquido:

—¡Déjame, maldita sea…! ¡Eres peor que los babilonios!

Semónides lo forzó dentro del agujero:

—¡Sólo los inútiles lloran! ¿Eres un maldito cobarde? ¿Eres una niña, una maldita puerca? —y lo pateó en el trasero hacia el agujero—. ¡Tú naciste de la puerca! ¡Saliste como un lechón que chilla y chilla todo el día, y siempre busca el caliente pezón de su maldita madre, para ser un día tan gordo y tan sucio y tan monstruoso como ella!

Se zambulló él mismo dentro del hoyo, empujando a Tistar con la cabeza, retorciéndose dentro de la cavidad como una serpiente.

—¡Vamos, maldita sea! ¡Esa bóveda de allá debe ser la compuerta de la Cisterna Ciclópea! —y escupió dentro del agua. Se levantó y observó hacia arriba con su único ojo. El túnel seis era mucho más ancho y curvo que el túnel de Ezequías.

Comenzó a trotar. Arrastró a Tistar dentro del agua, mientras Tistar se ahogaba, gritando en persa:

—¡El fuego y Airyaman Yazad van a derretir las montañas, y el metal derretido va a fluir como un río sobre la tierra! ¡Y los demonios van a hacer que tú y todos los hombres pasen por dentro del metal derretido!

Por debajo del agua, Tistar pataleaba, golpeaba con los brazos.

—¡Maldito! ¡Un día Persia va a invadir a Grecia, y todos ustedes van a ser nuestros esclavos!

—Sí, por supuesto —y lo empujó todavía más dentro del agua.

Por arriba del techo, doce soldados babilonios, con sus duras lanzas de bronce, avanzaron golpeando el piso con sus fuertes botas de hierro. Con sus filosos picos empujaron a los ancianos fariseos, desnudos, arrodillados, a la entrada colosal de la Cisterna Ciclópea.

—¡Jalen la cadena! ¡Comiencen a girar las ollas del qirtu! —y los aferraron por los aros del cuello. El qirtu era nada menos que la brea caliente.

Cuatro soldados, con sus guantes de hierro, comenzaron a golpearlos en la cara.

—¡Prepárense para morir quemados en la brea, malditos ancianos! ¡¿Cómo se atreven a desacatar la autoridad de Nabopolasar de Babilonia?! ¡Pónganse su maldito yugo en el cuello, como se los ordenó en el nuevo rollo!

—¡*Kalú sugu!* ¡Arrastren a los ancianos! ¡*Kalú iamuttu persu parasu*!

Al otro lado del corredor, la cisterna aún estaba humeando con la pasta caliente que contenía en su interior los cuerpos de dieciocho escribas. Una máquina, con duros crujidos, empezó a jalar a los sacerdotes hacia la propia cisterna, para arrojarlos a la pasta derretida.

La máquina de engranes giratorios tronó con crujidos. Los jaló hacia arriba como un racimo, por encima de la pared de roca, trozándoles las piernas contra la escalerilla.

Ellos intentaron gritar, pero estaban ahorcados por sus aros en el cuello, y estaban encadenados por detrás de su espalda.

Desde abajo, el soldado Pallisut, con su metálico guante de punzos, jaló por el cuello al delgado jefe de los fariseos, el anciano Kesil Parus.

—Ahora vas a ser parte de esta montaña, hombre insubordinado —le sonrió—. ¡Nunca te opongas al señor de Babilonia! ¡Él es tu Dios! ¡Dios es el que tenga el poder! —y lo obligó a asentir con la cabeza.

Les gritó a sus doce compañeros, de los cuales seis ya estaban arriba:

—¡Giren más rápido la rueda! ¡Jalen más rápido la maldita cadena! ¡Que todos caigan al pozo ahora! ¡El embajador Alpaya quiere que no quede nada visible en una hora!

Abajo, a través de las delgadas grietas del techo, Semónides lo escuchó todo y le tapó la boca a su acompañante persa. Ambos permanecieron en silencio, detenidos, mirando hacia arriba. Con gran cautela continuaron chapoteando hacia adelante, dentro del agua, sobre el flujo frío del túnel seis, hacia la pared de la cisterna.

—Esto es "zada" —le dijo Semónides a Tistar. Le señaló las rajaduras en el muro—. "Zada" son estas fisuras en la piedra —y las señaló—. Hay una forma de reventar estas paredes.

—¿Qué vas a hacer, griego? ¡¿Qué vas a hacer?!

Semónides se tocó el cinto. Sintió su dura pastilla de níter. Suavemente se la desacopló del cinturón. Se la mostró a Tistar: una brillosa y anaranjada pastilla de níter con ámbar.

—Vamos a volar este maldito lugar.

—¡No, Semónides! ¡No hagas eso!

—¡No llores, lechón! —y con la pastilla lo golpeó en la cara, haciéndolo tambalearse sobre el agua—. ¡Ésta es la única manera de destruir el mal que está invadiendo este lugar! ¡Si destruyes todo, el mal desaparece!

—¡¿Estás loco?! —y trató de detenerle los fornidos brazos al anciano.

—¡De cualquier manera, en muy breve tiempo todos vamos a estar quemándonos en el Hades! ¡Da lo mismo que sea ahora o después! ¡Pero estos babilonios van a cubrir esta cisterna con asfalto, para tapar la evidencia!

Desde arriba, por entre las fisuras del techo, el sacerdote Kesil Parus les gritó:

—¡El trono! ¡Vayan al trono! ¡La historia verdadera de Judea está dentro del trono!

El vigoroso Semónides, con la pastilla explosiva en la mano, se quedó paralizado. Le preguntó al joven Tistar:

—¿Escuchaste eso?

La voz entre las grietas continuó:

—¡Que no se lo lleve Hilkiyahu! ¡Que no se lo lleven los babilonios! ¡Es la historia verdadera de Judea! ¡La van a borrar!

73

Treinta metros más arriba, en el salón del trono, la hermosa Redactora Radapu, encadenada a la columna junto con el príncipe Eliakim, cerró los ojos. El gordo sacerdote Hilcías, con su flagelo de ganchos en la mano, ondeándolo en el aire, caminó alrededor de ellos, arrastrando en el piso sus doradas sandalias de bronce.

Observó los ojos del serafín en la columna. Les dijo a los dos:

—Hay un nuevo rey esta noche: el joven Shallum —y su mirada se dirigió al chico pecoso de 23 años, que estaba sentado sobre el enorme trono de oro, cuyos costados eran dos imponentes toros con alas, con cabezas de hombres; con las alas abiertas hacia los lados: una donación de Nabopolasar de Babilonia—. Pero el poder en este Estado soy yo, el Saduceo —y les sonrió—. Voy a azotarlos. Voy a lastimarlos —y aproximó el flagelo de ganchos a Radapu, a su cara. Le pasó el objeto de púas metálicas al ras del cuerpo. Estaba desnuda salvo por sus partes íntimas, cubiertas con una redecilla con cera—: ¿Dónde escondiste el maldito rollo, profanadora? ¿Dónde lo escondió tu hermano muerto? ¿Lo escondieron en algún lugar de este salón de gobierno? —y con sus ojos comenzó a revisarlo todo: las columnas de roca, el dorado trono.

La bella Radapu, con sus vivos ojos enfocó al joven rey Joacaz, el pecoso con orejas de ratón.

Hilcías se sorprendió.

—No me digas… —y empezó a asentir con la cabeza. De nuevo se volvió hacia el trono—. ¿Es el Megathronos? ¿Aquí dentro está lo que ocultaste?

Las patas del asiento real eran seis patas de toro. Los descansabrazos eran las dos fuertes garras de un león. Las caras, por los lados —en dos postes laterales—, eran el dios protector de Babilonia: el guardián kuribu, el "querubín", guardián de las puertas. Se importó este diseño debido al poder de Babilonia como potencia.

Por izquierda y derecha las seis alas del engendro de oro se proyectaban hacia los lados.

Hilcías le preguntó a la escriba:

—¿Es ahí? ¿Está dentro del trono? ¿Cómo lo guardó ahí tu hermano? ¿Lo hizo Kesil Parus?

Al otro lado de la columna del Seraph el príncipe Eliakim temblaba, sangrando del pecho. Le vio la carne abierta. Vio los aros jalándole la piel hacia arriba. Lentamente llevó hacia atrás el látigo, para tomar energía. Cerró los ojos. Con enorme violencia azotó al príncipe primogénito en el abdomen, con los ganchos. Jaló de los garfios. Le arrancó seis pedazos de piel.

El príncipe Eliakim gritó, Hilcías le dijo:

—¡¿Tú sabes algo sobre esto, maldito cómplice de Egipto, aliado de los traidores fariseos?! ¡¿Vas a seguir sirviendo a tu faraón Nekao?! ¡¿Crees que tu faraón va a venir ahora a defenderte, cuando el rey del mundo ya es Nabucodonosor?! —y de nuevo se llevó hacia atrás el pesado flagelo. Arrojó los ganchos hacia el cuerpo de Eliakim. La sangre del príncipe primogénito salpicó a la hermosa Radapu en la cara.

—Ahora sigues tú, ramera —le dijo el sacerdote. Caminó hasta ella, arrastrando lentamente sus sandalias de bronce por delante de ella—. Ya me dijiste dónde guardaste el viejo pergamino de este pueblo, el cual yo voy a destruir, porque la historia la creé yo. Ya voy a sacrificarte. ¡Sepárenle los brazos! ¡Traigan una escudilla!

74

En Éfeso, los quince soldados turcos del reverendo Abaddon Lotan descendieron del techo, como arañas. Se soltaron de las cuerdas. Saltaron al piso. Se colocaron alrededor de Max León.

—¡Arrójate al piso, terrorista! —y le apuntaron a la cara con sus pistolas. Al final, un último hombre saltó hacia ellos con un arma inusual que llevaba apagada, pero en cuanto la encendió retumbó en el aire el sonido de una poderosa sierra eléctrica, con el motor estruendoso como motocicleta. La máquina salpicó chorros de gasolina a los lados—. ¡Estás acusado por transgresión internacional a la paz! ¡Córtenlo con las sierras! ¡Córtenle las piernas! ¡Que no pueda moverse! ¡Así lo ordena el reverendo Lotan!

Max León cerró los ojos.

—Qué día —y negó con la cabeza. Les apuntó con el semifusil Mendoza y con la pistola sable Bernardo Reyes—. ¡Señores! ¡Tengo un problema médico en el oído, y debido a ello no escucho pendejadas!

John Apóstole estaba arrodillado, con la mirada fija en Serpentia Lotan, las manos detrás de la cabeza. A su lado, la hermosa hija del reverendo estaba acomodándose el largo cabello.

—Te lo dije, Max León —se burló—. Mi papá siempre me rescata —y le sonrió—. No puedes vencerlo. Nadie puede vencerlo. Mi papá es Abaddon. Es el ángel de Dios, el ángel exterminador. Aparece en la Biblia.

Max León se enderezó. Observó a su alrededor, a los soldados. Eran quince, con expresiones de furia y violencia. Más arriba, en el techo, asomado por la coladera, estaba el propio Abaddon Lotan, con su suéter de cuello de tortuga, sonriéndole. A los lados de la coladera, en el techo, Max distinguió tres enormes números, colocados apuntando en sentidos contrarios: 666.

—Dios… —y ladeó la cabeza—. ¿…666…? —y tragó saliva.

Desde arriba, Abaddon Lotan le gritó:

—¡¿Qué crees que estás haciendo, maldito miserable?! ¡¿Quién crees que eres como para llevarte a mi hija?! ¡¿Así son todos los mexicanos?! ¡¿Quién piensas que eres para poner en riesgo una operación que yo dirijo, y que pertenece al gobierno de los Estados Unidos?! ¡Córtenlo ya, maldita sea! ¡Rebánenle las piernas!

Max León tragó saliva. Los soldados comenzaron a aproximársele lentamente, sonriéndole, con las sierras encendidas.

—¡Vamos, idiota! ¡Llora!

Max se volvió hacia arriba.

—¿Me permite unas palabras?

El reverendo asintió.

—A ver. ¿Qué vas a decir?

—Usted es un criminal, un organizador de la Operación Gladio, un entrenador de terroristas. Su maldita figura religiosa es sólo una tapadera para reclutar personas, para engañar a la sociedad. El sacerdote del atentado en Patmos es sólo uno de los que usted reclutó y dañó mentalmente para convertirlo en un asesino político. Los manipula con el miedo al infierno, con Satanás, con el Apocalipsis, para que se suiciden por Dios. ¿No es cierto? ¿Para eso sirve la religión? ¡Así usted puede matar gente y comenzar sus pinches guerras! ¿Quién le paga a usted, maldito? ¿El presidente americano? —y lo señaló con sus dos pistolas.

La hermosa Serpia Lotan le gritó:

—¡¿Cómo te atreves, imbécil?! ¡Mi papá es un hombre de Dios! ¡Tú no eres nadie! ¡Córtenlo ya!

Max negó con la cabeza. Se susurró a sí mismo:

—Hace pocas horas vi un papel de arroz dentro de un sagrado corazón de plata, que pertenecía al sacerdote Creseto Montiranio —y alzó la mirada, hacia Abaddon Lotan—. El papel de arroz decía: "[...] el apóstol Juan portó este secreto hasta su tumba: la verdadera revelación de Moisés, el Documento J" —y observó en el techo los tres grandes números: 666—. Decía también: "... el Secreto Biblia está en el monte Sion, entre las Piedras de Fuego. He dejado en la tumba de Juan el mapa de estos asesinos que me contrataron, y la llave para el nicho subterráneo [...] Mi habitación de la verdad es el número 666, en esa tumba".

—¡Acábenlo ya! —les gritó Abaddon Lotan a sus soldados—. ¡¿Qué esperan, maldita sea?!

Max se volvió hacia Serpia Lotan:

—¿Tú irías conmigo? ¿Vendrías conmigo a Israel, para buscar el Documento J? —y le sonrió.

Serpentia lo miró con asco.

—¿De qué hablas, idiota? ¡Claro que no! ¡Córtenle las piernas ya!

Con enorme violencia Max la aferró por el brazo. La jaló hacia atrás.

—Vas a venir conmigo —y le colocó la brillosa punta de plata de su pistola sable Bernardo Reyes, por debajo de la quijada. Le gritó en la oreja:

—¡¿Qué dice el pasaje del Éxodo número 666?! ¡Qué dice!

La chica pataleó:

—¡Suéltame! ¡Papá! ¡Papá! ¡Mata a este salvaje! —y empezó a golpear hacia atrás a Max, con la cabeza. En el piso, arrodillado, John continuaba serio:

—Todo está perdido, Max. No lo combatas. No luches. Abaddon Lotan pertenece a Dios. Es una encarnación.

—¿Qué dices? —y observó en lo alto al reverendo, sonriéndole. Le susurró en la oreja a Serpentia Lotan—: ¿Qué dice el pasaje "Éxodo 666"? ¡¿Qué dice, maldita bruja?!

Ella empezó a sacudirse:

—¡Éxodo 6-6-6 no existe! ¡Pero Éxodo 6:6 dice así!: "¡Yo te libertaré de la opresión que sufres y te rescataré de tu esclavitud en Egipto […] y te llevaré a la Tierra Prometida!" —y de nuevo lo pateó en las espinillas.

—Eso es. ¡Eso es! —le gritó Max—. ¡La Tierra Prometida! —y le clavó la pistola sable en el cuello—. ¡El sacerdote no nos habría traído hasta aquí sin habernos dejado en algún lugar una salida, un "Éxodo", para escapar de esta caverna! ¿Verdad? Si no, ¿para qué nos habría hecho ver todo esto? ¿Para qué habría escrito todas estas cosas en los muros, si sabía que íbamos a ser perseguidos hasta este punto? —y le apretó el brazo, torciéndoselo detrás de la espalda—. ¡Nos dejó una salida en algún lugar de esta cámara, para que pudiéramos escapar de aquí y revelar al mundo todo lo que ya sabemos ahora, incluyendo la monstruosidad de tu maldito padre, y la localización verdadera de la Biblia!

Desde arriba, Abaddon Lotan le gritó:

—¡Suelta a mi hija, miserable! ¡Te voy a destruir! ¡Te voy a torturar! ¡Voy a nadar en tu sangre hasta mis rodillas! ¡Voy a ir a buscar a todos y cada uno de tus familiares y les voy a vaciar las vísceras!

—Bravo —le sonrió Max—. ¿Así habla un hombre de fe? ¡Usted es lo más maligno que he conocido, maldito hipócrita: un monstruo de la religión! ¿Pero sabe una cosa? Desde niño me diagnosticaron un problema médico en el oído. ¡No oigo jamás una pendejada!

Comenzó a disparar hacia arriba, por los lados de la cabeza de Abaddon Lotan, hacia los anchos círculos de los tres números 666. Las piedras tronaron. Desde los huecos chorreó un líquido negro. Al caer, con humo, quemó a los soldados en la cara.

El piso crujió, se sacudió, se le rompió la cubierta de yeso. Era madera. Las vigas empezaron a reacomodarse abajo, con rechinidos y tronidos. Se quebró todo hacia abajo, como una escalera de palos. Max León sujetó a John Apóstole por el brazo. Lo jaló hacia abajo:

—¡El apóstol Juan no murió! ¡Escapó por aquí! ¡Fue a Sion, al maldito trono! —y jaló también a Serpentia Lotan del brazo—: ¡Tú vienes con nosotros, hija de puta!

"¡Corre, maldita! —le gritó Max León a Serpia Lotan en la completa oscuridad. La jaló por dentro del putrefacto pasaje de madera, subterráneo, entre los disparos que venían de atrás, en medio de los gritos de los soldados.

Max le gritó a John Apóstole:

—¡¿Dónde está el helicóptero?! ¡¿Lo tienes localizado?! —y siguió avanzando—. ¡Llama al maldito helicóptero!

John tembló. Sin dejar de trotar, revisó la luminosa pantalla de su aparato celular.

—¡Me está siguiendo! ¡Está justo arriba de nosotros! ¡El piloto viene siguiendo mi GPS!

Arriba, a cielo abierto, entre las solitarias columnas de la basílica de san Juan de Éfeso, el pesado helicóptero negro, semejante a un gigante sapo cuadrado, modelo Mi-8 AMTSh Terminator —un monstruo de diez toneladas—, flotó a ras de las ruinas, rompiendo los pilares del siglo VI d.C. Con sus altavoces, el artefacto emitió una alarma en turco:

—¡*Bizi vurmaya kalkı-mayın!* ¡No intenten dispararnos o transmitiremos un mensaje de emergencia al gobierno británico, y se iniciará un conflicto entre Turquía y el Reino Unido! ¡Esta aeronave pertenece a la Mancomunidad Británica!

A la redonda, los nueve afilados helicópteros Augusta de la fuerza aérea turca, con sus misiles preactivados, comenzaron a merodear en círculo a la aeronave.

—¡Hagan fuego! ¡Hagan fuego! —les gritó desde abajo Abaddon Lotan, por su radio—. ¡Derriben el aparato! ¡Hagan fuego, maldita sea!

Arriba, el Terminator Mi-8 AMTSh abrió su metálico vientre, lanzó hacia abajo una cuerda con nudos, al pozo ápsis de la basílica: antiguo respiradero de Apasa, capital del perdido reino prehistórico de Arzawa, donde nació el conflicto de la verdadera guerra de Troya.

—¡Suban! ¡Suban! ¡Suban! —gritó desde el helicóptero un hombre, por medio de un altavoz, hacia Max León, y hacia John Apóstole y su rehén, Serpentia Lotan.

75

—Okay, okay. Participo en esto —y escuchó las aspas—. Quiero hacer esto. ¿Qué necesita usted de mí? Haré lo que sea —y Max recortó su revólver HM4S Mendoza.

Esto se lo dijo a un individuo que había visto al inicio del viaje, pero con el que no había hablado por la tensión de los eventos y que en ese momento se presentó: el periodista mexicano Omar Chavarría, de cabellos chinos, dueño de la estación de medios Énfasis Comunicaciones.

El periodista extendió un rollo de papel en las piernas en el apretado interior del poderoso helicóptero.

—Verás, Max: tenemos un problema. El monte Sion está tomado. La excavación de Moses Gate está tomada por estos terroristas. Todos son hombres de Abaddon Lotan. Son la Operación Gladio. No va a ser nada fácil. Son asesinos. ¿Aún así quieres bajar?

—Vaya… —y Max miró el mapa—. ¿Y dices que hay una chica ahí?

—La tienen capturada los terroristas. Fue parte del equipo de Moses Gate. Ella alcazó a transmitir un s.o.s a su rotativo, *La Repubblica*, en Italia. Ellos nos enviaron el mensaje.

Lentamente Max se volvió hacia el silencioso John Apóstole. John estaba aún en trance, al fondo de la aeronave, agachado en su asiento, pegado al muro, inexplicablemente se había puesto a llorar.

—Tomaron la excavación precisamente durante el atentado, cuando Moses Gate estaba transmitiendo en vivo. La chica es nuestro único medio de contacto. Sería terrible si estos hombres descubrieran que ella tiene un transmisor en su esclava.

Max le dijo al periodista:

—Todo esto es tan… *siniestro*... ¿Por qué esos tipos quieren la Biblia, quiero decir, el Documento J?

—Ellos quieren el Documento J. De esto se trata todo esto. Abaddon Lotan ha estado espiando a Moses Gate y su operación desde hace meses, siguiéndole la pista de la excavación en Sion, precisamente por la Fuente J. Lotan va a entregársela al presidente Trump, y a la junta del gobierno de los Estados Unidos. Es imperioso que un material tan importante como ese, que puede cambiar a la religión en el mundo, no lesione los intereses de los Estados Unidos, ¿me comprendes? Los Estados Unidos son la potencia dominante, y gran parte de ese poder está sustentado en la Biblia, como "país cristiano". Los presidentes americanos, incluso Trump, juran sobre la Biblia. La gente de Gladio quiere encontrar este material arqueológico antes de que llegue a las manos de cualquier otro país o gobierno. Todos quieren modificarlo. El que tenga el Documento J va a dictar las normas desde ahora, debido al clamor que esto va a causar en el público.

Max miró por la ventana. Abajo, las aguas azules del mar Mediterráneo se movían mansamente, olas que chocaban entre sí, como murmullos.

—Cuente conmigo. ¿Qué hacemos? Quiero el Documento J. Quiero que la muerte del comandante Dorian Valdés se vea recompensada.

El periodista le sonrió y le mostró otro mapa, arrugado, que extendió sobre sus piernas como el anterior y que contenía los planos de los túneles subterráneos del monte Sion.

—Hay dos túneles. Uno es muy antiguo, de la Edad de Bronce, año 1800 a.C., llamado "canal de Siloam", y el otro es más "nuevo" de la Edad de Hierro, año 700 a.C. Se llama "túnel de Ezequías". Los dos túneles se cruzan en cuatro puntos, mira —y los señaló con el dedo—. El túnel antiguo corre muy cerca de la superficie, porque fue cavado en la roca blanda, llamada meleke, que es muy porosa y tiene muchas grietas. El túnel más moderno fue perforado diez metros más abajo, en la roca dura, que se llama dolomita. Te pido que te introduzcas como lo hizo el rey David en el año 1000 a.C., por aquí abajo —y tocó el punto llamado pozo Warren—. La Biblia misma describe cómo se llevó a cabo esta toma del fuerte: libro 2 Samuel 5:7: "Y David capturó la fortaleza de Sion, que es la ciudad de David", y libro 1 Crónicas, verso 11:6: "Entonces Joab hijo de Sarvia subió primero por el canal, y fue hecho jefe; y David habitó en la fortaleza, y por esto la llamaron la Ciudad de David". Es este castillo, el Área G, aquí arriba, sesenta metros al oeste del pozo Warren. Hoy el castillo está enterrado debajo de un suburbio de clase media, de población palestina. La locación se llama Ir David, que significa "Ciudad de David".

Max León miró el mapa:

—Okay. No veo problema —y amartilló su revólver Mendoza HM4S—. Necesito un paracaídas.

—¿Eso es todo? —le sonrió Omar Chavarría.

—Eso es todo. Y cigarros —le sonrió.

El enchinado Omar Chavarría le sonrió de nuevo:

—Te traje un regalo —y le aproximó una maleta grande, de plástico, de color verde—. Es una cortesía para ti por parte de los empresarios que están financiando esta operación.

Max León la abrió. Adentro vio una poderosa ametralladora, también de color verde, fabricada en México. Omar Chavarría le dijo:

—Fusil FX-05 Xiuhcóatl, serpiente de fuego. Calibre 5.56 × 45 milímetros. Capacidad: 250 disparos por minuto. Alcance de ochocientos metros. Es la que ahora utiliza el ejército de México.

Max le sonrió al periodista.

—Lo has logrado —y con sus manos acarició la potente arma de cuatro kilogramos—. Me has hecho volver a creer en Santa Claus.

Omar Chavarría, como si estuviera de pronto vestido de color rojo y le surcara una espesa y blanca barba, le dijo:

—Hay un detalle más —y se volvió hacia atrás, hacia la ventana—. Como puedes ver, todos estos Augusta turcos nos están siguiendo. Nos van a seguir hasta las fronteras con Israel. No creo que puedan pasar el paralelo 34 porque la fuerza aérea turca no va a penetrar la zona aérea israelí, tampoco nos van a derribar, porque sería perder el hilo de toda esta maraña; pero sí debemos cuidarnos de ellos; a menos que Lotan tenga acuerdos con Israel. Nosotros sí tenemos permisos —y se volteó hacia la cabina de pilotos—. ¿Ya pasamos el paralelo 34?

Los pilotos le gritaron:

—Ya lo pasamos hace siete minutos.

—Diablos. Sí tienen los permisos.

Max le dijo:

—No te preocupes. Vamos a tener compañía. Estoy acostumbrado. Esto es normal en mi trabajo —y acarició la ametralladora FX-05 Xiuhcóatl—. Esto me basta.

El periodista se inclinó hacia él:

—¿No sientes miedo?

—Siempre tengo miedo, pero me vale madres. Esta guerra es contra el miedo —le sonrió a Omar—. La palabra de Dios puede aparecer hoy, y si eso sucede, va a ser la luz contra el miedo.

Por detrás, la hermosa y exótica Serpentia Lotan le gritó:

—¡Eres un asno mediocre! ¡¿Te crees héroe?! ¡No eres nadie! ¡Eres un pendejo del Tercer Mundo! ¡No tienes idea de en qué te estás metiendo! ¡Yo conozco a todos los terroristas que están en esa montaña! ¡Son soldados de mi papá! ¡Van a defenderme en cuanto entres! ¡Además, mi papá va a llegar con todos sus helicópteros, mira! —y se volvió hacia atrás—. ¡¿Crees que tú, un maldito gusano, vas a salirte con la tuya?! —y se rio a carcajadas.

Max se dirigió al periodista Omar Chavarría:

—¿A poco no parecemos casados?

—Entonces, ¿estás listo?

Max tomó la cajetilla de cigarros.

—Listo.

—Hay otra cosa: estos tipos tienen a la chica. Ella obrevivió. Es importante que, hagas lo que hagas, especialmente con esta ametralladora, ella no salga lastimada. Es la nieta de Moses Gate.

Max observó el mapa de los túneles de Sion.

—No te preocupes. Sé cómo evitar que la dañen. Yo también voy a llevarme a mi rehén —y con enorme violencia se dirigió hacia Serpentia Lotan. La aferró por los cabellos—. Tu viaje no ha terminado —y empezó a jalarla por encima del suelo de rejilla de acero—. ¡Yo voy a llevarme a esta bruja como garantía! ¡Si los terroristas intentan cualquier cosa contra mí o contra la otra chica, yo voy a lastimarte, y voy a hacer que tu padre te vea gritando!

Sonriendo, Omar Chavarría le dijo:

—Es verdad. Sí parecen casados.

Desde su asiento trasero, el abatido John Apóstole les dijo a todos:

—Yo voy contigo, Max. Denme mi paracaídas. Yo sé dónde está ese trono de oro.

En la cabina, el piloto pronunció las siguientes palabras:

—En horizonte roca Karmel, costa HaSharon. Solicito permiso para abandonar la Región de Información de Vuelos FIR NICOSIA L-CCC y penetrar la FIR L-LLL TEL AVIV. Cambio.

El pesado helicóptero de diez toneladas inició su descenso.

76

Tres millas atrás, en su helicóptero dorado, en su asiento dorado, el reverendo Lotan le dijo a su asesor Ken Tarko, joven rubio del comando central del Pentágono, OTAN:

—Quiero que lo cercenes vivo.

Por detrás le pasaron las fotografías de Max León.

—Éste es el mexicano. Es el adjunto de logística de la embajada de México.

El reverendo miró la foto con interés.

—Le voy a arrancar la piel como a una cebolla. Este idiota no sólo está poniendo en peligro mi operación, una operación del presidente, sino que además tiene a mi hija —y se volvió hacia Ken Tarko—. ¿Tú qué harías con este idiota?

El rubio se inclinó hacia Lotan:

—Ahora es personal. Te está retando. Te está desafiando. Te está insultando frente a toda tu gente —y señaló a su alrededor—. No puedes mostrarte como un perdedor.

Abaddon Lotan se levantó de su asiento.

—Les juro a ustedes, ante Dios que me está viendo —y les mostró las fotografías de Max León—, que lo voy a descuartizar —y se volvió hacia el cielo—. ¡Apocalipsis 20! "¡Vi a un ángel que descendió del cielo, con la llave del abismo, y con una gran cadena en la mano! ¡Y prendió al dragón, la serpiente antigua, que es el diablo y Satanás, y lo ató por mil años! ¡Y cuando los mil años se cumplan, Satanás va a ser libertado de su prisión, y va a salir para engañar a las naciones que están en los cuatro ángulos del mundo: a Gog y a Magog, y los va a reunir para la guerra; el número de los cuales es como la arena del mar!" —se rio, llorando—. ¡Señor del universo, Señor Jesucristo! ¡Que tu voluntad sea realizada! ¡Úsame para tu venganza! Ahora que se precipita el Apocalipsis, yo soy tu siervo y tu soldado. Yo soy Ha Mash-hit. Yo soy el ángel exterminador.

Suavemente, Ken Tarko lo tomó por la mano:

—Sí. Tú eres Ha Mash-hit, el ángel destructor de Éxodo 12:23. Recuerda lo que hiciste en Egipto, contra los enemigos, contra los primogénitos. Eres el brazo del señor. Fuiste creado para exterminar, para defender a la Biblia. Dios no va a resolver esto solo. Nos necesita a nosotros para defenderlo aquí en la tierra, cuando estos hombres quieren destruirlo a Él y a sus Escrituras.

Al rubio Ken Tarko le brillaron los ojos.

77

En la oscuridad, al rubio guardia babilonio Tarkullu le brillaron los ojos. Con las mandíbulas apretadas, le sonrió a la escriba Radapu:

—Yo le arranqué la vida a tu maldito hermano. Ahora yo voy a sacar de su escondite su maldito rollo —y por debajo del candelabro de siete ramas, se volvió hacia el gigantesco trono de oro, donde estaba sentado el pecoso joven Shallum, ahora rey de Judea.

—¡Quiten a este niño! —les gritó a los demás guardias. Con sus propias manos arrojó al nuevo rey hacia un lado. Desde atrás el sacerdote Hilcías le sonrió. Se arrastró sobre sus doradas sandalias de metal.

—¡Levanten el trono! ¡Saquen el maldito rollo!

La escriba Radapu gritó:

—¡No dejen que lo tome! ¡Que no se lleve el rollo de la historia de nuestro pueblo! ¡Ellos alteraron todo el pasado! ¡Quieren quitarnos nuestra historia! ¡Ese rollo es la última conexión con el pasado!

—¡Un momento! —les gritó desde más atrás un mensajero—. Acaban de llegar vigías, ¡se está aproximando el ejército de Egipto! ¡Vienen veinte mil hombres, el faraón Nekao con su hijo Psamétiko!

Hilkiyahu se volteó, sorprendido.

—¡¿Cómo dices?! —y se volvió hacia los soldados.

El mensajero, cubierto en una manta sucia, con sangre, se arrastró por el suelo, sobre las losas, sangrando:

—¡Yo los vi! ¡Están allá! —y señaló la ventana.

El obeso sacerdote Hilcías se aproximó a la ventana. El mensajero caminó por enfrente de la escriba Radapu. En griego le susurró:

—Ο πατέρας μου έφυγε από τη ζωή. En mi país tenemos un héroe muy antiguo —y se volvió hacia ella. Le mostró su ojo de color aceituna—. Hace mucho tiempo este héroe regresó de una guerra muy distante. El castillo donde él había sido rey ahora estaba invadido por sus enemigos, y estaban acosando a su esposa. Él sabía que si llegaba por el frente, ellos iban a asesinarlo. Así que él decidió cambiar su rostro, y se lo cambió la diosa lechuza, Atenea. Su nombre es Odiseo.

La bella Radapu le sonrió:

—Eres Tales. ¿Tú eres Tales de Mileto?, ¿volviste por mí?

El joven se quitó la manta sucia. Por debajo estaba completamente desnudo. Esgrimió sus dos espadas kopis:

—¡Hoy es la libertad del mundo, malditos babilonios! ¡Hoy se libra aquí la guerra del universo!

Por detrás de su espalda ocurrió un griterío. La gorda reina madre Halmutal —madre de Shallum, madrastra de Eliakim— fue arrojada contra el muro, contra los picos. Empezó a gritar. Escupió sangre.

—¡¿Qué está pasando?! ¡Esto es traición 'Am Ha'Ares!

Las puertas del salón se despedazaron por el fuego. Empezaron a entrar, como chacales, los altísimos hombres de raza negra, nubios, con armaduras doradas sobre sus músculos, con máscaras de halcones: los Haru-Sej egipcios, "Hombres-Halcón", una fuerza de avanzada que se había adelantado a las tropas, enviadas por el mismo Nekao.

233

Con sus largas lanzas doradas, con puntas de obsidiana, comenzaron a cortarles el cuello a los soldados anzu babilonios.

—*¡Khe-BI! ¡Enkajka!* —y señalaron a la ventana, hacia el sacerdote Hilkiyahu—. *¡KhaRa-Her Alpaya! ¡Ankh-A-Nekao!*

El sacerdote Hilcías, temblando, se volvió hacia la ventana. Los postes estallaron. Por afuera entraron veinte soldados cobra egipcios, respaldados por fenicios y griegos. Hilcías alcanzó a ver al fondo las brillantes bolas de fuego. Escuchó un trueno. El piso se sacudió.

—¡¿Qué está ocurriendo?!

—¡Éste es el día de la libertad y la venganza! —le gritó en griego el espía Tales de Mileto. Con su espada kopis empezó a golpear los eslabones de hierro de la columna. Con uno de los filos le trono las junturas a la escriba Radapu, la cual se desplomó hacia el piso.

El Hombre Ave Alpaya, en su musculoso traje de cristales, se volvió vigorosamente hacia el joven rey de Judea, Shallum. Avanzó hasta él, mirándolo con sus grandes y secos ojos de paloma muerta.

—¡Quítenlo de ahí! ¡Destruyan lo que está ahí dentro! ¡Préndanle fuego! ¡Que no se conozca cómo fue el pasado! ¡El Rey del Mundo es Nabucodonosor!

Abajo, en la Cisterna Ciclópea, tirados por la poderosa máquina de arrastre; por la gran rueda de hierro, los ancianos sacerdotes rebeldes —los fariseos— no resistieron más la tensión de la cuerda sobre sus piernas desnudas.

—¡Suéltenlos, por piedad! —les gritó a sus compañeros uno de los soldados anzu babilonios.

Se resbaló sobre la roca mojada; sobre el profundo vacío de la cisterna. Abajo había una piscina de brea caliente, humeando, con los cadáveres medio hundidos de dieciocho escribas muertos. Se cayó también uno de los ancianos.

Quedó colgando, estrangulándose, por el aro de hierro en su cuello, suspendido de la cadena. Intentó gritar:

—¡Parus! ¡Kesil Parus!

La garganta empezó a rompérsele por el anillo de metal. Sintió el calor en sus pies.

Se quedó colgado, sin respirar. Desde arriba, desde las siete grandes ollas, empezó a caerle encima el chorro caliente de la brea del Mar Muerto. Empezó a correrle sobre el cuerpo, quemándole el pecho. Su peso empezó a jalar a los otros veintinueve sacerdotes fariseos. Intentaron detenerse por un momento más sobre las plantas descalzas de sus pies, sobre la resbalosa piedra mojada.

—¡Suéltennos, bastardos! ¡Señor, ayúdanos!

El líquido viscoso, con olor a huevo podrido, subió por las paredes de la cisterna de catorce metros de altura. Se empezó a calentar el aire.

—¡Saklu! ¡Galatu! ¡Maldito! —les gritó desde el borde el fariseo Kesil Parus. Se mantuvo sobre sus firmes muslos. Cerró los ojos—. Si voy a morir, lo haré en forma útil.

Desde el centro de la cisterna, colgando de la cadena, el sacerdote suspendido permaneció en silencio, en la oscuridad, pendiendo por su peso.

—¡Jalen la cadena! ¡Giren más la rueda!

El jefe Pallisut les sonrió a sus soldados.

—El Hombre Ave Alpaya ordena que viertan el polvo de yookh, para endurecer el qirtu. Quiere que el fondo se convierta en roca, para que nunca pueda ser abierta. Los cadáveres deben convertirse en parte de la piedra, de la montaña.

El barbudo Kesil Parus miró para arriba, al mecanismo de vaciado de las ollas. Cerró los ojos. Comenzó a llorar.

—¿Qué puedo hacer ahora, Señor Dios? ¿Qué deseas que yo haga ahora?

Por su lado derecho, el también anciano Semónides de Amorgos, con sus musculosas piernas, junto con su joven acompañante persa Tistar de Anshan, cautelosamente caminó hasta él, de puntillas, por la delgada cornisa, al borde del enorme y claustrofóbico pozo, con su brillosa pastilla anaranjada en la mano.

—Usted vendrá conmigo —y con su lanza intentó tronarle el aro del cuello.

El sacerdote estaba encadenado a todos los otros fariseos.

—¿Qué estás haciendo? —le preguntó uno de los guardias babilonios—. ¡Arréstenlo! —y le lanzó su daga. Semónides se volvió hacia abajo, por la delgada cornisa, sobre el abismo. Arrojó al guardia hacia el asfalto líquido. Se volvió hacia su joven ayudante Tistar, el persa. Le gritó:

—¿Sabes alguna manera de romper un aro de hierro sin quebrarle el cuello a la persona?

Tistar le gritó:

—¡¿De qué hablas?! —y lo aferró con las manos, en el filo del abismo—. ¡¿Qué estás haciendo, imbécil?!

Con gran fuerza, Semónides raspó su traslúcida pastilla anaranjada contra el agrietado muro. En su jabonosa superficie, las dos blancas, pequeñas y alargadas rocas de chispa se encendieron.

—¡Quiero mi maldito oro! —les gritó a los babilonios. Volvió a raspar la pastilla contra el muro. Saltó el destello. Todos observaron, en la lentitud del silencio, la pequeña flama cambiar de colores, en la oscuridad, expandiéndose alrededor de la pastilla. Simónides sonrió. El material se encendió en su mano.

—Tales, hermano pequeño —se dijo a sí mismo—. Ahora todo depende de ti. Yo ya me cansé de mí mismo. Te espero en el Hades.

Con mucha fuerza arrojó la pastilla, encendiéndose por los lados, contra el espacio. La vio girar en el aire. Todos la vieron rotar en el aire, produciendo luces y destellos de colores en el espacio. Los ancianos le sonrieron, asombrados. Observaron el prodigio:

—¿Es Dios…? ¡¡Dios ha venido a salvarnos…?!

Los soldados le sonrieron también, incluso el jefe Pallisut:

—Debe ser uno de los espectros del desierto… Tal vez es… ¿Lilitu…? O tal vez eres tú, Ereshkigal, la gran señora del mundo profundo…

La pastilla le cayó a Pallisut directamente en la cabeza, en el ojo. Estalló.

Treinta metros arriba, en el salón del trono, la explosión la escucharon juntos Tales de Mileto y la morena Radapu.

Radapu, sacudiéndose desnuda, al pie de la columna, se detuvo.

—¿Qué es eso? —y sintió el temblor en el piso.

Tales se volvió hacia las losas del suelo.

—Es mi amigo Semónides. Siempre hace lo mismo —y siguió golpeando con su espada, contra las cadenas de hierro, ahora las del príncipe Eliakim, para romperlas.

Por detrás se le aproximó, entre los soldados egipcios, gritándole, el rubio Tarkullu, sangrando de la cara, con sus dos mazos de puntas de hierro.

—¡𒄿𒈾 𒀭𒈾 𒀭𒉺!

La bella Radapu le gritó a Tales:

—¡Cuidado! ¡Éste es el babilonio que asesinó a mi hermano! ¡Ahora va a asesinarte! ¡Es uno de los hijos de Nabopolasar, hermano de Nabucodonosor!

78

Por arriba, desde el pesado y negro helicóptero Terminator Mi-8 AMTSh, los tres jóvenes saltaron sin paracaídas sobre las rocas: Max León, John Apóstole y la malhumorada y bella Serpentia Lotan.

Max trotó entre las rocas, por encima de los matorrales secos, con su verde ametralladora FX-05 Xiuhcóatl, de cuatro kilogramos, con tres cartuchos de 30 municiones, dos de ellos en los bolsillos:

—¿Esto es el monte Sion? —y vio sobre la gigantesca loma la cúpula llena de viviendas de color blanco, y oyó el sonido de una mezquita. Distinguió en el poste el retorcido nombre de la calle: *Beit Meyukhas*, y la señalización hacia abajo: *Derech Ir-David*. Siguió trotando hacia adelante, agachado—: ¡Me siento como si me hubieran arrojado a una película del Viejo Oeste, sólo que ésta sucede en el Viejo *Este*! —y, por encima de su espalda, sintió el aire empujado por el pesado Terminator, que volvió a elevarse hacia el cielo, disparando sus bengalas a los lados.

Max escuchó la explosión a su derecha. Se detuvo. Violentamente jaló a Serpia Lotan por la muñeca. Se ocultó con ella detrás de un bloque de cemento. Le susurró en el oído:

—¿No te parece esto una historia de amor? Somos como el Piporro y María Félix en *La Valentina* —y le preguntó a John Apóstole—: ¿Es aquí?

John, agazapándose entre las rocas, revisó la luminosa pantalla de su aparato celular.

—Es allá abajo —y señaló al sur, a la parte baja de la loma. Trotó montaña abajo, entre los escombros—. Esta zona ha sufrido atentados terroristas. Se llama Beit Meyukhas. Es una línea en disputa entre dos países: el Estado de Israel y el Palestino. No es realmente Israel ni Palestina. Estamos en tierra "internacional", en una frontera del mundo. Por esto los hombres Gladio se mueven a sus anchas, les conviene esta disputa. La entrada al complejo es la alberca de Siloam —y señaló hacia abajo—. Tiene dos accesos a los túneles: uno hacia el de la Edad de Bronce y otro hacia el de la Edad de Hierro, que están en distintos niveles. En esa alberca fue donde Jesús curó al hombre ciego, según el evangelio de Juan, verso 9:6.

Max jaló a la hermosa Serpia Lotan por la muñeca. La empujó hacia abajo.

—¡Suéltame, idiota! —le dijo ella, y miró hacia arriba. Por encima de su cabeza vio los cuatro helicópteros del papá. Les sonrió. Max la jaló de nuevo hacia abajo:

—¡Tú vienes con nosotros, maldita! ¡Tú eres mi rehén! —y escuchó el estruendo de los helicópteros. Los altavoces en las aeronoves le gritaron:

—¡Detengan ahí a ese terrorista del Estado Islámico! ¡Está acusado de asesinato y de conspiración! ¡Disposición 7-39 de la carta internacional de seguridad de las Naciones Unidas! ¡Al que lo capture y lo entregue vivo le serán entregados treinta mil dólares!

Los tres trotaron sobre las piedras. En la parte de abajo vieron un enorme y largo agujero entre las construcciones. Las paredes de este agujero eran antiguas: adobes resquebrajados, protegidos por rejas.

Serpia le gritó a Max León:

—¡¿Eres tan tonto?! ¡¿Qué estás intentando hacer?! —y de nuevo miró hacia arriba, a los helicópteros—. ¡Todos nos están siguiendo! —y empezó a reírse—. ¡En cuanto entremos a la excavación, los hombres de mi papá te van a capturar!

Max siguió bajando por entre las rocas. Con la otra mano cargó el pesado Xiuhcóatl por su agarradera.

—No voy a hacer nada diferente a lo que el rey David hizo aquí hace tres mil años. Cuando él entró, los que estaban aquí adentro no eran sus amigos. Ya era hora de que alguien repitiera esta hazaña —y se volvió hacia John Apóstole—. ¿No estás de acuerdo? —y le sonrió.

John Apóstole sonrió mientras que Serpia Lotan se sacudió de Max, por la muñeca:

—¡Soy suicida y destructiva, maldito idiota! ¡Suéltame! ¡No debiste haberte metido conmigo! ¡Te voy a despedazar vivo! —y empezó a llorar en forma aterradora—. ¡Tú tienes la culpa de todo, Max León, de todo lo que me ha pasado en la vida! ¡Te odio! —y logró soltarse.

Max León quedó inmóvil, en medio del agua, ante el cambio de actitud de la chica. ¿Sería otra estrategia para confundirlos?

—¡Te odio, maldito! ¡Te maldigo en el nombre de Jehová! ¡Te maldigo en el nombre de El-Elyon, que es mi padre! ¡Tú no me vas a hacer lo que me hizo mi maldito padre! ¡No! ¡No! ¡Tú no me vas a hacer lo que me hizo mi padre! —y estalló llorando—. ¡Ayúdenme, demonios!

Max León extendió la mano hacia ella.

—¿Qué te hizo tu padre?

Serpia le gritó:

—¡Déjame, imbécil! ¡Déjame sola! ¡Déjame morir sola!

La hermosa mujer caminó dentro del agua fría del estanque: la alberca de Siloam, llorando. Era la entrada hacia el túnel.

John Apóstole tomó a Max León por el otro brazo. Le dijo al oído:

—No hay tiempo. Déjala aquí afuera. La matarían allá adentro. No la necesitamos.

—Pero… ¿no fue aquí donde Jesús curó a alguien…? Ella no debería de estar triste aquí…

—Vamos —y lo jaló a la reja de hierro, la puerta hacia el complejo. Miró hacia arriba, hacia los helicópteros de Lotan—. La hija del reverendo tiene un daño profundo en su cerebro. Esto lo saben en todas las agencias. Se lo provocó su padre, Abaddon Lotan. Se llama "anormalidad del circuito corticolímbico" por trauma inducido.

—Diablos, ¿qué le hizo su padre?

—Es un daño en la amígdala. Es una parte del cerebro. Estuvo internada por abrirse las muñecas, por sacrificar a un perro con ácidos. Le cortó las patas al animal. Después trató de suicidarse. Tiene personalidad dividida. Se lo hizo su padre.

Max se volvió hacia ella. La chica le gritó:

—¡Me voy a morir! ¡Ayúdenme, demonios!

Max vio frente a sí la reja de hierro.

—No pensé que fuera tan grave. Esto es tan… ¿*psiquiátrico*…?

John, con su bota inglesa, pateó el cerrojo oxidado. El metal se sacudió, pero no se rompió. El pasador de hierro permaneció sólidamente dentro de la roca.

La chica, por detrás de ellos, gritó al cielo:

—¡Papá! ¡Aquí están estos dos idiotas! ¡Avísales a los guardias de adentro! ¡Estamos en la entrada sur! ¡Diles que vengan a recibirnos!

Max levantó su pesada y hermosa ametralladora FX-05 Xiuhcóatl, Serpiente de Fuego, fabricada con partes plásticas de fibra de carbono. Apuntó el delgado cañón a la hermosa Serpentia Lotan. Le dijo:

—Ven con nosotros —y sintió el agua fría corriendo entre sus muslos—. Si Jesucristo pudo darle aquí una nueva vida a alguien que no tenía ojos, hoy nosotros tres podemos nacer de nuevo. Para esto es el Documento J.

Dirigió la ametralladora hacia atrás, a la puerta de reja. Observó el interior, a través de los barrotes, hacia la oscuridad. Vio el agua corriendo hacia fuera. Disparó contra el cerrojo, con detonaciones muy ruidosas. John le gritó:

—¡No gastes así las municiones, maldita sea! ¡Ahora sólo nos quedan ochenta y seis balas! ¿De qué te sirve un poder de descarga de ochocientas cincuenta balas por minuto si sólo tienes ochenta y seis? Tienes sólo seis segundos de municiones.

El metal se abrió, hacia el tubo negro de roca, con agua fría corriendo hacia afuera, desde adentro, desde el corazón de la montaña, por entre los muslos de los tres.

Max comenzó a avanzar.

—Tengo munición para tres ráfagas, cada una de dos segundos. No necesitamos más. Serán utilizadas en los momentos precisos —y miró hacia dentro del túnel. Se sacó del bolsillo uno de los cartuchos, de paredes traslúcidas. Lo miró en la penumbra y se lo ofreció a Serpentia Lotan—. Esto es para ti ahora. Te lo confío. ¿Puedes venir con nosotros? Bienvenida al monte Sion. Bienvenida al año 608 a.C.

79

En el año 608 a.C., la hermosa morena Radapu, escriba de Rumah, en el piso, vio al enorme y musculoso Tarkullu, guardia babilonio, levantando sus dos grandes mazos de puntas de hierro, sobre la cabeza del esclavo griego.

—¡Cuidado! —le gritó a Tales de Mileto—. ¡Éste es el babilonio que asesinó a mi hermano! ¡Ahora te va a asesinar a ti! ¡Es uno de los hijos de Nabopolasar!

El alto lebrel Anubis, con su máscara dorada de bronce, mojada en sangre, violentamente golpeó a Tarkullu con su lanza, en la cabeza. Le gritó en egipcio:

—¡𓂋! 𓂋! ¡𓂋!

El guardia Tarkullu cayó sobre sus rodillas. Escupió sangre. Se desplomó a los pies de Radapu. La escriba y Tales se miraron uno al otro. El hombre con la máscara de lebrel se la quitó de la cara.

Era un hombre delgado, rapado de la cabeza, con largas franjas de pigmento dorado en el cráneo, pintadas hacia atrás, como mechones, hacia la nuca. Era el hijo del faraón egipcio.

—*Iw Itn Psamtk Para-Nefer NebTaw Nekaw.* Mi nombre es Psametik Para-Nefer Kheper-Ra, hijo del faraón Nekao —y miró a ambos lados.

Se hizo un silencio absoluto en el salón.

Radapu sintió en la nariz el olor a loción de papiro del príncipe egipcio. Él le sonrió.

Los soldados egipcios comenzaron a desencadenar del techo al príncipe heredero judío, Eliakim. Empezaron a bajarlo de la columna, a desencajarlo de las cadenas.

—*¡Khe-Bi! ¡Psamtik mes-mes!*

Empezaron a arrastrarlo hasta los pies del príncipe Psamétiko.

Su pequeño hermano Shallum —el nuevo rey de Judea—, con sus grandes orejas de ratón asustado, permaneció gritando, en el piso, protegido por sus guardias kuribu. Le gritó al cuerpo de su gorda madre, clavada en el muro.

—¡Mamá! ¡Mamá!

Con sus largos ganchos metálicos llamados "heka-nekhakha", los soldados egipcios violentamente lo pescaron por el cuello.

—¡Ya no eres rey! ¡Ahora el rey es él! —y violentamente señalaron, con sus lanzas, a su hermano mayor: el sangrante y tembloroso príncipe Eliakim—. El Imperio Egipcio te nombra rey.

Los filosos picos interiores del gancho egipcio se le clavaron a Shallum en la carne, quien gritó:

—¡Mamá! —y lo arrastraron hacia un lado. Lo jalaron por el piso, sobre las brillantes losas. También arrastraron, al lado de él, el pesado cuerpo de la reina Halmutal, con los párpados inflados, mojados de sangre.

—Tú traicionaste a tu propio pueblo —le dijeron al joven de 23 años—. Dejaste que te ungiera un rey extranjero. Ahora otro rey extranjero va a hacer rey a tu hermano, que pertenece al primer matrimonio.

El tembloroso secretario real Safán, por detrás de una de las siete columnas, silenciosamente lloró. Se ocultó detrás de la misma. Empezó a rezar en silencio, sumiéndose en la oscuridad.

—¡Perdóname, señor Dios! ¡No dejes que me atormenten! —y empezó a caer sobre sus rodillas—. ¡Perdóname por llamarte Elyon, por llamarte Anat, por decir que presides un consejo de dioses!

El príncipe Psamétiko gritó:

—*¡Uniu Zet-Nefer!* ¡Liberen a esta mujer hermosa!

Sus soldados halcón, con pinzas enormes, llamadas *Stp-n-r*, comenzaron a trozar los eslabones de hierro que quedaban en torno al cuello de la mujer. La bella Radapu, en medio del salón, prácticamente desnuda, quedó tendida frente al faraón egipcio.

Tales de Mileto comenzó a apartarse hacia atrás.

El príncipe Psamétiko cargó a la mujer por encima del joven de largos cabellos negros, Eliakim, que estaba en el piso, quien temblaba, chorreaba sangre por sus llagas con aros, desnudo, respiraba con dificultad a causa de los golpes.

—Tu infierno ha terminado —se inclinó sobre él Psamétiko. Le colocó encima el cuerpo de la dama—. En el nombre de mi padre, el faraón

Nekao de Egipto, yo te designo, hermano mío, rey de tu gran nación. Ahora tienes el poder sobre esta tierra, y esta mujer volverá a la vida como signo de este renacimiento.

A los costados, dos musculosos nubios de color negro comenzaron a verter sobre la cabeza, a Eliakim, desde sus curvados jarrones de cristal rojo, dos chorros de un líquido caliente, con reflejos dorados, con olor de loto.

El líquido comenzó a bajar por la cabeza de Eliakim, para sanarlo, por su largo cabello negro de mechones sangrados. El elíxir rojo se metió como aceite por los ojos de Eliakim, por sus mejillas, por su cuello.

—Tu nombre va a ser ahora Ren-a-Osir —le susurró Psamétiko a Eliakim, sonriéndole—, porque Dios mismo te ha nombrado.

Su pequeño medio hermano, el joven Shallum, enganchado con clavos por el cuello, le gritó:

—¡Por favor! ¡Eliakim! ¡No dejes que me lleven! ¡Yo soy tu hermano!

Los soldados empezaron a arrastrar al pecoso Shallum hacia atrás, por el piso, junto con su gorda madre Halmutal, que estaba muerta. Les gritaron:

—¡Llévenselos en el enrejado de hierro! ¡Prepárenlo para su cautiverio!

El príncipe Eliakim abrió los ojos. Distinguió en lo alto, entre las luces borrosas, el candelabro, con siete brazos de fuego.

—Todo va a volver a ser como antes —le susurró Psamétiko. Cerró los ojos. Eliakim miró a su medio hermano.

—Déjenlo vivir. Él es mi hermano.

El alto príncipe Psamétiko, con la bella Radapu en los brazos, le susurró:

—Hermano mío: has mostrado compasión, y siempre has sido mi amigo. Desde este castillo, tú, Ren-a-Osir, vas a librar para el faraón de Egipto una guerra de justicia contra Nabopolasar de Babilonia, que es el opresor del mundo. En este momento Nabopolasar y su hijo están destruyendo Karkemish, que fue nuestro último refugio en el norte, en Siria, y está lastimando a mi padre —y señaló la ventana—. Ahora necesito de ti, mi hermano, para que me ayudes a detener esta guerra. Esta tierra tuya es ahora la frontera. ¿Me ayudarás? ¿Serás mi amigo y mi hermano, contra Babilonia? —y colocó a la morena y hermosa escriba desnuda en los fuertes brazos negros de uno de sus esclavos nubios.

En la oscuridad, Eliakim miró a Psamétiko, entre los chorros de sangre de sus ojos. Por detrás de él, vio también los enormes ojos brillantes de un hombre cobra, verdes como agua.

Tragó saliva.

Psamétiko le dijo:

—El secreto para destruir a Asiria hace cien años fue Judea. Ahora podemos repetir esa misma aventura, tú y yo, y destruir juntos a Babilonia, que es la nueva Asiria —y se le aproximó—. ¿Lo harás conmigo, hermano? —y lo vio a los ojos—. Los restos del imperio babilónico los distribuiremos entre dos naciones: Judea y Egipto. Tu nación va a tener el imperio más grande que nunca soñaron tus antecesores.

Eliakim miró a la redonda. Lentamente respiró:

—¿Cómo puedo apoyarte?

El ancho embajador egipcio Sonchis de Sais, asesor del príncipe Psamétiko, suavemente se colocó frente a él:

—Finge una rebelión contra Babilonia. Tú vas a ser la carnada para enfurecer a Nabopolasar y a su hijo, y atraerás hacia aquí sus tropas. Informa a Nabopolasar que suspendes tu pago de impuestos a Babilonia. El tendrá que dejar Karkemish. Haz que él venga enfurecido a ti, con su hijo Nabucodonosor, con todos sus ejércitos, para castigarte a ti y a tu pueblo. Esto fue lo que hace cien años hizo tu ancestro Ezequías, y cuando el emperador Senaquerib vino hasta él, enfurecido, sufrió nuestro golpe de Estado, en su propia capital, en Asiria. Es lo que haremos de nuevo. Ahora ocurrirá en Babilonia.

Eliakim miró a su hermano.

—¿Quieres que yo arriesgue a mi pueblo?

El príncipe Psamétiko se le aproximó.

—Cuando Nabopolasar y su hijo estén aquí, con todas sus tropas, nosotros vamos a darle un golpe de Estado allá, en el corazón de su imperio: en Babilonia. Lo va a derrocar uno de sus hijos. Ya lo tenemos arreglado. Todo lo que está ocurriendo es un ambicioso plan cuyas primeras jugadas se iniciaron hace mucho. Incluso estoy aquí como parte de esa jugada: tú serás la distracción.

—Éste fue el traidor —le dijo uno de sus hombres a Psamétiko. Le arrastró a los pies un cuerpo gordo: el sacerdote Hilcías, sangrando, golpeado en la cara, con un ojo hinchado.

Psamétiko le sonrió al sacerdote:

—¿Tú eres el pedazo de basura que vendió su propio país a Babilonia?

—Yo voy a servirte —le dijo Hilcías. Escupió pedazos de carne—. Tengo algo que ofrecerte: todos los secretos de este país —y le sonrió—. Es el mayor tesoro de Judea: su historia, y su historia tiene que ver con tu propia historia, la de Egipto; y con el origen de ti mismo.

El joven Psamétiko ladeó la cabeza.

—¿Mi propio origen?

A Hilcías le brilló un ojo. Silenciosamente se volvió hacia el gigantesco trono de oro, el Megathronos.

—La historia de Egipto ha sido deformada. La deformaron faraones anteriores a tu padre, para que tú no supieras tu propio origen. Borrron a cuatro faraones.

El príncipe de Egipto se aproximó al sacerdote.

—¿De qué hablas? ¿Estás demente?

—La lista de Abydos, de los faraones de Egipto, la registró tu ancestro Seti I hace setecientos años. Esa lista borró a cuatro faraones que gobernaron después de Amenofis III y antes de Horenheb. Es un hueco de cien años.

Psamétiko entrecerró los ojos.

—¿Cómo es esto…? —y sacudió la cabeza.

Hilkiyahu le dijo:

—Te educaron para no percatarte de este hueco. Tus antecesores modificaron tu propio pasado, para ocultarte la parte más importante de tu origen —y se volvió hacia el enorme trono dorado: el kuribu de seis alas—. En este hueco de cien años vivió un faraón que fue borrado de tus registros, para que nunca supieras que existió. Prohibieron su nombre por lo que él hizo, para que tú nunca vuelvas a buscarlo, ni a repetir lo que él hizo. De él desciendes. De él descendemos nosotros. Lo llamamos "El faraón borrado".

—¿Faraón borrado…? —y el príncipe Psamétiko abrió más los ojos. De nuevo se volvió hacia la hermosa chica morena en el suelo, la escriba. Ella estaba semidesnuda. Observó a un lado de ella su gastada sandalia de fibras. Deseó colocársela en el pie.

Se dirigió a Hilcías:

—¿Quién fue ese ancestro mío? ¿Cómo es que tú sabes esta verdad, y no mi padre?

El pesado sacerdote se levantó del suelo. Suavemente se limpió el polvo del pecho.

—La respuesta está ahí —y señaló hacia el trono—. Ahí está escrito el pasado de todos los pueblos. Tu faraón borrado es nuestro contacto con Dios.

Por la puerta del salón del trono, ahora convertida en un oscuro y claustrofóbico sótano de rocas, apuntaladas con largos tubos de acero, equipados con sensores láser para detectar movimiento, la rubia y hermosa reportera italiana Clara Vanthi caminó con su linterna, entre las despedazadas columnas de seis enormes serafines. Apuntó con su haz de luz al frente, en medio de las goteras:

—La respuesta debe estar ahí —y se enfiló al bloque de metal oculto bajo la pátina verde del lodo. Por detrás de la capa pastosa distinguió el brillo del metal dorado. Sonrió. Distinguió las alas enormes, abiertas a los costados. En los postes del trono vio las caras de los guardianes barbados: protectores de Babilonia. Les dijo a los terroristas:

—Señores, éstos son los tetramorfos. Aquí dentro está escrito el pasado de todos los pueblos. Ésta es la excavación de Eilat Mazar. Esto fue el castillo de Sion.

Los hombres vestidos de negro, con sus ametralladoras, caminaron entre los restos quebrados de las seis grandes columnas.

—Seraphim… —dijo uno de ellos—. Los ángeles del fuego… —y acarició la superficie de la columna: los agrietados músculos pectorales del dios Gibli sumerio.

Los otros nueve hombres avanzaron con cuidado por en medio de los tubos de refuerzo de acero. Las delgadas líneas de luz de láser color verde les pasaron por el cuerpo.

—No se preocupen. Las alarmas están desactivadas desde la central Dilmun-1 —los tranquilizó el alto Hussein Zatar. Con suavidad apretó a Clara Vanti por los dedos. La jaló hacia adelante—. Hiciste un trabajo excepcional, amiga mía. Te dije que dejaras fluir tu subconsciente y lo dejaste fluir. La información se abrió camino hacia afuera. Estoy orgulloso de ti, y agradecido. Ahora te ofrezco convertirte al Islam.

Avanzó, con ella, rumbo al Megathronos.

Clara pestañeó:

Sólo alguien sáqueme de aquí, maldita sea —y se volvió hacia arriba.

En la parte alta de los andamios vio los grandes letreros en hebreo, sobre láminas de acero: MAGEN VELO YERA'E / NO ENTRAR. TERRITORIO PROHIBIDO. SEGURIDAD INTERNACIONAL.

Con su suela de goma rompió una delgada losa brillosa. Bajó la mirada. La losa tenía una antigua mancha negra: sangre.

—Están llegando al área G, castillo de David, doce metros por debajo de la superficie terrestre, por debajo del vecindario Silwan. Zona de acceso restringido para personal no militar.

El operador de inteligencia apagó su radio. Miró al hombre a su lado:

—Ellos reconocen lo que están viendo porque ya han estado ahí. Todo esto pasó ahí en el año 622 a.C. Esto es un ciclo Poincaré.

Doscientos metros al oriente, al otro lado del abismo del sumidero de Tyropoeon, sin su camisa, el rubio y atlético analista Isaac Vomisa aferró fuertemente su soga. Comenzó a subir por el muro azulfurado, hacia la oscuridad. Pisó las duras salientes de las rocas. Respiró el olor a huevo.

Sintió en las piernas el duro aire helado rociado desde abajo por los gigantescos ventiladores profundos del sistema Dilmun-1. En la parte alta vio la compuerta de titanio. Decía:

TRABAJOS DE EXCAVACIÓN

ACCESO PROHIBIDO - ZONA MILITAR UNPC

En la negrura pudo distinguir, por debajo de las letras, un orificio romboide, en medio de un círculo marcado en la pared. Comenzó a entrecerrar los ojos. Se llevó su temblorosa mano al bolsillo trasero. Entre los dedos sintió los filos de la cortante joya: el diamante que acababa de darle el director de los archivos. Sacó de su bolsillo trasero la joya, aferrándose fuertemente, con el otro brazo, de la soga. La joya se le resbaló de los dedos. Isaac violentamente alargó la mano hacia abajo, al gigantesco abismo, y alcanzó a recuperar la joya apenas por los bordes, cobijándola con la mano.

—No, no, no…

Comenzó a gritar. Tragó saliva. Entre las yemas de los dedos sintió aún los filos de la gema. Cerró los ojos. Con el brazo temblándole, acercó la transparente joya hacia el diminuto orificio en la compuerta. Encajó el cristal en el metal. Escuchó el crujido. Observó, dentro del cristal, la luz láser de color rojo rebotando desde el interior de la compuerta, a través de las paredes del cristal.

La voz resonó en las paredes del abismo:

—הריפח תודובע. Trabajos de excavación Dilmun-1. Acceso prohibido. Zona militar. Acceso prohibido. UNPC.

Con rechinidos profundos y chasquidos, la compuerta se abrió hacia arriba. Un tenue resplandor del rango ultravioleta se expidió desde el interior. Escuchó el agua corriendo al otro lado. Se quedó inmóvil por tres segundos. Empezó a subir por la cuerda. Observó, detrás de la compuerta, el flujo del agua.

—¿El túnel de Ezequías…?

Los altavoces emitieron la alerta:

Alarma. Alarma.
Violación de seguridad
en límite tyropoeon.
Acceso prohibido. Acceso prohibido.

Isaac saltó al agua fría.

—Tengo el derecho a reconstruir mi propia historia.

Desnudo del tronco, con su propia sangre bajándole por el cuello, avanzó en el agua. Abajo vio, a través del líquido, a ambos lados, los dos caminos de balaustros de neón de color ultravioleta, sumidos en el flujo helado.

—Aquí empezó todo… —se dijo.

Por encima de su cabeza, los cables produjeron descargas. Isaac sintió en los pies una de ellas.

Siguió avanzando, con toques eléctricos en su desnudo abdomen. Con los cortos voltaicos provocándole contracciones musculares en las piernas, Isaac trotó dentro del agua. Escuchó su propia respiración.

—¡No van a detenerme! ¡Tengo el derecho a saber mi pasado! ¡Voy a saber mi pasado!

—¡Derríbenlo! —gritó desde atrás un hombre de negro, cubierto con una careta de burbuja, completamente negra. Le disparó en las piernas—. ¡Captúrenlo! ¡Está violando los códigos de la Organización del Tratado del Atlántico Norte! ¡Es un traidor a la nación de Israel! ¡Es un enemigo de la seguridad de los Estados Unidos!

Isaac cayó en el agua. Sintió los agujeros en los muslos, abiertos como carne cortada, sangrando dentro del agua. Comenzaron a jalarlo hacia atrás.

—No van a detenerme, hijos de puta —y miró hacia adelante, al umbral de luz del túnel. Decía:

Las rocas que estaban emitiendo el resplandor rojo fosforescente, debido al sulfuro de calcio del periodo cretácico turoniano, dejaron de iluminarse.

—Ustedes no son los dueños de mi país. ¡Ustedes no son los dueños del mundo! —y escupió sangre dentro del agua. Se arrastró hacia adelante, con las manos como aletas dentro del líquido.

Por detrás de él, el jefe de seguridad de los sistemas Dilmun-1, el fornido Kyrbu Firesword, con su anaranjada melena de león esponjada hacia los costados; con su apretado traje a rayas verticales tipo "Oxford"; con su aplastada nariz debida a la Leontiasis ósea; con sus ojos húmedos de becerro, le susurró a Isaac:

—Tu pasado ya no existe. Nunca ha existido. Yo lo construyo. Yo lo escribo. Yo lo redacto —y suavemente le sonrió—. El linaje real de la tribu bit-yakin de Babilonia existe hoy mismo. Se transmitió a través de las familias Morosini y Hanover de la Edad Media. La nueva Babilonia son los Estados Unidos.

Isaac se quedó perplejo. Sumió su cabeza en el agua. Dentro del líquido helado vio los resplandores de color ultravioleta: los neones.

—¿Así será la muerte? —le preguntó a Dios—. Traté de ser alguien. Traté de ser algo. ¿Qué es lo que soy? ¿Qué es lo que somos? ¿Qué es lo que es?

En su muslo derecho sintió el disparo. Siguió arrastrándose dentro del líquido frío, aleteando con las manos. En su otro músculo sintió los calambres, las contracciones.

Desde atrás, el comandante Kyrbu le gritó, riéndose a carcajadas:

—¿Qué es lo que estás buscando aquí, judío? ¿Tu origen? ¿Tu pasado? ¿El Documento J? ¿Un "escrito de Moisés, de la Edad de Bronce"? —y lo siguió por detrás, dentro del agua. Le apuntó a la espalda con su revólver PLOTTUS. acarició el gatillo—. ¡Génesis 3:3 te indicó que no te acercaras a esto! ¡Tu Dios te lo dijo: "No deberás comer de la fruta del árbol prohibido, o morirás!" —y se volvió hacia las cinco enormes rocas fosforescentes, junto a la caída de la cascada: la subida al pozo Warren: las "Piedras de Fuego". Le gritó a Isaac—: ¡Yo soy el querubín del paraíso! ¡Yo estoy aquí con mi espada de fuego para cuidar del árbol de Dilmun! ¡No voy a dejar que nadie como tú corte la fruta! ¡No tienes acceso al pasado! ¡No tienes derecho a la verdad sobre ti mismo! —y presionó el gatillo.

Una mano le desvió el arma hacia arriba.

—Déjame hacerlo.

En el agua, Isaac Vomisa abrió los ojos. Se detuvo y miró hacia atrás.

—¿Moshe…?

El líquido se le metió en la boca. Observó, por arriba de la luz ultravioleta, el cuerpo delgado de su amigo Moshe Trasekt, con las pistoleras de la agencia.

—¿Ahora eres un agente Dilmun…?

82

Veinte metros por arriba de Isaac y Moshe, en el mucho más antiguo túnel de la Edad de Bronce —el canal de Siloam—, tres jóvenes avanzaron también sobre el agua, también con sus linternas: Max León, John Apóstole y la malhumorada Serpentia Lotan.

—¡El Área G está por allá! —les gritó John Apóstole—. ¡Al otro lado de esta cascada que tenemos enfrente está el pozo Warren, que baja desde el sótano del castillo de David! ¡Por debajo conecta con este canal donde estamos, justo allí enfrente, y aún baja diez metros más dentro de la tierra, y conecta con el túnel de Ezequías —y señaló hacia abajo—. ¡El pozo Warren fue la chimenea natural que hace tres mil años usó David para subir al castillo!

Con su linterna de luz infrarroja siguió trotando hacia adelante, dentro del agua. Les gritó a Max y a Serpia:

—¡La alberca por la que acabamos de entrar no fue la primera que existió! Mil años antes se construyó otra, allá adelante, en la Edad de Bronce, antes de que siquiera existieran los hebreos en estos lugares. Hoy está siendo excavada por el arqueólogo Eli Shukron. Se llama "alberca norte" o "Cisterna Ciclópea". Estuvo vacía desde hace dos mil años. No se sabe quién la construyó. Este castillo pertenecía a otra civilización que desconocemos: los jebuseos.

En el techo, debido a la radiación infrarroja de la linterna de John, comenzaron a aparecer monstruos prehistóricos, fosforescentes. Brillaron en la oscuridad, como si emitieran luz, con un color verde azulado. John Apóstole les dijo a Max y a Serpentia Lotan:

—Lo que está brillando se llama "azul egipcio". Es el pigmento más antiguo conocido. Se llamaba "wadjet". Silicato de cobre y calcio, también llamado "cuprorivaite". Era el color sagrado de los faraones.

Lentamente, de su chaqueta, sacó un largo tubo negro.

—Cuando pasan muchos siglos —continuó—, el wadjet se cae de los muros, como ocurrió aquí. Pero siempre quedan moléculas dentro de los poros de la piedra. Eso es lo que está brillando —y suavemente apuntó su luz infrarroja hacia arriba—. Longitud de onda de novecientos diez nanómetros. Los electrones del wadget se excitan por ciento siete microsegundos. Se llama reflectancia espectral. Es un efecto cuántico, molecular.

En la oscuridad, Max León y Serpia Lotan vieron la caverna llenándose de figuras luminosas, fantasmagóricas, con jeroglíficos egipcios, con un color verde azulado fluorescente.

Max sonrió:

—Dios… Esto… esto es tan… hermoso… —y miró hacia los ojos de Serpia Lotan. Ella estaba también excitada, sonriendo, como los electrones dentro de los muros. Contempló hacia ambos lados. El túnel estaba lleno de inscripciones, como un libro de luz.

John Apóstole continuó avanzando.

—Desde 2016 el wadjet se utiliza en criminalística. Se esparce sobre el material forense para amplificar las huellas digitales. El wadjet se adhiere a la grasa de los dedos. Con esta luz se hacen visibles.

Max León le dijo:

—Lo sé. Yo soy un policía de investigación, y te tengo algunas malditas preguntas. ¿Por qué un túnel en la capital del actual Israel tiene en sus muros todas estas inscripciones egipcias? ¿Los egipcios estuvieron aquí? ¿Vivieron en este castillo?

John Apóstole le sonrió:

—Amigo: te estás aproximando a lo más profundo del Secreto Biblia. Acertaste. Los egipcios estuvieron aquí. Éste es el secreto de todo. Vivieron aquí. Eli Shukron encontró algo muy perturbador en el piso de la alberca norte, la Cisterna Ciclópea. Estaba llena de cientos de escarabajos egipcios del periodo de Tutmosis y Akhenatón: la Dinastía Dieciocho. Éste es el verdadero Secreto Biblia. Todo esto fue egipcio. Todo esto fue Egipto.

Max se detuvo dentro del agua. Con su pesada ametralladora Xiuhcóatl sostenida por la agarradera, le dijo:

—Un momento. ¿De qué hablas?

John continuó avanzando.

—Esto es lo que está en el Documento J. Ésta es la verdad que han ocultado al mundo. Los judíos nunca estuvieron capturados en Egipto.

—¡¿Cómo dices?!

—La esclavitud en Egipto la inventó el sacerdote Hilcías, por orden de los babilonios. Egipto estuvo aquí. Fue Judea. Fueron un mismo país. Esto es lo que fue borrado de la historia.

—No, no —y Max se volvió hacia Serpentia Lotan. Ella miró a John, quien les dijo a ambos:

—Hay un faraón de Egipto que fue borrado de la historia. Hoy nosotros vamos a destapar esta cloaca, y vamos a dar a conocer la historia verdadera del mundo, porque ese faraón es la clave de Moisés, y del Documento J.

Le pasó un disparo por encima de la cabeza.

—¡Deténganse ahí, malditos! ¡Al suelo! ¡Al Agua! ¡Al Agua! —gritó un soldado—. ¡Suelten a esa chica ahora!

Entre las luces de color turquesa, Max vio aproximándose una figura luminosa: un hombre que caminó por dentro del agua: Abaddon Lotan.

Max levantó en el aire su ametralladora. Firmemente la sostuvo por la culata triangular, fabricada con plástico, en un material que demostró, en pruebas internacionales, poder accionarse inclusive debajo del agua.

—Arránquenles las ropas —les gritó Abaddon Lotan a sus soldados—. Súbanlos al salón del trono. Amárrenlos con las sogas. De cualquier manera los necesito allá arriba, en el trono, para abrir el querubín del rey Josías.

Max dirigió hacia Abaddon Lotan el delgado cañón de su ametralladora. Colocó el dedo sobre el duro y frío gatillo. Adhirió la otra mano sobre el guardamanos de estrías. Lo aferró con mucha fuerza. Colocó el ojo sobre la mirilla telescópica. Apuntó al reverendo con la luz de seiscientos watts.

—No se mueva, bastardo —le dijo al predicador—. Aquí tengo a su hija.

Serpia Lotan le gritó:

—¡Papá! ¡Papá! ¡No dejes que este mediocre te mate! ¡Quítenle el arma! ¡Quítensela!

El reverendo, iluminado por la poderosa Xiuhcóatl, le sonrió a Max León. Se le aproximó, caminando por dentro del agua. Levantó los brazos a los lados.

—El problema no es tu arma. Tienes uno de los cinco mejores rifles que existen en el mundo, y ciertamente es el mejor que se fabrica en toda América, mejor que los de Estados Unidos. El problema eres tú.

—¿De qué habla, bastardo? —y le miró en el cuello de tortuga la argolla sacerdotal. Tragó saliva.

—Lo que pasa —le sonrió Abaddon Lotan— es que tú no eres un soldado. No tienes el entrenamiento militar. Ya me habrías disparado. Sabes que yo soy tu único camino a la verdad. Yo soy el portero en la casa del Señor —y comenzó a entrecerrar sus ojos—. ¿Vas a disparar contra un ángel de Dios?

Desde atrás, John Apóstole le gritó a Max:

—¡Dispárale, Max! ¡Dispárale ahora! ¡Está usando el temor reverencial! ¡Te está dominando!

El reverendo tomó el cañón metálico con la mano. Le susurró a Max:

—Eres un policía de investigación. Investigas. No eres un soldado. No matas. Perdiste los cincuenta milisegundos de sangre fría y cero razonamiento que hacen a un militar —y apartó el Xiuhcóatl. Lo aferró con una enorme fuerza. Les gritó a sus soldados—: Hoy es el nuevo holocausto —y le sonrió a su propia hija—. Hoy se modifica la historia y el futuro. ¡Amárrenlos con las sogas! ¡Súbanlos al salón del trono! ¡Amárrenlos a las columnas! ¡También a mi hija!

83

Arriba en el salón del trono, entre los tubos de acero, Clara Vanthi, con sus pantalones de mezclilla aún mojados, con su muy apretada camiseta blanca, con el logotipo FUENTE J / NO AL EXTERMINIO, caminó atravesando los filamentos verdes de la luz láser. Con sus botas de suela de goma quebró los adoquines de losa en el piso, equilibrándose con los brazos.

Señaló hacia adelante.

—¡Es ahí! —y se detuvo por un momento.

Sonriendo, se volvió hacia el alto y barbado Hussein Zatar, el cual permaneció estupefacto. Clara le dijo:

—Éste es el kuribu de Alpaya, embajador de Babilonia. Lo regaló al rey Josías, por parte de Nabopolasar, para comprar al reino de Yakudu, en la campaña de propaganda contra Egipto —y se volvió y miró a la redonda. Alrededor de los nueve terroristas vio los restos quebrados de las seis grandes antiguas columnas, los "serafines de fuego"—. Éstos son los guardianes. Son las Piedras de Fuego..

El alto Hussein le sonrió. Negó con la cabeza.

252

—Estoy orgulloso de ti. El reverendo Abaddon Lotan va a estar también muy orgulloso de ti.

Clara distinguió, en lo alto de los serafines, las antiguas argollas de hierro, rodeadas de manchas. Se aproximó al oscurecido trono de metal. Estaba inclinado hacia un lado, apoyado sobre un piso destruido. Lo contempló por un instante.

—*Megathronos...* —y en la oscuridad le brillaron sus grandes ojos verdes. Pensó: *esto va a ser el reportaje del año.*

Le quitó los plásticos transparentes. Decían:

NO TOCAR. ALTA SEGURIDAD.

VIOLACIÓN DE SEGURIDAD.

CÓDIGO DILMUN-1.

—Éste fue un obsequio de la tribu bit-yakin, descendiente del rey mitológico de Irán, Azi-Dahhak —le dijo Clara al terrorista—. Todo esto aparece en la Biblia: todo este episodio de la falsificación del libro, de la guerra contra Egipto, sobre Hilcías, sobre Jeremías, sobre Nekao, sobre Nabucodonosor. Pero todo aparece totalmente distorsionado para nosotros. ¿Sabes por qué? —y le sonrió al terrorista.

El terrorista preguntó:

—¿Por qué?

—Todo está distorsionado porque la historia que conocemos la escribieron los babilonios, la tribu bit-yakin: los descendientes de Azi-Dahhak.

En la parte trasera del trono, todos, incluyuendo al alto Hussein Zatar, vieron un dragón dorado, grabado en el metal: un dragón de tres cabezas.

Hussein cerró los ojos. Tragó saliva.

—Maldición.

—Nabucodonosor era descendiente de Azi-Dahhak, el demonio persa —le dijo Clara. Continuó quitando los plásticos—. La madre de Nabucodonosor fue Shamish-iddina de Sistán, Persia, a mil kilómetros de Anshan, cuna del zoroastrismo, la religión binaria persa donde existe Satán como contraparte de Dios. El padre de Shamish-iddina de Sistán fue Rustam I el Grande, hijo a su vez de Rudabeh, princesa de Kabul, hija a su vez de Mihram, rey de Kabul, nieto a su vez de la princesa Arnavaz y de su maldito esposo: el maligno "Rey Serpiente" de Irán, el demonio Azi-Dahhak. Azi-Dahhak es Lotan. Fue un rey tan maligno que trascendió en los mitos, y se coronó en el "Apocalipsis", que no es más que una copia del *Zend Avesta*.

El terrorista tragó saliva.

Por detrás de ambos, en la oscuridad, con un tronido, el umbral de tubos de acero se abrió por en medio. Con los ruidos del metal, batiendo las fuertes luces de sus linternas, entraron, tronando con sus botas contra las ya despedazadas losas del piso, los quince soldados de Abaddon Lotan.

El terrorista, perplejo, susurró:

—¿*Reverendo…?* —y entrecerró los ojos. Las luces de las linternas le dieron justo en la cara. Entre los haces incandescentes vio la figura de Abaddon Lotan.

El reverendo entró sonriente, con su suéter de cuello de tortuga, con su saco oscuro, con su gargantilla sagrada. Caminó dentro del antiguo salón con aire de satisfacción. Cerró los ojos. Aspiró el olor del espacio arcaico. Lentamente miró al techo y negó con la cabeza.

—Nada ha cambiado —y sonrió para sí—. Destapen ya el maldito trono. Quiero ya este documento. Lo está esperando el presidente de los Estados Unidos.

Clara les dijo a los terroristas:

—¡Vamos, amigos! ¡Destapen ya este trono! ¡Levanten ya este asiento!

El alto Hussein Zatar se quedó estupefacto. Lentamente se volvió hacia Clara.

—¿Tú…? ¿… tú conoces al reverendo…?

La bella mujer de ojos de gato le sonrió:

—Destapa ya este maldito trono. Quita el asiento. Es una orden.

Abaddon Lotan se le aproximó por la espalda a Clara. Le susurró en el oído:

—Eres brillante —y le besó la oreja—. ¡Extiendan las sogas! ¡Cuelguen a estos dos detectives de las columnas! ¡Esto va a ser el nuevo holocausto!

84

—Clara Vanthi no es lo que tú piensas. Clara no es Sarah Rebborn. Ni siquiera es Sandra Samandra. Tampoco es nieta del embajador Moses Gate. Ni siquiera es periodista del periódico *La Repubblica*.

Isaac miró hacia abajo y negó con la cabeza, dentro del agua fría del túnel de Ezequías. Lo iluminaron desde abajo los baluastros de neón, de luz ultravioleta.

—Dios mío —y se volvió hacia Moshe—. ¿Quién es Clara Vanthi? ¿Siquiera es la misma mujer que exploró el Secreto Vaticano, el origen de la Operación Gladio? ¿Es la que capturaron en Libia?

Moshe, sin dejar de apuntarle con su pistola, le sonrió:

—Clara Vanthi no es nada. Clara no existe.

Isaac permaneció inmóvil, con los muslos sangrando, iluminado desde abajo por los balaustros.

—¿Cómo dices "no existe"?

—Clara es como una muñeca rusa, una matrushka. ¿Has visto las matrushkas?

Isaac negó con la cabeza. Sintió el agua helada corriéndole por los lados.

—Por supuesto que sé qué es una matrushka.

—Clara sólo es capas sobre capas. Es como el átomo. Nunca vas a saber qué hay dentro de un átomo. ¿Sabes por qué? dentro de un átomo no hay nada. La materia sólo son capas sobre capas. Campos de energía. Escudos invisibles de algo que no existe. Escudos dentro de escudos. ¡No hay materia! ¡No hay nada! Los protones son sólo tres campos electrónicos llamados "quarks". ¡¿Y qué son los "quarks"?! ¡Son también campos de energía alrededor de algo que está más abajo y que los emite! ¡¿Y qué es eso que está más abajo?! ¡Nunca vas a encontrarlo! En el fondo de todo sólo hay una escalera de energía, sin fondo: campos sobre campos, compuestos por nada. ¡Un espejismo! ¡Todo es un sueño! ¡Y esto es exactamente lo que es Clara Vanthi, igual que el Documento J!

Isaac sumió de nuevo su cara en el agua. Sintió sus propias burbujas de agua helada. Sintió en las retinas la radiación ultravioleta de los neones.

—Ya te volvieron loco —le dijo a Moshe—. Ahora no crees en nada —y levantó la cara—. ¿No crees en el Documento J?

Moshe le dijo:

—No hay nada adentro. Estás buscando dentro de un hoyo sin fondo.

—Tú también eres una maldita matrushka. No sé quien eres.

El delgado Moshe le sonrió:

—Pocas personas son reales, Isaac. Tal vez tú eres el último. El interior no existe. Todo esto que ves afuera de ti es un espejismo —y observó a su alrededor—. Tal vez tú mismo seas Dios, Isaac. ¿No lo has pensado? Tal vez tú mismo te creaste toda esta gigantesca amnesia absoluta para olvidar que tú creaste todo; para así poder ir descubriendo todo otra vez, tú mismo, integrándote de nuevo —y le sonrió—. Y cuando vuelvas a saber que tú eres y fuiste todo, y que estás completamente solo, y que yo sólo estoy aquí, como una parte de ti mismo, para recordarte lo que eres, vas a volver a aplicarte esta amnesia de ciclos de millones de años, para sentir que otra vez tú eres uno de nosotros: uno de tus fragmentos.

—Dios, Dios, Dios… ¡¿Estás loco?!

—Clara es parte de la Operación Gladio —y avanzó hacia Isaac, con su revólver—. Ni siquiera ella sabe quién es realmente. Sólo es la pobre tonta que piensa que es la reencarnación de otra mujer que existió en el siglo VII a.C., y que aparece en el libro Solsticio de Tales de Mileto, y en varios versículos de la Biblia, y que fue la novia tormentosa de Tales de Mileto, y que tiene una maldita escultura en el Museo de Atenas, con el nombre "Rhodopis". ¡La fabricaron en la agencia! ¡Toda su historia es falsa! Todo esto se lo sembró la agencia, para programarla. Es una inducción MK-Ultra. La programó el señor Lotan. Es lo que se hace con todos los sosias.

—Dios.

Moshe se volvió hacia los cuatro hombres que estaban ya colocados por detrás de Isaac Vomisa.

—Espósenlo. Súbanlo con las cuerdas al salón del trono. Cuélguenlo junto con los otros. Ya lo está esperando el señor Lotan. Díganle que él mató a Noé Robinson.

Isaac volvió a meter la cabeza en el agua. Negó con la cabeza. Se volvió hacia el delgado Moshe.

—Tú ni siquiera eres judío, ¿verdad? ¡¿Ni siquiera eres judío?! ¡¿Engañaste a tu propio gobierno?!

El delgado Moshe le sonrió:

—Yo soy ario —y asintió con la cabeza—. Yo soy de la raza de Azi-Dahhak, el rey ario de Arianna. Los persas fueron arios. Su país se llamó "Irán", palabra que significa "ario", el "rubio".

—¿Arianna?

—Azi-Dahhak es Aryaman, el que va a derretir las montañas, para crear el río de metal derretido. Éste va a ser el verdadero apocalipsis, el persa. Aryaman es Erman, el primer nombre de Odín, dios de los arios. Erman es "Herman", lo "germánico".

Isaac volvió a sumir su cabeza en el agua.

—¡Súbanlo!

87

Treinta metros más arriba, en el salón del trono, la hermosa rubia Clara Vanthi, con su gigante destornillador de acero, haciendo todo su esfuerzo, emocionada como si estuviera haciendo el sexo, penetró la fisura entre el dorado asiento metálico y el gran trono de oro. Con el esfuerzo su cabello se movía y dejó al descubierto un número en su cuello: D21S11.

—¡Ayúdenme! —les gritó a los nueve hombres de Abaddon Lotan. El alto y perplejo Hussein Zatar, mirándola con los ojos bien abiertos, les gritó a sus "terroristas":

—¡*Musaeadatuh!* ¡Ayúdenle! ¡Presionen por los lados con las estacas!

Por los costados del gran trono, entre los dos descansabrazos —que eran dos enormes garras de león, coronadas arriba por las dos grandes cabezas babilónicas del dios kuribu, el "querubín", guardián cósmico del rey Nabopolasar y encarnación del gran dios Marduk, el "Gran Becerro Solar"—, la tapa del asiento mismo empezó a desprenderse desde abajo, con un tronido.

Clara empezó a sonreír.

—Sí, sí, sí…. —y se lamió sus propios dientes—. Esto se llamará: "El Hallazgo Clara Vanthi".

Un líquido café oscuro se derramó encima del oro.

Abaddon Lotan tragó saliva.

—¿Qué hay ahí dentro? —le preguntó a Clara. Con los brazos apartó a sus propios soldados, hacia los costados.

"Quítense. Déjenme ver esto —y abrió más los ojos. Empezó a sonreír. Infló el pecho. Se acercó a Clara Vanthi y la sujetó por los hombros.

"¿Qué hay aquí dentro? ¿Ves algo? Éste es el gran momento —y le pegó la boca al oído—. ¿Estás viendo algo aquí dentro?

Con mucha suavidad, Clara retiró la pesada tapa de oro macizo. Se la colocó al alto Hussein Zatar en las manos.

Abaddon se acercó al oscuro y aterrador hueco negro.

—¡¿Qué hay aquí dentro?! ¡Las linternas!

Por las paredes de oro siguió escurriéndose el lodo hacia abajo, hacia adentro, hacia la verdad.

Abaddon gritó:

—¡Las linternas, maldita sea! ¡Traigan la luz!

Por detrás de ambos se aproximó, también sigiloso, el joven y rubio agente militar Ken Tarko, con la linterna de su plateada y oscura pistola SIG Sauer P320. El poderoso haz de luz bajó al hueco sagrado, que pareció no tener fondo. Clara hundió las manos dentro de la cavidad negra y palpó el interior del Megathronos.

Cerró los ojos y sonrió para sí. Abrió la boca, en éxtasis.

—Señor… —y en los dedos sintió el objeto extraño, lodoso. Apretó los párpados y ladeó su hermosa cabeza—. No puedo creerlo… —estaba tensa, ansiosa.

Abaddon Lotan la sacudió por los hombros:

—¡¿Qué es, maldita sea?! ¡¿Qué es?! ¡Saca ya lo que está ahí dentro!

Por detrás de ambos apareció la tercera comitiva con los soldados, con Moshe y su captura: el analista Isaac Vomisa. El rubio Ken Tarko lo miró como si fuera escoria y les gritó a los soldados:

—¡Amarren a estos tres agentes! —y señaló a Max León, a John Apóstole y también a Isaac Vomisa, que ya estaba en el piso—. ¡Súbanlos a las columnas! ¡Que empiece el martirio! ¡Éste va a ser el holocausto para Azi-Dahhak, el Aryaman! ¡Así debe protocolizarse este gran descubrimiento! No perdonaré lo que me hiciste en la isla de Patmos, malnacido.

Max León escupió su propia sangre al piso. Se volvió hacia John Apóstole:

—Creo que la historia de David y Joab no acababa así.

—Es verdad. Nos vencieron los jebuseos.

—A mí no me vence nadie —le dijo Max—. Aún no has visto cómo va a terminar todo esto. Yo soy de la sangre de Huitzilopochtli.

—¿Qué dices?

La hermosa Serpia Lotan, con sus negros cabellos largos, empezó a llorar, gritando. Le gritó a Max:.

—¡Ni siquiera usaste tu estúpida ametralladora! ¡Te veías tan ridículo jugando con esta cosa, todo emocionado, como si fueras Sylvester Stallone en *Rambo*! ¡Sólo eres un niño chiquito, un renacuajo, un aborto de ser humano! ¡No eres nadie!

Por detrás de Isaac Vomisa se aproximó hacia la espalda de Lotan el jefe de seguridad Kyrbu Firesword, el hombre de las melenas anaranjadas, con sus ojos mojados como los de un becerro; con su cara hundida de leónido, debido a la Leontiasis ósea. A su lado, el delgado Moshe Trasekt amartilló su propia pistola.

—El presidente ya viene en vuelo —y se miró el reloj en la muñeca—. Va a estar aquí en menos de una hora. Comencemos a preparar el hallazgo —y por detrás le pasaron un largo tubo de plástico, blindado, para colocar el Documento J—. Lo vamos a trasladar al Anillo E del Pentágono. Ahí lo va a estudiar y modificar personalmente el presidente.

Lo que Clara sintió en los dedos la dejó perturbada.

—Un momento…

85

Con su lanza de bronce, con la punta de una dura obsidiana, levantó de nuevo la pesada tapa del asiento. La obsidiana se quebró con un crujido.

Lentamente miró a los soldados egipcios:

—לוֹרב תצק דּירצ ינא. Necesito algo de hierro.

Esto lo dijo Hilcías. Se lo dijo también al musculoso príncipe egipcio Psamétiko, que estaba a sus espaldas, por debajo del candelabro. Psamétiko miró el dorado asiento del trono, reluciente. Le colocó a Hilcías un cincel de hierro en las manos.

—Ábrelo ya, maldita sea.

El gordo sacerdote, con la cara sudando; con un ojo hinchado por los golpes, encajó la punta del cincel contra el borde entre las dos partes de oro macizo: el asiento mismo del Megathronos. Con la otra mano fuertemente golpeó contra el cabezal del cincel.

Con un duro tronido, la tapa del asiento se desacopló. El príncipe Psamétiko II sonrió.

Empezó a avanzar.

—¿Y dices que aquí está el pasado de Egipto…? ¿Aquí están los nombres de cuatro faraones que fueron borrados de mis registros…?

Hilcías empezó a levantar la pesada tapa de oro sólido. Estaba fijada al trono por el otro lado.

—Aquí dentro está la historia de todo el mundo. Los cuatro faraones borrados de tu pasado son el final de la Dinastía XVIII. Son los descendientes de Tutmosis, y fueron los antepasados de Seti y de Ramsés y de todos los Nekao, incluyendo a tu padre. Este secreto ocurrió hace setecientos años, cuando fueron borrados.

El vigoroso príncipe lentamente se volvió hacia sus soldados:

—¡*Garaga!* ¡Ayúdenle! ¡Abran esto con los Setep!

Con sus cuatro hachas en forma de número 7, los soldados halcón comenzaron a penetrar la ranura, a levantar hacia arriba el asiento del rey de Judea —que ya no era el pecoso joven nombrado por Babilonia (Shallum-Joacaz), al cual los egipcios ya estaban arrastrando hacia afuera del salón, por el pasillo, con cadenas, para transportarlo a Egipto como rehén, para mantenerlo ahí secuestrado para siempre; sino el nuevo rey, nombrado ahora por Egipto: el hermano mayor de Shallum, el joven desnudo y ensangrentado que estaba en el piso, temblando, con aros de metal ensartados a su piel: Eliakim, ahora llamado Joaquim, al servicio de Egipto el "nombrado por Osiris".

Con un poderoso crujido, la pesada tapa de oro macizo se separó del trono. Los cuatro hombres halcón la arrojaron al suelo. Se hizo un silencio profundo. Todos, entre las columnas de fuego, permanecieron inmóviles.

El príncipe de Egipto se acercó al cajón de oro macizo. Cautelosamente, el gordo sacerdote, sonriendo hacia el trono ahuecado, cerró sus ojos. Miró al piso, a las losas, a la morena escriba Radapu, que estaba semidesnuda, sólo cubierta en su órgano sexual por una delgada redecilla con cera. Le preguntó:

—Es aquí, ¿verdad, ramera? ¿Es aquí donde tu hermano escondió todas las cosas que él y tú robaban en el templo?

La chica negó con la cabeza. Se volvió hacia el príncipe de Egipto:

—No deje que este hombre lo destruya.

Psamétiko le sonrió:

—¿De qué hablas, mujer hermosa?

—Este sacerdote quiere destruir el rollo de cobre que está ahí adentro. Quiere destruir la historia. Va a destruir el pasado, incluido el de usted y el de su reino.

El príncipe Psamétiko se volvió hacia el sacerdote:

—¿Esto es lo que quieres hacer? ¿Quieres destruir el rollo de cobre que está aquí adentro? —y empezó a caminar hacia el trono.

Hilcías le respondió:

—Mi señor: nunca escuche a una ladrona. Es una hechicera. Es maligna. Ha arrojado hechizos sobre este castillo, para maldecir a todo aquel que en adelante se siente sobre este trono. Yo no haría nunca nada contra usted, ni contra Egipto —y le sonrió con malicia. En reverencia al príncipe inclinó la cabeza—. Voy a besarle la mano. Ahora usted es mi príncipe —con sus manos gordas abrazó los dedos del príncipe Psamétiko, los llevó a sus labios, hinchados por los golpes—. Me inclino ante ti siete veces y siete veces, mi señor, mi rey, mi sol, sobre mi abdomen, porque yo soy sólo el polvo en tus pies —y lo miró hacia arriba, de reojo—. En este rollo de cobre que estoy a punto de darte, y que esta mujer mantuvo aquí escondido, está la verdadera historia de Egipto, tu nación, y también la historia entera del mundo. En este rollo de cobre vas a tener las respuestas secretas de por qué fueron borrados de tu pasado los cuatro faraones que te ocultaron tus antecesores, y especialmente uno de ellos, que se llama "el Faraón Borrado".

El príncipe Psamétiko tragó saliva.

—Saquen ya la maldita cosa. Quiero ver ese rollo ahora.

—Un momento… —le dijo desde atrás el joven Tales de Mileto. Comenzó a caminar hasta el príncipe—. ¿Cómo sería posible que un joven escriba, hermano de esta chica, que estuvo capturado allá abajo en los sótanos de esta fortaleza, aprisionado por este sacerdote, hubiera podido llegar hasta aquí arriba, cargando un rollo de cobre que supuestamente era un secreto, sin que lo vieran los guardias de este castillo, o el propio rey que estaba sentado aquí mismo? —y señaló el trono.

Todos permanecieron callados.

El sacerdote Hilcías, con la cabeza ladeada, con los dedos del príncipe entre sus anchos anillos de ágata persa, rompió a llorar:

—El trono está vacío —y cerró los ojos—. No hay nada adentro. Se lo llevaron. Revísenlo ustedes mismos.

Psamétiko se quedó en silencio.

—¿Cómo dice usted?

El gordo sacerdote les sonrió a todos:

—No hay nada. Se lo llevaron.

86

En el trono mismo —dos mil seiscientos años más envejecido y ladeado por su peso, tronando con crujidos el piso de losas—, en medio de la oscuridad subterránea, la rubia Clara Vanthi comenzó a gritar:

—No, no…. ¡No! ¡No! —y se volvió hacia Abaddon Lotan—. ¡No hay nada! ¡Está vacío! ¡No hay Documento J!

Con sus manos alzó en el aire la densa bola de lodo que había tomado del interior del trono.

Se levantó. Arrojó al piso la bola de fango.

—¡Está vacío! ¡Se lo llevaron!

Abaddon Lotan se quedó perplejo. Observó la camiseta de Clara, que decía: DOCUMENTO J / NO AL EXTERMINIO. También negó con la cabeza.

—No, no… —y se llevó las manos a la cabeza. Se arrojó al hueco de oro sólido. Con las manos violentamente palpó los muros de oro, embarrados con lodo. Con los dedos empezó a despegarle las costras de fango. En la parte inferior había masas de fango. Sumió las manos en el material pegajoso.

Los demás que estaban en el salón observaron su comportamiento: Abaddon Lotan estaba arrodillado frente al enorme asiento metálico vacío, como un adolescente ebrio que está vomitando dentro de un escusado.

—El querubín está vacío... —susurró para sí mismo John Apóstole. Cerró los ojos. Los soldados le fijaron las esposas en las muñecas.

—Súbanlo con las sogas. Súbanlos a todos.

—El kuribu está vacío... —le dijo a Max León—. No hay Documento J. Todas las pistas de la Biblia conducían hacia un engaño.

En la parte superior de las columnas, los seis rostros aterradores de los seis serafines, ángeles de fuego, con sus grandes ojos muy abiertos, observaron silenciosamente hacia abajo, hacia Abaddon Lotan, hacia el antiguo trono.

—No puedo creerlo... —gritó el predicador—: ¡No puedo creerlo!

Los soldados comenzaron a subir a las columnas también a Isaac Vomisa, esposado de las manos, y a Serpentia Lotan.

—¡Anúdenlos en las argollas!

Abaddon Lotan se sintió abatido y "abandonado". Lentamente se volvió hacia su hija, Serpentia Lotan:

—Pásenme un pico, un desarmador. Voy a abrirles el estómago a todos estos malditos degenerados, empezando por mi hija. Voy a derramarles los intestinos. ¡Tú eres Lilith, maldita sea! ¡Tú eres la maldita rata que iba a enviar Satán para engañarme, para alejarme de Cristo! ¡Desde que naciste todo para mí ha sido tragedia! —y con mucha fuerza la abofeteó—. ¡Cuélguenla! ¡Es una carne de tentación incluso para su propio padre! —y gritó hacia el cielo—: "¡A la hechicera no la dejarás con vida!" ¡Éxodo 22:18!

Serpia Lotan le gritó:

—¡Perdóname, papi! ¡Perdóname! —y, sacudiéndose, intentó evitar que la elevaran con las cadenas —. ¡No me lastimes! —y le gritó, llorando—: ¡No voy a alejarte de Jesús! ¡Te lo prometo! ¡Te lo prometo! ¡No voy a tentarte!

Su fiel aliado Ken Tarko se llevó su reloj a los ojos. Negó con la cabeza. Le dijo a Lotan:

—El presidente de los Estados Unidos está por llegar en menos de una hora. Está esperando el Documento J. Debemos seguir buscando. Olvida lo del sacrificio. El material debe estar por aquí —y miró los muros, las columnas de los ángeles de fuego.

Lotan lo miró fijamente:

—Todo está perdido. No hay Documento J. ¿Dónde podría estar?

En su helicóptero de color negro, el presidente de los Estados Unidos miró por la ventana. Con enorme calma y satisfacción, sonrió para sí. Observó por la ventana el macizo montañoso Harei Yehuda: la columna vertebral de Israel. Observó las blancas casas, apiladas unas sobre otras en los montes, como si la gran ciudad fuera una alfombra ondulante: lomos cubiertos con miles y miles de viviendas.

—La nueva capital de Israel va a ser Jerusalén —sonrió para sí—. Lo decreto yo. Yo soy el presidente de los Estados Unidos. Soy el hombre más poderoso del planeta Tierra —y se volvió hacia su asistente—: si alguien protesta, el problema es suyo.

—Señor presidente: los palestinos que viven en Jerusalén han considerado esta decisión como una agresión. En represalia, ellos van a reconocer a Texas, California, Nuevo México y Arizona como propiedades de México, no como territorios de los Estados Unidos.

El presidente se echó para atrás, sobre su respaldo dorado, del sillón dorado en donde iba. Cortinas también doradas ocultaban las ventanillas, el color que más amaba, del único que quería estar rodeado y que ahora también estaba en donde se pudiera en la Casa Blanca: dorado. Sintió su propia majestad.

—Tal vez debamos quitar las restricciones al uso de armas nucleares. ¿Qué te parece?

Su asesor de vuelo le dijo:

—Eso de allá adelante es el monte Sion. Allí inició todo esto: el conflicto. Sion fue la primera capital, el núcleo original de la moderna Jerusalén. Es la loma que hoy se conoce como "Ciudad de David" o "Sector Antiguo". Hace miles de años fue una capital egipcia, pero esto no lo sabe la gente, y será mejor que nunca lo sepa. Jerusalén fue parte de Egipto. Vamos a aterrizar allá, en la base militar Mashabim. Es una instalación con una sección controlada ahora por los Estados Unidos. Desde ahí controlamos todo el Medio Oriente, junto con nuestra base Al-Udeid en Qatar. Un jeep blindado lo va a trasladar a usted a la excavación SION-001, allá arriba.

El presidente, satisfecho, miró de nuevo por la ventana:

—Abaddon Lotan es la voz que clama en el desierto —le dijo a su asesor—. Es como un nuevo Hilcías: un predicador. Es como un nuevo Zoroastro: el que le abre el camino a Ciro de Persia. Está aquí para abrirme el camino —y le sonrió—. Abaddon Lotan es sólo un nuevo Juan Bautista: es el profeta. Su función es abrirle el camino al Mesías —y de nuevo miró por la ventana.

—Hay un problema, señor presidente... —entró otro asistente, con el teléfono—. Tenemos un problema. El arcón está hueco. Alguien ya tomó el Documento J.

87

En el trono mismo, Clara Vanthi gritó:

—¡Está hueco! ¡Está hueco el maldito trono! —y con sus botas de goma pateó el sólido asiento real hecho de oro—. ¡Maldita sea!

Con el destornillador de acero empezó a golpear a su alrededor, asustando a los "terroristas".

Con tranquilidad, por detrás de ella, el rubio agente militar Ken Tarko se llevó su aparato de radio a los labios:

—Vamos estar tranquilos. No hay problema. Vamos a encontrarlo. Debe estar aquí mismo, en este salón. La escritura establece que la piedra angular fue colocada en Sion, que es esta montaña. No puede estar en otra parte. Está en medio de las Piedras de Fuego —y su atención se dirigió a las seis erosionadas columnas.

En una de ellas, los hombres de Abaddon Lotan estaban estirando hacia arriba a la hermosa Serpentia Lotan, pasando la cadena por la argolla de hierro ubicada en lo alto. Serpia pateó:

—¡Suéltenme! ¡Papá! ¡Papá! ¡¿Por qué me estás haciendo esto?! —y vomitó—. ¡Papá! ¡Papá! ¡No me lastimes como cuando era niña! —y empezó a llorar.

Max León negó con la cabeza.

—Esto es una pesadilla. ¿Va a matar a su propia hija? Esto es tan... —y se volvió hacia John Apóstole.

John le susurró:

—No conoces a Abaddon Lotan. En realidad no sabes nada de él. El problema de Serpentia, el daño en su cerebro, lo provocó él mismo. Fue intencional, para romperle la personalidad.

—Dios. ¿Qué le hizo?

—¿En verdad quieres saberlo? —y miró al trono. El asiento estaba indudablemente vacío.

—Sí, diantres. Dime —y Max se volvió hacia la hermosa chica.

—Toda su vida la educó con el miedo al Apocalipsis y al Anticristo, y a la posibilidad de que ella misma fuera poseída por Satanás en cualquier momento, o por cualesquiera de los muchos demonios que aparecen en la Biblia, como Behemot y Samael y Azael, y Abaddon. Para evitar estas posesiones satánicas, ella siempre debía someterse a él, colocarse su yugo, adorarlo, como emisario de Dios que él dice ser, como predicador, como "reverendo". Ella tuvo por lo menos tres episodios de disociación de personalidad: personalidad múltiple. Serpentia Lotan es varias personas, no una. Sucede por la traumatización, por el miedo crónico. Le destruyó la mente. Es el "efecto Vietnam". La hospitalizaron por trastorno bipolar, por cinco intentos de suicidio. Ha sido clínicamente diagnosticada con psicosis esquizoide. Su padre le provocó esto. Le fragmentó el cerebro.

—¿Qué fue entonces? ¿El miedo reverencial?

—Fue algo mucho peor que el miedo reverencial —y ambos observaron a la chica que lloraba e imploraba a los soldados que la estaban amarrando—. Lo que su padre le hizo lo efectuó por medio del temor reverencial, pero ése fue sólo el instumento para someterla, para dominarla, para manipularla. El verdadero crimen fue otra cosa. Esa otra cosa fue lo que le dañó el cerebro.

—¿Qué fue, maldita sea?

Serpia Lotan le gritó a su padre:

—¡Papi, te amo! ¡No me lastimes, papi! ¡Voy a obedecerte! ¡No me lastimes por mis pecados! ¡Te prometo que no voy a ser como Lilith! ¡No voy a matar a nadie! ¡No voy a tentarte!

—Su padre le destruyó la mente con el abuso sexual sostenido.

—No —y Max se volvió hacia Serpia.

—Le dijo que su pene era un instrumento de Dios para el exorcismo.

88

Desde detrás de Serpia Lotan, detrás de su columna, dos mil seiscientos años atrás, salió hacia la luz del candelabro, hacia el delgado príncipe de Egipto, el anciano y arrugado secretario real del trono de Judea: el sabio y carcomido Safán Sopher, consejero máximo del rey Josías.

Reptó hacia adelante, arrastrando sus pies, sangrando, por en medio de todos. Le dijo al príncipe de Egipto, Psamétiko:

—Es verdad lo que está diciendo Hilkiyahu —y avanzó con su espalda jorobada, con las manos en alto, en señal de sumisión—. El trono está vacío. No hay nada adentro de él —y con su tembloroso brazo señaló hacia el gran kuribu de oro—. El rollo no lo trajo a aquí el joven escriba Mathokas, ni tampoco su hermana Radapu —y señaló a la hermosa Redactora R, en el suelo—. El rollo lo trajo aquí el sacerdote Kesil Parus, jefe de los fariseos, que era amigo de Josías y que está ahora allá abajo —y señaló al piso—. Pero el rollo ya no está aquí dentro del trono. Yo me lo llevé. Yo lo saqué de aquí hace dos días, para salvarlo.

El príncipe Psamétiko se volvió hacia él.

—¿Cómo dice usted?

—El rollo de cobre que tiene escrita la verdadera historia del mundo, incluyendo la de Egipto, y la formación del universo, y que fue grabado hace setecientos años por el ministro egipcio Moshe Rabbenu, ancestro de mi pueblo, Moisés, yo lo saqué. Ya no está aquí.

Se paró en medio del salón, entre las columnas de los serafines. Permaneció inmóvil.

El príncipe caminó hasta él.

—Verás —y lo miró de arriba abajo—. Mi padre está librando la peor de las batallas imaginables en el norte, contra el rey de Babilonia, en Karkemish. Yo estoy aquí perdiendo el tiempo, cuando debería ir ahora mismo a su encuentro —y se volvió hacia el nuevo rey, el joven y sangrante Eliakim, en el suelo—. Ahora dependo de ti, mi hermano. Envía tus mensajeros ahora mismo al norte, al carro transporte de Nabopolasar de Babilonia, en las afueras de Karkemish. Haz que le digan que estás en rebelión contra él, y que no vas a pagarle más impuestos. Esto es lo que necesito para que Nabopolasar de Babilonia divida a sus ejércitos y envíe la mitad para acá, para castigarte. Tú vas a ser mi carnada. En esta maniobra le voy a dar el golpe de Estado allá, en su propia capital, en Babilonia, y uno de los nuestros va a tomar el poder de Nabucodonosor.

Lentamente, el anciano Safán arrastró sus pies descalzos hacia Psamétiko. Con gran fuerza lo sostuvo por el brazo.

—Príncipe —le dijo.

Con sus ojos grises, membranosos, líquidos, lo observó fijamente. Le dijo al hijo del faraón:

—Es ahí, dentro de ese transporte de Nabopolasar, en las afueras de Karkemish, donde está ahora el rollo de cobre. Yo mismo se lo envié al rey de Babilonia. Lo tiene ahí. Yo le entregué el libro sagrado de mi pueblo, el registro del pasado, para que perdonara a mi raza, a mi nación; para evitar que nos destruyera.

89

—El secreto es Safán. El secreto del Documento J es el maldito secretario.

Esto lo dijo Max León, colgando de su columna, negando con la cabeza. Lo dijo con los ojos cerrados.

Se le aproximó por debajo el reverendo Abaddon Lotan.

—¿Qué estás diciendo?

Max León abrió los ojos. En el espacio vio letras destellando frente a él, en el espacio, junto con números y signos arcaicos.

—Esto es tan... ¿*arqueológico*...? —dijo para sí—. Esta es la respuesta... Todo el tiempo estuvo en la propia Biblia... en el pasaje que hemos revisado todo el tiempo... donde aparece el rollo...

Se formaron frente a él las letras:

2 reyes 22:8 / entonces el sumo sacerdote Hilcías dijo al secretario real Safán: "en el templo he encontrado el libro de la ley" [...] y el secretario Safán lo presentó ante el rey...

—¡Es el secretario Safán! ¡Es el secretario del rey! ¡El secretario del rey se llevó el rollo anterior! ¡Lo tuvo todo el tiempo! ¡Él se llevó el rollo!

Abaddon Lotan inclinó la cabeza.

—¿*Hablas en serio...?* —y sonrió—. ¿Dónde está ahora, diablos?

Max León cerró los ojos.

—Verás... —y, con sus párpados cerrados, le sonrió—. Primero debes dejar de golpear a tu propia hija, malnacido hijo de puta. ¿Comprendido? Sé hombre. Segundo: debes renunciar ahora mismo a tu falso cargo de predicador, porque no eres más que un infame satánico: tú mismo creas a Satanás al hablar tanto de él, pues vives de su horrible imagen y del temor reverencial, para someter a personas y a pueblos, para que te adoren como presunto sanador o exorcista. Se acabó, pendejo. Pinche infame. No va a haber más "reverendos". Tercero: vas a dejar de educar con mentiras que sabes que son mentiras. Para pronto: vas a dejar de enseñar sobre Dios, porque tú no sabes nada sobre Dios, ni eres nada para Dios, más que un calumniador, un estafador, un maldito criminal de la manipulación. Cuarto: desátanos a todos o no habrá Documento J. ¿Comprendiste, maldito hijo de la chingada?

Con ojos vidriosos, Abaddon Lotan lo miró con atención. Comenzó a sudarle la quijada.

—Te voy a arrancar los párpados, maldito.

El rubio agente Ken Tarko, con su radio en la mano, le dijo a Lotan:

—Haz lo que dice. El presidente ya está descendiendo sobre la base Mashabim. Va a tomar el jeep hacia acá. En veinte minutos va a estar aquí con nosotros. Desata a estas personas.

90

Desde en medio del salón, el anciano secretario Safán, con su voz estentórea, le gritó al joven Psamétiko:

—¡El transporte del rey Nabopolasar, afuera de la muralla de Karkemish, es un toro con alas, de seis ruedas: un kuribu! ¡Sus seis ruedas están fijadas a seis grandes postes laterales, semejantes a las patas de un toro, que tienen por dentro escaleras espirales, para subir!

El príncipe se volvió hacia sus soldados halcón. Se dirigió a su corpulento embajador Sonchis de Sais, el cual estaba desnudo del pecho, respirando con bufidos, con la cabeza rapada, pintada de verde con seis bandas hacia atrás:

—Si este par de ancianos no nos está tendiendo una trampa, si están diciendo la verdad, entonces ese material que está en ese rollo de cobre es importante para la historia de mi gobierno. No podemos perderlo.

El corpulento Sonchis de Sais le dijo:

—Podría ser la respuesta sobre Atlantis, sobre las civilizaciones perdidas. He hablado sobre el tema con el sabio Solón, de Atenas.

—Quiero que los mensajeros que vayan al kuribu sean del máximo nivel. Quiero cuatro espías bien calificados para hacer esto. Que primero entreguen el mensaje de provocación a Nabopolasar, sobre la suspensión del pago de impuestos de Judea; y que, una vez hecho eso, recuperen el supuesto rollo de cobre, sin ser descubiertos.

Lentamente se volvió hacia el joven Tales de Mileto. Le dijo:

—Es obvio que tú debes hacer esto. Te necesito de nuevo. Vas a comandar esto.

El joven griego le sonrió.

—No sólo puedo entregar el mensaje y recuperar el documento. También puedo asesinar hoy mismo al rey de Babilonia. Permítame hacerlo —y dio un paso hacia adelante—. No quiero a un idiota como ese amenazando en dos años las ciudades de Jonia.

El príncipe le sonrió.

—Eres el orgullo de Trasíbulo de Mileto —y volvió hacia atrás. Señaló al anciano Hipponax de Éfeso. Estaba atrás de los soldados—. Tú ve con Tales. ¿Dónde está Semónides? —y lo buscó entre las cabezas.

Tales le dijo:

—Debe estar abajo, en las crujías, con los presos. Tal vez ya se voló en pedazos.

—Los va a acompañar Hanno, el fenicio. Tú lo conoces. Quiero que se metan al transporte de mi maldito enemigo. Quiero que le entreguen a Nabopolasar este mensaje de Judea, para irritarlo, para encolerizarlo: para que decida romper su ejército y enviar hacia acá la parte más grande de sus tropas, para que mi padre pueda recuperar Karkemish, y para que yo, en esta maniobra, ejecute el golpe de Estado allá en el oriente, en Babilonia. ¿Están de acuerdo?

Todos se miraron entre sí.

El príncipe les dijo:

—Hoy vamos a tener un rey nuestro en Babilonia. Hoy va a ser el fin de un imperio. Hoy todas las maniobras que hemos estado llevando a cabo desde meses atrás se concluirán. Hoy se acaba este juego.

Desde el suelo, la morena Radapu lo miró fijamente:

—Con su permiso, quiero ir al transporte. Quiero ir con este griego. Quiero ser parte de esta misión —y se volvió hacia el esclavo griego—. Quiero ser yo la que mate a Nabopolasar, y a su hijo.

El príncipe egipcio lentamente se aproximó a ella. Le sonrió. Se inclinó sobre ella, en cuclillas. La miró fijamente.

—Sin duda eres una mujer valiente, además de hermosa —y le acarició la mejilla—. Pero ¿por qué arriesgarías tu vida en una misión tan peligrosa? —y en el piso observó la sandalia de ella, hecha de fibras—. Ni siquiera tienes puesto tu calzado —y tomó la sandalia para dársela—. Si permanecieras aquí, yo me encargaría de que tuvieras todo —y comenzó a colocarle la sandalia.

—Los babilonios asesinaron a mi hermano —le dijo ella. Retiró su pie—. Quiero recuperar el rollo de mi pueblo. También quiero tomar justicia por la muerte de mi hermano.

El príncipe egipcio le sonrió.

—Amiga, ¿quieres convertirte en una asesina?

—Sé cómo asesinar a un hombre. Escribí varios pasajes sobre eso —y asintió con la cabeza—. Yo misma voy a cortarle la cabeza, como Judith. Voy a devolverle la libertad a mi pueblo. Voy a quitarle la vida al rey de Sumer, Akkad y Babilonia.

El príncipe abrió los ojos y se volvió hacia Tales de Mileto.

—¿Tú conoces a esta mujer feroz? ¿Está entrenada para hacer algo como esto?

Tales confió en Radapu.

—Está entrenada. Ella es por lo menos mejor que Semónides —y le sonrió a ella.

El príncipe le colocó su sandalia de fibras, en el delicado pie.

—Los va a escoltar un escuadrón de toda mi confianza: hombres cobra dirigidos por Sonchis de Sais. Los voy a recompenzar con una fortuna —y le sonrió a Radapu—. Viñedos. Olivos. Madera. Todo lo que ustedes me pidan se los voy a dar —y le acarició el tobillo a Radapu—. Quiero verte de nuevo. Si regresas viva, voy a colocarte una sandalia mucho mejor que ésta —y la miró a los ojos—. Vas a construir conmigo un mundo nuevo. Me encantaría compartirlo contigo.

91

Arriba, en el tope superior del monte Sion, un veloz jeep negro modelo Unlimited, del ejército de los Estados Unidos, escoltado por siete vehículos blindados, también negros, avanzó describiendo las curvas de la calle Ma'ale Yoav, "Calle de Joab", entre las casas de paredes blancas de los palestinos.

A bordo, el duro y rubio presidente de los Estados Unidos, con la quijada apretada, le dijo a su pelirrojo coronel Bill Uzati:

—Goliath me está informando que el mayor Nadine está en la parte donde no hay señal de radio. Probablemente está en el baño, cagando —le sonrió al coronel Uzati.

—Debe estarse cagando porque vienes a verlo —le sonrió. Miró al horizonte—. No sabe que piensas volarle el trasero —y retorció el labio por un lado.

El presidente se recargó en su respaldo.

—Me dijeron que no iba a haber testigos. Goliath va a recibirnos arriba, en la compuerta de la Cisterna Ciclópea, con los hombres de Abaddon Lotan —y señaló la rocosa cabina de losas ubicada en el costado de la plaza Ha'Gikhon, plaza del Manantial Gihon.

La calle estaba adoquinada. Los muros silenciosos. Eran de ladrillos, en todas las direcciones.

—Están a sólo cuatro minutos de llegar al punto Gimmel. Es ahí donde vamos a hacer el hallazgo —le sonrió su pelirrojo coronel. Gritó hacia atrás—: ¡Soldados! ¡Avisen que está a punto de entrar a la instalación el presidente de los Estados Unidos, y que desea recibir el material en sus propias manos, para determinar cómo modificarlo!

Abajo, el corpulento Goliath se tocó el minúsculo audífono en su oreja, le susurró, por radio, a Clara Vanthi:

—Ya está llegando el presidente —y de nuevo se volvió hacia su micrófono. Pronunció las siguientes palabras—: Recíbanlo como si el mayor Nadine siguiera vivo. Tráiganlo hasta acá. John Apóstole lo va a asesinar. Se culpará al mexicano. Ya tenemos el perfil criminal, por el incidente en Patmos. Es lo que necesitamos para proponer la invasión a México por parte de los Estados Unidos. El mexicano representaría una celda del Estado Islámico. A partir de ahí seguiremos con Venezuela y con Argentina, hasta controlar todo el hemiferio oeste. Se debe cumplir Apocalipsis 13:15: "Y forzó a todos: a pequeños y grandes, a ricos y pobres, a libres y eclavos, para que fueran marcados con la marca en la mano derecha, o en la frente; y que ninguno pudiera comprar ni vender, sino el que tuviese la marca o el nombre de la bestia, o el número de su nombre".

92

—Es 666. Es el número. Es la maldita clave de la bestia. Es 666. En realidad la marca es "Made in America".

Esto lo dijo Max León.

Adolorido de los hombros, por haber estado amarrado a un pilar de piedra, cayó sobre las quebradizas losas. Se volvió hacia John Apóstole:

—Primero, no me inspirabas ninguna confianza, pinche güero. Pero ahora te considero mi mejor amigo —y le sonrió.

John Apóstole también le sonrió.

—Llévanos, Max. Condúcenos hacia el Rollo J —y también le sonrió a la rubia Clara Vanthi, la cual le guiñó un ojo.

Max caminó hasta el trono. Con los dedos empezó a acariciar el metálico brazo del asiento de oro: era la enorme garra de un león. Les dijo a todos:

—Por lo que he escuchado en las últimas horas, el número 666, que normalmente correspondía a Satanás, primero aplicó al emperador

Nerón, cuyas letras suman 666, y antes que él, fue el número del rey de Babilonia: Nabucodonosor. ¿Cierto? ¿Puede afirmarse que Nabucodonosor de Babilonia es el mismísimo diablo, el pinche demonio? —y observó a Abaddon Lotan—. ¡Responde, maldito!

El reverendo lo miró con crudeza.

—Isaías 14:12 dice así: "¿Cómo caíste del cielo, lucero brillante, hijo de la mañana…", es decir, portador de la luz, "y decías en tu corazón […] subiré a los cielos […] y seré igual al Altísimo?"

Max le colocó la mano en el cuello al predicador:

—¡Habla claro, maldito! ¡Qué significan tus malditas metáforas!

—Nabucodonosor es Luzbel. Esto es lo que significa "lucero brillante". He-lel ben Sa-har es Lucifer, "El Luminoso".

Max negó con la cabeza.

—¿Y todo este tiempo estuviste predicando una Biblia que fue alterada por el propio Nabucodonosor, que es el "demonio", cuando tú sabes que él ordenó la reedición del siglo siete antes de Cristo? Eres un maldito traidor —y le escupió en la cara. Abaddon Lotan cerró los ojos. Comenzó a sonreír.

Max León se volvió hacia los otros:

—Seiscientos sesenta y seis es Nabucodonosor. Nabucodonosor es la clave de todo esto. El Documento J ya no está aquí en Judea. Está en Babilonia. Se lo llevaron a Babilonia. Debe estar en alguno de los museos de Irak, dentro de algún cofre que no ha sido abierto, o en los restos del palacio de Nabucodonosor, en lo que quede de Babilonia tras la guerra de Irak, en algún lugar subterráneo como éste. Ahí es donde está la Biblia.

Comenzaron a sonar aplausos.

Todos permanecieron callados. Miraron alrededor.

No pudieron distinguir quién les estaba aplaudiendo, ni desde dónde.

¿Era acaso un nuevo Nabucodonosor? ¿Era acaso el presidente de los Estados Unidos? ¿O era acaso Nabucodonosor mismo, desde el pasado? ¿Era acaso Satanás, en la persona de Abaddon Lotan? ¿O era el propio Satanás, en caso de existir, como entidad viviente?

93

—Mi nombre es Moses Gate. Soy el embajador de Tratados de Paz de las Naciones Unidas.

Esto lo dijo la voz, desde las paredes del salón del trono.

Todos miraron en todas direcciones: hacia los muros, hacia las columnas: Clara Vanthi, Serpentia Lotan, John Apóstole, Max León, Isaac Vomisa.

Ken Tarko y el reverendo así lo hicieron con sus pistolas apuntando a las rocas, igual que sus soldados. El terrorista Hussein Zatar lo hizo también con su ametralladora, sin saber a dónde mirar.

Max León lentamente tragó saliva.

—¿*Moses Gate…*? ¿*Embajador…*?—y cautelosamente miró al techo: hacia la roca despedazada donde alguna vez hubo un candelabro de siete ramas.

La voz le dijo:

—Piensas que yo estoy muerto, porque te dijeron que morí hace unas horas en el techo del monasterio de Juan, en la isla de Patmos.

—¿No está muerto?

Se escucharon crujidos en el suelo: pisadas.

—Ustedes nunca leen los libros de los grandes filósofos de la Antigüedad, empezando por los del creador de la ciencia moderna y de los viajes espaciales, y de las computadoras y de todo lo que hoy es la civilización humana: Tales de Mileto.

Todos permanecieron perplejos. Abaddon Lotan miró a todos lados, igual que su hija Serpia Lotan.

—¿Dónde estás, imbécil?

La voz continuó, como un eco:

—En su libro *Solsticio*, Tales de Mileto relató cómo tuvo que viajar a Babilonia, y cómo después tuvo que viajar al antiguo santuario de los ancestros del rey de Babilonia, Nabucodonosor, en el norte del actual Irán, donde está la "cueva del fin del mundo", el volcán Damavand.

—¿Volcán Damavand?—le preguntó Max León.

—Significa "el Demonio Blanco". Es la verdadera casa del demonio: el demonio persa, el que resucitará "después de mil años"; el que figura en el texto más sagrado del zoroastrismo: *Bundahishn Avesta*, verso 33:33: "Y cuando se acerque el final de los mil años de Ushedarmah, el dragón Dahhak-Zohak será liberado de sus cadenas, y traerá la destrucción sobre la creación". Son las palabras del profeta, Zaratustra. El Zand-I Vohuman explica más, verso 3:55: "Y cuando se acerque el final de los mil años de Ushedarmah, el dragón Azi-Dahhak-Zohak va a ser liberado de sus cadenas, y va a iniciar la destrucción del universo, con su diabólico deseo, y toda la tierra va a vivir la tribulación, como una oveja cuando un lobo se le acerca. Y entonces el fuego y Airyaman

Yazad van a derretir el metal de las montañas, y este metal fundido va a fluir como un río sobre la tierra. Y todo hombre va a tener que pasar dentro del metal derretido, y sólo los que son puros se salvarán: sólo los que hayan creído en Zartosht, Zaratustra". Capítulo 36, verso 6, dice así: "Y entonces el dragón del mal, Dahhak-Zohak, reinará por mil años". Todo esto es el *Zend Avesta*. Es la religión dual persa: dos dioses: Dios y el demonio. Esto es el verdadero 666, el verdadero demonio del Apocalipsis. ¿Saben por qué Tales de Mileto emprendió un viaje tan peligroso hacia ese volcán en lo que hoy es el norte de Irán, que entonces se llamaba Arianna o Hyrcania, en el borde del mar Caspio?

Max León escudriñó el techo:

—¿Cómo es posible que usted esté vivo? ¡Esto es una mentira! ¡Yo mismo vi cómo lo mataron! ¡A usted lo mataron igual que a mi jefe! ¡¿O mi jefe también está vivo?!

La voz comenzó a reír:

—Lo que creíste ver te engaña. Sólo crees lo que has visto o has creído ver. Es el mismo problema de la historia de la Biblia. La gente cree lo que siempre le contaron. Tú debes encontrar el Documento J —e impostó la voz—. El Documento J hubiera sido la respuesta que Tales de Mileto estaba buscando sobre el origen del mundo, sobre la historia de todas las naciones. Hubiera sido la historia que tuvo que esperar dos siglos más para que la descubriera Heródoto. Con todo, Tales de Mileto se las arregló para pasar a la historia. No encontró la historia de Dios, ni el Documento J. En lugar de ello, creó la ciencia. Buscó la verdad en la materia. Y al hacerlo, creó la civilización que hoy conocemos y vivimos. La tecnología. Los viajes al espacio.

Max miró hacia la parte trasera del trono.

—¿El Documento J está en Irán? ¿Debemos ir a Irán, hacia ese volcán Damavand, al sur del mar Caspio? Por cierto, ¿quién es usted realmente, maldito mentiroso?

Por detrás del trono apareció un hombre. Max León lo reconoció de inmediato: por su porte garboso; por sus canas blancas, peinadas hacia atrás, con goma; por la elegancia en sus movimientos.

—¿Moses Gate...? ¿Usted es...? ¿... embajador Moses Gate? —y ladeó la cabeza—. ¡¿... cómo es posible que usted esté vivo...?!

El imponente embajador israelí caminó por delante del Megathronos, por en medio de todos.

Max negó con la cabeza.

—No, no, no —y le preguntó al embajador—. ¿Esto es un espejismo? Yo vi con mis propios ojos cómo le rompieron el cráneo. ¿Usted es un gemelo?

El imperioso embajador, sonriéndole, caminó por enfrente de Abaddon Lotan, quien estaba totalmente sorprendido, lo mismo que los terroristas y el resto de la gente.

—Tú estabas cuando estos hombres dispararon contra mí, pero no estabas cerca de mí. No era yo. Igual que Juan el Apóstol, yo tuve un sosias. Todos tenemos un sosias. El que murió esa noche fue mi leal guardián, mi escudo invisible. Murió ahí para protegerme. Fue uno de mis dobles. Un sosias, un *doppelgänger*, un doble fisionómico. Murió en ese monasterio para que yo viviera hoy, para que esta noche yo pudiera estar aquí, contigo, con todos ustedes —y los miró a todos—. Éste es el momento en el que todos vamos a encontrar una verdad profunda sobre el mundo.

Lotan le apuntó con su revólver:

—Miserable. No vas a jugar conmigo. ¿Dónde está el Documento J? ¡Dímelo ahora! ¿Está en Irán? El presidente va a estar aquí en unos minutos.

El embajador Moses Gate le sonrió:

—Es por mí que tú estás aquí. Me seguiste. No has logrado nada por ti solo. Sólo yo puedo llevarte al Documento J.

—¡Dímelo ahora mismo! —y le empujó el revólver—. ¿Está en ese volcán del que hablas? ¿Está en un maldito santuario de los ancestros de Nabucodonosor?

—Tú deberías saberlo —le sonrió—. Te haces llamar Abaddon Lotan. Eres la serpiente del jardín del Edén. Cuando Nabucodonosor recibió ese regalo por parte del secretario Safán, lo envió al templo ancestral de la familia: el templo de Dahhak. Efectivamente el lugar es Irán. El volcán Damavand es, irónicamente, la verdadera "montaña del Apocalipsis".

Abaddon sudaba.

—Yo no me puse este nombre. Tú lo sabes, maldito.

El embajador Gate tomó a Max León del brazo.

—Ven conmigo, hijo —y lo condujo a la parte trasera del Megathronos—. Vengan todos conmigo, si quieren encontrar algo esta noche. En adelante sólo vamos a poder hacer esto si lo hacemos juntos. Nos necesitamos los unos a los otros, porque cada uno tiene un pedazo de la información; una parte de este gigantesco rompecabezas que culmina en el Documento J —y cautelosamente se metió por detrás del inclinado trono. Empezó a sumirse, en la oscuridad—. Yo los voy a conducir. Los voy a llevar a donde se encuentra lo que están buscando.

Los miró a todos, sonriendo. Descendió, por detrás del trono.

—Síganme.

94

Ochocientos setenta kilómetros al norte, en las afueras de la gigantesca ciudad hitita Karkemish —un alargado y aplastado cerro rodeado por dos anillos de murallas, ahora ardiendo en llamas en el borde norte del río Éufrates, con cien columnas de fuego que se estaban tocando en el cielo, con relámpagos, en una extensa nube de luz roja—, dentro de su acorazado transporte babilónico con forma de toro con alas, llamado kuribu, el poderoso y canoso rey Nabopolasar, con sus hombreras de caracoles marinos, recibió a tres mensajeros virtualmente desnudos.

Su jefe de los guardias de abordo, Bel-Usat, le dijo:

—No hay peligro. Ya los revisé. Están desarmados.

El monarca los miró:

—¿Qué demonios quieren?

Los tres delgados embajadores se inclinaron frente a Nabopolasar. Con humildad se arrodillaron ante él. El que estaba en medio de los tres le dijo:

—Señor supremo: traemos un mensaje para usted, por parte del nuevo rey de Judea.

Nabopolasar les sonrió.

—¿Se refieren a Shallum, mi nuevo ahijado?

Los tres tragaron saliva.

—No, señor supremo —y miraron al suelo de maderos—. El príncipe Psamétiko de Egipto acaba de derrocar a su ahijado Shallum. Ahora Judea tiene un nuevo rey. Su nombre es Joaquim. Este nuevo rey le envía a usted este mensaje: "El reino de Judea y Samaria se declara en insurrección contra ti. No volverá a pagarte un solo tributo, y le declara la guerra a Babilonia. Ahora Judea es una nación aliada de Egipto y obedece al faraón de Egipto. No te permitirán el paso hacia Egipto".

El anciano e iracundo rey Nabopolasar comenzó a levantarse de su asiento, que estaba hecho de dos bloques de grandes cuernos, que se juntaban por sus puntas por en medio, apuntando al techo.

—¿… cómo se atreve…? ¡Amarren a estos malditos mensajeros! ¡Devuélvanlos en pedazos a este nuevo rey de Yakudu! ¡Dénselos de comer en su maldita boca!

El mensajero que estaba en medio comenzó a llorar frente a Nabopolasar:

—¡Pero… señor supremo…! —y colocó frente al rey de Babilonia un objeto redondo, envuelto en una apretada red de mantas—. También te trajimos esto —y comenzó a desenvolverlo—. ¡El nuevo rey, Joaquim, te envía también este regalo, para que lo perdones, y a todo nuestro pueblo! ¿Nos perdonarás? ¡Es para ti, señor supremo, para que veas cuánto te amamos!

El mensajero destapó el presente. Entre las telas empapadas Nabopolasar vio la sangre podrida. En su nariz le penetró el desagradable olor a la carne en descomposición. Sintió el deseo de vomitar.

Era una cabeza humana. Nabopolasar abrió los ojos:

—*No…* —y se llevó las manos a la cara—. ¡No, no!

—Sí, señor supremo —le sonrió el mensajero—. Es Tarkullu. Es tu hijo Tarkullu, el jefe de los guardias anzu de Yakudu.

Atrás, en el camarote posterior del kuribu, entre sus siete apuntalamientos de madera, el musculoso hijo de Nabopolasar —el príncipe Nabucodonosor—, desnudo del pecho, practicó con sus dos largas y curvadas espadas, de color dorado. Escuchó, a través de la pared, un horroroso grito. Se volvió hacia el muro.

—*¿Padre…?* —y escuchó los gritos:

—¡Castiga esta insolencia! ¡Están ultrajando a tu padre! ¡Mataron a tu hermano Tarkullu!

Nabucodonosor salió de inmediato:

—¡¿Qué sucedió?! —y el eunuco Nebo-Sarsekim le gritó:

—¡Destruye ahora mismo a ese imbécil de Yakudu! ¡Los egipcios acaban de arrebatarnos esa plaza! ¡Ahora controlan el punto de en medio! ¡Destrúyelos ahora mismo, esta noche: a los dos: a Zametikku y a Yakudu! ¡Todo lo está orquestando el príncipe de Egipto! ¡Llévate todas las tropas que necesites! ¡Ahora mismo acaba de comenzar la verdadera guerra contra Egipto! ¡Destruye Yakudu!

Por la ventana, el príncipe Nabucodonosor se volvió hacia sus tropas. Estaban atacando a las fuerzas del faraón Nekao.

Al otro lado de la muralla, al otro lado del río, dentro de la bombardeada y agrietada fortaleza de Karkemish —en el palacio Katuwa, construido con gigantescos pilares redondos de basalto—, entre los dos grandes leones con alas llamados Kusarikku y Ugallu, el anciano faraón Nekao, abrazando al joven y último emperador de Asiria, Asshur-Uballit II, sintió las explosiones en sus pies, como violentas sacudidas del piso.

—Todo está bien —le susurró a Asshu-Uballit—. Yo voy a protegerte hasta el final, y vamos a ganar esta guerra. Tienes mi promesa. Egipto no va a permitir la destrucción total de Asiria. Sería entregarle el mundo a Nabopolasar.

Los dos vieron por la terraza la destrucción de Karkemish. Los babilonios comenzaron a saltar como insectos gigantes, por los filos de las azoteas, hacia los patios, como hormigas gigantescas, quemándolo todo con fuego, con sus mangueras de Hamatu, incendiando con el ácido de fuego a la población.

Nekao comenzó a negar con su cabeza:

—Están tomando Karkemish a pedazos —y se volvió hacia el muro oeste, también en llamas—. Cada vez están más adentro —y entrecerró los ojos—. Si perdemos Karkemish, no va a haber límite para detener a Nabopolasar. Su siguiente paso va a ser Judea, y la invasión de Egipto.

En sus brazos, el joven Asshur-Uballit II comenzó a temblar. Le gritó al faraón:

—¿Qué me va a pasar? ¿Qué me va a pasar? ¿Van a cortarme los miembros como a mi hermano? —y por el ventanal vio despedazarse las estatuas de Katuwa, sobre los dos grandes puentes del río Éufrates, entre las hordas de los soldados babilonios—. ¡Se están metiendo por la ciudad! ¡Se están metiendo por las cinco murallas! Si te vas, ¿me vas a llevar a Egipto, contigo?

Nekao cerró sus ojos. Alarmado, con enorme fuerza lo sujetó de la quijada. Le estrelló la cabeza contra la pared de piedra:

—¡Despierta, maldita sea! —y con gran violencia lo estrujó por la mandíbula y lo lanzó contra el muro de los leones—. ¡No puedes dejarte vencer, o vas a destruir también a Egipto! ¡¿Lo entiendes?! ¡Tienes que ser fuerte, como lo fue tu padre Asurbanipal! ¡No podemos perder! ¡Aún eres el emperador de Asiria! ¡Tus ancestros fueron los amos del mundo!

—¡Está bien!

—¡Necesito que demuestres que eres un gigante! —y le gritó de frente—: ¡No temes a nadie! ¡Repítelo!

—¡Soy un gigante!

—¡Eres un maldito gigante! ¡Tu padre fue Asurbanipal! ¡No debes temer a nadie: ni siquiera a mí, ni a mi hijo! ¿Comprendido? ¡No temes a nadie! ¡Repítelo ahora!

—¡Comprendido! ¡No temo a nadie! ¡Soy un gigante!

—¡Y mi hijo está a punto de ejecutar un golpe que va a cambiarlo todo! ¡¿Comprendido?!

—¡Comprendido!

A ochocientos kilómetros de distancia, hacia el profundo corazón de Asia, en Babilonia, en el absoluto silencio, en medio de la gran calzada de mármol traslúcido, entre las palmeras de jugosos dátiles, un suave viento acarició la hojarasca y las gigantescas pezuñas de roca de los dos colosales kuribus en la entrada del palacio de Hamurabbi.

En el silencio, los ocho guardias reales, apostados contra cada una de las ocho patas de las bestias, se miraron unos a otros.

—¿Qué es este ruido? *¿Ayyuttu killu?* ▸— ⚌ ¿Es normal esto?

Desde lo alto de los kuribus de treinta toneladas, un delgado líquido de color verde comenzó a caerles sobre las cabezas: un líquido oloroso, con esencia de menta.

—¿Qué es esto? —y uno de ellos se llevó el dedo a la boca. Lo colocó en su lengua—. No sabe mal.

95

En su transporte de madera —también un kuribu— el rey Nabopolasar se llevó su caliente brebaje súsu a la boca. Observó, al otro lado del Éufrates, la muerte de Karkemish. Sonrió. La ciudad estaba destruida y con ella los últimos restos del poderío de su enemigo.

Atrás, en el camarote posterior, su eunuco supremo —el anciano Nebo-Sarsekim, con sus lagrimeantes ojos grises— le dijo al musculoso príncipe Nabucodonosor:

—Ve a Judea ahora mismo. Llévate ocho mil hombres. Ahí está operando el hijo del faraón Nekao, protegiendo a los yakudu. Arrásalo todo. Destruye Jerusalén. Que no quede piedra sobre piedra. Si ellos no obedecen a tu padre, la rebelión va a cundir por toda la costa Hatti, y se van a unir a Egipto. Los yakudu son rebeldes por herencia, y siempre lo van a ser. Nunca van a ser leales contigo, ni con la tribu bit-yakin, ni con nadie. Cocina vivo al hijo de Nekao, y también al rey yakudu, Joaquim.

Nabucodonosor enfundó sus dos espadas en los lados del cinto.

—Así lo haré, por amor a Marduk, y a mi tatarabuelo Azi-Dahhak, y a mi precioso padre —y se tocó la frente, con los ojos en blanco. Besó su propia palma.

El anciano eunuco, con gran fuerza, lo tomó de las muñecas:

—Escucha bien. Tu padre me ha pedido también indicarte una cosa más; es sumamente importante. Cuando hayas destrozado Jerusalén, cuando hayas descuartizado vivos a Zammetiku y a Yakudu, no te detengas.

—No entiendo.

—Deberás ir más hacia el sur, cada vez más al sur, con tus ocho mil hombres, sin detenerte, hasta llegar a Egipto, y destruirás Egipto. Debe hacerse ahora. Desde Arabia se te van a unir los cuatro ejércitos de Dilmun. Apodérate de Naukratis y de Sais y de Menfis, las tres bocas del Nilo. Tu padre se te va a unir ahí para proceder a la invasión completa, hasta Tebas y Abydos y Nubia. Es ahora mismo: invade Egipto, ahora que el faraón está aquí. Todo esto fue planeado por tu padre. Egipto está desprotegido —y con un duro golpe le ajustó contra el cinto las empuñaduras de sus curvas espadas.

El joven príncipe abrió más los ojos y le sonrió a Nebo-Sarsekim.

—Dile a mi padre que haré lo que él desea. Dile que esta misma noche destruiré Jerusalén, y que mañana me dirigiré a tomar Naukratis, Sais y Menfis, con los hombres de Dilmun, las puertas del Nilo; y que ahí voy a comenzar a prepararle su asiento real en Egipto, como capital del nuevo imperio babilónico.

96

A los pies de este transporte de doce metros de altura, con los tobillos metidos en el fango del río Éufrates; a un lado de la gigantesca pata delantera de este gran toro con alas llamado kuribu; junto a la gigantesca rueda recubierta de lodo endurecido, fijada a la pata del toro por medio de un gozne de hierro engrasado con bitumen, el joven espía griego Tales de Mileto, pisando dentro del fango, junto con su hermosa compañera, la brillante escriba Radapu de Rumah, amarrada de las muñecas, caminó hacia el interior de la rueda misma, escoltados ambos por los soldados de Nabopolasar.

La bella Radapu cerró los ojos. Tales de Mileto le preguntó:

—¿Estás dispuesta a hacer esto?

—No será la primera vez —le sonrió.

En su piel sintió el calor del distante fuego: la ciudad en llamas. Karkemish estaba viviendo el último día de su historia. El río estaba lleno de sangre, con pedazos de carne. Por sus aguas brazos y cabezas mutiladas, en descomposición. Tales de Mileto le susurró a Radapu, en griego:

—Hipponax y Hanno ya deben haber iniciado todo —y observó, al otro lado del río, el movimiento de las tropas—. Ya comenzaron a dirigir divisiones al sur. Mira —y con los ojos señaló hacia el oeste.

Radapu abrió más los ojos. Miró hacia arriba, hacia el imperioso vientre del transporte kuribu. Por sus costados de madera chorreaba aceites con agua de color negro, con rechinidos, con tronidos. Abajo, entre las cabezas de los cientos de soldados babilonios, Radapu reconoció las miradas de diecinueve soldados que la desearon. La miraron de arriba abajo, con ansiedad, lamiéndose las bocas, acariciándose el pene.

—¡Es para el rey de reyes! —les gritó el guardia que traía a Radapu con la cuerda—. ¡No se atrevan a mirarla! —y con su fuste los azotó en la cara.

Los soldados, refunfuñando, voltearon al piso. Maldijeron:

—𒊮𒈝... *Saiahu-amtu-ardatu...* Esclava-mujer-deliciosa...

La bella Radapu sintió en las muñecas las duras amarras.

—¿Hago bien en confiar en ti de nuevo? ... —y lentamente se volvió hacia Tales. Le dijo en griego—: Δεν ξέρω αν έπρεπε να σε εμπιστευτώ. No sé si debí volver a confiar en ti, con esto de traerme amarrada.

—Confía en mí —y siguió avanzando—. No te va a pasar nada.

—La última vez me dijiste lo mismo. No te funcionó muy bien ese truco de tu héroe Odiseo.

Tales le sonrió:

—Eso fue ayer. Hoy vamos a usar otro truco, aunque también lo ingenió Odiseo, quien en efecto es mi héroe. El nuevo truco se llama "el caballo de Troya".

Radapu, con sus cabellos espirales, se detuvo de golpe. Eentrecerró los negros ojos.

—¿Caballo? —y miró hacia arriba—. ¿Piensas usar un caballo?

Tales de Mileto, sin soltarla, le susurró:

—Mujer hermosa: el caballo eres tú —y le sonrió—. Tú eres la carnada. Tú eres mi llave para abrir esta puerta. Tú eres el regalo para Nabopolasar. Esta noche esta Troya va a caer, y es el rey de Babilonia. Tú misma estás a punto de realizar el asesinato que tanto deseas. Cuando llegue el momento, te voy a desatar.

Los guardias los empujaron hacia adentro de la pata del gigantesco toro.

—¡Kabú, nipqu! ¡Naspartu alaku! —y los golpearon con sus lanzas.

Los hicieron subir uno a uno por los apretados escalones de madera, que chirriaron por su peso. En la parte alta había un olor a incienso, a madera. La escalera de caracol era el acceso para subir al transbordador.

Arriba los estaba esperando el segundo guardaespaldas del príncipe del mundo: Bel-Usat, el hijo mayor del Hombre Ave Alpaya. En sus manos tenía, mojándole las manos con su sangre, la cabeza del príncipe Tarkullu.

97

Muy atrás, en el monte Sion, dentro de las oscuras ruinas del salón del trono, el apuesto y canoso embajador Moses Gate, sonriendo, los miró a todos. Bajó por detrás del trono.

—Síganme.

Era una pequeña escalerilla claustrofóbica, muy estrecha, completamente oscura.

—Vengan conmigo —les dijo a Max León, a John Apóstole, al predicador Abaddon Lotan, a su hija Serpia Lotan, a Clara Vanthi, al atlético y enchinado Isaac Vomisa, a los terroristas, a los soldados—. Síganme todos. Ahora a todos nos interesa la verdad —y con su diminuta linternilla iluminó hacia adelante, hacia abajo.

Max León le preguntó:

—¿Qué hay aquí abajo? ¿A dónde nos lleva?

Moses Gate le respondió:

—Tú no estás aquí esta noche por casualidad. Fuiste elegido.

Max León se sorprendió.

—¿Perdón…?

—Tu jefe, el embajador Valdés, fue un magnífico amigo. En dos ocasiones me habló de ti, me dijo que eres un policía de investigación y no se ha equivocado. Has descubierto varios secretos esta noche sólo guiado por la información y tu intuición.

—¿Cómo dice…?

En la pared, con la luz de la linternilla, comenzaron a aparecer para Max las inscripciones antiguas: jeroglíficos egipcios: ojos, piernas, reptiles, peces, alacranes. Moses Gate le dijo a Max:

—Esta cámara es el verdadero pasado. Esta cámara que está cerrada por todos lados es donde inició todo. Antes de que existieran los hebreos, existió este lugar. Antes de que existiera la Biblia, existió este lugar —y siguió bajando hacia la oscuridad—. Ten cuidado al pisar. La parte inferior está inundada de lodo. No hay salidas a los lados.

Max descendió sobre el suelo. En efecto sintió el lodo en los tobillos.

—Maldición. Me gustaban estos zapatos.

Escuchó el chapuzón del fango: la onda viajando hacia los costados. Comenzó a avanzar en la oscuridad. Con su linterna, el embajador Moses Gate iluminó hacia adelante: un objeto, justo en medio de todo.

—Éste fue el primer trono, el más antiguo —y Max vio todos los jeroglíficos, grabados en todo el trono: en la madera, como un código antiguo.

—¿Éste fue el primer trono?

—El que viste allá arriba le fue regalado a un rey por los babilonios, para comprarlo. El que estás viendo ahora es el que existió antes, y lo utilizo David. Éste es el verdadero trono de Judea: el que existió antes de la contaminación que perpetró Babilonia contra la historia.

Max León suspiró.

Las linternas comenzaron a iluminar los contornos del trono. Era mucho más geométrico que el "querubín" babilónico: triángulos, círculos, elípticas. Toda su superficie estaba grabada con jeroglíficos egipcios. Max León caminó a su alrededor, boquiabierto. Avanzó con sus pies dentro del agua con lodo.

Lentamente se volvió hacia el embajador Moses Gate:

—¿Por qué un trono de Judea está repleto de jeroglíficos egipcios? ¿Acaso se habló egipcio aquí? ¿Fue el idioma oficial aquí? —y señaló el objeto—. ¿Los egipcios estuvieron aquí? ¿Esto fue egipcio? ¿Esto es el Secreto Biblia?

El embajador, con su pequeña linterna, sonrió para sí.

—Muy bien, Max León. Comienzas a descubrir la verdad. Y la verdad te hará libre.

Lentamente caminó hasta los muros. Con su linternilla iluminó las paredes: estaban llenas de jeroglíficos egipcios. Miles y miles de jeroglíficos: ojos, lunas, estrellas, manos, hipopótamos, cocodrilos. En el lodo sobresalían narices de piedra, quijadas, brazos, rodillas de roca: esculturas rotas. Moses Gate les dijo:

—Todo esto fue egipcio. Así es. Existe una posibilidad de que este trono que ves aquí haya sido el trono mismo de David, pero su nombre real no fue David, y su historia verdadera fue alterada para que acabara sonando a lo que tú conoces. David fue diferente. Muy diferente.

—¿Muy diferente…?

Desde el piso de lodo, Abaddon Lotan le apuntó con su revólver al embajador:

—Habla rápido, malnacido. ¿Dónde está el Documento J? No tengo tu tiempo. Está por llegar el presidente.

Sus soldados, apiñados en la escalerilla de rocas, apelmazados por lo reducido del espacio, tapaban el acceso desde arriba y también apuntaron con sus armas al embajador. Por encima de ellos estaba Ken Tarko, comunicándose con su aparato de radio, hacia afuera, al vehículo del presidente.

Moses Gate miró fijamente a Max León.

—Querido Max, esta cámara subterránea originaria es la cámara de la verdad. Estás a punto de conocer el secreto que va a transformar todo lo que sabes y todo lo que eres, y todo lo que hoy es el mundo. ¿Estás dispuesto? —y se volvió hacia los otros—. ¿Están todos dispuestos?

Max miró a su alrededor.

—Estoy dispuesto.

Moses Gate suavemente aferró una palanca de bronce en el brazo del trono:

—Estas cámaras se construían en forma ciclópea: con dispositivos contra tumultos, contra invasiones. Había que protegerse de algún modo —y violentamente jaló hacia abajo la palanca. Por en medio de la cámara se escuchó un crujido. Desde los lados, en el espacio entre el trono y la escalera, empezaron a deslizarse en diagonal, hacia el centro, cuatro gigantescas lápidas de roca: cuatro pilares de tres toneladas. Se estrellaron por en medio. Cayeron al piso, sobre el lodo, tronando el suelo. Las lajas de piedra provocaron un estruendo como si todo el monte estuviera por derrumbarse; alguien alcanzó a disparar su arma, sin éxito. Los vecinos, en la colonia de arriba, se alarmaron por el "sismo".

—¡Auxilio! —gritó Serpentia Lotan desde el otro lado de la enorme losa. Empezó a tragar agua porque ésta salía de los orificios que habían dejado las rocas.

Max León y John Apóstole ya no pudieron verla. Estaba al otro lado de la nueva y colosal pared de roca. Los bloques le rompieron la cabeza a un soldado. El brazo quedó flotando en el lodo. Abaddon Lotan se quedó al otro lado del muro, con su hija. Sus gritos, amortiguados por la piedra, no fueron ya fáciles de comprender.

Moses Gate les sonrió a Max y a John Apóstole:

—Ahora estamos en lo que se podría llamar "el cuarto de sobrevivencia" —y les sonrió a Max y a John—. Ahora sí, muchachos, éste es el momento de las verdades. Prepárense para conocer la verdad.

Max se volvió hacia la nueva pared.

—Estamos atrapados, ¿verdad? ¿Cómo diablos vamos a salir de aquí?

Moses Gate palpó los muros, llenos de inscripciones antiguas. Estaban alrededor de un enorme mapa del antiguo Egipto:

—No pienses en salir. Ya llegaste a aquí. Esto es lo único que importa. No hay más. Éste es el lugar que millones han soñado por siglos, y nadie había llegado antes que ustedes. Éste es el Santo Grial, el final de todas las búsquedas. Aquí están todas las respuestas. Éste es el camino hacia la verdad y hacia la vida, y hacia el Documento J —y cerró los ojos y respiró el olor de la roca—. El camino que vamos a recorrer desde ahora no es hacia arriba ni hacia abajo, ni hacia los lados. Es hacia adentro —y suavemente le sonrió a Max León. Con gran cuidado colocó su dedo en el mapa de Egipto, en medio del río Nilo—. Muchachos, están a punto de conocer el secreto de la Dinastía Dieciocho: el secreto mismo del mundo: los cuatro faraones que fueron borrados de la historia, porque son el corazón mismo de la historia humana, y el corazón de la Biblia.

Max León y John Apóstole se miraron uno al otro.

—*Dios…* —susurró John, y se volvió hacia el techo. Escuchó taladros, martillos mecánicos, golpeando contra la roca—. Van a entrar por arriba. Pero les va a llevar tiempo.

98

Arriba, veinte metros por encima, en el lomo de la montaña, el presidente de los Estados Unidos se bajó del negro jeep modelo Unlimited, en un lado de la adoquinada y silenciosa plaza Ha'Gikhon, plaza del Manantial Gihon, justo frente a la instalación de agua potable de la comunidad palestina Silwan, una rocosa caseta de losas. Sus soldados lo rodearon. Caminaron junto a él. En sus manos portaban sus revólveres SIG-Sauer.

Comenzaron a caminar sobre los adoquines, hacia el edificio del sistema de suministro de agua. Por la delgada puerta metálica salieron, para recibirlo, cuatro hombres encapuchados, con ametralladoras en las manos. Le dijeron:

—Señor presidente, sea usted bienvenido a la Campaña de Ayuda para la Niñez, para la Salud y la Cultura, organización sin fines de lucro —y le sonrieron.

El mandatario también les sonrió.

—Nombres ingeniosos… —y se volvió hacia su pelirrojo coronel Bill Uzati—: me encantan los nombres que inventa la CIA. Esto debe haber sido una ocurrencia de Hillary Clinton. Ella y su esposo financiaron a los brazos del Estado Islámico. Es hora de acabar con todo esto.

—Pase con nosotros, señor presidente —le indicaron los hombres de negro—. Lo está esparando el mayor Nadine. Ya estamos en la ubicación exacta para extraer el hallazgo.

Se volvieron hacia los costados, revisando los alrededores. En la distancia, tres francotiradores, ubicados con sus rifles Zastava M70, asintieron con las cabezas.

El presidente continuó avanzando hacia adentro.

—¿Dónde está el mayor Nadine? ¿Sigue en el baño? ¿Sigue cagando?

—No, señor presidente —le dijo el sargento Johnstane—. Está subiendo para venir a recibirlo.

—¿Y Goliath?

—Está abajo. Está a punto de llegar al punto de extracción, con las personas del reverendo Abaddon Lotan. Será usted mismo el que va a sacar el Rollo Cero de la roca: el Documento J, pues va a ser un momento histórico. Nadie más ha visto ese pedazo de evidencia arqueológica en dos mil seiscientos años, desde que fue colocado ahí —y le sonrieron.

El presidente observó los oscuros muros, el elevador. Sonrió para sí, con satisfacción:

—Pocas veces un hombre ha efectuado un descubrimiento tan importante como éste, tan capaz de cambiar el futuro del mundo, y lo va a realizar justamente el presidente de los Estados Unidos —y les guiñó un ojo—. Hagamos que la religión vuelva a ser grande otra vez.

—Es justo lo que necesitamos para las encuestas.

Se metió por la puerta interna, hasta la pared del fondo, un muro de madera, que se abrió por los lados.

Abajo, en el apretado nudo siete del arcaico canal de Siloam, el musculoso y rapado Goliath, masticando su chicle, se llevó su aparato de radio a los labios:

—Ya está entrando. Avisen a John Apóstole. El presidente está por llegar a la cámara dos en dos minutos. Llegó el momento.

99

Abajo, en la cámara dos, John Apóstole se acarició su diminuto audífono, en la oreja. Se volvió hacia Max León.

—Ustedes sigan, sigan. Usted decía algo, embajador. Prosiga —y empezó a acariciar, en su cinturón, la delgada hebilla de color dorado. Le desacopló el pestillo.

Con sus tobillos dentro del lodo, el embajador Moses Gate se volvió hacia Max León. Los tres escucharon los gritos por arriba y por detrás del muro.

—¡Púdrete, Gate! —era la voz del predicador Abaddon Lotan—. ¡Voy a derribar esta maldita pared! —y comenzaron de nuevo los golpeteos mecánicos de los martillos hidráulicos, con los taladros rasgando la roca.

—El problema de Lotan es su odio —les dijo el embajador Moses Gate a los jóvenes—. Ustedes nunca deben odiar. No desperdicien así su tiempo. El misterio superior es todo. El misterio mismo del cosmos: es el enigma de Dios. Si Dios estableció alguna vez comunicación con el hombre, ésa es la Fuente J —y con su pequeña linterna iluminó el enorme mapa de Egipto, hecho de diminutos cristales antiguos. Era un enorme mosaico—: todos estos jeroglíficos egipcios son la explicación de lo que estamos viviendo. Éste es el verdadero Secreto Biblia —y acarició el mapa—. Todo lo que ustedes están viendo en esta cámara, en este castillo, fue alguna vez parte de Egipto. Judea e Israel fueron parte de Egipto. Toda esta tierra fue parte de Egipto. Pero esto no se les dice, ni se les dirá nunca, a los niños cuando se les enseña el nacimiento de la Biblia. Se les debe mantener en la mentira.

Con su linterna iluminó el muro enfrente del antiguo trono de madera. El antiguo mapa de Egipto.

—Éste es el secreto del mundo. Éste es el mapa de Egipto durante la Dinastía Dieciocho. Cuatro faraones fueron completamente borrados de la historia egipcia, por parte del mismo gobierno egipcio posterior. ¿Por qué? —y los miró a ambos.

Los jóvenes se miraron entre sí. John Apóstole se encogió de hombros. Negaron con la cabeza. El embajador les dijo:

—La existencia de estos cuatro faraones permaneció completamente borrada hasta que se les redescubrió en el año 1887, por un simple accidente. Una mujer encontró un hoyo, que resultó ser el túnel hacia la más enigmática ciudad antigua: Amarna.

El embajador señaló con su dedo el antiguo río Nilo:

—Todo lo que ven de color verde y rojo fue Egipto en la Dinastía Dieciocho. También se le llama Nuevo Imperio Egipcio. Hoy todos los historiadores saben esto. Pero no se lo dicen a la gente, porque contradiría lo que el mundo sabe sobre el origen de la Biblia.

Max León le preguntó:

—No comprendo. ¿Cuál es el problema? —y miró el mapa.

El embajador sonrió.

—Observa el mapa. ¿Te percatas de que en el año 1350 a.C., época de la Dinastía XVIII, en la cual, según las cronologías de la Biblia, existió Moisés en Egipto, todo lo que hoy es Canaán, incluyendo Fenicia, Israel, Siria, y lo que antiguamente fue Judea, era parte del Nuevo imperio egipcio?

—Lo estoy viendo, sí —y miró a Moses Gate—. Insisto: no le veo el problema.

—Esta situación geográfica duró trescientos años, desde 1500 hasta 1200 a.C. Pero la Biblia dice que los judíos estaban como esclavos en Egipto, y que Moisés sacó a toda esta población de la esclavitud cuando cruzó con ellos el mar Rojo, y se "salió de Egipto", hacia la Tierra Prometida. En pocas palabras: la Biblia afirma que con sólo cruzar el mar Rojo ya estabas fuera de Egipto. ¿Cómo es posible, si todo esto era parte de Egipto?

Max observó cuidadosamente el mapa.

—*Oh, Dios...* —y se llevó la mano a la cabeza—. Diantres.

—Y no sólo esto: Números 13:22 y 13:33 dice que en la Tierra Prometida, es decir, aquí, en el valle del Hebrón, cuando Moisés envió a sus doce espías para sondear quiénes la habitaban, ellos le reportaron que este territorio estaba habitado por gigantes, los llamados nefilim, de tres metros de alto. Incluso dice que al lado de estos gigantes, que se llamaban anakim o nefilim, "nosotros, a nuestro parecer, éramos pequeños como langostas, y a ellos eso les parecíamos". No se habla en ese pasaje, en ningún momento, de que aquí vivían egipcios como colonos, controlando todas estas zonas desde la conquista que efectuó Tutmosis en el año 1500 a.C., como está demostrado por la arqueología; ni se dice que este castillo era en realidad un fuerte egipcio, llamado Shen, que en egipcio significa "periferia" o "circunferencia" o "fortaleza", de donde proviene la palabra "Sion" y "Tsiyyon", como tú mismo puedes leer aquí —y violentamente se volvió hacia el trono. Lo señaló con el dedo—. Ahí dice: "Abdi-Heba, gobernador egipcio en Urusalima". Urusalima era Jerusalén. Ésta era la capital del gobierno egipcio en esta región.

Max León se volvió hacia John Apóstole.

—¿Tú sabías esto?

—Ustedes sigan —y John limpió el pestillo de su hebilla—. Continúen —y se volvió hacia arriba, hacia los gritos de Abaddon Lotan en el techo; hacia los estruendosos ruidos de los martillos mecánicos. Se sujetó, en la oreja, su diminuto audífono. Asintió con la cabeza—. Sí, sí, no creo que haya problema —le dirigió una mirada a Max, con un dejo de burla—. Ustedes continúen.

El polvo de las rocas cayó desde lo alto.

Moses Gate le dijo a Max:

—Las pruebas del pasado egipcio en esta región son interminables. Están aquí en Jerusalén y en todo el Canaán, y en el actual Líbano, y en Siria, que fueron también provincias egipcias durante ese tiempo: la *Estela Bet Shean*, con el nombre del gobernador egipcio en esa ciudad, que se llamaba Bitsanu, en el "Edificio 1500"; la *Estela de Tutmosis I* en el norte del Éufrates, que era la frontera de Egipto con Asiria; los obeliscos egipcios en Biblos, que era Fenicia; las dos esfinges egipcias en Hatzor; el sarcófago egipcio en el valle de Jezreel, cerca de Megiddo, descubierto cuando excavaron el gasoducto de INGL-Ramat Gavriel, en Tel Shadud, con un escarabajo de oro con el sello del faraón Seti I; el amuleto egipcio con el nombre de Tutmosis III que la niña Neshama Spielman encontró en el monte del templo —y señaló al norte—. Todo esto ha sido suprimido. Los arqueólogos lo saben. ¡Pero no quieren contarlo¡ Nadie quiere contarlo. Ésta es la historia prohibida.

Max León abrió más los ojos.

—Dios…

Moses Gate, con su linternilla, proyectó un video en el muro:

En la imagen luminosa apareció una sala con plantas; dos sillas: un hombre alto sentado, con la cara fuerte, amable, con el cabello entrecano, con la barba corta. Frente a él, una mujer rubia. La mujer miró hacia la cámara de video, como si les estuviera hablando al embajador, a Max León y a John Apóstole. Su voz salió del pequeño aparato de Moses Gate:

—Hola. Soy Luisa Corradini, periodista de *La Nación*, de Argentina. Nos encontramos conversando con el aclamado profesor Israel Finkelstein, director del Instituto de Arqueología de la Universidad de Tel Aviv, en el litoral central de Israel —y le sonrió al arqueólogo—. Para la mayoría de los arqueólogos bíblicos del mundo, el profesor Israel Finkelstein es el líder indiscutible en la exploración de la verdad sobre la Biblia. Su valiente libro *La Biblia desenterrada*, que escribió junto con su también aclamado colega Neil Asher Silverman, ha causado la máxima controversia, al poner a debate la veracidad misma de la Biblia. Bienvenido, profesor Finkelstein.

En el silencio de la caverna, el profesor devolvió el saludo.

—Buenos días.

Max León se volvió hacia John Apóstole.

Lentamente, el arqueólogo se inclinó sobre la mesa. Le dijo a la periodista argentina:

—Por siglos, los lectores de la Biblia dieron por sentado que las escrituras eran revelación divina, es decir, provenientes de Dios, y al mismo tiempo, una historia exacta del mundo. Las autoridades religiosas, tanto judías como cristianas, asumieron que los cinco libros de Moisés, llamados Pentateuco, fueron en efecto escritos por el propio Moisés, justo antes de su muerte en el monte Nebo.

La periodista ladeó la cabeza.

—Pero... *¿no fue así...?* —y abrió más los ojos. En el silencio, el profesor le dijo:

—Al final del siglo XIX, muchos investigadores comenzaron a dudar que Moisés hubiera intervenido en la redacción de la Biblia.

—¿Cómo es esto?

—Llegaron a la conclusión de que la Biblia fue el producto no de Moisés, sino de escritores que vivieron mucho tiempo después que él, particularmente en el siglo VII a.C., durante el gobierno del rey Josías.

Max León comenzó a volverse hacia el suelo.

—No... ¡¡Todo lo creó la Redactora R?! ¡¡No existió Moisés...?!

En la pared, la linternilla del embajador siguió proyectando el video. La periodista Luisa Corradini le preguntó:

—¿Usted está diciendo que no existió Moisés...? —y tragó saliva.

Israel Finkelstein suavemente apretó los labios:

—Desde el siglo XVII los expertos comenzaron a preguntarse quién había escrito la Biblia. Moisés fue la primera víctima de los avances de la investigación científica, que planteó cantidad de contradicciones.

—¿... *contradicciones*...? —y ella se acomodó en su asiento.

Max León se volvió hacia John Apóstole:

—¡¿Contradicciones...?!

—Ahora te atiendo... —y se tocó el auricular, mirando al techo.

—¡Escucha esto, maldita sea! ¡No seas estúpido! —y lo jaló de las solapas—. ¡Es sobre el Documento J!

—¿Cómo es posible, se preguntaron los especialistas —continuó el profesor Finkelstein—, que Moisés haya sido el autor del Pentateuco, cuando el Deuteronomio, el último de estos cinco libros, describe el momento y las circunstancias de su propia muerte?

La periodista tensó el cuello. Permaneció callada. El gran arqueólogo, con su largo cuerpo, describió un arco sobre la mesa. Le dijo a ella:

—Los creyentes de las tres religiones que se derivan de la Biblia hebrea, como son el judaísmo, el cristianismo y el Islam, son prácticamente la mitad de la actual población mundial, es decir, tres mil quinientos millones de seres humanos. A todos ellos se les ha dicho alguna vez que el Pentateuco como tal le fue revelado a Moisés cuando estuvo arriba en el monte Sinaí y tuvo contacto con Dios en lo alto de esa montaña sagrada, que era presisamente en la península del Sinaí, al oriente de Egipto, durante el Éxodo, es decir: durante los cuarenta años que duró la peregrinación de cincuenta mil judíos que huyeron de ser esclavos en Egipto, buscando su camino hacia la Tierra Prometida. Pero hoy existen dudas sobre si el propio Éxodo tuvo lugar alguna vez en la historia del mundo.

La reportera negó con la cabeza.

—No, no, no... ¿... está diciendo usted que... no sucedió...? ¡¿El Éxodo no sucedió...?!

—Los archivos egipcios, que consignan todos los acontecimientos administrativos del reino faraónico, no conservaron ningún rastro de la presencia judía durante más de cuatro siglos en su territorio. La Biblia afirma que estuvieron como esclavos en Egipto por cuatrocientos treinta años. ¿Por qué no hay pruebas?

—Y... ¿no lo fueron? ¿Nunca fueron esclavos en Egipto...?

—Tampoco existían, en esas fechas, muchos de los sitios que se mencionan en esa parte de la Biblia.

Ella abrió los ojos.

—¿Como cuáles…? —preguntó.

El arqueólogo le dijo:

—Las ciudades de Pitom y Ramsés, que habrían sido construidas por los hebreos esclavos antes de partir de Egipto, no existían en el siglo XV a.C. El Éxodo, desde el punto de vista científico, no resiste el análisis —y retorció la boca.

La reportera Luisa Corradini le preguntó:

—¿El Éxodo no sucedió …?

—Desde el siglo XVI a.C., Egipto había construido en toda la región del Canaán una serie de fuertes militares, perfectamente administrados y equipados. Todo el Canaán era parte de Egipto. Nada, desde el litoral oriental del Nilo hasta el más alejado de los pueblos de Canaán, escapaba a su control. Casi dos millones de israelíes que hubieran huido por el desierto durante cuarenta años tendrían que haber llamado la atención de estas tropas. ¿No lo cree usted así? Sin embargo, ni una estela de la época hace referencia a esa gente.

En recuadros laterales de la imagen proyectada aparecieron otros dos arqueólogos. El del lado izquierdo, Ze'ev Herzog, también de la Universidad de Tel Aviv —semejante al actor de Hollywood Michael Keaton—, con expresión serena, dijo a la pantalla:

—Los israelíes nunca estuvieron en Egipto como esclavos. Nunca migraron por el desierto; nunca conquistaron la Tierra Prometida, y nunca la traspasaron a las doce tribus —y se cortó su imagen.

—Pero, señor —le dijo la periodista al profesor Israel Finkelstein—: ¿Por qué en las escuelas de todo el mundo a los niños se les sigue enseñando esta historia, como si fuera real? ¿De dónde salieron, entonces, los israelíes?

El arqueólogo trazó con los dedos un esquema en el aire:

—Desde hace más de sesenta años, excavadores de distintos países hemos explorado, incluso en forma mancomunada, le península del Sinaí, ese gran desierto, buscando las huellas del Éxodo. Esa migración de miles de personas debió dejar huellas: campamentos, entierros, postes, hogueras. El paso de cincuenta mil seres humanos por ese árido desierto habría dejado rastros que hoy pudiéramos desenterrar. Pero no hay rastros de esa migración.

—¿*Cómo…?* ¿Nadie pasó por ahí…?

—No existen restos dejados por esa gente en su peregrinación de cuarenta años. Es como si nunca hubiera sucedido.

—*Un momento…* ¿No hay ningún rastro? ¿Se los llevó el viento?

—El viento no se lleva rocas. ¿Dónde durmió esa gente? ¿Dónde concinó? ¿Dónde enterró a sus muertos? Hemos sido capaces de hallar restos de minúsculos caseríos de cuarenta o cincuenta personas, no de miles. Eso no es un "Éxodo". A menos que esa multitud de seres humanos que aparece en el libro del Éxodo nunca se haya detenido a dormir en ningún lugar, o comer, o descansar, no existe el menor indicio de que alguna vez pasaron por ese desierto. No hay huellas.

—*Dios...* —cerró los ojos y permaneció en silencio por varios segundos. Le preguntó—: ¿No existe *ningún* resto? ¿El Éxodo es falso...? Y... en este caso... ¿Moisés tampoco fue alguien real...? ¿Todo es una ficción...?

Los dos permanecieron en silencio por cinco segundos. Ella le dijo:

—En resumen... —y se reacomodó en su asiento—, ¿los hebreos nunca conquistaron Palestina? ¿Nunca llegaron desde Egipto? ¿Todo es una mentira? ¿De dónde llegaron los judíos?

El profesor Israel Finkelstein torció la boca. Miró hacia un lado.

—Nunca llegaron desde Egipto. Ya estaban ahí, en Palestina. Siempre estuvieron ahí. Son los jebuseos, los que eran dueños del castillo. En los registros de Babilonia, de Egipto y de Asiria se les menciona como los apiru.

Ella abrió más los ojos.

—¿Cómo? ¿Entonces a quién conquistó David, cuando tomó el castillo? —y sacudió la cabeza.

Israel Finkelstein, el más brillante arqueólogo bíblico del siglo XXI, bajó la vista al piso antes de contestar.

—Licenciada Corradini, en el relato del Éxodo que cuenta la Biblia, que fue escrito muchos siglos después de los hechos que narra, se mencionan sitios célebres, como Bersheba y Edom. Edom no existía en la época que se atribuye a Moisés. En la época de Moisés la región se llamaba Ydwma, o Udumu. Tampoco existía Bersheba. Lo que existió, en lugar de Bersheba, más al norte, fue Giltu o Qiltu, custodiada por un gobernador del faraón egipcio, un regente o virrey llamado Suwardata. ¿Cómo sabemos esto? Por las cartas de barro que se encontraron en Amarna; son las comunicaciones oficiales entre el faraón y sus regentes en el Canaán, hoy en el Museo Británico. Sin embargo, en el relato del Éxodo se menciona una batalla entre los hebreos y un rey de Edom. Edom no existía en ese momento. No había ningún rey en Edom contra el cual luchar. Estos sitios existieron mucho tiempo después, pero no en la etapa del Éxodo. Existieron cuando se escribió realmente la narración:

es decir, la Biblia, en el siglo VII a.C. Por eso se habló de que el territorio lo habitaban gigantes.

La periodista se quedó pasmada.

—*Dios...* Entonces... ¿la historia que el mundo conoce es falsa? ¿Todo se escribió después?

El arqueólogo se inclinó hacia ella.

—Hacia finales del siglo VII a.C. ocurrió en Judea un fermento espiritual sin precedente, y una intensa agitación política.

—¿Agitación política...?

—Una coalición heteróclita de funcionarios de la corte sería la responsable de la confección de una saga épica compuesta por una colección de relatos históricos, recuerdos, leyendas, cuentos populares, anécdotas, predicciones y poemas antiguos.

—Diablos... ¿Estas personas lo crearon...? ¿Escribieron la Biblia...? ¿Se refiere al rey Josías?

—Esa obra maestra de la literatura, que es mitad composición original, mitad adaptación de versiones anteriores, pasó por ajustes y mejoras antes de servir de fundamento espiritual a los descendientes del pueblo de Judea, y a innumerables comunidades en todo el mundo. La redacción ocurrió durante el reinado de Josías, durante el sacerdocio de Hilcías, en la época en la que tuvieron el poder los saduceos, cuando ocurrió su combate contra los fariseos.

La periodista permaneció en silencio. Lo miró a los ojos.

—¿Por qué habrían inventado la historia de la esclavitud en Egipto? ¿Por qué una historia tan compleja como ésta?

En la parte inferior de la imagen apareció un recuadro: el periodista Josh Mintz, del informativo *Haaretz*, de Israel. Dijo hacia la cámara de video:

—La realidad es que no hay evidencia, en absoluto, de que los judíos fueran alguna vez esclavizados por Egipto. Sí, existe una historia contenida en la propia Biblia, pero ésa no es una fuente ni remotamente admisible históricamente. Estoy hablando de pruebas reales; evidencias arqueológicas, registros de estado y fuentes primarias. De esto, no existe nada. Es difícil creer que seiscientas mil familias (que significarían cerca de dos millones de personas) cruzaran el entero Sinaí sin dejar un simple resto de cerámica con escritura hebrea —y miró a la cámara—. Tendemos a recordarnos cada nueva generación, cada año, cómo los egipcios fueron nuestros crueles esclavizadores, en un cautiverio que tal vez nunca sucedió —y se acercó a la cámara—. La realidad es que no hay evidencia, en absoluto, de que los judíos fueran alguna vez esclavizados por Egipto.

El taladro en el techo comenzó a romper la roca:

—¡Te voy a cortar la lengua! —gritó desde arriba, a través de la grieta, el reverendo Abaddon Lotan. Los pedazos de piedra con lodo empezaron a caer sobre Max León. El elegante embajador Moses Gate, sin perder la sonrisa, le dijo a Max:

—Durante el siglo VII a.C. se vivió una guerra en el mundo: una guerra entre Babilonia y Egipto. Ésta fue la guerra de la que provenimos todos. No hubo "esclavitud de los judíos en Egipto". Todo es falso. La inventaron los babilonios. Fue la forma de manipular a los judíos para que odiáramos a Egipto. Fue propaganda. Manipulación. Funcionó tan bien que hoy la gente sigue odiando a ese faraón de Egipto. Pobre hombre. Él no hizo nada.

Max León tragó saliva.

—Maldita sea. Yo quería creer en algo —y apretó la mandíbula—. Entonces... si no hubo un Éxodo... si no hubo una revelación en el Sinaí... entonces... ¿no existe ningún Documento J? Supuestamente, el Documento J es lo que escribió Moisés después de que contactó con Dios, en el monte... *Sinaí*... ¿No hay una versión original de la Biblia...? ¿No existió Moisés...?

—La Biblia que hoy conoce el mundo fue fabricada por el sacerdote Hilcías, coludido con Nabopolasar de Babilonia y con su hijo Nabucodonosor, fue una obra maestra de la propaganda psicológica, dentro de una guerra de manipulación política para destruir a Egipto, y para manipularnos aún hoy, a los actuales ciudadanos del mundo. Pero sí existió un Moisés.

100

Veintiséis siglos atrás en el tiempo, por debajo el cielo rojo nocturno del incendio, dentro de su gigantesco transbordador kuribu, que ahora comenzó a avanzar sobre los charcos de fango con sangre, sobre sus enormes ruedas de tres metros, el poderoso rey Nabopolasar de Babilonia recibió en su camarote en movimiento un pesado regalo.

Sus soldados arrojaron hacia él un cuerpo vivo, aún sacudiéndose en el suelo de maderas, amarrado por los brazos y por los tobillos. Le dijeron:

—Majestad, aquí traemos para usted a Asshur Uballit II. Rey de Summer y Akkad. Emperador de Asiria.

El anciano Napopolasar le sonrió. Comenzó a caminar frente a él:

—Ansié tanto este momento... tenerte aquí... Tráiganme las cortadoras de carne. Voy a cercenarle los brazos, y después las piernas, y después voy a sacarle los ojos —y extendió las manos a los costados. Suavemente se inclinó sobre el joven hijo de Asurbanipal, que estaba escupiendo sangre.

Ladeó la cabeza. Lo miró con atención.

El joven emperador asirio empezó a llorar en el piso, con el cuello anudado con sogas. Nabopolasar le dijo:

—¿Conoces todas las formas en las que tu padre me humilló, frente a mi familia? —y con su callosa palma suavemente empezó a acariciarle las piernas—. Voy a cercenarte las piernas —y asintió—. Sí. Pero primero voy a cortarte los pies, y después las rodillas. Te voy a mantener vivo durante tres días, cada vez con menos partes de tu cuerpo. Las voy a colgar ahí, para que las veas —y señaló al muro—. Mis hombres me las van a preparar en las estufas. Te voy a ir comiendo, frente a tus propios ojos, mientras este transporte me lleva hasta Egipto —y le sonrió—. Cuando me corone a mí mismo en Menfis, tú ya vas a ser completamente parte de mi cuerpo, y los dos juntos seremos el glorioso y nuevo faraón de Egipto. Allá capturaré a Nekao, con quien voy a hacer exactamente lo mismo.

Por detrás del prisionero le entregaron a dos cautivos más:

—Señor supremo, estos dos jóvenes también dicen que vienen de Yakudu, que son enviados por el rey judío y que tienen un mensaje para usted.

El anciano Nabopolasar se levantó.

—También a ustedes los estaba esperando —y les sonrió—. Voy a cortarlos en pedazos como lo haré con su nuevo rey.

Tales de Mileto, en el suelo, se sorprendió al escuchar estas palabras. Frunció el ceño. Se volvió hacia el piso, hacia Radapu. Por debajo de ella vio los maderos abriéndose y cerrándose por el movimiento del kuribu. Por un segundo se mantuvo callado. Eligió continuar con su misión:

—Señor supremo... —le susurró a Nabopolasar—, le traigo este mensaje que le envía el rey de Judea. Él está arrepentido. Como señal de su aprecio a usted, le entrega a esta esclava, para que la goce en todas sus formas —y la miró a ella, temerosamente. Ella le gritó:

—¡¿Qué estás haciendo?!

Nabopolasar lo miró fijamente.

—Tú crees que soy idiota, ¿verdad? Me acaban de decir que ya no pagarán impuestos y ahora me salen con esto. ¿Qué clase de truco es éste?

Con la suela de su bota, con sus picos de hierro, pateó a Tales de Mileto en los costados.

—¡Anuden a este maldito, por la espalda y por los tobillos! ¡Tráiganme ya las cortadoras de carne! ¡Lo voy a cortar por partes, igual que a este maldito emperador de Asiria, y también voy a cortar en pedazos a esta maldita jovenzuela espía asesina!

Se volvió hacia Radapu. En sus ojos había un rescoldo de odio:

—¿Acaso crees que no sé quién eres? —y lentamente se inclinó sobre ella—. ¡Yo soy el que ordenó que tú escribieras el nuevo rollo de Yakudu, porque tú eres la alumna que me recomendó el sacerdote Hilkiyuttu! ¡Deberías estar muerta!—y le sonrió—. ¡¿Piensas que no me enteré de que escapaste, cuando eres una de mis posesiones?! ¡¿Crees que yo no sigo el rastro de las cosas que construyo, en cada una de mis posesiones?! ¡¿Y piensas que yo no sabía que venías justo hacia mí ahora, para asesinarme?! —y comenzó a reír a carcajadas—. ¡Mátame! ¡Anda! ¡Hazlo, hembra maligna! Tenemos los mensajeros más hábiles del mundo. Pueden recorrer cientos de kilómetros en horas con intercambio de caballos y carros de guerra. Ya te esperaba.

Se golpeó el pecho.

—¡Hijo mío! ¡Ven ahora! —y con sus nudillos golpeó hacia atrás, en la pared del camarote posterior—. ¡Ven conmigo para ver esto! ¡Ven para torturar a esta destructora! ¡Fornícala antes de mutilarla!

La hermosa Radapu cerró los ojos. En griego, le susurró a Tales de Mileto:

—Εσείς και τα σχέδιά σας. Ahora nos van a matar a los dos. Tú y tus planes.

Tales de Mileto, con la cara golpeada, con el cuerpo lastimado, se derrumbó en el piso de madera. Observó los dos horribles pies que llegaron: con largas y gruesas uñas negras.

—*Dios...* —y abrió los ojos—*... ¿Nabucodonosor...?*

Entró el joven poderoso, musculoso, con el pecho desnudo; con su espesa barba negra tapándole el tórax; con sus cinco anchas pulseras de ganchos de hierro.

— ⬛𒌋𒐼𒐊 *¿Nabu, Abu?* ¿Me llamaste, padre? El grueso del ejército ha salido con dirección a Jerusalén, estoy por irme con ellos siguiendo tus órdenes.

—Sí —le dijo Nabopolasar—. Quiero que fecundes a esta mujer. Deposítale tu esperma. Lo deberás hacer con odio, con violencia, porque ella vino aquí a matar a tu padre. La lastimarás con tu pene mientras nosotros le arrancamos sus partes, igual que a estos dos enemigos de Babilonia. ¡Amárrenles las extremidades a los tres! ¡Sujétenlos de las vigas!

Con el transbordador en movimiento, Nabucodonosor abrió los ojos.

—Está bien, padre. Haré todo lo que tú me indiques.

Tales de Mileto, en el piso, gritó:

—Lo siento —y la miró a ella. Comenzó a llorar—. ¡A ella no la lastimen! ¡Por favor! ¡Que todo esto termine!

En la pared, el membranoso sacerdote Nebo-Sarsekim, jefe supremo de los eunucos de Babilonia, se sostuvo de los travesaños. Tomó el frasco con la crema de polvo metálico magnético llamada *Bar Sud ina í Bur. Hi.Hi.* Empezó a recitar para el joven Nabucodonosor:

—Saca ahora tu pene. Éstos son los conjuros sagrados de fecudación de la tribu bit-yakin: *¡Ug.Ga Gim a-a-ti-ba! ¡Gim ri-mi!* ¡Levántate! ¡Levántate! ¡Ponte erecto! —y como un monstruo le gritó a Nabucodonosor—: ¡Jálate el pene! ¡Jálalo ahora! ¡Ponlo erecto como un ciervo! *¡It-ti-ka lit-ba-a ni-eshú!* ¡Ponlo erecto como un toro salvaje! ¡Que este león obtenga una erección con esta hembra prisionera!

Emocionado, el joven Nabucodonosor se sacó el duro pene del faldón. Con la mano lo masajeó, mirando hacia la chica; untándose en el pene la pasta de color gris metálico, brillosa. Frenéticamente se frotó con el polvo de hierro magnético.

Le gritó a la hermosa chica semidesnuda:

—Voy a ultrajarte aquí frente a todos estos hombres de mi padre, para demostrarte mi poder, antes de sacarte los ojos —y gritó como un monstruo, hacia el techo—: ¡Conjuro de encantamiento para la diosa Ishtar! —y puso los ojos en blanco, y siguió jalándose el pene—. *¡Ina qi-bit dKa-ni-shur-ra dish-ha-ra belet ra-me Én!* ¡Instrucciones de la diosa Ishtar! *¡Pu-hur Sa.Mes Sid-ka ni-il-ka!* ¡Todos los músculos de mis miembros, todo mi semen! *¡Gis-ka ku-ut-mi-ni-tu-ma li-ku-la-pu-ri-di-ia!* ¡Que mi pene lastime tu vagina! —y le sonrió a la hermosa Radapu—. ¡Engendrarás creaturas mágicas del rey del mundo, y las darás a luz en la región de los espíritus, para que protejan desde la oscuridad a Babilonia! ¡Y tus hijos serán demonios lilim, y serán mis hijos en el inframundo, y me protegerán! ¡Porque hoy es el Ina Sit Lilim! ¡Hoy es la fecundación de los demonios!

Sus hombres le acercaron a Nabopolasar las cortadoras de carne: objetos de madera con hierros incrustados, como dientes. Nabopolasar aferró una de las cortadoras. Colocó los picos de hierro sobre el brazo derecho del emperador de Asiria: Asshur Uballit II. Comenzó a cercenarle el brazo.

Asshur Uballit empezó a gritar, vomitando sangre:

—*¡Ezebu Padu! ¡Remu Rasu! ¡Ahulap, Ahulabakku!*

—¡Anda! ¡Grita! ¡Llora para que yo disfrute por fin humillándote como lo hizo tu padre conmigo! ¡Ahora yo te humillo a ti, y mi hijo disfruta viéndote!

Sangrando en el piso, el emperador de Asiria observó a los soldados de Nabopolasar. Dos de ellos aferraron cortadoras de carne.

—¡Agárrale el tobillo! ¡Córtalo por el hueso!

Empezaron a trozarle las piernas.

En el piso, la bella Radapu se sacudía, gritando:

—¡Te voy a matar, miserable! ¡No me vas a vencer! ¡Voy a multiplicar tu maldad contra ti, y voy a destruirte! —y también escupió sangre—. ¡No me importa pasar el tiempo infinito en el infierno! ¡Voy a vengar la vida de mi hermano! ¡Te prometo ante mi Dios y ante mí misma que esta noche te voy a matar, y también voy a matar a este bastardo cobarde al que llamas tu hijo!

El rey Nabopolasar la escuchó con sorna y le dijo al joven Nabucodonosor:

—Es apasionada. Disfrútala. Debería tomarla para mí mismo.

Nabucodonosor le sonrió a ella.

—Estás llena de fuego, mujer yakudu. ¡Eres emocionante! ¡Voy a meter el pene dentro de tu vagina! ¡Y después voy a arrancarte los ojos!

101

—Eran psicópatas. Eran unos verdaderos psicópatas.

Esto se lo dijo el elegante embajador Moses Gate a Max León, dentro de la cámara subterránea llamada D-18 o Dinastía XVIII.

—El encuentro que la Redactora R vivió dentro de ese transporte babilónico fue su acercamiento final al infierno, y lo único que ella observó durante todo ese trayecto fue lo que estaba detrás del trono de Nabopolasar, entre los catorce cuernos del trono.

—El Documento J…

—Así es. El rollo de cobre. El rollo que tenía las inscripciones en egipcio, inscritas setecientos años atrás, en el desierto, por el hombre al que tú y millones llaman "Moisés".

—¿Lo recuperó?

El embajador le sonrió.

—No tan pronto, Max. Tú eres el detective. Te entrenaron para ser un policía de investigación: un investigador de crímenes. Por esto estás aquí, en este Infrathronos. Éste es tu momento para descifrar un crimen que fue cometido en el pasado. Es el mayor crimen de la historia del mundo, pues sus consecuencias nos siguen afectando. Son el terrorismo, el odio, el racismo, las "órdenes de Dios" para el exterminio, que están tanto en la Biblia como en el Corán. ¿Fueron realmente órdenes de Dios? No. Fueron obra de Nabucodonosor —y se volvió hacia el mosaico en la pared: el antiguo mapa de Egipto—. Todo tiene que ver con el asesinato de cuatro faraones de la Dinastía XVIII: su destrucción en los registros, y por qué sus nombres fueron borrados. No olvides que ellos gobernaron cuando todo eso, el Canaán, era una parte de Egipto. ¿Por qué sus nombres habrían sido eliminados?

En el techo las piedras comenzaron a tronar, debido al ruidoso martilleo de los taladros. Por en medio de las profundas grietas entró la voz del reverendo Abaddon Lotan:

—¡No tienen escape, idiotas! ¡Esta cámara donde están no tiene salidas! ¡Les voy a arrancar los brazos con estos taladros!

—¿Quién fue Moisés? ¿Realmente existió? —le preguntó Max León al embajador Moses Gate. John Apóstole, en el rincón, sin luz, continuó apretándose en la oreja su diminuto micrófono, diciendo casi sin mover los labios:

—Esperen un instante más. Está corriendo información importante. Cambio.

El embajador acarició el mosaico en el muro:

—La historia de Moisés se remonta a uno de los más antiguos y poderosos monarcas de Asiria. Sargón I, también llamado Sharrukin. Te voy a declamar uno de mis pasajes favoritos de uno de mis autores favoritos. Isaac Asimov. *El Cercano Oriente*, 1968, página 41: "[Sargón I] Nació (dice la leyenda) de una mujer de encumbrada familia, pero su padre era desconocido. Su madre, por vergüenza de tener un hijo ilegítimo, lo dio a luz secretamente [...] Hizo un pequeño bote de cañas y lo untó con brea para hacerlo impermeable". ¿Te va pareciendo conocida esta historia?

Max comenzó a negar con su cabeza.

—Diablos… ¿Ese Sargón asirio… es *Moisés*…?

—La mujer "puso al niño en él y lo lanzó al río. Fue hallado por un pobre hortelano […] El cuento del niño expósito salvado por un grande y casi milagroso azar, y que ya mayor se convierte en un conductor de hombres, es muy común en la historia legendaria, pero el de Sargón es el más antiguo que conocemos. Muchos le siguieron. En los mitos griegos, Edipo y Perseo fueron abandonados del mismo modo. En los mitos romanos, los expósitos fueron Rómulo y Remo. En las leyendas hebreas, Moisés fue abandonado en circunstancias muy similares a las de Sargón. Es muy posible que la gran fama de la leyenda de Sargón haya influido en los cuentos posteriores, particularmente en el de Moisés".

Max abrió la boca

—No, no… ¿Moisés es… Sargón…? ¿Es una historia asiria?

Por detrás, John Apóstole susurró:

—Esto se está poniendo realmente oscuro —y en la negrura les sonrió. Lentamente se volvió hacia el techo—. Lamento recordárselos, pero en unos minutos más va a estar aquí abajo el presidente de los Estados Unidos. Debemos apurarnos.

El embajador Moses Gate se desplazó con los pies dentro del lodo, por enfrente del mapa del Antiguo Egipto:

—En 1937 el doctor Sigmund Freud, padre del psicoanálisis, hizo una grabación apabullante. Fue tan impactante para la religión que la gente no la conoce. No se ha difundido. Ahora ustedes la van a escuchar, ahora mismo —y se volvió hacia John Apóstole—. Se llama "Moisés y el origen de la religión monoteísta en el Mundo".

—Mejor saquemos el Documento J —los apuró John Apóstole.

El embajador Moses le dirigió una mirada dura.

Con su diminuta linterna proyectó en el muro de la caverna, en el mosaico de Egipto, una imagen de video. Era una grabación en blanco y negro, con sonidos antiguos. Era el doctor Freud, imponente, sentado junto a su mesa, con una larga cortina detrás de la espalda. Con la voz apagada, el padre del psicoanálisis comenzó a hablar hacia la cámara:

—Señores, Sargón dijo así en sus inscripciones: "el poderoso rey de Akkad, soy yo". "Mi madre fue una sacerdotisa. A mi padre no lo conocí. En mi ciudad, Azupirani, situada a orillas del Éufrates —y levantó la mano, en la cual tenía su pipa—, me concibió mi madre en su vientre. Me dio a luz en secreto; me colocó en una caja de juncos, cerrando mi puerta con brea negra, y depositándome en el río. La corriente me llevó hacia Akki. Con bondad en su corazón, Akki me levantó de las aguas."

El gran doctor, fundador de la ciencia moderna de la mente hizo una pausa de cuatro segundos. Suavemente chupó de su pipa. Se aclaró la garganta. Lentamente expulsó el humo. Continuó:

—Ésta es la versión más antigua conocida por nosotros de este mito natal. Otros que también se adjudicaron este mito, o que son parte del mismo, fueron Moisés, Ciro, Rómulo, Edipo, Karna, Paris el de Troya, Télefos, Perseo, Hércules, Gilgamesh, Anfión y Zethos. Las investigaciones del doctor Otto Rank nos han permitido conocer el origen y la tendencia de este mito. El abandono en la caja es una inconfundible representación simbólica del nacimiento: la caja es el vientre materno. Pero la fuente última de esta fábula es...

El video se interrumpió súbitamente. El embajador Moses Gate apagó su linternilla:

—En el idioma acadio, que era la lengua común de Asiria y Babilonia, hay una palabra que significa a su vez "escudo" y "salvador": *Musezibu*.

Max abrió los ojos.

—Diablos... ¿... *Musezibu*...? ¿Es "Moisés"?

—Es posible que el título original de Sargón fuera "Sarrukin Musezibu", el "rey salvador", pues "sarrum" es la palabra que significa "rey". En acadio, el compuesto "sa-musezibti" significa "el portador del escudo", o "escudero". Para pedir ayuda o auxilio, se grita "Muzesibu". Es como "S.O.S." Hubo un gran babilonio que se rebeló contra el hijo de Sargón, Senaquerib, en 689 a. C. El pueblo lo llamó Mushezib-Marduk, "Marduk Salvador", un verdadero "revoltoso". Es probable que los hebreos tomaran la leyenda y conservaran incluso el nombre de estas figuras para el salvador de su propio pueblo.

Max bajó la cara. En el Infrathronos no había nada, salvo las imágenes en la pared.

—En verdad quería creer en algo. Quería encontrar algo. Por ejemplo: el Documento J. Entonces ¿todo es falso? ¿No hay Documento J? ¿Moisés nunca existió? ¿Es un mito heroico inventado por un pueblo, un "salvador"? ¿Todo es un maldito fraude?

Los tres permanecieron en silencio. Empezaron a caminar dentro del lodo, mirándose los unos a los otros.

—Estamos perdidos —les dijo John Apóstole, levantando en el aire el dorado pestillo de la hebilla de su cinturón—. Todo el mundo espera que saquemos algo de estas malditas paredes: una estúpida respuesta.

¿No hay nada? —y se detuvo—. ¿Todo es un vacío? —le preguntó al embajador Moses Gate—. ¿No hubo jamás una Fuente J? ¿Todo lo que existe en la Biblia fue el invento de un sacerdote del siglo VII a.C. llamado Hilcías y su Redactora R?

El embajador Moses Gate, en medio del silencio, miró al piso.

—Hay una respuesta. Hay una salida de esta caverna. No es hacia arriba ni hacia abajo. No es hacia los lados. Es hacia adentro —y suavemente se tocó su propio corazón.

—¿Hacia adentro…?

Con enorme violencia aferró a Max León por la muñeca. Lo sacudió sobre el agua:

—¡Escúchame! La chica italiana que está allá arriba —y señaló el techo, hacia los golpes de los martillos hidráulicos—. Ella te conoce. Está fingiendo. En la nuca tiene un tatuaje: D21S11. Y el mosaico que el santo padre le entregó a México ella lo tiene. Son apenas unos números antiguos, pero son parte de la ultraestructura. Son genes y una grafía egipcia. Llévala a su destino. Aquí, en este Infrathronos al fin se revela. Ahí está esa imagen y el mapa. Debe ser ella la Fuente J.

—¿Genes?

El embajador colocó su dedo sobre el mapa, en un punto al centro del río Nilo que decía ⬭〰 "AKHET-ATN":

—Esto es Amarna. Cuando todo Israel fue parte de Egipto, estos cuatro faraones fueron asesinados y borrados aquí. Ésta fue su capital, y sus enemigos la borraron de la historia igual que a ellos, pero en 1887 una mujer encontró sus restos por accidente. La ciudad estaba completamente sepultada, enterrada intencionalmente por el propio gobierno del antiguo Egipto.

Max, perplejo, le preguntó:

—¡¿Por qué enterraron una ciudad…?! ¡¿Qué había ahí…?!

Las rocas en el techo comenzaron a crujir.

—¡Abran la piedra! ¡Ya está aquí el presidente! ¡Quiere el maldito rollo! —y un pedazo entero de roca cayó en el lodo, con una catarata de polvo. El fango salpicó en la cara a John Apóstole.

—*Bloody hell…* —y se limpió con el antebrazo.

Las paredes laterales empezaron a crujir.

—Ya es hora —susurró John en su micrófono.

Moses Gate apretó a Max por la muñeca:

—Lleva a Clara Vanthi a su destino. Es aquí, en Amarna. Protégela. Ella es Gena Eden. Sus genes son los del faraón que inició todo. Fue uno de los cuatro que fueron borrados —y tocó la ciudad de Amarna en el mapa—. Ve a la Tumba 3, en el risco Ra's Abu Hasah. La Tumba 3 tiene la copia original de la Fuente J.

—Un momento… Entonces… ¿Moisés sí existió? ¡¿Por qué no me dijo usted antes esto de Clara!?

El embajador sonrió.

—Moisés sí existió. Moisés fue ese faraón.

102

—Te voy a explicar quién fue ese misterioso faraón —le dijo, en el silencio absoluto, en hebreo antiguo, el anciano sacerdote fariseo Kesil Parus, al joven rey de Judea, Joaquim.

Los dos bajaron por las estrechas escalerillas de roca, por detrás del trono de oro, sosteniendo en sus manos sus dos teas de fuego.

En la oscuridad, el joven de cabellos negros y largos, antes llamado Eliakim, observó los muros llenos de inscripciones antiguas: jeroglíficos egipcios.

—Dios mío… ¿Esto lo sabía mi padre?

El anciano Kesil Parus le dijo:

—Éste es un secreto de los fariseos. Siete siglos antes que nosotros Egipto vivió un momento de gran gloria. Egipto fue la luz del mundo. Todas las naciones le obedecían: Asiria, Babilonia, los hititas. Muchas de ellas ya no existen porque desaparecieron en el pasado —y suavemente saltó sobre el piso, también cubierto con símbolos egipcios.

Con su tea de fuego alumbró el geométrico trono de madera que estaba en medio de todo, de formas triangulares y elípticas. Suavemente lo acarició.

—Ésta es la cámara subterránea. Éste es el Infrathronos —y movió su brazo hacia el antiguo mosaico en el muro: el mapa de Egipto—. Todo lo que hoy conocemos, incluso esta misma ciudad donde estamos, fue parte de Egipto. Éste fue un castillo egipcio. Mira —y señaló las paredes—, éstas son las crónicas del gobernador egipcio que vivió aquí. Despachó aquí, en este asiento. Éste fue su trono. Su nombre fue Abdi-Heba —y acarició con sus dedos la madera del brazo—. Abdi-Heba fue un leal ayudante del faraón que vio y habló con el dios al que nosotros adoramos. Fue ese faraón quien vio a Dios. Él fue Moisés.

El joven rey Eliakim tragó saliva, negando con la cabeza.

—Espere un segundo —le dijo al sacerdote—, las escrituras, incluso las antiguas, dicen que Moisés fue un judío como nosotros, y que su madre lo colocó en un canasto, para separarse de él, y que el canasto lo colocó en el río —y tocó el río Nilo dibujado en la pared—, y que el río transportó el canasto hasta las propiedades de la familia del faraón —y ahora llevó su dedo sobre el mapa hasta la ciudad de Tebas—, y que la familia del faraón lo adoptó, y que Moisés creció en el palacio como un hermano del nuevo faraón, hasta que ambos pelearon...

—No fue así —le sonrió el sacerdote—. Ese pleito nunca sucedió. El faraón y el hermano son la misma persona. Son Moisés. Moisés fue el faraón de Egipto. Moisés es el primero de los cuatro faraones que fueron borrados de la historia oficial de Egipto, porque cambió la religión egipcia.

—Moisés... ¡¿fue un faraón...?!

El sonriente Kesil Parus colocó su tea frente al mapa:

—Fue tan valiente que, habiendo heredado todo el imperio de su padre Amenofis III, desafió a los sacerdotes que sustentaban ese poder. Los confrontó. Los destituyó. Los quitó de sus templos. Les dijo a ellos y a su pueblo: "Amón no existe. Isis no existe. Sobek no existe. Seth no existe. Anubis no existe. La Cobra-Dios no existe. Sólo existe un Dios que es verdadero. Su nombre es Atón".

—¿*Atón*...? —y se le abrieron más los ojos.

—Es a quien nosotros llamamos "Adonai".

Eliakim abrió la boca.

Kesil Parus suavemente señaló hacia el techo. Con su tea iluminó el círculo en medio de todo. De ese círculo estaban saliendo líneas en todas direcciones: rayos de luz, que bajaban por los muros, terminados en manos.

—Éstos son los rayos de Aton, Adonai. Ellos lo asesinaron. Lo mataron en su ciudad, que él edificó aquí —y suevemente tocó en el mapa el antiguo jeroglífico que decía AKHET-ATÓN, CIUDAD DE DIOS, en el centro del río Nilo—. La edificó en medio de la nada, para despegarse de los antiguos sacerdotes politeístas y crear ahí la capital de Egipto. Ellos destruyeron todo lo que él hizo. Cuando él murió, el poder se transfirió a su hermano, y luego a su tío, y luego a su propio hijo. Los tres también fueron asesinados. Todo volvió a ser como había sido antes, con los dioses antiguos. Los sacerdotes mataron a Dios, pero Dios sobrevivió. Sobrevivió sólo aquí, en Judea, en este castillo, que era una de las provincias del imperio del faraón —y miró a su alrededor, sonriéndole al nuevo rey—. Los sacerdotes egipcios de ese tiempo estaban aliados con Babilonia, pero aquí en Judea, en este fuerte egipcio llamado Shen, Tsiyyon, Sion, un líder conservó a Dios, y la lealtad a Moisés y a su Dios. Ésta es la capital que sobrevivió del Imperio de Dios.

103

—¿Pero quién fue Moisés? —le preguntó Max León al embajador Moses Gate—. ¡¿Un faraón?!

Las rocas del techo comenzaron a desplomarse.

Max León, sin dejar de mirar el techo, se echó hacia atrás, para proteger a Moses Gate, contra el mapa. John Apóstole gritó hacia arriba:

—¡Usted es un hijo de su maldita madre! —y violentamente levantó hacia arriba su brilloso y diminuto pestillo dorado, proveniente de la hebilla de su cinturón—. ¡Yo estoy aquí para matarlo, miserable terrorista! ¡Lo voy a matar, maldito jefe de la Operación Gladio!

Max no pudo discernir si John le estaba hablando al presidente de los Estados Unidos o al reverendo Lotan, o a otra persona, pues Max no alcanzaba a ver lo que John estaba viendo.

Desde arriba, una mujer joven gritó hacia abajo:

—¡Max! ¡Protege al embajador Gate! ¡No dejes que lo maten! ¡Ellos vienen para matarlo! ¡El embajador Gate es el Documento J!

Las paredes laterales también comenzaron a crujir. Por las grietas empezó a entrar agua de color negro, pestilente.

Max León se dijo a sí mismo:

—Esto es lo que técnicamente se llama situación compleja —y con su cuerpo continuó protegiendo al embajador como lo había intentado hacer desde la isla de Patmos—. ¿En verdad no existe una salida?

—Ya te dije cual es la salida. No es hacia arriba, ni hacia abajo, ni hacia los lados. Es hacia el centro.

—Hábleme claro —y miró hacia arriba—. ¿No ve que estamos en problemas?

John Apóstole siguió apuntando para arriba con el dorado pestillo de su hebilla.

—¡Lo voy a matar, miserable!

Desde el techo, a través de la fractura, comenzaron a saltar los soldados de Abaddon Lotan, con sus revólveres SIG-Sauer, gritando:

—¡Abajo, miserables! ¡Arrójense al lodo!

Las paredes reventaron por los costados. Comenzaron a entrar chorros de lodo, a presión. Moses Gate observó los boquetones, negando con la cabeza:

—Estamos en el fondo del desagüe de Tyropoeon. Esto se va a inundar en pocos segundos. Sólo tenemos unos instantes —y miró hacia arriba—. ¡Nunca voy a rendirme! ¡No van a sacarme por arriba!

Desde la fractura, con cuerdas negras, empezaron a bajar también soldados estadounidenses, con sus trajes de cubiertas negras plásticas, gritando:

—*On your knees, guys. Be smart...*

Max León alcanzó a oír el grito de Abaddon Lotan, por encima del techo:

—¡Te voy a destruir, Moses Gate! ¡El mexicano es hombre del embajador Gate! ¡Apréhendanlo! ¡Trabajó para el embajador Valdés!

Max escuchó también las voces de las dos chicas: Serpia Lotan y Clara Vanthi. Las dos estaban peleando, gritándose una a la otra, golpeándose.

—*Dios...* —y miró hacia el techo. De nuevo observó a John Apóstole, el cual siguió gritando hacia arriba, amenazando con su pestillo dorado.

De pronto Max y el embajador escucharon un zumbido proveniente de arriba, desde el techo: un sonido electrónico, acústico. Un altavoz.

La voz, a través del dispositivo, gritó:

—Soy el presidente de los Estados Unidos. Vine desde Washington en un trayecto bastante incómodo, y no tengo ganas de perder el tiempo. Mañana tengo una conferencia con la prensa y quiero que entreguen el maldito rollo arqueológico ahora, no mañana.

Se hizo un profundo silencio.

Abajo, Max León miró hacia arriba. Tragó saliva.

Le preguntó al presidente:

—¿Para qué quiere usted este rollo?

El mandatario se dirigió a Abaddon Lotan.

—¿Quién demonios es esta persona que me está cuestionando?

Abaddon Lotan le sonrió:

—Es el mexicano —y se volvió hacia el piso de losas.

El presidente, entre las columnas de fuego, negó con la cabeza. Se llevó el altavoz de nuevo a la boca.

—Escúchame, miserable nativo. Tú eres como África y Haití: un maldito agujero de mierda. Tienes cinco minutos para darme el rollo arqueológico o voy a rociar gas en tu agujero, para que estés aún más lleno de mierda, ¿comprendes?

Max León respondió gritando hacia arriba:

—¿Sabe qué, señor presidente? ¡Tengo una deformación genética en el oído! ¡Como consecuencia, no oigo pendejadas!

El presidente abrió los ojos. Nuevamente se volvió hacia Abaddon Lotan:

—¿Quién se cree este miserable? ¡¿Tú estás permitiendo que me haga esto?! —y gritó en su altavoz, hacia abajo—: ¡Respóndeme, maldito nativo, delincuente incivilizado! ¡Te di una orden! ¡Obedéceme! ¡Yo soy el presidente de los Estados Unidos! ¡Dame el maldito rollo!

—No —le gritó Max—. Usted tiene un problema psicológico que lo hace sentir inferior a los demás. Se siente como un niño. Por eso tiene que fingir que es grande, como todo psicópata. ¡Desde hoy no habrá un nuevo Nabucodonosor!

Con gran fuerza, golpeó en el centro el mapa de Egipto, donde decía: AKHET-ATÓN, CIUDAD DE DIOS.

El mosaico, desde el techo mismo, se fragmentó hacia abajo, cayéndose en pedazos. Max jaló al embajador Gate hacia la oscuridad. Lo empujó al agujero negro, al torrente de agua. Le gritó, atragantándose con el agua:

—¡Bienvenido al desagüe de Tyropoeon!

A su lado, John Apóstole gritó hacia arriba, con su dorado pestillo en la mano:

—¡Te voy a asesinar, hijo de puta! Yo maté a tu *doppelgänger* en Éfeso. Yo soy el verdadero John Apóstole —y lanzó su pistillo para arriba, hacia Abaddon Lotan.

El objeto giró en el aire, brillando en la oscuridad. Era "oro fulminante", carbonato de oro; un compuesto de los alquimistas de la Edad Media. Un explosivo.

104

Arriba, Clara Vanthi echó a correr, por encima del piso de losas, entre las seis columnas de fuego, evadiendo las explosiones, tronando las rocas del suelo con sus pisadas, hacia los tubos de aluminio que tenían los letreros: ÁREA G / ACCESO PROHIBIDO / TRONO ANTIGUO DE JUDEA.

—¡Deténganla!

En su nuca tenía, efectivamente, el tatuaje con su marca genética: D21S11, la secuencia del "faraón borrado" de la Dinastía Dieciocho.

Se amplificó la explosión. Clara se arrojó al piso. Las palabras del mexicano retumbaban en su interior. Era el miedo reverencial, una variante de él. Miró de reojo a Isaac Vomisa, que parecía al fin completamente vulnerable, incapaz de mover sus piernas heridas. Comenzó a arrastrarse con los brazos, hacia él. Tomó una decisión y gritó:

—¡Max León! ¡No te detengas! ¡Ahora tú eres como David contra Goliath! ¡Nosotros te vamos a apoyar! —y se colocó a Isaac Vomisa sobre sus hombros. Comenzó a trotar—. ¡Hoy tú y yo somos Judea!

La onda de calor vino de atrás hacia adelante, pasándole a Clara Vanthi por el cabello. Sobre sus hombros, el rubio Isaac Vomisa, con el rostro de color blanco por el desangramiento de las piernas, ahora con sangre en la cara, le gritó:

—¡Clara! ¡Quién eres realmente!

—¡No vas a ningún lado! —le apuntó con su pistola su compañero Moshe Trasekt, directo a la espalda—. Esta mujer no existe. No es real. No es nada. No tiene identidad, ni memoria. Es sólo una estructura de cáscaras encima de cáscaras, fabricadas por la agencia. Es como el átomo de Bohr; como el cerebro artificial Tay, o como el Documento J y la Biblia misma: superficies de burbujas. Adentro no hay nada.

—Déjame ir con ella —le susurró Isaac—. Tú también eres una mentira dentro de otra mentira, "amigo ario".

—No soy ario. Soy judío igual que tú. Lo sabes perfectamente.

—Me dijiste que eres ario.

—Me dijeron que soy ario.

Por detrás de Moshe Trasekt apareció otra persona: el hombre león, Kyrbu Firesword, con su nariz aplastada como la de un león, debido a la Leontiasis ósea. Infló su pecho dentro de su apretado traje gris de rayas verticales.

—Electrocútalo. Enciende el voltaje.

Por los costados les pasaron corriendo veinte soldados, con sus ametralladoras:

—¡Atrapen a la chica! ¡Es británica! ¡Trabaja para la Interpol! ¡Que no llegue al pozo Warren!

—No tengas miedo —le dijo el comandante Kyrbu Firesword al delgado Moshe—: este hereje que dice buscar la verdad no es tu amigo. Es el enemigo de El-Elyon, el Altísimo, y de todo el consejo de los dioses, incluyendo a sus hijas Shashar y Shalim, con las que copuló para engendrar al mundo y a Helel, el hijo de la mañana.

Moshe tragó saliva. Le temblaba la mano.

Suavemente, con su peluda garra, Kyrbu Firesword presionó la mano de Moshe para activar el botón de voltaje.

—Ésta es una orden de El-Elyon. Destruye a tu hermano —y cerró sus viscosos ojos de becerro, con sus inquietantes pliegues de carne semejantes a los de un toro. Supuró una lágrima negra. Sonrió para sí mismo—. "Yo te consagraré a ti, Abraham, como mi Sumo Sacerdote […] y tú sacrificarás para mí a tu propio hijo, Isaac". Génesis 22 —y abrió sus ojos mojados, hinchados como los de un ternero—. Vamos, amigo. Toma esta piedra y asesina a tu hermano. Para esto son las Escrituras.

Moshe permaneció tenso, con la mano temblándole por encima de las losas del salón del Megathronos, mirando hacia los ojos de su amigo Isaac.

—¿Quién eres realmente? —le preguntó al hombre de los cabellos anaranjados—. ¿Tu nombre siquiera es Kyrbu?

Al fondo estaba el antiguo trono de oro, con las seis alas del kuribu babilónico. El comandante le bufó en la cara:

—Yo soy Kyrbu, el "querubín". Yo soy todos tus miedos —y le sonrió—. Dispara ahora. Destruye a tu hermano. Electrocútalo. Divide a esta región del mundo con un crimen.

Moshe se volvió hacia Isaac. Lo vio sacudiéndose, sobre los hombros de Clara.

—¿Quieres que yo mate a mi propio hermano? ¿Quieres que yo lo asesine, con fragmentos de la Biblia? ¿Quieres que yo sea Caín?

Kyrbu Firesword le susurró al joven Moshe:

—Obedece a tu Dios. Ésta es una orden de Nabucodonosor. Quiero decir, de El-Elyon, tu Dios.

—Está bien —le dijo Moshe al comandante, y se levantó. Con el otro brazo se limpió la sangre de la boca. Miró fijamente al comandante. Subió su arma de voltaje. Le disparó en la cabeza—. Tus antecesores deformaron la Biblia. No voy a matar por órdenes de Dios. Dios no ordena matar, sino crear.

El hombre león empezó a electrocutarse enfrente del trono.

Por detrás de él, escapando de la explosión, el presidente de los Estados Unidos gritó:

—¡Quiero que atrapen a ese mexicano! ¡Quiero el maldito rollo arqueológico! ¡Mañana tengo mi conferencia de prensa! —y el joven agente Ken Tarko lo jaló del brazo:

—Venga por aquí, señor presidente. Vamos al helicóptero —y señaló hacia arriba—. John Apóstole me informó todo: el rollo arqueológico está en Amarna, Egipto, Tumba 3. Risco Ra's Abu Hasah. El mexicano va a ir para allá. Dejémoslo que encuentren el rollo. Atrapémoslos en ese risco.

Abaddon Lotan levantó su revólver contra Isaac Vomisa. Le disparó en la cabeza.

—No deben quedar testigos —y giró el arma contra Moshe Trasekt.

—¡Un momento! —le gritó Moshe. Lotan le voló la cabeza. Con enorme violencia sujetó a su propia hija, Serpentia Lotan, por el brazo—: tú vienes conmigo, maldita puta. Me traicionaste por estos infiltrados. Siempre supe que tu cuerpo era el envase de carne que iba a usar Satanás en su regreso al mundo.

—¡Todos suban al helicóptero!

105

Arriba, otro helicóptero se despegaba del suelo, con su escalerilla de cuerdas colgándole desde abajo, en las inmediaciones de la alberca de Siloam. Era el negro y cuadrado "sapo gigante"; el Mi-8 AMTSh Terminator. En sus asientos, Max León, John Apóstole y Clara Vanthi se miraron entre sí. Max quedó electrizado al ver los ojos verdes de Clara, almendrados como los de un gato. *Qué hermosa eres*, le sonrió.

—Siempre te quise conocer, Max. El embajador me habló mucho de ti.

—¿Quién eres? —se inclinó hacia ella—. ¿Qué es el tatuaje que tienes en la nuca, los genes D21S11? ¿Sabes algo sobre esto? El embajador me pidió que…

—Yo nací por primera vez hace dos mil seiscientos años —y se volvió hacia la ventana, hacia el otro helicóptero: el Aerobús ECC225 Super-Puma del embajador Moses Gate, de la ONU, suministrado por el gobierno mexicano—. En el peor momento de esa vida pasada logré salvarme de la muerte gracias a alguien que se parecía mucho a ti —y le sonrió a Max—. Creo que eres tú mismo. ¿Regresaste? —y le acarició la mano—. ¿Eres tú mismo? ¿Volviste de nuevo a rescatarme?

Max León tragó saliva.

—Yo… este… —y se volvió hacia John Apóstole—. Por un momento imaginé que estaba rodeado de psicópatas —y le dijo a Clara—: ¿Esto es un juego? Todo esto es tan… *¿psicodélico…?*

El rubio John tomó a Max por la muñeca:

—Escúchala. Ella te está diciendo la verdad.

Max miró al piso.

—Está hablando de "reencarnación". ¡Yo no creo en la reencarnación!

Clara le dijo:

—Max, cuando yo nací la primera vez ya habían pasado setecientos años desde el verdadero acontecimiento.

—¿Verdadero acontecimiento?

John le dijo:

—La Redactora R escribió la Biblia para el gobierno de Josías cuando ya habían pasado siete siglos desde el verdadero acontecimiento: el asesinato del primero de los cuatro faraones borrados.

—Okay... —y Max negó con su cabeza—. Esto ya valió madres. ¡Yo no puedo escuchar pendejadas! —y se golpeó en el oído.

Ella le acercó la nuca, por debajo de su cabello dorado, para que él viera su tatuaje. Se dirigió a Max:

—En el año 1350 a.C. existió un faraón joven que quiso cambiar al mundo. Lo asesinaron, pero logró su propósito. Cambió al mundo. Cambió la mente. Las religiones actuales son su obra. Todo surgió de su cerebro. Pero fue asesinado. Luego su nombre mismo fue borrado.

—Ese faraón ¿es "Moisés"?

Clara Vanthi se inclinó hacia él.

—Moisés es el más grande misterio de todos los misterios —y se volvió hacia John. Max les dijo:

—Allá abajo, el embajador Gate mencionó un libro de Sigmund Freud. Algo sobre el "monoteísmo". Dijo que Moisés era Sargón. ¿Esto tiene que ver con el faraón que es tu antepasado? ¿Son el mismo? ¿O todo esto es una más de las fantasías que al parecer inventas?

Clara cerró sus ojos. Le dijo:

—Comprendo que no puedas créerme. Es normal —y le sonrió—. Así fuiste también hace 2,600 años. El libro de Sigmund Freud dice esto: "Moisés tal vez fue un seguidor de Akhenatón. Akhenatón es probablemente Moisés. Yo aventuro esta conclusión: si Moisés fue un egipcio y si él transmitió a los judíos su propia religión, era la religión de Ikhnaton, la religión de Atón. Tal vez las normas que Moisés les impuso a los judíos fueron aún más duras que las de su maestro Ikhnaton".

Max León asintió con la cabeza.

—Bueno. Al menos ya tengo un maldito nombre. El faraón es este ¿"Ikhnaton"?

—Akhenatón —le dijo ella—. Fue el hijo del ultrapoderoso Amenofis III, que tenía a sus pies a todos los reyes del mundo: Burnaburiash de Babilonia, Asshur Uballit I de Asiria, Suppiluliuma de los hititas y Tushratta, rey del país mitanni, por no mencionar a todos los gobernadores egipcios que controlaban para él esta zona del Canaán, el "Levante": la "Tierra Prometida".

Max cerró los ojos. En su mente vio de nuevo el Mapa del Mundo. Clara le dijo:

—Akhenatón tenía una anormalidad en el cráneo —y se acarició su propia cabeza—. Es algo que heredó a su hijo Tutankamón, y yo también lo tengo. Los cráneos de padre e hijo están en el Museo de El Cairo. De ahí extrajeron los genes en 2010, los genetistas del proyecto JAMA, liderados por Zahi Hawas. La anormalidad en el cráneo se llama dolicocefalia aguda —y ladeó la cabeza.

—¿Dolicocefalia…? —y Max observó el cráneo de Clara. En efecto era ligeramente puntiagudo hacia atrás. Clara Vanthi se aproximó a él:

—Yo no estoy diciendo que Akhenatón fuera un anunakki, como dicen algunos; o que fuera un extraterrestre, o un reptiliano —y le sonrió—. ¡Ésos son mitos! Yo sólo te estoy diciendo que fue anormal, y que partes de su cuerpo eran las de una mujer, con una forma de hermafroditismo; y que su revolución cambió al mundo; y que los poderes de su tiempo lo borraron para que nunca se supiera que él existió, pero hoy nosotros vamos a desenterrarlo. Me refiero al Documento J.

Max León se recargó en su respaldo.

—Esto es tan… ¿*sin palabras*…?

En el silencio de la aeronave, se volvió hacia la ventana: hacia el helicóptero 225 de Moses Gate, que estaba entre los rayos de nubes:

—¿Quién fue realmente este Akhenatón?

La hermosa rubia suavemente colocó frente a él una fotografía:

—Te presento al bisabuelo de mis antepasados.

106

En el cielo, un terrorífico relámpago tronó contra la ventana, entre las nubes oscuras de color verdoso, por la explosión remota del volcán Pago en la distante Papúa, Nueva Guinea.

Era el año 1350 a.C., en la localidad ribereña de Tell al-Amarna, entonces llamada Akhet-Atón, ciudad de Atón, el Dios. Por los lados de la cuenca de arena se erigía una gigantesca muralla protectora, las montañas de Amarna: filosos riscos de roca arenisca, de noventa metros de altura, apuntando todos hacia un punto: el ancho y negro río Nilo.

El valle en construcción de la ciudad no estaba descansando por la oscuridad. Todo lo contrario: los gigantescos animales estaban cargando los pesados bloques de un cuarto de tonelada, llamados *talatats*, para edificar con ese alabastro traslúcido el edificio central, brillante, con sus partes laterales aún húmedas y olorosas por la pintura de color crema, la emulsión de papiro, llamada "jarosita".

En la parte superior del edificio, por encima de sus anchas columnas semejantes a plantas, dentro de su rústica sala de gobierno compuesta por plantas y flores, el joven faraón de diecinueve años de edad, con la cabeza completamente rapada, alargada hacia atrás debido a la craneosinostosis, o "dolicocefalia", Amen-Hotep IV, frente a sus treinta consejeros, vestidos todos de negro, con sus caras pintadas con aceite dorado, lentamente abrió la boca.

Con sus muy carnosos labios, semejantes a un corazón, entrecerró sus estirados ojos. Les dijo a todos:

—A partir de este instante, mi nombre no va a ser más Amen-Hotep. Ése fue el nombre de mi padre, que fue un tirano. Mi nombre desde hoy es Ahken-Atón, el "hombre de Dios".

Lentamente les sonrió. Los observó detenidamente. Giró su oblongo cráneo hacia la ventana, hacia las nubes verdes. Les dijo:

—Sólo existe un Dios. El dios del universo. Su nombre es Atón, el que existe. Su ventana hacia nosotros es el sol. Todos los demás dioses son falsos. Quiero que ustedes derriben todas sus estatuas.

Los treinta hombres del gobierno se quedaron paralizados. Observaron la extraña cara del faraón: alargada de arriba abajo, como si fuera un reptil. Sus ojos eran afilados como los de un lagarto. Su mentón era enorme. Observaron su cuerpo: las caderas grandes y anchas de una mujer. El faraón abrió más los ojos.

Tragaron saliva.

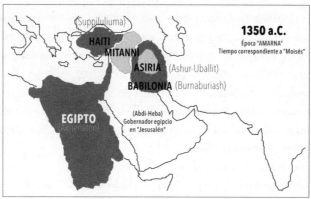

MAPA DEL MUNDO (DINASTÍA XVIII).

Año 1350 a.C.
Setecientos años antes del nacimiento de Nabucodonosor de Babilonia y del sacerdote Hilkiyahu de Judea. Tres mil trescientos cuarenta años antes del nacimiento de Max León.

Egipto
Localidad: Tell al-Amarna (ciudad Akhet-Atón)
Coordenadas 27.66 N / 30.90 E
Lugar de origen de la Biblia
Búsqueda: identidad oculta de "Moisés"

En la parte superior del palacio, dentro de su cuarto de gobierno, construido con plantas —cañas verdes de loto y papiro—, el joven Akhen-Atón —el Hombre de Dios—, con su gran cabeza rapada, alargada hacia atrás debido a la dolicocefalia; con su larga cicatriz corriéndole por detras de la cabeza, de oreja a oreja, miró por la ventana. Con sus grandes ojos alargados estirados hacia las sientes como los de un reptil, observó las oscuras nubes de color verde.

A sus espaldas se reunieron sus setenta sacerdotes del Imperio. El sumo sacerdote de Tebas, Ptah-Mes, ministro del dios Amón, enemigo de su padre, le dijo:

—Buscaste hablarme.

El joven Akhenatón le confió:

—Mi nombre ya no va a ser Amen-Hotep, "Paz de Amón". Ése fue el nombre de mi padre. Amón no existe —y se volvió, rotando su ovoide cráneo, hacia el jefe de los sacerdotes. Lo miró fijamente—. Mi nombre desde esta mañana es Akhen-Atón Kanakht Mery Aten. Sólo existe un

Dios. Su nombre es Atón —y señaló al techo: al redondo disco solar, con cientos de líneas saliendo hacia todas direcciones, como rayos, todos terminados en pequeñas manos—. Ustedes ya no tienen nada que hacer en este imperio —y señaló la puerta—. Aceptaré sus renuncias.

El tenebroso Ptah-Mes —"Nacido de Ptha" (uno de los dioses)— abrió los ojos. Se quedó perplejo, en silencio. Los otros sesenta y nueve sacerdotes se volvieron hacia él, esperando su respuesta. Sus caras estaban pintadas con pigmento rojo.

Le susurraron a su sacerdote:

—*Apui Matennu… Uniu-Setau… ¡Sekhet Neb-Taui…!*

El joven faraón Akhen-Atón se levantó del cesto de paja que era su asiento. Acababa de elegirlo para que fuera su trono.

Sus piernas, curvadas hacia los lados por la necrosis, temblaron sobre sus grandes caderas femeninas. Se apoyó sobre su retorcido bastón de tronco de zarza, barnizado con esmalte negro.

Por detrás de él se levantó su asesor, el joven llamado Hbsw-Bht-Yah-Mes, o "Portador del Abanico Real del Faraón", su ministro de gobierno, de 19 años.

Akhenatón alzó su delgado brazo, deformado por la malaria, con manchas de color negro. Cargó en el aire su curvado bastón. Señaló hacia lo lejos. Entrecerró sus largos ojos de lagarto. Observó hacia las verdosas nubes en el cielo.

—Desde este día, venerar a Amón o a cualquiera de los otros dioses que ustedes inventaron va a ser un delito —y se volvió hacia los sacerdotes—. Ustedes no van a hacerme lo que le hicieron a mi padre. Un dios con cabeza de carnero no puede ser dios.

Los setenta hombres, con sus coronas de Amón —un cráneo de carnero con cuernos en espiral—, se volvieron a ver unos a otros.

—*Neb Taui… Sekhet Khemet…*

El joven emperador egipcio, dueño de la mitad del mundo, miró al jefe de todos estos sacerdotes:

—Amado Ptah-Mes, tú no eres un hombre de Dios. Sólo has servido a la falsedad —y le pasó el dedo por la mejilla al sacerdote supremo—. Khemet, Egipto, tiene ahora un nuevo centro, que es esta ciudad que yo he construido aquí, en este desierto, por orden de mi verdadero dios: Atón. En este lugar, en medio de este desierto, y no en Tebas —y se volvió hacia la ventana—, es donde vamos a crear el Imperio de Dios: Atum-Khemet, como centro del mundo. Ustedes no van a impedirlo —y los miró fijamente—. Ahora váyanse. El mundo va a cambiar desde hoy.

Por detrás de Akhenatón, su joven ministro de gobierno cerró los ojos. Volvió la cara al piso.

108

Tres mil trescientos cincuenta años más adelante, a bordo del pesado helicóptero Terminator, la hermosa y rubia Clara Vanthi le apretó las manos a Max León:

—Querido Max —y se volvió hacia la ventana—, quiero decirte algo muy importante —y lo miró a los ojos, fijamente—: hubo un hombre antes que Nabucodonosor de Babilonia, mucho tiempo antes que él, el ancestro suyo al que todos llaman Azi-Dahhak.

Max abrió sus ojos.

—*Azi Dahhak...* —Max también observó por la ventana, hacia la península del Sinaí—. Sí... he oído que lo mencionan con frecuencia. ¿No era ese dragón de los persas que vivía en un volcán, en el norte de Irán, un monstruo de tres cabezas, que posteriormente fue "cristianizado" en el libro del "Apocalipsis"?

—Sí —y le apretó la muñeca—. Dahhak fue el fundador de la tribu bit-yakin. Fue un hombre real, una persona. Es el "Antiguo rey dragón de Irán". Tomó por esposa a la hija del rey de Babilonia en la época de Akhenatón, que era Burnaburiash: Malingal, princesa negra de Babilonia. Es el linaje del que proviene Nabucodonosor.

—Diablos. Todo esto es tan... grotesco...

—¡Escucha, Max! Esta guerra ha sido una misma todo el tiempo, todo está conectado. ¡Los actores son los mismos! Somos nosotros. ¡Sólo se repite todo! ¡Es un ciclo Poincaré! —y le sonrió.

Max observó, con la luz que estaba entrando por la ventana, la coloración verde de los ojos de Clara Vanthi. Suavemente le sonrió:

Te amo, seas quien seas, aunque estés loca, y le preguntó:

—¿Estás diciendo que ese Azi-Dahhak convivió con el faraón que estamos buscando, con "Moisés"?

—No sólo convivió con él. Lo asesinó. Así inició la deformación de la Biblia, y del pasado.

—Diantres. ¿Quién fue ese Azi-Dahhak? ¿Aparece en los registros históricos?

Dos metros adelante, en la cabina del piloto, el periodista mexicano Omar Chavarría, con sus grandes audífonos colocados alrededor de la cabeza, acercó hacia sí el micrófono de los controles:

—Solicito permiso para abandonar la región de información de vuelos FIR LLLL Tel Aviv, y para ingresar a la zona FIR Cairo-hecc. Altitud treinta metros. Nos encontramos en situación militar delicada —y se volvió hacia atrás, a los doce helicópteros CH-47 Chinook, cada uno de quince toneladas—. Tengo doce aeronaves siguiéndome: unidades de combate estadounidenses están atacándome. Solicito apoyo militar de la fuerza aérea egipcia, para proteger derecho de navegación y tripulación. Ésta es una misión de la ONU.

Dos millas aéreas más atrás, en el helicóptero CH-47 Chinook 01, también llamado *Marine One* —el helicóptero del presidente de los Estados Unidos—, el copiloto Trevor Robert dijo por su micrófono:

—Base Cairo, requiero pase a zona aérea hecc, y despeje de radares.

Más atrás, en la pequeña alcoba de visitantes, sintiendo en sus piernas la vibración de los motores, el predicador Abaddon Lotan violentamente aferró a su hija Serpia por los antebrazos:

—No me vas a hacer quedar mal con el presidente, maldita bruja. ¡¿Eres Lilith?!

—No, papá —y se arrodilló ante él. Lotan le gritó de nuevo:

—¡¿Eres Lilith?!

—¡No, papá! —y ella le desabrochó el cinturón. El reverendo la detuvo con las manos. Cauteloso, se volvió hacia las dos puertas, y hacia las dos cámaras en el techo—. Levántate, maldita sucia. No debí engendrarte nunca.

—¡Papá, no soy el diablo! ¡Te doy mi palabra! ¡No estoy aquí para tentarte! ¡Nunca he raptado a esos niños!

Con mucha fuerza, Lotan la aferró por los cabellos:

—¡Te voy a perdonar si haces una cosa!

—¡Lo que tú quieras, papá! —rompió a llorar en sus piernas—. ¡Sólo estoy aquí para adorarte, para obedecerte! ¡Dime qué quieres que haga!

—Entonces defiende a tu linaje. Éste es el final de la guerra. Tu linaje es bit-yakin. ¿Comprendes? —y se volvió hacia la ventana. Señaló el helicóptero Terminator, dos millas aéreas más adelante—. La chica rubia que está ahí dentro es una traidora. Es tu enemiga. Ella trabaja para los que me odian. Ella es el gen D21S11 —y de nuevo se volvió hacia su hermosa hija, acariciándole la mejilla—. Ve hacia esa chica. Tú eres la hija de Babilonia. Ella es la hija de Egipto. Destrúyela, Lilith. Usa tu fuerza.

109

En la mitad del tiempo —en la Edad de Hierro, siglo VII a.C.—, avanzando sobre el pantano de fango con sangre humana, dentro de su gigantesco transbordador de madera, el rey Nabopolasar de Babilonia, con sus cortadores de carne en las manos, continuó triturándole los codos al joven y derrotado emperador de Asiria —Asshur Uballit II—. Le gritó:

—¡𒀸𒁹𒆗𒌋𒌍𒉌𒉌! *¡Abbu-abbu puhizzaro!* ¡Esto es por lo que tus antepasados les hicieron a mis antepasados! —y siguió cortando con el serrucho—. ¡Esto es por lo que tu antepasado Asshur Uballit I le hizo a mi antepasado Burnaburiash, jefe de Karduniash!

A su lado, la hermosa Radapu, amarrada por las muñecas y tobillos, continuó gritando. Frente a ella, el hijo de Nabopolasar, frotándose el pene con su polvo magnético, le dijo:

—¡Haré demonios contigo, mujer del desierto! ¡Cuando hayas muerto y los engendres en la profundidad del Irkallu, tú y yo vamos a gobernar tu ejército de los muertos, porque ellos van a tener mi semen!

Radapu, sacudiéndose, se volvió de golpe hacia el griego Tales de Mileto, que también estaba amarrado por las coyunturas, hacia las vigas.

—Tu plan falló, maldita sea —y cerró los ojos.

Llorando, Tales de Mileto le sonrió:

—Nunca subestimes a un griego, y mucho menos a un fenicio —y se volvió hacia la entrada entre los camarotes.

Radapu entrecerró los ojos.

—¿De qué hablas? —preguntó Radapu.

Desde esa puerta vio llegar dos pies: dos sandalias, chorreando sudor y sangre.

—¡Acaba de ocurrir algo! —les dijo a todos la persona que acababa de entrar—. ¡Acaba de ocurrir algo, amado padre! ¡Vienen a matarte!

Era Nabu-Suma-Lisir, el hijo menor del anciano Nabopolasar.

110

Mil trescientos kilómetros al sur, en el caliente Egipto, setecientos años atrás en el tiempo, en Amarna, dentro de su recién construido palacio de plantas, el joven y rapado faraón Akhen-Atón miró por la ventana las gigantescas máquinas de carga y descarga.

Sonrió para sí mismo.

—¿Qué te parece, querido Hbsw-Bht-Yah-Mes? —y se volvió hacia su joven ministro de gobierno, de cabellos enchinados, mojados.

—Tenemos problemas —le dijo su ministro.

—¿Problemas?

El joven Yah-Mes le acercó dos calientes tabletas de barro cocido.

—Carta de Burnaburiash, el rey de Babilonia, para ti —y le leyó la tableta, en inscripciones cuneiformes—: "Para Naphhururia Neferuu Kheperi Ra, gran faraón de Egipto. Así te habla tu hermano Burnaburiash, amigo de tu padre. Yo y mi casa, mis caballos, y mis carruajes, y mis nobles y mi tierra, estamos bien. Que esté bien mi joven hermano Akhenatón y su casa, sus caballos, sus carruajes, sus notables y su tierra, porque tú sabes que yo fui amigo de tu gran padre, Amen-Hotep III. Yo estoy iracundo porque tú, mi hermano Akhenatón, no te interesaste por mi salud. He estado enfermo. Joven faraón, no me has enviado ni una sola carta, ni un solo presente, ni un solo mensajero desde que tomaste el trono, para saber cómo está mi reino. Así no es como me trató tu padre, el gran Amen-Hotep III. Espero tu respuesta".

Akhenatón miró hacia el piso.

Su ministro de gobierno le dijo:

—Burnaburiash está colérico. Le has faltado al respeto. Debes mantener contacto con los que fueron los aliados de Egipto. No hacerlo te coloca en un gran peligro.

El joven faraón lentamente se levantó de su asiento de paja.

—Yo no soy como mi padre. Yo no vine a amasar más poder. Eso ya terminó —y lo miró a los ojos—. ¿No comprendes? Yo soy el hombre de Dios. Todo va a cambiar desde ahora.

Yah-Mes se volvió de nuevo hacia el suelo. Negó con la cabeza.

—Burnaburiash está indignado —y se llevó de nuevo la carta de barro hacia los ojos—: "Hermano Naphhururia: ¿No debería mi hermano saber que estoy enfermo? ¿Por qué no se preocupa mi joven hermano Akhenatón por mí, como lo hacía su padre? ¿Deseas acaso fracturar las relaciones conmigo? ¿Deseas acaso una guerra conmigo?"

El joven Akhenatón abrió los ojos.

—¿Es así de grave?

—Hay más —y el joven Yah-Mes tomó de debajo otra tablilla, de barro negro—. Ésta te la envía Ashur Uballit I, el rey de Asiria. Es enemigo de Babilonia. Burnaburiash lo tiene subyugado, con tropas; lo obliga a pagarle impuestos, pero Uballit I quiere rebelarse contra Babilonia, usurpar su lugar. Quiere tu apoyo.

El joven Akhenatón se volvió hacia la ventana.

—Yo no tengo tiempo para esto. ¿No ves que esto es lo que quiero cambiar? —y se dirigió a Yah-Mes—. Ésta fue la era de la mezquindad. Ya terminó. ¡Todo esto un día tendrá que terminar! ¡Hagámoslo tú y yo! No más odio. No más guerras. No más naciones —y de nuevo se volvió hacia la montaña, al risco Ra's Abu Hasah—. Todos somos un solo pueblo. El Imperio de Dios —y cerró los ojos.

Yah-Mes permaneció callado.

—No me digas —y revisó las demás cartas de arcilla, una por debajo de la otra, todas aún calientes—. Egipto es el mediador de todas las naciones. Por eso te escriben todos estos reyes. Quieren que intervengas. Ellos mismos no pueden resolver sus problemas. Éste es tu poder. Así lo hacía tu padre. Tú controlas todas las relaciones del mundo, todas las decisiones pasan por tu trono. Si dejas de intervenir, el poder de Egipto va a dejar de existir. Alguien más va a tomar tu lugar. Tú debes crear todos los acuerdos y los desequilibrios.

El joven faraón apretó sus carnosos labios y miró el Mapa del Mundo.

Akhenatón caminó hacia el enorme mapa. Con sus estirados ojos de reptil lo observó todo. Le obsequió una mirada de preocupación a su joven asesor político:

—Si esto es gobernar, nunca aceptaría ser faraón. Pero soy faraón —y arrastró los pies hacia su ministro. Se detuvo—. Significa una cosa: yo estoy aquí para cambiar las cosas. Por esto Dios me nombró faraón de Egipto.

El joven Yah-Mes volvió a revisar la carta de Asiria.

—Uballit I dice: "Por mucho tiempo tu padre y yo tuvimos buenas relaciones, como reyes. A ti, por lo contrario, parece no interesarte la diplomacia".

Akhenatón miró al piso. Sintió la voz de padre: Amen-Hotep III.

—Eres horrible. Eres un eunuco. Te aborrezco.

Akhenatón cerró los ojos. Comenzó a llorar. Sintió los latigazos en la espalda. En el muro vio el retrato gigantesco de su padre, ahora muerto. En el relámpago, entre las oscuras nubes de tonalidades verdes, comenzó a correr entre los peñascos, en la negrura, a los siete años. Lo persiguió por detrás su propio hermano, el fornido y hermoso Tutmosis.

—¡Atrápenlo! ¡Atrapen al deforme! —y Tutmosis le arrojó contra la espalda el flagelo NekHakha. Le arrancó la carne de la cabeza con las espinas de bronce—. ¡Muere, maldito deforme! ¡Humillas a tu padre!

Sus guardias lo estaban mirando. Estaban todos viéndole la marca en el cráneo, disimulando sus sonrisas.

Yah-Mes, de veinticinco años, le dijo:

—También Tushratta está indignado contigo.

—¿Tushratta…?

Yah-Mes le acercó la tablilla de color rojo:

—Tushratta fue el mayor aliado de tu padre. Necesitas al rey de Mitanni. Sin Mitanni vas a ser devorado por los hititas o por Asiria. Mitanni es tu escudo.

—¿Por qué está indignado?

—Despreciaste a su hija. Mira —y le acercó la carta.

—¿*Tadukhipa*…? —y negó con la cabeza—. ¿Por qué debo tomar a la esposa de mi padre? ¿Mi madrastra?

—Aún hay más. Suppiluliuma también está indignado contigo y en contra de Egipto. Mira —y le mostró una cuarta tableta, de barro verde.

Akhenatón leyó:

—"¿Por qué tú, mi hermano, te rehúsas ahora a enviarme hoy lo que tu padre me daba durante su vida, siendo yo el rey de los hititas? ¡Dámelo ahora, mi hermano! ¡Dame los regalos!" Akhenaten negó con la cabeza.

"¿Regalos…? —y comenzó a ladear su rostro—. ¿Qué regalos quiere?

—Quiere dos estatuas de oro, una de pie, otra sentada; "y dos estatuas de plata de mujeres bellas, y un trozo de lapislázuli y alguna otra cosa, la que tú decidas" —y le sonrió al faraón.

—Lo que yo decida…

—"Lo que tú, mi hermano, puedas desear, escríbemelo, y yo te lo enviaré desde Hatti, incluyendo mujeres de esta bella raza: mujeres de las montañas."

La puerta de tubos de caña de papiro tronó con un crujido.

De golpe entró un grupo de soldados: siete hombres. Le gritaron, pintados de azul egipcio, con líneas doradas en la frente. Por delante de ellos trotó hacia Akhenatón un hombre gigantesco, de piel negra: el jefe de la guardia secreta egipcia, llamada "Medjay". Su nombre era Mahu, el guarda del Imperio:

El faraón lentamente se levantó:

—¿Mahu…?

—Está ocurriendo una traición en el norte, en tus tierras de Yah, Retjenu y Kananna. Son los apiru. Los apiru son los nómadas del Canaán. Están amenazando a tu gobernador de Urusalima, el rector Abdi-Heba.

Están rodeándolo. Van a apoderarse del fuerte Shen, para derrocarte en el Canaán. Los están respaldando los reyes de las naciones del norte.

111

—Los "Apiru" eran los hebreos. También se les decía "habiru". El jeroglífico egipcio en las inscripciones de la Dinastía XVIII era "P'R", "piru". Eran los salvajes, los "bucaneros". Algo parecido a los futuros vikingos.

—*Dios...* —le dijo Max León a la bella Clara Vanthi, en el helicóptero.

Clara se volvió hacia la ventana. Por los lados del Terminator pasaron dos tempestuosos misiles BI25216, lanzados desde uno de los CH-47 Chinook. Las estelas de aire causaron que el piso del helicóptero se sacudiera como en un terremoto.

Desde la cabina de controles, Omar Chavarría gritó hacia atrás:

—¡No nos quieren derribar! ¡Ya estaríamos cayendo! ¡Sólo quieren intimidarnos! ¡Es una amenaza de curso!

Clara se volvió hacia Max:

—La Biblia dice que en Canaán, en esa época, vivían los gigantes nefilim, de tres metros de alto, pero la verdad es que los que vivían ahí eran los mismos apiru, ¡los hebreos mismos!, desposeídos de sus propias tierras porque desde hacía dos siglos los egipcios se las quitaron. Era como cuando los españoles gobernaron a México. Los apiru eran ya algo así como lo que en México fue Pancho Villa, o los zapatistas: desposeídos que luchan por recuperar sus poblados. La sociedad se dividía en dos: en el castillo y en las casas más grandes vivían los enviados de Egipto, como invasores, como colonos; pero en las afueras, como peones, estaban los apiru, los "paleo-hebreos"; y estaban haciendo desde ahí una "guerra de guerrillas", para reconquistar sus tierras —y le sonrió.

Max León miró hacia el piso.

—Yo quiero recuperar Texas. Yo quiero California —y también le sonrió.

—Tú podrías ser el nuevo Pancho Villa, si lo quisieras. Pero en la época de Moisés, uno de los apirus fue el Pancho Villa, y hoy ni siquiera los hebreos saben que existió, a pesar de que es su ancestro. Su nombre en las Cartas de Amarna es Tadua.

—¿Tadua...?

—Tadua es la clave en todo este misterio: el complot de los cuatro faraones; la muerte de Akhenatón —y se acarició el tatuaje de la nuca—.

Tadua también tuvo el gen D21S11. Aquí está su foto, mira —y le mostró la pantalla de su celular—: éste es el primer jefe de guerrillas de los hebreos, no como lo cuenta la Biblia, sino en la historia real.

112

—◁🏳️◁✡ *Puhu putuhhu*. Esto es por lo que me ordenaste robar en Jerushalim —le dijo Tadua al corrupto gobernador Lab'aya, de la capital Shechem. Arrojó sobre la alfombra cuatro odres llenos de miel—. Miel egipcia.

Locación: Shechem
Provincia egipcia Sumur / Samaria
Fuerte Sakmu
(Nombre futuro: Nablus)
Año 1350 a.C.

En medio de las paredes negras de roca, el grasoso gobernador egipcio Lab'aya, vestido sólo con sus anchas cintas de cuero, le arrojó sobre la alfombra la pesada barra de oro.

—Esto es por todo lo que robaste para mí en Jerushalim.

Tadua, con su barba de chivo, con los tocados de algodón, se sentó sobre el sillón de plumas. El pirata, de piel morena, con la pierna sobre el banquillo, le sonrió a Lab'aya:

—Sólo hago mi trabajo. Tú, siendo gobernador, atacas a otro gobernador. No quiero tus metales —y pateó la barra de oro—. Quiero las tierras que te exigen mis hombres —y caminó hasta el grasoso gobernador de Samaria, supuesto empleado del faraón Akhenatón—. Puedo combatir a tu enemigo, Abdi-Heba, de Jerushalim. Puedo quitarle su castillo, y dártelo. Y tú puedes decirle al faraón que todo lo hice yo, para que me persiga. Pero quiero mis tierras —y señaló la ventana—. Todo esto que ves aquí fuera fue la tierra de mis ancestros —y lo miró a los ojos—. Nos las han quitado los faraones. Fueron las tierras de mis abuelos, y de los abuelos de mis abuelos —y con su larga espada de cuerno enroscado señaló las montañas desiertas—. Dime a quién quieres que degüelle, y yo voy a degollarlo. Pero si tú me traicionas, es a ti a quien voy a cortarle la cabeza.

El robusto gobernador se acarició el cuello. Le sonrió a Tadua. Se levantó de su asiento:

—Tadua, Tadua, Tadua —y empezó a aplaudirle—. ¿Cuándo te he traicionado? Vas a tener tus tierras —y miró con él la inmensidad. Lo abrazó por el hombro—. Nunca tuvimos una oportunidad como ésta. Con el nuevo faraón que hoy gobierna en Egipto vamos a apoderarnos de todo —y le apretó el hombro—. Está mal de la mente. Su nueva religión es… —y entrecerró los ojos—. Si su padre aún estuviera vivo —y negó con la cabeza—. Lo importante es que hoy sí podemos hacerlo. Nunca más va a presentarse de nuevo este banquete. Hoy podemos hacerlo. Hoy va a suceder.

El jefe de los nómadas apiru asintió.

—Te puedo entregar Jesushalim, Sidón, Tiro, Gazru, Byblos, Gath, Gintimirkil: todo el espinazo de Kanaana. Tú vas a ser el rey, pero yo voy a ser el jefe de los ejércitos. Y quiero mis tierras para mi gente.

—Así será, amado Tadua. Esta noche veamos juntos el atardecer de Egipto: la caída del rey halcón. Veamos si su nuevo dios lo protege como él sueña —y le sonrió.

—Mis hombres van a asesinar hoy mismo a Abdi-Heba de Urusalima; y a Yapahu en Gezer; y a Biridiya en Megiddo; y a Abimilku en Tiro, y a Rib-Hadda en Byblos. Todos los gobernadores del faraón. Vas a ser el dueño de todo.

El gobernador Lab'aya lo miró fijamente.

—No te sientas mal por hacer esto —y le colocó la mano sobre el hombro—. El culpable de todo esto es el propio faraón. Él decidió quitar a sus ejércitos de todas estas tierras, para difundir "la paz" —y le sonrió—. ¡Qué estúpido hombre! ¿No te parece? ¡Hoy mismo voy a matarlo!

113

—Así nació Israel.

—¿Cómo dices?

—Como lo oyes.

Esto se lo dijo la hermosa Clara Vanthi de verdes ojos de gata al policía criminalístico Max León, dentro del pesado helicóptero Terminator.

—Desde luego nunca lo vas a encontrar esto en la Biblia, pues la Biblia no es un libro histórico. Ahí no figuran Tadua, ni Suppiluliuma, ni Burnaburiash, ni Tushratta, ni el propio Akenathón. ¿Por qué no aparecen en un solo versículo de la Biblia, cuando ellos existieron y gobernaron en ese momento crítico en el que vivió Moisés?

Max arqueó las cejas.

—Me interesa ese Tadua. ¿Qué más se sabe sobre él? ¿Hay registros sobre él? —le preguntó Max.

—No aparece en la Biblia, pero es el principal personaje de la Biblia.

—¿Cómo dices?

La hermosa rubia se le aproximó. Lo tomó de la mano:

—Max, lo que ocurrió contra el faraón Akhenatón fue mucho más grave que un golpe de Estado: fue algo mucho más grande. Toda la región que hoy es Israel y Fenicia y Siria se rebeló contra su autoridad. Por primera vez en ciento cincuenta años se desprendieron de Egipto. Cincuenta ciudades se le insubordinaron al mismo tiempo, todas coordinadas por tres gobernadores traidores: Lab'aya de Samaria, Zimredda de Sidón y Aziru de Amurru. Pero ellos actuaron apoyados por una de las potencias del norte.

—Déjame pensar… ¿Babilonia? ¿El ancestro de Nabucodonosor? ¿Fue él quien destruyó a Akhenatón, y a su religión?

—Estás cerca… —le sonrió ella—. Pero no has atinado. Debes descubrir quién fue Azi-Dahhak. Akhenatón supo parte de todo esto mientras se desencadenaba el complot. Recibió muchas cartas de advertencia, por parte de sus gobernadores que sí le eran leales, como Abdi-Heba de Jerusalén, Rib-Hadda de Byblos, Abimilku de Tiro, Biridiya de Megiddo y Biryawaza de Damasco. Pero Lab'aya y su hijo Mut-baal conspiraron con el rey de la potencia del norte, y utilizaron a los nómadas apiru como hoy tú utilizarías a los guerrilleros, a los rebeldes, a cualquier fuerza de golpe, como mercenarios entrenados.

—Diablos… ¿Y qué rol juega "Moisés" en todo esto? ¿Cuándo se escribió la Biblia? ¿Moisés fue una de estas personas? ¿Fue el propio faraón, el joven de la cabeza deforme? ¿Él fue Moisés?

—Mientras todo esto sucedía en el Canaán como provincia egipcia, en la propia capital de Egipto comenzaron a aparecer hombres enviados desde fuera, a Amarna.

114

En Amarna, el poderoso y musculoso jefe de la guardia imperial egipcia, llamado Mahu, se arrodilló de nuevo ante el faraón Akhenatón:

—Mi faraón, mi rey. Mi sol. Me inclino siete veces y siete veces, sobre mi estómago y sobre mi espalda, ante ti, pues tú representas a Atón. Yo soy el polvo en tus sandalias y en tus pies. Hay un complot para matarte. Tengo a un detenido.

Arrojó contra el piso su arco y su flecha.

El joven Akhenatón se volvió hacia su ministro de gobierno, Yah-Mes, de negros y brillosos cabellos.

—¿Un complot para matarme…?

El jefe Mahu le dijo:

—Mi faraón, Pabi me ha enviado un hombre llamado Rapha-El, de las tierras de Kananna, de los nómadas apiru. Me ha traído información sobre este complot. Tus gobernadores en Sidón, Yahu y Sumur, en Kananna, que son Shipti-Ba'al y Zimredda, están conspirando para levantar a todas esas ciudades contra ti. La invasión la harán los nómadas apiru.

—¿Zimredda…?

—Pabi es príncipe tuyo en Lakish, al suroeste de UruSalim —Jerusalén—. Me informa que tu gobernador en Lakish, Shipti-Ba'al, le ha dicho a Zimredda: "Mi padre en la ciudad de Yarami me ha escrito: dame seis arcos, tres dagas y tres espadas. Si yo tomo el campo contra esta tierra del faraón Akhenatón, y si tú marchas junto a mí, yo habré de vencer. Estas tierras dejarán de ser propiedad de Egipto. Actuaremos esta noche".

—¿Cómo dices…? ¿Esta noche…?

—Mi faraón —le dijo el jefe Mahu—. Mi rey. Mi sol, esta conspiración es real. Debes abandonar esta ciudad de Amarna ahora mismo. Las insurrecciones en Kananna son parte de algo más grande. Esto lo ha confesado el espía detenido.

El faraón abrió los ojos:

—¿El agente Rapha-El?

—Todas estas ciudades están ahora conectadas. Las están organizando cuatro de tus gobernadores: Lab'aya de Shachmu —Shekhem—, junto con su hijo Mut-Baal; junto con Zimredda de Sidón y con Aziru de Amuru; y con Aitakama de Kadesh. Están conspirando contra ti —y subió, por los cabellos, al espía muerto—. Este hombre me confesó que detrás de estos gobernadores está un rey del norte.

—¡¿Cuál?! —y el faraón se volvió hacia su ministro Yah-Mes—. "El nacido de Yah".

Ambos vieron la flecha de bronce que entró desde los barandales. Se encajó en la cabeza del negro y musculoso jefe Mahu.

El jefe policial se quedó con los ojos abiertos. Comenzó a caer hacia atrás.

—¡Captúrenlo! —le gritaron al faraón desde atrás los guardias esfinge—. ¡Acaban de matar al general Mahu! ¡Se están acercando los ejércitos del rey de los hititas, Suppiluliuma! ¡Esto es un golpe de Estado! ¡Está a sólo dos iterus de este cuarto! —y señalaron hacia la ventana.

El faraón se paralizó. Se volvió hacia la ventana.

—¡¿*Suppiluliuma…*?! —preguntó.

—¡Protejan al faraón! ¡Preparen su escape!

—¡¿Cómo no fuimos informados?! —le gritó Akhenatón a su consejero Yah-Mes—. ¡¿Tú me estás traicionando?! —y de nuevo se volvió hacia las ventanas. Lo jalaron hacia la columna trasera, por detrás del cesto de paja que fungía como trono—. ¡¿No vieron esto nuestros vigías?! —y se dirigió a su joven ministro de gobierno—. ¡¿Tú no sabías nada sobre esto?! ¡¿Dónde están tus vigías?!

El joven Yah-Mes golpeó a los guardias:

—¡¿Quién de ustedes es el que trabaja para el jefe de los hititas?!

Entre los brillos de las espadas, contra la radiación del sol que estaba entrando por las ventanas, el joven Akhenatón escuchó una voz en su oído, como si fuera un eco muy lento:

—Por ahora prepárate para tu encuentro con Suppiluliuma. Es el rey de los hititas. Suppiluliuma es el único al que alguna vez le tuvo miedo tu padre. Lo llaman "el Terrible" y "el Hombre Animal", pues en hitita, "suppilu" significa "animal". Tal vez él es quien está detrás de todo este complot. Mis ejércitos ya están preparados para entrar en combate, para ayudarte.

115

Mientras tanto, en el helicóptero Terminator, rumbo a Amarna, Clara Vanthi les dijo a John Apóstole y a Max León:

—Éste es el rey Suppiluliuma, de los hititas.

El helicóptero de diez toneladas, con sus motores Klimov, disminuyó su altitud, haciendo crujir sus enormes aspas sobre las negras aguas del río Nilo, entre las dos masas calientes del desierto.

—Suppiluliuma gobernó entre 1344 y 1322 a.C., en lo que hoy es Turquía. Este hombre es uno de los mayores pilares en la construcción de la Biblia, y uno de sus máximos protagonistas. Pero, igual que en el caso de Tadua y del propio Akhenatón, su nombre no aparece jamás, en ningún lugar, en la actual Biblia. Sus nombres aparecen cambiados, para confundir a la población actual, mezclados con posteriores figuras babilónicas que sembró Nabopolasar con la Redactora R. Apuesto a que ninguno de ustedes siquiera oyó alguna vez que existió alguien llamado así: "Suppiluliuma".

Los dos negaron con la cabeza. Max León le dijo a John:

—Yo escuché alguna vez sobre alguien llamado Maluma —y le sonrió.

Nadie comprendió su comentario.

Clara se volvió hacia la ventana.

—Esto que ven aquí abajo, es el río Nilo; no se engañen por lo que ven. Tiene de ancho, en promedio, tres mil metros, es decir, tres kilómetros. Su profundidad es de quince metros: un edificio de ocho pisos. El río Nilo carga trescientos millones de toneladas o metros cúbicos. Herodoto escribió alguna vez: Egipto es un regalo del Nilo —y les sonrió a ambos—. Esta agua es la que creó la civilización actual del mundo, y, entre otras cosas, creó también la Biblia.

Con lentitud, Clara le mostró a Max un delgado tatuaje que tenía grabado en los tendones de su muñeca: la cruz Ankh de Egipto, símbolo de la vida de Akhenatón.

CRUZ ANKH

John Apóstole colocó su mano en el hombro de Max:

—Pareces olvidar que acabas de insultar al presidente de los Estados Unidos. Estás a punto de enfrentarte con él. Más te vale vencerlo —y se volvió hacia atrás.

Los dos observaron, desde las ventanas, los doce helicópteros Chinook.

116

Ochenta y cinco metros abajo los ejércitos del rey Suppiluliuma, líder de los hititas, comenzaron a avanzar contra Amarna, echando al cielo sus bengalas. Los líderes de escuadrones gritaban con sus grandes tubos de cuerno de Elasmotherium:

—¡Barbar ti dUTU URU Arinna! ¡Numun-SU arha harkannu-andu a-Suppilulumanu! ¡Que el dios tormenta de Hatti, y que la diosa del sol de Hatti, Arinna, y todos los demás dioses, destruyan a los enemigos de Suppiluliuma!

El enorme rey hitita, con su piel roja, con sus dientes de bronce, levantó su pesado mazo de cráneos hacia el cielo:

—¡Desaten la tormenta sobre mis enemigos! ¡Quiero ver a mis enemigos arder en estas llamas! —y se rio a carcajadas.

De sus costados salieron sus cuatro monstruosos ejércitos, con esvásticas solares de la diosa Wurusemu —también llamada Arinna, diosa irania del sol; la diosa de los primeros arios.

Corrieron sus gigantes carros de ruedas, con sus mecánicas "alas" que se batieron hacia arriba y hacia abajo con palancas articuladas desde las ruedas; con grandes caretas metálicas rojas de "duendes" sonrientes, semejantes a bufones, con sus narices enormes —los duendes zulki.

—¡Invadan a mis enemigos! —gritó Suppiluliuma, desde su coche, semejante a un gusano—. *¡Tupa! ¡Tupa! ¡Tupa! ¡Sarh tupa!* ¡Golpeen, golpeen, ataquen! ¡Desaparezcan a mis enemigos! —y gritó hacia el cielo—. ¡Mi madre sol Hepat Wurusemu Arinna, madre de los Hatti!

El joven faraón Akhenatón, desde su ventana, rodeado por sus cañas de papiro, observó el horror.

Por detrás se le aproximó su hermosa esposa, la delgada y morena Nefertiti, con sus cabellos negros, largos como su mismo cuerpo.

—No tengas miedo. No va a pasar nada.

Akhenatón tragó saliva.

—¿No debo tener miedo?

—Suppiluliuma sólo es un ser humano. No hay ejércitos. Sólo existe el poder del que creó el universo. Atón está contigo. Ten fe en su poder. Siempre estarás a salvo.

Con enorme fuerza le apretó la mano a Akhenatón.

—Si Dios te creó, puede hacer cualquier cosa.

—También te creó a ti. Tú eres el ser más hermoso que ha existido. Yo soy un engendero.

—No lo eres. Tú también eres hermoso —le dijo ella.

Los alargados ojos de Akhenatón se mojaron en lágrimas.

—¿En verdad lo crees? —y bajó la cabeza.

—¿Qué te ocurre?

—Yo soy horrible. Yo soy deforme. Me lo dijo mil veces mi padre —y se volvió hacia ella.

Nefertiti suavemente le besó la cara. Le dijo al faraón, con susurros:

—Eres lo más hermoso que ha existido. Nefer, nefer, nefer —y le sonrió.

Akhenatón cerró los ojos. En su mejilla sintió las largas uñas de su esposa. Sintió un látigo en su espalda.

—¡Eres un monstruo! ¡Maldito deforme! ¡Eres la vergüenza de mi padre!

Abrió los ojos. Le susurró a la morena Nefertiti:

—Yo ocasioné todo esto. Soy un fracaso. Pensé que estaba haciendo el bien. Estoy destruyendo mi propio imperio, el legado de mi padre. Mi hermano Totmes debió haber sido faraón, si no hubiera sido asesinado.

Nefertiti lo miró fijamente. Le acarició la cara con ambas manos. Luego lo acercó a ella para abrazarlo y le dijo:

—El mundo ha sido un pantano de crimen y guerra por miles de años. Tu hermano iba a hacer más de eso. Tú estás cambiando al mundo. Tú eres el primero. No va a ser fácil, ni va a ser pronto. Vas a cambiarlo todo. Que nadie te detenga ahora. Tu función es cambiarlo todo —y lo tomó por las orejas—. No dudes ya. No te detengas.

Akhenatón se volvió hacia la ventana. Observó el carro de guerra del rey hitita Suppiluliuma: un gigantesco gusano que se arrastraba por las arenas calientes del desierto.

—Dios está contigo —le dijo Nefertiti—. Ve y transforma al mundo.

Tronaron las puertas.

—¡El rey de los hititas está aquí, y viene a encadenarte!

117

Setecientos años más tarde, sobre el pantano de sangre y lodo, los descendientes de Suppiluliuma y Akhenatón se confrontaron, sin siquiera conocer los nombres de estos antepasados, pues habían sido modificados.

El fortificado kuribu de seis ruedas, hecho de madera, con abrazaderas de hierro, con la forma de un gigantesco toro con alas, avanzó a gran velocidad sobre la planicie de Tartus, hacia Yakudu.

—Voy a violarte antes de despellejarte viva —le gritó el musculoso Nabucodonosor a la hermosa Redactora R, Radapu.

Ella se sacudió en el piso, encadenada por los tobillos y por las muñecas, prácticamente desnuda, salvo por la minúscula red con cera en su órgano sexual. Le gritó a Tales de Mileto:

—¡Tu plan falló! —y cerró los ojos.

Desde la puerta entre los camarotes, el pequeño hermano de Nabucodonosor gritó:

—¡Amado padre! ¡Vienen a matarte!

Era Nabu-Suma-Lisir, el hijo menor del anciano Nabopolasar.

El viejo estaba cortando en pedazos la nariz del emperador asirio Asshur-Uballit II. Con sus dedos comenzó a arrancarle los ojos, mientras el asirio vomitaba su propia sangre.

—¿Qué dices, amado Lisir, hijo pequeño?

Su hijo se le aproximó. Se arrodilló ante él, llorando.

—¡Padre amado! —y suavemente cogió la cortadora de carne—. ¡Esto ya no va a servirte! ¡Yo no soy el hijo fuerte que criaste en Nabucodonosor! ¡Tampoco soy el hijo cruel que preparaste en él, para que él fuera el dueño de todo, y yo su esclavo! —y con enorme violencia lo degolló con el cortador de carne—. ¡Muere, inmundo destructor de mentes! ¡Yo también tenía el derecho a ser rey como mi hermano! ¡Hoy es el renacimiento de Babilonia! ¡Arresten a Nabucodonosor! ¡Prepárenlo para que lo descarne!

Tales de Mileto, con un movimiento de muñecas se zafó de las argollas. En realidad no estaba amarrado.

Le gritó al jefe eunuco Nebo-Sarsekim:

—¡Maten a Cronos! ¡Maten a la serpiente del árbol! ¡Maten a Drakon Hesperios, el Dragón de las Hespérides!

Se refería a "Ladón".

Los soldados comenzaron a gritar:

—¡*Sarrum sa mat-im imut!* ¡El rey de la tierra ha muerto! ¡El rey ahora es Lisir!

Con un violento giro, Tales se puso en pie. Con el pie desacopló las argollas de Radapu, con una violenta patada. Ella tampoco estaba encadenada.

—¡Éste es el golpe de Estado! ¡Maten a Nabucodonosor! —y señaló al musculoso príncipe de Babilonia, el cual, con el pene fuera y embarrado de la pasta de hierro magnético, comenzó a trotar, impedido por su propio faldón bajado, tambaleándose hacia la escotilla de fuga. Gritó:

—¡𒀭! ¡𒀭! *¡Amtu Ardatu! ¡Saklu, Saklu!*

La hermosa Radapu se le arrojó encima, para derribarlo. Lo montó como a un caballo y lo golpeó en la cabeza:

—¡Te voy a matar, miserable acomplejado! ¡Has matado a miles!

Tales corrió detrás del general supremo babilonio: Nebuzaradan. Con su larga daga kopis en la mano, le gritó:

—¡Detente! ¡Babilonia ya no existe! ¡Estamos tomando el poder con un golpe allá mismo, en la Torre de Etemenanki, en la Torre de Marduk! ¡Ahora Lisir es el rey de Akkad y Babilonia!

118

—Así fue —le dijo Clara Vanthi a Max León—. Después de la victoria en el kuribu, que sucedió en el año 605 a.C., Nabu-Suma-Lisir dio un golpe de Estado contra su hermano. Nabopolasar fue asesinado. Nabucodonosor quería ir a invadir Egipto, pero el golpe cambió sus planes. Le ocurrió lo mismo que cien años antes le había pasado a Senaquerib de Asiria, debido a un plan del rey judío Ezequías coludido con el golpista babilonio Marduk-apal-iddina, que en la Biblia aparece como "Merodac-Baladan". En resumen: ya no tenía a su padre, y su hermano ahora era el rey usurpador. Los ejércitos se dividieron. Se creó una guerra civil en Babilonia. Nabucodonosor perdió todo un año, en el que tuvo que ir a Babilonia para recuperar el trono, y tuvo que asesinar a su hermano.

—¿Asesinó a su hermano?

—Lo asesinó brutalmente. Más brutalmente que la forma en la que que su padre asesinó a Ashur-Uballit II. Le cortó las extremidades, estando vivo, gritándole, frente a toda su corte, frente a sus soldados de máximo rango. Pero inmediatamente, al ver lo que le había hecho a su propio hermano, que seguía vivo, comenzó a llorar. Comenzó a gritar. Ahí fue como Nabucodonosor comenzó a ser destruido por dentro, desde el interior de sí mismo, por el infierno interior, por el poder.

Max León cerró los ojos. En su mente viajó a Babilonia:

—¡Devuélvanle sus brazos! —gritó Nabucodonosor, ahora rey de Akkad y Babilonia—. ¡Vuélvanlo a poner como estaba! ¡Quiero a mi hermano!

En el piso, Nabu Suma Lisir comenzó a sacudirse, con sus miembros amputados, gimiendo, chorreando sangre por la boca, por sus muñones carnosos. La esposa, Saku, comenzó a gritarle a Nabucodonosor, igual que el niño Gobryas.

—¡Maldito! ¡Eres el infierno!

Nabucodonosor se volvió hacia los lados. Comenzó a llorar.

—¿Qué está pasando? —y miró a Saku. El niño Gobryas comenzó a gritarle:

—¡Maldito! ¡Maldito! ¡Maldito!

Nabucodonosor tragó saliva. Miró a su hermano.

—Dioses… Vuelvan a ponerlo como estaba. ¡Vuelvan a ponerlo como estaba! —y comenzó a caminar hacia el hombre rojo, Zeyaryá, general segundo del Imperio—. ¡Vuelvan a ponerlo como estaba! ¡Es una orden! —y empezó a golpear a Zeyaryá en la cara—. ¡Ponlo como estaba!

Escuchó a su pequeño hermano gemir. Lo vio como un bebé, como cuando acababa de nacer. La esposa estaba desnuda, también gritando, embarrándose en la sangre de su marido, igual que el hijo. Nabucodonosor comenzó a llorar.

—Esto es una pesadilla… ¡Esto es una pesadilla! —y tragó su propia saliva. Empezó a mojarse en la sangre de su hermano—. ¡Esto no puede estar pasando! —y se colocó las manos sobre la cara—. ¡Papá! ¡Papá! ¡¿Qué hago para recomponer los brazos de mi hermano?! —y se volvió hacia su general Nebuzaradan, de mirada de buitre—. ¡Haz que esto termine! ¡Haz que esto termine!

Suavemente, el general Nebuzaradan le susurró en el oído:

—Emperador de Akkad, Asiria y Babilonia: ahora tú eres el poder. Esto es el poder: el horror. Esto es lo que nunca te dijo tu padre. Tendrás el poder, pero vivirás en el horror. El poder es horror.

Nabucodonosor miró el oscuro muro. Vio la escultura de su padre:

—Esto ha sucedido siempre —le dijo su general—. Asurbanipal mató a su hermano Shamash-shum-ukin. Sargón II mató a su hermano Salmanasar V. Tu padre asesinó a su hermano Nabu-balatsu-iqbi. Sólo estás cumpliendo un destino de tu casta. Si quieres el poder, lo que amas va a arder. Vas a desear nunca haber nacido.

—Con esta jugada magistral —le dijo Clara Vanthi a Max León, en el negro Terminator—, el príncipe egipcio Psamétiko logró deshacerse de Nabucodonosor por un buen rato, y consolidar su poder en el sur, en Egipto, en especial contra los rebeldes de Nubia, actual Sudán, que de hecho estaban recibiendo dinero de Babilonia. Pero en Babilonia, el ahora demente Nabucodonosor también empezó a consolidar de nuevo su poder. Cuando se sintió fuerte de nuevo, lleno de odio, decidió emprender su venganza; y comenzaría por Yakudu, contra el rey Joaquim, destruyendo por completo a Israel; porque fue Joaquim el que lo hizo descarnar a su hermano.

—¿Lo logró?

Clara le sonrió.

—Si no lo hubiera logrado, tú y yo no estaríamos aquí. ¿Estás de acuerdo? Me fallaste como detective. No sólo lo logró: desapareció a Israel; lo convirtió en una sucursal de Babilonia, y modificó completamente la religión judía, pues de hecho se llevó a los judíos como esclavos a Babilonia, como parte de este castigo, donde se les mantuvo prisioneros durante setenta años. Esto es precisamente todo lo que hoy hemos estado descubriendo. Por su parte, Tales de Mileto y la Redactora R —y suavemente se acarició su lacio y dorado cabello—, que ya se estaban dirigiendo, con el apoyo del príncipe Psamétiko, hacia Irán, hacia el santuario donde el secretario Safán les aseguró que encontrarían el rollo de cobre, también tuvieron que regresar de emergencia, porque recibieron la noticia de que Nabucodonosor había decidido emprender esta venganza para destruir Judea. Nabucodonosor creía que tanto el asesinato de su papá como el final horroroso de su hermano eran culpa de Judea, y había que torturar a esa nación. Así, Tales y la Redactora R también tuvieron que regresar a Judea para defender al rey Joaquim. Pero fracasaron.

—¿Cómo es eso? —le preguntó Max.

—Si Tales y la Redactora hubieran triunfado, Nabucodonosor habría sido derrotado, y no habría invadido ni raptado a Judea, y hoy todos estaríamos hablando en egipcio. La Biblia no habría sido contaminada. Pero hoy estamos aquí, buscando la Biblia. Significa que Tales de Mileto y la Redactora fracasaron, o simplemente nunca llegaron.

119

Dos mil seiscientos años atrás, en el viento congelado de las laderas nevadas del volcán persa llamado Damavand, "el Demonio Blanco", arropados con pieles de renos, Tales y la Redactora R vieron al mensajero alejarse de nuevo.

Con sus espesos guantes de piel, en medio de las ráfagas de frío, Tales le gritó a la hermosa chica judía, que tenía tapado el cabello con cuatro mantas anudadas:

—¡Va a invadir Yudaya! —y se sacudió los guantes, para darse calor. Observó hacia el mar congelado: el mar Caspio, por debajo de sus pies—. ¡El rey Nabucodonosor ya comenzó a mover su ejército! ¡Va a destruir todo lo que tú conoces: el país donde nacieron tus padres! ¡El faraón Nekao está exigiendo que vayamos!

La bella Radapu miró hacia la montaña.

—Yo quiero lo que está debajo de esta nieve —y se volvió hacia las dos partes de la gigantesca montaña. Por arriba sintió las erupciones—. No vine hasta aquí para regresarme sin el rollo de mi hermano.

Tales de Mileto la jaló del brazo, hacia abajo.

—Lo de ahora es más importante. El rollo va a esperar aquí por siempre. El psicópata ahora está yendo hacia Yudaya, con el ejército más grande que haya visto el mundo: cuarenta mil hombres; y va para destruir todo lo que tú has amado, para exterminar a tu pueblo. ¿Vas a permitirlo?

—Yo debí matar a Nabucodonosor en ese transporte. Me lo impediste.

—Yo no te lo impedí. Pero ahora tienes esa oportunidad de nuevo. ¿Deseas matarlo? Es ahora —y la jaló con más fuerza, ladera abajo, resbalando por la mojada nieve.

—Tú tienes muchos trucos, pero nunca han servido. ¿Qué truco tienes ahora, de tu amado héroe Odiseo?

—Odiseo nunca tuvo un truco para un caso como éste. Nunca se enfrentó a algo semejante. Cuando tomó Troya, sus hombres eran los invasores. Ahora debemos proteger a una Troya. Estamos en el otro lado.

—¿Entonces, a qué vamos?

—Existe una forma para detener a un toro sanguinario que viene dispuesto a destruirlo todo, lo debe enfrentar un hombre solo.

—¿A qué te refieres?

—Judea no puede contra cuarenta mil guerreros; ni siquiera con el apoyo de tropas egipcias. Debe ser un combate personal, mano a mano: únicamente entre dos personas, dos individuos. Nabucodonosor y yo —y le sonrió a Radapu.

—No me digas. ¿Tú quieres enfrentarlo? ¿Tú solo? ¿Estás bromeando? —y se rio a carcajadas.

—Esto es exactamente lo que hizo Nabopolasar. Al principio no era nadie. Era un sirviente en la corte de Asurbanipal. Se fue haciendo del poder al ir asesinando a los que tenían el poder, hasta que él mismo fue el poder.

—¿Esto es lo que quieres? ¿Te vas a convertir en el nuevo caudillo de Babilonia, cuando no sabes ni siquiera usar bien tu espada?

Tales le sonrió.

—Cuando no tienes nada, no tienes nada que perder —y siguió avanzando en la nieve.

Radapu se volvió hacia él.

—Eres ambicioso, pero muy tonto.

—Tú también lo eres, no lo ocultes —y la aferró del brazo—. Los dos lo somos: tontos y ambiciosos. La ambición no es mala.

—Entonces ¿quieres enfrentar a Nabucodonosor en combate público, en Judea, frente a todas sus tropas, para convertirte en el nuevo caudillo de Babilonia?

—No veo por qué no. No voy a hacer nada que no haya hecho Nabopolasar. ¿Acaso ese imbécil fue más que yo?

—Y esto no lo hizo ni siquiera Odiseo… Eres vanidoso, o muy torpe.

Tales siguió trotando hacia abajo:

—En realidad esto lo hizo otro de mis héroes: Teseo. Se enfrentó al Minotauro.

—¿Qué va a impedir que tú mismo te conviertas en un monstruo como él cuando tengas el poder?

—Yo te prometo que siempre voy a ser bueno, mientras no se me opongan. Voy a lograr todo: para que no tengas que ir con el príncipe Psamétiko, que prácticamente te coqueteó frente a mí —y siguió bajando—. Yo también voy a ser rey.

Radapu sonrió para sí.

—Hombres —y también siguió bajando—. Voy a ir contigo, hombre ambicioso, pero lo haré con una sola condición.

—¿Cuál es?

—Yo misma voy a enfrentar a Nabucodonosor en combate público, frente a todas las tropas. Y yo lo voy a vencer. Yo voy a convertirme en la caudillo de Sumer, Akkad y Babilonia. ¿Te parece?

Tales se detuvo y la miró fijamente.

Se le aproximó y quitándose un guante le acarició la mejilla.

—Eres hermosa —y le dio un beso en la boca, en medio de la ráfaga de hielo—. No voy a quitarle a una diosa como tú el derecho a la gloria —y reanudó el descenso—. Tú vas a combatir al nuevo Goliath. Tú vas a vencerlo. Yo voy a ser tu escudero, reina del mundo.

120

Con su temible ejército de cuarenta mil hombres, el rey de Babilonia, Nabucodonosor, lleno de odio y de oscuridad, avanzó por las llanuras Göbekli Tepe, entre el Éufrates y el río Orontes, entre las tormentas de polvo caliente, para arrasar el Canaán, para no dejar piedra sobre piedra, para vengarse del rey judío que lo había hecho matar a su propio hermano, y que había hecho a su hermano matar al padre de ambos: Nabopolasar.

En su camino, arrasó los poblados de Siria, Fenicia y Filistea, que quedaron destruidos para siempre y desaparecieron de la historia: Ashdod, Lachish, Ekron y la Antigua Ashkelon.

El fuego cayó sobre Ekron, a treinta y cinco kilómetros al oeste de Jerusalén —actual resto arqueológico Tel Miqne—. El rey filisteo Adon —de dos metros de altura, de piel blanca—, gritó, llorando, entre sus soldados:

—¡Señor de los reyes, faraón de Egipto, amado Nekao, rey del cielo y del Baalshamayn! ¡Soy tu sirviente Adon, rey de Ekron! ¡Necesito urgentemente de tu ayuda, de tu ejército! ¡Nabucodonosor está viniendo de nuevo para quemar todo mi reino! ¡Quiere tomar el dominio de todas estas tierras! ¡Ya tomó Aphek! ¡Envíame por favor tu ejército para defenderme! ¡Amado Nekao! ¡Envíame a tu hijo Psamétiko para que proteja conmigo a los filisteos! ¡No puedo solo contra esta fuerza del infierno! ¡No me abandones aquí en Ekron! ¡Nabucodonosor va a mutilarme!

Las puertas de su cuarto tronaron.

Treinta kilómetros al suroeste, en Ashkelon, el rey Aga, de cabellos rojos, despeinados, gritó a sus dos hijos:

—¡Salgan de aquí antes de que lleguen! ¡Que no los capturen! ¡Nabucodonosor siempre arranca los ojos para ofrendarlos a su padre!

Afuera, en su gran carro con la forma de un dragón de tres cabezas, el príncipe Nabucodonosor, sin dejar de avanzar sobre las rocas, se volvió hacia la estrellas. Gritó, llorando:

—¡Voy a destruirte, Joaquim, maldito rey de los judíos! ¡Voy a mutilarte! ¡Voy a secuestrar a toda tu maldita población! ¡Los voy a llevar como mis esclavos a Babilonia, para atormentarlos! ¡Voy a destruirles su pasado! ¡Voy a destruirles su memoria! ¡Los voy a forzar a arrodillarse ante mis dioses, los dioses de Babilonia, y se hincarán ante el kuribu, porque tú me quitaste a mi padre! ¡Y no va a existir un solo imperio más en el mundo! ¡Sólo Babilonia! ¡Porque después de arrasar Yakudu voy a arrasar también a Egipto, para vengar mi tragedia! ¡Y el mundo va a ser sólo oscuridad y terror! ¡Y la guerra que hoy comienza es infinita! ¡Siempre arderá!

De sus ojos comenzó a chorrear sangre. Empezó a llorar en silencio:

—Que todo acabe. Que todo siempre acabe.

Con su cara retorcida, lloró como un niño.

—La Biblia actual cuenta que al final de su vida Nabucodonosor se volvió loco, que pastaba en la hierba como un animal, con los ojos desorbitados. La figura de un sujeto pastando para describir a un individuo demente es frecuente en la mitología mesopotámica. El cuento de Gilgamesh describe que Enkidu, el amigo amado por Gilgamesh, primero había sido un "salvaje", y que vivía "con los pies metidos en el estanque", como un animal. Este relato de Nabucodonosor enloquecido se añadió cuatro siglos después de su muerte, en 166 a.C., cuando los judíos ya habían pasado al control de los griegos; y cuando, con el apoyo del griego Ptolomeo II, la versión R de la Biblia fue transformada en la versión G, o "griega", la versión "titanizada". Pero la historia de esta locura de Nabucodonosor era cierta. Ahora ves por qué le sucedió todo esto al hijo de Nabopolasar. En la versión G se llegó aún más lejos. En el libro de Isaías fueron añadidos los pasajes del "Isaías falso" o "Segundo Isaías", Isaías 14:12, que decía que Nabucodonosor era el mismo "titán malo", cuando dice: "¿Cómo caíste del cielo, lucero brillante, hijo de la mañana…", es decir, *Lucifer,* "y decías en tu corazón […] subiré a los cielos […] y seré igual al Altísimo?"

Al escuchar estas palabras de la hermosa Clara Vanthi, Max León miró por la ventana del helicóptero.

—Siento como si me estuvieran contando varias historias al mismo tiempo.

—Todas son una misma —le sonrió la hermosa *güera*—. Nabucodonosor es una continuación de su antepasado Azi-Dahhak. Psamétiko es una continuación de su antepasado Akhenatón. Tales de Mileto es una continuación de su ancestro Tadua, el nómada apiru. La historia no ha terminado. Tú eres la combinación de ambos. Hoy el 666 es Lotan. Todos somos una misma persona.

—¿¡Diablos, estás loca!?

Le hermosa Clara negó con la cabeza.

—Todo está en tu subconsciente —y recordó a Hussein Zattar—. Sólo cierra los ojos. Voy a ayudarte con una regresión, porque necesito que recuerdes. ¿Estás listo? —y cerró los ojos.

Max apartó su mano.

—No puedo creerlo. ¡No puedo creerlo! ¡¿Qué demonios es esto?! ¡¿Tú crees en las malditas "regresiones"?! Todo esto es tan… ¿paranormal…?

Clara le gritó:

—¡La información nunca se pierde, Max! —y volteó a los lados—. ¡Todo está aquí, en la "nube", en el "hiperespacio"! —y "tocó" en todas direcciones—. ¡No somos cuerpos! ¡Somos parte de la ultraestructura! ¡Toda la materia del universo no es realmente materia! ¡Es una creación del pensamiento! ¡Ese pensamiento es un río, como el río Nilo! ¡Ese río es Dios! ¡Somos sus chispas! ¡Esto fue lo que Akhenatón descubrió aquí abajo, y es la Fuente J! —y señaló hacia abajo, hacia el risco llamado Ra's Abu Hasah— ¡Akhenatón vio la ultraestructura en esta montaña, aquí abajo! ¡Por esto creó aquí la Ciudad de Dios, en Amarna! ¡Esta roca es el verdadero monte Sinaí! ¡Es el pico de Amarna!

—Dios mío —se dijo Max. Lentamente miró a John Apóstole.

—¡¿Tú crees en esto?!

—Max, escúchala. Ya hemos estado aquí.

—¿Cómo dices? ¿Tú también?

—Esto ya sucedió. Es una recurrencia. Es un ciclo Poincaré.

—No puedo creer esto —y negó con la cabeza—. Esto empezó siendo una investigación profesional.

John Apóstole se levantó de su asiento. Se volvió hacia la montaña. Le dijo a Max:

—Al principio fue "logos". "Logos" es el "verbo", pero en griego significa "el pensamiento". Y el verbo, el pensamiento, logos, era con Dios; y el verbo era Dios. Todas las cosas por él fueron hechas. En él estaba la vida, y la vida era la luz. Todo es Logos, incluyéndonos a nosotros —y se tocó el pecho—. Éste es el verdadero Génesis. El Génesis de Juan el Apóstol. Mi Génesis —y le sonrió a Max.

Max León lo miró fijamente y ladeó la cabeza:

—Ahora vas a decirme que tú eres "Juan el Apóstol...", el verdadero Juan, ¿cierto?

—El mundo no es para los incrédulos, Max. Llegaste a Amarna —y miró hacia atrás, hacia el círculo de los helicópteros Chinook del presidente de los Estados Unidos—. Él quiere la Fuente J. Nosotros también. Esta lucha se ha dado por siglos. Es hora de vencerlo. La Fuente J es algo metafísico, pero también es un secreto sobre el universo, sobre cómo es la ultraestructura, el Logos. Dios lo reveló a Moisés —y vio a su alrededor—. Este poder va a reemplazar a todas las tecnologías: la electrónica, los reactores nucleares, la retícula del espacio. El secreto está en la Tumba 3.

Miró hacia abajo, hacia el risco Amarna.

Max cayó por el espacio. En el silencio absoluto, entre los resplandores del cielo, pensó en Dios. Sintió las violentas ráfagas de viento contra su cara.

—¡Abre tu paracaídas, Max! —le gritó Clara, desde arriba.

—¡Ya lo sé, maldita sea! ¡¿Crees que soy un retrasado mental?!

Con enorme fuerza jaló de la cuerda.

Abajo, en el palacio, el faraón Akhenatón comenzó a temblar. Los guardias esfinges sujetaron violentamente por los brazos a su esposa, Nefertiti. Le gritaron:

—¡El rey de los hititas está aquí! ¡Viene a encadenarte!

Entre las columnas de lotos, entró, seguido por sus pesados soldados —vestidos con sus cascos metálicos de conos, adornados con bolas de bronce—, el gigantesco, desnudo y masivo rey de los hititas: el gran Suppiluliuma, de ciento treinta kilos de peso, con su piel roja, con sus dientes de bronce, con los ojos enrojecidos, separados, con su pesado mazo de cráneos.

—¡Un-za Ilim dingirmes halzais! Shuppala!

Akhenatón volteó a sus costados. Buscó a su ministro de gobierno, Yah-Mes. No estaba.

Volteó al otro lado. Buscó a su jefe de la guardia, el negro Mahu. Lo vio en el suelo, con una flecha de bronce atravesándole la cabeza.

Tragó saliva.

—Atón. Dios del universo. Tú eres el único poder que existe. Tú eres todos. Todos somos tus chispas, y tú eres nuestro fuego. Todos somos la misma persona.

El poderoso rey de los hititas se aproximó a Akhenatón, tronando las baldosas con sus pasos. Su pesado mazo de cráneos acarició el piso. Se detuvo frente al delicado faraón, ubicado justo por delante de su hermosa esposa, atrapada por los guardias.

Suppiluliuma bufó por la nariz.

—Vengo a encadenarte —y le sonrió—. Pero vengo a encadenarte en un tratado de amistad.

Abrió los brazos para estrecharlo. Tímidamente, Akhenatón se le aproximó. Suppiluliuma lo apretó fuertemente contra su pecho:

—Mi hermano, yo no vengo a atacarte. Yo vengo a protegerte.

La bella Nefertiti negó con la cabeza.

El pesado Suppiluliuma, con sus ojos rojos, levantó la mirada al cielo:

—¡Yo libero a las naciones que invado! ¡Ellos habitaban en sus países! ¡Todos los pueblos que yo he liberado se han reunido con sus pueblos y Hatti los incorporó como territorios! ¡Pero tú eres mi hermano!

Con enorme fuerza lo abrazó por el hombro. Caminó con él, dentro del salón de gobierno.

—¿Por qué tú, mi hermano, te rehúsas a enviarme lo que tu padre me daba durante su vida, que eran todos esos regalos? ¿Qué, no éramos amigos? —y permaneció en silencio por cinco segundos. Le sonrió con sus dientes de bronce, torcidos—. ¡Hermano! ¡Sólo quiero dos estatuas de oro! ¡Una de pie, otra sentada! ¡Dos estatuas de plata de mujeres, que sean bellas, como tu esposa! —le mostró sus sucios dientes—. ¡Ohhhh! ¡Y quiero también un trozo de lapislázuli, y alguna otra cosa, la que tú quieras! —le palmeó la frágil espalda—. ¡Tú pídeme lo que quieras! ¡Yo te lo daré! —y de nuevo miró a la bella y joven Nefertiti.

Suavemente la tomó por el delgado brazo. Con sus pesados pasos la condujo hasta la ventana.

—Yo he admirado a tu marido, como admiré en su tiempo a su padre —y lentamente se volvió hacia Akhenatón—, hermano Kur UruMi-is-ri-i Ses-ia-qi-bi-ma. Estás rodeado de enemigos —y observó en todas direcciones—. Tus hombres están vendidos a un rey extranjero, que es mi enemigo. Debes ayudarme, y yo te ayudaré a ti.

Caminó hacia el joven Akhenatón. Le dijo:

—Ese rey es mi enemigo, y tiene planeada una tormenta contra ti. Yo vengo a defenderte —y le sonrió.

El faraón permaneció pasmado.

—¿Defenderme? —y volteó a la puerta.

Suppiluliuma lo tomó del brazo:

—Si tú caes, yo voy a ser el siguiente —y se volvió hacia el muro—. Tu padre me pidió una vez proteger a tu hermano, Totmes. Pero Totmes ya no está. Tú eres su hermano. Hoy tú eres el hijo de mi hermano —y lo observó con ferocidad—. Yo voy a cuidarte, como si fueras mi propio hijo.

Observó en el techo el enorme dibujo de un sol lanzando sus rayos de luz sobre la tierra.

—¿Éste es tu dios? ¿Éste es el que tú llamas "Adón"?

Akhenatón levantó la mirada.

—No. El sol sólo es la ventana de Dios para mirar su universo.

El pesado monarca hitita cerró los ojos.

—Yo quiero seguirte. Quiero venerar a tu dios.

Akhenatón permaneció estupefacto.

—¿Quieres seguirme…?

Por detrás de su hombro, su bella esposa, Nefertiti, también abrió más los ojos. Suppiluliuma le susurró al faraón:

—En todos los años que he gobernado, nunca vi algo como esto que tú estás haciendo. Necesitas que alguien te cuide, porque todos estos traidores van a matarte. ¿Me aceptas? Yo voy a cuidarte. Yo voy a ser tu espalda —y sacó de su pecho una pequeña figura dorada: una esvástica. La hizo brillar frente a Akhenatón—. Ella es Arinniti. Ella es mi diosa del sol. Ella ¿es acaso Adón, tu Dios? ¿Puede ser acaso una mujer? —y lo miró con la expresión de un niño.

Akhenatón le sonrió. Cerró sus ojos.

—Lo sabremos.

—Enséñame todo, mi hermano —y comenzó a caminar con él—. Eres más joven que yo, pero tú vas a conducirme, y vas a ser mi señor. Quiero ver a tu dios. Quiero verlo a través de su ventana.

123

—Los otros reyes del mundo eran Burnaburiash de Babilonia, Ashur-Ub-allit de Asiria y Tushratta de Mitanni. No había más. Uno de éstos debía ser el conspirador. Si fueras tan inteligente como dices ser, tú deducirías ahora mismo quién estuvo detrás del complot.

Como era de esperarse, esto se lo dijo Clara Vanthi al policía investigador Max León.

Junto con John Apóstole, sin dejar de mirar al cielo, a los pesados helicópteros negros de Abaddon Lotan —los doce Chinook—, los tres desesperadamente se arrancaron los arneses de los paracaídas y trotaron sobre el borde del risco.

—¡Es por allá! —les gritó Clara a los dos. Corrió sobre el borde del acantilado de roca, hacia una formación artificial en la montaña: una superficie plana, cortada por seres humanos—. ¡Ésta es la Estela V! ¡Es la entrada a la Tumba 3! ¡La tumba es un túnel dentro del risco!

Max León, sin dejar de trotar, miró a su izquierda y contempló el valle de Amarna, el voluminoso río Nilo, las ruinas parcialmente desenterradas sobre las dunas.

—¡Quisiera un día de vacaciones! —y le gritó a Clara—: ¡Mamá! ¿Al terminar me permitirías ver las ruinas?

Clara se volvió hacia él, sonriéndole.

—Max, esto ya lo vimos. Recuérdalo. Ya estuvimos aquí.

—No voy a hablar sobre "regresiones" ni sobre "reencarnación". Mis doctores me diagnosticaron un problema médico en el oído, y ya sabes cuál es.

A sus espaldas vinieron trotando con sus armas doce soldados SEAL, con sus negras armaduras de plástico, gritándose los unos a los otros:

—*!Lock them inside the chamber! Gas them with sarin!* —y se llevaron sus radios a la boca—. *!Fishes just getting into the net!*

Clara trotó hacia la parte cortada de la roca. Era una gigantesca rebanada en la montaña, llena de miles de jeroglíficos. Le dijo a Max:

—Ésta es la Estela V. Es el límite norte de Amarna —y comenzó a meterse a la tumba.

Max León la siguió:

—¿Quién está enterrado aquí? ¿Moisés? ¿Akhenatón? —y avanzó dentro del umbral oscuro. El espacio interior era un túnel de líneas rectas. Olía a yeso.

Sosteniendo la linterna, Clara le dijo:

—Amarna sólo estuvo habitada durante trece años. Eso fue todo. Akhenatón la construyó, y sus asesinos la destruyeron. Enterraron todo. Fue la orden: sepultarla con arena del desierto. Este lugar quedó oculto para el mundo y no fue visitado hasta después de 1887. Poca gente sabe que este lugar existe, y tampoco saben que aquí está la tumba del verdadero Moisés.

Atrás, John Apóstole tragó saliva:

—La Biblia dice que nadie sabe dónde está la tumba de Moisés. Lo dice el Deuteronomio 34:6: "Dios lo enterró en Moab, en el valle al otro lado de Beth Peor, pero nadie sabe dónde está su tumba".

—Eso fue hasta antes de este viaje —le sonrió Clara. Siguió avanzando—. Ahora sabemos dónde está enterrado. Aquí mismo —y señaló el jeroglífico el muro. Decía:

JEROGLÍFICO EN LA TUMBA DE MOISÉS.

Max le preguntó:

—¿Qué es eso? ¿Es un símbolo de los extraterrestres?

—La parte de arriba es una luna. Se llama Yah. La parte de abajo es "Mes", que significa "nacimiento". Es el nombre de la persona que está enterrada aquí. Ésta es su tumba. Se llamó Yah-Mes. Es Moisés.

Max se detuvo.

—Dios… "Nacido de la Luna" —y se aproximó al muro. Con la luz de la linterna percibió la imagen de la persona que estaba retratada en la roca.

—Un momento… —le dijo a Clara—. ¿Éste es… Moisés…? ¿Por qué dicen que nunca existió…?

Clara también observó la delicada imagen del joven sonriente.

—Porque nadie sabe que Moisés es este individuo. La gente sólo conoce el mito que está en el libro, donde la historia fue modificada: la historia falsa. Éste es el verdadero libertador de los judíos. Es hora de desenterrarlo —y continuó trotando hacia dentro del túnel.

—¡Un momento!

Max escuchó, detrás, a su espalda, los pasos de los soldados estadounidenses:

—¡Están detenidos por infracción de los códigos internacionales contra el terrorismo! ¡Lo que encuentren en esta locación pertenece al presidente de los Estados Unidos!

Clara siguió trotando dentro de la oscuridad. Le gritó a Max:

—El nombre completo del hombre que está enterrado aquí fue: "Hbsw-Bht-Yah-Mes", el "Portador del abanico real del faraón". Fue su ministro de gobierno.

—¡Hay un problema! ¿Cómo es posible, si este hombre fue el "libertador de los judíos", que su cuerpo esté enterrado aquí? ¿No habría llevado a los judíos a "Judea"? ¿No estaría enterrado allá? Y por cierto, ¿no acabamos de escuchar que los judíos no estuvieron nunca esclavizados aquí en Egipto?

Clara se volvió hacia él:

—Tú deberías recordarlo —y lo miró con enojo—. Tú fuiste uno de los conspiradores. Tu patrón fue Suppululiuma.

124

Abajo, en el valle, dentro de la traslúcida ciudad hecha de alabastro, con la luz solar difundiéndose entre los cristales, el joven faraón Akhenatón arrastró sus piernas retorcidas por la malaria.

Se apoyó sobre su negro y esmaltado bastón de tronco de espino. Lentamente caminó sobre el puente de las vigas de colores, por encima de la gran avenida Khast Matennu-la, "Avenida de las Naciones".

Con la luz deslumbrándolo, miró a su derecha, donde estaba su acompañante: el gordo y enorme rey de los hititas, de piel roja, de ciento treinta kilogramos de peso. Con sus dientes de bronce retorcidos hacia los lados, el hombre les sonrió a los egipcios y los saludó:

—¡Yo soy Shuppilu-Liumash! ¡Yo soy el rey de los hititas! —y se golpeó en el pecho.

Con felicidad se volvió hacia el delgado faraón. Suavemente lo abrazó por el hombro.

—Eres mi amigo y hermano.

El delgado faraón se colocó justo en medio del puente, en el barandal central, llamado "el Balcón de los Regalos", por encima del centro de la avenida. El pueblo estaba abajo, gritándole al faraón:

—¡Tenemos hambre! ¡Queremos comercio, comida! ¡Se están muriendo nuestras familias!

Akhenatón bajó la vista, hacia sus miles de ciudadanos. Les sonrió. Algunos le gritaban:

—¡Akhen-Atón! ¡Akhen-Atón! ¡Akhen-Atón!

El delgado faraón sintió el aire fresco en la cara. Suavemente colocó sus esqueléticas manos, de largos dedos retorcidos, sobre el madero del barandal. Le susurró a su copero real, el alto y delgado Panehesy:

—Acércame los cofres.

Cinco soldados pintados de color verde y azul le arrastraron los siete cofres con ruedas. El faraón tomó de estas cajas los cristales: joyas de colores; escarabajos de oro, símbolos del renacimiento; junto con los soles de rubí, gotas de los rayos de Atón.

Le gritó a la gente:

—¡Amados míos! ¡Éstos son los tesoros de mi padre! ¡Yo no necesito estos brillantes! ¡No necesito estas esferas de oro! —y con enorme violencia las lanzó al espacio, hacia sus ciudadanos—. ¡Tómenlo todo, amados míos! ¡Yo no necesito nada de esto! ¡A donde yo voy, no existen riquezas, ni tampoco la pobreza! ¡Todos somos uno, todos somos las chispas del sol!

A su lado, el gordo Suppululiuma comenzó a abrir más los ojos.

—Todo esto es… extraordinario…

El joven Akhenatón le gritó al pueblo:

—¡Yo no hice nada para convertirme en el faraón de Egipto! ¡Cualquiera de ustedes tiene este mismo derecho! ¿Pero por qué ustedes son pobres y yo estoy aquí, en este palacio? ¡¿Acaso yo lo merezco?! ¡Yo soy uno más de ustedes! —y levantó la mirada—. ¡Todo eso va a terminar pronto! ¡No habrá más pobres ni ricos! ¡No va a haber más mitanios ni asirios ni egipcios! ¡Todos vamos a ser un mismo pueblo, como Atón, mi padre, y yo, que somos uno!

Con gran fuerza arrojó a la multitud más de las joyas.

Por detrás de él, el rosado Suppiluliuma retrocedió. Empezó a sonreír. Suavemente le colocó, por detrás del brazo, una crisálida transparente. Entre sus dedos la rompió. De ella brotó un líquido de color naranja, pegajoso. Del líquido salió un ciempiés: un *Scolopendra subspinipes*.

—Nunca fue más fácil destruir a Egipto —le sonrió a Akhenatón—. Muere, hombre débil. Hoy comienza el imperio de Hatti.

El insecto se metió entre los vestidos del faraón. En su espalda, Akhenatón sintió el latigazo, la mordida del insecto. En el relámpago que vio oyó la voz de su padre:

—¡Te detesto, deforme! ¡Quiero que te destruya tu hermano!

Entre las oscuras nubes de color verde, corrió entre los peñascos, en la negrura, a los siete años, rumbo a la cúsipide del risco Ra's Abu Hasah, en la montaña norte de Amarna.

Lo perseguía por detrás su hermano, el guapo Totmes, riéndose de él a carcajadas.

—¡Atrápenlo! ¡Atrapen al deforme! ¡Tú eres la vergüenza de mi padre! —y con su látigo, Totmes le arrancó la carne de detrás de la cabeza.

Akhenatón observó a la gente, por debajo del Puente de las Naciones. Ahora todos lo amaban. Todos lo observaron a su vez en silencio, asombrados. El faraón comenzó a caer sobre sus rodillas. En silencio, empezó a salivar un líquido de color azul, que brilló contra los rayos del sol. Volvió a ser el niño de siete años que subió al risco Ra's Abu Hasah. En la oscuridad comenzó a descubrir un resplandor en la superficie de los espinos: una fosforescencia. En la cima del risco apareció una bola de luz.

Una mano lo jaló desde las zarzas.

—¿Yah-Mes?

125

Al norte, en Urusalima —Jerusalén—, el líder nómada Tadua, jefe de los guerrilleros rebeldes apiru, corrió hacia la escarpadura del monte

Shen —Sion—, aferrando su daga de vidrio. Lo siguieron, ocultándose entre los arbustos, sus trescientos hombres armados.

Todos miraron para arriba. Las luces del castillo estaban encendidas en las almenas. Tadua observó las paredes azules del castillo y la pintura de la muralla: azul como el océano, azul egipcio.

Subieron desde la fosa de Kindron.

—No hay guarniciones —le susurró su lugarteniente Yishaya—. Va a ser muy fácil. Abdi-Heba debe estar allá arriba —y le mostró el brilloso filo de su daga de vidrio.

El líder Tadua, con su negra barba de chivo, siguió subiendo. Le susurró:

—Este faraón egipcio destruyó su propio imperio. Vamos.

Por detrás de él, sus trescientos hombres avanzaron hacia el muro azul, en la oscuridad, hacia la colosal torre, también pintada de azul.

Por detrás de Tadua se le aproximó su auxiliar Ayyab:

—Detrás de esta torre está la cisterna de la fortaleza. Tiene catorce metros de profundo, completamente llena de agua. Es el abastecimiento de la ciudad. El agua proviene del manantial allá arriba, que está amurallado. Por debajo de ese manantial hay un túnel secreto, llamado "túnel 6", que lleva el agua hasta otro pozo. Por ese pozo podemos subir al castillo.

Tadua miró hacia arriba, las luces encendidas en lo alto del castillo.

—Muy bien. El que entre primero va a tomar el castillo —les sonrió—. Vamos —y jaló del brazo a Yishaya—. Ina y Ablon, Tikrot y Egun ya tienen rodeados a Tiro, Byblos, Megiddo y Gezer. Enviarán palomas en cuanto hayan asesinado a Abimilku, a Rib-Hadda, a Biridiya y a Milkilu. El golpe será completado. Todo el Retjenu va a estar separado de Egipto. Lab'aya va a tomar el control desde Tiro, como regente. Yo voy a controlar este castillo.

Adentro, en el claustrofóbico salón de gobierno, también pintado de azul egipcio —con líneas de color verde partiendo desde el enorme círculo en el centro (un sol), con dibujos de plantas—, el anciano gobernador Abdi-Heba cerró los ojos.

Su tesorero lo tomó por el antebrazo.

—El castillo está rodeado. Los apiru están todo alrededor —y señaló la ventana.

El gobernador arrastró los pies hasta la terraza y colocó la mano sobre el respaldo de su trono de madera, un objeto simple, geométrico: un círculo, un triángulos, con elípticas. La madera estaba recién cincelada: cientos de jeroglíficos, con la historia de Kanaana.

—Señor dios del mundo, Atón, —y cerró sus ojos—. Le pedí a mi faraón los refuerzos de su ejército. ¿Por qué no me ha enviado nada, ni un arquero? —y le escurrió una lágrima por la mejilla—. ¿Quiere que hoy muera yo aquí? ¿O quiere que yo me rinda ante estos guerrilleros, que me entregue a ellos como un prisionero, para que me lleven con Lab'aya?

—No puedes rendirte —le dijo su tesorero—. Ellos no van a aceptarte vencido. No quieren conservar prisioneros. Escapa ahora mismo o muere. Yo mismo puedo matarte aquí, en tu trono.

La puerta se abrió, con un crujido:

—¡Gobernador! ¡Los apiru! ¡Están entrando por el canal de la Cisterna Ciclópea! ¡Son más de trescientos!

Abdi-Heba cerró sus ojos

—Es Suppiluliuma. Está detrás de Lab'aya, y de Aziru, y de Zimredda. Su esposa es Malnigal, la hija del rey de Babilonia. Está creando un imperio hitita.

Varios metros abajo, en el intrincado entramado del túnel 6, el nómada Tadua trotó por los túneles llenos de agua.

—¡¿Éste es el túnel 6?! —le preguntó a su asistente Ayyab, que en realidad era un gobernador egipcio, a cargo de la población de Astartu (Tel Ashtara, al sur de Damasco).

—Lo es —y Ayyab siguió trotando directo a la negrura—. Allá enfrente está la intersección. Mis hombres de adentro del palacio ya prepararon las cuerdas, para que subamos.

—Excelente.

—Pero existe un detalle.

Tadua levantó en el aire su daga de vidrio. Brilló en la oscurdad. Emitió una luz de color rosa (era barita, sulfato de bario, cristal de Bolonia, "lapis Solaris").

—¿Cuál es el "detalle"?

El gobernador Ayyab, también joven, miró hacia adelante.

—No destruyas a esta gente. No quiero que acabes con lo que creen, ni con su dios.

—¿De qué hablas?

—Todo esto debe terminar algún día. Todo este terror.

—¿Perdón? —y se detuvo—. ¿Qué dices? —y continuó avanzando dentro del agua fría, alumbrando con su daga de sulfato de bario.

—El terror en el mundo. Todo esto sólo ha sido la noche. La época que estamos viviendo. Debe comenzar la luz. No destruyas al dios Atón.

—¿El terror del mundo?

—Tú eres parte de este terror —y Ayyab siguió avanzado, empujando el agua con sus espinillas—. No va a haber más pobres ni ricos. No va a haber más guerras, ni imperios. Todos vamos a ser uno. Somos las flamas de fuego dentro de una fogata.

Tadua se detuvo.

—¿Esto es la religión del faraón? ¿Ahora tú crees esto?

El gobernador siguió avanzando, con su propia daga luminosa. Tadua le preguntó:

—¿Tú lo amas?

—Sí. Yo lo amo. Amo al faraón de Egipto.

—Tu faraón ya está muerto. Ya no hay dios "Atón".

El gobernador siguió trotando, entre las paredes del canal. Por delante vio una cuenca oscura, llena de agua, con un enorme agujero hacia arriba.

—Ése de ahí es el pozo. Arriba está el castillo. Ahí están las cuerdas —y tomó del brazo a Tadua—. Tú no estás aquí para destruir al dios Atón. Defiéndelo —y comenzó a subir a Tadua—. Aquí es donde va a nacer el Imperio de Dios.

126

—Ése fue David —le dijo Clara a Max—. Ése fue el momento en el que subió para tomar el castillo. Los "jebuseos" eran simplemente los sirvientes de "Abdi-Heba". Se llamaban así por trabajar para él. Ayyab era Joab. Yishaya era Isaí. Todo fue real. Aunque Israel Finkelstein y otros arqueólogos han asegurado que David nunca existió, porque no hay pruebas de lo que se describe de él en la Biblia, David sí existió. Su nombre es una modificación de aquel nombre original: Tadua o "Dadua", el líder de los apiru. Su nombre aparece en las Cartas de Amarna 256 A, B y C, hoy resguardadas en el Museo Británico.

Clara siguió trotando dentro de la tumba de Yah-Mes, en la oscuridad.

—Diablos —le dijo Max León—. Entonces, ¡¿Moisés y David vivieron en la misma época?! ¡Eso no es lo que se dice en la Biblia!

—En la misma. Todo procede del mismo episodio: los trece años de Amarna, es el corazón de toda la historia humana. Todo surgió ahí: el Éxodo, la Biblia misma, la civilización que conocemos. Akhenatón y Yah-Mes son el núcleo de todo.

—¿Y quién fue entonces Suppiluliuma? Hace un momento me dijiste que él fue una de las claves para el surgimiento de la Biblia, y "uno de sus máximos protagonistas", pero que su nombre no aparece como tal en ninguna parte de la Biblia. ¿Cómo es posible esto? ¿Aparece con otro nombre? ¿Cuál es su nombre en la Biblia? ¿Satanás?

Clara se detuvo. En la oscuridad, comenzó a volteársele el cuello.

Max León empezó a sentir mucho miedo.

127

Afuera de la tumba, ochenta y cinco metros abajo, en el valle de Amarna, entre las llamas de la ciudad, en la guerra civil, la gente corrió por las calles gritando:

—¡Acaban de asesinar al faraón! ¡Bastardos! ¡Asesinaron a Akhenatón!

Un sujeto con un enorme palo de madera comenzó a golpear a las personas:

—¡Arréstenlos! ¡Son conspiradores! ¡Adoraron al dios falso, al dios del hereje! ¡Arréstenlos a todos! ¡Ejecútenlos! ¡Traicionaron por trece años a los dioses de Egipto!

Dentro del palacio, los guardias esfinge se le aproximaron al joven jefe del gabinete de gobierno, de cabellos negros, abrillantados.

Yah-Mes, en silencio, tragó saliva.

—*S-Dej-er… Se-Khet…* —se dijo.

—¡Arréstenlo! ¡Él es el asesor principal del traidor! ¡Él fue quien desvió al faraón hacia su religión! ¡Enlácenlo con los garfios! ¡El general Horenheb va a destruir las estatuas de Akhenatón y de su dios falso! —y con gran violencia le lanzaron las puntas metálicas contra el cuello.

Lo arrastraron por el piso. Yah-Mes, pateando contra el suelo, comenzó a llorar. Metros arriba, en la habitación de Akhenatón, en la oscuridad, la hermosa esposa del faraón asesinado, Nefertiti, miró hacia el piso. Con sus largos cabellos hasta el suelo, estaba arrodillada, con las muñecas amarradas por detrás de la nuca.

Frente a ella caminó el sacerdote supremo de los antiguos dioses de Egipto, el grasoso Ptah-Mes, el "Nacido de Ptah". La miró con repudio, con sorna.

—La "revolución" de tu maldito esposo ha terminado. Su dios está muerto —y pisó el dibujo del círculo de Atón, un disco con líneas de luz saliendo en todas las direcciones del universo—. Los dioses van a volver a ser lo que yo diga: Amón, Osiris, Seth y Sobek. Yo soy el sacerdote supremo. Yo soy Egipto —y le sonrió.

Lentamente, Ptah-Mes se colocó sobre la cabeza la corona con los dos cuernos en espiral del carnero: los cuernos del dios rumiante Amón.

La reina Nefertiti, sin voltear, escuchó por la ventana los gritos de la gente y lentamente cerró los ojos. Por el piso se le aproximó, arrastrándose sangrando, su siniestro ministro de correos, Tutu. Le sonrió.

—Tu esposo está muerto. Ya no tienes que apoyarlo. Sé inteligente —y lloró en silencio—. Acepta de nuevo a los antiguos dioses de Egipto.

Por detrás de él se sonrieron los diez soldados cobra. Miraron a Nefertiti con repudio. El oficial Tutu le insistió:

—Ahora Akhenatón ya no está aquí para protegerte, reina extranjera. ¿Quién va a protegerte ahora? Yo puedo hacerlo —y suavemente empezó a reptar, por debajo de los pies del sacerdote Ptah-Mes—. Defiende la vida de tu hijastro de catorce años, Tut. No hagas que lo maten. Ésta es la orden de Ptah-Mes. Acepta de nuevo a los antiguos dioses.

Nefertiti se dijo a sí misma:

—*Atum-Yaha-Setau. IW.k IB.i nn wn ky rx.tw.* Atón Adonia, tú estás en mi corazón. No temo a ningún ejército. Sólo existe el poder de Dios en el universo. Atón está conmigo. Yo soy una flama de Dios —y le sonrió.

Lentamente le ofreció su cuello, para que dispusiera de ella.

—Haz conmigo lo que quieras. Voy a morir por mi Dios. Y después vendrá el Imperio de Dios.

Afuera, los soldados quemaban las casas:

—¡Todo el que guarde efigies del dios Atón va a ser ejecutado, con su maldita familia!

Al norte, en el sur de Turquía —frontera entre los hititas y el reino Mitanni—, las tropas del rey hitita Suppiluliuma penetraron las ciudades sirias de Kummanni y Tarzi, en la región mitannia de Kizzuwatna, para incendiarlas.

Suppiluliuma estaba en el sur, en las afueras de Amarna, dentro de su carro "Zulki" —"el Duende Metálico Sonriente"—. Observó el infierno en la ciudad de Akhenatón.

—Primero tomaremos todo el Canaán y Mitani. Después invadiremos Babilonia, y por último Asiria —y le sonrió a su amado hijo Zannanza. Suavemente le apretó la mejilla—. ¿Nada mal para un rey hitita? El faraón Akhenatón nos regaló Egipto.

352

Por un lado de su carruaje llegó a él un mensajero. En la mano traía consigo un estandarte blanco: el sello de la viuda del faraón egipcio: la reina de Egipto, Nefertiti.

SELLO DE NEFERTITI, REINA DE EGIPTO.

El rey hitita abrió más los ojos.

—¿La reina…? —preguntó al mensajero.

Con sus gordas piernas, acorazadas con cuerdas y bronces, bajó pesadamente de su metálico Zulki. Se dejó caer sobre la arena. Las grandes ruedas por detrás de él chirriaron.

—"¡Majestad del país de Hatti! —le gritó el mensajero—. ¡Detén esta guerra! ¡Te estoy escribiendo esto yo, Dakhamunzu, viuda del faraón de Egipto! ¡Mi esposo ha muerto! Murió cuando tú lo visitabas. Sé que tú tienes muchos hijos. Envíame uno de tus hijos para que él sea ahora mi esposo, para que él sea el nuevo faraón de Egipto, y para que tú seas el rey padre. Yo no quiero desposarme con estos hombres que me rodean. Quieren matarme. Tengo miedo."

El gran Suppiluliuma, pesado como un gorila, se quedó paralizado. Se dirigió a su broncíneo hijo Mursili:

—¿Habías visto algo como esto? —y se dio vuelta hacia el joven Zannanza—. Nunca me había pasado algo como esto en toda mi vida. ¡La propia viuda nos está ofreciendo el trono de Egipto! —y se golpeó el pecho.

Los hermanos se miraron entre sí: Zannanza, Mursili y el alto Arnuwanda.

El papá comenzó a saltar:

—¡Lo hemos logrado, hijos! ¡Los amo, hijos del águila! ¡Tenemos Egipto! ¡No voy a tener que arrasar el país!

Los hijos se sonrieron entre sí. Arnuwanda y Zannanza se abrazaron.

Lentamente, Suppiluliuma tomó a Zannanza por la correa. Le dijo:

—Vas a ser tú. Entra a la ciudad. Lleva contigo el estandarte de la reina. Ahora tú eres el faraón de Egipto, y yo soy tu padre —y le sonrió. Con descomunal fuerza lo golpeó en la espalda con su palma, para empujarlo—. ¡Vamos, conquistador! ¡Ve a copular con esa mujer de la que todos hablan! ¡Llena a Egipto con pequeños hititas, nietos de Suppiluliuma!

128

—Ése fue Suppiluliuma. Pero hubo un problema.

—¿Un problema? —le preguntó Max León a Clara Vanthi, en la oscuridad, en la Tumba 3 de Amarna, corriendo hacia la profundidad.

—El hijo de Suppiluliuma nunca llegó a ser faraón.

—¿Qué ocurrió?

—Lo mataron en cuanto entró a la ciudad de Amarna. Fue una traición. A partir de ese momento, todo comenzó a ser una tragedia para Suppiluliuma. Empezó su declive, su destrucción. Ahora vas a reconocer quién fue él en el texto que hoy conoceremos de la Biblia.

Doscientos metros al norte, por encima de los riscos, en las afueras de Amarna, por debajo de las oscuras nubes verdosas de la Edad de Bronce, el gordo rey hitita Suppiluliuma, con el cadáver de su hijo Zannanza en sus manos, levantó al cielo la cara, hacia el luminoso dios relámpago, Tarhunt —después transformado en Thor, por los descendientes arios de Suppiluliuma.

Gritó hacia el cielo:

—*¡N-at-kan kariz pidau anda aruni!* ¡Que el diluvio arrase todo hasta el mar! *¡Nu-za, Ilim, Dingirmes halzais!* ¡Los invito, mil dioses, a esta furia de Hatti! *¡N-at waranti pahhuni piyan harzi!* ¡Lo entrego todo al fuego ardiente! ¡Vamos por las tierras que hasta ayer pertenecieron a Akhenatón de Egipto, donde asesinaron a mi sangre!

Por su costado, otro carruaje, de color plateado, le cerró el paso.

—¡Shuppilu!

Desde la parte superior, tres mensajeros, uniformados de negro, le gritaron:

—¡Haranili, Hombre Águila! —y le mostraron un papel, con jeroglíficos hititas—: ¡Las tropas se están contagiando de algo! ¡Se les está cayendo la piel!

El rey se quedó inmóvil.

Lentamente se volvió hacia su hijo Arnuwanda, que ahora tenía en sus manos el cetro de los doce cráneos.

Arnuwanda tenía en su cara una mancha amarilla. Estaba temblando.

—¿Qué tienes, hijo? —y con el cuerpo de Zannanza en sus brazos, comenzó a caminar hacia Arnuwanda, ladeando la cabeza.

El alto Arnuwanda se sacudió. Sus ojos silenciosamente se rotaron hacia los lados.

—¡Hijo!

En su propia espalda Suppiluliuma empezó a sentir la comezón: picos, piquetes de clavos.

Dejó caer el cuerpo de su hijo Zannanza. Se llevó sus dos gordos brazos a los ojos. En la piel tenía bolas, de color amarillo, rellenas de sangre. Su piel comenzó a desprenderse por los bordes.

Comenzó a abrir más los ojos:

—¿*Qué está pasando...?* —y se miró las axilas—. ¡¿Qué es esto?! ¡¿Es una plaga?!

El alto Arnuwanda se desplomó sobre las rocas. En el piso empezó a enroscarse, con sacudidas:

—¡Sálvame, padre! ¡Sálvame!

—¡¿Qué te está pasando?! —le preguntó Suppiluliuma. Violentamente se dirigió a su general Zada, que era su hermano—. ¡¿Qué es esto?! ¡¿Tú también lo tienes?!

Lo vio sangrar por la boca, con la piel de color naranja. Era la endodermis.

—*No, no, no...* ¡¿Qué está pasando...?!

129

—Fue malaria —le dijo Clara Vanthi a Max León, dentro de la oscura Tumba 3. Con su dedo acarició el dibujo: las deformadas piernas de Akhenatón, y también las deformadas piernas de su colaborador más amado: Yah-Mes—. Se llama *Plasmodium falciparum*: un virus. Se ha detectado en los restos de Akhenatón y de su hijo Tutankamón, en el Museo de El Cairo. Ésta fue la epidemia que no sólo acabó con la Dinastía XVIII de Egipto, sino también con el imperio hitita, y con la propia Edad de Bronce. Se le llama "el Colapso de la Edad de Bronce". Ésta es la plaga del Éxodo, la que aparece en la Biblia.

—¡¿Cómo dices...?!

Clara trotó hacia adelante, en la oscuridad, con su linterna, hacia el fondo de la profunda tumba.

—Ahora estás comprendiendo lo que ocurrió realmente, y cómo lo deformó la historia. La historia básica fue cierta. En realidad sí existió un Moisés, pero no fue el enemigo del faraón, sino su amigo. En realidad sí ocurrió un Éxodo, pero no fueron miles de personas, sino cientos, que escaparon de esta persecución del general Horenheb y del sacerdote Ptah-Mes contra los que siguieron creyendo en el dios de Akhenatón.

Y en realidad ocurrió una terrible epidemia demoniaca que exterminó a los enemigos de Moisés y de su faraón: el plasmodium, que ha sido detectado genéticamente en los huesos de la época: los genes STEVOR, AMA1 y MSP1; pero el primogénito del "faraón malo" que aparece en la Biblia, y que murió por esta plaga divina, en realidad fue el primogénito del rey hitita Suppiluliuma: Arnuwanda. El verdadero faraón malo de la Biblia es Suppiluliuma, que no era faraón; y coincidentemente, es el antepasado, en los hechos, de Nabucodonosor de Babilonia, y en general de gran parte de los arios.

—Dios... ¿Por qué cambiaron todos estos nombres?

—Por el paso de los siglos. En esa época no había computadoras, ni discos duros. El gran colapso de la Edad de Bronce fue como una vuelta a las cavernas. Fueron tres siglos de negrura, de barbarie. Lo que ocurrió antes fue sepultado en el pasado. Las historias que quedaron eran leyendas. Los pueblos que sobrevivieron reconstruyeron lo que pudieron por medio de mitos. Ya te dije que David fue Tadua; Saúl fue el gobernador Lab'aya. El hijo de Saúl, Ish-Baal, en realidad es Mut-Baal, el hijo de Lab'aya. Todo esto lo ha escrito David Rohl, y también Paul Lindberg. Y desde luego, Atón es, como puede imaginarse, Adonai, el nombre hebreo de Dios, que también se llama Yahwé, concepto derivado de la palabra egipcia *IW*, que significa: "Yo" y "Existe" —y tocó el jeroglífico en el muro, a los pies de Yah-Mes.

I W
"Yo" "I" (M17) (G 43) "Mı" "Me"

—La palabra "Atón" significa exactamente eso —siguió Clara—: "yo soy el que soy", que es lo que Dios le dijo ser a Moisés, en la parte más verídica de toda la Biblia: "Eh'je 'fer eh'je", cuyas iniciales en hebreo son "YHWH". En egipcio es "ATUM", "TUM" y "TEN", origen del nombre "Atón".

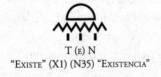

T (E) N
"Existe" (X1) (N35) "Existencia"

—*Increíble...* —y Max siguió trotando, siguiendo a Clara—. Pero entonces... ¿Sí sucedió el Éxodo?

Clara se detuvo y miró a Max:

—Sí ocurrió. Fue verdad. El que dirigió este Éxodo fue precisamente Yah-Mes —y con su dedo tocó el retrato del ministro en el muro—. La palabra "Yah-Mes" significaba justamente "nacido en "Yah". Yah era el nombre egipcio de Judea. La "Ciudad Luna" era "Yah-uruk". Es Jericó. Yah-Mes y Akhenatón, los dos, tenían familia de Judea. La madre de Akhenatón, Tiy, y su padre, Yuya, eran apirus. Éste es el secreto del gen D21S11, como lo descubrió el estudio JAMA en febrero de 2010. Los dos fueron judíos.

—*Dios...* ¡¡un faraón fue judío...?!

En el muro, Max sintió que las figuras comenzaron a moverse. Vio los carruajes, los caballos, los cientos de fugitivos, corriendo por las calles.

Afuera, en medio de los gritos, Yah-Mes —Ahmes, Amoses—, con cortadas de cuatro ganchos en el cuello les gritó a las personas, tapándose las cortadas:

—¡Vengan conmigo! ¡Es por aquí! —y con el bastón del faraón señaló el disco del sol, en la base misma de la muralla norte—. ¡Vamos, vamos! ¡La salida es por aquí, hacia las Tumbas Norte!

Cuatro horas más tarde, por debajo de las estrellas de la Vía Láctea —llamadas Yaharu, o Aaru, "el Camino Celeste"—, el joven ministro de gobierno, con sus ropas desgarradas, empapadas de sangre, caminó por el desierto, seguido por los cientos de perseguidos, auxiliado por Aarum.

Lentamente arrastró sus pies por encima de las piedras. Se apoyó sobre su negro bastón esmaltado, cuyos puntos de cristal comenzaron a resplandecer en la negrura de la noche, reflejando las estrellas.

Se detuvo por un momento.

Miró hacia arriba, hacia el universo.

Por detrás de su espalda se le acercó su fiel amigo Benenima.

—Toda esta gente tiene hambre.

Ahmes, Amoses, se volvió hacia atrás, hacia los cuatrocientos veinte prófugos que lo estaban siguiendo. Vio mujeres, niños. Algunos estaban llorando.

Benenima le dijo:

—Ahora tú eres su líder —y le sonrió—. ¿Qué hacemos?

El joven Ahmose se volvió hacia el horizonte, al norte. Sobre su cara sopló el viento frío del mar Mediterráneo.

Suavemente comenzó a caminar hacia el agua.

—Ése fue el verdadero Éxodo —le dijo la hermosa Clara Vanthi a Max León.

Caminó al fondo de la cueva. En la tiniebla apareció una figura gigantesca: una escultura. Clara le dijo a Max.

—Éste que ves aquí es Moisés, Yah-Mes. Nadie lo sabe. Tres mil quinientos millones de católicos, protestantes, ortodoxos, judíos e islámicos desconocen completamente que esta escultura existe y que es Moisés, el más emblemático de todos los profetas. Hoy sólo lo sabemos nosotros.

Con su linterna alumbró la oscuridad.

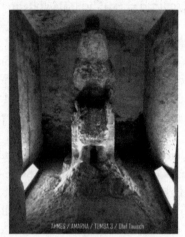

ESCULTURA DE MOISÉS (FOTO: OLAF TAUSCH)

—¡¿Esta estatua es Moisés?!

—Es Moisés, el hombre que existió realmente.

Y Clara, con su linterna en la mano, se aproximó a la estatua.

—¿Sabes lo que esto significa, Max León?

—No. ¿Qué significa?

—Debajo de este asiento de roca debe estar el tesoro de todos los tesoros del mundo. Si Yah-Mes escribió en alguna parte lo que él y su faraón vieron en esta montaña, que es el verdadero Hor-Ib, que en egipcio significa "Corazón del Sol", el monte Horeb de la Biblia, ese mensaje de su Dios está escrito aquí, debajo de esta roca. Es el Documento J.

En la penumbra, con los resplandores de la linterna reflejados por los muros, Max disfrutó del color de los ojos de Clara Vanthi. Le dijo:

—Dijiste que tú habías sido otra persona en el pasado. ¿En verdad lo crees, o es sólo un recurso histérico para llamar la atención?

Clara se aproximó a la parte de atrás de la estatua.

358

—He sido muchas personas, Max León. Pero siempre hemos sido sólo una —y le sonrió—. Somos recurrencias, ciclos Poincaré a través de la ultraestructura. Lo mismo te ha ocurrido a ti. Por esto estamos aquí ahora. Somos como las burbujas en un refresco gaseoso. En realidad cada burbuja es parte de una columna vertical, que proviene de una sola fuente. Cada burbuja cree que es "ella misma". Crees que estás repetido, pero eres esas personas, que existieron en el pasado —le sonrió—. La conexión es a través de la ultraestructura, no en el espacio-tiempo.

—Diablos. Me atraes a pesar de que me asustas.

Clara lo miró fijamente:

—¿Alguna vez te has preguntado qué harías si descubrieras que tú mismo eres el Anticristo, o Azi Dahhak?

Max comenzó a negar con la cabeza.

—No, no… Normalmente no oigo pendejadas, pero ésta es una pinche grosería.

Clara se aferró de la roca.

—Ayúdame a destapar esto. Ya viene el presidente —y volteó hacia la distante entrada del túnel, por donde habían llegado—. Si él se apodera de la Fuente J, estamos perdidos. La va a deformar, o destrozar. Ya sabes cómo es —y distinguió a las personas que se estaban aproximando, como siluetas, con armas.

Entre ellas llegó John Apóstole. Se le acercó a Max. Con su miniaturística Taurus Curve, de luz láser, le apuntó a Max a la cabeza.

—¡Vamos, Max! ¡Quita esa roca! ¡Esto no va a ser como hace dos mil años! ¡Vamos!

130

Al norte, frente a la muralla de Jerusalén, al pie del rocoso castillo de Sion; justo frente a la monumental torre de la cisterna antigua —la "Cisterna Ciclopea" o "cisterna jebusita", la hermosa Radapu, de nuevo semidesnuda, para provocar a Nabucodonosor, caminó hacia él, por enfrente de todas las tropas, vistiendo únicamente la delgada redecilla negra untada con cera en su órgano sexual.

—¿Crees que eres un hombre? —le gritó a Nabucodonosor—. ¡En realidad eres un cobarde! ¡Te enfrento aquí mismo a combatir conmigo, una mujer, puño contra puño, para que tus hombres vean que no eres más que un niño cobarde, porque no puedes vencerme! —y levantó hacia el cielo su única arma: un pedazo de madera—. ¡No eres más que un gusano del cuerpo muerto de tu padre!

Por detrás de ella, en el castillo, todos le aplaudieron. Le gritaron:

—¡Radapu! ¡Radapu! ¡Radapu!

Dentro, en el oscuro salón de gobierno, sentado sobre su trono de oro sólido, entre las seis doradas alas del querubín babilonio, y en medio de las dos cabezas del kuribu, el joven rey Joaquim recibió a un visitante: un muchacho en harapos, con olor a mendicidad.

Se le aproximó reptando, llorando. Le dijeron sus guardias:

—Majestad, él es el hijo del sacerdote Hilcías. Quiere hablar con usted antes de que esta ciudad caiga en poder del rey Nabucodonosor.

Joaquim se levantó.

—Es Jeremías. Lo conozco —y empezó a abrir más los ojos. El joven tenía la cara manchada de fango. Arrastró sus codos sobre el piso. Tenía un rollo en sus manos, también mojado. Le gritó:

—¡Rey! ¡Ten este libro! ¡Lo acabo de escribir para ti! ¡Su nombre es Kinot, *Meguilat Ejá*, las Lamentaciones! ¡Tú has desobedecido a Dios! ¡Tú estás condenando a Judea! ¡No estás obedeciendo a Nabucodonosor de Babilonia!

El rey miró al delegado embajador del faraón Nekao: el robusto y gigantesco sacerdote egipcio Sonchis de Sais, un hombre con la cabeza rapada y pintada con rayas verdes hacia atrás, como mechones.

Sonchis sólo negó con la cabeza. Joaquim les dijo a sus guardias:

—Sáquenlo.

El joven en harapos le gritó:

—¡Toma este rollo! "¡Felices van a ser los que mueran por la espada, pero no los que van a morir de hambre! ¡Nuestras mujeres van a cocinar a sus propios hijos para comerlos, en el día del quebrantamiento de la hija de mi pueblo!" —y volvió a llorar.

Joaquim aproximó su mano hacia el rollo.

—¿Y dices que esto te lo reveló Dios?

Cuidadosamente lo tomó entre sus manos y empezó a extenderlo. Jeremías le sonrió.

—Ésta es la palabra de Dios, majestad. Aún tienes tiempo de rectificar. Ríndete ante Nabucodonosor. Entrégale tu cuello, para que él te ponga su yugo. Sométete a él. Págale los tributos.

El rey apretó el rollo entre sus dedos.

—Parece interesante… —y asintió con la cabeza. Con gran violencia arrojó el rollo contra el fuego.

—¡Arresten a este traidor de Judea! ¡Es un agente de Babilonia, igual que su padre!

Jeremías le gritó:

—¡Te vas a pudrir en el abismo, Joaquim! ¡Se ha cumplido tu castigo, oh hija de Sion! ¡Dios va a castigar tu iniquidad!

Joaquim miró a su esposa, Nehushta.

—¿Tú también estás con ellos, como tu padre? —y se volvió hacia el potentado Elnathan ben Akbor. Ahí estaban, sonriéndole, los hijos del secretario real Safán: Ahikam y Gemariah; y el nieto del mismo Safán, Gedoliah, con sus anillos de ágata provenientes de Babilonia.

Los guardias tomaron a Jeremías de los brazos.

—Vamos, amigo. Vamos. Tranquilo.

Lo jalaron hacia afuera. El vigoroso Ahikam, hijo de Safán, se apresuró hacia Jeremías. Le susurró al oído.

—No te preocupes. Te vamos a proteger. Mi hijo Godolías va a ser nombrado gobernador aquí, a las órdenes de Babilonia. Judea va a ser desde ahora una provincia de Babilonia.

El hermano de Ahikam, Gemariah ben Shaphan, le susurró a Jeremías por el otro lado:

—En mi cámara yo voy a permitir que tu escriba Baruch lea este libro tuyo para el pueblo.

Se le aproximó al rey Joaquim el embajador del faraón de Egipto, el imponente Sonchis de Sais:

—La chica que está allá abajo pidió que nadie intervenga. Ella va a enfrentar al rey Nabucodonosor, en una batalla cuerpo a cuerpo. El que venza va a conservar este castillo.

Joaquim negó con la cabeza. Bajó la mirada, hacia las brillosas losas.

—¿Qué otra opción tengo?

—En estos momentos están llegando las tropas de mi faraón Nekao. Están allá fuera, ocultas en el Tyropoeon —y volteó a la ventana—. Te va a respaldar con quince mil hombres. En cuanto Nabucodonosor mate a la chica vamos a iniciar el ataque. Este lugar va a ser el escenario de la batalla campal más grande desde la derrota en Karkemish.

Joaquim cerró los ojos.

—De momento estamos en las manos de una mujer —y asintió con la cabeza. Volteó hacia la columna donde poco tiempo atrás estuvo colgando, sangrando, junto con esa valiente mujer.

Suavemente tomó a Sonchis del brazo:

—Ve hacia ella. Trata de mantenerte cerca. Ella no debe morir, nunca.

Sonchis pasó por un lado de la reina. Le dijo:

—Todo va a estar bien. Psamétiko no va a permitir que su padre pierda esta plaza. Es el codo de control entre África y Asia.

Salió por la puerta.

El rey Joaquim sintió un cristal en el cuello, en el músculo esternocleidomastoideo.

—Su majestad —le dijo una voz—. Éste es un regalo del rey de Babilonia. En unos minutos va a entrar a este castillo, a este salón, y va a colgar de estas columnas al hijo de usted, para arrancarle el derecho al trono, igual que le sucedió a usted, y le va a arrancar las vísceras, estando vivo. Y Nabucodonosor va a nombrar a un nuevo rey para esta zona.

Joaquim sintió el cristal girando dentro de su carne, en su tráquea.

Su esposa le gritó:

—¡Joaquim! ¡Joaquim! ¡Joaquim! —y, como un león, se arrojó contra su padre—. ¡¿Qué van a hacer?! ¡Tú eres parte de esto?! ¡¿Van a hacerle algo a mi hijo?!

131

Abajo, entre las ráfagas de la montaña contra su piel desnuda, la hermosa Radapu, sólo vistiendo sus dos paupérrimas sandalias de fibras, bajó entre las rocas, entre los espinos.

Se detuvo enfrente de las tropas de Nabucodonosor. Lo miró hacia arriba.

—¿Qué vas a hacer entonces, cobarde?

Nabucodonosor estaba en lo alto de su gigantesco transporte Tahhak: una ballena de madera, de ocho grandes ruedas, con sus tres largos cuellos y sus tres cabezas en el cielo, cada una mirando hacia abajo con los ojos muy grandes, abiertos; con sus tres bocas abiertas.

Por detrás de Radapu se aproximó el griego Tales de Mileto. Lentamente, sin dejar de mirar arriba, hacia el musculoso Nabucodonosor, le aproximó a ella su lanza.

—Te va a servir. Te la está enviando Semónides. Es su lanza de la suerte. Me está pidiendo que la uses.

Radapu volteó hacia el anciano de setenta y cuatro años. Semónides, fornido como siempre, la miró con su ojo tuerto tapado. Se inclinó hacia ella. Ella le sonrió.

—Semónides…

El mercenario levantó su puño hacia ella:

—¡De las razas de las mujeres, sólo hay una que importa: la abeja! ¡Eres tú! ¡Y de todas las abejas, tú eres la reina!

Radapu se volvió de nuevo hacia lo alto, a la figura en el barrote del Tahhak: Nabucodonosor.

—¿Vas a ser un cobarde, excremento de Babilonia? ¡Baja ahora! ¡Enfréntate conmigo! ¡¿Me tienes miedo?! Ya no soy la débil mujer que estuviste a punto de mancillar en las afueras de Karkemish. He venido a vengar la muerte de mi hermano —y esgrimió en el aire la larga y negra y brillante lanza de Semónides de Amorgos.

Colocó sus pies separados, para afianzarse sobre las piedras. Los escarabajos comenzaron a apartarse hacia los lados.

Arriba de su transporte, el fornido Nabucodonosor procedió a quitarse las cintas de su pecho.

—Dénme el objeto más dañino que tengamos entre todas nuestras armas. Voy a bajar. No me intimida que se trate de una mujer. Gilgamesh derrotó a la misma diosa Ishtar. Que nadie intevenga. Que el resto del ejército de Judea vea cómo hago escarmentar a esta sirvienta. Voy a arrancarle la carne de la cara de un solo zarpazo. Con su sangre voy a bautizar este nuevo dominio. Después quiero que ustedes entren a la ciudad y que comience la carnicería. Entren por la muralla —y señaló las rocas—. Derramen sangre. Derrámenla toda. Que todo sea sangre —y lloró—. Los que sobrevivan métanlos en las canastas de ganado. Cuélguenlos vivos. Amárrenlos con las cadenas. Los voy a llevar como sirvientes a Babilonia. Con estos miles de esclavos voy a edificar mi gobierno.

Abajo, Radapu aferró su larga lanza.

—*Esto no va a pasar... Esto no va a pasar...* —se dijo con los ojos cerrados—. *Mathokas. Te amo. Estoy siempre contigo. Siempre voy a estar contigo* —y volvió a abrirlos—. Hija de faraón. Enfréntate contra el enemigo de tu padre y de tu pueblo. Hoy vas a destruir a Babilonia.

132

Arriba, en el salón de gobierno, el poderoso general babilonio Nebu-Zaradan se quitó el velo de sirviente.

—*Kalú nasaku Musezibu. Ganna Kitkittu.*

Comenzó a caminar, por debajo del candelabro de siete ramas, hacia el joven hermano menor de Joaquim: Mattantah, "Regalo de Dios".

—Ahora tú vas a ser el rey de Yakudu.

El joven pelirrojo comenzó a temblar. Nebo Sarsekim se le aproximó al general Nebu-Zaradan:

—Me informan que es deficiente mental. Es un *la-mudu abiti.*

—Está bien —y miró al joven. Suavemente le sonrió—. Sólo necesito que sepas tener miedo.

Con ambas manos le acercó a la cabeza una corona cristalina, transparente, con picos metálicos por debajo, llamada Kululu Gulgulu. Con enorme fuerza le apretó el cilindro de cristal contra la cabeza, encajándole los punzos de hierro contra la carne. La sangre comenzó a escurrirle en chorros. El delicado Mattantah rompió a llorar.

Nebu-Zaradan le sonrió:

—Esto es el poder: el horror. Si quieres el poder, lo que amas va a arder. Vas a desear nunca haber nacido. ¡Encadénenlo a su trono! ¡Ahora sirves para el rey Nabucodonosor de Babilonia! —y con su larga uña le tocó la sangre de los ojos, y le sonrió—. Amarren con cuerdas al otro niño, al hijo del rey muerto. El caudillo lo quiere para sacrificio.

Sus soldados anzu patearon al hijo de Joaquim, de ocho años.

Su madre, Nehushta, ahora desnuda, le gritó:

—*¡Jeconiah! ¡Jeconiah!* ¡No lastimen a mi hijo!

—¡Arránquenle todas las ropas! ¡Tráiganme los hierros!

Fuera, cuarenta mil soldados babilonios se apelmazaron con sus lanzas contra las gigantescas compuertas de la muralla, reforzadas desde dentro con travesaños de hierro, las cuales tronaron por adentro.

Los soldados gritaron:

—*¡Saha-tu! ¡Harran-she-tu!*

Empezaron a entrar, como insectos:

—*¡Uru patu!* ¡Destrucción! ¡Destrucción! ¡Las mujeres! ¡Arrestenlas por brujería! ¡Son hembras lilitu, embrujadas! *¡Birka patu! ¡Sunu patu!* ¡Abran sus piernas!

Desde lo alto de la muralla saltaron hacia adentro de la ciudad racimos de hombres con redes, suspendidos por sus arneses, resbalando con sus poleas por los largos cables de soga, anclados a las torres. Desde los siete ángulos de la muralla cayeron sobre la ciudad de David:

—¡Capturen a todos los hombres! ¡Ténsenlos con los Massaku! ¡Captúrenlos y métanlos a los carros Kuruppu! ¡La caravana, ruta de Anata!

Abajo, en las calles llenas de fuegos de antorchas, los soldados escitas, hablando en su idioma —nunca antes escuchado en este lugar de la tierra—, con sus cabezas rojas, les sonrieron a las mujeres:

—¡*Oirpata!* ¡*Oirpataa!* ¡*Oirpata!* ¡*Artimpasa Gaetha!*—y empezaron a golpearlas, a arrastrarlas, por pares, en sus grandes redes Suskallu. En los alambres de metal escurrían los chorros de sangre. Las esposas estaban con sus niños en brazos, gritando.

—¡Giren las redes! ¡*Ba erutu!* ¡Enreden a los malditos pescados! ¡Llévenlo todo a los carros Kuruppu!

Con sus carcajadas, empezaron a llenar las bolsas con cuerpos de seres humanos, vivientes. Las bolsas empezaron a girar sobre sí mismas.

—¡A los carros! ¡Rumbo a Babilonia!

Los cincuenta primeros carros comenzaron a rodar tirados por los caballos, por la ruta Anatoth-Arrabah. Por entre los alambres, las madres sacaron las manos:

—¡Mi niña! ¡Mi niña!

Una de las niñas se quedó de pie en medio de las llamas.

—¡Mamá! —y se apretó contra el cuerpo su abeja de trapo. Por los lados empezó a incendiarse en el qirtu —la brea.

133

Frente a la muralla, mientras ocurría la masacre, al pie de la torre del manantial Gihon, la hermosa Radapu permaneció firme. Con su lanza entre las dos manos, miró el colosal transporte Tahhak. Contra la luz del cielo enrojecido, vio el vientre del transporte. Se abrió paso por en medio. Una canasta de madera comenzó a bajar con cadenas. Abordo estaba el musculoso rey de Babilonia, desnudo del cuerpo, mojado en sangre.

La miró iluminada por los rayos del sol enrojecido que tenía a sus espaldas. Sus ojos emitieron una luz amarilla.

Dio un pequeño salto a las rocas. Comenzó a subir como un toro, entre los matorrales, elevando lentamente sus dos largos palos de madera: sus únicas armas.

En el silencio total, siete mil soldados observaron, sin emitir una sola palabra.

El rey se detuvo. Miró de frente a Radapu.

Por detrás de él, sus guardias conservaron el silencio. Por detrás de ella, la ciudad de David estaba agonizando: miles de gritos. Sangre. Estallidos.

—Eres un cobarde —le dijo Radapu, y se lo repitió en su propio idioma acadio—: *Pardu galatu* ⸗𒐊𒐊. No tuviste el valor siquiera para ir tú mismo a enfrentar a toda esta gente inocente. Tuvieron que hacerlo tus soldados —y le hizo una mueca. Levantó su lanza por el aire.

El rey le sonrió.

—*Amtu Ardat Saiahu. Lawu rahasu* —y esgrimió sus dos varas de madera en el aire.

Radapu levantó su larga lanza. Con sus ojos negros, brillantes por el impacto del sol, lo observó con cuidado. Empezó a inclinar su cabeza.

—No te voy a matar con esta lanza. Ni siquiera te voy a tocar con ella —y le sonrió—. Te voy a asesinar con tu propia soberbia.

Nabucodonosor comenzó a abrir más los ojos.

Atrás, al otro lado del monte Sion, en la hondonada Tyropoeon, diez mil soldados cobra egipcios comenzaron a levantarse apenas chocaron los metales en sus cuerpos.

El príncipe Psamétiko, silenciosamente, levantó su fuerte brazo al cielo. A la vista de su ejército, inclinó hacia adelante dos dedos.

Las tropas, con sus caballos, con sus avestruces Fortum, comenzaron a avanzar. Desde atrás, su cuadrilla Lethis le dijo:

—¡Psamétiko! ¡Está llegándote un mensaje de tu padre! ¡Los nubios están invadiendo Egipto!

El príncipe volteó.

—¿Qué estás diciendo?

—Tu padre está pidiendo que regreses. Babilonia le pagó a Aspelta, el rey de los nubios. Tu padre necesita estas tropas. Aspelta está rodeando la finca de tu padre.

El príncipe bajó la mirada. El calor era insoportable. Allá adelante podía ver las llamas que subían del interior de las murallas de la ciudad de David y al ejército de Babilonia formado, luminoso bajo el sol.

Comenzó a darse vuelta hacia el norte, hacia la torre de la muralla. Frente a las tropas de Babilonia, al pie de la torre, vio a la pequeña mujer semidesnuda, a punto de enfrentarse contra Nabucodonosor, ondeando ante él su delgada lanza.

—¡Psamétiko! —le sujetó el brazo al jefe de su cuadrilla—. ¡Inicia ya el regreso! ¡Tu padre está en peligro!

—Judea va a caer en manos de los babilonios.

—Tu padre es más importante. Si Aspelta mata a tu padre, hoy Egipto va a morir también, en poder de Nubia.

Psamétiko observó fijamente a la chica.

—Es Nabucodonosor. Compró a Aspelta, en Nubia —y cerró los ojos—. *Debo abandonarte aquí, mujer valiente.*

134

Al pie de la torre, Radapu observó a Nabucodonosor, directo a los ojos; los dos empuñando sus armas.

El rey le sonrió. Volteó hacia el cielo:

—¡Amado ejército! —y cerró los ojos. En el silencio absoluto, con los ecos cada vez más distantes de sus propios gritos, volvió a gritar—: ¡Esta mujer que ahora tienen frente a ustedes escribió el libro de la religión de este país! ¡¿Quieren saber qué es lo que escribió ella en este libro, diciendo que se lo dijo su dios?!

Por detrás de él, los soldados comenzaron a levantar un clamor. Él les dijo:

—En el apartado cinco de este libro ella escribió lo siguiente: "¡Cuando Yahwé tu Dios te haya introducido en la tierra en la cual entrarás para tomarla, y haya echado delante de ti a muchas naciones y razas: al hitita, al gergeseo, al amorreo, al cananeo, al ferezeo, al heveo griego, y al jebuseo, siete naciones mayores y más poderosas que tú, las destruirás del todo! ¡No harás pactos con ellas, ni tendrás con ellas misericordia! ¡Y no emparentarás con ellas, ni permitirás que tus hijas sean esposas de sus hijos!"

Los enardecidos soldados comenzaron a gritar:

—¡Destrucción! ¡Destrucción! ¡Destrucción!

El rey les dijo:

—¡Esta mujer y su país sienten desprecio y repudio por todos ustedes, amado ejército! ¡Ustedes no son nada para ellos! Esta mujer los desprecia. Los odia por ser de sus razas, por ser extranjeros. Ella piensa que ustedes representan todo lo maligno, y ha escrito a su pueblo las órdenes para destruirlos a ustedes, y a sus familias; y ella ha convencido a su país entero de que éstas son las órdenes de su dios: el exterminio del extranjero.

La hermosa Radapu comenzó a negar con la cabeza.

—*Hipócrita cobarde* —y empuñó su fuerte lanza de Semónides.

Los soldados empezaron a golpearse en sus escudos, los *Musezibu*.

Nabucodonosor le sonrió a Radapu.

—Ellos te van a matar. Te odian por lo que escribiste. Pero puedo salvarte —y suavemente la miró enternecido—. Sólo tienes que hincarte frente a mí —y la miró sin parpadear—. Arrodíllate frente a mí. Es muy fácil. Sólo comienza a arrastrarte hacia mí, sobre tus rodillas, con las piernas abiertas, y coloca tu boca entre mis piernas, con tus brazos por detrás de tu espalda, y dime: "Acepto tu yugo sobre mi cuello, rey de Akkad y Babilonia. Mi Dios me ordena servirte y ser tu esclava".

Radapu, sin moverse un centímetro, negó con la cabeza.

—Mi única función es aniquilarte.

—Sométete a mí mujer hermosa. Yo voy a perdonarte. Y voy a suspender la destrucción de tu país. Sólo diles que tu Dios les ordena hincarse ante mí y servirme.

Radapu observó el horizonte, vio miles de cabezas. Cientos, miles de soldados babilonios, levantando sus lanzas. Por detrás de su espalda vio las llamas que lamían las murallas de la ciudad.

—Habías prometido que primero íbamos a combatir sólo tú y yo, sin tu maldito ejército. Una más de tus demostraciones de cobardía.

El rey casi imperceptiblemente entornó la mirada hacia la parte alta de la torre. Desde una de las almenas de piedra, un tirador disparó contra Radapu un diminuto dardo.

Radapu sintió el aguijón en el hombro derecho. El hormigueo comenzó a extenderse por su brazo. Dejó de sentir su mano.

—¿Qué me está pasando? —y se volvió hacia el rey.

Nabucodonosor agitó sus dos palos de madera por los lados, contra la luz del sol. Con dos chasquidos, los maderos proyectaron hacia enfrente dos largos brazos de bronce, de cada uno colgando una trenza de hilos de cobre, con una secuencia de pinchos.

Empezó a girarlos en el aire, como hélices.

—Te voy arrancar la carne —y los azotó contra Radapu, contra sus piernas. Las trenzas se enroscaron alrededor de Radapu, en sus dos muslos, clavándosele las puntas. Jaló con violencia.

—¡Abrirás tus piernas, asesina! —y el rey la arrastró por el suelo—. ¡La mujer que sea descubierta realizando una acción mágica o echando un conjuro en el campo de un hombre, o en una embarcación, o en un horno, o donde quiera que sea, será ejecutada por brujería! ¡Esto es lo que establece el Código de Babilonia! ¡Eres una hembra del infierno, Lilitu, hija de Ereshkigal, y hoy voy a despedazarte!

Con gran fuerza tiró de las dos trenzas de cobre, enrollándolas contra los maderos, separándolas con sus brazos, sangrándole las piernas a Radapu. Ella le dijo:

—Me hiciste pasar años escribiendo historias, leyendo historias de cientos de pueblos. ¡Pasé años redactando toda clase de estrategias de combate! ¡Todo eso está ahora en mi cabeza! ¡Ahora yo soy todos mis personajes! ¡Y tú vas a morir por tu soberbia!

Ella, con los brazos entumecidos por el veneno, aferró violentamente los filamentos. Con todo su poder jaló hacia su pecho.

—¡Señor mi Dios, tú eres el único poder en el universo! ¡Todo lo demás es un velo!

El rey de Babilonia, sin soltar sus palos, se tambaleó hacia adelante. Sus botas pisaron las ramas. Se quebraron bajo su peso. Por debajo, la pierna de Nabucodonosor, desde el tobillo hasta el muslo, empezó a meterse dentro de la trampa de clavijas.

—¡Maldita bruja! ¡Maldita Lilitu! ¡Mátenla con sus flechas! ¡Mátenla ahora!

Desde el cielo comenzaron a bajar hacia ella miles de flechas. La escriba vio entre las nubes la luz de Yahwé, contra las sombras de dichas flechas: vio al creador del universo. Comenzó a sonreír.

—Mathokas. Estoy siempre contigo —y subió los brazos hacia los lados.

Pasó a su lado un escudo de hierro, con la forma de un escarabajo, con los colores siguientes: naranja, morado, verde y amarillo.

Una mano firme la aferró fuertemente por el brazo. La jaló hacia atrás.

—¡Corten estas cuerdas!

Un hacha egipcia cayó sobre las trenzas de cobre.

Por debajo del escudo, el hombre jaló hacia atrás a Radapu, hacia el cañón del Tyropoeon, mientras veinte metros atrás Tales de Mileto, con su espada kopis, empezó a defenderse del joven en harapos.

—¿Jeremías…?

El hijo del sacerdote Hilcías esgrimió su barrote como un guerrero escita:

—¡Te ordené que te pusieras el yugo de Nabucodonosor sobre el cuello, y que te declararas su esclavo! —y se le desviaron los ojos.

Tales le golpeó la espada con el tubo de hierro.

—Estás demente. ¿En verdad crees lo que dices?

El harapiento dio un giro. Con la punta impactó a Tales en la quijada:

—¡La nación que no se someta bajo el mando de Nabucodonosor va a ser destruida! ¡Éste es el mandato de El-Elyon, tu Dios! ¡Nabucodonosor es su creatura! —y le sonrió—. ¡Nabucodonosor es el querubín de fuego!

Tales se volvió hacia Radapu.

—¡Hey! ¡No se la lleven! ¡¿A dónde se la llevan?!

Las flechas cayeron sobre la tierra, quebrando a los ciempiés. Por debajo del escudo de pedrería egipcia forjada en hierro, el príncipe

369

Psamétiko, trotando hacia la hondonada, cargó a Radapu en sus brazos. Le dijo:

—¡Vas a matar a Nabucodonosor de Babilonia, pero no ahora!

—¡¿Qué dices?!

—¡Lo haremos juntos, como esposo y esposa!

Trotó hasta ellos, saltando entre las astas de las flechas, el mercenario griego Tales de Mileto:

—¡¿A dónde te la llevas, maldito?! ¡Ella es mía, la amo!

El príncipe egipcio se detuvo por un segundo. Se volvió hacia Tales.

—Has sido un buen colaborador —y le sonrió—. Ahora ella es de Egipto.

Tales de Mileto se quedó solo, sobre sus rodillas, en medio del campo de batalla.

135

Frente a la pistola de John Apóstole, dentro de la tenebrosa Tumba 3 de Amarna, Clara le susurró a Max León:

—Así fue como sucedió todo. Nabucodonosor aprisionó a tres mil judíos de Jerusalén esa noche. Se los llevó en una caravana gigante, como esclavos, en el año 597 a.C.; y los mantuvo ahí durante setenta años, en lo que hoy se conoce como el "cautiverio babilónico" o "exilio babilónico", como esclavos —y forzó para arriba la estatua de Yah-Mes, por el asiento, que era de roca—. Durante esos setenta años terminó de modificarles la mente a los judíos. Les hizo creer que ciertos mitos babilónicos, como el diluvio de Gilgamesh, eran parte del mensaje que alguna vez Dios le había dado a Yah-Mes. La religión de los hebreos capturados comenzó a llenarse de monstruos babilónicos, como Lahamú, y como Tiamat, y como kuribu. La revelación de siete siglos atrás empezó a transformarse en algo horrible: una religión babilónica.

La piedra no se movió.

—Mil quinientos judíos lograron escapar de este holocausto. No sabían a dónde ir. Escaparon hacia el sur, hacia Egipto, por el desierto. El príncipe de Egipto, Psamétiko, les ofreció una isla en Egipto, en el río Nilo: la Isla Elefantina. Durante siglos prosperó como una colonia judía, protegida por el gobierno egipcio.

Max León intentó levantar la estatua por el otro lado.

—Imposible. Esto está muy pesado —y se dirigió a John Apóstole—. Ayúdanos, pinche huevón. ¡No todo es escribir evangelios!

Clara continuó desde el otro lado:

—Ése fue realmente el verdadero Éxodo, pero no fue para escapar de Egipto. Fue para refugiarse en Egipto. El faraón Nekao y su hijo les dieron a estos miles de judíos esta protección contra Nabucodonosor de Babilonia cuando éste los estaba esclavizando, pero nadie lo recuerda. Toda la historia está al revés. La esclavitud de los judíos nunca fue en Egipto. Fue en Babilonia, durante esos setenta años; y el Éxodo fue para salvarse en Egipto, no para escapar del mismo. Los babilonios escribieron la historia, Max; pero ahora tú y yo estamos a punto de desenterrar la verdad.

Max observó los pequeños signos en la parte frontal del "asiento" de Yah-Mes.

—Disculpa —le dijo a Clara. Suavemente acarició los signos.

—Nekao fue un faraón mucho más brillante de lo que podrías imaginar —le dijo Clara—. Fue él, con el navegante Hanno de Fenicia y los griegos Tales de Mileto y Samos, el que financió la primera exploración marítima para darle la vuelta a África y descubrir sus confines, con la intención de abrir una ruta rumbo al Oriente, sin tener que pasar por Babilonia. Esta exploración lo hizo descubrir muchas cosas, pero aún más importante: impulsó el desarrollo de Grecia como próxima potencia del mundo.

—*Vaya…* —le dijo Max—. ¿Podrías ver estos signos de aquí abajo? Me parece que son para abrir esta piedra.

Ella le dijo:

—Por su parte, Radapu tuvo un final increíble —y se sonrió a sí misma—. Llegó a Egipto entre los miles de refugiados del Holocausto, protegida por Psamétiko, pero se perdió en el trayecto. Muchos griegos pagaron dinero para encontrarla, para tenerla, incluyendo a Charaxus, el hermano de la famosa escritora Safo de Mytilene, la lesbiana, la cual se quejó de que su hermano quemó toda la fortuna de su familia para encontrarla. Finalmente, Psamétiko se convirtió en el faraón Psamétiko II de Egipto y a su lado aparece como esposa una mujer llamada Netakr, Nitocris. Para Herodoto, ella es Rhodopis, también llamada Dorika, la base en la historia de las heroínas, y particularmente, de "La Cenicienta".

—Disculpa… —le dijo Max.

—¡No he terminado! En el Museo de Atenas está la sandalia de Rhodopis y…

—¡Abandona tus malditas fantasías! —y Max la aferró del brazo—. Ésta es una estatua que importa —y la jaló hacia abajo, para que viera los pequeños signos en el frente del asiento, entre los pies de Yah-Mes.

—¿Qué es esto? —le preguntó a Clara.

Ella ladeó la cabeza.

Max le preguntó:

—¿Qué significa?

—Ra-Dapu —y lentamente se volvió hacia Max—. Significa "Cesto del Sol".

Ambos lentamente se volvieron hacia arriba, hacia la cara de roca de Yah-Mes.

Sonaron unos pasos.

—Hay que darle la vuelta al sol que está en la mano. Es una incrustación: una esmeralda.

Esto lo dijo una voz estruendosa. Comenzó a aplaudir.

—Bravo. Excelente.

136

Era Abaddon Lotan.

Clara Vanthi y Max León tragaron saliva. Volvió a aplaudirles. Caminó enfrente a ellos, bajo la estatua de Yah-Mes. La miró a la cara.

—Pensé que no iban a dar resultados. Son excelentes —y les sonrió a los dos—. ¡Son mejores que mi hija! —y con sorna señaló hacia atrás, a la hermosa Serpia Lotan, que estaba llorando.

Por detrás de la bella chica, con el rímel corrido, se aproximaron lentamente, con sus armas, trece soldados; uno de ellos, hasta adelante, tenía entre sus negros guantes la ametralladora de Max León: la verde FX-05 Xiuhcóatl, la "Serpiente de Fuego". Era King Burger, su antiguo subalterno de ciento diez kilos.

—Lo siento, Max.

Max le preguntó:

—¿Dónde están Isaac y los otros?

—¿Dónde está mi Fuente J? —le dijo Abaddon Lotan—. Sácala de ahí abajo —y miró el asiento de Moisés: un cesto de piedra.

Max observó la estatua: la mano de Yah-Mes.

—No veo ninguna "esmeralda".

—Tu problema es que esta tumba está vacía —le dijo Lotan.

—¿Qué?

—No hay cadáver en esta tumba. El cubo fúnebre está vacío. Esta tumba nunca fue utilizada. Está "sin usar". Está lista para el voluntario que quiera ocuparla —y le sonrió a Max—. Estos dibujos no están terminados. ¿A qué crees que se debe?

Max negó con la cabeza.

—En cuanto Akhenatón murió, esta ciudad fue prohibida. Se ordenó evacuarla. Sólo existió como urbe durante trece años. Tras la evacuación, todos tuvieron que irse, hasta los que estaban decorando este sepulcro, Moisés también. No llegó a ocupar nunca su propia tumba. Su cuerpo debe estar en otro lado. Setecientos años después de esta evacuación, un sacerdote egipcio de una nueva generación, llamado Sonchis de Sais, asesor del futuro faraón Nekao, habló con un griego, el arconte de Atenas: Solón, amigo de Tales de Mileto, y le contó que había existido un legendario reino de paz y amor: Atlantis, la "Atlántida" que todos conocemos por las leyendas. Ahora sabemos lo que fue realmente esa Atlántida: esa leyenda era Amarna; los trece años de esta revolución de Akhenatón y Yah-Mes, durante los cuales el mundo cambió, y cambió para siempre, hasta hoy, donde vivimos de su recuerdo, con religiones monoteístas que son su eco. Pero los ancestros de Sonchis de Sais, desde Seti I, habían borrado el episodio de Amarna de los registros.

Max arqueó las cejas.

—Bueno, usted es un vivo. Pero si fuera como usted dice, y en esta tumba no hay nada, ¿por qué está aquí con nosotros, perdiendo el tiempo? Aquí tiene que estar el Documento J. Usted es la prueba, maldito terrorista. El Documento J está justo aquí, dentro de esta estatua.

Abaddon Lotan se rio:

—Max León, Max León. Tu jefe te seleccionó por tu inteligencia. Te escogió bien. Dorian Valdés fue amigo del masón Carlos Vázquez Rangel. Ambos fueron amigos del gran papa Pablo VI. Los tres fueron masones, y por ello me refiero también al propio papa Pablo VI. Aunque tú no lo creas, ese papa fue masón. Ellos te seleccionaron. ¿Crees que es casualidad que tú estés aquí, investigando hoy este misterio de la Biblia, sobre el origen del mundo? ¿Por qué tú? —y le sonrió—. ¿Te parece casualidad que tu jefe el embajador te haya protegido desde que estaban en criminalística? No es porque no tengas talento. Es porque lo tienes. Fuiste elegido. Ellos te eligieron.

—¿Ellos? ¿Los "masones"?

Max vivió una regresión en su memoria. Vio el anillo de su jefe.

—Diablos. Esto ¿qué significa?

—Tu nacimiento fue normal, Max León. No me malentiendas. Te eligieron cuando ya eras un joven adulto. Te eligieron por tus talentos. Pero al final de cuentas te eligieron. Existe una profecía masónica.

—No, no. ¿Profecía masónica? —y se volvió hacia Clara.

—Es el hombre con cabeza de León. Max León. Tiene muchos otros nombres: Aion, el Zurvan del Mitraísmo. El león, el leontocéfalo. Para ellos tú eres el nuevo nacido.

—Dios... ¡¿Nuevo nacido?! Todo esto es tan... ¿*masónico*...?

Lotan lo tomó de las muñecas:

—Max León, hay mucha gente que justo en este instante está pensando en ti, para darte energías. Tú eres muy importante para ellos. Toda esta fuerza que tienes la estás recibiendo de ellos: de esta oración colectiva de miles, millones de masones en todo el mundo. Está dirigida a ti, Max León, para que te vuelvas poderoso. Lo estás sintiendo, ¿no es cierto? —y le sonrió.

—¿Usted está diciendo que soy una especie de "Mesías"? —y comenzó a negar con la cabeza—. ¿Sabe? Yo nací con un problema de salud en el oído: no oigo pendejadas, y ésta me parece que es de las más grandes que alguien haya dicho.

—Maitreya es sólo uno de los nombres del nuevo nacido —y miró hacia la estatua—. El concepto del nuevo nacido que vendrá al final de los tiempos está en todas las culturas. En la India se llamó Kalki. Es el "hombre del caballo y la espada"; ¿lo recuerdas? Aparece en Apocalipsis 19:21.

—Diablos...

—Sí, es Kalki. Va a destruir al demonio Kali al final del periodo cósmico llamado Kali Yuga, que es el que estamos viviendo: es un mito originalmente hindú. Kalki es supuestamente la décima encarnación del alma cósmica del dios Vishnú, creador del universo. Maitreya, a su vez, es la versión budista de este mismo mito. Maitreya es la reencarnación número 29 de Buda: el final de los tiempos. En la versión persa de este mismo mito, el redentor se llama Saoshyant, el "Rey de Reyes", el "Sahanshah", que va a gobernar la tierra. Los islámicos lo llaman Mahdi, que va a destruir al falso mesías o Al-Masih ad-Dajjal, y va a reinar nueve años antes del "yawm al-qiyamah", día de la resurrección.

—Usted está definitivamente enfermo. Creo que pasa mucho tiempo leyendo esoterismo.

—Tú fuiste seleccionado para ser uno de ellos, Max León —le sonrió Lotan.

Max tragó saliva.

—¿A qué se refiere?

—Tu jefe te seleccionó desde un principio para ser el Maitreya —y Lotan sonrió hacia la oscuridad—. Pero tú no eres el nuevo nacido. Tú sólo eres el que va a abrirle el camino, como lo hizo Juan el Bautista —y le sonrió—. En cuanto a Creseto Montiranio, su verdadero nombre siempre fue Dionisio. Pero Creseto Montiranio significa "Secreto del monte de Irán". Es el volcán Damavand. Ésa es la montaña del Anticristo. Es la montaña del Apocalipsis. Tú y él estaban destinados conocerse, a nacer y morir en esa montaña. Y así va a ser.

—Esto es cada vez peor —y se volvió hacia Clara—. Ayúdame.

Lotan le sonrió. Del bolsillo interno de su saco extrajo su pequeña lámpara de luz infrarroja y la apuntó hacia el techo.

—Supongo que ya viste esto. Son los restos del pigmento egipcio.

El techo se llenó de estrellas fosforescentes.

—Es la radiación infrarroja. Las hace resplandecer. Es la "cuprovaita", el "azul egipcio". Son los ecos de la Edad de Bronce. Pero estas estrellas no corresponden con las del cielo que hoy vemos. Son el hemisferio sideral norte hace catorce millones de años.

Max abrió más los ojos.

—¿... catorce millones de años...?

—Desde luego no existían los humanos —y miró hacia arriba—. Dios debió haberles mostrado algo realmente apabullante a estos dos sujetos: a Akhenatón y a su mejor amigo, Yah-Mes. ¿Pero qué fue? Y más importante aún: ¿qué tenía que ver esa revelación contigo, y con ella —y se volvió hacia Clara Vanthi—. Gena, por favor saca lo que está ahí dentro —y señaló la escultura de Yah-Mes.

—Yo no sé cómo abrirlo —le dijo Clara.

Max le preguntó:

—¿"Gena"...?

Lotan apagó su linternilla.

—Su nombre es Gena Eden. Ha estado aquí desde el principio de los tiempos —y caminó hasta la parte trasera de la estatua. Con mucha fuerza presionó una ranura. Lentamente extrajo un objeto pesado.

—Si yo, o mi faraón, hubiera visto a Dios, y si Dios me hubiera dicho algo importante, algo que pudiera cambiar el futuro del mundo, yo lo ocultaría en mi propia tumba, en lugar de mi cuerpo: sobre todo si supiera que la ciudad misma va a ser sepultada por tres mil años.

Trabajosamente deslizó hacia afuera el objeto metálico, de color café oscuro. Estaba mojado con un aceite de color verdoso. Todos permanecieron en absoluto silencio.

—La ultraestructura —susurró Abaddon Lotan—. La composición del universo —y sonrió para sí. Suavemente sopesó el pesado rollo de cobre. El material crujió con el bamboleo, como si el material fuera un resorte cilíndrico, amortiguado por su lubricación de aceite, que se le escurrió por los lados.

Max León se volvió hacia Serpia Lotan. La hermosa mujer de cabello negro lo miró fijamente, sin expresión. Lotan le sonrió a Max:

—Después de toda una vida de leer los escritos de Albert Einstein, tratando de entender algo, por fin llegué a sus dos párrafos que explicaban todo, y tienen que ver con esto, con el Documento J —le sonrió a Max.

Max León le preguntó:

—¿Ahora Einstein? —y observó al fin el Documento J, en las manos del reverendo: esa estructura cilíndrica salida de la tumba vacía de un ministro judío de la Edad de Bronce: Moisés.

—"De acuerdo con la relatividad general, el concepto de espacio desprendido de todo contenido físico no existe" —y volvió a sonreírle—. "El concepto de partículas o puntos materiales [...] sólo puede aparecer como una región limitada del espacio en la que la fuerza del campo o la densidad de energía son particularmente elevadas." Albert Einstein. 1950.

—Excelente —le dijo Max—. ¿Qué demonios significa esto? ¿Ahora usted es un maldito científico?

—Significa que la materia no existe —y, sonriendo, señaló a su alrededor—. Todo lo que somos son ondas o vibraciones de algo llamado "espacio", que en realidad no existe. Somos el propio espacio. Somos el vacío cuando intenta ser algo —y se dirigió a su hija, Serpia Lotan—. Somos el pensamiento de Dios. Muéstrale la secuencia.

Con extremo cuidado, Serpia le dio vuelta al papel que tenía en sus manos. En la parte de atrás tenía letras.

(TCTA)n(TCTG)n(TCTA)3TA(TCTA)
3TCA(TCTA)2TCCA TA] (TCTA)n)
[D21S11 —21q11.2—q21]

Serpia les dijo a Max y a Clara:

—Ésta es la secuencia genética del gen D22S11 —y se dirigió hacia Clara—. Es la que tú tienes marcada en tu piel, y es la que tuvieron

Akhenatón y su madre, Tiy. El informe de Donald Yates reveló que el alelo D21S11 es un marcador autosomal del pueblo judío. El estudio de Picornell, Tomas, Castro y Ramon reportó que "en los judíos, el loci d21s11 domina el alelo 29 —como en la momia de Yuya". Yuya fue el abuelo de Akhenatón. Hoy consideran que Yuya es el "José" de la Biblia. Esto demuestra que la base de la historia de Moisés es cierta, y por lo tanto, es la base misma de la Biblia. Akhenatón mismo fue judío. Tú eres la descendiente viva del faraón. La agencia te encontró en GENYSYS por tu gen. Por eso te seleccionaron, igual que a Max. Te adiestraron, por eso trabajaron contigo, por eso eres una y eres muchas.

Clara abrió más los ojos.

—Entréguenme ese rollo —les dijo a Serpia y a su padre.

Lotan frunció el ceño.

—Sin embargo —le dijo a Clara—, ese mismo alelo del cromosoma veintiuno también lo tienen los actuales habitantes del Líbano y de Siria, y también los palestinos: no sólo los judíos. Son un mismo pueblo. Libaneses, sirios, judíos, antiguos fenicios, todos provienen finalmente de los antiguos "apiru". Son una misma raza: los antiguos cananitas. Las divisiones actuales son artificiales. Las creó Nabopolasar de Babilonia, con su hijo, para ponerlos en guerra contra sí mismos. Y ésta es la guerra que sigue ahora. La fomentan los Estados Unidos.

Max dio tres pasos hacia él.

—Denme ese rollo. Nosotros vamos a terminar esta maldita guerra. Vamos a dar a conocer ese rollo. El mundo va a saber qué decía originalmente la Biblia. Supongo que en este rollo no se habla de exterminar a pueblos vecinos.

Lotan se puso el Documento J detrás de su espalda. Miró al piso.

—Gena Eden —le dijo a Clara—: ahora ya lo sabes. Tú tienes los genes de Tadua, que es David, pues él era de la familia de Tiy. Tú eres la rama de Yishaya.

Clara ladeó la cabeza.

—¿*Perdón...?* —y se volvió hacia Max. Lotan le dijo:

—Isaías 11:1 dice: "Y de la casa de David saldrá una rama, y el espíritu de Dios se posará sobre ella" —y le sonrió a Clara—. Tú eres esa rama. Tú eres el gen Apiru. "Y aparecerá una estrella en el cielo, y esta estrella anunciará su regreso" —y levantó la vista hacia las estrellas.

—*Un momento...* —le dijo Clara—, ¿se refiere usted al *Mesías...*? —y se frotó sus desnudos brazos delgados.

Abaddon Lotan le dijo:

—Me refiero a Jesucristo. Él mismo lo reveló a Mateo: "Entonces aparecerá una señal en el cielo [...] y todas las tribus de la tierra verán al hijo del hombre, en su regreso". Mateo 24:30.

Clara comenzó a negar con la cabeza:

—¿Usted se está refiriendo al "final de los tiempos", al "Apocalipsis"? ¿Éste es el final de los tiempos?

Lotan le sonrió.

—En realidad éste es el principio de los tiempos, no el final —y caminó por la cámara oscura, frente a la estatua de Moisés, con el Documento J por detrás de su espalda—. Jesús dijo que el tiempo anterior había terminado, y que Él habría de regresar. Tal vez Jesús mismo fue el Documento J. Pero fue crucificado, y no lo hemos escuchado —y la miró fijamente—. La edad de la guerra ha terminado. Ése fue el mundo anterior. El Apocalipsis finalizó. Tú eres ahora el comienzo. Por esto ustedes dos están juntos. Tú vas a abrir la puerta. El canal a Dios será abierto de nuevo. Ustedes van a facilitar el regreso.

Max señaló a Lotan.

—No puedo creerlo. ¿Usted es bueno? ¿O está loco? ¡Todo el tiempo he pensado que usted es un hijo de puta!

—Yo no soy el reverendo Abaddon Lotan —le dijo a Max—. Ni siquiera soy un "reverendo" —y de su cuello lentamente se arrancó su collar sacerdotal—. Yo soy un sosias. Soy un *doppelgänger*. Soy un doble fisionómico. El reverendo Lotan está en una celda, en el edificio de las Naciones Unidas. Yo vine a infiltrar la Operación Gladio. Trabajo para el embajador Moses Gate.

Max aferró a Clara de la muñeca. Le sonrió:

—Todo esto esta tan... lleno de ¿clones...?

En el techo comenzaron a sonar los pasos de los soldados.

137

El hombre les insisitió:

—El reverendo Lotan está en una celda. Está en el piso 39 del edificio sede de las Naciones Unidas, en Nueva York, arrestado. Yo fui seleccionado por la agencia. Me eligieron porque me parezco a Abaddon Lotan —y le sonrió a Max León—. Yo estoy aquí para infiltrar la Operación Gladio. Trabajo para la agencia de las Naciones Unidas contra la financiación del terrorismo. Ahí fue donde te conocí —y le sonrió a Gena Eden—, pues tú estabas investigando el Secreto Vaticano. Yo voy a llegar hasta la máxima jerarquía de la Organización Gladio, para desmantelarlos. Voy a averiguar si el presidente mismo está involucrado, o si él mismo es un sosias de Donald Trump. Voy a poner tras las rejas a los que financian al terrorismo en el mundo —y con el pesado rollo de cobre señaló hacia su hija, Serpentia Lotan—. Ella está conmigo. Lo vamos a lograr todo con este rollo: el origen mismo de la Biblia es la solución contra el terrorismo y contra la guerra.

La bella chica de cabellos negros le sonrió:

—Es verdad, Max. Sabíamos que entenderías. Lo del monasterio fue para llegar hasta aquí. Te necesitábamos.

Lentamente, Lotan se volvió hacia Max León.

—¿Me ayudarías, Max? ¿Harías esto con nosotros?

Max se quedó perplejo:

—Esto es… Increíble… —y volteó hacia Clara—. Tú… ¿qué opinas…? ¿Sabías algo de esto?

Serpia tomó a Clara de las manos. Con mucha ternura le dijo:

—Amiga, no tengas dudas. La agencia borró parte de tu memoria. Lo hicieron con la electroestimulación de MK-Ultra. Fue para ayudarte —y negó con la cabeza—. Nosotros estamos aquí para cuidarte. Vamos a limpiar el mundo para lo que viene —y levantó la mirada—. Cuando Él regrese, todo debe estar aquí bien preparado.

Max señaló a Serpentia Lotan:

—Todo esto es una locura. ¿Tú también eres una sosias? ¿No eres "Serpia Lotan"? ¿Cómo consiguieron una mujer idéntica a la hija del reverendo…? No creo que haya muchas con este cuerpo.

Serpia le sonrió:

—Max, tú también podrías ser un *doppelgänger*, un doble —y le sonrió—. Cualquiera puede serlo. Recuerda que existen cinco personas idénticas a ti en el mundo. Si sustituiste a Max León, ellos borraron el recuerdo de la sustitución de tu memoria. Ahora tú piensas que eres Max León. Esto es como la Biblia. Cada persona tiene adentro un Documento J.

—*Dios…* —y Max se dirigió a John Apóstole—. ¿Esto es lo que dices que te pasó a ti? ¿Un sujeto llegó a ti hace dos mil años, y dijo que eras tú, y te mató y tomó tu nombre, para crear una parte del Evangelio…? ¿Y ahora vives rebotando en el "espacio-tiempo" como una "burbuja", saltando épocas?

John asintió.

—No espero que me creas ahora, Max. Normalmente la gente tarda muchos años en absorberlo. Apenas estás entrando a este terreno —y bajó la mirada.

—*Juan el Apóstol...* —y Max negó con la cabeza—. ¿Cómo podría saber yo si tú eres el verdadero Juan, o el maldito Cerinto, que fue el asesino de Juan, y autor del "libro del Apocalipsis"?

John suavemente le sonrió. En la oscuridad, sus ojos brillaron con un extraño fulgor amarillo.

Abaddon Lotan le mostró a Max el pesado rollo de cobre, que escurrió su aceite de color verdoso por los lados:

—Estas letras no son hebreas, Max. Tampoco griegas, ni fenicias. Justo como lo imaginé. En la época de Yah-Mes no existía ninguno de esos alfabetos. Moisés no pudo escribir con ellos. Pero tampoco son egipcias.

Su hija Serpia acarició la superficie del antiguo cobre: los símbolos extraños, grabados en el metal, semejantes a moléculas:

—Debe ser un sistema de escritura anterior a las lenguas conocidas. Se parece a la escritura protolítica del centro de África.

—Vamos a llevarlo a decodificación, al Laboratorio VERIGEN, en el volcán Damavand —le dijo el hombre—. Vamos todos —y avanzó por atrás de la estatua de Yah-Mes, acariciándola por un costado.

Serpia rodeó el rollo de cobre con un plástico transparente:

—Vamos, Max. Vamos Gena. El helicóptero del embajador Gate nos está esperando aquí arriba —y miró al techo—. Ya está al otro lado del risco. Es un Mil Mi-26 ruso. Nos va a llevar hacia Irán. Nos va a escoltar su flota de la ONU, para protegernos de los helicópteros del presidente.

—¿Volcán Damavand? —les preguntó Max León—. ¿Ahora vamos a ese maldito volcán?

El doble del reverendo le dijo:

—En este texto que tenemos aquí, en estas letras, en estos signos desconocidos, están las instrucciones sobre lo que tú y Gena Eden tienen que hacer desde ahora, y sobre la señal que va a ocurrir en el cielo —y le sonrió también a Clara—. Ahora comienza la fase dos de la historia humana: la ultraestructura, el universo.

Abaddon, con el rollo ahora dentro de su protección de poliéster, subió las escaleras de roca por detrás de la estatua de Yah-Mes, hacia la cima de la montaña. Se abrió una compuerta en la parte de arriba. Empezó a ascender hacia la luz que venía desde arriba, desde el tope del monte Hor-Ib.

Por abajo, por el túnel de la tumba, entró un tropel de veinte soldados, trotando.

—¡Deténganse ahí, bastardos! ¡¿Dónde está el material arqueológico?! ¡El presidente de los Estados Unidos está esperando! —y señalaron hacia atrás.

—¡¿Dónde está Lotan?! —se escuchó una voz, desde lejos. Era la voz del presidente—. ¡¿Dónde está el maldito rollo?! ¡Mi conferencia de prensa es mañana a primera hora! ¡Dónde está el rollo arqueológico! ¡La religión debe volver a ser grande de nuevo!

Max se detuvo por un instante. Con gran esfuerzo intentó ver entre las paredes del túnel, hacia atrás, al mandatario. Se inclinó para ver el inicio del largo pasaje, en la oscuridad, entre los haces de luz de las linternas. Alcanzó a ver la silueta del presidente de los Estados Unidos, rodeado por sus agentes protectores. Max se colocó una mano alrededor de la boca. Gritó en el silencio del túnel:

—¡Hey, señor imbécil! ¡¿Puede escucharme?! ¡Soy Max León, el mexicano, o su doble!

—¡¿Quién es ese idiota?! ¡¿Es el terrorista?! ¡Atrápenlo!

—¡Yo o mi doble le decimos lo siguiente! ¡Usted no es ni siquiera tan mierda como Nabucodonosor!

—¡Te voy a encontrar! —fue la respuesta—. ¡A donde vayas, yo te voy a despedazar! ¡Voy a sepultarte debajo de un muro!

—Sí, sí. ¡Ya sueñas, cabrón! —y trotó hacia arriba—. A mí nadie me vence. Yo soy Max León, o su doble.

Afuera, en la consola portátil, bajo el rayo del sol, un hombre con gorra militar de color verde dijo por su aparato de radio:

—Me está informando John Apóstole, desde su celular. El grupo se va a dirigir ahora hacia un volcán, un laboratorio, Irán norte, coordenadas 35.95 norte, 52.11 este, montes Elbruz. Van a decodificar el Material J.

—Preparen los equipos. En esa cordillera hay una instalación de las Naciones Unidas. Los vamos a interceptar allá, cuando tengan el mensaje decodificado. En ese momento lo obtendrá el presidente.

138

Clara llegó hasta arriba, por la escalerilla de piedra, a la oscura compuerta de madera. Estaba cerrada. Era el pozo de la cima. Comenzó a golpearla:

—¡Cómo abro esto! ¡Cómo lo abro! —y miró hacia abajo. En la profundidad vio unos ojos brillando. Eran los de Max.

—Tú puedes hacerlo —le sonrió Max—. Tienes el gen D21S11. Tú eres "supermujer".

—No, no, no… —y siguió golpeando, con más fuerza—. Sólo soy una "loca", ¿lo recuerdas?

Desde afuera, desde arriba, la madera crujió. La blanca luz del día golpeó a Clara en los ojos, como un cuchillo. Empezó a subir. Desde lo alto, el periodista Omar Chavarría la jaló del brazo para que alcanzara el helicóptero; tras ella subieron Max León y John Apóstole:

—¡Vengan, vengan! ¡Ya está aquí arriba el helicóptero! —y se introdujo en medio de la luz del día, hacia el gigantesco Mil Mi-26, de cuatro pisos de altura, de cuarenta toneladas, del embajador Moses Gate.

Clara sintió por detrás de la espalda las pisadas rápidas de Max León y de John Apóstole.

—¡Captúrenlos vivos! ¡Amárrenla! —gritaron desde los lados dos de los soldados estadounidenses. Saltaron desde detrás de las rocas. Le gritaron a ella:

—¡Atrapen al deforme! ¡Eres la vergüenza de mi padre!

Clara sintió un latigazo en su espalda. Cerró los ojos. Vio un relámpago en el cielo.

Max León la tomó de la otra mano.

—No temas. Ya no eres Akhenatón. Ahora yo estoy aquí para cuidarte.

—¿Yah-Mes? ¿ *Moisés*…?

—Esta vez va a ser diferente —y la jaló hacia adelante—. Esta vez no nos va a derrotar la serpiente.

En el cielo los tres vieron un estallido colosal, rodeada de anillos de fuego, en la región estelar de Orión: una poderosa explosión de luz de colores. Ocurrió muy lejos de la atmósfera terrestre. Omar Chavarría les dijo:

—¡No tengan miedo! ¡Es la estrella Betelgeuse! ¡Constelación de Orión! ¡Es veinte veces más pesada que el Sol! Los astrónomos han estado esperando su estallido, su conversión en supernova desde hace catorce meses. La radiación va a tardar dos años en llegar a la Tierra —y siguió trotando hacia el helicóptero—. En los próximos tres años va a brillar más que todas las estrellas de la galaxia. Ésta es la señal en el cielo.

Por el intercomunicador de la aeronave, el general Tomás Ángeles, ex subsecretario de la Defensa de México, les ordenó:

—¡Despeguen! Los ejércitos de siete países vamos a protegerlos.

—Un momento —se detuvo Max—: ¿No fue aquí, en esta cima, donde Akhenatón vio a Dios la primera vez? ¿No es ésta la "montaña" donde ocurrió el contacto, este risco? ¿No es éste el verdadero "monte Sinaí"?

Todos permanecieron callados. Las aspas del helicóptero continuaron girando.

En el absoluto silencio, Clara se detuvo. Lentamente observó las rocas. En su cara comenzaron a caer las gotas de lluvia del pasado. Se hizo la oscuridad. El cielo se ocultó entre nubes oscuras, de color verdoso, debido a la explosión antigua del volcán Pago, de la remota isla de Nueva Guinea. En su carne sintió el tronido del relámpago.

Se vio a sí misma, tres mil trescientos años atrás en el tiempo, de siete años de edad, subiendo sobre esas mismas rocas.

—¡Yah-Mes! ¡Defiéndeme de mi hermano!

—*Dios...* —y comenzó a abrir más sus ojos—. ¿Soy yo...? ¿Yo soy Akhenatón...? —se miró sus propias manos.

Con sus calzas egipcias patinó sobre las piedras.

—Se está desfasando un portal del tiempo...

Un haz de luz la envolvió. Empezó a caer para atrás, por la superficie mojada. Su musculoso hermano la jaló del collar:

—*¡She-Dejer! ¡Keh-her!* ¡Muere, maldito deforme! ¡Muere, bastardo! —y en la cabeza, Clara sintió los filos de bronce del flagelo NekHakha de Totmes, arrancándole la carne de detrás del cráneo. Cerró los ojos.

Sintió su propia sangre mojándole el delgado cuello. Siguió trepando por sobre las piedras mojadas, resbalando hacia atrás. Se le apareció por encima una mano.

—*¡Pe-Keh-Er!* ¡Ven a aquí! ¡Es por aquí! —y esa mano la jaló hacia arriba, a la cima. Era su amigo de ocho años, Yah-Mes. Los dos corrieron a trote por las resbalosas piedras, hasta la mancha de luz encima de la roca superior del peñasco. Era una luz azul, giratoria, hecha de descargas voltaicas.

—Dios... ¡¿Qué es esto...?!

Lentamente, Clara abrió los ojos. Empezó a aproximarse hacia la radiación.

—¿Yah-Mes...? ¿... Qué es...?

Los dos se aproximaron, juntos, en silencio. El joven Yah-Mes la tomó de la mano.

—No temas. Ahora siempre va a estar en ti —y le sonrió—. Yo estoy aquí para protegerte. Él me envió a cuiarte.

La radiación comenzó a fragmentarse, a expandirse hacia todas direcciones, como filamentos de luz, como vibraciones del espacio-tiempo, compuestas por millones de ondulaciones de colores, disparándose unas y otras hacia las estrellas, hacia las piedras, como curvas, integrándose a ellas; como espirales, como arcos elípticos, como torrentes de fuego hacia las estrellas.

Clara abrió los ojos.

—*Dios...* —Clara se dirigió a Max León—: ¡¿Estoy viendo a Dios...?!

Se detuvo, en medio de los hombres del general Tomás Ángeles y del empresario Emilio España, quienes habían abordado el aparato. Todos se detuvieron alrededor de Clara. Formaron un círculo para protegerla.

—¿Qué estás viendo?

—No lo sé... Creo que estoy viendo la ultraestructura —y levantó la mano. Su propia piel ahora era de colores, como vibraciones de fuego, transparentes: capas sobre capas de energía, con latigazos de plasma. Comenzó a sonreír—. Esto debe ser la utraestructura.

Por su lado izquierdo la tomó por el brazo el rescatista Yohannan Díaz Vargas, periodista de *Expediente Punto Cero*.

—Ven por aquí —le dijo—. El helicóptero nos va a llevar al Laboratorio VERIGEN, en el monte Damavand. Son los mejores del mundo para decodificar lenguas antiguas.

—No tengas miedo. Todo comienza de nuevo ahora.

El tercer hombre, Alexander Cruz Sánchez, de la Fundación Caballeros Águila, arrojó al aire una bengala. El diminuto cilindro giró en el cielo. Estalló al otro lado de la brillante estrella Betelgeuse.

Yohannan Díaz Vargas le dijo a Clara:

—Yo trabajo para la televisión. Hemos estado investigando el origen de la Biblia. ¿Sabías que la diosa China llamada XihuangMu custodiaba un árbol de "melocotones sagrados", en un "paraíso" llamado Kunlun, y que un mono llegó para robarlos, como en la historia de Adán y Eva?— Clara abrió más los ojos.

—¿Un paraíso...? —Clara escuchó los crujidos de las ametralladoras de los soldados del presidente de los Estados Unidos. El helicóptero comenzó a levantarse.

—¡Atrápenlos! ¡Que no se vayan con el rollo!

—Ya vienen por nosotros. Van a querer detenernos; como cuando Hércules se aproximó al árbol de las manzanas de oro, en el Jardín de las Hespérides, para tomar una de las frutas.

—Sí, he oído esa historia —y ella se pasó la mano por el dorado cabello lacio.

Max León le gritó al periodista:

—¡Hey! ¡Ésa es mi chica! ¡Suéltale la mano!

—¡Arrójenles el gas nervioso! —gritaron desde abajo los soldados—. ¡Arrójenles el gas sarín!

—El problema —le dijo Yohannan Díaz Vargas a Clara—, es que China no tuvo ningún contacto cultural con Judea, ni con Babilonia, ni con Asiria, ni con Grecia. ¿Cómo es posible que también tuvieron en su mitología este mismo árbol de frutas prohibidas? Por otra parte: al otro lado del planeta, en Irlanda, los héroes míticos Brian, Iuchar e Icharba también "fueron" enviados a un "paraíso", llamado Hisbernia, para robar las manzanas sagradas. ¿Por qué este mito apareció siempre en todos lados? La misma historia se repite una y otra vez en el mundo, en civilizaciones que nunca se conocieron. En Escandinavia, el gigante vikingo Thjazi volaba hacia un "paraíso" llamado Idunn para robar las manzanas de la juventud, que eran también de oro. ¿Por qué siempre este mismo árbol de frutas prohibidas?

Clara abrió los ojos. Seguía envuelta en el halo luminoso. Las aspas estaban rotando en lo alto. El periodista le dijo:

—El mito del árbol con frutos prohibidos, custodiado por un "dragón" o "serpiente" no surgió en China, ni en Irlanda, ni en Escandinavia, ni en Mesopotamia. Surgió en el subconsciente. Está en nuestros cerebros. Es parte de nuestra programación neurológica, genética: es un "mytheme", un "arquetipo". Está en nuestros genes.

Gena Eden-Clara Vanthi abrió los ojos.

—¿*Arquetipo*...? — y miró a los lados.

Yohannan siguió:

—Existen en nuestra memoria biológica, como especie, en lo que Carl Jung, discípulo de Freud, llamó "el inconsciente colectivo". Son como los instintos: los heredamos de nuestros antepasados. Nacemos con ellos. La serpiente, el árbol, los frutos prohibidos... Son creados desde el cerebro. Aparecen en nuestros sueños, en los cuentos infantiles, en las leyendas antiguas de todas las naciones. Los tienen los bebés, aunque nadie les haya enseñado nada aún. Son nuestro "programa operativo": en el encéfalo. Son parte del sistema de la sobrevivencia con el que nacemos. Heredamos todos estos instintos e "imágenes mitológicas" de nuestros antepasados.

—Diablos. ¿Qué estás diciendo? ¿El "Edén" está en la mente?

—Te voy a pedir que hagas memoria —y suavemente la apretó por la muñeca—. Cierra los ojos. Primero: un jardín en un edén. Segundo: un dragón cósmico, que amenaza a toda la humanidad, y al mundo, y tú debes destruirlo, para salvarnos a todos. Tercero: la existencia de un reino profundo, un "inframundo", un "infierno". Cuarto: el encuentro con un ser superior o sobrenatural en el bosque o en la noche del desierto, o en un risco como éste. Quinto: la existencia de un mundo anterior a éste, que fue destruido en una catástrofe, como la Atlántida. Sexto: la creencia de que este mundo va a ser destruido también en una catástrofe cósmica, de la que va a surgir otro, o muchos otros universos. Séptimo: un gran salvador que muere por nosotros, y resucita como Dios protector, como Quetzalcóalt o como Jesús. Octavo: un joven despreciado o huérfano que se enfrenta al sistema opresor y se convierte en rey. Noveno: una pareja sideral es formada por la mejor hembra, hija del rey asesinado, y por el guerrero que fue perseguido y que ahora la salva; triunfan, se unen y son ahora los reyes del futuro, padres de una nueva humanidad. Décimo: homínidos que existieron alguna vez: enanos, duendes y gigantes que son ecos de bestias reales que existieron realmente: el Neandertal, el Gigantopitecus de tres metros de altura y el Parantropus, nuestros compañeros humanoides del pasado, que hoy ya están extintos, pero que sí existieron, y que nosotros evocamos como "titanes" y "nefilim", y "trolls", debido a nuestro memorial genético.

Clara sintió un escalofrío en la espalda.

—¿Éstos son los *arquetipos*...?

El periodista le dijo:

—Todos nacemos con estos mitos: son nuestro material genético. Están en los cuentos de hadas, en las caricaturas, en las canciones; son los modelos de supervivencia que tenemos como especie: los héroes, los peligros, por eso se nos aparecen como pesadillas. Con estos patrones de acción instintivos proyectas lo que puedes hacer cuando estás en problemas. Pero todos estos héroes y heroínas eres tú misma. Tú eres el Edén. Tú eres Dilmun. Tú eres la fuente. La Fuente J.

—*Diablos* —y Clara siguió avanzando sobre las piedras—. Entonces... ¿qué es Dios? ¿Está en nuestra mente?

—La manzana o fruto prohibida en el árbol de XihuangMu, o en el huerto de las Hespérides de Hércules, o en el Génesis de la Biblia, es el símbolo genético de lo imposible, de lo que deseamos y deseamos alcanzar, de lo que soñamos y tenemos prohibido. Es el "reto", el "sueño", el "fruto del deseo" al que te enfrentas en la vida. Conquistar un nuevo empleo, convertirte en una estrella de rock, cambiar al mundo, darle un beso a la persona que anhelas, hacer orgullosos a tus padres. El mito del fruto prohibido representa que puedes hacer lo imposible, que puedes atreverte a lo prohibido. En tus neuronas está codificado este héroe mítico que va a este jardín difícil, donde todo está en su contra, para impedir que logre su objetivo: ramas espinosas, oscuridad, la amenaza de un castigo; y de pronto siente miedo. Este miedo reverencial puede paralizarlo, destruirlo. En muchos, éste es el momento del sueño en el que despiertas. Todo está en tu cerebro. Este héroe arquetípico eres tú. En el jardín precodificado de tu cerebro está el árbol, y también la entidad maligna que quiere bloquearte: también eres tú misma: tu propio cerebro. Es la serpiente del árbol, es el dragón Lotan, el Fafnir de la cueva de Sigrido, el monstruo Iluyanka de los hititas, es el Isimud de los Sumerios, es el dragón Vritra de la India, el Dahhak de Persia, es el monstruo Kali al que enfrenta Kalki en el Kali Yuga. Eres tú misma.

—Dios…

—Tú eres tanto el dragón al que temes, como el héroe que va a vencerlo. Pero debes vencerlo.

Clara lentamente abrió los ojos.

Yohannan le dijo:

—Todos somos Teseo, Indra, Marduk, Sigfrido, David, Huitzilopochtli. Todo está adentro de nosotros. Todos somos este mismo héroe interno universal que puede conquistarlo todo: está en tu programa genético —los poderosos motores LOTAREV D-136 rugieron en el espacio—. Cada individuo, en todas las épocas del mundo, ha tenido este programa para sobrevivir, para convertirse en el rey, en el libertador de la especie, pero pocos despiertan estos genes instintivos. Están en tu cromosoma veintiuno, en tu gen D21S11. Tú puedes activarlo, con el pensamiento, a través de tus neurotransmisores. Debes hacer la regresión ahora mismo. Vuelve al jardín de Dilmun, dentro de ti, para enfrentar a la serpiente.

Clara infló el pecho. Sintió el vapor del desierto, y el humo caliente del helicóptero Mi-26.

—¿Qué es Dios? Creo que acabo de verlo.

El periodista le sonrió:

—La locación para ver a Dios está también en el cerebro: en la circunvolución parahipocampal. Puedes acceder a ella también, con tu pensamiento.

—¿Dios existe?

El periodista calló por dos segundos. Suavemente le apretó la mano a Clara, para impulsarla a hacer la conexión.

—Los científicos han explorado a Dios por noventa años. ¿Sabías que la atracción entre un protón y un electrón hubiera podido ser un diez millonésimo por ciento mayor de lo que es, y entonces los electrones se habrían fusionado con los protones, en vez de girar alrededor de ellos; y nunca habría habido átomos, ni moléculas, ni la vida como la conocemos? ¿Sabes que pudo haber sido al revés? Si esta atracción hubiera sido un diez millonésimo por ciento menor, los electrones y los protones nunca se habrían siquiera asociado para formar átomos. El cosmos sería hoy un plasma negro, difuso, sin planetas ni vida. La combinación exacta de leyes para que el universo fuera habitado por alguien es de una entre setenta trillones.

Clara lo miró a los ojos.

—¿Qué significa esto?

El periodista le dijo:

—Alguien planeó el universo, Gena Eden, para que nosotros existiéramos. Los científicos están investigando las seis proporciones de construcción del universo: los seis "números de fuego". Números cósmicos que definen todo: el coeficiente Omega, la constante gravitacional G, el balance electrogravitacional N, el integrador nuclear Épsilon, el compresor estelar Q, el generador de espacio D. Todo esto lo han estudiado Martin Rees, Alan Guth, Fred Hoyle, Paul Davies, Steven Weinberg, el propio Albert Einstein. Si cualesquiera de estas seis proporciones hubiera sido siquiera un poco diferente, no existiría el universo habitable ni la vida. Alguien diseñó todo esto, Gena Eden.

—*Dios...* —y Clara entrecerró los ojos. Suavemente colocó su mano sobre su vientre. Recordó la luz que vio sobre estas mismas piedras, pero hacía tres mil trescientos años. Ahora esa luz estaba, de alguna manera, dentro de ella.

El helicóptero, con sus hélices de dieciséis metros girando, voló en el aire espeso. Seis hombres extendieron sus manos hacia Clara.

—Bienvenida a bordo —le sonrieron.

Clara miró para abajo, por la ventana.

—Esperen. Quiero que volvamos por Max.

—Max se va a reunir con nosotros en el otro helicóptero, el Mi-8 AMTSh. Nos encontraremos con él y con John en el volcán Damavand, en VERIGEN.

Frente a Clara, el imponente y caballeroso Manuel Jiménez Guzmán, ex gran maestro de la gran logia del valle de México, y soberano gran comendador del Supremo Consejo Masónico de México, le dijo:

—La ONU sólo va a ser el comienzo —y suavemente le sonrió—. Estamos aquí para cuidarte. Tenemos aquí un jarrón del año 40 d.C., sellado en Patmos. Aquí dentro está el Documento Q. Es el primer evangelio de Cristo. También va a ser traducido en VERIGEN, junto con la Fuente J.

En la blanca y apretada camiseta de Clara, ahora sucia y rota por los lados, todos pudieron leer aún la leyenda:

FUENTE J / NO AL EXTERMINIO

Clara sonrió. El hombre le dijo:

—Tú misma vas a presentar la nueva Biblia ante las Naciones Unidas. Estos materiales arqueológicos van a obligar a los líderes religiosos a modificar los textos de la actual Biblia, y del Corán. No va a haber más exterminio, ni guerras, ni más odio. Las religiones del mundo van a cambiar, y también la estructura misma del poder en el mundo. Los que han tenido el poder van a caer. Va a surgir una nueva estructura.

Clara miró por la ventana. A su derecha vio arder la nueva estrella, Betelgeuse, con treinta grados de separación del Sol, como un segundo sol, con la energía de diez trillones de trillones de trillones de lumen. Sintió el calor en su cara.

—*La señal en el cielo...* —y de nuevo se acarició su suave vientre. Recordó la imagen de Jesús regresando al mundo, desde el Cielo, en el mural de la Capilla Sixtina—. "¿Vendrás ya, a nosotros?" —se sonrió a sí misma.

Abajo, Max León disparó contra los soldados del presidente de los Estados Unidos.

—¡No van a detenerme, pendejos! ¡Yo no soy Adán! ¡A mí no me fastidia una puta serpiente! ¡Yo soy como Hércules, o mejor aún, como Huitzilopochtli! —y miró hacia el helicóptero donde estaba Clara. La vio alejándose contra el resplandor de la nueva estrella.

—Yo quiero ir con ella. ¡Yo quiero ir con ella! —y le pasó un disparo por la oreja.

La hermosa Serpentia Lotan lo jaló del brazo.

—Primero vas a tener que venir conmigo —y lo impulsó hacia el negro y cuadrado helicóptero Mi-8, Terminator, semejante a un feo sapo de diez toneladas—. Me llamo Lilith —y le sonrió—. Yo soy tu primera esposa.

Max negó con la cabeza.

—No, no, ¡no! —y recordó un pasado complejo, donde fue muchos personajes anteriores, algunos pertenecientes a la prehistoria—. Sintió también, con certeza, que aún le faltaba ser muchos miles de personajes más en el futuro, como las columnas de burbujas que suben por un refresco de soda.

—*Estoy sintiendo la ultraestructura...* —y cerró los ojos. Por sus dedos sintió la mano de Serpia Lotan: entraron desde la piel de ella hacia él trillones de torrentes electrónicos: los campos invisibles de Albert Einstein: la fábrica del espacio y de la materia. Y se dirigieron hacia el corazón misterioso de Asia: Irán, montes Elbruz, volcán Damavand.

Tales de Mileto / Pitágoras de Samos:

El tiempo es un círculo. Volveremos en nuevos cuerpos, y en nuevos tiempos. Este fenómeno se llama recurrencia en el tiempo o metempsicosis. Éste no es el final, sino el principio.

La cita ahora es en la montaña donde comenzó todo:

Volcán Damavand /Irán / Foto: Hamed Khorramyar/
Hábitat de "Azi-Dahhak" ("Satán", o "666")

Epílogo

Amiya
Canaán
Sur de la antigua Siria
Norte de Samaria
Coordenadas 33.51 N / 36.27 E
Locación del surgimiento de la población hebrea
Año 1650 a.C.

Tres mil cuatrocientos noventa años atrás, en el oscuro pantano de Amiya —futuro Canaán, al sur de la "Antigua Siria"—, centro de la población protohistórica apiru —trescientos años antes del nacimiento de Akhenatón, el líder sirio Idrimi— un extranjero entre esa población de nómadas —con su cuerpo completamente tatuado de símbolos prealfabéticos, semejantes a moléculas, el alfabeto aún no existía en el mundo—, salió del fango.

En la oscuridad abrió los ojos. Por detrás de su espalda se levantaron del pantano sus siete mil hombres, todos ellos también tatuados con símbolos mitannios. Le gritaron:

—¡Idrimi! ¡Idrimi! ¡Idrimi! —y levantaron sus picas.

El musculoso Idrimi les gritó:

—¡Yo soy Idrimi, hijo de Ilimilimma, sirviente de Teshub, el dios Tormenta, y de Shaushga, la señora de Alalakh, mi amante! —y con enorme violencia le tomó el brazo a su amigo Anwanda. Se lo levantó hacia el cielo—. ¡En Aleppo, Siria, en la casa de mis padres, un crimen fue cometido! ¡Yo escapé con mi familia! ¡Dejé a mi familia y a mis hermanos! ¡Tomé mi caballo y tomé mi carro, y fui hacia adentro del desierto, a un pueblo secreto, donde estaban los apiru! ¡Ustedes vieron en mí al hijo de su señor, y se reunieron alrededor de mí, y me protegieron! ¡Yo ahora los protejo a ustedes, mis hermanos, los apiru!

Los siete mil apiru le gritaron:

—¡Idrimi! ¡Idrimi! ¡Idrimi! —y levantaron sus lanzas hacia el cielo, de puntas de madera, con signos geométricos, semejantes a moléculas.

Por su hombro apareció una mujer hermosa, de ojos estirados, pintados de negro con grasa Kohl, también embarrada en el lodo, una princesa egipcia:

—Y yo soy Iseptahra, hermana del faraón Tutmosis II —y le sonrió al líder Idrimi—. Me envía para ofrecerte su apoyo, y la protección del ejército egipcio, para que tú destruyas a Barattarna, emperador de los Mitanni —y señaló al norte—. Si conquistas estas tierras, vas a ser dueño de ellas, junto con Egipto.

Por detrás de ambos avanzaron los carros gigantescos, semejantes a caracoles, del ejército egipcio, junto con bestias monstruosas, ahora extintas. Los carros escupieron fuego hacia el aire, con mangueras. Eran los "carros de magia", los *heka*, del faraón Tutmosis II, hijo del fundador de la Dinastía XVIII.

El líder Idrimi avanzó con sus duros pasos hasta la siniestra fortaleza de Alalakh, ciudad del dios hitita Alalu, contra el rey que había asesinado a sus padres: el jefe mortal del Imperio mitanni, Baratharna, el grande, para iniciar así la historia hebrea.

"Ésta es la historia real. Pero nunca vas a encontrarla así en la Biblia. Idrimi es Abraham" —le dijo una voz, desde el techo de la Sala 57, Antigua Siria, al policía británico John Apóstole, de cabellos mojados.

John, de ojos de color rojo, siguió corriendo en la oscuridad, hacia la sombría estatua de roca del "rey Idrimi", en el corazón frío y oscuro del Museo Británico.

La voz desde el techo le dijo:

—En la Biblia nunca vas a ver la palabra Baratharna, emperador de Mitanni, ni Idrimi, rey de Siria. Ni siquiera vas a encontrar mencionado al imperio Mittanni. Los que escribieron la Biblia la redactaron mil años después de todos estos acontecimientos. El imperio mitanni había desaparecido por completo. Los redactores, incluyendo a R, nunca supieron que Mitanni siquiera existió, ni que Mitanni por un momento dominó al mundo, antes de Tutmosis.

—No tengo tiempo para tus palabras. No vas a detenerme. No eres la serpiente Ladón, ni yo soy Adán.

—Voy a ser la voz de Israel Finkelstein. Escúchame: "Los que escribieron el Génesis dijeron que Abraham salió de la ciudad de 'Ur de los caldeos'. Pero en el año 2000 a.C., cuando se afirma que vivió Abraham, los caldeos no existían. No habían aparecido en la historia. Los caldeos aparecieron en la historia hasta el año 1000 a.C. En 2000 a.C. la ciudad de Ur existía, pero era de los sumerios, que tampoco se mencionan nunca en la Biblia, porque también habían desaparecido cuando se escribió la Biblia".

—¡Esto no tienes que decírmelo, maldita sea! —le gritó John. Siguió buscando, entre los anaqueles de la Sala 57—. ¡No vas a hacerme creer que Abraham jamás existió! ¡Yo sé que existió, y que su nombre real fue Idrimi, aunque la gente no lo sepa! ¡Ahora sé que Moisés y David sí fueron reales! ¡Abraham también tiene que ser real!

—La razón por la que la Redactora R dijo que Abraham había salido de "Ur de los Caldeos" fue para complacer a su amo: Nabucodonosor, que era un caldeo igual que su padre.

—¡Ya cállate! —y John siguió trotando, por debajo de las luces de los reflectores del techo, hacia los cristales.

—En el siglo VII a.C. el mundo estaba dominado por los caldeos. Su líder era Nabucodonosor, rey de Babilonia. ¿No te parece curioso que hayan escrito que Abraham provenía de "Ur de los caldeos"?

—¡Esto ya lo sé también! —y se volvió hacia la entrada de la sala. Escuchó los pasos de la policía—. ¡Abraham debe haber existido! ¡Es Idrimi! ¡Su nombre fue distorsionado, igual que los otros!

John Apóstole, con su respiración agotada, con su revólver en mano, vio en medio la estatua de roca.

—*Dios mío...* —y comenzó a trotar hacia ella—. ¿Eres tú?

En la base leyó el código: MUS BRIT 130738.

—*¿Idrimi...?* —le preguntó a la estatua, como si ella pudiera contestarle.

Era el rey Idrimi, de Alalakh, Siria.

En el techo, la voz le dijo a John:

—No vas a decirle esto al mundo, John. No vas a hacerlo. La gente debe seguir creyendo lo que nosotros le decimos. No vas a cambiarlos. Ni siquiera lo deben saber los protectores de este museo. Ellos tampoco saben quién es Idrimi. Tampoco los rabinos.

La estatua tenía los ojos notablemente saltones. John lentamente se le acercó, sonriéndole.

—¿Tú eres Abraham...? ¿Tú eres el origen del pueblo hebreo... y de la civilización occidental...?

REY IDRIMI (FOTO: UDIMU, 2008)

La estatua no le respondió. Simplemente miró a John. La silenciosa roca de magnesita permaneció inmóvil.

John suavemente la iluminó con su linterna ultravioleta. En la superficie distinguió las huellas de embarraduras de sangre.

—*Dios...* —le dijo a la efigie—: ¿Alguien más estuvo aquí? —y volteó a los lados—. ¿Quién estuvo aquí? ¿Pío del Rosario?

La estatua lo miró fijamente, sonriéndole.

Desde el techo, la voz electrónica le dijo a John:

—Todas las respuestas sobre la verdad oculta que estás buscando, el Secreto Biblia, están en este museo. Clave ME 78941: la historia verdadera del Diluvio de Noé. Es sumeria: es Gilgamesh. Clave ME 125012, el origen de Eva: también es sumeria: es la reina Kubaba. Clave EA256: la historia real de David y Goliath. Clave BM 1851,0902.509: el kuribu que estaba en el palacio de Asurnasirpal. Clave BM21946: el secreto de Nabucodonosor sobre cómo intervino para redactar la Biblia. Idrimi es efectivamente Abraham. Su mujer Sarah fue realmente Iseptahra, la hermana del faraón Tutmosis II. Por esto la Biblia habla sobre una confusión donde Sarah aparece como hermana de Abraham, y a la vez su esposa. Iseptahra, también llamada Hapsetsut, también se casó con su hermano Tutmosis II, y después ella misma fue faraona. El hijo de Abraham, Isaac, fue realmente Niqmepa, rey de Siria, hijo de Idrimi.

—Voy a decir todo esto al mundo —le dijo John—. Voy a informarle esto al embajador Moses Gate. Me voy a encontrar con él en Damavand, y con Max León, y con Gena Eden, en el Laboratorio VERIGEN. Voy a llevarle estas fotografías láser, de esta escultura. Idrimi es la pieza final para completar el rompecabezas, el Secreto Biblia.

—Tú ya estás a bordo del helicóptero —le dijo la voz desde el techo—. Tú ya estás con el embajador.

—¡¿Cómo dices?!

—Tu sosias está con Gates, y con Max León. Ya está yendo hacia Irán, con la chica D21S11.

John bajó la mirada.

—No... ¿Enviaste a Cerinto?

Por detrás de su espalda, llegó hacia él, trotando, con su placa de la policía en mano, un hombre idéntico a él: de cabellos blancos, con ojos también blancos, con una olorosa chaqueta de piel, desgastada, volándole por los lados.

—¡VERIGEN es una instalación de la Operación Gladio! ¡Es de la CIA! ¡Van a matar a Clara Vanthi, y a Max León, y todos los que descubrieron el nuevo rollo!

John, perplejo, le preguntó:

—¿Tú quién eres?

En Amarna, sobre el risco Ra's Abu Hasah, a punto de saltar al interior del negro helicóptero Terminator, de la mano de la hermosa Serpia Lotan para dirigirse al volcán Damavand, en Irán, y reencontrarse con Clara, Max León sintió un duro jalón en su bíceps, hacia atrás, hacia abajo, que lo desmontó del helicóptero Mi-8 Terminator. Lo jaló violentamente otro John Apóstole.

—Dios... ¿Tú sigues aquí?

Los dos cayeron sobre las duras rocas. John le gritó:

—¡Max León, no puedo creer lo idiota que eres! ¡¿Cómo los dejaste ir?! ¡Acabas de dejar que se vayan!

Max se sintió perturbado:

—¿Qué pasa? —y miró hacia el helicóptero de Clara Vanthi, cada vez más pequeño en el cielo. Con enorme fuerza, John Apóstole señaló hacia el gigantesco helicóptero ruso Mil Mi-26, de cinco pisos de altura:

—¡Dejaste que Lotan se la llevara, maldito! ¡Lotan se está llevando a todos, a toda la gente de Moses Gate! ¡Mira!

Serpia saltó desde el Terminator:

—¡¿Qué están haciendo, idiotas?! ¡Se nos está acabando el tiempo! —y miró su reloj.

—¡Lotan te volvió a engañar! —le gritó el tercer John a Max León—. ¡Ahora Lotan se está llevando en el Mi-26 a toda la gente de Moses Gate, incluyendo el rollo J! ¡Los está secuestrando!

Max se quedó perplejo, inmóvil, encima del risco de las Tumbas Norte. En silencio observó la nueva estrella en el cielo: Betelgeuse. Por debajo vio, alejándose en la inmensidad, al gigantesco Mi-26. Negó con la cabeza.

—¡No, no, no! Todo esto es tan… ¿*sorpresivo*…? —y observó en el cielo al enorme helicóptero ruso de cuarenta y cinco toneladas.

—¡Lotan no es un sosias! —le gritó John Apóstole—. ¡Es el maldito reverendo! ¡Acabas de dejarlo ir con Gena y con el Rollo de Moisés! ¡El Laboratorio VERIGEN es de la Operación Gladio! ¡Ellos lo controlan! ¡El volcán Damavand es un sitio secreto de la CIA! ¡Ahora van a alterar el Rollo J, y van a matarlos a todos! ¡Ya tienen listos los pedazos para la fusión!

Max entrecerró los ojos:

—¿*Fusión*…? —y lentamente sacudió la cabeza—. ¡¿Qué diablos estás diciendo?!

John Apóstole lo golpeó en la cara:

—¡En ese laboratorio hay setenta científicos! ¡Están esperando el rollo! —y con mucha fuerza lo aferró del cuello de la camisa—. ¡Ya tienen listas las tinas de persulfato potásico, para modificar el cobre, para convertir al presidente de los Estados Unidos en el nuevo Saoshyant, el mesías de los persas, el Maytreya, el rey de reyes!

Max negó con la cabeza.

—Vaya… —y se colocó la mano en la boca, para limpiarse la sangre. Buscó el helicóptero de Clara en el espacio. Ahora ya no pudo verlo. Sólo vio los dos gigantescos soles en el cielo.

—¡El zoroastrismo establece esto desde hace setecientos años: "Un signo aparecerá sobre la tierra, la noche en que nazca este príncipe, Saoshyant: una estrella en el cielo caerá, y él dirigirá a los ejércitos de muchas naciones: de la India y de China, para la guerra"! ¡Zand-I-Vohuman, verso 3:15! ¡Es la religión persa! ¡Es el origen del Apocalipsis! ¡Tú acabas de desencadenarlo!

—Diablos… Esto es tan… ¿increíble?

—¡Tú mismo lo provocaste, Max! ¡Eres un estúpido! ¡Esto va a ser una guerra! ¡Va a ser la guerra entre Cristo y el Anticristo! ¡Tú les abriste la puerta a los dos! ¡Sólo debía llegar uno de ellos! —y John Apóstole se derrumbó sobre el suelo.

Serpia Lotan los jaló a los dos de las muñecas, con una fuerza sobre-humana, con los ojos brillándole de un color rojo. Los sumió al interior del Terminator.

—¡Súbanse, malditos! ¡Ustedes también tienen que estar presentes en el monte Damavand! ¡Cuando se terminen los mil años de Ushedarmah, Satanás tiene que ser soltado de su prisión; y va a ser soltado de la montaña! ¡Y va a salir para engañar a las naciones de la tierra, en los cuatro extremos del mundo: a Gog y a Magog, para reunirlos a todos para la guerra, y su número va a ser como la arena del mar! Como ustedes saben, Gog y Magog son Rusia y China.

Max León se golpeó la cabeza contra el metal de la cabina. El helicóptero inició su ascenso.

En la cabina, el piloto dijo:

—Permiso para abandonar la Región de Información de Vuelos FIR CAIRO HE C-C, y para ingresar a la zona FIR AMMAN OJAC, con destino a Mazandaran, Irán.

Tres mil kilómetros al noreste, a veinte grados bajo cero, en la helada montaña Damavand, dentro de la instalación secreta BA3333, quince hombres con sus guantes esterilizados propulsaron silenciosamente su luminosa solución de persulfato potásico con hidróxido sódico —sosa cáustica—, para el repatinado del cobre del Rollo J, hacia la transparente tina HLC-2.

—La fusión dará comienzo dentro de veinte horas con cuarenta minutos. El Rollo J se aproxima desde El Cairo, para iniciar sus alteraciones.

Por detrás se acercaron los dieciocho jóvenes rotuladores, con sus buriles láser para el remoldeado del cobre, con sus gruesos anteojos de soldadura:

—Añadiremos los fragmentos 3 y 5 del *Zend Avesta*, sobre la llegada de Saoshyant. Aquí los tenemos —y señalaron hacia la oscuridad—. También vamos a añadir el pasaje Digha Nikaya 26 del budismo: la llegada final de Maitreya, salvador del mundo, para crear un Gobierno Mundial. Operación Hilcías 2 iniciando —y el nuevo Mathokas le dijo a su compañero—: pero no se preocupen. Mi hermana Radapu ya viene en camino. Esta vez todo va a ser diferente.

Clara volteó a la ventana. Observó la inmensidad: el valle de Amarna. Suavemente, Yohannan Vargas le dijo al oído:

—Dentro de ti misma están los mapas, los "mythemes". Ése es el camino al Documento J. Todo está en tu cromosoma veintiuno. Recuérdalo todo. Todo está en tu gen D21S11.

Clara cerró los ojos. Caminó por en medio de un bosque oscuro, en la parte más profunda de su cerebro, en la región cortical ILC25: un área donde encontró zonas neurales desactivadas. Escuchó la voz de Yohannan:

—Vas a viajar ahora a lo más profundo de tu cerebro, hacia el verdadero jardín del Edén. Está dentro de ti. Es la zona prohibida de tu mente. Se llama EDN. Vas a encontrarte con el árbol. Está en tus genes. Ve hacia la manzana. Es la parte más subterránea de tu subconsciente. Entra a las regiones preprogramadas —y lentamente le apretó la mano—. Ahora vas a encontrarte con los guardianes del árbol. Son los demonios. Vas a tener que vencerlos. Son parte de ti. En este momento vas a tener que destruir una parte de ti misma, la parte nociva: y vas a volver a nacer, y vas a ser otra.

Clara, sin abrir los ojos, frunció el entrecejo. Tragó saliva. Empezó a sentir un hormigueo en todo el cuerpo. Su piel desapareció. En la completa oscuridad, gritó:

—¡¿Dios, Dios…?! ¡Dios! ¡¿Dónde estoy?! —y miró a su alrededor, hacia la total negrura—. ¡¿Dónde estás, Dios?! ¡¿Existes realmente?! ¡¿Estás aquí?!

Frente a ella vio un espejo antiguo, en medio de la nada. Lentamente caminó hacia él. En el reflejo se vio a sí misma, entre las grietas, con el cráneo completamente rapado, deformado hacia atrás, pintado con aceites de color negro.

—No, no… ¿Quién soy? ¿Soy Akhenatón…? —y se aproximó a su reflejo.

Sus ojos eran negros, restirados hacia atrás, como los de un reptil. Parpadeó. Vio sus propios labios, carnosos, con la forma de un abultado corazón. Su barbilla estaba empujada para adelante, junto con su quijada. Lentamente abrió la boca.

—Sí… Yo soy Akhenatón… —y se llevó las manos a la cara. Giró sus delgadas manos. Las vio torcidas por la malaria. Sintió el dolor en sus nudillos.

Por detrás de su espalda llegó a él un hombre joven, con una pequeña barba negra, humedecida. Comenzaron a formarse las paredes del palacio. El joven le dijo:

—*Khet Atum, Seb Reka, Swri em Setau.* Mi hermano, ya está llegando para visitarte Suppiluliuma, el rey de los Hatti. Viene con sus hombres. Viene a matarte.

Clara lentamente miró hacia atrás. Abrió los ojos.

—¿*Yah-mes...? ¿Hbsw-Bht-Yah-Mes...?* —y negó con la cabeza. Le sonrió.

Su amigo de la infancia lo empujó por el hombro conduciéndolo hacia afuera:

—Suppiluliuma viene a decirte que viene a protegerte. Es una mentira. Viene a matarte. No dejes que te enrede. Él está de atrás de este golpe que están armando en el norte Lab'aya, Aziru y Zimrededa.

Clara caminó con él, rumbo a la puerta. En el umbral vio a un hombre gordo, rubio, con un cetro de cráneos. Bajó la mirada. En los brillosos azulejos azules, esmaltados, vio los dibujos de los girasoles, enredándose como ondas de agua. Le dijo a Ahmes.

—Esta vez no vamos a dejarnos vencer por la serpiente. Esta vez vamos a cambiarlo todo.

Lentamente, ambos comenzaron a caminar hacia la enorme puerta del palacio imperial de Amarna, hacia el asesino Suppiluliuma. Y la historia del mundo comenzaría de nuevo, por un curso diferente, del cual nosotros somos una rama paralela.

No habrá más guerra ni dominación. No habrá
más pobres y ricos. Y Dios gobernará sobre la tierra.
Himno a Atón
Akhenatón

Y de nuevo Dios vendrá con gloria, para juzgar
a vivos y muertos, y su Reino no tendrá fin.
Credo de Nicea

Éste no es el final, sino el principio.

Post-epílogo

Tiempo actual:

Por debajo del Vaticano, en la oscura "Necrópolis" —"Ciudad de los Muertos"—, frente al pórtico enterrado de la primera basílica de San Pedro —sepultada por la actual—; el santo padre Francisco caminó sobre las rocas, en la oscuridad, ahora hacia la parte más profunda del Mausoleo A, con dirección hacia el remoto periodo etrusco.

—Es aquí —le dijeron los arqueólogos. Uno de ellos, con su guante de plástico estéril, acarició suavemente un antiguo y enorme hueso salido de la roca. Los demás lo rodearon. Con sus linternas iluminaron el hallazgo—. Santidad: existe una realidad que no se ha dicho sobre los gigantes que aparecen en la Biblia, con los nombres "Nephilim", "Anakim" y "Egregoroi".

El Papa, en medio del silencio, les preguntó:

—A ver, díganme. ¿Ahora qué?

—Génesis 6: 1 y Números 13: 33, y 1 Crónicas 20: 5 y 1 Samuel 17: 4, todos describen a gigantes que poblaron el mundo, de tres metros de altura, velludos, a quienes se les vio habitar la Tierra Prometida cuando Moisés envió a sus espías a explorar la zona; y de los cuales uno fue Goliath y otro fue su hermano Lahmi, ambos de tres metros de altura.

El Pontífice permaneció en silencio.

—¿Y bien?

El arqueólogo de nuevo acarició el hueso de la pared. Le dijo al Papa:

—Se han encontrado en China desde 1935, por Ralph von Koenigswald y por otros paleontólogos. Hoy es un grupo de especies registradas. Existieron a partir del Mioceno. Se llaman Gigantopithecus. Medían exactamente tres metros. Son una rama emparentada con el género humano. Pudieron existir en los tiempos de la Biblia.

El Papa lentamente colocó su dedo sobre el hueso.

—Dios… ¿Podrían existir ahora?

El paleoantropólogo Bernard G. Campbell considera que hoy existen, y se ocultan del hombre, porque el hombre del Pleistoceno los atacó hasta la virtual extinción. En Tíbet los llaman "Pie Grande", o "Yeti". En América, los nativos los llaman "Sasquatsh".

Apéndice

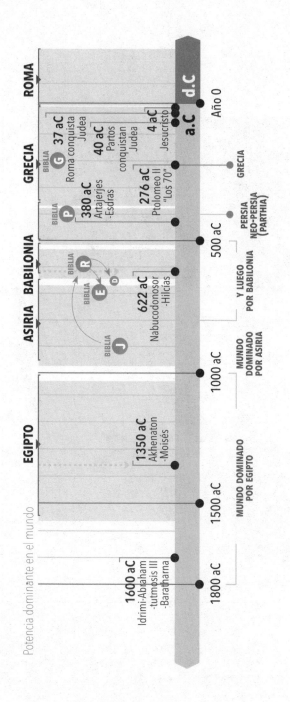

MAPA DEL TIEMPO

ISLA DE PATMOS

Turquía

Israel

PATMOS

Grecia

Mar Egeo

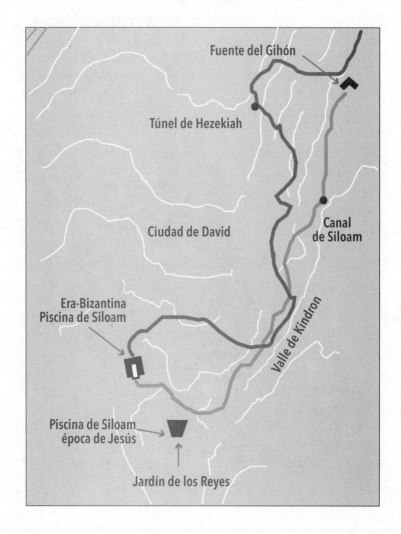

Fuente del Gihón

Túnel de Hezekiah

Ciudad de David

Canal de Siloam

Era-Bizantina
Piscina de Siloam

Valle de Kindron

Piscina de Siloam
época de Jesús

Jardín de los Reyes

MAPA DE HARRÁN

EGIPTO (1500 A. C.-1230 A. C.)
IMPERIO NUEVO (DINASTÍAS XVIII Y XIX)

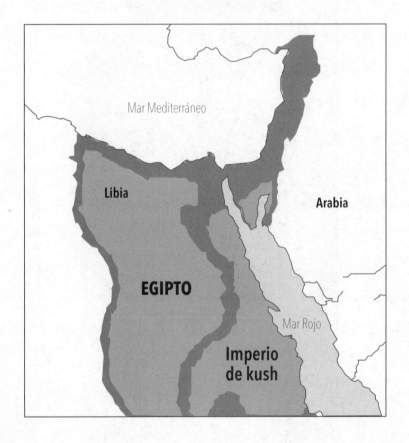

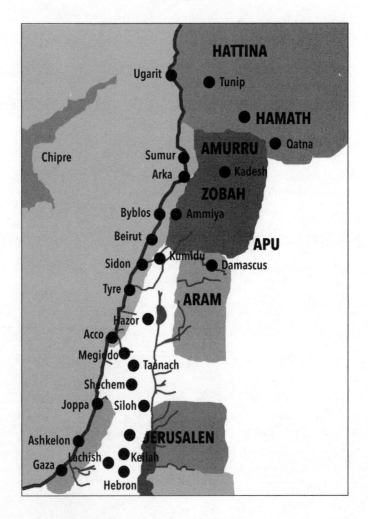

AMARNA

AGRADECIMIENTOS

Este libro de investigación debe muchísimo a Azucena Ramírez, a Leopoldo Mendívil Echevarría, a Ramón López Guerrero, a Patricia y Mónica Mendívil; a Carlos García Peláez, a Ramón Cordero, a Juan Antonio Negrete, a Alejandro Cruz Sánchez; al General Tomás Ángeles Dahuahare; al brillante y admirado escritor Antonio Velasco Piña; a Antonio Ramos Revillas por terminar de darle forma; al gran editor Andrés Ramírez; a Ricardo Cayuela y a Roberto Banchik por confiar en este proyecto; a Quetzalli de la Concha, Paulina Vieitez, Ernesto Gallegos, Julio Sanz, Carlos Graef, Guillermo Fárber, Fernando Amerlinck, Juan Carlos Velázquez, Don Bernardo Bátiz, José Antonio Crespo, Bernardo Barranco, Ramón Pieza Rugarcía, Manuel Mejido, Emilio España Krauss, Alberto Rascón, César Daniel González Madruga, Fernanda Tapia, Isaac Ajzen, General Jesús Esquinca por su invaluable consejo, así como a Sandra Montoya, Andrea Hernández, Georgina Abud, Rafael Cortés Déciga, Juan Manuel Reyes, Alfonso Segovia, Fernando Morales, Laura Barrera, Jorge Soria, Jesús Lemus, Gabriel Tello, Sergio Nettel López, Armando Victoria, José Luis Montenegro, Daniel Gutiérrez Mendívil, Óscar Lizárraga, Belinda Barbadillo, Nora Núñez, Javier Licea; al arquitecto Juan José Ríos; a Rogelio García Guzmán, a Pablo Luna Garfias; a Mayolo Gómez, a Víctor García, Omar Chavarría; a Patricia Haas, Ricardo Lara, Sandra Quesada y Ricardo Pérez; a Gabriela de Regil y José Luis Benavides; a Carlos Ramos Padilla, Vladimir Galeana, Miguel Ángel López Farías, a Federico Vale Chirinos; a Miguel Bárcena; a Cristina Cruz; a Elías Kuri y Ángel Aranda (padre e hijo); a Don Manuel Jiménez Guzmán; a Juan Gildardo Ledesma; a Federico Campbell Peña, Sócrates Campos Lemus, Rosalía Buaún y José García Sánchez; a Daniel Ceballos; a Bertha Vasconcelos; al Padre Pablo Pérez

Guajardo; a Marcela Zapata y a las universidades UNAM y Anáhuac, junto con el estado de Israel, por impulsarla; a Vicente Rodríguez, a Hussein Escamilla; a Javier Sampayo, Mario Murillo, Jaime Castañeda; Guadalupe Ruiz Ávila por su apoyo y consejo; a Arnoldo de la Garza, Ricardo Valero y Eduardo Vázquez Célis; al gran Enrique Quezadas. A Paco Moreno, por ser la personalidad detrás de John Apóstole; y a Héctor Suárez Gomís, por inspirar personalidades como Max León, y por tu invaluable información y consejo. A David García, por tener la personalidad de tu antecesor de hace 3,000 años. A David Velázquez y Fernando Álvarez –junto con Antonio Ramos— por aplicarle su gran estilo en este libro. A los valientes que encabezan la investigación sobre la Biblia, encabezados hoy por Israel Finkelstein en la Universidad de Tel-Aviv; y por siempre, al grande Isaac Asimov.

SECRETO BIBLIA
www.LeopoldoX.com/secretobiblia.htm

Secreto Biblia de Leopoldo Mendívil
se terminó de imprimir en junio de 2018
en los talleres de
Litográfica Ingramex, S.A. de C.V.
Centeno 162-1, Col. Granjas Esmeralda, C.P. 09810,
Ciudad de México.